Retrouvailles à Cedar River

Leur seconde chance de bonheur

Un mensonge entre nous

HELEN LACEY

Retrouvailles à Cedar River

Traduction française de
LAURENCE LENGLET

PASSIONS

HARLEQUIN

Collection : PASSIONS

Titre original :
THE SOLDIER'S SECRET SON

HARPERCOLLINS FRANCE
83-85, boulevard Vincent-Auriol, 75646 PARIS CEDEX 13
Service Clients — https://www.harlequin.fr/contenu/contactez-nous
ISBN 978-2-2805-1694-5 — ISSN 1950-2761

Édité par HarperCollins France.
Composition et mise en pages Nord Compo.
Imprimé en septembre 2025 par ScandBook UAB en Lituanie
en utilisant 100% d'électricité renouvelable.
Dépôt légal : octobre 2025.

MIXTE
Papier | Pour une gestion forestière responsable
FSC® C021394

Pour limiter l'empreinte environnementale de ses livres, HarperCollins France s'engage à n'utiliser que du papier fabriqué à partir de bois provenant de forêts gérées durablement et de manière responsable.

1

Jake Culhane guida son cheval brun tacheté de blanc vers le corral. Cela faisait des années qu'il n'avait pas passé autant de temps en selle, et les courbatures le lui rappelleraient sans doute d'ici quelques heures.

C'était un après-midi fraîche, typique de Cedar River en hiver. Après plusieurs années à Sacramento, en Californie, il avait oublié combien les hivers pouvaient être rudes dans le Dakota du Sud. Il mit pied à terre près des écuries et attacha le cheval, puis il fit signe à un jeune employé de reconduire l'animal dans sa stalle.

Quelques instants plus tard, Jake se dirigea vers la maison. Comme c'était étrange d'être de retour... La maison, le ranch, tout cela ne lui rappelait, hélas, rien de bon. C'était à cause de ces mauvais souvenirs qu'il avait quitté le Triple C pour s'engager dans l'armée quatorze ans auparavant.

Mais en vérité, il n'avait jamais eu l'étoffe d'un cow-boy et encore moins d'un éleveur. Comment aurait-il pu diriger le plus grand ranch de la région dans ces conditions ? C'est pourquoi son frère Mitch était aujourd'hui à la tête de l'exploitation. Or ce dernier s'étant blessé dans un accident quelques semaines plus tôt, Jake était revenu assurer l'intérim durant sa convalescence.

Il entra par la porte de derrière, s'essuya les pieds et se dirigea vers la cuisine où s'affairait Mme Bailey, gouvernante au ranch depuis près de quinze ans.

Il s'apprêtait à prendre un muffin dans l'assiette posée sur le comptoir lorsque sa belle-sœur, Tess, entra dans la pièce par l'autre porte. Jake avait fini par l'apprécier, malgré quelques réticences initiales quand elle était revenue au ranch après sa rupture avec Mitch. Aujourd'hui, Jake était heureux qu'ils aient surmonté leurs problèmes de couple et soient de nouveau ensemble. D'autant que Tess était enceinte de quelques mois.

— Où est le patient ? demanda-t-il avec un petit sourire.

— Au salon. Il râle..., répondit Tess, amusée.

— Comme d'habitude, alors, répliqua Jake en attrapant l'assiette de muffins que lui tendait Mme Bailey avant de sortir de la pièce. Je vais voir si un muffin ou deux pourront lui rendre le sourire.

Dans le salon, il trouva son frère près de la fenêtre dans son fauteuil roulant, la jambe plâtrée.

Mitch avait deux ans de plus que lui, mais ils avaient toujours été bons amis en plus d'être frères. L'accident de Mitch avait semé la panique dans la famille. Son jeune frère Hank, chef de la police de Cedar River, avait appelé Jake pour lui demander de revenir, de peur que Mitch ne s'en sorte pas. Par chance, il était maintenant sur le point de se rétablir. Mais il lui faudrait du temps après une jambe cassée, deux côtes fêlées, une commotion cérébrale et d'innombrables contusions.

Les choses allaient mieux maintenant. Mitch était de retour à la maison. Non seulement Tess et lui s'étaient réconciliés, mais ils allaient avoir un bébé. Jake savait que son grand frère méritait ce bonheur.

Leur mère était morte des années auparavant, et leur père, Billie-Jack, les avait abandonnés. À tout juste dix-huit ans, Mitch avait assumé la garde de toute la fratrie : Jake, seize ans, les jumeaux Joss et Hank, quatorze ans, Grant, douze ans, et Ellie, huit ans. Ce qui avait évité le placement des uns et des autres dans différentes familles d'accueil, ce dont Jake lui serait éternellement reconnaissant. Il était conscient des sacrifices qu'avait faits Mitch pour qu'ils restent unis.

— Salut, dit-il en posant l'assiette sur la table basse. Il paraît que tu es de mauvaise humeur.

Mitch tourna la tête et se renfrogna.

— C'est ma femme qui t'a dit ça ?

Tess n'était pas encore officiellement la femme de Mitch, mais leur mariage devait avoir lieu dans deux semaines. Et l'affaire était déjà entendue vu les circonstances : rupture, réconciliation et grossesse.

Jake hocha la tête et sourit.

— Je peux faire quelque chose ?

— Sors-moi de ce maudit fauteuil et guéris-moi cette jambe, que je puisse me remettre au travail, grogna Mitch.

— Je le ferais si je pouvais, répondit Jake en s'asseyant face à son frère. Mais le médecin a dit que tu devais te reposer pour guérir... il n'y a pas de solution miracle, hélas.

— Les médecins n'ont pas toujours raison...

— Bien sûr que si, répondit Jake en attrapant un muffin. Tu as failli mourir, tu te souviens ?

— Je sais... Pas la peine de me le rappeler...

— Je pense que si, répliqua Jake avec douceur. Sinon, tu ne serais pas un patient aussi grincheux.

Son frère grommela encore un peu avant de changer de sujet de conversation.

— Comment va le ranch ?

— Tout roule. Tu as une équipe fantastique qui s'occupe de tout, et Wes sait ce qu'il fait.

Contremaître du Triple C depuis plusieurs années, Wes Collins dirigeait les ouvriers du ranch.

— Tess et Ellie s'occupent du reste, ajouta-t-il. Tout ce qu'il te reste à faire, c'est de te reposer et de te rétablir.

Mitch soupira et se passa la main dans les cheveux.

— Je sais... mais ce n'est pas facile. En tout cas, merci d'être resté et de t'occuper du ranch.

— La famille d'abord, dit Jake en haussant les épaules.

— Tu déménages toujours aujourd'hui ? demanda Mitch en attrapant un muffin.

Jake avait passé les deux semaines précédentes au ranch, mais depuis que Mitch était revenu de l'hôpital, il avait décidé de s'installer ailleurs pour laisser un peu d'espace aux futurs jeunes mariés. Pas trop loin, à l'hôtel du coin.

— C'est le plan.

— Tu n'es pas obligé de t'installer à l'hôtel O'Sullivan, reprit Mitch. Tu es chez toi, ici.

— Je sais. Mais Tess et toi avez besoin d'intimité, et je n'ai pas l'habitude de tenir la chandelle.

— Ce n'est absolument pas le cas, dit Mitch en riant. Tess t'apprécie autant que moi. Et tu as toujours été le chouchou de Mme Bailey.

— C'est vrai, mais ne le dis pas à Joss.

— Il pense qu'il est le chouchou de tout le monde, renchérit Mitch à propos de leur jeune frère.

Propriétaire d'un garage en ville, ce dernier élevait seul ses deux petites filles depuis le décès de sa femme quelques années auparavant.

— Dans chaque famille, il y a toujours un charmeur, ajouta Mitch.

Jake se mit à rire. C'était vrai. Joss avait toujours été considéré comme le séducteur de service. Mitch, lui, était le pilier de la famille, Hank, aujourd'hui chef de la police, le pilier de la communauté, Grant, vingt-huit ans, s'était démarqué de ses frères en devenant informaticien, Ellie, vingt-quatre ans, était la petite dernière de la famille.

Ce qui faisait de Jake… le mauvais élève. Le héros de guerre. Celui qui était parti. Alors que les autres étaient restés à Cedar River. Jake avait servi deux fois au Moyen-Orient, avant de quitter l'armée pour s'installer en Californie et s'associer avec Trent, lui-même vétéran, avec lequel il avait monté une société de sécurité informatique très prospère.

Il était revenu deux fois à Cedar River au cours de ces dix dernières années. Une fois pour le premier mariage de Mitch et Tess, et la seconde pour les funérailles de Tom Perkins, six ans plus tôt. Lorsqu'il avait couché avec la veuve de son meilleur ami.

Abby... Sa petite amie de lycée. Puis son ex-petite amie. Devenue la femme de son ami Tom. Un puissant sentiment de honte et de culpabilité s'abattit sur ses épaules.

— Pourquoi à l'hôtel O'Sullivan ? insista Mitch.

— Il y a tout le confort là-bas.

— Je t'ai dit qu'Abby était leur cheffe cuisinière, non ?

Jake s'immobilisa, se demandant si Mitch pouvait lire dans ses pensées. Oui, son frère le lui avait déjà dit. Et Jake savait qu'il ne pourrait pas éviter Abby éternellement. Il n'en avait d'ailleurs pas envie. C'est pourquoi il avait décidé de s'installer à l'hôtel pendant quelque temps pour voir ce qui se passerait. Ou pas.

Naguère, ils avaient été amis, et ils avaient tous deux aimé Tom... C'était un lien suffisant pour que Jake souhaite entretenir des rapports cordiaux avec Abby.

— Oui, tu me l'as dit.

— C'est un véritable cordon-bleu, remarqua Mitch en mordant dans un muffin. Je pensais qu'elle quitterait la ville quand les parents de Tom ont déménagé dans l'Oregon, mais elle est restée. Pour sa grand-mère, je suppose.

— Peut-être.

Jake avait toujours apprécié M. et Mme Perkins. C'étaient des gens bien et de bons parents. Jake dormait souvent chez eux, autrefois, lorsqu'il se disputait avec son père. Ils avaient certainement décidé de quitter la ville après la mort de leur fils. Le choix de l'Oregon semblait logique puisque leur fille y vivait depuis longtemps.

— Abby a un enfant, poursuivit Mitch d'un ton neutre. Qui a quelques années de moins que la cadette de Joss.

Jake avait entendu dire qu'Abby avait un enfant. Il savait aussi qu'elle était restée à Cedar River.

— Je suis content qu'elle soit heureuse, souffla Jake.

— Ce n'est pas ce que j'ai dit. Tu lui en veux toujours d'avoir épousé ton meilleur ami ?

Jake prit une longue inspiration avant de répondre :

— Abby et moi, c'était fini bien avant qu'elle épouse Tom. Ce qui a existé entre nous est de l'histoire ancienne.

— Tu sais que l'histoire a tendance à se répéter ? Crois-moi, je n'aurais jamais imaginé que Tess et moi serions de nouveau en couple, et encore moins que nous aurions un enfant.

— Vous n'avez jamais cessé de vous aimer. C'est pour ça que vous êtes de nouveau ensemble. Je suis heureux pour vous deux... Si quelqu'un mérite ce bonheur, c'est bien vous.

— Et toi ?

— Moi, on verra, répliqua Jake en haussant les épaules.

— Pas de petite amie à Sacramento ?

— Bah, rien de sérieux.

Cela faisait en fait dix ans que Jake était dans cette situation. Lorsqu'il était dans l'armée, c'était trop compliqué d'entretenir une relation à distance. Et par la suite, il n'avait pas trouvé le temps de s'installer dans une relation. Il avait fréquenté plusieurs femmes ces deux dernières années, mais ces liaisons étaient restées sans lendemain. En particulier parce qu'il avait rompu avant que cela devienne sérieux. Il ne mentait pas. Il ne trichait pas. Il n'avait jamais cherché à blesser les sentiments d'une femme. Ce n'était pas son genre. Il n'avait juste pas encore ressenti de connexion assez profonde avec quelqu'un pour avoir envie de s'engager. La seule femme qu'il ait jamais aimée était Abby... et ses sentiments s'étaient estompés avec le temps.

Mais peut-être n'était-il pas du style à se caser.

— Tu penses rester à Cedar River encore un moment ? demanda Mitch.

— Oui. Peut-être encore quelques semaines.

— J'espérais que tu restes jusqu'après Noël. Je sais que tu dois retourner à tes affaires, mais ça me fait tellement plaisir de t'avoir ici. Tu m'as manqué.

Le sentiment de culpabilité familier que lui inspirait toujours ce type de remarque se fraya un chemin dans son esprit. Mitch savait que Jake ne s'était jamais senti chez lui à Cedar River et il en connaissait les raisons. Ses souvenirs étaient entachés par les dernières années passées au ranch. Des années marquées par la mort de leur mère, les colères de Billie-Jack lorsqu'il avait bu et l'accident de voiture qui avait failli tuer Hank quand son frère avait quatorze ans. Un accident causé par leur père… Il y avait eu aussi, à l'époque, sa relation avec Abby, marquée par la passion de la jeunesse. À dix-huit ans, Jake avait éprouvé le besoin irrésistible de quitter Cedar River et tout ce que la petite ville représentait. Jusqu'à aujourd'hui.

Abby Perkins ôta son tablier, jeta sa toque dans le bac à linge et sortit de la cuisine. Son téléphone émit un bip dans sa poche et elle s'empressa d'y jeter un œil. Le message de sa grand-mère était bref et, hochant la tête, elle gagna la salle du personnel puis ouvrit son casier.

La photo fixée au dos de la porte la fit sourire. Le rictus de T.J. la mettait toujours de bonne humeur. Elle adorait son fils, même lorsqu'il se montrait pénible, et ne pouvait imaginer un monde sans lui. À six ans à peine, il était parfois difficile à gérer, mais elle faisait tout pour qu'il s'épanouisse et laisse libre cours à sa créativité.

Abby enfila sa veste, arracha le bandeau de ses cheveux bruns et attrapa son sac. Elle se regarda dans le miroir fixé près de la porte et grimaça en voyant à quel point elle avait l'air fatigué. La semaine avait été longue. Le sous-chef avait démissionné… Un de plus… Et deux des serveuses s'étaient fait porter pâle. Le reste du personnel avait donc dû faire des heures supplémentaires. Mais Abby aimait son travail. Être cheffe chez O'Sullivan lui permettait de vivre avec son fils dans la ville où elle était née et avait grandi.

Cedar River, trois mille habitants, se situait au pied de la chaîne montagneuse des Black Hills. Grâce aux mines de cuivre et d'argent, la ville avait été autrefois dynamique. Aujourd'hui, les mines étaient presque toutes fermées, à l'exception de celles qui faisaient partie du patrimoine culturel, car l'industrie touristique était en plein essor. Les touristes passaient par Cedar River pour se rendre dans le Nebraska, et ils séjournaient dans l'un des nombreux ranchs hôteliers ou au luxueux O'Sullivan Hotel. L'établissement était considéré comme l'un des meilleurs du coin, et Abby était fière de participer à ce succès.

Cela faisait quelques années qu'elle travaillait à l'hôtel. Après son bac, elle avait décroché un poste d'apprentie cuisinière dans un petit restaurant de Rapid City et, un an plus tard, elle s'était envolée pour Paris afin d'étudier la cuisine française. À cette époque, elle était déjà fiancée à Tom Perkins, qui l'avait suivie avec plaisir. Ils avaient passé un an et demi idyllique dans la Ville lumière, à étudier, rêver et visiter. Abby s'était épanouie sous la direction d'un chef renommé, et Tom s'était adonné à sa passion pour l'art et la musique.

À leur retour à Cedar River, Abby avait commencé à travailler à temps partiel dans l'un des meilleurs restaurants de Rapid City et Tom avait trouvé un poste dans une quincaillerie locale. Ils avaient décidé de se marier, s'étaient acheté une maison et construisaient leur vie commune. Le mariage avait eu lieu deux jours après son vingt et unième anniversaire.

Quatre ans plus tard, Tom était mort.

Sept mois après les funérailles, T.J. était né.

Abby avait reconstruit sa vie autour de son fils.

Souvent, elle avait envisagé de quitter Cedar River… pour prendre un nouveau départ, pour éviter les questions, la pitié et peut-être les spéculations. Mais sa grand-mère se plaisait ici, et c'était le seul membre de sa famille sur qui elle pouvait compter. Elle aurait pu rejoindre sa mère en Floride. Mais celle-ci s'était remariée et menait une autre vie avec laquelle Abby n'avait plus grand-chose à voir.

Elle était donc restée à Cedar River et avait attendu, sachant qu'un jour elle devrait faire face aux conséquences de cet après-midi inoubliable au cours de laquelle elle avait commis la plus grosse bêtise de sa vie.

Et cela ne tarderait pas à se produire. Elle en était sûre.

Jake Culhane est de retour.

Rien que de penser à lui, elle tremblait comme une feuille. De désir. De peur. Elle ne savait pas trop.

Elle ne l'avait pas revu depuis l'enterrement de Tom. Ce qui lui convenait parfaitement. Elle ne voulait pas le voir. Mais elle savait que c'était inévitable. Cedar River était une petite ville. Un jour ou l'autre, leurs chemins se croiseraient. Il était revenu depuis quelques semaines, depuis l'accident de son frère, et Abby avait tout fait pour ne pas le croiser en ville. Mais elle ne pourrait pas se cacher éternellement. Par chance, les Culhane ne fréquentaient pas l'hôtel ou le restaurant O'Sullivan, car les garçons des deux familles ne s'appréciaient pas en raison d'une rivalité footballistique datant de l'époque du lycée.

Abby se dirigea vers le parking du personnel et monta dans sa voiture. L'espace d'un instant, elle songea à ignorer le SMS de sa grand-mère puis se ravisa. T.J. demandait une pizza pour le dîner, et comme c'était vendredi soir, elle céda. Lorsqu'elle arriva à la pizzeria, celle-ci était bondée et elle regretta de ne pas avoir appelé pour passer sa commande.

Elle se dirigea vers le comptoir et se planta derrière un jeune couple qui passait une grosse commande. Regardant autour d'elle, elle remarqua qu'il ne restait même pas une table de libre. Soudain, son regard se posa sur l'une d'elles occupée par quatre hommes. Tous grands et larges d'épaules. Elle reconnut immédiatement le chef de la police, Hank Culhane, et son jumeau, Joss. Les deux autres avaient les cheveux plus foncés. L'effroi l'envahit lorsqu'elle reconnut le profil trop familier de Jake Culhane.

Sa coupe militaire était reconnaissable entre mille et ses épaules étaient exactement comme dans son souvenir. Ses yeux, elle le savait, étaient d'un vert magnétique et la ligne de son menton exprimait une forte volonté. Il avait toujours été incroyablement séduisant, y compris au lycée. Ils étaient sortis ensemble la dernière année, et Abby était tombée amoureuse de lui. Jusqu'à ce qu'il lui brise le cœur. Bien sûr, elle savait qu'il ne l'avait pas trahie délibérément. Mais Jake voulait faire une carrière militaire, et Abby n'avait pas l'intention d'être la petite amie ou la femme d'un soldat. Sa propre mère avait suivi cette voie, et elle n'aspirait pas à ce genre de vie. Ils avaient donc rompu, Jake était parti et Abby avait commencé à sortir avec Tom Perkins.

À cet instant, comme si Jake avait senti quelque chose, il contracta les épaules et tourna la tête.

Elle sentit la chair de poule se répandre sur sa peau et se rapprocha du comptoir pour passer sa commande. Elle venait de payer sa pizza et se dirigeait vers la zone d'attente lorsqu'elle entendit une voix trop familière derrière elle.

— Bonsoir, Abby.

Elle prit une inspiration, convoqua tout son courage et se retourna.

Jake Culhane était aussi beau que dans son souvenir. Un mètre quatre-vingt-dix, de larges épaules, des yeux verts scintillants, le menton rasé de près, il était l'image même de la virilité. C'était le plus bel homme qu'elle ait jamais connu. Le seul homme capable de la faire réellement vibrer. Le seul capable de lui faire perdre toute prudence.

Son ex-petit ami. Le meilleur ami de Tom. Et le père de son fils.

— Tiens, salut, Jake, dit-elle d'un ton neutre. J'ai entendu dire que tu étais de retour. Comment va Mitch ?

Tout le monde savait que Mitch avait eu un accident. Un accident assez grave pour ramener Jake dans cette ville qu'il détestait. Quant à savoir pourquoi il était encore là, alors que jusqu'ici il n'était jamais resté plus de quelques jours, c'était un mystère. Elle savait qu'il avait quitté l'armée et ouvert une entreprise dans le domaine de la sécurité informatique, mais c'était tout. Elle avait cessé de s'intéresser à lui depuis longtemps. Mais ils avaient un passé commun.

Et un fils. Dont il ignorait être le père.

Pour tous ceux qui connaissaient Abby, T.J. était l'enfant de Tom. Seules sa grand-mère, sa mère et sa meilleure amie, Renée, savaient la vérité. Renée vivait à Denver, et c'était chez elle qu'Abby s'était réfugiée lorsqu'elle avait appris qu'elle était enceinte. Elle avait besoin de se changer les idées, de faire le deuil de son mari et de réfléchir à son avenir. Elle y avait passé huit mois en tout et c'était là que T.J. était né. Né près de sept semaines avant terme, le bébé avait lutté pour survivre. Après trois semaines au service des prématurés, elle avait pu enfin le ramener à Cedar River, où personne n'avait mis en doute la paternité de son enfant. Personne sauf les parents de Tom. Qui savaient que leur fils était stérile. Pendant deux ans, Tom et elle avaient essayé d'avoir un enfant, après quoi ils avaient subi des examens qui avaient montré qu'elle devrait faire appel à un donneur de sperme pour tomber enceinte. Ils étaient en train d'étudier leurs options lorsque Tom avait été victime d'un AVC. Il s'en était sorti et, pendant trois semaines, Abby avait cru que tout irait bien, mais il avait succombé à un second AVC.

— Mitch va bien, merci, entendit-elle Jake répondre malgré la panique qui régnait dans son esprit. Son état s'améliore de jour en jour. Et toi, comment vas-tu ?

C'était un échange poli. Trop poli. La dernière fois qu'ils s'étaient parlé, leurs propos avaient été d'une rare violence. Ils s'en voulaient mutuellement d'avoir couché ensemble. Le lendemain de l'enterrement de Tom.

— On ne peut mieux. Et toi ?

— Moi aussi. Comment va ta grand-mère ?

Sa grand-mère avait toujours comparé Jake à des sables mouvants pour Abby. La comparaison était on ne peut plus juste. À l'âge de dix-sept ans, elle avait été éperdument amoureuse de lui. Il avait été son premier baiser, son premier amant.

Et aujourd'hui, son dernier baiser. Son dernier amant.

Une vision de son fils lui apparut, et elle s'empressa de la chasser. Elle ne voulait pas penser à T.J. et se laisser prendre au piège des comparaisons. Elle n'avait pas envie de se voir confirmer que les yeux de son fils étaient du même vert que ceux de l'homme qui se tenait devant elle, et qu'ils partageaient également une tache de naissance et une fossette au menton parfaitement identiques.

Prise de panique, elle lutta de toutes ses forces pour ne pas s'enfuir en courant. En espérant que Jake allait bientôt quitter la ville et qu'elle pourrait retrouver son état normal.

Mais cette fois, les choses étaient différentes. Elle le sentait. Depuis qu'elle avait appris qu'il était de retour, elle était sur les nerfs. Parce qu'elle savait ce qui l'attendait : elle allait devoir dire la vérité. À Jake et à son fils.

— Ma grand-mère est toujours aussi formidable, répondit-elle tout en priant pour que sa pizza soit prête le plus vite possible et qu'elle puisse s'éclipser. J'ai entendu dire que tu avais quitté l'armée ?

— Oui, il m'a semblé que c'était le bon moment pour raccrocher.

Abby refusait de penser à ce qu'il avait dû endurer au cours de ses missions en Irak. Son propre père avait été tué lors de l'opération *Tempête du désert* et, après avoir vu sa mère le pleurer pendant des années, Abby avait décidé de ne jamais fréquenter un soldat. C'était pourquoi elle avait épousé Tom, qui était sûr et fiable. C'était exactement ce à quoi elle aspirait à l'époque.

— Je suis heureuse que tu sois revenu en un seul morceau.

— Je t'avais dit que je reviendrais.

C'était effectivement ce qu'il avait promis lorsqu'elle lui avait dit ne pas supporter l'idée qu'il puisse être blessé, ou pire, et avait mis un terme à leur idylle adolescente. Jake, de son côté, s'était tout de suite fait une raison : partir, c'était tout ce qui comptait pour lui. Et l'armée était le seul moyen d'y parvenir. À aucun moment il n'avait pensé à elle. Ou à leur avenir.

Or, Abby n'était pas assez naïve pour croire qu'il avait changé. Jake n'était pas le genre d'homme à revenir sur ses choix. Il avait quitté Cedar River sans la moindre hésitation. C'était lui qui avait véritablement mis fin à leur relation. Abby avait eu raison de refaire sa vie après son départ. Une vie avec Tom, un homme gentil et attentionné qui l'avait aimée tendrement et soutenue dans toutes ses décisions. Comme celle de vivre à Cedar River, parce que c'était le berceau de sa famille. Et c'était là que, aujourd'hui encore, elle voulait élever son fils.

Hélas, Cedar River était aussi la ville natale de Jake. Et maintenant qu'il était de retour, Abby allait devoir prendre position.

Lui dire… Ne pas lui dire… Le laisser deviner tout seul.

Ce n'était pas comme si elle avait annoncé au monde entier que T.J. était le fils de Tom. En fait, personne ne lui avait jamais demandé pourquoi son enfant ne ressemblait absolument pas à son défunt mari.

— Jake…, commença-t-elle, comme si le simple fait de prononcer son nom était une souffrance. Je pense qu'on devrait…

— Il voudrait que nous soyons amis, tu sais, dit-il soudain.

Il. Tom. Abby savait à quel point son mari avait eu de l'affection pour l'homme qui se tenait devant elle. Tom ne manquait jamais de lui rappeler à quel point Jake était un type bien. Ne l'avait-il pas toujours défendu au lycée contre les brutes qui s'en prenaient à lui en raison de sa petite taille ? Tom et Jake avaient beau être diamétralement opposés, sur tous les plans, ils avaient pourtant noué une solide amitié, fondée sur la confiance et le respect mutuel.

Mais ce soir, Jake l'avait coupée dans son élan.

Quand retrouverait-elle le courage de lui dire la vérité ?

2

— Bah, dis donc, ça avait vraiment l'air… glacial.

Après le départ d'Abby, Jake était de retour à sa table et ses frères brûlaient de commenter la rencontre. L'échange avait été un peu étrange, presque désagréable, c'est vrai, mais pas vraiment froid. Abby et lui se connaissaient depuis trop longtemps pour feindre de s'ignorer. Pourtant, il avait senti comme une tension chez elle.

Mais bon sang, ce qu'elle était belle avec ses longs cheveux bruns et ses yeux bleu pâle… Oui, elle était toujours aussi envoûtante qu'au lycée. À l'époque, il était fou d'elle. Mais ça n'avait pas duré. Abby avait paniqué dès qu'il avait annoncé vouloir s'engager dans l'armée. Ils avaient rompu à la fin de leurs études secondaires.

Jake était au camp d'entraînement depuis un moment déjà lorsque Tom l'avait appelé pour lui demander s'il était d'accord pour qu'il sorte avec Abby. Bien sûr, il ne l'était pas. Mais que pouvait-il faire ? Ils étaient adultes et séparés. Il avait donc donné sa bénédiction à son ami et repris le cours de sa vie.

Pendant un temps, tout s'était bien passé jusqu'au jour où Tom était mort. Jake était alors rentré à Cedar River, et Abby et lui avaient brièvement trouvé le réconfort dans les bras l'un de l'autre.

Il haussa les épaules et ignora la remarque de son frère. Joss disait toujours ce qu'il pensait. Jake avait passé si peu de temps en famille au cours des dix dernières années qu'il avait parfois du mal à s'intégrer dans les rituels de conversation de ses frères. Assis avec Joss, Hank et Grant, il pouvait voir à quel point ils étaient proches.

— C'était sympa, répondit-il avant de prendre une gorgée de bière.

— Tu es un piètre menteur, lança Joss en souriant. Cela dit, c'est une petite ville et tu ne pourras pas l'éviter éternellement.

— Je n'en ai pas l'intention, répliqua-t-il avec aplomb, pensant que c'était d'ailleurs la raison pour laquelle il avait prévu de s'installer à l'hôtel O'Sullivan. Je vous rappelle quand même que cette histoire commence à dater sérieusement, et que j'ai sans doute totalement disparu des pensées d'Abby.

Hank, toujours soucieux de la paix au sein de la fratrie, changea de sujet.

— Tu comptes rester pour le mariage ?

— Bien sûr. Les mariages et les enterrements, c'est mon truc, tu sais bien.

À l'instant même où il prononçait ces mots, Jake se sentit coupable car il n'était pas revenu pour les funérailles de la femme de Joss. En mission à l'époque, il n'avait pas pu prendre de congé. Il regarda son frère.

— Désolé, je ne voulais pas...

— T'inquiète, je comprends, répondit Joss en secouant la tête. Nous comprenons tous, tu sais, ce que tu as fait là-bas. Nous savons à quel point c'était important. J'imagine que ça n'a pas été facile de revenir à la vie civile.

— Je prends les choses au jour le jour.

— En tout cas, nous sommes fiers de toi, conclut Grant.

Jake ne put s'empêcher de se demander si ses frères seraient aussi fiers de lui s'ils savaient qu'il avait couché avec la femme de son meilleur ami deux jours après l'enterrement de celui-ci. Mais peut-être ne l'auraient-ils pas jugé. Peut-être auraient-ils compris que son lien avec Abby était profond, bien plus profond qu'il ne l'avait cru lui-même.

Lorsqu'il était revenu à Cedar River quelques semaines plus tôt, il savait qu'il allait devoir reprendre contact avec sa famille. À part Mitch, il parlait rarement aux autres. Il avait une vie bien remplie à Sacramento et passait le plus clair de son temps à travailler. Son associé Trent et lui avaient gagné beaucoup d'argent en très peu de temps, et un concurrent avait proposé dernièrement de les racheter pour une somme astronomique. L'offre était toujours sur la table, car ni Jake ni Trent n'étaient certains de vouloir vendre. S'il acceptait, il devrait trouver autre chose à faire, mais quoi ? Acheter une nouvelle maison ? Une nouvelle voiture ou une nouvelle moto ? Partir en vacances ? Investir dans une autre entreprise ?

En réalité, Jake n'avait pas envie de s'installer où que ce soit. Il louait un appartement meublé à Sacramento, conduisait un SUV haut de gamme, avait plus d'argent qu'il ne lui en fallait… et portait en lui un vide qu'il n'était pas sûr de pouvoir combler un jour. Bien sûr, il savait que ce qui le distinguait de ses amis de Sacramento, c'était qu'ils avaient une femme et des enfants, ou au moins une relation stable avec un autre être humain.

Mais… curieusement, il ne parvenait pas à suivre leur exemple. Quelque chose le retenait.

Il n'arrivait pas à comprendre pourquoi il était si réticent à entretenir une relation sérieuse. Il gérait sa vie sentimentale de façon décontractée. Trop décontractée. La dernière fois qu'il avait passé une nuit entière avec une femme, c'était il y a six ans. Avec Abby. Et cela s'était soldé par un désastre.

Las de ressasser, Jake laissa tomber ses frères et se dirigea vers l'hôtel. L'O'Sullivan était un petit hôtel d'une trentaine de chambres qui comptait deux restaurants, un bar et plusieurs salles de conférences. L'établissement était considéré comme l'un des plus confortables de la région.

Le concierge l'accueillit et l'accompagna à la réception. Jake s'apprêtait à rejoindre sa chambre lorsqu'il reconnut Kieran O'Sullivan, dont la famille était propriétaire de l'hôtel, qui traversait le hall d'entrée en compagnie d'un autre homme. Celui-ci n'était autre que le médecin de garde à l'hôpital le soir où Mitch avait eu son accident. C'était sans doute grâce à lui que son frère était en vie. Jake et Kieran n'étaient pas vraiment amis, mais au fil des ans, leur rivalité de lycée s'était dissipée.

Ils se serrèrent la main et Kieran parla le premier.

— Comment va le patient ?

— Pressé de ne plus en être un, dit Jake avec un sourire.

— Eh bien, je suis ravi que Mitch soit en voie de guérison, reprit Kieran avant de jeter un œil à la carte magnétique que Jake tenait à la main. Tiens, tu loges ici ?

— Pour quelques jours.

Ils discutèrent encore quelques instants avant de se séparer. Alors qu'il gagnait sa chambre, Jake ressentit une curieuse satisfaction d'avoir discuté avec une ancienne connaissance. C'était bien agréable de ne pas être un inconnu quelque part.

Il dormit comme un loir cette nuit-là et se réveilla le lendemain avec un sentiment de repos qui le surprit, lui qui dormait si mal depuis son retour à Cedar River. Une fois douché et habillé, il rejoignit Hank qui l'attendait au restaurant principal pour le petit déjeuner.

De tous ses frères, Hank était le plus raisonnable et le plus intègre. C'était aussi le plus jeune chef de la police que la ville ait jamais eu.

— Au fait, tu as payé ton amende ? lui demanda Hank alors qu'ils s'asseyaient à une table.

Jake avait eu une amende pour un excès de vitesse à moto une semaine auparavant.

— Pas encore.

— Ne tarde pas. Je ne voudrais pas te coffrer pour amendes impayées.

— T'inquiète. Je passerai lundi. Alors, qu'est-ce qu'il y a de bon ici ? demanda-t-il en prenant le menu.

— Si c'est Abby qui cuisine, tout, répondit Hank. Tu savais qu'elle travaillait ici, non ?

— Bien sûr, dit-il, haussant les épaules bien que crispé depuis que son frère avait prononcé le nom de son ex.

— C'est pour ça qu'on est là ?

— On est là parce que tu m'as dit que tu voulais rattraper le temps perdu, rappela-t-il à son frère. Et il se trouve que je loge ici.

— J'ai pensé que ce serait sympa de prendre le petit déjeuner ensemble. Tu as à peine touché à ta pizza hier soir.

Un serveur apparut et prit leur commande, et en quelques minutes, les cafés furent placés devant eux. Jake remarqua que tout le monde saluait son frère.

— Tu as une copine, en ce moment ? s'enquit-il en sucrant son café.

— Non, et toi ?

— Non plus. Apparemment, j'aurais peur de m'engager. Quelle est ton excuse ?

Son frère haussa les épaules.

— Bah, pas le temps. Et puis, les femmes me voient plus comme un ami que comme un amant, paraît-il. C'est ce que m'ont dit toutes celles avec qui je suis sorti.

— Aïe. Ça craint.

Il n'entendit pas la réponse de Hank, car Abby apparut dans la salle et se mit à bavarder avec des clients assis à une table. Vêtue de son tablier et de sa toque de cheffe, elle discutait aimablement jusqu'au moment où elle remarqua sa présence.

À cet instant précis, elle crispa les épaules et serra les lèvres avant de croiser son regard. Jamais il n'avait rencontré quelqu'un avec des yeux bleu pâle aussi uniques. Il essaya de ne pas la fixer ou de ne pas observer les formes tellement sexy de son corps. Il avait eu des années pour oublier l'incroyable désir qu'elle avait éveillé en lui ce jour-là. Pour oublier la douceur de sa peau et celle de ses lèvres. Mais la voir lui rappelait ces souvenirs avec une force foudroyante.

— Hé ! ça va ?

La voix de Hank le ramena sur terre, lui rappelant qu'il n'était qu'un idiot.

— Ça va, dit-il en détournant le regard.

— Elle te plaît toujours, hein ?

Jake se renfrogna.

— C'est de l'histoire ancienne.

— Moi, j'aime bien Abby, remarqua Hank.

— C'est ton droit.

— Je pense que Tom et elle étaient heureux. Mais…

— Mais ?

Hank haussa les épaules.

— Mais Tom est n'est plus là… c'est tout ce que je dis. Et Abby et toi…

— Il n'y a plus d'Abby et moi, l'interrompit-il.

— Donc, si je te dis qu'elle se dirige vers notre table, ça ne te fera ni chaud ni froid ?

Jake tressaillit avant de répondre.

— Absolument.

Ils savaient tous deux que c'était un mensonge. Quelques secondes plus tard, Abby s'arrêtait à leur table, les bras croisés, essayant manifestement de ne pas le regarder.

— Bonjour, messieurs, dit-elle avec un sourire forcé.

— Hé ! Abby, lança Hank. Qu'est-ce qu'il y a de bon aujourd'hui ?

— Des pancakes. Avec du bacon et du beurre d'érable.

L'estomac de Jake gargouilla, et il se rendit compte qu'il n'avait pas vraiment mangé depuis le déjeuner au ranch la veille. Mais à la façon dont Abby évitait son regard, il craignait qu'elle ne mette de l'arsenic dans ses pancakes s'il en commandait.

— Parfait, répondit Hank en souriant, bien qu'il ait perçu le profond malaise de son frère.

— Je vous renvoie le serveur pour qu'il prenne votre commande.

— Je disais justement à Jake que tout ce qu'il y a sur le menu est bon, poursuivit Hank d'un ton tellement aimable que Jake craignit le pire. Et comme il loge maintenant à l'hôtel, il aura l'occasion de le vérifier par lui-même.

Jake la vit se raidir.

— Tu loges ici ?

— Pour quelque temps.

— Tu ne devais pas rentrer là d'où tu viens ?

— Sacramento, précisa-t-il, bien conscient qu'elle savait exactement où il vivait. Et non, pas tout de suite.

Il vit une ombre passer sur son visage, mélange d'incertitude et de peur. Ce qui n'avait aucun sens. Elle n'avait aucune raison d'avoir peur de lui. Ils n'étaient plus ensemble depuis longtemps.

— Eh bien, bon appétit, dit-elle après une profonde inspiration. Au revoir, chef.

— C'est fou à quel point elle ne te fait ni chaud ni froid, remarqua Hank avec un large sourire, lorsqu'elle fut hors de portée.

— Oh ! ça va, hein...

Hank éclata de rire.

— On aurait dit qu'elle avait envie soit de t'embrasser, soit de te trucider... Enfin, j'espère pour toi que c'était la première option...

Il loge dans mon hôtel.

Abby avait envie de hurler. Non, non, non. Elle ne voulait pas de lui à l'hôtel.

C'était trop... *proche.*

Elle ne voulait pas qu'il mange dans son restaurant. Elle ne voulait pas le croiser à la réception, si séduisant avec son jean et sa veste en cuir. Elle ne voulait pas l'imaginer dormir dans une chambre à l'étage. L'hôtel et le restaurant étaient son domaine. Son havre de paix. Son moyen d'échapper à tout ce qui la liait à Jake Culhane.

C'était l'endroit où elle emmenait souvent son fils prendre le petit déjeuner le dimanche. L'endroit où elle travaillait. Où elle socialisait avec des gens qui lui faisaient confiance. L'endroit où personne ne soupçonnait la vérité sur la paternité de T.J. parce qu'elle restait discrète sur sa vie privée. L'endroit où elle se sentait protégée des ravages que pourrait faire la vérité. Et s'il voyait T.J. ? Jake était un homme intelligent. Il saurait très vite de quoi il retournait.

Maudit soit Jake Culhane.

Elle se redressa et se remit au travail, ignorant la migraine qui lui tourmentait le crâne et l'angoisse qui lui tenaillait le ventre. Comment réussit-elle à tenir jusqu'à la fin de son service ? Mystère. Toujours est-il qu'elle fut soulagée quand 11 heures sonnèrent et qu'elle put passer le relais à l'autre chef pour le déjeuner.

Elle se débarrassa de sa tenue, attrapa son sac et emprunta la sortie du personnel. Débouchant sur le parking, elle s'arrêta net en trouvant Jake appuyé sur le capot de sa voiture. Elle pesta contre les plaques d'immatriculation personnalisées qui identifiaient clairement son véhicule. Elle se trouvait à environ trois mètres de lui.

— Qu'est-ce que tu veux, Jake ?

— Parler.

Elle secoua la tête, craignant qu'il ne lui pose des questions sur son fils. Qui était aussi celui de Jake. Mais pourquoi le ferait-il ? Il n'avait jamais rencontré T.J.

— De quoi ?

— Du passé, dit-il en se redressant. Du présent.

Ce type était beau à tomber… Tout en lui était extrêmement masculin. Ses épaules étaient larges, sa taille et ses hanches sveltes, ses jambes longues, ses cheveux noirs et ses yeux incroyablement verts. Un frisson passa sur sa peau et elle s'en voulut immédiatement. Il était totalement hors de question de focaliser sur la séduction que Jake dégageait.

— Je pense que nous avons dit tout ce qu'il y avait à dire il y a des années.

— Ce n'était que de la culpabilité et des regrets, rappela-t-il.

Mais Abby n'avait pas besoin qu'on le lui rappelle. Elle n'avait qu'à regarder son fils pour se souvenir de ce qu'ils avaient fait et de la façon dont ils avaient trahi Tom. L'ironie, c'est qu'Abby ne regrettait pas d'avoir fait l'amour avec Jake cet après-midi-là. Car si elle l'avait regretté, cela aurait voulu dire qu'elle se repentait d'avoir eu son fils… et un monde sans T.J. était impensable.

Elle s'approcha, consciente qu'ils se trouvaient au milieu d'un parking et qu'on pouvait facilement les voir et les entendre.

— Je préfère oublier ce qui s'est passé. Je n'étais pas dans mon état normal. J'étais en deuil et…

— Je sais, Abby, l'interrompit-il. Nous l'étions tous les deux. En fait, je voulais te présenter des excuses… te dire que je suis désolé de tout ce que j'ai pu dire ou faire par la suite. Nous avons tous les deux prononcé des mots que nous n'aurions pas dû dire.

Abby s'en souvenait. Oui... ils avaient échangé des choses affreuses et blessantes ce jour-là. Mais ils avaient aussi fait un enfant. Un enfant qu'elle avait gardé secret pendant six ans.

— D'accord, balbutia-t-elle. Excuses acceptées. Je suis désolée moi aussi... de tout ce que j'ai pu dire.

Malgré les excuses, la tension entre eux était toujours palpable. Manifestement, ils étaient aussi sceptiques l'un que l'autre. Abby laissa échapper un petit rire.

— Ça serait tellement plus simple que l'on s'oublie, tu ne trouves pas ? On n'est pas obligés de faire ça, Jake. On pourrait laisser le passé exactement là où il est et reprendre le cours de nos vies.

En prononçant ces mots, Abby savait qu'elle n'était pas sincère. Parce que tant que Jake ignorerait la vérité, elle regarderait toujours par-dessus son épaule. Elle aurait toujours peur.

— Je n'ai pas envie de te contredire, Abby. Nous étions amis autrefois... J'aimerais penser que nous pourrions l'être à nouveau.

Amis ? L'étaient-ils ? Amants, certainement. Et leur relation au lycée avait été passionnée dès le début. Un contraste total avec sa relation avec Tom, qui avait été fondée sur l'amitié, la confiance et des idéaux communs. Avec Jake, ça avait été intense, stressant, passionné et sexuel. D'accord... peut-être pas tout le temps. Il y avait eu des moments où il était à la fois son meilleur ami et son amant. Et à en croire la vitesse à laquelle son sang circulait dans ses veines, certains de ces désirs et sentiments persistaient encore. Mais on ne pouvait nier que Jake était beau et sexy à en mourir.

— Bien sûr, répondit-elle. Des amis. Pas de problème.

Il lui tendit la main et, au bout d'un moment, elle la prit, sentant ses longs doigts se refermer sur les siens. Cela faisait des années qu'ils ne s'étaient pas touchés, et elle sentit la décharge électrique familière remonter le long de son bras et atterrir directement dans son ventre. Comme toujours, elle était à la merci de cette stupide attirance physique qu'elle éprouvait pour lui. Pressée de s'échapper, Abby dégagea sa main et se dirigea vers sa voiture.

— À plus tard, dit-elle en esquissant un sourire.

Arrivée chez sa grand-mère, Abby tremblait comme une feuille.

— Tu as une mine épouvantable, remarqua Patience Reed en lui ouvrant la porte.

— Mauvaise matinée, répondit-elle en la suivant dans le couloir. Où est T.J. ?

— Il lit dans le salon. Il m'a dit qu'il voulait lire un autre chapitre.

Abby ne protesta pas, son fils adorait la lecture et elle faisait tout pour encourager cette passion en lui proposant sans cesse de nouveaux livres.

— J'ai besoin d'un café, dit-elle en entrant dans la cuisine.

— Des clients difficiles ?

— Un seul, répliqua Abby en s'asseyant. Jake.

— Tu l'as revu ?

Elle acquiesça.

— Il veut qu'on soit « amis », dit-elle en traçant des guillemets dans les airs avec ses doigts.

— Et toi, qu'est-ce que tu veux ? l'interrogea sa grand-mère, haussant les sourcils.

— A priori, je voudrais qu'il retourne en Californie et qu'il me laisse en paix. Mais ça semble compromis, puisqu'il vient de s'installer à l'hôtel.

— Donc, il reste en ville ?

— Pour l'instant... Je ne comprends pas pourquoi, puisque son frère est sorti de l'hôpital et qu'il est presque rétabli, d'après ce que j'ai entendu.

— Tu crois qu'il se doute de quelque chose ?

Abby haussa les épaules.

— Je ne pense pas. Mais on ne sait jamais. Peut-être que quelqu'un lui a parlé et qu'il reste pour vérifier. Je ne sais pas ce que pense Jake.

Je ne l'ai jamais su. Cet homme est très secret. Je sais juste qu'il loge à l'hôtel et que ça me rend horriblement nerveuse.

Patience versa du café et s'approcha du plan de travail.

— Tu savais que ça arriverait, Abby. C'était inévitable, puisque sa famille est d'ici. Et c'est le bon moment pour dire la vérité. Nous le savons toutes les deux.

— Et T.J. ? Quelles seraient les conséquences sur lui ? Tu y as pensé ?

— Je ne peux pas imaginer que Jake soit une menace pour son fils.

— Ne l'appelle pas comme ça, mamie, dit sèchement Abby.

— C'est la vérité, et la vérité doit être affrontée. Je sais que tu penses avoir fait ce qu'il fallait en faisant croire à T.J. que Tom était son père, mais tant que tu ne lui auras pas dit la vérité sur Jake, ce sera un mensonge avec lequel tu devras vivre jusqu'à la fin de tes jours. Et T.J. aussi.

La honte s'abattit sur ses épaules. Sa grand-mère avait raison. Elle avait fait croire à T.J. que Tom était son père. Et personne n'avait jamais questionné cette paternité. Mais aujourd'hui, le retour inattendu de Jake avait tout changé et elle savait que son fils aurait besoin d'être préparé émotionnellement à l'inévitable : la rencontre avec son père biologique.

— Je pensais avoir plus de temps.

— Tu as eu six ans, Abby.

— Tu as raison. Au fond de moi, je sais que Jake a le droit d'être informé. Et T.J. aussi. Mais j'ai peur que Jake ne reste pas ici... et que cela fasse du mal à T.J.

Sa grand-mère la regarda fixement.

— J'ai l'impression que tu cherches des excuses pour ne pas dire à Jake ce que tu aurais dû lui avouer quand tu as su que tu étais enceinte.

Patience avait toujours désapprouvé ses choix tout en la soutenant à fond dans sa vie quotidienne. Et Abby savait que sa grand-mère adorait son petit-fils.

— Je suis désemparée, c'est vrai. Pour ce que j'en sais, Jake pourrait faire ses valises et partir demain, alors je ne vois pas l'intérêt de créer le chaos inutilement.

— Ça signifie que tu ne vas pas lui dire ? demanda Patience sans ambages.

— Non, grand-mère, soupira Abby, ça veut dire que je vais prendre le temps et voir comment les choses évoluent. Si Jake...

— Se montre digne ?

— Quelque chose comme ça.

— Tu penses que c'est juste ?

Abby haussa les épaules.

— Non... mais je dois protéger mon fils, et je le ferai coûte que coûte.

Patience acquiesça.

— Je sais que tu veux le protéger. Mais tu cherches peut-être aussi à te protéger toi-même, tu ne crois pas ?

Abby feignit de ne pas comprendre.

— Je ne vois pas du tout ce que tu...

Sa grand-mère soutint son regard.

— Il a toujours été un sable mouvant pour toi, Abby. Croyais-tu que le temps ferait disparaître cela ?

— Oui, je le croyais. Mes sentiments pour Jake ont toujours été compliqués. Mais si je lui dis, il faut que ce soit parce que c'est ce qu'il y a de mieux pour T.J.

— Tu sais que je te soutiens. Mais tu dois lui dire la vérité, Abby, pendant que tu en as la possibilité et *avant* que cette possibilité te soit retirée.

Elle savait que sa grand-mère avait raison.

Mais c'était toujours aussi effrayant. Comment réagirait Jake ? Serait-il furieux ? Incrédule ? Ou pire... indifférent ? Et s'il ne voulait rien avoir à faire avec T.J. ? Elle espérait, au plus profond de son cœur, que Jake connaisse la vérité sans que cette révélation ait un impact négatif sur la vie de T.J.

Ou sur la mienne.

Elle se leva, sortit son téléphone portable de son sac et appela l'hôtel. Quelques secondes plus tard, elle fut mise en relation avec la chambre de Jake.

— C'est Abby.

Il resta silencieux pendant un moment et elle se mit à trembler.

— Je suis surpris de ton appel.

Abby prit une longue inspiration.

— Il faut qu'on parle, Jake. Peux-tu me rejoindre quelque part ?

— Ah… bien sûr, répondit-il après un temps d'hésitation.

— Au Loose Moose, à 19 heures, se hâta-t-elle de proposer avant de changer d'avis.

3

Pourquoi un tel revirement de la part d'Abby ? Jake n'en avait aucune idée. Quelques heures plus tôt, elle le considérait avec méfiance, ce qui semblait indiquer qu'ils n'avaient rien à se dire.

Mais en entrant au Loose Moose, une taverne chaleureuse située à deux pas de chez O'Sullivan, Jake comprit tout de suite que la conversation ne faisait en fait que commencer.

Assise seule à une table au fond de la salle, Abby se tordait nerveusement les mains. Elle avait les cheveux lâchés et portait une veste en fausse fourrure avec une chemise et un jean. En s'approchant d'elle, Jake sentit son cœur se serrer étrangement. Il y avait un tel mur entre eux, un mur fait de paroles blessantes, de non-dits et de cette culpabilité qui les tenaillait tous les deux d'avoir un jour cherché du réconfort ensemble à un moment où ils étaient au plus bas.

Jake s'en souvenait comme si c'était hier. Il était passé chez elle lui dire au revoir avant de regagner son poste en Irak. Elle l'avait fait entrer gentiment. Il se rappelait sa tristesse et sa voix tremblante lorsqu'ils s'étaient mis à parler dans le salon. Et puis, comme dans un rêve, ils s'étaient mis à s'embrasser. Doucement, au début, plutôt pour se réconforter et se rassurer, puis le rythme avait changé et ils avaient tous deux été emportés par une passion d'une intensité mémorable. Mais ensuite, il y avait eu les regrets et les récriminations. De part et d'autre.

Elle leva les yeux lorsqu'il s'arrêta devant sa table. Elle ne souriait pas, et Jake identifia une expression de gêne sur son visage. Mais c'était logique, puisque cela avait toujours été comme ça entre eux. Jake espéra qu'il pourrait un jour se racheter auprès de celle qui avait été la femme de son meilleur ami, et la jeune fille qu'il avait aimée autrefois.

— Bonjour, dit-il doucement en s'asseyant. Ça fait plaisir de te revoir.

— Bonjour, Jake.

Une serveuse s'approcha pour prendre leur commande. Elle commanda une eau gazeuse. Il fit de même.

Une fois la serveuse partie, Jake reprit la parole.

— J'ai été surpris par ton appel.

Elle prit une longue inspiration.

— Je me suis dit qu'il fallait qu'on parle.

Il acquiesça.

— Moi aussi. Je voudrais mettre fin à toute cette tension qui existe entre nous, Abby. Il faut qu'on s'explique.

— Pourquoi ? Qu'est-ce que ça peut faire qu'il y ait des tensions ?

— Eh bien... nous sommes des...

— Quoi, Jake ? répliqua-t-elle. Des amis ? Je ne pense pas que nous ayons jamais été vraiment amis. Nous sommes sortis ensemble au lycée, nous avons rompu et j'ai épousé Tom. Tu étais, sans surprise, absent à notre mariage.

Jake se raidit. Il venait d'être envoyé à l'étranger à l'époque, mais il n'avait pas fait beaucoup d'efforts pour obtenir une permission. Il n'avait eu aucune envie d'assister au mariage de son meilleur ami et de son ex.

— J'étais à...

— Je sais, l'interrompit-elle. Tom ne t'en a pas voulu. Mais ce qui s'est passé plus tard... après l'enterrement... c'était un moment de folie... J'ai beau essayer d'oublier, je ne peux tout simplement balayer tout ça sous le tapis et faire comme si ça n'avait pas eu lieu. On ne peut pas défaire le passé, Jake.

— Je ne dis pas ça. Je sais seulement que Tom ne voudrait pas que nous soyons comme ça.

Elle haussa les sourcils.

— Tu crois vraiment savoir ce que mon mari voudrait ?

— Nous étions amis, souffla Jake.

— Il te vénérait. Il te trouvait des excuses. Il disait toujours que tu ne te réinstallerais jamais à Cedar River. C'est vrai ?

Jake fronça les sourcils. Il ne s'attendait pas à être cuisiné de cette façon.

— J'ai une vie à Sacramento. Une entreprise. Des amis.

— Une petite amie ?

La serveuse revint avec leurs boissons.

— Non, répliqua Jake une fois qu'elle fut repartie.

— Tu ne t'es jamais marié ?

— C'est une question ou une affirmation ?

Elle haussa les épaules.

— Un peu des deux. Mais je suis curieuse… Puisque tu n'es plus dans l'armée, pourquoi ne t'es-tu pas marié ?

Le malaise de Jake s'accrut. Il n'avait pas l'habitude de parler de sa vie privée.

— Et toi ? esquiva-t-il. Pourquoi ne t'es-tu pas remariée ?

Elle but une gorgée d'eau gazeuse.

— J'étais occupée par mon travail et…

— Ton fils ?

Elle croisa son regard et ses yeux s'écarquillèrent légèrement.

— Oui. T.J.

Tomas John ? Du nom de son père. C'était mignon. Tom aurait aimé l'idée, lui qui croyait beaucoup à la famille et qui aurait fait un bon père, s'il en avait eu la chance. Jake n'avait jamais beaucoup réfléchi à la paternité. Il est vrai qu'il n'avait pas vraiment eu de modèle digne de ce nom. Et depuis l'armée, la notion de s'installer quelque part ne lui convenait pas. Même Sacramento lui semblait temporaire.

— Ton fils a quoi ? Six ans ?

— Presque. Il les aura en mars.

Il se réjouissait pour elle qu'elle ait eu un enfant pour honorer la mémoire de l'homme qu'elle avait aimé. Un homme qui avait souvent aidé Jake à traverser les moments les plus difficiles de sa vie grâce à sa gentillesse et à sa compréhension.

— Il ressemble à son père ?

— Oui, beaucoup, répondit-elle en reprenant une gorgée.

— Je suis surpris que les parents de Tom aient quitté la ville. Je veux dire, je sais que leur fille vit dans l'Oregon, mais je pensais qu'ils seraient restés pour être proches de leur petit-fils.

Elle haussa les épaules.

— Ils voulaient vivre dans un endroit qui ne leur rappellerait pas constamment leur fils. Les gens partent pour toutes sortes de raisons, tu en sais quelque chose…

Il marqua une pause avant de répondre.

— Tu sais pourquoi je suis parti, Abby.

— Parce que tu voulais être dans l'armée plus que tout. Exactement comme mon père en son temps. Cela dit, je me suis toujours demandé pourquoi tu t'es éloigné de ta famille et du ranch.

Il haussa les épaules.

— Le ranch appartient à Mitch, et maintenant que Tess et lui se sont remis ensemble et qu'ils vont avoir un bébé, il va y avoir une nouvelle génération et de nouveaux liens familiaux. Sur ce plan, je suis sûr qu'ils feront un bien meilleur boulot que le Vieux.

— Je suppose que tu n'as pas repris contact avec ton père ?

— Certainement pas. Je ne veux plus jamais le revoir. Et toi ? Tu vois souvent ta mère ?

Abby secoua la tête.

— On se parle au téléphone, bien sûr. Elle a épousé Clive, qui est très sympa, et ils vivent en Floride. En général, je vais la voir pour Noël avec ma grand-mère, de qui j'ai toujours été plus proche, comme tu le sais. Je pense que ça a soulagé ma mère de rencontrer un homme qui l'emmène loin d'ici.

Jake se demanda si Abby pourrait être tentée de suivre cet exemple.

— Et toi, tu penses te remarier un jour ?

Elle le regarda bizarrement.

— J'aimerais avoir d'autres enfants, peut-être...

— Je suis sûr que tu es une super maman.

Elle esquissa un sourire. C'était la première fois qu'elle lui adressait un regard autre que désapprobateur depuis qu'il s'était assis face à elle.

— J'aime à le penser. Mais T.J. ne serait pas forcément d'accord avec ça, car il m'arrive de l'empêcher de faire ce qu'il veut.

— Ça ne doit pas être simple d'élever un gamin toute seule. Mon frère Joss semble y arriver, même si je ne sais pas trop comment il fait.

— S'il est comme moi, c'est juste une illusion. Pour ma part, j'ai la chance d'avoir ma grand-mère pour m'aider. J'ai acheté la maison voisine de la sienne.

Il se souvenait très bien de la maison de sa grand-mère. Ils avaient passé beaucoup de temps dans la chambre d'Abby quand ils sortaient ensemble, souvent sous prétexte de faire leurs devoirs. Mais en fait, ils passaient leur temps à s'embrasser dans cette pièce jusqu'au jour où ils y avaient perdu leur virginité ensemble.

Jake remarqua qu'Abby avait légèrement baissé les yeux, et il se demanda si elle se souvenait de la même chose.

— Je sais que ça va te paraître fou, Abby, mais j'aimerais qu'on mette tout à plat pour repartir sur de nouvelles bases.

— Pourquoi ? fit-elle, l'air sceptique.

— Parce qu'il me semble que ce serait la meilleure chose à faire.

Elle resta silencieuse pendant un moment, mais sans le quitter du regard. Ce qui réveilla un tas de souvenirs. Tout comme lui, elle était consciente de leur histoire commune, de sa richesse mais aussi de sa lourdeur.

— D'accord, dit-elle doucement. Nous pourrions laisser le passé là où il est et recommencer à zéro. Maintenant que c'est réglé, tu peux quitter la ville la conscience tranquille.

Jake la regarda tripoter nerveusement sa serviette en papier. Il ne la comprenait pas. C'était elle qui l'avait appelé, après tout. Jake ne se faisait aucune illusion sur les sentiments d'Abby à son égard. Mais il était curieux de savoir pourquoi elle avait demandé à le voir alors qu'elle avait clairement envie d'être ailleurs.

Il leva son verre et croisa son regard.

— Qui a dit que je partais ?

Abby était une véritable boule de nerfs.

Vas-y, dis-lui...

Mais elle n'y arrivait pas. Les mots ne sortaient pas.

Et maintenant qu'il venait de déclarer qu'il n'avait pas l'intention de repartir, elle était plus perturbée que jamais. Elle le fixa, scrutant chaque angle de son beau visage, à la recherche d'un doute indiquant qu'il soupçonnait quelque chose au sujet de T.J. Mais elle ne trouva rien.

— Donc, tu ne comptes pas repartir ? s'enquit-elle.

Il haussa ses magnifiques épaules.

— Pas tout de suite. Mon frère est en convalescence, et j'ai besoin de passer du temps avec ma famille.

Abby sentit son ventre se nouer.

— Combien de temps ?

— Combien de temps ? Je ne sais pas. Quelques semaines. Quelques mois, peut-être. Je ne suis pas pressé. Mon associé a la société bien en main.

Elle avait entendu parler de cette société. Tout le monde disait qu'il était riche, aujourd'hui. Jake était un homme très intelligent et elle n'était pas surprise de sa réussite. Au lycée, il n'avait jamais eu besoin de travailler dur pour obtenir de bonnes notes, et il était excellent en maths.

Comme son fils. Elle secoua les épaules pour chasser un frisson.

— Il paraît que tu es riche. C'est vrai ?

Il s'esclaffa.

— Je m'en sors.

— Parle-moi de ton entreprise.

Malgré le côté interrogatoire de l'échange, il s'exécuta.

— C'est une société de sécurité informatique. On travaille pour des centres commerciaux, des parcs d'attractions, des grands hôtels... ce genre de choses.

— Tu voyages beaucoup ?

— Non. Mon associé beaucoup plus. Je suis davantage en coulisses, je m'occupe de la technique.

— J'aurais cru que tu resterais dans l'armée...

Il haussa les épaules.

— J'y ai songé. Mais quand j'ai atteint le grade de sergent, j'ai compris que je n'étais pas fait pour faire carrière.

— Alors, pourquoi Sacramento ?

— Il n'y a pas de raison... Je me suis retrouvé là après l'armée, c'est tout. Mon ami avait de la famille là-bas et quelques relations, alors nous avons lancé notre affaire. C'est une ville assez sympa.

Il ne semblait pas particulièrement attaché à cette ville. Contrairement à elle, qui ne s'imaginait pas vivre ailleurs qu'à Cedar River.

— Une simple étape dans ta vie, alors ?

Il haussa les épaules.

— Peut-être... Pour l'instant.

Une serveuse passa à côté de leur table avec un plateau chargé de grillades. Il jeta un œil à Abby.

— Tu veux dîner ? Leur carte a l'air super.

— Ce n'est pas un dîner en tête à tête, Jake, répliqua-t-elle. D'ailleurs, il faut que j'y aille. Merci d'être venu.

— Ça ne te soulagerait pas d'arrêter de me détester ?

Elle se figea sur son siège.

— Je ne te déteste pas.

Il haussa un sourcil.

— Ah bon ? Pourtant, on dirait... vraiment.

Abby déglutit difficilement.

— Ce n'est pas de la haine. C'est... de l'humiliation. De la gêne. Et de la culpabilité. Ce sont des émotions inutiles, je sais... mais je ne peux pas m'empêcher de les ressentir. Tromper quelqu'un qui vous aimait est une pilule difficile à avaler. Même s'il n'était plus là… j'ai l'impression quand même de l'avoir trahi. Ce n'est pas logique. Mais les sentiments le sont rarement.

— Donc, que faut-il que je fasse ? Que je m'excuse ? demanda-t-il, haussant les épaules. Très bien, je suis désolé. Vraiment désolé. Je n'ai jamais voulu te faire de mal, Abby.

Abby aurait voulu lui dire la même chose. Mais au fond d'elle-même, elle ne pouvait pas être désolée de ce qui s'était passé entre eux. Parce que cela aurait voulu dire qu'elle regrettait d'avoir eu T.J., ce qui était impensable.

Elle attrapa son sac et se leva.

— Bonne nuit, Jake.

Il croisa son regard.

— Je pourrai te revoir ?

Elle aurait aimé lui crier un non catégorique. Mais elle en fut incapable.

— Bien sûr, on discutera…

Elle arriva chez elle un quart d'heure plus tard et trouva sa grand-mère au salon, en train de regarder la télévision. Il était près de 21 heures, et son fils dormait sans doute déjà. Patience baissa le volume et attendit qu'Abby s'installe sur le canapé.

— Alors, comment ça s'est passé ?

— Ça s'est bien passé.

— Tu lui as parlé de T.J. ?

Elle secoua la tête.

— Bien sûr que non. Je voulais d'abord lui parler, savoir quels étaient ses projets.

— Tu voulais le cuisiner un peu…

— Quelque chose comme ça. Il dit qu'il va rester ici encore quelque temps.

Patience lui jeta un regard interrogateur.

— Ce n'est pas ce que tu voulais ?

Abby n'avait aucune idée de ce qu'elle voulait en ce qui concernait Jake.

— Je veux être sûre de protéger mon fils. Merci de l'avoir gardé ce soir, mamie. Je ne sais pas ce que je ferais sans toi.

Après le départ de sa grand-mère, Abby resta un moment dans le salon et regarda le coin vide près de la fenêtre où ils installeraient bientôt le sapin de Noël. T.J. adorait Noël. Il participait au spectacle de l'école et Abby s'était portée volontaire pour s'occuper des costumes.

Elle bâilla, s'étira, fit le tour de la maison pour éteindre les lumières, puis se dirigea vers la chambre de T.J. Son fils dormait profondément, serrant contre lui son dragon en peluche préféré, un bras hors des couvertures. Elle resserra la couette autour de lui et lui embrassa doucement le front. Un élan d'amour l'envahit comme une vague chaude et familière. L'intensité des sentiments qu'elle éprouvait pour son enfant était tout simplement illimitée. Il était son soleil et sa lune, sa nuit et son jour, un lien qui s'était formé dès qu'elle avait su qu'elle était enceinte.

En regardant à présent ses cheveux bruns ébouriffés et la douce courbe de ses lèvres, Abby voyait Jake dans chaque angle de son visage.

Sa grand-mère avait raison. Son fils méritait de connaître son père. Son *vrai* père.

Abby savait qu'elle devrait dire à T.J. et à Jake toute la vérité... et non une version abrégée. Seulement, elle hésitait sur la façon de s'y prendre.

Elle éteignit la veilleuse, laissa la porte entrouverte et se dirigea vers sa chambre. Après s'être douchée et avoir enfilé son pyjama le plus chaud, elle se glissa dans son lit. Agitée, elle resta éveillée, à regarder par la fenêtre. Il faisait froid dehors, mais le ciel était dégagé. De la neige était annoncée. Cela faisait des mois que T.J. réclamait un snowboard, qu'elle lui offrirait peut-être si elle parvenait à surmonter son instinct de surprotection.

T.J. tenait manifestement de Jake. Son ex-petit ami était connu pour son amour des sensations fortes lorsqu'il était jeune. Skier sur les pentes enneigées, faire de la moto sur les routes de montagne, Jake Culhane avait toujours eu le goût du risque. C'était sans doute la raison pour laquelle l'armée l'avait tant attiré. Bien sûr, elle savait qu'il avait fait ce choix pour s'éloigner de son père violent. Mais sans doute avait-il aussi été attiré par l'étranger et l'idée de voyager.

Lorsqu'elle se réveilla le lendemain, après une nuit agitée, elle sourit en voyant T.J. assis au bord de son lit, en train de lire. C'était leur rituel du dimanche matin. Il apportait un livre, et ils lisaient ensemble un moment, avant d'aller prendre le petit déjeuner en ville.

— Bonjour, maman, dit-il lorsqu'il vit qu'elle était réveillée. Tiens, j'ai apporté mon préféré, ajouta-t-il en brandissant son livre. Celui sur les dinosaures.

Abby se mit à rire et le prit dans ses bras, lui ébouriffant les cheveux et respirant son odeur qu'elle aimait tant. Ils lurent un peu, puis s'habillèrent et sortirent vers huit heures et demie.

— Alors, qu'est-ce que tu veux comme petit déjeuner ? demanda-t-elle alors qu'ils se dirigeaient vers la ville.

— Des crêpes. Ou des gaufres.

Abby se mit à rire.

— Tu réponds ça à chaque fois.

— C'est ce que je préfère, maman, dit-il en souriant.

— On va où ? À la boulangerie ou chez O'Sullivan ?

— Chez mamie, répondit-il, catégorique. Elle fait les meilleures crêpes. À part toi.

— Tu sais que quand je ne travaille pas, le dimanche est notre journée spéciale à tous les deux. Et mamie en profite pour faire autre chose.

T.J. acquiesça.

— Alors c'est toi qui choisis, maman.

Préférant éviter l'hôtel O'Sullivan de crainte d'y croiser Jake, Abby traversa la ville et se gara devant la boulangerie. À peine entrée, elle aperçut une amie, Annie Jamison, assise seule à l'une des tables. Annie leva la tête et leur fit signe d'approcher. Nounou de son état, elle travaillait pour David McCall, un veuf qui se trouvait être le cousin de Jake Culhane. Et la demi-sœur d'Annie n'était autre que Tess Culhane.

À Cedar River, tout le monde connaissait tout le monde et les liens de parenté étaient fréquents entre les membres de la communauté. C'était d'autant plus curieux que personne n'ait jamais deviné qui était le père de T.J., lequel ne ressemblait aucunement à Tom. En fait, T.J. avait hérité des cheveux bruns de Jake et de ses yeux verts, ainsi que de la tache de naissance en forme d'éclair sur son épaule.

— Tu as l'air fatiguée, lui dit Annie.

— La semaine a été longue. Et toi, tu as pris un jour de congé ?

Annie haussa les épaules.

— David emmène les enfants à Rapid City, alors je me suis dit que j'allais prendre un peu de temps pour moi.

— Tu penses toujours à démissionner ?

Annie acquiesça sans conviction.

— J'y pense mais rien n'est décidé...

— Maman, fit soudain T.J. J'ai trop faim...

Abby rit de son ton dramatique et fouilla dans son sac à la recherche de son porte-monnaie. Ne le trouvant pas, elle se souvint qu'elle l'avait laissé dans la boîte à gants de la voiture.

— Tu peux le surveiller une minute ? demanda-t-elle à son amie.

Elle verrouillait la portière de la voiture après avoir récupéré son porte-monnaie lorsque quelqu'un l'appela. Elle se retourna : c'était Jake. Vêtu d'un jean, de santiags, d'une chemise blanche et d'un blouson de cuir noir, il avait un casque de moto à la main.

— Oh ! bonjour, dit-elle nerveusement, apercevant T.J. par la fenêtre et regrettant de ne pas être allée chez O'Sullivan.

Elle jeta un œil à la moto garée à deux pas.

— C'est la tienne ?

Il acquiesça avant de lui lancer :

— J'aime bien ton look.

Abby baissa les yeux sur son pantalon cargo beige, son T-shirt rouge à manches longues, son écharpe et sa grosse veste en laine et se souvint qu'elle s'était habillée sans trop réfléchir. Elle réussit à esquisser un sourire crispé et acquiesça.

— Merci. Euh, il faut que j'y aille.

— Moi aussi. Je suis juste passé prendre un café.

Il allait à la boulangerie.

Non. Le cœur d'Abby faillit s'arrêter.

Pas encore... Je ne suis pas encore prête pour ça.

— Tu sais que le café de l'hôtel est délicieux ?

— Je sais, répondit-il. J'en ai pris un au petit déjeuner.

— Oh... d'accord. Le café là-bas, au coin de la rue, est super aussi, dit-elle avec un geste dans cette direction.

— Pourquoi ? Il y a un problème avec le café d'ici ?

Le cœur d'Abby se mit à battre la chamade.

— Euh... non... c'est juste que...

— Alors, après toi, dit-il avec un large geste du bras pour l'inviter à entrer.

Abby prit une longue inspiration et se dirigea vers la porte. Lorsqu'elle franchit le seuil, elle tremblait tellement qu'elle serra les poings pour se contrôler. Elle repéra immédiatement T.J. et, alors qu'il se levait de table et se précipitait vers elle, la peur et l'effroi remontèrent le long de sa colonne vertébrale et elle sut que le moment était arrivé.

Jake Culhane était sur le point de se retrouver face à face avec son fils !

4

Jake regarda avec perplexité l'enfant se précipiter vers Abby et lui prendre la main. C'était un beau petit garçon. Il avait les cheveux bruns, comme sa mère. Il le fixa un moment, cherchant à reconnaître quelque chose de son ami dans les traits du garçonnet mais ne trouva rien. Manifestement, l'enfant tenait d'Abby.

— Maman, maman ! scandait-il. J'ai faim.

— D'accord, répondit-elle, le souffle court. Qu'est-ce que tu veux ? Des crêpes ? Des gaufres ?

Il se mordilla la lèvre, pencha la tête, puis regarda Jake.

— C'est qui ?

Jake entendit Abby prendre une profonde inspiration.

— C'est un... ami. Il s'appelle Jake.

Le garçon tendit la main d'un air sérieux et se présenta.

— Je m'appelle T.J.

En serrant doucement la main de l'enfant, Jake sentit une curieuse chaleur dans sa poitrine. Une impression de familiarité. Sans doute parce que c'était le fils d'Abby et de Tom. Il chassa ce ressenti et lâcha la main du garçon.

— C'est un plaisir de te rencontrer, T.J. Tu viens souvent ici ? Quelle est la meilleure spécialité ?

— Les muffins, dit le gamin. Et les gaufres. Et les crêpes. Et les roulés à la cannelle. Sauf que je n'aime pas la cannelle.

— Moi non plus, dit Jake, impressionné par la façon dont l'enfant s'exprimait pour son âge.

— J'aime juste le sucre sur le dessus, ajouta T.J. en souriant, affichant une incisive manquante.

— Moi aussi.

— Maman, je peux avoir des crêpes ? demanda gentiment l'enfant.

Jake jeta un œil à Abby et vit qu'elle était pâle comme une morte. Il croisa son regard et la vit pâlir plus encore.

— Ça va ? demanda-t-il, inquiet.

— Très bien… C'est le travail. La semaine a été longue.

— Des collègues difficiles ?

— C'est à peu près ça.

— Maman, reprit son fils en tirant sa main. Et les crêpes ?

— Bien sûr. Les crêpes.

Apparemment, ça ne va pas si bien que ça, pensa Jake. Mais il ne dit rien et se contenta d'attendre pendant qu'elle passait commande.

— Jake va s'asseoir avec nous ? interrogea T.J.

Jake remarqua la stupéfaction de la jeune femme.

— Ah… je ne…

— Bien sûr, répondit-il en hochant la tête. Si ta mère n'y voit pas d'inconvénient ?

— Il peut, maman ? Allez…

Elle hésita une seconde puis acquiesça.

Il prit un café puis paya sa commande et celle d'Abby.

Jake s'attendait à ce qu'elle proteste, mais curieusement, elle ne releva pas et marmonna même un remerciement.

— On est assis là, indiqua T.J. en désignant une table dans un coin de la grande salle.

Une femme y était déjà. Il reconnut Annie Jamison. Il la salua et elle lui répondit par un sourire. Quelques instants plus tard, ils étaient tous attablés.

— Alors, ça va, depuis le temps, Jake ? fit Annie.

— Très bien. Et toi ?

— Pareil.

La conversation avait beau être anodine, Jake percevait l'extrême tension d'Abby, assise à sa gauche. Elle avait les mains crispées et semblait avoir envie d'être ailleurs. Il savait qu'il était la cause de son malaise. Malgré leur trêve fragile, Abby ne voulait plus avoir affaire à lui.

— Comment va Mitch ? s'enquit Annie.

— Mieux. Mais c'est un patient difficile, même épouvantable.

T.J. gloussa mais se désintéressa de la conversation dès que la serveuse apporta son jus de fruit et les autres boissons. La jeune femme, d'une vingtaine d'années, était très jolie et lança à Jake un regard appuyé. À une autre époque et dans un autre lieu, il lui aurait peut-être rendu son regard et demandé son numéro. Mais il n'était pas là pour ça. Il était là pour voir sa famille, pour soutenir Mitch. Et peut-être pour se racheter auprès d'Abby. Il ne savait pas bien pourquoi c'était important. Ils n'étaient pas amis. Ils n'étaient plus rien l'un pour l'autre. Mais il avait compris dernièrement qu'il ne serait pas tranquille tant qu'il ne ferait pas la paix avec elle.

— Et tu restes ici combien de temps ? l'interrogea Annie.

Jake tourna la tête vers Abby.

— Je ne sais pas trop, répondit-il, remarquant qu'elle était toujours aussi crispée. Quelques semaines, je pense, le temps que Mitch soit sur pied. Grâce à ta sœur, il récupère beaucoup plus vite.

— Nous sommes tous très heureux que Mitch et Tess se soient retrouvés.

— Il leur a fallu du temps. Mais leur réconciliation est une bonne chose, y compris pour le bébé.

— Ils s'aiment. Ils avaient juste besoin de se le rappeler.

C'était vrai. Mitch et Tess étaient très amoureux. D'une certaine manière, il les enviait. Malgré leurs différends ils avaient réussi à se retrouver. Cela donnait presque envie à Jake de croire qu'on pouvait, comme dans les contes, être heureux pour toujours.

— Bon, il faut que j'y aille, annonça Annie. J'ai promis à Tess de passer la voir. Ça m'a fait plaisir de te voir, Jake, ajouta-t-elle avant de saluer Abby et T.J. et de quitter le café.

Lorsqu'elle fut partie, Jake sirota son café et essaya d'ignorer le silence gênant. Enfin, le silence d'Abby, car son fils parlait sans discontinuer de ses nombreux centres d'intérêt : l'école, le snowboard, sans oublier Antman, son héros Marvel préféré.

C'était manifestement un enfant intelligent et sociable pour son âge. Tom aurait été très fier de lui et aurait fait un père extraordinaire. Car il avait été un homme non seulement ouvert et sympathique, mais aussi attentionné, confiant et loyal… Le meilleur ami qui soit…

Contrairement à lui… qui l'avait trahi.

Depuis des années, Jake était habité par le dégoût qu'il avait de lui-même et par la culpabilité. C'était sans doute ce qu'Abby ressentait, elle aussi, en ce moment même.

— Maman ne veut pas que j'achète un snowboard, reprit T.J., l'air boudeur.

— Vraiment ? fit Jake.

— Oui, répondit le garçon en fronçant les sourcils. Elle dit que je pourrais avoir un accident.

— Le snowboard est dangereux, intervint Abby.

— Traverser la rue aussi, lui souffla Jake, veillant à ce que son fils n'entende pas.

— Dixit le type addict aux sensations fortes, répliqua-t-elle entre ses dents.

— C'est une plaisanterie ?

— Juste une observation, répondit-elle en passant une serviette en papier à son fils.

— Pour info, je n'ai aucun passe-temps dangereux en ce moment.

— Et la moto, dehors ?

— Un simple moyen de locomotion.

— Et l'amende pour excès de vitesse que tu as eue l'autre jour ?

— Tu es au courant ?

— Il n'y a pas de secrets dans une petite ville.

Jake soutint son regard.

— Vraiment ?

Elle se mit à remuer son thé, sans doute pour ne pas le regarder. Jake remarqua que T.J. se mordait la lèvre inférieure, exactement comme sa mère. C'était mignon. Mais plus il les voyait ensemble, plus il trouvait que le garçon ne ressemblait en rien à Tom.

— Donc, je n'aurai jamais de snowboard ? fit T.J.

— Ce n'est pas ce que j'ai dit, répliqua Abby. J'ai dit un jour, quand tu seras plus grand. Il ne s'agit pas seulement d'acheter le snowboard. Il faudrait aussi que tu prennes des leçons et je ne...

— Je lui apprendrai, intervint Jake avant de se rendre compte qu'il n'aurait pas dû en voyant le regard d'Abby. Je veux dire, si tu veux, bien entendu. Je sais que tu ne skies pas, alors...

— Je skie, rétorqua-t-elle, j'ai juste un problème de...

— D'équilibre, compléta-t-il en souriant. Je sais. Tu te souviens quand j'ai essayé de t'apprendre à monter à cheval ?

— J'ai peur des chevaux, grommela-t-elle.

— Moi, je veux monter à cheval ! s'écria soudain T.J. Mais maman ne veut pas... J'ai le droit de rien faire, de toute façon...

Elle inspira, agacée, puis son expression s'adoucit.

— S'il te plaît, ne l'encourage pas à être imprudent. Je veux juste qu'il soit en sécurité.

— Désolé, ce n'était pas mon intention, dit-il avant de se tourner vers T.J. Ta maman a raison : avant de faire des activités comme du snowboard ou de l'équitation, il faut prendre des leçons.

— Un jour, tu en prendras, je te le promets, dit Abby, l'air un peu soulagée qu'il ait tenté de désamorcer l'enthousiasme de son fils.

Les crêpes arrivèrent et Jake regarda T.J. les dévorer en quelques minutes. Manifestement, le gamin avait bon appétit.

Abby remuait toujours nerveusement son thé. Jake l'observa du coin de l'œil.

Malgré sa nervosité, elle était toujours aussi jolie. C'était même, à ses yeux, la plus belle femme qu'il ait jamais connue. C'était ridicule d'être aussi nostalgique. Mais il était difficile de se débarrasser du passé. D'oublier tout ce qu'ils avaient été l'un pour l'autre durant leur dernière année de lycée. Leur relation avait été passionnée, orageuse et si enrichissante. À l'époque, il était éperdument amoureux d'elle. Et c'était ce qui avant rendu la haine que lui inspirait son père presque supportable. Abby lui avait rendu la vie plus belle, et bien sûr, Jake avait cru que leur relation survivrait. Même s'il s'engageait dans l'armée et était envoyé en zone de guerre.

Mais Abby avait rompu dès qu'il avait précisé ses intentions. Pas question pour elle d'être une femme de soldat, comme l'avait été sa mère. Celle-ci avait perdu son mari et, submergée de chagrin, avait été dans l'incapacité d'élever sa fille. Jake avait eu beau jurer à Abby qu'il avait bien l'intention de survivre, rien n'avait pu la convaincre. Elle lui avait même posé un ultimatum : l'armée ou leur relation. Jake était parti pour le camp d'entraînement deux mois après l'obtention de son bac. Abby s'était mariée avec quelqu'un d'autre. Ils ne s'étaient revus qu'à l'enterrement de Tom.

C'était de l'histoire ancienne, et il valait mieux l'oublier. Ça ne servait à rien de ressasser le passé. Ce qui comptait, c'était l'avenir. Et l'avenir de Jake était à Sacramento. Là où se trouvaient son travail, ses amis et la vie qu'il s'était construite. Pas à Cedar River.

Et pas avec Abby Perkins, même si elle hantait toujours ses rêves.

— Il faut que j'y aille, dit-il en se levant brusquement. J'ai été ravi de te rencontrer, T.J. Et toi, Abby, prends soin de toi.

Elle le lui suivit du regard alors qu'il s'éloignait sans un regard en arrière.

— Maman ?

Abby tira la couette sur les épaules de son fils et s'assit au bord du lit.

— Oui, T.J.

— Comment on fait les bébés ?

Elle marqua une pause avant de répondre.

— Tu te souviens du livre que nous avons lu ensemble il y a quelque temps ?

— Le livre sur le papa et la maman qui font le bébé et qui grandit après dans le ventre de la maman ?

— C'est ça.

— C'est comme ça que tu m'as fait ?

— Exactement. Je t'ai créé avec ton papa, tu as grandi en moi et tu es né.

— Alors, comment ça se fait que je ne ressemble pas à mon père ? demanda-t-il, sceptique.

Elle prit une profonde inspiration et choisit soigneusement ses mots.

— Je vais te dire une chose. Tu ressembles à ton père.

— Ah bon ? fit-il, perplexe.

— Tu as toutes ses qualités.

Il accepta son explication avec un sourire.

— Tu peux me raconter l'histoire de mon papa qui est devenu un ange ?

Dis-lui la vérité. Maintenant.

Mon Dieu, quel gâchis j'ai fait...

Elle pensa à la photo de son mari sur la cheminée du salon, prise le jour de leur mariage. Tom souriait et respirait le bonheur. À l'époque, tout semblait si simple. Se marier, avoir des enfants, avoir un bon travail... ce projet remplissait toute leur vie. Mais il n'y avait pas eu d'enfants. Tom avait été dévasté lorsqu'ils avaient appris qu'il était stérile. Il avait fini par accepter de recourir à un donneur de sperme, même si cette solution n'était pas pleinement satisfaisante.

— Il voulait avoir un petit garçon comme toi. Il ne parlait que de ça. Mais il est tombé malade et tu es né après sa mort. Depuis, il est ton ange gardien qui veille sur toi dans le ciel.

T.J. se mordilla la lèvre inférieure.

— Je suis triste de ne plus avoir de papa...

Le cœur d'Abby se serra.

— Ça ne sera pas toujours comme ça. Je suis sûre que ça changera un jour, très bientôt, dit-elle en le serrant contre elle, je te promets que tu auras un vrai papa.

— Vraiment ?

— Oui.

— Exactement comme mes amis Tim et Benson ?

— Oui, exactement comme ça.

— Trop bien, maman. J'ai hâte mais…, dit-il avant de s'interrompre. Et s'il ne m'aime pas ?

— Impossible. Je suis sûre qu'il t'aimera. Tu es le meilleur petit garçon du monde.

— Je suis sûr que tu dis ça parce que tu es ma maman, dit-il en gloussant.

— Je t'aime plus que tout.

— Moi aussi, maman, je t'aime.

— Bonne nuit, mon chéri, dit-elle en embrassant son fils.

Une fois T.J. installé, elle prit une douche, se mit en pyjama et s'attarda une heure dans la cuisine devant une tasse de thé vert. T.J. posait de plus en plus de questions… Et il devenait de plus en plus clair qu'elle allait devoir dire à Jake qu'il avait un fils. Comment réagirait-il ? Peut-être lui en voudrait-il de lui avoir caché la vérité.

Elle serait de service pour le dîner ces prochains jours à l'hôtel, peut-être auraient-ils l'occasion de discuter. Peut-être se montrerait-il ouvert… Peut-être accepterait-il la situation. Pourquoi craindre le pire ? Jake était un homme raisonnable. Il comprendrait sans doute pourquoi elle avait mis tellement de temps à lui révéler sa paternité.

Lorsqu'elle arriva à l'hôtel le lendemain après-midi, Abby s'était presque convaincue que cette discussion fatidique avec Jake se déroulerait sans heurt.

Après s'être mise d'accord avec son sous-chef sur les préparations à réaliser pour le dîner, elle consulta le registre des réservations. Le restaurant était complet pour plusieurs jours mais serait plutôt calme ce soir. Elle décida de demander à Connie Rickard, directrice adjointe de l'hôtel, un congé bien mérité pour la semaine suivante. Connie était mariée au demi-frère de Liam et elle l'avait toujours considérée comme une amie.

Lorsque la cuisine fut prête vers 17 heures, Abby fit une petite pause au bar. Elle sirotait une eau gazeuse citronnée quand Liam O'Sullivan, son patron, apparut.

— Tout va bien, Abby ?

— Très bien. Je prends mon service dans dix minutes.

Il sourit. Abby avait toujours apprécié Liam. C'était un bon employeur, juste et accessible.

— J'ai une réunion de travail ce soir dans mon bureau. Est-ce que tu pourrais nous apporter quelques amuse-gueules vers 20 heures ?

— Sans problème.

— J'aimerais aussi que tu assistes au reste de la réunion, si tu es d'accord. Certains des sujets abordés te concernent.

— Moi ?

— Ça concerne le restaurant et la cuisine. Rien d'autre, ne t'inquiète pas. Juste des améliorations de fonctionnement à envisager. Connie sera là aussi.

Abby passa les heures qui suivirent à cuisiner, envoyer les plats en salle et à réfléchir à la façon dont elle allait annoncer à Jake qu'il avait un fils.

Peu avant 20 heures, Abby confia la cuisine au sous-chef et monta à l'étage, où se trouvait le bureau de Liam. Lorsqu'elle sortit de l'ascenseur, chargée du plateau d'amuse-gueules, Connie l'attendait, et les deux femmes discutèrent quelques instants. Abby soupçonnait son amie d'être enceinte. Son mari travaillait pour un cabinet d'architectes à Rapid City. Mais comme Abby n'était pas du genre à se montrer indiscrète, elle ne posa pas de questions.

Quand elles entrèrent dans le bureau de Liam, Abby s'arrêta net. Jake était assis dans le fauteuil en cuir, une tablette à la main. Il leva les yeux et lui adressa un petit sourire, avant de baisser le regard.

— Vous vous connaissez, n'est-ce pas ? demanda Liam en contournant son bureau.

— En effet.

— Abby et moi, on se connaît depuis longtemps.

Elle le regarda d'un air embarrassé.

— J'ai chargé Jake d'installer un nouveau système de sécurité dans l'hôtel, y compris dans les cuisines et le parking arrière sur lequel donne l'entrée des employés, expliqua Liam en l'invitant à s'asseoir sur le canapé. Je voulais juste savoir ce que tu pensais de cette idée.

En s'asseyant à moins d'un mètre de Jake, elle prit conscience qu'elle n'était pas particulièrement à son avantage, avec son tablier taché et sa toque sur la tête.

Mais je me fiche de ce que Jake pense de moi, non ?

Elle travaillait, elle était mère célibataire. Elle avait parfaitement le droit d'avoir l'air lessivée.

Abby écouta Liam, Connie et Jake discuter du projet de système de surveillance et fit quelques remarques lorsqu'il fut question du restaurant. Pour elle, il était important que le personnel et les clients ne se sentent pas épiés dans leurs moindres mouvements.

— L'hôtel et les deux restaurants sont de plus en plus fréquentés, dit Liam. Et avec une activité accrue, il y a potentiellement plus de risques. Je veux minimiser ce risque… Tu penses que c'est faisable ?

Jake acquiesça.

— Ma société a travaillé pour plusieurs hôtels à Sacramento, San Francisco et Las Vegas. Je propose de passer les prochains jours à étudier les lieux et je vous ferai une proposition à la fin de la semaine.

Connie lui tendit une carte magnétique.

— Tenez, vous en aurez besoin pour vous déplacer dans l'hôtel.

— Et contactez Abby si vous avez besoin d'informations sur le restaurant ou le bistrot, ajouta Liam. Elle a été gérante du bistrot et du restaurant principal, et elle est en aujourd'hui la cheffe cuisinière. Elle connaît mieux que quiconque le fonctionnement de cette partie de l'entreprise.

Bien que flattée par les paroles de Liam, Abby sentit un stress indicible s'emparer d'elle à l'idée de travailler en étroite collaboration avec Jake pour l'hôtel. D'autant plus qu'elle devait déjà lui annoncer qu'il était le père de T.J.…

Abby se leva et s'éclipsa. Une fois de retour à la cuisine, elle se détendit un peu et prit quelques longues inspirations. Le sous-chef lui annonça que tout allait bien, que tous les repas avaient été servis et qu'il ne restait plus qu'une table de clients qui dégustaient leur vin. Soulagée de ne pas avoir à rester jusqu'à minuit, comme cela arrivait parfois, Abby discuta avec le chef de service du menu du lendemain soir, puis s'assura que la cuisine était prête pour le lendemain matin. Lorsqu'elle eut terminé, elle se changea au vestiaire. En entrant dans le restaurant, elle aperçut immédiatement Jake qui se tenait près du bar.

— Tu as une minute ? s'enquit-il.

— Bien sûr, soupira-t-elle en se glissant derrière le bar. Tu prends quelque chose ?

— Une eau gazeuse.

— Pas d'alcool ? fit-elle en versant la boisson dans deux verres et en ajoutant un quartier de citron vert.

— Je ne bois pas.

— À cause de ton père ?

— Parce que je ne vois pas l'intérêt de se mettre la tête à l'envers. Et à cause de Billie-Jack. Tu sais comment il était.

— Je m'en souviens.

— Je ne veux pas finir comme lui.

— Tu n'es pas du tout comme lui, affirma-t-elle en poussant les verres sur le bar.

— Merci.

Elle se demanda s'il la remerciait pour le verre ou ses paroles.

— Comment t'es-tu retrouvé dans ce projet ? l'interrogea-t-elle en s'asseyant sur un tabouret à côté de lui.

Il haussa les épaules.

— J'ai discuté avec Kieran l'autre jour. Je pense qu'il avait dû dire à son frère dans quel domaine je bosse. Ton patron m'a contacté ce matin. Et me voilà.

Abby le regarda, notant le pantalon sombre, la chemise blanche, les chaussures cirées. Il avait tout d'un homme d'affaires. Très séduisant, de surcroît.

— Tu te déplaces à moto habillé comme ça ?

— Non, je me sens nettement plus à l'aise en jeans et T-shirt… mais parfois, les affaires m'obligent à faire quelques efforts vestimentaires. Tu sais à quel point ton patron est à cheval sur ce genre de choses.

— Je ne savais pas que les Culhane et les O'Sullivan étaient en si bons termes.

— Ce n'est pas le cas. C'est juste pour le boulot.

— Liam est bien moins strict qu'avant, reprit-elle en attrapant son sac. Il s'est marié et il a eu un bébé. Les enfants rendent certaines choses beaucoup moins importantes.

— C'est ce que tu as ressenti ?

Abby acquiesça, sentant la chaleur lui monter au visage.

Vas-y ! Dis-lui !

— T.J. est toute ma vie.

— C'est normal. Il a l'air vraiment adorable.

— Il l'est, dit-elle en prenant une longue inspiration. Il est intelligent, parfois trop sûr de lui, et il peut être buté, mais…

— Il tient ça de toi, l'interrompit Jake avec un petit sourire moqueur. Je veux dire, Tom était plutôt facile à vivre. Mais toi, tu as un tout autre tempérament.

— Il ressemble beaucoup à son père, dit Abby, déglutissant difficilement au moment où elle comprit qu'elle avait là une vraie opportunité de dire la vérité. En fait, il est comme…

— Hé ! Abby ? lança soudain le sous-chef, passant la tête par la porte de la cuisine.

— Euh, oui ? répondit-elle, sentant sa détermination s'effondrer.

— Un groupe de six végétaliens a réservé pour demain soir. Ça va nous faire beaucoup de hors-menu.

— Très bien, pas de soucis. Merci.

Le sous-chef disparut aussitôt, et elle remarqua que Jake affichait un large sourire.

— Des végétaliens casse-pieds ?

— Bah, ce sont des habitués. Je fais un plat avec uniquement des légumes qu'ils apprécient et qui n'est pas au menu, parce que Liam tient à maintenir l'image du restaurant puisque nous sommes dans le pays du bœuf. Même si sa femme, Kayla, est végétarienne et...

— Abby, dit-il en prenant une gorgée d'eau gazeuse. Calme-toi. Tu n'as aucune raison d'être nerveuse avec moi.

Si seulement il savait...

Elle haussa les épaules, tiraillée entre le besoin de dire la vérité et la crainte de la réaction de Jake à une révélation de cette nature dans un lieu inapproprié.

— Je me demandais... Je pensais offrir un snowboard à T.J. pour Noël et je me suis souvenue que tu avais dit que tu lui apprendrais à en faire. Enfin, je ne sais pas si ça pourrait te convenir. Après tout, tu vas probablement bientôt quitter la ville et je...

— Je t'ai dit que je restais quelque temps. Je tiens toujours parole.

Bien sûr qu'il tenait parole. Il avait toujours été comme ça. Jake n'avait jamais été le type à se dérober ou à fuir la vérité, quelle que soit la situation.

— Alors... c'est oui ?

Il la regarda un instant, l'air un rien sceptique puis hocha lentement la tête.

— Bien sûr. Il y a une bonne couverture neigeuse à Peaks Ridge. Je te contacterai quand la météo sera propice, et nous fixerons un rendez-vous.

Un rendez-vous avec lui... Son ventre se serra à ces mots.

— Merci.

Bien sûr, ce ne serait pas un vrai rendez-vous. Il n'y avait rien d'amoureux entre eux. Ce qui comptait, c'était de mettre T.J. en contact avec son père et de réparer l'erreur commise six ans plus tôt.

— Ça va, Abby ?

Elle esquissa un sourire crispé.

— Ça te dirait de venir dîner vendredi soir ? Et passer un peu de temps avec T.J... pour voir s'il est partant pour les leçons de snowboard. Je serai en congé, alors je cuisinerai.

— Ah ! OK, très bien..., dit-il, un peu surpris.

— Je ferai des brownies, ajouta-t-elle, se rappelant qu'il adorait ça. Alors, à vendredi, 18 heures ?

Il acquiesça, se laissant glisser de son tabouret.

— Je repasserai demain pour bosser sur le projet de système de sécurité et jeter un œil à la cuisine. Je contacterai aussi le directeur du restaurant pour discuter de certaines choses. Tu prends ton service à quelle heure ?

— 15 heures. Je peux te retrouver à 14 h 30, si tu veux.

— Parfait. À demain.

— Au revoir, Jake.

Elle le suivit du regard jusqu'à ce qu'il sorte du restaurant puis, regardant l'espace vide, soupira.

C'est un petit pas, pensa-t-elle.

Mais elle allait devoir dire à Jake qu'il était le père de T.J... et vite.

5

— Tu ne pouvais pas trouver un plus gros sapin, tu es sûr ? demanda Jake en riant.

Jeudi en fin d'après-midi, Jake prenait le café au ranch en compagnie de Mitch, Hank, Joss et leur cousin David. Ce dernier leur avait livré un sapin de Noël absolument gigantesque. Malgré sa taille, il était entièrement décoré.

— C'est lui qui l'a choisi, fit Mitch, avec un geste du pouce en direction de David. Il l'a trouvé sur sa propriété.

— Tu vends des sapins, maintenant ?

— Seulement à la famille et aux amis. Il m'en reste quelques-uns, si ça vous intéresse.

La taille du sapin était à la mesure du bonheur de Mitch, dont le mariage était prévu quelques semaines avant Noël.

— En tout cas, tu es rayonnant, pour un malade, remarqua Hank en riant.

— C'est la perspective du mariage, répondit leur aîné. J'ai l'impression que tout s'est remis en place. Et puis j'ai un tempérament d'homme marié. Vous devriez essayer un jour.

— Sans façon, répliqua Hank, hilare, en feignant de partir en courant.

— Tu peux rire, reprit Mitch, il n'empêche que la famille, c'est la base de tout. Nous sommes plus forts ensemble.

— Pour ma part, intervint Joss d'un ton amer, je suis sûr que je ne retrouverai jamais une femme capable de me supporter. Lara était unique. Et puis, je fais passer mes filles en premier.

— Je comprends, dit Mitch. Et toi, Jake ?

— Tout le monde n'a pas la chance de vivre un conte de fées, répondit Jake. Et je ne suis pas prêt à…

— À prendre le risque ? suggéra Mitch.

— À me caser, corrigea Jake, haussant les épaules. Mais si tu veux savoir, j'ai une sorte de rendez-vous demain soir.

— On peut savoir avec qui ? s'enquit Joss.

— Avec Abby.

Tout le monde le dévisagea avec stupéfaction.

— Pourquoi cet étonnement ? J'ai proposé de donner des cours de snowboard à son fils. Et elle m'a invité à dîner…

— Et toi, qu'est-ce que tu en penses ? l'interrogea Mitch.

— Je ne sais pas trop. Abby et moi avons un passé commun mais pas toujours de bons souvenirs. Elle a épousé mon meilleur ami, tu te souviens ?

— Parce que tu es parti, rappela Joss.

— Je sais… Je crois qu'à l'époque je pensais qu'elle m'attendrait. C'était ridicule, non ?

— Tu étais très jeune, dit Mitch. Mais tout le monde pensait alors que vous resteriez ensemble.

— Vous étiez le couple parfait au lycée, ajouta Joss. La fille sage et le *bad boy*… comme dans les films.

Submergé par les souvenirs douloureux de sa séparation avec Abby, Jake adressa un sourire crispé à son frère.

— Eh bien, tu vois, les choses ne sont jamais aussi simples qu'elles en ont l'air.

— En ce qui me concerne, ça l'a toujours été. Je n'avais aucun sujet de dispute avec Lara.

— C'est parce que ta femme était une sainte, intervint Hank en riant. Il le fallait pour supporter un mec comme toi. D'ailleurs, tu aurais bien besoin d'une sainte, toi aussi, ajouta-t-il en en se tournant vers Jake.

Ce dernier esquissa un sourire. Ça l'amusait d'être la cible des plaisanteries de ses frères, lui qui s'était si longtemps senti à l'écart de la fratrie. Mais c'était sa faute, bien sûr, puisqu'il était parti. Maintenant qu'il était de retour, en tout cas pour quelque temps, il aimait l'idée de faire partie de leur vie.

— Tu as dit « rendez-vous », attaqua Joss à son tour. Tu vas lui apporter des fleurs ?

— Non, rétorqua Jake. Je suis presque sûr qu'elle m'a invité par rapport à son fils.

— Il paraît qu'il est très fort en maths, remarqua Joss.

— C'est normal. Tom était très brillant.

— N'empêche que c'était toi qui lui faisais ses devoirs de maths, à l'époque..., répliqua Mitch.

C'est drôle, il l'avait oublié.

— C'est parce qu'il manquait parfois les cours à cause de ses allergies. En tout cas, ses parents étaient vraiment derrière lui. Il avait bien de la chance.

— Pas comme nous, dit Hank avec un rire triste.

— Au fait, quelqu'un sait où il est ? demanda Joss.

— Je ne sais pas, et je m'en fiche, déclara Jake.

— Je crois que Grant a eu de ses nouvelles, indiqua Mitch.

— Tant qu'il n'est pas à Cedar River..., reprit Hank.

Mitch leva sa tasse de café pour porter un toast.

— Puissions-nous tous être de meilleurs êtres humains que le Vieux !

Ils trinquèrent à leur tour et avalèrent d'un trait leur café.

— Bon, j'y vais, lança Jake. On se voit ce week-end.

— Tu ne veux pas dormir ici ce soir ? s'enquit Mitch.

— C'est gentil mais non. J'ai une réunion avec O'Sullivan dans la matinée et j'ai un devis à faire.

— Comme ça, tu fraternises avec l'ennemi ? dit Joss avec un sourire.

— On n'est plus à la maternelle, répliqua Jake en attrapant ses clés.

— T'inquiète, intervint Hank en donnant un coup de coude dans les côtes de son jumeau. Joss est juste aigri parce que les O'Sullivan ont augmenté le loyer de son garage.

— Pff, renchérit Joss, ils possèdent la moitié des locaux commerciaux de la ville et ils n'en ont jamais assez…

— C'est la loi du business, hélas, remarqua Jake.

— Tu en sais quelque chose depuis que tu as lancé ton affaire et rejoint le club des millionnaires, dit Joss.

— Pff… c'est très exagéré.

Il n'avait pas dit à ses frères que l'offre de rachat que son associé et lui avaient reçue dernièrement les placerait probablement dans cette catégorie. Mais ils n'avaient pas encore accepté. Si l'entreprise était vendue, rien ne l'empêcherait plus de revenir à Cedar River.

Mais revenir pour quoi faire ? Acheter une maison ? Repartir à zéro ? Ce n'était pas très clair dans son esprit.

Sur le chemin du retour, il s'arrêta au cimetière. La tombe de Tom était facile à trouver, et il vit que des fleurs fraîches y avaient été déposées.

Jake éprouva un sentiment aigu de tristesse et de regret. Il jeta un œil aux fleurs. Sans doute venaient-elles d'Abby et de son fils. Comme elle devait le regretter ! Tom lui avait offert tout ce que qu'il n'avait pas voulu lui offrir : la sécurité, la stabilité. Même si, bien sûr, on n'était jamais vraiment en sécurité nulle part, comme l'avait prouvé la disparition de Tom. Aujourd'hui, Abby était seule et n'avait plus que son fils et sa grand-mère.

Jake soupira et retourna à sa moto. Lorsqu'il se gara sur le parking de l'hôtel, la neige formait un fin tapis duveteux sous ses roues. Il croisa Liam O'Sullivan à la réception et lui fit un compte rendu de sa réunion de la veille.

La directrice du restaurant, âgée d'une trentaine d'années, avait volontiers répondu à toutes les questions. Elle avait parlé d'Abby en termes élogieux et il s'était réjoui de voir à quel point elle était respectée à l'hôtel.

Une fois la réunion terminée, il avait retrouvé Abby, qui avait reconfirmé leur rendez-vous, même si elle ne l'avait pas appelé ainsi.

Jake ne savait pas vraiment ce qu'il en pensait. Bien sûr, il voulait se réconcilier avec elle, mais il y avait quelque chose de frustrant dans ces visites de bon voisinage. Comment rester simplement poli alors qu'ils avaient ensemble des souvenirs si lourds à porter ? Sans parler de l'attirance qu'il éprouvait toujours pour elle. Ça aurait stupide de le nier. Abby était la première et la seule femme qu'il avait aimée.

Cela dit, Jake était déterminé à ne pas céder à la tentation et à quitter Cedar River la conscience tranquille. Et le cœur intact.

— Maman ?

— Oui, chéri ? dit Abby en se tournant vers son fils qui dessinait sur la table de la cuisine.

— On pourra aller acheter le sapin de Noël demain ?

— D'accord, chéri, répondit-elle à son fils, qui réclamait son sapin depuis une semaine. On va essayer, d'accord ? Mais il faut que j'emprunte un 4x4 pour le mettre dedans...

— Le Père Noël ne saura jamais où mettre les cadeaux s'il n'y a pas de sapin.

Elle resta perplexe face à cette logique tout enfantine.

— Ne t'inquiète pas, répondit-elle, le sapin sera installé avant le passage du Père Noël.

Il la regarda, apparemment satisfait de sa réponse.

— Mamie vient à quelle heure ?

— Elle ne vient pas, répondit Abby. Je t'ai dit qu'elle allait jouer au mah-jong chez son amie Marie. Mais nous avons un invité ce soir.

— Qui ?

— Tu te souviens de mon ami Jake ?

— Le monsieur qui a pris le petit déjeuner avec nous ?

— Exactement. Eh bien, il arrive.

C'est pourquoi j'ai les mains qui tremblent...

— Super. Il est sympa, je trouve.

Abby prit une profonde inspiration et continua à mélanger la salade qu'elle servirait en accompagnement des lasagnes. C'était le plat préféré de son fils et leur repas habituel du vendredi soir quand elle ne travaillait pas. D'ailleurs, elle avait encore trois jours de congé… Ce serait l'occasion de dire la vérité à Jake au sujet de T.J.

Peut-être qu'il ne viendrait pas…

Il n'avait pas eu l'air très emballé par son invitation à dîner. Ni par la perspective de donner des cours de snowboard à T.J. Mais il est vrai qu'il avait dû être surpris par son revirement. Une semaine plus tôt, elle l'avait presque envoyé bouler…

À cet instant, un vrombissement de moto se fit entendre, ce devait être Jake. Elle ôta son tablier et, remontant le couloir, s'arrêta devant le miroir. Bon sang, comme elle était pâle ! Elle avait l'air complètement effaré !

Elle se pinça les joues pour reprendre un peu de couleur et tenta d'afficher une expression plus détendue. Elle voulait que la soirée soit fluide, que T.J. apprenne à connaître Jake. Elle avait besoin de les voir interagir avant de lui dire la vérité.

Lorsque Jake coupa le contact de sa moto, T.J. remonta le couloir à toute allure. Elle lui dit gentiment de rester derrière elle. Après quoi, elle ouvrit la porte.

Jake remontait l'allée à grandes enjambées, les épaules couvertes d'une fine couche de neige. Hormis le blouson de cuir noir, il portait un jean et des bottes.

— Bonsoir. Incroyable, cette neige, dit-il en secouant la tête pour chasser les flocons de ses cheveux.

À ce geste, Abby se rappela à quel point elle aimait autrefois passer les doigts dans ses cheveux. Au lycée, il les portait plus longs qu'aujourd'hui. Mais tout était différent à l'époque. Il ne lui avait pas encore brisé le cœur et elle n'avait pas déshonoré la mémoire de Tom en cherchant le réconfort dans les bras de celui qui avait été aussi été le meilleur ami de son mari.

— Ça doit te changer de Sacramento.

— Juste un peu.

— Hé ! tu te souviens de moi ? s'écria T.J., tout sourire.

— Bien sûr. Comment ça va, mon pote ?

Elle eut soudain un coup au cœur en voyant que son fils avait exactement la même fossette que Jake lorsqu'il souriait. En fait la ressemblance était telle que n'importe qui aurait pu dire qu'ils étaient apparentés. Il était donc impératif de dire la vérité à Jake le plus tôt possible.

— Allons, entre, dit-elle. Tu peux accrocher ton blouson au portemanteau.

— Jolie maison, dit-il une fois débarrassé de ses affaires.

— Merci. Je l'aime beaucoup. De plus, c'est juste à côté de chez ma grand-mère.

— Elle sera là ce soir ?

— Non. Il n'y aura que nous trois, dit-elle en comprenant à quel point la formulation était intime.

Il ne réagit pas. Mais il était si beau qu'elle avait du mal à respirer. Elle se dirigea vers la cuisine, et ils passèrent devant le salon.

— Où est ton sapin ? s'enquit-il, remarquant l'espace vide près de la fenêtre. Tu ne fêtes plus Noël ?

— Bien sûr que si. Mais je n'ai pas de voiture assez grande pour transporter le sapin.

— Tu vois, maman ? Tout le monde remarque que nous n'avons pas de sapin, soupira T.J.

— D'accord… nous irons l'acheter demain.

— Et s'il n'y en a plus ? demanda le petit garçon, horrifié.

— Impossible, lui répondit Jake du tac au tac, ce qui lui valut un regard soulagé d'Abby. Mon cousin en a encore beaucoup. On peut y aller demain, si tu veux.

— S'il te plaît, maman, s'écria T.J. Dis oui !

— Bon, d'accord, acquiesça Abby.

À ces mots, T.J. s'élança dans le couloir, ravi, les précédant dans la cuisine.

— Il est vraiment adorable, remarqua Jake.

Elle sourit nerveusement.

— Tu l'as rendu heureux pour la semaine au moins. Ça fait plusieurs jours qu'il me harcèle pour le sapin. Mais avec le travail et tout le reste, je n'ai pas eu le temps de…

— Je viendrai vous chercher demain matin, vers 9 heures. Si ça te convient.

— Bien sûr.

Malgré la neige, Abby avait chaud. Il était si grand et si proche que son eau de toilette affolait ses sens. Cela faisait si longtemps qu'ils n'avaient pas été seuls dans un cadre intime. Même s'ils ne l'étaient pas vraiment puisque son fils était dans la pièce voisine. *Leur* fils. Soudain, l'énormité de la situation la frappa avec la force d'un train lancé à toute allure.

— Abby ? Qu'est-ce qui ne va pas ?

Sa voix grave, si familière, lui fit l'effet d'une traînée de feu le long de sa colonne vertébrale.

— Je… Jake… nous… je dois…

— Maman ?

La voix joyeuse de T.J. coupa court à ses balbutiements, et elle prit une longue inspiration. Jake l'observait, les yeux baissés puisqu'il mesurait près de trente centimètres de plus qu'elle, puis il lui effleura le visage. C'était presque involontaire. Comme s'il n'avait pu s'empêcher de faire ce geste. Elle le comprit, il y avait dans son regard une incertitude qui ne trompait pas, un conflit intérieur évident. Son pouce caressa sa joue l'espace d'une seconde, puis il laissa retomber sa main, sans la quitter du regard.

Lorsqu'elle se retourna, T.J. se tenait dans l'embrasure de la porte, ravi. Son fils avait rarement l'occasion de passer du temps en compagnie d'un homme. Hormis son instituteur et son entraîneur de foot, il était entouré de femmes. Elle savait qu'il voulait un vrai père, et pas seulement une photo sur la cheminée. En songeant à cela, une chape de culpabilité s'abattit sur ses épaules et elle flageola.

— Ça va ? l'interrogea Jake.

— Ça va, mentit-elle. Je suis juste fatiguée.

— Si tu veux que je m'en aille, dis-le…

— Pas du tout… Ça va aller, je t'assure. Je m'en voudrais de ne pas te faire goûter mes légendaires lasagnes.

Il sourit, jamais ses yeux n'avaient paru aussi verts. Il lui tendit un petit sac en papier kraft.

— J'ai apporté du cidre. Mais je peux aller acheter du vin si tu préfères.

— Pas la peine. Je ne suis pas une grande buveuse, tu te souviens ?

— Moi non plus, tu te souviens ?

Elle se souvenait de tout. L'alcoolisme de Billie-Jack l'avait immunisé.

Lorsqu'ils entrèrent dans la cuisine, elle était plus calme mais toujours aussi sensible à la présence de Jake derrière elle. Il resta de l'autre côté de l'îlot tandis qu'elle se dirigeait vers l'évier, et T.J. s'installa sur un tabouret à côté de lui.

— Hé ! Jake, je pourrai monter sur ta moto ?

— Non, répondit-il calmement en jetant un œil à Abby. Tu attendras d'avoir vingt et un ans.

— Mais c'est dans un siècle au moins, fit T.J., dépité.

— C'est quand ton anniversaire ?

— Le 3 mars.

Jake ne répondit pas. Il semblait en plein calcul, et elle se demanda s'il avait compris que T.J. avait été conçu la dernière fois qu'ils avaient couché ensemble.

— Pas dans un siècle, reprit calmement Jake. Dans cinq mille cent quatre-vingt-quatorze jours.

T.J. le dévisagea, épaté.

— Tu calcules super vite, comme moi !

Abby se crispa. C'était logique que T.J. ait des points communs avec Jake, mais c'était si évident qu'elle en fut choquée. Il ne restait plus beaucoup de temps, et Jake était intelligent. Il finirait par deviner la vérité.

Elle alla chercher des verres pour le cidre et observa discrètement l'interaction entre Jake et son fils. *Leur* fils. Elle dressa la table, consciente que Jake observait le moindre de ses mouvements. C'est alors qu'elle comprit sans l'ombre d'un doute que rien n'avait changé.

Elle était toujours là...

L'attirance. Le désir qui les avait poussés l'un vers l'autre dès le début. En moins d'un instant, les souvenirs déferlèrent dans son esprit. Les caresses de Jake, ses baisers, son souffle contre sa peau. Faire l'amour avec lui avait toujours été beaucoup plus que du sexe. Même la dernière fois, bien que pleurant un être qu'ils avaient tous deux aimé, il y avait eu une intensité qu'elle ressentait encore au plus profond d'elle-même. Et aujourd'hui, voilà que Jake se trouvait dans sa cuisine, agissant d'une façon on ne peut plus normale, sans se douter que l'enfant qui le regardait déjà comme un héros était celui-là même qu'ils avaient conçu cet après-midi-là, il y a tant d'années.

Elle demanda à T.J. de s'asseoir à table, et Jake vint la rejoindre derrière l'îlot. La cuisine parut soudain beaucoup plus petite, et elle ressentit sa proximité de façon intense.

— Besoin d'aide ? demanda-t-il.

Elle acquiesça et lui tendit le saladier et le pain.

— Merci, dit-elle.

— Ça me fait plaisir.

Elle essaya d'ignorer l'étincelle sexy qui brillait dans ses yeux. Mais c'était impossible.

— Au fait, tu es toujours d'accord pour apprendre à T.J. à faire du snowboard ?

— Bien sûr.

— Très bien. Je ne voulais pas lui acheter de planche sans être sûre qu'il était vraiment intéressé. Cela dit, je pourrais peut-être recycler celles que Mamie a dans son garage.

— Si tu veux parler de ces vieilles planches qu'on utilisait, enfants, oublie ! Tu te souviens quand tu as eu un accident avec la tienne et qu'elle s'est cassée en deux ?

Abby s'en souvenait. Elle avait foncé dans un arbre et s'était cogné la tête en tombant. Jake avait été à ses côtés en une microseconde et l'avait portée jusqu'en bas de la montagne.

— J'ai encore la cicatrice, dit-elle en se touchant la tempe.

Il la regardait avec une intensité fascinante.

— Je crois que je n'ai jamais eu aussi peur de ma vie que durant les quinze secondes qu'il m'a fallu pour te rejoindre ce jour-là.

Elle aurait pu ne pas le croire. Après tout, il avait vu beaucoup de choses terribles dans l'armée sur les zones de guerre où il avait été envoyé. La peur, il connaissait. Pourtant elle le crut. Jake avait ses défauts, mais il avait toujours été sincère.

— Bon, reprit-il. J'ai une solution : je vais emprunter le matériel de Joss. Je sais qu'il emmène ses filles faire du snowboard. Il a tous les accessoires de protection nécessaires.

— Bonne idée, dit-elle en attrapant le plat de lasagnes.

Tout le monde mangea avec appétit. Abby se rendit compte que c'était la première fois qu'elle avait un homme à sa table depuis Tom.

Il faut dire qu'elle n'avait jamais couru après les aventures. Elle ne sortait pas, ne recevait pas. Elle n'avait eu que deux amants : son mari et Jake. Bien sûr, elle aimait faire l'amour comme tout le monde, et cela lui avait manqué ces dernières années. Mais à ses yeux, elle était mère avant tout, et s'engager dans une relation sexuelle occasionnelle avec qui que ce soit n'était pas une priorité.

Y compris avec Jake.

Elle se demanda pourquoi.

Bien sûr, l'attirance était toujours là… Elle était consciente qu'il se passait quelque chose entre eux. Mais elle avait d'autres priorités, comme de dire à Jake qu'il avait un fils.

— Bon, T.J., Jake est d'accord pour t'apprendre à faire du snowboard.

— C'est vrai ? s'exclama T.J., les yeux ronds comme des soucoupes. Génial !

— Mais il y a des règles. Tu dois écouter tout ce qu'il dit. Et pas de crise de colère si tu tombes, d'accord ?

Perfectionniste par nature, son fils avait parfois du mal à comprendre pourquoi certaines activités dépassaient ses capacités physiques en raison de son âge. Mais elle ne s'inquiétait plus pour sa sécurité. Elle faisait totalement confiance à Jake sur ce plan.

— Promis, maman, dit joyeusement T.J.

— Premier cours dimanche ? proposa Jake.

— Ouaiiiiis ! s'écria son fils, ravi de cette perspective.

— Tu pourras nous surveiller, souffla Jake en se tournant vers elle. Ou participer.

— Oui, ça serait cool qu'on fasse tous du snowboard ! renchérit T.J.

— Je vais y réfléchir, dit-elle avec un sourire.

T.J. sourit à son tour puis posa sa fourchette, l'air soudain pensif.

— Dis, maman, est-ce que Jake est ton nouveau petit ami ?

6

La question de l'enfant les laissa stupéfaits, puis les mit très mal à l'aise. Lequel des deux l'était le plus, c'était difficile à dire. Jake remarqua qu'Abby était toute rouge, mais même comme ça, elle était vraiment mignonne. Pas mignonne, réellement belle, en fait. Avec son jean, son pull rouge, ses cheveux relevés et son visage sans maquillage, elle ne lui avait jamais semblé plus attirante.

— Ah... eh bien..., balbutia-t-elle. Non, je ne pense pas que ce soit...

— La maman de Kenny Diaz a un petit ami, reprit T.J. sans détour. Mais il vit avec eux tout le temps. Le papa de Kenny est au paradis, comme mon papa ange gardien.

Papa ange gardien. Tom, bien sûr. Abby parut encore plus embarrassée. Pourtant, c'était une belle façon d'honorer sa mémoire.

— J'ai connu ton père, dit Jake avec douceur. C'était mon meilleur ami à l'école.

T.J. le dévisagea, les yeux ronds.

— Je l'appelle comme ça, expliqua-t-il, parce qu'il est mort et qu'il veille sur moi, mais maman dit qu'un jour je...

— T.J., souffla Abby. Pourquoi ne finirais-tu pas ton dîner ? C'est ton plat préféré.

— D'accord. Après, je pourrai lire mon nouveau livre ?

— Bien sûr.

Jake sourit en écoutant leur échange. *Tom n'aura jamais l'occasion d'avoir une conversation avec son fils*, songea-t-il tristement, *ou de lui apprendre à faire du snowboard*. En réalité, Jake aimait l'idée de passer du temps avec le fils de son ami beaucoup plus qu'il ne l'aurait imaginé. C'était surprenant pour un célibataire comme lui, qui n'avait jamais, de près ou de loin, fréquenté le moindre enfant.

Et cela n'avait rien à voir avec Abby. Il n'avait pas accepté de donner des cours de snowboard à T.J. pour se rapprocher d'elle. Ce dîner n'était qu'un dîner, et il n'y avait rien à en attendre. D'autant plus qu'il ne resterait pas éternellement à Cedar River.

Lorsqu'ils eurent terminé et que la table fut débarrassée, T.J. s'éclipsa dans sa chambre.

— C'est un enfant formidable, Abby, remarqua-t-il en prenant une gorgée de cidre. Tu dois être très fière de lui.

— Je le suis, répondit-elle en se dirigeant vers l'évier.

Jake se leva de table à son tour et se plaça de l'autre côté de l'îlot central.

— Tom le serait aussi, ajouta-t-il. C'est bien que tu lui aies donné son nom. Le « T » c'est pour Tom, n'est-ce pas ?

— Oui. Une forme d'hommage.

Il acquiesça puis posa la question qui lui trottait dans la tête depuis une semaine.

— Pourquoi les parents de Tom ne sont-ils pas restés à Cedar River ? Je trouve curieux qu'ils soient partis alors qu'ils ont ici un...

— Les souvenirs, l'interrompit-elle. Parfois, ils poussent les gens à rester. Parfois, à partir.

C'était vrai. Lui-même ne s'était-il pas enrôlé dans l'armée pour exorciser la rage et le ressentiment que lui inspirait son père et devenir un homme meilleur ?

— Tu sais, Abby, après le lycée, je n'aurais jamais imaginé que tu me quitterais, déclara-t-il soudain. Je pensais que tu m'attendrais. À l'époque, je voulais tellement être l'exact opposé de Billie-Jack que je n'avais pas envisagé toutes les conséquences.

Elle cessa de ranger et se tourna vers lui.

— Toute ma vie, j'avais vu ma mère pleurer un mari mort à la guerre... Comme toi, je ne voulais pas reproduire un schéma parental...

— Alors, c'était une impasse ?

— Oui. Nous voulions tous les deux des choses différentes. Je ne regrette pas un instant d'avoir épousé Tom.

— Tu as bien raison. Tom était un type adorable, le meilleur des hommes.

— C'est bizarre, soupira-t-elle. Il disait exactement la même chose de toi.

— Je me souviens d'un jour, je m'étais battu avec Billie-Jack. J'avais, je ne sais pas, peut-être quatorze ans... Ce jour-là, le Vieux s'en était pris aux jumeaux sans raison. Quand il s'était mis à frapper Joss, je l'avais insulté, pour qu'il reporte sa colère sur moi. J'avais bien grandi cet été-là, j'étais plus grand et plus fort. Billie-Jack m'a fait un œil au beurre noir et fendu la lèvre. Mais je lui ai cassé le nez. Je suis allé chez Tom cet après-midi-là, et sa mère m'a soigné. Je me souviens avoir pensé que toutes les familles auraient dû ressembler à ça. Par chance, Billie-Jack est sorti de notre vie quelques années plus tard.

— Je me souviens de cet œil au beurre noir. J'avais un faible pour toi à l'époque et je me disais que ça pourrait être l'occasion de t'adresser la parole... J'avais entendu les rumeurs, bien sûr, à propos de ton père, et je savais que ta mère était décédée. Tu sais, je trouvais que tu avais de la chance d'avoir une si grande famille... C'est bizarre comme on souhaite tous avoir ce qu'on n'a pas...

— Tous sauf Tom.

— Détrompe-toi. Il t'enviait.

— Vraiment ? Mais pourquoi ?

— Parce que tu étais fort et que tu n'avais peur de rien. Parce que tu avais le courage de te battre pour ce qui était important pour toi, et pour ton pays. Il a toujours admiré ça chez toi.

— Pourtant, je ne me suis pas battu pour nous...

— On était jeunes...

— Je suppose que les choses se sont déroulées comme elles le devaient... Tu as épousé Tom et tu as eu un enfant formidable.

— Je suis si heureuse de l’avoir eu, dit-elle si bas qu’il l’entendit à peine. Il est toute ma vie.

— Je le vois bien. Tu es une mère merveilleuse, Abby.

— Jake, à propos de T.J., commença-t-elle soudain d’une voix tremblante. Je sais que tu…

— Je ferai très attention quand nous ferons du snowboard, ne t’inquiète pas, la coupa-t-il. Il ne lui arrivera rien.

— Je sais. Je te fais entièrement confiance.

Cet aveu lui fit chaud au cœur. C’était merveilleux qu’Abby lui confie ce qu’elle avait de plus précieux. Mais pourquoi avait-elle l’air si accablée ? On aurait dit qu’elle portait tout le poids du monde sur les épaules.

— Merci pour le dîner, dit-il, estimant qu’il était temps de partir avant de faire une bêtise, comme de l’embrasser. Il faut que je rentre. J’ai un devis à envoyer à O’Sullivan.

— Si tu décroches ce contrat, tu resteras à Cedar River plus longtemps ?

Il fit de son mieux pour rester naturel alors qu’elle le fixait intensément.

— Généralement, je ne m’occupe pas de l’installation. Je sous-traite. Je pense repartir après le mariage.

— C’est le week-end prochain, c’est ça ?

— Oui, et je suis témoin. D’ailleurs Mitch voudrait que je reste jusqu’après Noël. J’y réfléchis. Bon, je passe vous prendre demain matin, 9 heures ? Pour le sapin, s’empressa-t-il d’ajouter, voyant son air perplexe. Souviens-toi, on l’a promis à ton fils.

De retour à l’hôtel, l’angoisse qui lui avait noué l’estomac toute la soirée s’intensifia. Il n’arrivait pas à en déterminer la cause et n’imaginait pas que ce puisse être autre chose qu’une réaction au fait de passer du temps avec Abby après toutes ces années.

Mais il n’en était pas sûr. Cette soirée avec Abby et son fils avait eu un effet inhabituel sur lui. Il aimait partager des moments avec eux. Et ce n’était pas seulement parce qu’il était attiré par Abby.

Ou parce que cela apaisait sa culpabilité d'avoir couché avec elle après la mort de Tom.

C'était l'effet du lien qui les unissait, le même qu'autrefois, ce lien d'une force implacable qui remontait aux tréfonds de l'âme et du cœur. L'amour. Car elle était la seule femme qu'il ait jamais aimée.

Et qu'il aimait encore.

Le lendemain matin, Jake se gara devant la maison à 9 heures, comme promis. T.J., qui avait déjà décrété que Jake était l'homme le plus génial du monde, attendait sous le porche, vêtu de sa parka orange, sa salopette préférée, ses bottes en caoutchouc et ses gants. Jake était au volant d'un Ford Ranger rutilant qui, dans le souvenir d'Abby, appartenait à son frère Joss.

Lorsqu'il descendit de voiture, elle s'efforça d'ignorer à quel point il était beau avec son jean, sa chemise noire et son blouson d'aviateur en mouton retourné. Elle savait qu'elle aurait dû se tenir prête à annoncer à Jake que T.J. était son fils. Mais c'était au-dessus de ses forces.

Sans doute à cause de la culpabilité qui la rongeait d'avoir gardé si longtemps le secret de la paternité de Jake. Mais elle voulait attendre encore un peu, les voir interagir. Elle devait s'assurer que Jake avait un vrai lien avec T.J. avant de lâcher la bombe.

— Salut, lança-t-il, lorsqu'il atteignit la barrière.

— Salut, dit Abby en verrouillant la porte avant de les suivre jusqu'à la voiture.

Ils prirent le chemin du ranch de David McCall. Abby avait rencontré ce dernier à plusieurs reprises et connaissait son fils Jasper, qui fréquentait la même école que T.J., bien que plus âgé que lui. Et c'était également l'employeur de son amie Annie. Abby avait rencontré David à l'époque où elle sortait avec Jake, depuis la naissance de T.J., elle avait évité toute interaction avec les Culhane ou les McCall.

Quand ils arrivèrent à destination, David sortit des écuries en compagnie de Jasper pour les accueillir.

— Hé ! Abby, dit David. Ravi de te voir.

— Moi aussi. Merci de nous accueillir. Mon fils était convaincu que nous n'aurions jamais de sapin de Noël.

— J'ai encore pas mal de choix, la rassura-t-il en faisant un geste du pouce en direction de l'arrière de la maison.

— Annie est là ? s'enquit-elle.

— Non, elle est au Triple C avec Tess, elle s'occupe des préparatifs de mariage, je crois. Au fait, Jake, lança-t-il en riant, je t'ai préparé la tronçonneuse. J'espère que tu sais encore couper un arbre.

— Je me débrouillerai, t'inquiète, répondit-il.

Lorsque T.J. eut choisi son sapin, Jake les rejoignit, la tronçonneuse à la main. L'arbre tomba au sol au bout de quelques minutes et fut fixé en moins de temps encore dans le Ranger.

— Maman, dit T.J. avec enthousiasme. Je peux aller avec Jasper et son père voir son nouvel aquarium ?

Elle jeta un coup d'œil à Jake, comme si elle attendait une parole rassurante de sa part. Puis elle se reprit avant qu'il s'en rende compte.

— Bien sûr. Mais seulement quelques minutes.

— Ce ne sera pas long, assura David en entraînant les deux garçons vers la maison.

Elle observa, les bras croisés, son fils s'éloigner sans un regard en arrière.

— On peut les accompagner si tu es inquiète, dit Jake.

Elle se retourna et tressaillit en le trouvant à moins d'un mètre d'elle.

— Je ne suis pas inquiète. C'est juste que... j'ai tendance à le surprotéger.

— C'est compréhensible. Mais mon cousin est un père responsable, ton fils est donc en sécurité.

— Je sais. D'ailleurs, ma grand-mère est la première à me conseiller de lâcher prise.

— J'imagine que ce n'est pas évident de jouer à la fois le rôle du papa et de la maman. Cela dit, il a l'air très équilibré.

— Il l'est, répondit-elle fièrement. Mais il fait parfois des colères quand il n'obtient pas ce qu'il veut. Tu le vérifieras par toi-même sur le chemin du retour quand il se mettra à réclamer un aquarium.

Jake s'esclaffa.

— Il m'a dit tout à l'heure qu'il voulait un chiot.

— Ou un chaton, soupira-t-elle. Selon son humeur. Mais ces petites bêtes représentent un engagement important, et avec mon travail, je n'aurais pas le temps de m'en occuper.

Il croisa son regard.

— On visite ? proposa-t-il, avec un regard si brillant qu'elle en eut le souffle coupé. On pourrait aller voir les écuries ? Si je me souviens bien, tu as toujours eu un faible pour les greniers à foin.

Elle rougit jusqu'à la racine des cheveux en se souvenant de cet après-midi où, ayant séché les cours, ils avaient fait l'amour dans les écuries du Triple C avant d'être surpris par Mitch et le contremaître du ranch.

Au moment où ils s'apprêtaient à entrer dans les écuries, Abby s'immobilisa.

— Jake...

Il lui prit la main et une sorte de décharge électrique remonta le long de son bras tandis qu'il l'entraînait à l'intérieur.

— Abby. Que se passe-t-il ?

— Comment ça ?

La main de Jake se resserra sur la sienne.

— Pourquoi m'as-tu invité à dîner hier soir ? Et pourquoi sommes-nous ici aujourd'hui ?

— Parce que tu me l'as proposé hier, répondit-elle, sans comprendre.

— Exactement, dit-il en se rapprochant. Et tu as accepté.

— Parce que... parce que... je veux...

— Il y a une semaine, ma simple présence te faisait horreur...

Comme tu le sais, je pars bientôt. Et toi et moi… ça a toujours été la catastrophe. On le sait tous les deux.

Dis-lui la vérité… maintenant.

Elle prit une longue inspiration tremblante.

— Je veux juste… juste que tu passes du temps avec…

— Avec toi, compléta-t-il, lui coupant la parole. J'ai compris, Abby. C'est ce que je veux aussi… même si je ne sais pas très bien pourquoi. Bon, bien sûr, au fond, je m'en doute, poursuivit-il, pressant sa main contre son cœur. Mais nous étions des gamins à l'époque. Et ce qui s'est passé entre nous après l'enterrement de Tom… nous savons tous les deux que ça n'aurait jamais dû arriver.

Abby resta interdite à ces mots. Dire que ça n'aurait jamais dû arriver revenait à dire que T.J. n'aurait jamais dû exister et c'était inimaginable.

— Je ne pense pas comme toi, répliqua-t-elle, appréciant de le sentir si près d'elle. Je le pensais avant. Mais plus maintenant.

— Qu'est-ce qui a changé ? demanda-t-il en lui relevant doucement la tête.

— Tout.

— Tout ? fit-il doucement, fixant ses lèvres.

— Tu es revenu.

— Merde, murmura-t-il avant de lui effleurer si doucement les lèvres qu'elle se rapprocha instinctivement pour approfondir le baiser.

Cela faisait si longtemps que personne ne l'avait embrassée. Si longtemps qu'elle n'avait pas partagé l'intimité d'un souffle, goûté les bras d'un homme et laissé le désir déferler en elle. Trop longtemps. Ça lui avait manqué, et en plus, c'était avec Jake. Son premier amour. Soudain, elle se sentit incapable de résister et de nier à quel point elle l'avait aimé autrefois.

Elle sentit sa main glisser vers sa hanche et il se mit à caresser doucement sa bouche avec la sienne. Lorsqu'elle ouvrit les lèvres, leurs langues s'entrelacèrent d'une manière si érotique qu'elle émit un gémissement rauque et s'agrippa à lui. Il n'y avait rien d'autre à faire que ressentir, goûter la douceur de son baiser, de ses caresses, laisser son âme communier avec la sienne.

Soudain, il releva la tête, mettant fin au baiser. Elle faillit perdre l'équilibre mais il la soutint tout en reculant.

— Ce n'est pas raisonnable, Abby, souffla-t-il.

À son tour, elle recula.

— Je sais.

— Alors, arrêtons.

— Tu as raison. C'est juste l'alchimie, je suppose.

Il ne releva pas.

— J'ai ma vie à Sacramento. Comme tu as ta vie ici. Je ne veux pas embrouiller les choses.

Abby avait envie de lui crier qu'il avait mal compris ses motivations. *Il ne s'agit pas de nous. Il s'agit de notre fils. De ton fils.*

— Je comprends.

Il fronça les sourcils.

— Ne m'en veux pas, Abby.

— Je ne t'en veux pas. C'était juste un baiser, Jake. Ce n'était pas grand-chose.

— Détrompe-toi. Ça a toujours été important pour moi, répliqua-t-il en s'accoudant contre la porte d'une stalle. C'est bien ça le problème.

Elle resta bouche bée à ces mots. C'était une révélation. Il y avait du vrai dans ses paroles. L'attirance qu'ils éprouvaient l'un pour l'autre s'était maintenue au fil des ans, alimentée par les souvenirs communs et leur conscience aiguë de ne pas avoir pu faire ce qu'ils auraient vraiment voulu.

— Pourquoi tu n'es pas venu quand j'ai épousé Tom ? Il tenait absolument à ce que tu sois son témoin.

— Hormis le fait que nous avions rompu ? Eh bien, figure-toi que je n'avais aucune envie de te voir épouser mon meilleur ami.

Elle laissa échapper un long soupir et se retourna en croisant les bras.

— Je pense qu'il l'a compris. Tu sais, je suis tombée amoureuse de lui. Il me comprenait. Il savait ce que je ressentais, à quel point j'étais encore sous le choc de notre rupture. Et pourtant, il voulait quand même être avec moi. Plus tard, il a voulu m'épouser. Il était content de vivre une vie tranquille à Cedar River. Une belle vie. Une vie que je ne regrette pas.

— Mais ?

Bien sûr, il y avait un « mais », et ils le savaient tous les deux. Finalement, lui aussi la connaissait très bien.

— Mais parfois, je me demande ce qui se serait passé si tu ne t'étais pas engagé dans l'armée. Ou si j'avais été un peu plus… souple.

— Tu veux dire, si on était restés ensemble ? Tu sais bien que c'était impossible puisque ni toi ni moi n'étions prêts à faire le moindre compromis.

Il avait raison. Ils étaient tous deux tellement têtus à l'époque.

— Je sais que tu vas rentrer à Sacramento, Jake. Mais… et je sais que tu ne comprendras peut-être pas pourquoi je te demande ça, mais j'aimerais que nous soyons amis. C'est important pour moi. La semaine dernière, tu m'as dit que c'était aussi ce que tu voulais.

— C'est vrai. Je n'ai jamais supporté l'idée que tu me détestes, Abby. Ça me paraissait injuste.

— Alors, faisons-nous une promesse, dit-elle en tendant la main. Soyons amis, pour toujours, quoi qu'il arrive.

Il lui prit la main, entremêlant intimement leurs doigts.

— Quoi qu'il arrive.

Abby espéra qu'ils resteraient amis lorsqu'il connaîtrait la vérité sur T.J., mais rien n'était moins sûr.

Ce qui était sûr, en revanche, c'était qu'il ne lui restait que très peu de temps pour révéler son secret.

7

Plus tard dans la matinée, alors que Jake regardait Abby et son fils décorer le sapin de Noël, il se dit qu'à chaque heure passée en leur compagnie il se sentait de plus en plus impliqué dans leur vie. Pire, il aimait passer du temps avec eux. Au-delà du désir ardent qu'il éprouvait pour elle, il *appréciait* Abby. Comme autrefois.

Il en venait à se questionner. Sur la famille. Quel genre de mari, quel genre père serait-il si cela lui arrivait un jour ? Fidèle, c'est sûr. Et protecteur, évidemment. Plus il y pensait, plus il s'imaginait dans ce rôle.

— Tu disais ? demanda Abby en enroulant une guirlande autour du sapin.

Assis sur le canapé, absurdement détendu, Jake regardait T.J. jouer avec les décorations avant de les passer à sa mère.

— Très beau, ce sapin.

— Je dirais même plus : c'est un chef-d'œuvre ! dit-elle.

Tournant la tête, il aperçut la photo de Tom sur la cheminée, et la culpabilité s'empara aussitôt de lui. Qu'aurait pensé son ami de son retour dans la vie d'Abby ?

Pas un retour, songea-t-il. *Un simple passage.*

— C'est mon papa ange gardien, murmura T.J., qui avait vu que Jake regardait la photo.

— Je sais, répondit Jake, notant la nostalgie dans les yeux de l'enfant. Il aurait été tellement fier de toi...

La poitrine de T.J. se gonfla de plaisir.

— Il avait les cheveux roux. Mais moi, je suis brun, comme maman.

En effet, mais il avait les cheveux plus foncés que ceux de sa mère, et ses yeux étaient verts, et non bleus comme ceux d'Abby. Jake ne parvenait pas à se souvenir de la couleur des yeux de Tom. De toute évidence, ils devaient être verts, comme ceux de son fils.

— Tu restes déjeuner ? s'enquit Abby.

— Je suis invité ?

— Bien sûr.

Durant le déjeuner, T.J. insista sur le fait qu'il voulait un poisson, un chiot et un chaton pour Noël, ce à quoi Abby acquiesça, comme il se doit. Jake comprit de plus en plus à quel point l'enfant pouvait être difficile à gérer. Il était intelligent, curieux mais aussi très exigeant, au point parfois de pousser sa mère à bout. Cependant, Abby était très patiente et parvenait souvent à désamorcer ses colères. Lors de leurs disputes, Jake ne s'en mêlait pas mais compatissait pour Abby, qui devait jouer le rôle des deux parents.

Jake les quitta en promettant de les revoir le lendemain et se dirigea vers la maison de Joss, qui se trouvait à quelques rues de là.

— Tiens, dit-il à son frère en le rejoignant sous son porche et en lui tendant les clés du Ranger. Merci pour ton aide.

— Tu ne m'avais pas dit que tu avais une séance de snowboard demain ? Dans ce cas, je te conseille de les garder, tu auras besoin de la voiture.

— Merci. Mais je passerai les reprendre demain dans la matinée. Tu auras peut-être besoin de ta voiture ce soir.

— Qu'est-ce qui t'arrive ? lança son frère. Tu es tellement sympa et prévenant en ce moment !

— Pourquoi ? Tu as quelque chose à me dire à ce propos ? demanda Jake.

— J'ai l'impression que ton rendez-vous d'hier soir s'est bien passé.

— Très bien, confirma Jake. Même si je ne suis pas sûr que c'était un rendez-vous.

— Et aujourd'hui ? demanda Joss.

— Abby avait besoin de moi pour aller acheter un sapin de Noël, c'est tout.

— Tu es conscient que tu passes beaucoup de temps avec elle en ce moment. Non ?

— Oui, et donc ? fit Jake. Tu as quelque chose à en dire ?

— Juste... sois prudent. Tu penses au mariage ?

— Pas que je sache.

Joss se mit à rire.

— Dans ce cas, ça ne te dérangera pas que je l'invite à dîner, poursuivit son frère. C'est vrai, non seulement elle est très jolie mais elle élève son enfant en solo. Exactement comme moi. Tous les ingrédients sont réunis pour un mariage parfait.

— Sérieux ? fit Jake, effaré. Tu veux sortir avec Abby ?

— Pas du tout ! dit Joss en s'esclaffant. Je voulais juste voir la tête que tu ferais !

— Tu sais quoi ? tu es vraiment un tordu.

Joss explosa de rire.

— Mais où est passé ton sens de l'humour ? Si tu veux mon avis, tu devrais inviter Abby au mariage de Mitch.

Il y avait déjà songé, bien sûr, mais il ne le mentionna pas à son frère.

— On verra bien.

— De toute façon, tu restes encore quelque temps, non ? Mitch a dit que tu restais jusqu'à la fin de l'année.

— Très probablement.

— Tu sais, tu es chez toi, ici, ajouta son frère avec un grand sourire. Et ma porte est grande ouverte. À moins que tu n'aies une raison de préférer l'hôtel ?

— Aucune. C'est plus pratique, c'est tout. Étant donné que je suis en affaires avec O'Sullivan.

Il était bien sûr conscient que ce n'était pas tout à fait vrai. Puisque le fait d'être à l'hôtel lui permettait surtout de voir Abby quand elle travaillait.

Le lendemain matin, il était 10 heures passées lorsqu'il arriva chez elle, après un détour chez Joss pour récupérer le Ranger et l'équipement de snowboard. Comme prévu, T.J. l'attendait sous le porche, en tenue de ski et très excité par la perspective de leur expédition.

— Il a à peine dormi, dit Abby en l'accueillant à la porte vêtue d'un joli blouson rose vif avec de la fourrure autour de la capuche et des poignets, qu'elle portait avec un jean et des bottes cavalières.

— Tu es très belle, dit-il en la regardant fixement.

— Merci.

— Au fait, euh..., ajouta-t-il, un peu embarrassé. Je voulais te demander si ça te dirait de venir avec moi au mariage de Mitch et Tess, samedi ? Ce ne sera qu'une petite fête au ranch, pas trop formelle.

— Ah... Tu as besoin de moi comme cavalière ?

— Non, je veux que tu sois *ma* cavalière.

— Et moi, je peux venir aussi ? lança T.J.

— Bien sûr, répondit-il en lui souriant. Mes nièces et Jasper seront là. Mais il faut d'abord que ta mère dise oui.

— Dis oui, maman ! s'écria T.J. en se mettant à courir en criant de joie. S'il te plaît.

En attendant la réponse, Jake était tellement nerveux qu'il avait presque l'impression d'avoir à nouveau seize ans et de l'inviter à sortir pour la première fois.

— À moins que tu n'aimes pas les mariages ?

— J'adore les mariages. D'accord, j'accepte.

— Moi aussi ! ajouta T.J. Et maintenant, on peut aller faire du snowboard ?

— Bien sûr, mon pote, on y va, répliqua Jake, s'efforçant d'ignorer son cœur qui bondissait de joie dans sa poitrine.

— Quelle belle robe !

Abby lissa le tissu bleu sur ses hanches et sourit.

— Merci, mamie.

— Alors, quand vas-tu parler à Jake ? Tu as décidé ?

— Mamie, chut, souffla-t-elle en jetant un œil vers la porte d'entrée. T.J. pourrait t'entendre.

— Il est trop occupé à préparer son sac pour aller dormir au ranch samedi, répliqua Patience. D'ailleurs, je suis très étonnée que tu aies accepté.

— Tous les enfants restent dormir après le mariage. Ils seront en parfaite sécurité. Et puis, T.J. en avait très envie.

— Je n'en doute pas, dit sa grand-mère. Simplement, je n'aurais jamais imaginé que tu acceptes que ton fils dorme ailleurs que chez toi.

— Je pense que ça lui fera du bien. D'ailleurs, tu me répètes que je le protège trop.

— Je répète aussi que tu devrais dire la vérité à Jake, mais j'ai l'impression de parler dans le vide.

— Je vais lui dire. Bientôt.

— Au mariage ?

— Non. Après. Une fois que j'aurai vu comment Jake se comporte avec sa famille et comment T.J. interagit avec eux.

— Méfie-toi, Abby, dit sa grand-mère. N'oublie pas que dans cette affaire, tu es à la fois juge et partie. Ce que tu crois être juste pourrait être faussé par le fait que tu n'es pas impartiale.

Abby était parfaitement consciente du risque qu'elle prenait. Mais c'était nécessaire pour protéger son fils. Au cours de ces deux dernières semaines, elle avait mis Jake à l'épreuve. Une épreuve qu'il avait réussie haut la main dans toutes les situations rencontrées.

La leçon de snowboard avait été un franc succès, sans parler du déjeuner à la pizzeria qui avait suivi. Lorsque, de retour à la maison, Jake avait écouté attentivement T.J. lui lire une histoire et avait ensuite joué avec lui aux jeux vidéo, elle avait été impressionnée. Jake était incroyablement patient et attentionné, et à chacune de ses interactions avec T.J., elle était de plus en plus persuadée qu'il avait l'étoffe d'un père. Sans compter que T.J. était à présent complètement fan de lui. Il serait sans aucun doute fou de joie lorsqu'il apprendrait que Jake était son père.

En réalité, c'était sa propre relation avec Jake qui la préoccupait le plus. Car, clairement, le désir faisait rage entre eux. Bien sûr, il ne l'avait pas touchée. Ils ne s'étaient embrassés qu'une seule fois et rien n'indiquait qu'il ait envie de recommencer. Mais elle le savait. Il existait entre eux une indéniable attirance.

— Mamie, il faut que j'aille travailler, dit Abby après avoir rangé sa robe.

— Bien. Je passerai chercher T.J. à l'école. Tu sais, il n'a qu'un mot à la bouche en ce moment : Jake. Il faudrait que tu lui dises la vérité, à lui aussi.

— Il croit toujours que Tom est son père.

— Pour l'instant. Mais plus Jake passera de temps avec lui, plus il posera des questions. Il m'a dit que tu lui avais assuré qu'il aurait un vrai père un jour, soupira Patience. Tu ne peux pas lui laisser croire une demi-vérité, Abby.

— Je sais, mamie.

— Il est temps.

— Je sais, répéta-t-elle, plus fermement cette fois. Je parlerai à Jake. Et à T.J. Je sais que T.J. veut un père et je pense que Jake fera ce qu'il faut.

— Et pour lui et toi ?

Elle haussa les épaules.

— Le temps nous le dira, je suppose.

— Tu crois qu'il y a une chance que vous vous réconciliiez ?

— Honnêtement, je ne sais pas. On verra ce qui se passera après le mariage, samedi.

Parce que samedi soir, ils avaient un vrai rendez-vous.

Et après le mariage, elle lui dirait qu'il avait un fils.

Le jour dit, Jake les salua lorsqu'elle arriva au ranch avec T.J. Il la complimenta sur sa robe et elle eut bien du mal à articuler une réponse tant elle était elle-même stupéfaite par son élégance :

costume gris anthracite ajusté sur une chemise blanche au col légèrement ouvert.

— Merci d'être venue, dit-il doucement.

— Et merci de m'avoir invitée. J'ai toujours aimé les mariages. C'est le genre d'événement que j'adore organiser à l'hôtel.

— Peut-être que tu auras l'occasion d'en organiser un autre un de ces jours...

— Peut-être.

Le mariage, comme de bien entendu, se déroula merveilleusement bien. Tess et Mitch avaient l'air si heureux et amoureux qu'elle ne put s'empêcher d'être un peu envieuse. Si l'un des membres de la famille Culhane fut surpris de sa présence, aucun ne fit de commentaire. À l'exception d'Annie, et comme ce n'était pas une Culhane mais une amie, Abby répondit patiemment à ses questions.

— Vous ressortez ensemble ?

— Pas exactement. C'est compliqué.

— L'amour l'est souvent, remarqua Annie.

En regardant de l'autre côté de la pièce où se trouvaient les invités, Abby aperçut Jake qui discutait avec sa sœur et David. T.J. n'était pas très loin et traînait avec le fils de David. Une fois de plus, elle fut frappée de voir à quel point T.J. ressemblait à Jake. Elle n'arrivait pas à croire que personne ne l'ait jamais remarqué ou interrogée à ce propos.

— Qu'est-ce qui t'arrive, Abby ?

— Redemande-le moi la prochaine fois qu'on se verra.

— Eh bien, tu es vraiment très mystérieuse.

— Pas du tout. Je vais juste tout arranger.

Lorsque son amie la laissa pour s'occuper des enfants, elle se dirigea vers le buffet en quête de gâteau.

— Alors, tu t'amuses ?

C'était Jake. Il lui glissa une flûte de champagne entre les doigts.

— Oui. Et toi ?

— Toujours.

Elle trinqua avec lui.

— Bravo pour ton discours, et laisse-moi te dire que tu es vraiment très élégant avec ce costume.

Il posa une main dans le creux de son dos et s'approcha.

— Et toi, tu es la plus belle, murmura-t-il.

Essayant d'ignorer les battements désordonnés de son cœur, elle tenta de détourner son attention.

— Ils ont l'air tellement heureux, dit-elle en montrant les mariés qui se tenaient près de la cheminée, indifférents à l'agitation autour d'eux.

— Jalouse ?

Elle croisa son regard.

— Un peu. C'est exactement comme ça que j'imagine un mariage... La famille, les amis et de l'amour en abondance.

— Comme ton mariage avec Tom ?

— Figure-toi que, ce jour-là, j'ai vomi vingt minutes avant la cérémonie. La nervosité, je suppose. Donc j'étais loin d'être aussi resplendissante que Tess aujourd'hui. La seule fois où j'ai vraiment été heureuse, c'est lorsque T.J. est né. C'est à ce jour le cadeau le plus précieux que la vie m'a fait.

— Si tu es inquiète qu'il reste ici ce soir, je suis sûr que tu pourrais...

— Je ne suis pas inquiète. Je sais qu'Ellie et Annie s'occuperont de lui, et Joss a proposé de le déposer à la maison demain quand il ira chercher les filles.

— Je ne savais pas que mon frère et toi vous connaissiez si bien.

Abby sourit, comprenant qu'il était peut-être un peu jaloux.

— On se voit parfois au ramassage scolaire. En fait, je l'ai croisé l'autre jour et il m'a proposé de ramener T.J. de la soirée pyjama.

— Il t'a fait des avances ?

Il était donc *franchement* jaloux.

— Pas du tout.

— Tant mieux, répondit-il en posant une main possessive sur sa hanche. Parce qu'il est en train d'arriver, et que dans le cas contraire j'aurais dû le boxer pour laver ton honneur.

— Mon honneur est intact, assura-t-elle en gloussant.

— Tiens, tiens, dit joyeusement Joss lorsqu'il les rejoignit. Tout ce bonheur conjugal ne serait-il pas en train de donner des idées à certains et certaines ?

— Idiot, souffla Jake. Tu n'as rien d'autre à faire ?

— Non, dit Joss en riant, avant de se tourner vers Abby. Je suis juste passé pour t'assurer que je ramènerai ton T.J. demain sain et sauf. Et que je m'occuperai de lui *comme s'il faisait partie de la famille*, ajouta-t-il à voix basse pour qu'elle soit seule à entendre, en lui adressant un clin d'œil.

Abby faillit recracher son champagne.

Il sait !

Comment pouvait-il le savoir ? C'est alors qu'elle se rappela toutes les fois où elle l'avait croisé au ramassage scolaire et sa façon de hocher la tête dans sa direction. Il avait dû voir la ressemblance entre T.J. et Jake. Cela dit, il n'avait manifestement rien dit à son frère, et elle se demandait bien pourquoi.

Elle essaya désespérément d'éviter le regard de Joss et fut soulagée lorsqu'il s'éloigna pour parler à sa sœur.

— Ça va ? l'interrogea Jake. Tu es toute pâle.

— Ça va, mentit-elle. J'ai juste besoin de prendre l'air.

— Viens, dit-il en lui prenant la main.

Quelques instants plus tard, ils étaient dans le vestibule. Il s'arrêta pour attraper le châle d'Abby au portemanteau et le lui glissa sur les épaules. Quand ils se retrouvèrent sous le porche, il n'y avait plus personne autour d'eux. La musique, le tintement de la vaisselle et les rires se turent lorsque Jake referma la porte de la maison.

Une fois seul avec elle, il l'attira plus près. Elle ne résista pas, c'était si agréable de sentir son corps musclé contre le sien. Il était excité, mais elle ne se sentait pas menacée. Elle leva les yeux, à la fois surprise et bouleversée par la force du désir qu'elle vit sur ses traits.

Elle était là…

Cette attirance. Cette incroyable alchimie qui existait entre eux depuis toujours.

Elle était là, *intacte*.

— Jake…

— J'aimerais pouvoir contrôler ce que je ressens pour toi, Abby. Mais je ne peux pas.

— Moi non plus.

Elle se cambra contre lui, l'invitant au baiser qu'elle savait inévitable. Elle ne fut pas déçue. En une fraction de seconde, sa bouche fut sur la sienne et il lui enserra la taille.

Lorsque le baiser se fit chaud et profond, elle plongea les doigts dans ses cheveux et frémit de désir en sentant son érection contre son ventre.

Loin, très loin dans les tréfonds de son esprit où dominait encore un peu de bon sens, une petite voix l'avertit de ne pas se laisser emporter. Mais elle n'en fit rien, préférant débrider ses sens. Il la désirait. Elle le désirait aussi. Et comme elle ne savait pas de quoi demain serait fait, elle s'abandonna tout entière à l'instant présent.

— Fais-moi l'amour, souffla-t-elle contre sa bouche, sa langue effleurant la sienne. Ce soir. S'il te plaît.

Il recula la tête et, posant les mains sur ses épaules, plongea dans son regard. Ses yeux verts scintillaient d'un tel désir qu'elle en fut bouleversée.

— Je croyais que c'était contre tes principes ? dit-il d'une voix rauque. Nous ne sommes que des amis, tu te souviens ?

Abby haussa les épaules.

— Ce soir, je m'en fiche. Je veux juste ressentir.

— Et demain matin ?

Elle haussa encore les épaules et frissonna.

— On verra bien.

En quelques secondes, Jake ôta sa veste et la déposa sur les épaules d'Abby. La chaleur du vêtement l'enveloppa instantanément, et elle prit conscience que c'était exactement ce qu'elle avait toujours éprouvé avec Jake : ses bras la protégeaient comme le plus doux des manteaux.

Lorsqu'ils avaient rompu après le lycée, cette chaleur protectrice avait disparu de sa vie. Elle avait essayé de la retrouver avec Tom, mais son mari, qu'elle avait pourtant sincèrement aimé, ne lui avait jamais fait ressentir la même chose que Jake Culhane.

Ils restèrent un moment sous le porche à danser au son de la musique qui venait de l'intérieur. Il régnait entre eux une intimité intense, comme s'ils savaient que la danse n'était qu'un prélude à autre chose.

À 21 heures, les invités commencèrent à partir. Les mariés se retirèrent également et rejoignirent l'hôtel O'Sullivan pour la nuit.

Quant à Abby, elle serra son fils dans ses bras et le laissa, comme prévu, au ranch pour la nuit. Il était plus de 22 heures lorsqu'elle fut de retour chez elle. Et presque 23 heures quand elle entendit le grondement familier de la moto de Jake dans son allée.

Il ne dit pas un mot en franchissant le seuil. Il jeta son casque, son blouson de cuir et ses gants sur le meuble de l'entrée et ferma la porte. Puis il saisit la main d'Abby et la porta à ses lèvres.

Abby l'entraîna dans le couloir puis dans sa chambre. Elle alluma la lampe de chevet et ils commencèrent à se déshabiller. Elle en profita pour redécouvrir son corps : ses épaules larges, son torse musclé, ses bras puissants. Il était aussi parfait que dans son souvenir.

Il sortit un préservatif de son portefeuille et le posa sur la table de nuit. La dernière fois, la protection avait cédé. Ce soir, elle aurait presque souhaité que l'incident se reproduise car l'idée d'avoir un autre enfant avec Jake l'emplissait d'un bonheur inexplicable. Bien sûr, ce n'était pas le moment de penser à cela. Une autre grossesse non planifiée n'était pas envisageable. Mais un jour... un jour, elle aimerait beaucoup donner un frère ou une sœur à son fils.

— Approche, Abby, souffla Jake, d'un ton sexy et caressant.

Elle fit ce qu'il disait et, posant les mains sur ses hanches, le regarda dans les yeux.

— Je suis là.

Il ôta la pince qui retenait ses cheveux, et ses fines tresses tombèrent en masse sur ses épaules.

— J'ai eu envie de faire ça toute la soirée.

— Qu'aimerais-tu faire d'autre ? murmura-t-elle.

— Tout, répondit-il avant de prendre sa bouche dans un baiser brûlant.

En une fraction de seconde, ils furent dans le lit, nus. Ils avaient beau se connaître intimement déjà, c'était à chaque fois une redécouverte. Lorsqu'il lui embrassait les seins, lui léchait les mamelons et qu'elle se cambrait follement contre lui, ivre de désir. Aujourd'hui comme hier, elle s'offrait à lui sans réserve, comme elle avait rêvé de le faire dès qu'elle avait su qu'il était en ville.

Et puis il se mit à descendre, caressant, explorant des endroits plus sensibles. Après avoir déposé des traînées de baisers sur son torse, il poursuivit le long de son ventre. Tandis qu'il s'attardait sur les vergetures qui n'étaient pas là la dernière fois qu'ils avaient couché ensemble, elle voulut se couvrir, mais il repoussa doucement sa main.

— Non, souffla-t-il contre sa peau, embrassant doucement son ventre. Tu es magnifique, Abby.

Avec Jake, elle s'était toujours sentie belle. Il y avait quelque chose dans sa façon de la toucher, une sorte de respect et en même temps un érotisme incroyable qu'elle n'avait jamais trouvé ailleurs. Lorsqu'il se mit à l'embrasser intimement, elle fut complètement perdue. Les mains sur ses seins et la tête entre ses cuisses, il l'entraînait dans un tourbillon de plaisir.

Mais elle n'était pas en reste et se souvint bien vite des caresses qui avaient le don de le rendre fou. Par exemple, en l'embrassant dans le cou et en haletant dans ses oreilles, en lui caressant le bas-ventre sans toucher son sexe, ou encore en faisant courir sa langue autour de son nombril. S'il était très doué pour lui faire atteindre des sommets de plaisir, elle avait exactement le même pouvoir sur lui.

Lorsqu'il se hissa sur elle, elle plongea dans son regard, renforçant encore le lien érotique si puissant qui les unissait l'un à l'autre. Le sentir en elle, voir leurs hanches onduler de concert était un redoutable aphrodisiaque et, ensemble, ils gravirent résolument le chemin du plaisir. Ce fut lui qui jouit le premier et au moment où elle sentit son corps vigoureux trembler sous l'effet de la libération, elle l'étreignit et le rejoignit dans l'extase.

Quand leur respiration reprit un rythme normal, il roula sur le côté et alla dans la salle de bains. Lorsqu'il revint, Abby était étendue sur le côté, la couette couvrant en grande partie sa nudité. Il était encore un peu excité et regagna le lit sans fausse pudeur. S'humectant les lèvres, Abby ouvrit la couette pour l'inviter à la rejoindre.

— Tu as sommeil ? demanda-t-elle.

Il laissa courir un doigt sur son bras avant de répondre.

— Pas vraiment. Et toi ?

— Non...

— Mais ?

Le fait qu'il la connaisse si bien la terrifia.

— Il faut qu'on parle.

Il plissa les yeux.

— Qu'on parle vraiment, tu veux dire ?

— Oui... de T.J.

Il lui prit doucement le menton.

— Je comprends, Abby. Tu es maman solo et c'est normal que ton fils passe en premier. Je ne suis jamais sorti avec une femme qui avait des enfants. Je ne veux pas dire que nous sortons ensemble maintenant... Mais il y a quelque chose entre nous... et ça complique les choses. Au départ, je ne suis pas revenu dans l'intention de raviver notre relation passée. Pourtant c'est exactement ce que j'ai... ce que nous avons fait, ajouta-t-il en l'embrassant sur la bouche. Et je ne regrette rien. Je ne pourrai jamais regretter d'être dans un lit avec toi. Et toi ?

Elle déglutit difficilement.

— Non, mais T.J...

— Est ta priorité, la coupa-t-il à nouveau. Je le sais et je comprends.

La vérité était là, sur le bout de sa langue. Pourquoi diable se montrait-il si compréhensif ? Pourquoi ses caresses étaient-elles si douces et ses baisers si bons ?

Parce qu'il est toujours l'amour de ta vie...

Abby fut totalement ébranlée par cette prise de conscience. Oui, elle l'aimait toujours, elle n'avait même jamais cessé de l'aimer et avait replongé jusqu'au cou. Ils avaient fait l'amour et ça avait été incroyable... mais le secret qu'elle lui cachait pesait sur elle comme du plomb. Lorsqu'elle lui aurait parlé de T.J., plus rien ne serait pareil.

Pour l'instant, leur relation ne concernait qu'eux. Il y avait le sexe, la passion et la possibilité de raviver d'anciens sentiments. Il était attentionné à l'égard de son fils, conscient qu'avoir une relation avec quelqu'un qui avait un enfant était complexe et nécessitait certains compromis.

Mais une fois qu'il saurait que T.J. était son fils, Abby craignait qu'il ne reste plus rien. Que cette bulle romantique dans laquelle ils se trouvaient actuellement disparaisse à jamais. Parce que la vie réelle serait trop présente.

Cela l'effrayait au plus haut point parce qu'elle savait ce que cela signifiait.

Je le perdrai à nouveau...

Cette pensée était insupportable. Tout à coup, toute sa détermination s'envola. *Demain*, pensa-t-elle lorsqu'il l'embrassa à nouveau. *Je lui dirai demain.*

Le lendemain arriva bien trop vite. Ils dormirent un peu et entre deux ébats se racontèrent leurs souvenirs.

— J'avais tellement peur pour toi quand tu étais au combat à l'étranger, avoua-t-elle en lui effleurant le visage. À cette époque, j'allumais une bougie tous les dimanches pour te protéger. C'est idiot, non ?

— Eh bien, regarde : ça a marché, dit-il en saisissant sa main et en la pressant contre son cœur. Je suis revenu.

— Tom savait que ces bougies étaient pour toi. Mais il n'a jamais rien dit, il ne m'a jamais demandé de ne pas le faire. Il voulait te protéger, lui aussi.

— Je sais. C'était un type bien... C'est tellement triste qu'il n'ait pas pu rencontrer son fils.

Dis-lui...

Le souffle d'Abby se bloqua dans sa gorge.

— Jake, je...

— Tu m'as manqué, Abby, dit-il en l'embrassant.

Le baiser s'approfondit et elle perdit le cap, happée par la passion qu'il était le seul à pouvoir lui faire ressentir. Ils firent à nouveau l'amour, doucement cette fois, et la force de leur jouissance fut telle qu'elle en resta sans voix, lui confirmant ce qu'elle savait déjà : elle était toujours complètement et totalement amoureuse de lui.

Au petit matin, ils s'embrassèrent longuement puis se douchèrent ensemble. Après quoi, elle lui prépara du pain perdu qu'ils dévorèrent avec leur café. L'ambiance entre eux était détendue et intime, et elle avait presque trouvé le courage de lui parler de T.J. lorsque son portable sonna. C'était un message d'Annie annonçant que Joss était en route avec les enfants.

— Ton frère sera bientôt là, prévint-elle en répondant au texto par un émoji de pouce levé.

— Tu veux que je parte ?

Elle secoua la tête. Il n'y avait aucune raison d'être timide ou de garder leur relation secrète.

— Cela dit, il faut vraiment qu'on parle.

— Encore ? dit-il en lui embrassant la main.

Ils s'embrassèrent encore pendant un moment, au lieu de discuter comme elle l'aurait voulu. Mais être dans ses bras était comme un tonique, et elle en avait besoin pour apaiser son malaise.

— Qu'est-ce qui se passe dans cette jolie tête ? demanda-t-il lorsqu'ils reprirent leur souffle.

— Des tas de choses. Je regrette tellement, Jake.

Il parut soudain inquiet.

— Quoi donc ?

Avant qu'elle puisse répondre, une voiture s'arrêta devant la maison. Quittant son étreinte, elle alla ouvrir la porte d'entrée. Quelques instants plus tard, son fils se jetait dans ses bras.

Abby invita Joss et ses filles à entrer dans la cuisine. Si Joss s'étonna de trouver Jake, toujours vêtu de son costume de mariage, en train de boire un café à la table, il n'en laissa rien paraître. Quant à Abby, elle était tellement tendue qu'elle ne pensa même pas à s'en inquiéter.

Lorsque T.J. ôta son pull, il y avait une grosse tache sur le devant de son T-shirt.

— Une petite mésaventure avec un pot de glace au chocolat ce matin, je crois, expliqua Joss en riant.

— Comme ça, tu as mangé de la glace au petit déjeuner ? s'enquit Abby, feignant d'être fâchée.

— J'avais faim, maman. J'ai trouvé le pot dans le congélateur. Ils ont un congélateur ! Grand comme une maison ! ajouta-t-il en tendant les bras au ciel. Je ne me suis même pas fait gronder. Ellie m'a dit qu'elle mangeait aussi de la glace au petit déjeuner, parfois.

Avec les traces de chocolat sur son visage et ses yeux verts surexcités, il était clair qu'il avait passé un moment fabuleux au ranch.

Avec sa famille paternelle...

Abby se tourna vers Jake, vit qu'il les observait, puis elle jeta un œil à Joss. Elle espéra qu'il ne s'attarderait pas car le moment était venu pour elle de dire toute la vérité à Jake. Assez de lâcheté. Il fallait maintenant passer à l'acte.

C'est alors que, sans crier gare, T.J., son magnifique, son incroyable fils, ôta son T-shirt souillé et qu'il se mit à rire quand sa tête resta coincée dans l'encolure, parfaitement inconscient de la suite d'événements qu'il était sur le point de déclencher.

Car là, sur son épaule, à la vue de tous, se trouvait la tache de naissance en forme d'éclair qui le désignait indéniablement comme le fils de Jake.

8

Combien de temps fallut-il à Jake pour se lever ? Une seconde ? Deux ? Pas longtemps. Mais suffisamment, en tout cas, pour entendre le souffle d'Abby se bloquer dans sa gorge et voir le regard inquiet de son frère.

La tache de naissance.

Il la connaissait bien. Il avait la même exactement au même endroit.

Ça ne pouvait pas être une coïncidence.

Oh ! bon sang…

Il vit soudain la terreur se peindre sur les traits d'Abby et, durant quelques secondes atroces, il ne put ni respirer, ni penser, ni bouger. Il ne faisait que regarder T.J., puis Abby. C'est alors qu'il comprit, sans l'ombre d'un doute, exactement ce qu'il voyait et n'avait pas vu au cours de ces deux dernières semaines.

La vérité.

Il entendit au loin Abby demander à T.J. de remettre son T-shirt.

— Joss, dit-elle. Pourrais-tu emmener T.J. chez ma grand-mère ? Ton frère et moi avons à parler.

— Oui… bien sûr, répliqua Joss avant de s'éclipser avec les enfants sans ajouter un mot.

Une fois que la pièce fut vide, Jake la regarda droit dans les yeux, la rage et l'incrédulité s'amplifiant à chaque seconde qui passait.

— Une question.

— Oui.

— Comment ça, oui ? cria-t-il.

— Oui, répéta-t-elle. C'est ton fils.

Jake s'agrippa à la table, pris d'une soudaine faiblesse mais aussi saisi de fureur. Il tenta de parler mais il avait si mal à la gorge qu'il n'y arrivait pas.

— Comment est-ce possible ? parvint-il à articuler enfin.

Elle inspira longuement avant de répondre.

— Je suis tombée enceinte quand nous avons couché ensemble cet après-midi-là.

— Impossible ! L'enterrement de Tom a eu lieu en septembre. T.J. est né en mars. Ça ne fait que sept mois.

— Il était prématuré. De presque sept semaines.

Jake sentit sa tempe se mettre à palpiter.

— Ce n'est pas l'enfant de Tom ?

— Non.

— Tu en es sûre ?

— Certaine. Tom était stérile. Nous envisagions de faire appel à un donneur de sperme quand il est tombé malade. Ce n'est pas l'enfant de Tom, Jake. C'est le tien.

Jake se redressa, inspira et la regarda fixement.

— D'accord. Donc, pendant six ans, tu as fait croire que c'était le fils de Tom Perkins ?

Elle ne le nia pas. Au contraire, elle haussa les épaules et traversa la pièce, lui tournant le dos, les bras croisés. Un maelstrom de sentiments s'empara de Jake dans le silence assourdissant qui suivit.

J'ai un fils...

La chose était tellement énorme que tous les fondements de son identité semblaient avoir volé en éclat. Et maintenant, confronté à cet énorme mensonge, Jake se sentait totalement démuni. Il ne savait plus ni quoi penser ni, surtout, quoi faire.

— Et T.J. ? Il ne sait pas ? souffla-t-il d'un ton rageur.

— Non. Mais j'avais prévu de lui dire.

Jake marqua une pause, le temps de digérer l'information.

— Quand ?

— Bientôt. Après te l'avoir dit.

— Qui connaît la vérité ?

Elle déglutit difficilement.

— Ma grand-mère. Ma mère. Ma meilleure amie, Renée. Et... je crois que Joss le sait.

— Tu *crois* ?

— Il a fait un sous-entendu au mariage... et tout à l'heure, il n'avait pas vraiment l'air surpris.

Jake avait l'impression que sa tête allait exploser. Si son frère s'était douté de quelque chose, il lui en aurait sûrement parlé, non ?

— Et les parents de Tom ?

— Ils ne m'ont jamais demandé qui était son père, mais je pense qu'ils ont deviné. Ils étaient au courant des problèmes de fertilité de Tom.

— C'est pour ça qu'ils ont quitté la ville ?

— Je crois, oui. Il ne restait plus rien ici pour eux après la mort de Tom. Et quand je suis revenue avec T.J., ils ont gardé leurs distances. Trois mois plus tard, ils étaient partis.

— Revenue d'où ? l'interrogea-t-il.

— De Denver. Quand j'ai appris que j'étais enceinte, je suis allée chez Renée, pour me recentrer et prendre quelques décisions.

— Parmi lesquelles : me cacher que tu étais enceinte de moi ?

— Tu venais d'être renvoyé en zone de guerre. Je ne savais pas comment...

— N'importe lequel de mes frères aurait pu me contacter.

— Je sais... Mais franchement, au début, j'ai été très choquée d'apprendre que j'étais enceinte. Et à ce moment-là, j'étais en deuil de Tom. Alors je me suis refermée sur moi-même, je suppose. Puis T.J. est né deux mois à l'avance, et ses premières semaines ont été très difficiles. Il était si petit et je ne savais pas s'il allait survivre.

— Et à aucun moment il ne t'est venu à l'esprit que j'avais le droit d'être là pendant que notre enfant luttait pour sa vie ? lança-t-il, furieux.

— Bien sûr que je savais que tu avais des droits. Je les ai juste...

— Ignorés ? suggéra-t-il, avec un rire cynique, avant de se mettre à faire les cent pas. En fait, tu t'es prise pour Dieu. Tu as fait ce que tu voulais sans t'inquiéter des conséquences. Je pense que tu as voulu me faire payer mon départ...

— Pas du tout ! Tout ce que j'ai fait, c'était pour T.J.

— T.J. ? répéta-t-il avant de ressentir une douleur atroce dans la poitrine. Abby, tu lui as donné le nom de Tom...

— Je l'ai appelé comme toi. T.J. signifie Tobias Jacob... tes deux prénoms inversés.

Il cligna des yeux, déterminé à ne pas s'effondrer. Il devait réfléchir, et non pas réagir. Il prit une inspiration et croisa son regard.

— Va au diable, Abby. Toi et tes mensonges.

Il devait partir. Il avait besoin de temps pour digérer tout ça. Sans plus attendre, il prit ses affaires et enfourcha sa moto. Il ne savait pas vraiment où il allait, mais il lui fallait se changer les idées. Il devait donner un sens au chaos qui avait pris possession de son esprit.

Il roula un moment et, sans s'en rendre compte, se retrouva devant la maison de son frère.

Joss le rejoignit sous le porche et ils s'assirent sur les marches, ignorant la fraîcheur du matin.

— Tu as vraiment une sale gueule, remarqua Joss en lui tapotant l'épaule. Je suppose que tu ne t'en doutais pas ?

— Et toi ?

— Moi, si. Je croisais parfois Abby et le petit à l'école. Je ne lui ai jamais trouvé la moindre ressemblance avec Tom. En revanche, il te ressemble beaucoup.

— Pourquoi n'as-tu jamais rien dit ?

Joss le regarda d'un air désolé.

— J'aurais dû, mais je n'en étais pas sûr. Et toi... tu n'es jamais là, et nous échangeons rarement des nouvelles. Je sais que c'est autant ma faute que la tienne...

Jake soupira. Son frère avait raison. Sur sa ressemblance avec T.J., il est clair qu'il aurait dû être assez intelligent pour le remarquer depuis des semaines. En réalité, il avait été tellement aveuglé par son désir pour Abby que tout le reste avait été relégué au second plan.

— Je n'en reviens pas qu'elle ait pu me cacher une chose pareille...

— Elle devait avoir ses raisons. Tu étais reparti, elle pensait peut-être que tu ne reviendrais jamais.

— Ce n'est pas une excuse.

— C'est vrai, acquiesça Joss. Mais c'est peut-être une raison. Moi, par exemple, je ferais n'importe quoi pour protéger mes filles. C'est peut-être ce qu'Abby pensait faire.

— En gardant le secret ? En mentant par omission ? dit Jake, irrité. J'avais le droit de savoir qu'il existait.

— Bien sûr, mais vous ne vous étiez peut-être pas quittés en bons termes, avec Abby, la dernière fois...

— C'était compliqué. Après l'enterrement de Tom, nous cherchions tous les deux quelque chose, je suppose, et c'est juste... arrivé.

À ces mots, son frère haussa un sourcil interrogateur.

— Je ne suis pas fier de moi, d'accord ? Je sais que j'ai agi comme un vrai con et que j'aurais dû empêcher que ça se produise... Mais Abby et moi... comme je l'ai dit... c'est compliqué.

— Alors, ne te complique pas la vie davantage et va lui parler. Tu as un enfant... ta vie est sur le point de changer, et le silence ne fera qu'empirer les choses.

Il savait que son frère avait raison. Jake se leva, attrapa son portable et envoya un bref SMS.

Il faut qu'on parle. À l'hôtel. 15 heures.

Abby passa l'heure qui suivit le départ de Jake chez sa grand-mère à faire les cent pas et maudire sa propre folie.

— C'est normal qu'il soit en colère, remarqua Patience lorsque Abby s'installa enfin à la table de la cuisine.

Elle ne quittait pas des yeux son téléphone posé devant elle. Elle devait appeler Jake. Il fallait absolument qu'ils se parlent.

— Bien sûr, soupira-t-elle. C'est absolument son droit.

— Mais ?

— Se mettre en colère ne changera rien.

— Facile à dire pour toi, dit calmement sa grand-mère. Ça fait six ans que T.J. est dans ta vie, alors que Jake ne connaît pas son fils.

— Il y a beaucoup de choses dont nous devons discuter.

Son portable bipa et elle consulta l'écran.

— Il veut parler. Tu peux surveiller T.J. ?

— Tu sais que je serai toujours là pour toi, Abby.

— Je sais, mamie, dit-elle en essuyant les larmes qui perlaient au coin de ses yeux. J'ignore comment j'aurais fait sans toi ces six dernières années.

— Tu es plus forte que tu ne le penses, répondit sa grand-mère en lui tapotant le bras. Et je sais que tu t'en sortiras.

— Je n'aurais pas dû le voir autant ces deux dernières semaines. Je voulais qu'il passe du temps avec T.J., mais j'ai cédé aux sentiments que j'avais pour lui et ça n'a fait qu'embrouiller les choses.

— Tu es toujours amoureuse de lui ?

Elle expira et frémit.

— Tu crois que c'est important ?

— Donc tu ne l'es plus ?

— Je n'ai pas l'habitude de prendre des décisions à la va-vite. J'ai toujours su ce que je voulais. Être cheffe cuisinière. Étudier la cuisine à Paris. Ne pas sortir avec un militaire. Épouser Tom et avoir un enfant. J'avais tous ces projets, mais en même temps, il y a toujours eu Jake Culhane en arrière-plan. C'est la seule partie de moi-même que je n'ai jamais vraiment pu contrôler. Alors, est-ce que j'aime toujours Jake ? Honnêtement, je n'ai pas envie d'y penser. Parce que je veux d'abord penser à T.J.

— C'est difficile d'ignorer ses sentiments, Abby, dit sa grand-mère d'un ton apaisant. J'en sais quelque chose, crois-moi. Mais je pense que tu n'as jamais été très lucide en ce qui concerne Jake. J'ai toujours dit qu'il était « tes sables mouvants » : tu crois pouvoir l'enjamber sans risque mais à chaque fois tu retombes dedans.

Je n'ai jamais vraiment approuvé votre relation, Abby. Elle m'a toujours paru trop intense pour toi.

— Tu ne l'as jamais aimé.

— Je ne l'ai jamais détesté non plus. Mais ce que je ressens n'a aucune d'importance. Ce qui compte, c'est ce que *toi* tu ressens. Parce que maintenant qu'il sait, votre relation va changer. C'est inévitable. Tu aurais dû y penser avant de l'inviter à nouveau dans ton lit.

— Je sais, grand-mère. C'était une erreur.

Les paroles de sa grand-mère résonnaient encore dans son esprit quand elle se mit en route pour l'hôtel.

Lorsqu'elle avait fait l'amour avec Jake après le mariage, elle s'était convaincue qu'elle était toujours amoureuse de lui. Qu'ils avaient retrouvé un chemin l'un vers l'autre et que ça allait marcher. Mais aujourd'hui, les choses paraissaient très différentes. Si elle avait profité de ce moment intime pour lui parler de T.J., la réconciliation aurait peut-être encore été possible. Mais la façon dont il avait découvert la vérité, avec son frère comme témoin, rendait cette éventualité peu probable. Et elle savait maintenant qu'elle ne devait plus penser qu'à T.J. et à la façon de lui dire la vérité.

Arrivée à l'hôtel, elle envoya un SMS à Jake, qui lui demanda de le rejoindre dans sa suite. La porte de sa chambre était ouverte lorsqu'elle arriva. Elle déposa son sac, ôta son manteau et s'assit sur le canapé.

— Café ?

Elle ne put s'empêcher de remarquer que la chemise noire qu'il portait lui allait à ravir, soulignant ses larges épaules. Aussitôt, elle fut bombardée de visions de la nuit précédente. Ses baisers, ses caresses, ses mots tendres… mais aussi l'occasion manquée de lui dire la vérité.

— Je suis désolée, Jake, sincèrement, souffla-t-elle en croisant son regard. Même si je sais que ce n'est pas assez dans de telles circonstances.

Il s'assit sur une chaise face à elle, posa les coudes sur ses genoux.

— C'est une évidence. Mais tout ce qui compte pour moi, c'est la vérité. Pourquoi ne m'as-tu rien dit ?

— Tu as quitté la ville et je...

— Je veux dire, la coupa-t-il, pourquoi ne m'as-tu rien dit cette semaine, ou la nuit dernière ?

— J'ai essayé. J'ai vraiment essayé. Mais ça ne semblait jamais être le bon moment. Je sais que ce n'est pas une excuse. Je sais que j'aurais pu te le dire ces deux dernières semaines. Mais je pense que je voulais voir comment T.J. réagissait en ta présence et...

— Tu me testais ? Pour voir si je ferais un assez bon père pour lui ?

Ça semblait épouvantable, dit comme ça, mais c'était exactement ce qu'elle avait fait.

— Oui, soupira-t-elle.

— Je trouve ça d'une arrogance...

— Peut-être. Mais je devais le protéger.

— De moi ?

— De la déception. D'un éventuel rejet. De l'inconnu.

— Tu crois vraiment que je serais capable de rejeter mon fils ?

Elle haussa les épaules, sachant que tout ce qu'elle pourrait dire serait forcément inadéquat.

— Je ne pouvais pas le savoir.

— Tu me connais mieux que ça, non ?

— Ce que je sais, c'est que ça fait six ans que tu n'es pas revenu à Cedar River. Tu m'as toujours dit que tu ne te sentais pas chez toi, ici. Je sais que tu as ta vie à Sacramento et peut-être une femme qui...

— Je suis célibataire, la coupa-t-il, agacé. Je te l'ai dit. Et je n'aurais jamais passé la nuit dernière avec toi si j'avais quelqu'un à Sacramento. Je ne suis pas un menteur, moi.

Abby se leva d'un bond.

— Très bien, je comprends ce que tu ressens. Mais je ne vais pas m'excuser d'avoir voulu protéger mon fils.

— Notre fils. Et je pense que les excuses sont plutôt inutiles à ce stade.

— Alors que veux-tu ?

— Pour commencer, je veux tout savoir sur lui.

Abby se dirigea vers la fenêtre et étreignit ses épaules avant de répondre.

— Il aura six ans en mars. Il pesait 1,9 kilo à la naissance, parce qu'il est né deux mois avant terme, comme tu le sais déjà. Il est resté à l'hôpital de Denver pendant cinq semaines, et j'étais avec lui tous les jours. Il a eu des problèmes respiratoires parce que ses poumons n'étaient pas complètement formés. Aujourd'hui, il est en parfaite santé et, comme tu as pu le remarquer, il est très intelligent et en avance sur le plan scolaire pour son âge.

— Donc, après l'enterrement, tu es partie à Denver et tu es revenue avec un bébé. Et tout le monde a cru que tu l'avais conçu avec ton mari…

Elle se retourna. Jake était toujours sur sa chaise, les traits fermés.

— Je n'ai jamais dit *explicitement* à qui que ce soit que c'était le fils de Tom.

— Mais tu n'as jamais dit non plus qu'il ne l'était pas, n'est-ce pas ?

Abby attrapa son sac en main et en sortit l'enveloppe qu'elle y avait mise le matin même. Elle la déposa sur la table basse en face de lui.

— Qu'est-ce que c'est ?

— Regarde.

Il ouvrit l'enveloppe et en lut le contenu.

— C'est son acte de naissance ?

— Eh bien, c'est ton nom qui est dessus. Pas celui de Tom.

La feuille trembla dans sa main, et il la regarda dans les yeux.

— C'est déjà ça, au moins.

— Je sais qu'on dirait que j'ai voulu te cacher sa naissance et que j'aurais dû t'en parler plus tôt, mais la vérité, c'est que personne ne s'est jamais demandé si c'était l'enfant de Tom. J'ai gardé mon nom de femme mariée après la mort de Tom, c'est pourquoi T.J. s'appelle Perkins, lui aussi.

Il reposa le certificat sur la table.

— Il faut lui dire la vérité, déclara Jake. Et ce n'est pas négociable, Abby.

— Bien sûr. Mais tu dois d'abord me dire ce que tu veux.

Jake se leva pour lui faire face.

— Je veux que nous ayons, lui et moi, la possibilité d'apprendre à nous connaître. J'attends ton soutien total.

Il n'y avait dans sa voix ni douceur ni pardon. Rien qui puisse lui permettre de penser qu'ils avaient conclu une trêve. Ils étaient aux antipodes l'un de l'autre. En quelques heures, elle était devenue son ennemie.

— Bien sûr, je le lui dirai aujourd'hui.

— *Nous* le lui dirons, corrigea-t-il. Et pas aujourd'hui. J'ai besoin de temps pour digérer tout ça, Abby. Accorde-moi quelques jours. Je veux passer du temps avec lui avant de le lui dire. T.J. a besoin de savoir qu'il peut me faire confiance avant que nous lui fassions cette grande annonce. Je ne veux pas le rendre triste ou l'effrayer.

— Il te voit déjà comme un héros, dit-elle calmement, soulagée que Jake pense au bien-être de T.J. avant tout. Je connais mon fils. Il va se réjouir de cette nouvelle.

— Tu crois ?

— Oui. T.J. *veut* un père.

— Il pense que *Tom* est son père.

— Je sais. Mais je l'ai toujours appelé son « papa ange gardien ». Parce qu'au fond j'ai toujours su que ce jour viendrait et je voulais rendre la transition plus facile.

Jake n'avait pas l'air convaincu et Abby ne pouvait pas l'en blâmer.

— Attendons quand même quelques jours. J'aimerais le voir demain.

— Bien sûr. Après l'école ?

Jake acquiesça.

— Ensuite, il faudra qu'on fasse un planning.

— Ne t'inquiète pas. Tu pourras passer autant de temps avec lui que tu le souhaiteras avant de partir.

— Avant de partir ? Mais où ça ?

— Eh bien, chez toi. À Sacramento.

— Je pense que tu te doutes bien que mon retour en Californie n'est plus tout à fait d'actualité...

— Mais ton affaire... ta vie ?

Il eut un rire sarcastique.

— Qu'est-ce que c'est, Abby ? Un autre test pour voir si je suis capable d'être père ? Ou jusqu'où je suis prêt à aller pour prouver que je suis un être impliqué et responsable ?

— Non. Je pensais que tu devais y retourner, c'est tout.

— À moins que tu aies décidé de laisser mon fils venir avec moi, alors non, je ne pense pas que je retournerai à Sacramento dans un avenir prévisible.

Il restait, donc. C'était aussi simple que ça.

— Je n'aurais jamais imaginé que tu ferais une croix sur ta vie et que tu resterais.

— Alors qu'imaginais-tu, Abby ? Hormis ne *jamais* me dire la vérité ?

— J'allais te le dire, répliqua-t-elle. J'ai essayé... hier soir, j'ai essayé. Mais nous étions... les choses étaient... nous...

— Tu veux dire que le sexe est passé avant la vérité ? Tu as, hélas, raison. Eh bien, nous n'aurons plus ce problème. La meilleure chose à faire, maintenant, c'est de ne plus jamais nous toucher. Ainsi, nous garderons la tête froide. Et notre fils ne fera pas les frais de notre bêtise.

Abby ne pouvait qu'être d'accord. Leurs retrouvailles sensuelles avaient bel et bien compliqué les choses.

— Bon, je vais y aller, murmura-t-elle en attrapant son sac et son manteau. Au cas où ça t'intéresserait, sache que je n'ai jamais délibérément cherché à t'empêcher d'être son père. Je sais qu'on pourrait le croire. Mais j'ai toujours pensé que tu ne voulais pas revenir à Cedar River et, le temps passant, je n'avais plus le courage de te contacter. Je suppose que ça fait de moi une lâche et une menteuse. À demain.

Elle quitta la suite sans un mot de plus. Lorsqu'elle se retrouva dans sa voiture, elle éclata en sanglots, car cet après-midi elle avait perdu la confiance de son premier amour… du père de son enfant.

Comme prévu, Jake vint voir T.J. le lendemain vers 17 heures. Abby s'était fait porter pâle car elle était trop bouleversée pour aller au travail. Et comme il l'avait annoncé par texto, il avait apporté des pizzas pour le dîner.

Patience était présente également, à la demande de Jake. Pourquoi voulait-il qu'elle soit là ? Abby n'en avait aucune idée. Mais finalement, ce n'était pas plus mal.

— Ça fait plaisir de te revoir, Jake, dit poliment Patience.

— À moi aussi, dit-il. Où est T.J. ?

— Il termine sa lecture. C'est à faire pour demain. Je lui ai dit que tu passais et il était très content. Et je n'ai rien dit d'autre, comme tu le souhaitais, dit Abby en voyant qu'il prenait un air soupçonneux. Sa chambre est la deuxième à droite, au bout du couloir, si tu…

— En fait, murmura-t-il, lui coupant la parole, j'aimerais parler à ta grand-mère… seul à seule.

Abby jeta un coup d'œil à Patience puis acquiesça.

— Je vais aller voir s'il a fini ses devoirs.

Elle quitta la pièce, inquiète. Certes, sa grand-mère était son alliée et son plus grand soutien. Mais ne lui avait-elle pas suggéré à maintes reprises de dire la vérité à Jake ? Ce en quoi elle avait absolument raison. En réalité, si Abby se trouvait aujourd'hui dans un tel pétrin, c'était uniquement de son fait.

— Maman ! s'exclama T.J. en la voyant apparaître dans sa chambre. Jake est là ?

— Il vient d'arriver.

— Super, répondit T.J. en fermant son livre. Tu sais, je l'aime beaucoup.

Le cœur d'Abby se serra et elle s'émerveilla de voir à quel point son fils était déjà attaché à son père, sans même savoir qu'il l'était.

Cela montrait en tout cas le besoin qu'avait T.J. d'une figure paternelle dans sa vie.

Lorsqu'ils arrivèrent dans la cuisine. Jake et Patience n'y étaient plus. T.J. bouda un moment mais retrouva le sourire en apercevant les pizzas. Dix minutes plus tard, Jake et Patience entrèrent par la porte de derrière. Ils riaient tous les deux, et T.J. se précipita vers Jake et lui prit la main.

— Tout va bien ? demanda Abby.

— *Très* bien, répondit Patience, je viens de louer à Jake l'appartement au-dessus du garage pour quelques semaines.

— Quoi ?

— Ce que veut dire ta grand-mère, c'est que je vais habiter à côté, intervint Jake.

Abby le dévisagea, effarée. Ça aurait pu être une bonne nouvelle... Mais aujourd'hui à quoi cela servait-il qu'il soit si près alors que plus jamais il ne la prendrait dans ses bras ?

9

Jake allait devoir annoncer à un petit garçon de six ans qu'il était son père et jamais il n'avait eu aussi peur de sa vie.

Son emménagement dans l'appartement de Patience, bien que nécessaire pour apprendre à connaître son fils, l'avait mis mal à l'aise au départ. Ce ne serait pas facile d'être si près d'Abby vingt-quatre heures sur vingt-quatre. Mais T.J. avait été tellement ravi de l'apprendre que cela avait plus que compensé ses réticences.

— Maman, est-ce que Jake pourra dîner avec nous tous les soirs maintenant ? demanda T.J.

Abby croisa le regard de Jake, puis regarda leur fils.

— On verra bien, d'accord ?

T.J. désigna les plats à emporter que Jake avait apportés.

— Maintenant que tout le monde est là, on peut manger ?

On s'installa à table. Jake écouta attentivement le petit garçon qui parla de tout : du prochain concert à l'école, de la date à laquelle il prendrait sa seconde leçon de snowboard et du fait qu'ils pourraient passer beaucoup de temps ensemble maintenant qu'il vivrait à côté de chez eux.

— Alors, Jake, dit Patience une fois que T.J. eut regagné sa chambre pour terminer sa lecture. Abby m'a dit que tu avais une entreprise florissante à Sacramento ?

— En effet, j'ai eu la chance de trouver un bon associé.

— C'est important, c'est vrai, d'avoir un bon associé, et cela dans tous les domaines de la vie.

Jake la regarda, un peu mal à l'aise.

— D'ailleurs, je vais vous dire quelque chose mais je ne le dirai qu'une fois. Il faut que vous dépassiez les tensions qui existent entre vous. Parce que ce petit garçon va comprendre très vite ce qui se passe. Je sais que tu es en colère, dit-elle à Jake. Et c'est normal. Mais le bonheur de mon arrière-petit-fils est prioritaire, et pour qu'il soit heureux, il faut que ses parents s'entendent. Faites semblant s'il le faut, ajouta-t-elle en se levant. Mais faites-le.

Lorsqu'elle fut partie, Jake se dirigea vers le comptoir.

— Elle a raison.

Abby cessa de faire la vaisselle et le regarda.

— Bien sûr. Mais ça ne rend pas les choses plus faciles.

— C'est sûr. Je peux le voir demain ?

— Même heure. Mais c'est moi qui cuisinerai.

Jake fit l'effort de sourire.

— Je vais lui dire bonne nuit avant de rentrer. À demain.

Après avoir embrassé T.J., Jake rentra à l'hôtel. Il eut du mal à s'endormir, mais la perspective de revoir son fils le lendemain l'apaisa. Le lendemain soir, il ne resta pas dîner mais passa une heure avec T.J. Comme toujours, ce dernier était ravi de le voir, mais Jake eut l'impression qu'il se doutait de quelque chose. Il espéra de tout son cœur que T.J. serait heureux d'apprendre qu'il était son père.

Le jeudi suivant, Jake emménagea dans l'appartement voisin. C'était un grand espace, avec une belle chambre, une cuisine, un salon et une salle à manger. L'endroit venait d'être rénové et lui convenait parfaitement, mais le plus important, c'était d'être le plus près possible de son fils.

Son fils…

Rien que d'y penser, il se sentait anxieux. D'autant qu'Abby et lui s'étaient mis d'accord pour lui annoncer la nouvelle jeudi.

Jake avait fait venir certaines de ses affaires de Sacramento. Il était en train de monter l'escalier menant à son appartement, un carton dans les bras, lorsque son téléphone sonna. C'était Trent, son associé.

— Tu as récupéré tes affaires ? demanda Trent.

— Oui. Merci encore.

— Combien de temps restes-tu ?

— Je n'en ai aucune idée, à ce stade.

Trent connaissait toute l'histoire, et ces deux derniers jours ils avaient discuté de la façon dont Jake pourrait continuer à gérer l'entreprise à distance. Ils étaient tous deux prêts à tenter l'expérience, sachant que Jake s'installerait sans doute à Cedar River de manière permanente.

Il relata à Trent les diverses réactions de sa famille. Mitch s'était agacé de la duplicité d'Abby et lui avait conseillé de ne pas se précipiter. Mais dans l'ensemble ses frères et sa sœur étaient surtout ravis d'avoir un neveu de plus. Ellie lui avait conseillé de s'occuper du nom de famille de son fils.

— Bonne chance, dit Trent.

— Merci, dit Jake en riant. Je vais en avoir besoin.

Lorsque Jake raccrocha, Abby et T.J. étaient en bas de chez lui. Elle portait un jean avec des bottes cavalières, un pull violet vif et une veste en laine blanche avec un bonnet et une écharpe assortis. Elle était si belle qu'il en eut le souffle coupé. Puis il se maudit d'être aussi prévisible. Il avait passé la semaine à lutter à la fois contre l'attirance et la colère qu'il ressentait pour elle afin que T.J. ne perçoive aucune tension entre eux. Cette guerre silencieuse qui se jouait en lui était ce qu'il avait vécu de plus difficile.

— J'ai deux, trois courses à faire en ville, lança Abby. Tu peux garder T.J. ?

— Bien sûr, répondit-il.

Son fils monta joyeusement l'escalier extérieur, et Jake se réjouit de le voir si heureux de passer du temps avec lui. Cela faisait une vingtaine de minutes qu'ils déballaient des cartons, discutaient et riaient de tout et de rien, lorsque le petit garçon s'immobilisa.

— Jake ?

Jake était sous le bureau, en train de brancher une imprimante, lorsqu'il aperçut T.J. debout à ses côtés.

— Oui, mon pote, dit-il en poursuivant sa tâche.

— C'est toi mon papa ?

Jake sursauta et se cogna la tête contre le bureau en se redressant. T.J. le regardait, la tête penchée sur le côté, se mordillant la lèvre comme le faisait souvent sa mère.

— Mais... qu'est-ce qui te fait penser ça ? s'enquit-il, retenant son souffle.

T.J. croisa son regard.

— Maman a dit que je ressemblais à mon père. Mais mon papa ange gardien avait les cheveux roux et des taches de rousseur, et moi non. J'ai les cheveux bruns et pas de taches de rousseur, dit-il en passant ses petits doigts dans les cheveux de Jake. Comme toi.

Jake prit une inspiration, conscient de l'importance de ce qui se jouait en cet instant. Idéalement, Abby et lui auraient dû le lui dire ensemble. Mais les choses ne se passaient pas ainsi et son fils méritait la vérité.

— Oui, dit-il calmement, en saisissant la main de T.J. C'est moi.

T.J. écarquilla les yeux.

— Comme... tu es vraiment mon père ?

Jake acquiesça à nouveau.

— Alors, qu'est-ce que tu en penses ? Tu es content ?

Jake regarda, fasciné, son fils réfléchir à la question. Mais T.J. se contenta de sourire et se jeta contre lui, glissant ses petits bras autour de son cou. Il ressentit à cet instant un élan de tendresse tellement intense pour le petit garçon qui s'accrochait à lui que son cœur se serra dans sa poitrine. Alors, n'y tenant plus, il lui rendit son étreinte et toutes ses peurs disparurent face à l'évidence de l'amour.

— J'ai tellement de chance. J'ai un papa ange gardien et toi, Jake.

Jake déglutit difficilement, luttant contre l'émotion.

— Oui, c'est une sacrée chance.

Ils discutèrent pendant un moment. T.J. ne posa pas de questions difficiles, sur Tom, sa mère, ou la raison pour laquelle Jake n'était pas là avant, mais cela viendrait. Lorsque Abby revint une heure plus tard, T.J. courut vers la porte pour lui annoncer la grande nouvelle.

— Maman, maman, Jake est mon papa !

Jake les rejoignit à la porte et vit Abby froncer les sourcils.

— Et si tu laissais maman entrer ? Il fait froid dehors.

T.J. s'écarta pour laisser passer sa mère puis leur jeta un regard interrogateur.

— Bon, je vais aller le dire à mamie. D'accord, maman ?

Elle hocha la tête, et lorsque T.J. eut disparu, Jake prit la parole.

— Avant que tu m'accables de reproches, sache que ce n'est pas moi qui le lui ai révélé, mais lui qui m'a posé la question.

— Eh bien, je suppose que c'est logique. Comme l'a dit mamie, il est très intelligent et a simplement fait le lien entre tout ce qu'il a pu entendre. Est-ce qu'il t'a demandé pourquoi…

— Pourquoi j'ai disparu de sa vie ces six dernières années ? compléta Jake. Pas encore, mais je pense que je n'y couperai pas. Et toi non plus.

Elle acquiesça, les yeux si brillants qu'il crut qu'elle allait pleurer. Il lutta contre ses sentiments, se refusant à ressentir la moindre empathie pour elle. Tout n'était-il pas entièrement de sa faute ?

— Il avait l'air tellement content. Je suis vraiment heureuse qu'il se soit attaché à toi, Jake. C'est ce qu'il voulait depuis si longtemps.

— Mieux vaut tard que jamais, n'est-ce pas ?

Elle ne répliqua pas.

— Je dois aller à Rapid City samedi, dit-elle d'un ton conciliant. Pour faire quelques achats de Noël. Si tu veux passer la journée avec T.J., pas de problème. Je pense qu'il a hâte de prendre une autre leçon de snowboard.

— OK.

Elle sourit et visita l'appartement du regard.

— C'est joli, ici. Ma grand-mère l'a fait rénover en début d'année. C'est une bonne idée d'avoir emménagé ici.

Il eut un rire sarcastique.

— Allons donc, Abby. Je suis sûr que tu préférerais que je reste à l'hôtel ou, je suppose, que je retourne à Sacramento.

— Ce n'est pas vrai.

— Tu crois ? Tu n'aimerais pas retrouver la petite vie secrète et sans complication que tu avais avant mon retour ?

Elle posa les mains sur les hanches.

— Je veux qu'il ait une relation avec toi, Jake. T.J. est la personne qui compte le plus pour moi, et son bonheur est ma priorité. Peut-être que mes actions passées ne témoignent pas en ma faveur. Mais j'essaie de me racheter auprès de T.J... et auprès de toi.

— Ma pauvre. Alors, tu as intérêt à être vraiment sympa si tu veux que je te pardonne de m'avoir refusé le droit de connaître mon fils pendant six ans.

Des larmes perlèrent aux yeux d'Abby à ces mots.

— Tu cherches la dispute mais je ne te laisserai pas faire.

Elle avait raison et elle le connaissait par cœur. Malgré les années de séparation, leur lien était toujours aussi fort.

— Désolé, Abby. Mais j'ai du mal à digérer toute cette situation. Et pour info, je n'avais pas prévu de dire à T.J. que j'étais son père sans que tu sois là. C'est arrivé comme ça et il m'a semblé essentiel de lui dire la vérité.

Elle hocha la tête.

— Parfois, être parent, c'est improviser. Je le fais tout le temps. Bon, à plus tard.

Dans l'après-midi, T.J. repassa voir Jake. Il avait apporté sa tablette et voulut jouer à un jeu avec lui avant le dîner. Ils traînèrent ensemble encore un moment, puis Jake le raccompagna chez lui à 17 h 30. Abby était en train de cuisiner. Elle lui adressa un sourire crispé et envoya T.J. se débarbouiller avant le dîner. Lorsqu'il eut quitté la pièce, elle reprit la parole.

— Tu as des projets pour les fêtes ?

— Il va y avoir une sorte de fête au ranch et j'aimerais passer un peu de temps avec T.J. pendant les vacances scolaires. Et toi ?

— Quand je ne travaille pas, Mamie, T.J. et moi allons généralement en Floride chez ma mère.

— Oh ? fit Jake, surpris. Et cette année ?

Elle haussa légèrement les épaules.

— Eh bien, nous n'irons sans doute pas, car je suis sûre que T.J. voudra passer du temps avec toi.

— Merci, c'est gentil.

— Tu restes dîner ?

La première impulsion de Jake fut de refuser. Mais il avait envie de rester encore un peu auprès de T.J. De plus, il avait faim et adorait la cuisine d'Abby. En réalité, même s'il détestait l'admettre, il commençait à en avoir assez d'être seul avec ses pensées et son ressentiment. Il acquiesça donc.

— Je peux t'aider ?

— Tu peux couper du pain, dit-elle en lui montrant la planche, le couteau et la miche posés sur le plan de travail.

Il s'exécuta tout en s'efforçant d'ignorer son agréable parfum et les ondulations de ses longs cheveux lorsqu'elle bougeait. Lorsque T.J. revint à la cuisine, il put enfin se concentrer sur autre chose et aida leur fils à mélanger la salade.

— Quand je serai grand, je serai chef cuisinier, comme maman, déclara T.J. Ou bien soldat, comme papa.

Jake vit la surprise d'Abby. Elle ne souhaitait certainement pas une carrière militaire pour son fils. C'était une évidence.

— Tu sais, dit Jake en passant doucement une main sur la tête de son fils. Je ne suis plus soldat. Maintenant, je travaille sur des ordinateurs. Tu aimes les ordinateurs, n'est-ce pas ?

T.J. se mit aussitôt à parler de sa console de jeux. Jake croisa le regard d'Abby et y vit du soulagement et un soupçon de gratitude, ce qui contribua à apaiser la tension entre eux.

Une fois le dîner terminé et T.J. douché et en pyjama, il insista pour que Jake le mette au lit. Assis au bord du lit, il lut le livre de dinosaures préféré de son fils et admira la façon dont Abby avait décoré la chambre avec tant d'amour.

— Jake ? fit T.J. une fois que l'histoire fut terminée.

— Oui ?

Son fils se mordilla la lèvre inférieure d'un air hésitant.

— Je peux t'appeler papa maintenant ?

La gorge de Jake se serra sous le coup de l'émotion.

— Bien sûr que tu peux.

T.J. sourit, déjà à moitié endormi, et ferma les yeux.

— Bonne nuit, papa.

— Bonne nuit, mon grand.

Lorsque Jake regagna la cuisine, Abby était à la table en train de plier du linge. Il se demanda pourquoi son cœur battait toujours aussi fort quand elle était près de lui. Leur alchimie mettait en échec sa détermination à ne plus penser à elle autrement que comme la mère de son fils. Il ne voulait pas la désirer. En fait, il avait passé les derniers jours à se convaincre de la détester, ou du moins à essayer.

— Abby ?

Elle leva la tête et croisa son regard.

— Il dort ?

Jake acquiesça et prit une longue inspiration.

— Je veux... ou plutôt j'aimerais que T.J. prenne mon nom de famille. Qu'en penses-tu ?

— Bien sûr.

La rapidité avec laquelle elle avait répondu le surprit.

— Sans plus ?

— Eh bien, disons que je m'attendais à cette demande. De plus, je pense que T.J. le voudra aussi.

— Tu penses que ça va jaser ?

— Ça jase toujours. C'est l'inconvénient. Cela dit, c'est aussi la chance de faire partie de ta famille.

Cela semblait trop beau pour être vrai. Abby disait exactement ce qu'il voulait entendre. Mais cela n'allait peut-être pas durer.

— Il faut qu'on établisse un planning parental.

Elle le dévisagea, sceptique.

— Mais... tu peux voir T.J. quand tu veux.

— Je pensais à quelque chose d'un peu plus formel, dit-il en s'appuyant contre le chambranle de la porte.

— De plus formel ? répéta-t-elle en arrêtant de plier son linge. Un accord de garde, tu veux dire ?

— Exactement.

Elle resta silencieuse un instant puis posa la main sur sa pile de vêtements.

— Je ne vois pas bien en quoi c'est nécessaire.

— En quoi c'est nécessaire ? répéta-t-il en se redressant d'un coup d'épaule contre la porte. Pendant six ans, tu as *omis* de me dire que j'avais un fils, alors je ne suis pas sûr de pouvoir te faire confiance. On ne sait jamais, tu pourrais disparaître dans la nuit avec lui pendant les six prochaines années.

Abby s'attendait à des conversations difficiles. Jake avait le droit de s'interroger sur ses intentions mais cela l'attristait qu'il y ait à présent un tel fossé entre eux.

— Si j'avais vraiment voulu te dissimuler T.J., je serais restée à Denver et je l'aurais élevé là-bas. Mais je suis revenue à Cedar River parce que j'aime cette ville.

— Beau discours. Mais tu vois, Abby, comme tu m'as déjà menti pendant six ans, je ne sais pas trop si j'ai envie d'y croire.

Une fois de plus, sa dureté lui serra le cœur. C'était une douleur profonde, déchirante, qui la consumait depuis des jours. Bien sûr, Jake avait le droit d'être en colère. Mais elle souffrait de savoir qu'il avait une si mauvaise opinion d'elle.

— Tu peux me croire maintenant, Jake.

— Je voudrais bien, soupira-t-il. Pour le bien de notre fils. Mais je ne suis pas encore prêt.

L'ambiance entre eux ne changea pas durant les deux jours qui suivirent, mais ils réussirent à s'installer dans une sorte de routine. Le samedi, Abby se rendit à Rapid City pour faire ses achats de Noël avec Patience et Annie, et T.J. resta à la maison avec son père.

Passer du temps avec Jake était apparemment devenu l'activité préférée de son fils.

À Rapid City, Patience s'éclipsa pour faire quelques emplettes dans un grand magasin local pendant qu'Abby et Annie faisaient une pause dans un café voisin.

— Alors, comment ça se passe entre Jake et toi ? demanda son amie.

— Il n'y a pas de *Jake et moi*.

— Après le mariage, vous êtes rentrés ensemble, non ?

— C'était juste du sexe.

— Pour lui ? Ou pour toi ?

— Ce serait une perte de temps de croire que Jake et moi allons filer le parfait amour, soupira-t-elle. C'est le père de T.J., c'est tout. D'ailleurs, il m'en veut énormément de lui avoir caché l'existence de son fils.

— Ça peut se comprendre.

— Personne ne m'a jamais questionnée. Les gens ont supposé que c'était le fils de Tom et je n'ai…

— Je sais, Abby. Tu t'es retrouvée au pied du mur et tu n'as pas pu t'expliquer. Ce n'est pas si difficile à entendre.

— Ça l'est pour Jake…

— Il réagit mal parce qu'il se retrouve au milieu d'une situation qui échappe complètement à son contrôle. Laisse-lui du temps. Je suis sûre qu'il finira par comprendre.

Abby n'en était pas si sûre. Les deux derniers jours avaient été difficiles. Bien sûr, T.J. était heureux comme un roi, et Abby était ravie pour lui. Quand Jake n'était pas là, il parlait constamment de lui et de Tom également. Elle lui répondait aussi précisément que possible, expliquant la différence entre son « papa ange gardien » et son « vrai papa », et il semblait accepter ses explications.

Cependant, le fait de les voir s'attacher autant l'un à l'autre ne faisait que renforcer la culpabilité qu'elle ressentait de les avoir séparés pendant si longtemps, et la culpabilité était une dure compagne. Elle la rendait vulnérable et elle se sentait victime des sentiments qu'elle éprouvait pour Jake. Bien sûr, il ne devrait jamais savoir qu'elle l'aimait encore. Cela ne ferait que l'humilier davantage.

Lorsqu'elle se gara dans l'allée cet après-midi-là, il était plus de 14 heures. Elle laissa ses paquets cadeaux dans le coffre de la voiture. Bien qu'incroyablement curieux et intelligent, T.J. croyait encore au Père Noël, elle voulait qu'il s'accroche à ces croyances le plus longtemps possible.

À peine entrée, elle fut attirée par un bruit de voix venant de la cuisine. Elle s'apprêtait à y entrer lorsque la voix de T.J. l'arrêta net.

— Papa, pourquoi est-ce que tu n'étais pas là avant, quand j'étais petit ?

Il y eut un long silence et Abby resta derrière la porte de la cuisine, consciente qu'elle était tombée au beau milieu d'une conversation cruciale entre un père et son fils.

— Parce que je ne savais pas que tu étais là, répondit Jake.

— Mais pourquoi ?

Parce que ta mère ne m'a jamais dit que tu existais...

— Parce que j'ai dû partir et que personne ne savait où j'étais. J'étais soldat, et on m'a envoyé très loin d'ici.

— Pourquoi maman ne t'a pas appelé ? Les soldats n'ont pas de téléphone ?

— Bien sûr que si. Mais, tu vois, ta maman n'avait pas mon numéro.

Abby sentit un immense soulagement se répandre dans sa poitrine, ainsi que quelque chose d'autre : de la gratitude. Il aurait été si facile pour Jake de la faire passer pour la méchante.

— Mais maman aurait pu essayer, non ? insista T.J.

— Non. Maman passait tout son temps à s'occuper de toi, parce que tu es la personne la plus importante au monde pour elle.

T.J. resta silencieux un instant avant de reprendre :

— J'aurais tellement aimé que maman ait ton numéro, papa, parce que comme ça, tu aurais su tout de suite que j'étais là.

— Eh bien, je suis là maintenant, mon pote.

— Pour toujours ?

— Bien sûr. Où veux-tu que j'aille ? En tout cas, je veux que tu saches que si maman avait pu me prévenir, elle l'aurait fait. En fait, c'est ma faute, j'aurais dû revenir plus tôt. Tu veux bien me pardonner ?

À ce stade, Abby était prête à fondre en larmes, mais elle se ressaisit. Faisant demi-tour, elle remonta le couloir et ressortit de la maison avant d'y rentrer à nouveau en claquant la porte. T.J. vint aussitôt à sa rencontre.

— Maman ! Maman ! Avec papa, on s'est trop amusés aujourd'hui !

Abby le serra dans ses bras, levant brièvement les yeux vers Jake qui se tenait en retrait dans le couloir.

— C'est merveilleux, chéri. Tu crois que tu pourrais aller lire un peu dans ta chambre ? Papa et maman doivent discuter de quelque chose...

T.J. accepta volontiers et lorsqu'il fut hors de vue, Abby se retourna vers Jake.

— On peut aller dans le salon ?

— De quoi voulais-tu parler ?

— De T.J. Il est si heureux en ce moment. Merci, Jake, dit-elle en ravalant la boule d'émotion qu'elle avait dans la gorge. Merci d'être aussi merveilleux qu'il l'avait espéré.

Les yeux de Jake brillèrent.

— C'est un enfant extraordinaire, Abby. Tu as fait un boulot incroyable depuis sa naissance.

— J'ai eu de l'aide. Mamie a toujours été là, et j'ai aussi des amis formidables. Cela dit, je suis heureuse que tu apprécies l'éducation que je lui ai donnée, même si ça n'a pas toujours été facile. Sinon, je voulais te prévenir qu'il y a un concert de Noël à son école la semaine prochaine, et qu'une réunion parents-enseignants aura lieu dans quelques semaines. Je te donnerai la date, si tu le souhaites.

— Je veux bien. J'aimerais vraiment être là pour les deux. Cela dit, je ne suis pas inquiet pour sa scolarité. Apparemment, il s'en sort très bien.

— C'est vrai. Et merci pour ce que tu as dit.

— Ce que j'ai dit ? À quel propos ?

— En fait, merci pour ce que tu n'as pas dit. Je t'ai entendu tout à l'heure, quand T.J. a demandé pourquoi tu n'étais pas là quand il était petit. Tu aurais pu dire quelque chose de très différent, j'en ai conscience. J'apprécie la façon dont tu…

— Je l'ai fait pour le bien de mon fils. Il n'a pas besoin de connaître les détails et il a encore moins besoin de penser du mal de sa mère. Je ne suis pas si mesquin, Abby. Je suis très fier d'être son père et j'ai l'intention de faire beaucoup mieux que le mien autrefois.

— J'en suis sûre.

Il la fixa. Il y avait tant de choses dans ce regard : colère, rancœur, amertume, incrédulité. Autant d'émotions qu'il avait le droit de ressentir, mais qui lui faisaient toujours aussi mal. Mais il y avait autre chose : l'attirance. Elle ne s'éteindrait jamais, elle en était certaine. Elle avait surgi dans leur adolescence et demeurerait à jamais.

Finalement, il reprit la parole.

— Pourquoi as-tu fait ça ?

Abby serra les mains l'une contre l'autre, accablée.

— Je te l'ai déjà expliqué. Ce n'était pas clair dans mon esprit, je ne savais pas comment te retrouver et…

— Pas ça. Pourquoi as-tu épousé Tom ? Qu'est-ce qui t'est passé par la tête ?

Abby tressaillit mais ne put retenir la vérité.

— Je… je voulais…

— Tu voulais quoi ?

Abby déglutit difficilement et frémit.

— Je voulais te punir de m'avoir quittée.

Il la dévisagea d'un air moqueur.

— Eh bien, tu as vraiment bien réussi ton coup…

— J'étais si jeune, je t'en voulais d'être parti.

— Je ne pouvais pas faire autrement, tu le savais. Je ne voulais pas finir comme mon père.

— Tu ne serais jamais devenu comme lui…

— Tu crois vraiment ? J'étais rongé de colère et j'avais le sang chaud à l'époque. Je détestais mon père et tout ce qu'il représentait. J'avais le diable au corps et je savais que le seul moyen de m'en sortir était d'avoir une vie structurée et disciplinée. Je savais que l'armée canaliserait toute cette rage et me permettrait de devenir autre chose. Étant donné ce qui est arrivé à ton père, j'ai cru que tu comprendrais.

— Étant donné ce qui est arrivé à mon père, je n'ai pas compris du tout. Je connaissais les risques, Jake, mieux que quiconque. Et s'il t'était arrivé quelque chose ? Si tu avais été blessé, ou pire ? Je ne voulais pas être la veuve d'un soldat et que mes enfants soient privés de père.

— Et pourtant… Notre fils a été privé de son père pendant les six premières années de sa vie. Tu ne crois pas que tu aurais mieux fait de rester avec moi dès le départ ?

— Peut-être. Mais je voulais…

— Me punir.

— Je ne suis pas fière de mon comportement.

— Je te comprends quand même, Abby. Je ne suis pas assez bête pour croire que j'ai été irréprochable dans toute cette affaire… mais j'ai encore du mal à comprendre. À l'époque, j'étais persuadé que tu finirais par accepter que je m'engage dans l'armée et qu'on se remettrait ensemble. Mais non… tu es partie à Paris avec Tom.

— Tu as dit à Tom que tu étais d'accord pour qu'on se marie.

— Que voulais-tu que je dise ? J'étais sur le point d'être affecté à l'étranger, et deux jours avant, Tom m'a appelé pour me demander d'être témoin à son mariage avec mon ex-copine. Bien sûr que j'étais furax que tu épouses Tom… Comme je suis furax aujourd'hui que tu m'aies caché l'existence de T.J. pendant six ans.

Il prit une longue inspiration et la regarda fixement. C'était la première fois qu'il disait ce qu'il pensait de son mariage avec Tom. À l'époque, elle avait simplement cru qu'il n'était plus amoureux, qu'il avait préféré l'armée à leur relation. S'était-elle trompée ?

— J'ai cru que tu t'en fichais..., souffla-t-elle.

Il la dévisagea.

— Au lycée, aucun couple n'était aussi fusionnel et amoureux que nous. Grâce à toi, j'ai réussi à tenir le coup face à la violence qui déchirait ma famille. Grâce à toi, j'ai réussi à ne pas me laisser consumer par ma haine pour Billie-Jack. Tu avais toujours été un soutien sans faille. Et puis, tu as cessé de l'être et tu as fini par tomber amoureuse de mon meilleur ami et par l'épouser.

— Je croyais que c'était fini entre nous...

— Fini ? dit-il en riant. Nous avons un enfant au bout du couloir. Ce ne sera jamais fini, Abby.

Ils étaient à peine à trente centimètres l'un de l'autre. Instinctivement, elle posa la paume sur sa poitrine. Son cœur battait si fort qu'il secouait sa cage thoracique et elle inspira un peu d'air, essayant de se calmer, d'apaiser l'agitation qui les traversait tous les deux. Et puis, sans dire un mot, elle glissa les bras autour de sa taille et se pressa contre lui.

— Je n'aurais pas dû épouser Tom, murmura-t-elle en lui effleurant le visage.

Les yeux de Jake se plantèrent dans les siens.

— Non, tu n'aurais pas dû.

Ils s'embrassèrent intensément, comme s'ils avaient été privés l'un de l'autre pendant une éternité. Il finit par rompre le baiser mais la garda dans ses bras.

— Je dois... je dois arrêter de te désirer.

Pourquoi ?

Elle ne posa pas la question car elle connaissait la réponse : T.J. L'attirance qu'ils éprouvaient l'un pour l'autre brouillait les pistes. Et manifestement, Jake ne voulait pas être détourné de sa nouvelle mission : être un bon père.

— Alors arrête, murmura-t-elle avant de s'éloigner, faisant taire son propre désir.

Sa grand-mère avait raison. Jake était semblable à des sables mouvants pour elle. Il serait toujours le seul homme auquel elle ne pourrait pas résister. Le seul homme qu'elle aimerait toujours.

10

— Alors, comment ça se passe ? demanda Mitch.

Le lundi en fin d'après-midi, Jake était au Triple C, en compagnie de Mitch, Tess et Hank. Il avait passé quelques heures en selle à aider au rassemblement du bétail. Mais sans réussir à se débarrasser de la migraine qui lui martelait la tête depuis deux longues journées.

— Bien, répondit-il.

— Ça te plaît d'être père ? demanda Tess, qui n'était plus qu'à quelques semaines de son accouchement.

— Tout à fait.

— C'est un enfant tellement adorable.

— Je sais, répondit-il, en souriant fièrement.

— Et Abby ? poursuivit-elle.

Jake n'avait aucune envie d'entrer dans une discussion sur la mère de son fils. Moins il en parlait, mieux c'était.

— C'est compliqué.

— Il dit ça quand il veut éviter de parler de quelque chose.

C'était Joss. Debout dans l'embrasure de la porte, son frère avait les bras chargés de paquets cadeaux. Il alla les déposer au pied du sapin.

Toute la famille passerait Noël au ranch. C'était une idée de Tess. D'ailleurs Jake avait l'intention d'amener T.J. à la fête s'il parvenait à s'organiser avec Abby.

— J'ai des ampoules à force d'emballer tous ces cadeaux, dit Joss en grimaçant.

— Bon sang ! s'exclama Hank. Tu te plains comme un gamin. Bon, je vais t'aider.

Lorsque les jumeaux disparurent, Jake comprit que son aîné allait le passer au grill.

— On dirait que tu as besoin de parler, nota Mitch.

— Pas du tout, répondit-il en sirotant son café.

— Annie m'a dit qu'Abby essayait vraiment de se racheter, murmura Tess.

— Se racheter ? Je ne vois pas comment ! Elle m'a menti pendant six ans… Ça ne se répare pas en une semaine…

— Tu *pourrais* lui pardonner, suggéra Mitch. Bien sûr, on a tous été surpris quand tu nous as parlé de T.J., mais ce qui compte le plus dans la vie, c'est la famille. Et Abby est la mère de T.J., ce qui fait d'elle…

— Je sais ce qu'elle est. Mais la seule chose qui m'intéresse, c'est d'être le père de T.J.

— C'est pour ça que tu as cette tête de déterré ? On dirait que tu n'as pas dormi depuis une semaine.

— Il y a un but à cette conversation ? s'enquit Jake, agacé.

— Le fait est qu'on est inquiets pour toi, dit Mitch.

— Ce n'est pas la peine. Je vais bien.

— Non, tu ne vas pas bien, intervint Hank en revenant dans la pièce, les bras chargés de cadeaux, Joss sur les talons. On l'a tous remarqué.

Jake s'efforça de garder son calme. Il aimait sa famille, mais il ne voulait pas qu'elle s'immisce dans ses pensées et ses sentiments. Il voulait gérer seul sa rancœur persistante. C'était ainsi qu'il avait toujours procédé.

— Écoutez, j'apprécie l'intérêt que vous me portez mais je vais vraiment bien. Découvrir l'existence de T.J. a été un choc, mais je l'ai accepté et je suis heureux d'avoir un fils. On peut parler d'autre chose, maintenant ?

— Non, rétorqua Joss, déposant d'autres cadeaux sous le sapin. C'est grave, ce qui t'arrive. Et même si tu détestes parler de tout ce qui est un tant soit peu personnel, il faut que tu regardes en face ce que tu ressens à ce sujet.

— Pourquoi ?

Joss secoua la tête.

— Parce que t'es vraiment un dur à cuire, mec. Parce que c'est précisément ce que la guerre t'a fait.

— Écoute, ce n'est pas parce que je ne passe pas ma vie à étaler mes sentiments en public que je n'en ai pas. J'en ai, d'accord. Mais je ne vais pas changer qui je suis.

— Tu as déjà changé, répliqua doucement Joss. Tu es père maintenant... C'est le changement le plus radical qui puisse arriver dans une vie.

Jake sentait le sang battre dans ses tempes. Il ne voulait pas parler de ce qu'il ressentait. Il ne voulait même pas y *penser*. Mais sa famille était implacable. Ils ne comprenaient pas. Ils formaient une unité soudée dont il s'était toujours senti à l'écart. Ce qui était logique, puisqu'il était parti. C'était lui qui avait choisi une vie différente comme moyen d'exorciser ses démons et ses peurs. C'était lui qui, par la suite, avait gardé ses distances, ne revenant à Cedar Lane que quelques rares fois en quatorze ans.

Il se leva d'un bond.

— Qu'est-ce que vous voulez que je dise ? Que je suis furax ? Que j'en veux tellement à Abby que je n'arrive même plus à penser correctement ? Eh bien, c'est le cas. Je suis tellement en colère contre elle que, la plupart du temps, je ne supporte pas d'être dans la même pièce qu'elle. Et ce qui est fou, c'est que le plus souvent je ne pense même pas à mon fils. Mais à elle. Toujours à elle. J'ai l'impression d'être de nouveau au lycée. Alors oui, je suis en colère...

— Parce qu'elle a épousé Tom ? demanda Mitch.

— Parce qu'elle n'a pas compris pourquoi je devais absolument quitter Cedar River.

— Nous non plus, on n'a pas compris..., remarqua Joss.

— Mais toi, répliqua Jake en regardant Mitch. Toi, tu l'as compris, non ?

Mitch acquiesça.

— Je savais que tu devais te libérer de l'héritage de Billie-Jack. Je savais que tu avais besoin d'appartenir à autre chose que Cedar River, ce ranch, ou même cette famille. Je savais qu'une fois Billie-Jack parti, plus rien ne te retiendrait ici.

Son frère, comme d'habitude, avait raison.

— Je le haïssais, renchérit Jake. Je le hais toujours.

— Tu n'es pas le seul, souffla Hank. On comprend, tu sais. On voyait bien comment tu t'interposais toujours pour qu'il ne s'en prenne pas au reste d'entre nous.

— Je ne pouvais pas faire autrement...

— Parce que tu voulais prouver que tu n'étais pas comme lui ? suggéra Mitch.

Jake haussa les épaules.

— Ma plus grande peur était de finir comme lui...

— Je ne sais pas comment il est aujourd'hui, et je m'en fiche, reprit Mitch. Mais à l'époque, Billie-Jack était quelqu'un de rancunier et de faible. Tu n'es absolument pas comme lui, Jake.

— Sauf avec Abby.

— Il te faut un peu de temps, c'est tout. Et maintenant que tu es de retour, tu as le temps. Tu es de retour pour de bon, n'est-ce pas ?

Jake acquiesça.

— Je serai là aussi longtemps que T.J. aura besoin de moi.

— N'oublie pas que si tu veux vraiment faire ce qu'il y a de mieux pour ton fils, tu vas devoir aussi penser à toi et à ce dont tu as besoin.

— Je n'en ai aucune idée, soupira-t-il.

— D'Abby ? suggéra Joss, tout sourire.

Jake secoua la tête.

— Je ne peux pas lui en vouloir et en même temps la désirer. C'est épuisant.

— Alors choisis ton camp, dit Joss.

— Ça vous est déjà arrivé que la personne à qui vous tenez le plus vous brise le cœur en mille morceaux ?

— Ouiiii ! répondirent en chœur Mitch et Tess avant de se mettre à rire en se regardant.

— Je pense qu'on traverse tous des épreuves dont on pense ne jamais pouvoir se remettre… et pourtant, on s'en remet, dit Tess en caressant son ventre rebondi. Je n'aurais jamais imaginé que ton frère et moi serions à nouveau amoureux, mariés et sur le point d'avoir un bébé. Pourtant, c'est le cas. Si je devais revivre toutes ces épreuves pour en arriver là où je suis, je le ferais.

— Mais c'est différent, répliqua Jake. Elle m'a caché l'existence de mon fils pendant six ans.

— Au vu et au su de tout le monde, souffla Joss.

— Quoi ? lança Jake.

— Elle n'a rien caché du tout, reprit Joss. N'importe lequel d'entre nous aurait pu deviner la vérité s'il avait pris le temps de vraiment regarder le gamin. Il est ton portrait craché, Jake. Moi, par exemple, je m'en doutais et j'aurais pu dire quelque chose… la questionner ou encore te contacter et mentionner la chose. Alors oui, peut-être qu'elle n'a pas dit clairement que c'était ton fils, mais elle ne s'est pas enfuie non plus avec lui pour dissimuler son existence au monde entier.

— Je suis d'accord avec Joss, déclara Mitch. Elle aurait pu partir, et aucun d'entre nous n'aurait soupçonné quoi que ce soit. Mais elle ne l'a pas fait. Pourquoi cela ?

— J'ai arrêté d'essayer de comprendre les motivations d'Abby, répondit Jake.

— Parce que tu es toujours amoureux d'elle ? fit Joss.

— Parce que ça ne sert à rien. Abby et moi, c'est fini. Elle a tout fait pour ça. Non seulement elle a décidé d'épouser Tom mais s'est ensuite débrouillée pour faire passer mon fils pour le sien pendant six ans.

— J'avais raison, dit Joss. Tu es vraiment un dur à cuire… et tu n'as pas le pardon facile…

Jake savait qu'il y avait du vrai dans la remarque de son frère. Tout ce qu'il avait vécu – la violence de Billie-Jack, ses deux missions en

Irak, la trahison de la seule femme qu'il ait jamais aimée – n'avait fait que l'endurcir. C'était à ce prix qu'il avait pu s'en sortir.

— Écoutez, merci de vous soucier de moi, mais je vais bien. *Vraiment*. La seule chose que je veux, c'est me concentrer sur mon fils et apprendre à être un père. Abby ne fait pas partie de ce projet.

— Je comprends, dit Joss en gloussant. C'est d'ailleurs pour ça que tu as emménagé à côté de chez elle…

— C'est uniquement pour être proche de T.J. et non d'elle. Et je compte acheter une maison dès que possible, dit-il en sortant ses clés de voiture de sa poche. Au fait, Joss, encore merci pour ma voiture.

Grâce à quelques contacts, son frère avait organisé le transport de sa jeep de Sacramento à Cedar River. Il avait également emmené le vélo de Jake à son garage pour le réparer.

Avant de rentrer chez lui, Jake s'arrêta au supermarché pour faire quelques provisions puis à l'agence immobilière pour prendre un catalogue d'annonces. Il le fourra dans sa poche et regagna sa jeep au moment précis où la neige commençait à tomber.

Un Noël blanc. L'idée le fit sourire. Cela faisait des années qu'il n'avait pas vu de neige à Noël et il savait que T.J. apprécierait les après-ski qu'il lui avait commandés dans un magasin de la ville. Noël était dans un peu plus d'une semaine, et Jake s'en réjouissait beaucoup plus qu'il ne voulait bien l'admettre.

Garant la jeep dans l'allée, il déposa ses courses chez lui puis se dirigea vers la maison d'Abby. Il s'apprêtait à toquer à la porte de derrière lorsqu'il entendit la voix familière de son fils… à ceci près qu'il criait beaucoup plus fort que d'habitude.

Jake toqua de nouveau et, comme personne ne répondait, il entra dans la cuisine, surprenant la fin d'un échange entre Abby et T.J.

— Mais je veux, maman !

— Pas ce soir, dit fermement Abby.

— Je n'ai jamais le droit de rien faire, avec toi ! Je te déteste ! Je te déteste pour toujours ! ajouta-t-il en claquant sa porte.

Lorsque Jake arriva dans le couloir, Abby se tenait devant la chambre de T.J.

— Abby ?

— Oh… Bonsoir.

— J'ai toqué. Tout va bien ? s'enquit-il, bien que sachant pertinemment que ce n'était pas le cas.

Elle haussa les épaules et il remarqua qu'elle avait les larmes aux yeux.

— Juste un désaccord sur l'heure du coucher.

Jake consulta sa montre.

— Il est encore tôt.

— Je sais, mais il voulait regarder quelque chose à la télévision plus tard dans la soirée. J'ai dit non, et il a piqué une crise.

Jake la suivit jusqu'à la cuisine.

— Ça arrive souvent ?

— Trop souvent à mon goût.

— Quel genre de choses te dit-il ?

— Tu veux dire outre qu'il me déteste et que je suis la pire mère du monde ?

— Voyons, Abby, tu sais bien qu'il ne le pense pas.

— Mais peut-être que si…, soupira-t-elle, au bord des larmes. Après tout, je lui ai fait croire que Tom était son père. Je lui ai caché ton existence pendant six ans, comme tu l'as fait remarquer si souvent. Si ça se trouve, je suis une mère horrible, et je ne m'en suis jamais rendu compte.

— Tu es plutôt une mère ultra-protectrice qui a toujours fait passer son fils en premier.

— C'est adorable de dire ça. Mais je pense que mes actions passées réfutent cette théorie.

Adorable ? C'est bien la première fois qu'on me qualifie ainsi, pensa Jake. Il eut soudain une envie folle de la réconforter. C'était stupide, il le savait. Moins il serait proche d'Abby, mieux ce serait. Il se souvint de ce que son frère avait dit sur le fait qu'elle avait laissé leur fils à la vue de tous et se rendit compte que c'était vrai.

— Si tu avais vraiment voulu cacher T.J., Abby, tu aurais déménagé au Canada ou ailleurs. Franchement, n'importe lequel de mes frères aurait pu voir que T.J. était mon fils s'il avait regardé de près. Apparemment, il me ressemble.

Elle acquiesça, et son expression s'adoucit.

— Et il a la même tache de naissance que toi. Je n'en croyais pas mes yeux quand il est né et que je l'ai vue sur son épaule. Il était si petit, mais il avait déjà tellement de courage et de force. Comme toi.

Jake sentit son ventre se contracter.

— J'aurais aimé être là avec toi.

— Je voulais que tu sois là, admit-elle, tremblante. Je ne savais pas comment te faire revenir.

Tu aurais pu m'appeler... me dire que j'étais papa et que mon bébé luttait pour sa survie...

Jake aurait voulu le dire à voix haute, mais les mots moururent au fond de sa gorge. Parce que même s'il en voulait à Abby, il n'aimait pas lui faire du mal et il ne voulait pas que leur fils lui fasse du mal non plus.

— Si tu es d'accord, je vais aller parler à T.J. Il faut qu'il sache que ce n'est pas bien de dire qu'il te déteste.

Elle le dévisagea, stupéfaite.

— Il voulait seulement...

— Il le dit quand il n'obtient pas ce qu'il veut. Ni toi ni moi ne devons accepter cela de sa part.

Abby était dans la cuisine lorsque T.J. vint la voir une demi-heure plus tard. Contournant l'îlot central, il s'approcha timidement, glissa les bras autour de sa taille et pressa son visage contre son ventre. Elle lui tapota affectueusement le sommet du crâne.

— Je suis désolé, maman.

— Je sais.

Il eut un hoquet et soupira.

— Papa a dit que je ne devais pas dire des méchancetés à la personne qui m'aime le plus au monde, dit-il en resserrant son étreinte.

Abby leva les yeux. Jake se tenait dans l'embrasure de la porte.

Il était si beau que son cœur chavira. Elle l'aimait infiniment mais elle n'était pas assez folle pour s'imaginer que c'était réciproque. Il était un père merveilleux, et elle l'en aimait d'autant plus, mais leur relation était terminée.

Et ça me convient très bien…

Tout ce qui comptait, c'était que T.J. soit élevé par deux parents qui l'aiment, et elle avait vu à quelle vitesse Jake avait tissé des liens avec leur fils. Quant à T.J., il voyait son père comme un héros. Son fils, elle le savait, avait toujours aspiré à avoir un père, et en les voyant ensemble aujourd'hui, elle mesurait à quel point elle avait eu tort de les priver l'un de l'autre.

Elle articula un merci et il hocha la tête en souriant.

— Ton père a raison, mais parfois on fait des choses sans se rendre compte qu'on fait du mal à ceux qu'on aime.

— Toi, tu as déjà fait ça ? l'interrogea T.J.

Abby lui caressa le front et croisa le regard de Jake.

— Hélas, oui. Mais sans le faire exprès…

Abby savait que passer du temps avec Jake faisait partie de leur accord de coparentalité, et même si d'un côté, elle appréciait sa compagnie, de l'autre elle souffrait terriblement de la distance qui s'était instaurée entre eux.

Dernièrement, ses rêves étaient peuplés d'images de lui. Elle se réveillait léthargique après une nuit de sommeil agité et n'était plus que l'ombre d'elle-même.

Mais en ce qui concernait l'éducation de T.J., tout allait bien. Ils avaient manifestement trouvé le moyen de s'occuper ensemble de leur fils, et T.J. n'avait jamais été aussi heureux.

Lorsqu'elle s'était arrangée avec l'école pour autoriser Jake à figurer sur la liste des contacts et que la directrice lui avait demandé quel était le lien entre Jake et T.J., elle avait, pour la première fois, révélé publiquement leur parenté et son monde ne s'était pas écroulé.

Quand elle avait suggéré à T.J. de prendre le nom de famille de Jake, son fils avait sauté de joie. Ce qui n'avait fait que décupler la culpabilité d'Abby. D'une part, parce que T.J. semblait tellement heureux d'avoir enfin un père en chair et en os. D'autre part, parce que Tom Perkins, son « papa ange gardien », qui occupait depuis si longtemps la place d'honneur sur la cheminée, était maintenant devenu secondaire et que T.J. avait dit qu'il voulait aussi une photo de son « vrai papa » sur la cheminée.

— Tout va bien, Abby ?

Elle leva les yeux et croisa le regard brillant de Jake.

— Alors, qu'est-ce que tu lui as dit ?

— Bah, des trucs de mecs. Juste que ce n'est pas bien de dire à quelqu'un qu'on le déteste.

Abby prit des assiettes dans le placard.

— Merci, j'apprécie ce que tu as fait. Mais il me détestera encore plus quand il découvrira que je t'ai caché son existence.

— Il ne saura que ce que nous lui dirons, et pour l'instant, c'est suffisant. Je ne pense pas qu'il faille le surcharger d'informations.

— Qui aurait cru que tu finirais par être la voix de la raison dans cette affaire ? dit-elle avec un rire triste. Ne fais pas attention à moi, je fais juste une petite dépression.

— Ne pas faire attention à toi ? répéta-t-il en lui prenant les assiettes des mains. Impossible. Ce serait comme oublier de respirer. Et je ne pense pas que tu fasses une dépression, Abby. Tu es trop volontaire et têtue pour cela. Mais tu as l'air épuisé. Alors pourquoi ne pas t'asseoir et me laisser préparer le dîner ?

— Tu vas cuisiner ?

Il se mit à rire et ce bruit si agréable se grava au plus profond de son âme.

— Je ne suis pas complètement nul en la matière, tu sais.

— Je croyais que c'était pour ça que tu t'étais engagé dans l'armée. Pour que tu aies tes trois repas équilibrés par jour.

Il prit le tablier et la regarda dans les yeux.

— Tu sais pourquoi je me suis engagé. Les repas étaient en bonus.

— Je ne voulais pas minimiser, désolée. Depuis la discussion que nous avons eue l'autre jour, je commence à comprendre pourquoi tu tenais tant à t'engager dans l'armée.

— Nous avons dit beaucoup de choses l'autre jour.

— Oui, et maintenant je me sens coupable, soupira-t-elle. Et pas seulement parce que je ne t'ai pas parlé de T.J., mais aussi à cause de Tom.

— Pourquoi ?

— Parce que j'ai l'impression d'avoir dupé T.J. à son sujet aussi. Mais si j'ai commencé à appeler Tom son « papa ange gardien », c'était pour faciliter l'inévitable transition.

— Quelle transition inévitable ?

— Toi… Quand tu reviendrais à Cedar River et que tu apprendrais que tu es son père.

Il plissa les yeux, incrédule.

— Tu veux dire que tu avais *prévu* de me le dire ?

— Oui. Quand tu es revenu et que je t'ai donné rendez-vous au Loose Moose, je voulais te dire la vérité mais je me suis dégonflée parce que je suis lâche.

— Tu n'es pas lâche, Abby. Tu es une mère protectrice.

— Peut-être. Mais je ne suis pas sûre d'avoir été une si bonne épouse. Aujourd'hui, l'image de Tom s'efface des pensées de T.J. Je ressens une telle tristesse, et une telle honte… Ça n'a pas été un cadeau pour lui de m'épouser.

— Tom t'aimait, il savait ce qu'il faisait.

— Je l'espère. Et j'espère qu'il ne m'a pas épousée parce que j'étais la première fille qui lui avait dit oui. La vérité, c'est qu'il nous aimait tous les deux. Mais quand tu as quitté la ville, il m'a demandé presque tout de suite de sortir avec lui. J'ai refusé, bien sûr, parce que c'était trop tôt. Mais il a persévéré. Je me suis demandé si c'était parce qu'il voulait rivaliser avec toi. Cela dit, que ce soit vrai ou pas, ça n'a plus aucune importance maintenant… mais il devait avoir une raison de vouloir être avec moi…

Jake lui prit la main.

— Hormis le fait que tu es belle, intelligente, drôle et agréable à vivre ?

Abby regarda leurs mains jointes. Il était si proche et sentait si bon.

— J'ai peut-être été tout cela, mais aujourd'hui tu es loin de penser à moi dans ces termes...

Il lâcha sa main.

— Ça dépend de mon humeur, je suppose...

— Selon que tu es en colère, triste ou optimiste, tu veux dire ?

— Exactement. En ce qui concerne Tom, il n'est plus là mais je ne vois pas le mal qu'il y a à faire vivre sa mémoire pour T.J.

— Mais je pensais que tu pourrais être...

— Quoi ? Jaloux ? Sache que même si j'ai encore du mal à comprendre pourquoi tu m'as caché la vérité, je ne suis pas mécontent que mon fils ait eu comme modèle un homme aussi bon que Tom.

Abby s'immobilisa. Son cœur battait si fort qu'elle avait du mal à respirer.

— Merci d'être aussi compréhensif.

— Comme l'a dit Patience, nous devons nous entendre pour le bien de notre fils.

Elle acquiesça et sortit un plateau de poulet frit du réfrigérateur.

— Tiens, c'est à faire réchauffer au four. Et il y a un plat de pommes de terre dans le micro-ondes.

— Ah d'accord ! dit-il en riant. Donc tu te méfies vraiment de ma cuisine ?

Abby se mit à rire et changea de sujet.

— Oh ! il y a une voiture que je ne connais pas dans l'allée de ma grand-mère, dit-elle en regardant par la fenêtre.

— C'est la mienne. Je l'ai fait venir de Sacramento.

— À croire que tu es là pour rester.

— Je te l'ai dit que je restais, Abby. Il ne me reste plus qu'à acheter une maison.

— Pourquoi ? Le studio de mamie n'est pas assez bien ?

Il la regarda fixement.

— Qu'est-ce que tu veux dire ?

— Je ne sais pas... Que tu as peut-être quelqu'un – ou *quelqu'une* – à recevoir ?

Il s'immobilisa.

— Tu ne peux pas être plus loin de la vérité, répliqua-t-il, levant les yeux au ciel.

Soulagée, Abby orienta la conversation dans une autre direction.

— Au fait, tu as quelque chose de prévu avec T.J. ?

— Je pensais l'emmener faire les courses de Noël demain. Ça te va ?

— Parfaitement. Mais ne le gâte pas trop, d'accord ? dit-elle avant d'agiter la main. D'accord, tu peux le gâter, si tu veux. Mais honnêtement, il est heureux rien qu'à l'idée de passer du temps avec toi.

— Moi aussi, ça me fait plaisir. D'ailleurs je te remercie d'avoir informé l'école de mon existence. J'apprécie.

— Pas de problème. À la rentrée prochaine, on pourra réinscrire T.J. sous son nouveau nom. Certaines personnes lui poseront peut-être des questions indiscrètes, mais je pense qu'il pourra s'en accommoder.

— Et toi ?

— Quoi, moi ? fit-elle, le cœur battant.

— Tu penses reprendre ton nom de jeune fille ?

Les battements de son cœur se calmèrent.

— Ah... Pas tout de suite. Je changerai si je me remarie.

Elle le regarda nouer le tablier autour de sa taille. Il était si sexy que cela défiait l'entendement. Elle n'avait aucune envie de parler mariage avec Jake. Et l'idée qu'il puisse épouser quelqu'un un jour lui était insupportable.

— Tu aimerais avoir d'autres enfants, je suppose ? demanda-t-il en préparant le repas.

Elle rougit.

— Un jour, oui. Avant qu'il soit trop tard.

— Tu es encore jeune.

Abby haussa les épaules.

— J'ai presque trente-deux ans. Mais peu importe puisque je ne vois personne en ce moment... enfin... sauf...

Toi...

Sa phrase resta en suspens et, attrapant les assiettes, elle commença à dresser la table au moment où T.J. revenait à la cuisine.

— Papa, on peut jouer à un jeu vidéo après le dîner ?

Jake regarda Abby, qui acquiesça.

— Bien sûr, mais n'oublie pas que tu as école demain et que tu ne dois pas te coucher trop tard.

— D'accord. Tu viens à mon concert de Noël ?

— Je ne voudrais pas manquer ça.

Abby se réjouit du bonheur de T.J. Le concert avait lieu le jeudi après-midi, et elle s'était arrangée pour terminer le travail plus tôt afin d'aider à la confection des costumes.

Elle savait que Mitch et Tess viendraient aussi, ainsi que Joss, puisque ses filles participaient à l'événement.

Ce serait sa première sortie officielle avec Jake depuis qu'il avait découvert la vérité sur leur fils. Elle espéra que les Culhane réagiraient bien face à elle, car s'ils avaient accepté T.J. et le considéraient déjà comme un membre à part entière de la famille, ils éprouveraient peut-être du ressentiment envers elle.

Après tout, c'était elle, l'étrangère.

Elle fut confortée dans sa crainte lorsque son fils annonça qu'il voulait passer Noël au Triple C Ranch avec son père, ses oncles, sa tante et ses cousins.

Et, pour la première fois de sa vie, pas avec elle.

11

Jake n'aurait jamais imaginé qu'il assisterait un jour au spectacle de fin d'année de l'école primaire de Cedar River. Jamais il n'aurait imaginé non plus qu'il ferait partie de ces parents assis au premier rang regardant fièrement leur fils ou leur fille interpréter des chants de Noël avec un groupe de camarades vêtus de costumes de renne. Son frère Joss était assis à sa gauche et Tess à sa droite, tandis que Mitch avait placé son fauteuil roulant côté allée centrale pour pouvoir étendre sa jambe plâtrée.

Jamais Jake ne s'était senti aussi heureux et aussi fier.

Mon fils...

Sa fierté n'était éclipsée que par son amour grandissant pour ce petit garçon qui lui donnait juste envie d'être la meilleure version possible de lui-même.

Il aperçut Abby en coulisses, en train d'aider les enfants à enfiler leurs costumes de scène. Elle était très silencieuse depuis quelques jours. Il l'avait questionnée plusieurs fois à ce sujet et elle lui avait répété qu'elle allait bien, mais il n'était pas convaincu.

Abby était malheureuse, et Jake savait qu'il en était la cause. Il n'avait pas voulu en arriver là. Il s'efforçait de s'entendre avec elle, malgré le chaos qu'elle créait dans sa tête et dans son cœur.

Une fois la chanson terminée, il y eut une courte pause durant laquelle les enfants sortirent de scène pour se changer en vue du prochain numéro. Jake resta à sa place mais il était très conscient de la présence d'Abby sur scène.

— Tu t'amuses ? demanda Joss en lui donnant un coup de coude dans les côtes.

— En fait, oui ! cria-t-il pour couvrir la musique.

— Il paraît que tu as acheté une maison ?

— Exact. Au bord de la rivière.

— Dans le quartier chic, alors.

— J'avoue que c'est une belle maison.

— Donc il ne te manque plus que la famille ?

Jake haussa les épaules.

— Si tu veux...

— Qu'en dit Abby ?

— Je ne lui en ai pas encore parlé.

— Poule mouillée, va.

— Ce n'est pas un secret que je voulais acheter une maison, reprit-il, se sentant rougir malgré lui. Même si c'est pratique de vivre à côté, nous devons mettre en place une routine pour T.J.

— Je suis vraiment fier de toi. C'est un peu idiot à dire vu que tu es mon aîné, mais j'avoue que tu as vraiment pris ta paternité à bras-le-corps.

— Pourquoi, tu en doutais ?

— Non, dit Joss en riant. Tu es ce genre de type agaçant qui est doué dans tout ce qu'il fait.

Sauf pour pardonner à la femme qu'il aime...

Jake chassa cette pensée. Il savait qu'il devait cesser de penser à Abby de cette façon. C'était fini entre eux. Elle était la mère de son fils, rien de plus.

Mais passer du temps avec elle n'avait fait que raviver les sentiments qu'il avait mis de côté ces quatorze dernières années. Des sentiments qui n'avaient jamais vraiment disparu, ce qui expliquait sans doute pourquoi ils avaient fait l'amour après l'enterrement de Tom, et après le mariage de Mitch et Tess.

Une fois le spectacle terminé, les parents et les amis furent invités à un buffet offert par l'école. Jake partit à la recherche d'Abby. Il la trouva avec T.J., discutant avec une quinquagénaire dont il découvrit qu'elle était l'institutrice de son fils, Mme Santino.

— Ah ! M. Culhane, T.J. m'a beaucoup parlé de vos leçons de snowboard.

Mme Santino lui parlait d'un ton chaleureux comme si son apparition soudaine dans la vie de son fils n'avait absolument rien d'inhabituel.

Jake ébouriffa les cheveux de son fils.

— Il est doué. Je suis sûr que nous dévalerons les pistes noires d'ici peu.

— Tu crois, papa ?

— Bien sûr, mon grand !

Voyant l'expression horrifiée d'Abby, il lui toucha le bras.

— Détends-toi, il ne risque rien.

— Rien du tout, renchérit T.J. Papa veille sur moi.

T.J. semblait avoir une telle confiance en lui que Jake sentit son cœur se serrer d'émotion.

Ils discutèrent avec l'enseignante quelques minutes. Lorsque T.J. réclama du gâteau, ils se dirigèrent vers le buffet.

— Tout va bien, Abby ? s'enquit Jake en lui passant du punch.

— Très bien, dit-elle, acceptant le gobelet. T.J. avait tellement peur d'oublier les paroles des chansons ! Mais heureusement tout s'est bien passé.

— Son institutrice a l'air sympa.

— Elle l'est. En plus, T.J. adore apprendre. C'est une chance !

— Tu l'as remarquablement éduqué. Et même si ce n'est probablement pas le moment d'en parler, j'aimerais discuter avec toi d'un arrangement financier en sa faveur.

Elle le dévisagea, perplexe.

— Je ne veux pas de ton argent. Et tu as raison, ce n'est absolument pas le moment d'en parler.

Jake l'attira vers lui.

— D'accord, mais on en reparlera.

Sur le trajet du retour Abby se montra ostensiblement silencieuse, alors que Patience et T.J. étaient intarissables. Lorsque Jake se gara dans l'allée, Patience lui tapa sur l'épaule.

— Jake, en mon absence, tu nourriras mon poisson rouge, d'accord ? Le double de la clé est sous le pot de fleurs sur le porche arrière.

Patience partait en Floride le lendemain rendre visite à sa fille et serait absente une semaine. Jake savait qu'Abby et T.J. l'accompagnaient habituellement. Mais cette année, Abby avait décidé de rester à Cedar River pour lui permettre de passer une partie des vacances avec son fils. Ce qui incluait de dormir au ranch le soir de Noël.

Si T.J. se sentait pleinement intégré dans sa nouvelle famille, Jake savait aussi le sacrifice que cela représentait pour Abby.

— Avec plaisir, Patience, répondit-il.

T.J. suivit son arrière-grand-mère chez elle pour récupérer un livre. Mais Abby semblait ne pas vouloir sortir de la voiture.

— Quelque chose te tracasse ? demanda-t-il.

— Je pensais ce que j'ai dit. Je ne veux pas d'argent de ta part.

— Voyons, Abby. J'ai envie de subvenir aux besoins de mon fils, voilà tout.

— Il a besoin de ton temps, Jake, pas de ton argent.

— C'est mon fils. Je suis responsable de lui affectivement et financièrement.

Elle tourna la tête et le regarda fixement.

— J'ai très bien réussi à subvenir à ses besoins pendant six ans, et je continuerai à le faire.

— Tu t'entêtes parce que tu penses que j'essaie de te contrôler. Mais ce n'est pas le cas. En fait, j'aimerais aussi te faciliter les choses sur le plan financier. Comme ça, tu pourrais réduire tes heures de travail à l'hôtel.

— Alors maintenant tu penses que je travaille trop ?

Il soupira longuement, les mains posées sur le volant.

— Non, ce n'est pas ce que je voulais dire. C'est à cause de Noël que tu fais cette tête ?

— Comment ça ?

— Parce que T.J. veut passer les fêtes au ranch ?

Elle se tourna vers lui, une fois de plus.

— C'est à cause de toi que je fais cette tête. Parce que tu débarques dans notre vie et tu penses pouvoir faire exactement comme tu veux.

— Ce n'est pas ce que je pense.

— Permets-moi d'en douter. Souviens-toi seulement que j'ai beau être conciliante, il n'empêche que j'ai une carrière que j'aime et un poste bien payé à l'hôtel. Je n'ai pas besoin de ton argent.

Jake inspira longuement.

— Je t'entends, et bien sûr je respecte ton opinion et ta carrière. Cependant, c'est mon fils, et je veux subvenir à ses besoins aujourd'hui et demain quand il fera des études. Pour ce qui est de Noël...

— Je me fiche de Noël. Tant que mon fils est heureux d'aller au ranch, je le suis aussi.

— Tu es sûre ?

Elle posa la main sur la poignée de la porte.

— Absolument. Merci de m'avoir raccompagnée. Je sais que T.J. a apprécié que nous soyons tous ensemble en...

Famille...

Il y eut un silence embarrassé. Abby avait laissé sa phrase en suspens et Jake ne semblait pas prêt non plus à verbaliser le mot manquant.

— Au fait, j'ai acheté une maison.

Elle écarquilla les yeux.

— Eh bien, tu as fait vite.

— Elle était en vente depuis un moment et les propriétaires étaient pressés de conclure. Elle se trouve au bord de la rivière. Il y a quatre chambres, un ponton et un hangar à bateaux. Je pense que T.J. s'y plaira. Si tu es libre demain, je pourrais te faire visiter ?

Elle fronça les sourcils.

— Ça ne me concerne pas vraiment, tu sais...

— Si, puisque notre fils y passera du temps.

Elle acquiesça à contrecœur.

— Bon, d'accord. Je termine à 13 heures.

— Je vais demander à l'agent immobilier de nous retrouver sur place car je n'ai pas encore les clés. Je viendrai te chercher et te redéposerai chez toi, avant d'aller chercher T.J. à l'école. J'avais proposé à ta grand-mère de la conduire à l'aéroport, mais elle m'a dit qu'elle préférait laisser sa voiture au parking de l'aéroport.

— Mamie a toujours été une femme indépendante.

— Alors, c'est de famille, dit Jake en souriant.

— Tu passeras plus tard le mettre au lit ?

Jake acquiesça. La séance de lecture avec son fils au coucher était déjà devenue une sorte de tradition.

— Oui. Vers 20 heures.

Pendant qu'elle regagnait sa maison, Jake resta assis un moment dans la jeep. Comment allait-il bien pouvoir mettre de côté les sentiments qu'il éprouvait pour Abby ?

C'est alors qu'il prit conscience qu'il en avait marre d'essayer.

— Ça m'attriste de te laisser seule.

Abby serra sa grand-mère dans ses bras.

— Ne t'inquiète pas pour moi, mamie. Ça va aller. Je ne serai pas seule.

En fait, si.

Parce que T.J. serait au Triple C avec son père le soir de Noël et ne reviendrait que le lendemain après-midi. Et encore, la négociation avait été âpre car il aurait voulu rester plus longtemps avec sa nouvelle famille.

— J'ai l'impression que je devrais rester, ajouta Patience en l'étreignant plus fort.

— Maman t'attend. Quand je lui ai expliqué pourquoi je ne pouvais pas venir, elle a très bien compris. Comme toi, cela faisait des années qu'elle voulait que je dise la vérité à Jake. Maintenant que c'est fait, c'est normal que les choses changent.

— Mais tu seras seule le matin de Noël, c'est triste…

— Écoute, si je me sens vraiment seule, je demanderai à Liam de faire un service supplémentaire ce jour-là. Mais je suis sûre que ça ira.

Il fallut encore dix minutes de câlins pour que Patience s'en aille. Finalement, elle s'éloigna dans sa petite voiture, et T.J., Jake et Abby la saluèrent de la main.

Bien sûr, elle ne dit rien à T.J. et Jake de la conversation qu'elle avait eue avec sa grand-mère. D'abord, parce qu'elle ne voulait pas que son fils sache que ça ne lui plaisait pas qu'il passe autant de temps au ranch pendant les vacances. Et deuxièmement, parce qu'elle ne voulait pas de la pitié de Jake, qui serait inévitable s'il soupçonnait à quel point elle était triste de passer son premier Noël sans son fils.

— Qui veut des crêpes ? proposa-t-elle, avec un grand sourire.

T.J. accepta avec enthousiasme, mais Jake déclina, invoquant le travail et un appel en visio avec son associé. Il confirma leur rendez-vous de l'après-midi et disparut dans son appartement.

La matinée du lendemain passa rapidement et lorsqu'elle traversa le hall de l'hôtel, à 13 heures, Jake était déjà là, en grande conversation avec Connie. Il sourit lorsqu'il l'aperçut, et elle les rejoignit, le cœur battant. Elle se demanda si l'attirance qui existait entre eux s'estomperait un jour. Mais peut-être ne se remettait-on jamais vraiment d'un premier amour.

En cours de route, il lui expliqua que la maison se trouvait à côté de celle de Liam.

— Cela dit, comme j'ai douze mille mètres carrés de terrain, il ne risque pas de me déranger.

— Pourquoi ? Tu as l'intention d'organiser des fêtes géantes ?

Il se gara dans l'allée, freinant brusquement.

— Je n'ai jamais été un *jet setter* fou, Abby. Mais on dirait que ça te plaît de penser des horreurs sur moi. Je ne suis pas un saint et j'aime faire l'amour comme tout le monde, mais je voudrais que tu arrêtes de me prendre pour une sorte de détraqué sexuel.

— Je ne pense absolument pas ça, dit-elle, horrifiée qu'il la voie comme une femme aigrie et moralisatrice. Désolée. Je suppose que nous ne nous connaissons plus vraiment. Le lycée, ça remonte à longtemps.

— Tu me connais. D'ailleurs, je pense que ni toi ni moi n'avons tellement changé depuis cette époque.

Lorsqu'ils sortirent de voiture, elle regarda autour d'elle, bouche bée.

— Wow. C'est juste… incroyable.

La maison avait une vue fabuleuse sur la rivière et les montagnes au-delà, et de grandes baies vitrées ouvraient sur une immense véranda.

L'agent immobilier arriva à cet instant et, après de brèves présentations, il leur fit visiter l'intérieur.

Abby passa les dix minutes qui suivirent à s'extasier. La suite parentale se trouvait au deuxième étage, les autres chambres, la cuisine et le salon au premier, tandis qu'une immense salle de jeux et un bureau occupaient le rez-de-chaussée. La cuisine était idéalement équipée pour un chef cuisinier. Abby avait l'impression d'être dans la maison de ses rêves.

— Qu'en penses-tu ? demanda-t-il.

— C'est incroyable, répondit-elle alors qu'ils entraient dans la suite parentale.

Elle s'arrêta net à la vue d'un lit immense, peut-être le plus grand qu'elle ait jamais vu, encastré dans une alcôve.

— Le lit est vendu avec la maison. Il est fixé au mur.

— Je vois, dit-elle, détournant le regard et se refusant à l'imaginer étalé sur ce lit.

Elle inspecta la salle de bains, qui était spectaculaire, puis, se postant devant les baies vitrées, contempla la rivière.

— C'est une superbe maison, dit-elle.

— Crois-tu que T.J. sera heureux ici ?

Elle se retourna, il était à un mètre à peine d'elle.

— Il sera heureux où que tu sois.

— Je suis vraiment fier d'être son père, tu sais.

Elle n'osa pas le regarder, consciente de l'amertume qui lui bloquait la gorge. Ce qu'elle ressentait, elle s'en rendait compte, ressemblait fort à de la jalousie, et ce sentiment si laid ne faisait que s'ajouter à la tristesse de se sentir abandonnée. Pourtant, elle allait devoir s'en remettre. Elle allait devoir oublier Jake. Mais elle ne savait pas comment.

— Il t'aime, Jake. La vérité, c'est que je ne l'ai jamais vu aussi heureux, et ça me rend heureuse.

— Vraiment ? Même si tu dois le partager ?

Abby croisa son regard.

— C'est vrai que ce n'est pas facile. Mais je sais que les choses changent et je m'adapte. Je suis déterminée à faire en sorte que cette coparentalité fonctionne.

— Ce n'est pas du tout ce que j'avais imaginé...

— Quoi donc ? fit-elle, perplexe.

— Aimer un enfant.

Elle le dévisagea, frappée par sa sincérité.

— Je sais.

— Quand il m'appelle papa, ça me fait un truc totalement incroyable et inexplicable par des mots.

Abby cligna des yeux, sentant l'émotion l'envahir. Puis les larmes vinrent, remplissant ses yeux et se déversant sur ses joues. Elle s'approcha de la fenêtre, remarqua la neige sur les montagnes et les ondulations d'un bateau solitaire sur la rivière. C'était un endroit merveilleusement paisible, et elle savait que son fils y serait heureux.

— J'aimerais tellement pouvoir repartir à zéro, dit-elle doucement, en essuyant les larmes sur ses joues. Je ferais des choix tellement différents.

— Comme quoi ?

— Tu sais bien.

Jake fut devant elle en deux enjambées.

— J'aurais été là, Abby, dit-il doucement, en lui prenant les mains. J'aurais été à tes côtés quand il est né. J'aurais tenu ta main à chaque minute de son séjour à l'hôpital.

— Je sais. Je voulais que tu sois là. Je voulais *tellement* que tu sois là.

Passant ses mains puissantes dans son dos, il la serra contre lui. Abby se raidit un instant puis se détendit. Il y avait quelque chose de libérateur, de cathartique dans la douceur de son étreinte, dans le son apaisant de sa voix.

Il posa une main sur sa nuque et reprit doucement.

— Ça va aller.

Abby se mit alors à sangloter. Pourquoi était-elle dans cet état ? Quelque part, elle n'était même pas sûre de le savoir. C'était sûrement la culpabilité. La honte. Le fait d'aimer un homme qui ne l'aimerait plus jamais. Parce que par fierté, par entêtement, elle l'avait rejeté. Après quoi, elle avait épousé Tom, pour punir Jake d'avoir osé vivre sa propre vie.

Mais en fin de compte, la personne qui avait le plus souffert de tout ça, c'était elle-même.

Et son fils, aussi.

Parce qu'elle l'avait privé de son père. Elle avait pris la décision pour eux deux. Pour eux tous. Par dépit. Par vengeance. Par besoin insatiable de se prouver qu'elle avait raison et que Jake avait eu tort de choisir l'armée plutôt qu'elle.

— Je suis désolée, Jake. Pour tout.

— Je sais.

S'il l'avait embrassée, s'il l'avait touchée, elle l'aurait suivi de son plein gré dans cette bulle où ils n'existaient que tous les deux. Mais il ne le fit pas. Parce que ses excuses, elle le sentait au plus profond d'elle-même, ne seraient jamais suffisantes.

Il la tint encore quelques instants, caressant ses cheveux, ne disant pas grand-chose, mais lui apportant le réconfort dont elle avait désespérément besoin. Le genre de réconfort qu'elle n'avait jamais trouvé que dans les bras de Jake.

— Il faut qu'on y aille, dit-il en reculant d'un pas. Je te ramène à l'hôtel. C'est bientôt l'heure d'aller chercher T.J. à l'école.

Abby s'essuya les yeux et se ressaisit rapidement.

— En tout cas, Jake, la maison est magnifique. Je suis sûre que tu en feras un foyer heureux pour T.J.

Et pour la prochaine femme que tu aimeras.

Cette idée lui était infiniment douloureuse mais, d'une façon ou d'une autre, elle allait devoir s'y habituer. Car un jour, Jake se marierait. Il trouverait une femme en qui il aurait confiance, qui n'épouserait pas son meilleur ami, qui ne lui mentirait pas et ne lui volerait pas six années de la vie de son enfant. Il aurait probablement d'autres enfants, et il serait exactement ce qu'elle avait toujours voulu : un mari fiable et loyal. Mais il serait le mari d'une autre femme, le père de ses enfants, et son amant aussi.

Le trajet du retour se déroula dans un lourd silence.

— À plus tard, dit-elle, lorsqu'il se gara dans l'allée.

Jake lui saisit doucement le bras.

— Abby… attends…

— Quoi ?

— Je n'ai jamais… J'ai l'impression que nous ne finissons jamais les conversations que nous commençons. Nous devons trouver un moyen de faire en sorte que ça marche.

— Je pensais que c'était déjà fait. Tu peux voir T.J. aussi souvent que tu le souhaites. Je ne te mettrai aucun bâton dans les roues. Je sais que ce que j'ai fait dans le passé était injuste pour vous deux, et c'est normal que mon fils ait besoin de son père. Nous savons tous les deux qu'il doit passer en premier. Et pour ma part, j'apprendrai à vivre avec mes erreurs et avec ma honte. De t'avoir quitté autrefois parce que tu avais l'audace de vivre ta propre vie. D'avoir épousé un homme qui méritait bien plus que ma décision malavisée de te punir pour ton départ. Et surtout, de t'avoir refusé le droit d'être père.

Il n'exprima pas son désaccord. Il ne dit rien et alors Abby sut qu'elle l'avait vraiment perdu.

Et que, d'une certaine manière, elle avait perdu T.J. aussi. Parce que son fils ne serait plus jamais seulement le sien. Le temps passant, il aimerait de plus en plus son père et aurait beaucoup moins besoin d'elle. D'ailleurs, il avait déjà commencé à faire des choix. Il voulait passer Noël au ranch, avec sa nouvelle famille.

Et non avec elle.

12

Jake regarda le cadeau posé sur la table, perplexe. La meilleure chose à faire serait peut-être de le ramener au magasin. Il ne savait même pas pourquoi il avait acheté ça. C'était pour Abby. Un bijou. Pas une bague, même si l'idée lui avait traversé l'esprit lorsqu'il était dans la bijouterie. C'était un pendentif en diamants avec une chaîne en or. Il était cher, mais il n'avait même pas tenté de négocier le prix. Probablement parce qu'il était pressé de sortir de la bijouterie de peur d'y croiser une connaissance qui lui demanderait en quel honneur il faisait cet achat.

Ça aurait été plutôt embêtant.

Puisqu'il n'en avait aucune idée.

Bien sûr, il avait acheté le cadeau que T.J. allait offrir à sa mère, mais il n'avait pas imaginé qu'il serait assez fou pour offrir, lui aussi, quelque chose à Abby. Et ce n'était pas comme si son fils l'avait encouragé. Jake avait décidé seul.

— Qu'est-ce que c'est ?

Jake leva les yeux. Mitch se tenait dans l'embrasure de la porte, toujours en béquilles mais en bien meilleure forme que six semaines plus tôt. Jake prit le petit paquet et le mit dans la poche de sa veste.

— Rien.

— Secret-défense, hein ? fit Mitch en riant.

— Ça ne te regarde pas.

— T.J. arrive à quelle heure ? reprit Mitch, ignorant l'air renfrogné de son frère.

Jake jeta un coup d'œil à la pendule. Il était presque 11 heures.

— Bientôt. Sa mère le dépose.

— Ça va si mal que ça entre vous que tu ne peux même pas l'appeler par son prénom ?

— Quoi ?

— Tu l'as appelée « la mère de T.J. » toute la semaine.

— C'est plus facile. Et je ne veux pas...

— Je sais ce que tu ne veux pas, remarqua Mitch en s'asseyant avant d'étendre sa jambe plâtrée. La question serait plutôt de savoir *ce que tu veux*.

— Honnêtement, je n'en ai aucune idée.

— Tu te souviens ce que tu m'as dit un jour à propos de Tess ? Tu m'as demandé de quoi j'avais peur... pourquoi je tenais tant à quitter Tess alors qu'elle attendait notre enfant et que j'étais toujours fou amoureux d'elle. L'orgueil... tu te souviens ? Alors, aujourd'hui, je te pose la question. Ton orgueil est-il plus important que ce que tu ressens pour elle ?

— Ce n'est pas une question d'orgueil. Mais de confiance.

— Tu en es sûr ?

— Je ne suis sûr de rien. Ni de ce que je ressens... ni de ce que ressent *Abby*. Sincèrement, je n'ai jamais été aussi perturbé de toute ma vie. Je veux être un bon père. Jouer mon rôle à fond. Mais Abby...

— Elle a fait une erreur. Je ne connais personne qui n'en ait jamais commis.

— Je ne peux pas...

— Ou tu ne *veux pas*. Comme je l'ai dit, le problème, c'est ta fierté. Abby a bafoué ta fierté, elle a choisi un autre homme, elle a eu un enfant de toi et elle ne te l'a pas dit. Elle a fait beaucoup de choses contestables, Jake... mais toi aussi. Tu as quitté la ville, tu nous as tous quittés... et puis tu es revenu quand ton meilleur ami est mort et tu as mis sa veuve enceinte. Alors peut-être que tu ne devrais pas être si prompt à porter un jugement.

— Tu penses que je devrais lui pardonner ?

— Je pense que l'amour et le pardon vont de pair. Je pense que nous avons tous traversé des épreuves et que nous avons dû les surmonter. Comme la mort de maman et la violence de notre père alcoolique. Comme les quatre fausses couches de Tess qui ont failli avoir raison de notre couple. Comme la façon dont Joss a recollé les morceaux de sa vie après la mort de Lara, parce qu'il avait deux enfants à élever. Ce que je veux dire, c'est que la vie est trop courte pour la gaspiller en regrets, en chagrin ou en reproches.

— Il a raison.

C'était la voix de Joss. Il entra dans la pièce.

— J'aurais pu partir quand Lara est morte… Ses parents voulaient la garde des filles. J'avais vingt-quatre ans. Mais j'ai choisi d'être un homme responsable.

— Hé ! Jake, lança Tess, passant à son tour la tête dans la pièce. Abby est là.

Jake se redressa, regarda ses deux frères et hocha la tête.

— Merci pour la discussion.

Abby était en train de sortir les affaires de T.J. de sa voiture lorsqu'il l'aperçut. Elle était si belle avec sa longue jupe en jean, son pull bleu vif, son manteau noir et son écharpe qu'il en resta interdit. Il regarda ses longs cheveux qui flottaient sur ses épaules et perçut une tension. Elle était malheureuse. Elle n'était pas la seule.

— Papa ! s'écria T.J. en s'élançant vers lui.

— Hé ! mon pote ! dit-il en l'attrapant à la volée avant de le reposer par terre.

— C'est bientôt Noël. J'ai été gentil avec maman, je le jure. Comme tu me l'avais dit.

— Je te félicite.

— Mes cousins sont là ? s'enquit T.J., plein d'espoir.

— À l'intérieur. Je pense que Sissy veut faire une balade en poney. Tu pourrais l'accompagner, non ?

— Tu as entendu ça, maman ? fit-il en se retournant. Je vais faire du poney !

— Quelle chance ! s'exclama Abby en les rejoignant sous le porche.

Alors que T.J. s'apprêtait à entrer dans la maison, Jake vit une expression peinée se peindre sur les traits d'Abby.

— T.J., et si tu faisais un gros bisou et un gros câlin à ta maman avant d'y aller ?

Leur fils s'exécuta, et Jake remarqua qu'Abby avait du mal à le lâcher.

— Il est tout excité, remarqua Jake, lorsque T.J. eut disparu à l'intérieur.

— Je sais, répondit-elle en lui tendant un petit sac de voyage. Voilà son pyjama et des vêtements pour demain. J'ai mis aussi un pantalon de rechange, son doudou préféré, quelques livres et sa brosse à dents.

— Super. Alors, je te vois demain. Je te le déposerai dans la matinée.

— Il a demandé à rester l'après-midi.

— Mais je le ramènerai dans la matinée. Comme prévu.

— D'accord, merci.

— Abby... je sais que ça doit être difficile pour toi.

— C'est ce que veut T.J.

— Peut-être. Mais c'est difficile quand même. Je sais que c'est ton premier Noël sans lui.

Elle déglutit difficilement.

— Comme je l'ai dit, tant que c'est ce qu'il veut, ça me fait plaisir. S'il a envie de passer du temps avec toi et ta famille, je lui dois bien ça.

On aurait dit qu'elle essayait de se convaincre elle-même.

— Tout ce que je veux dire, c'est que je comprends. Mais, viens, entre donc quelques instants.

— Non.

— Je suis sûr que tout le monde serait ravi.

— Je ne peux pas, fit-elle en reculant. J'ai pris un service supplémentaire au restaurant. Une autre fois, peut-être.

— Abby...

Jake ne termina pas sa phrase. Au lieu de cela, il la regarda et vit, comme en superposition, la fille qu'il avait aimée autrefois et la femme qu'il essayait de détester aujourd'hui. Il pensa à ce que ses frères lui avaient dit sur l'orgueil, et comprit qu'ils avaient raison.

Il l'avait rejetée lorsqu'il avait découvert la vérité sur T.J. parce qu'il s'était senti humilié et voulait la punir de lui avoir refusé le droit d'être père. Comme elle l'avait puni en épousant Tom. C'était donc une vengeance. Pas une question de fierté. Une vengeance mesquine.

— Abby, je ne veux pas que nous soyons ennemis…

Elle écarquilla les yeux.

— Alors qu'est-ce que tu veux ?

— Je veux… je veux… Je veux que les choses soient différentes. Mais je…

Elle croisa son regard.

— Jake ?

— Quoi ?

Elle prit une longue inspiration.

— Tu sais pourquoi je l'aime autant ?

— Hein ?

— T.J., clarifia-t-elle avec un sourire tremblant. Tu sais pourquoi je l'aime autant ?

— Parce que c'est ton fils ?

Elle inspira longuement et frémit.

— Non, ce n'est pas pour ça. Si je l'aime autant, c'est parce que c'est *ton* fils.

Le souffle de Jake se bloqua dans sa gorge.

— Abby… Je…

— Joyeux Noël, Jake.

Sur ce, elle pivota sur elle-même et s'éloigna.

Quand Abby fut partie, Jake resta sous le porche, perdu dans ses pensées. Lorsqu'il regagna le salon, tout le monde était là, y compris Hank, qui était arrivé les bras chargés de cadeaux. Ellie remettait en place quelques ornements tombés du sapin, et les enfants jouaient à un jeu de société près de la fenêtre. Mitch et Tess étaient assis côte à côte sur le canapé. Arrivé la veille, Grant était installé sur l'autre canapé et travaillait sur son ordinateur portable, tandis que Joss apportait un plateau chargé d'amuse-gueules. Tout était exactement comme d'habitude. Pourtant Jake se sentait complètement déconnecté.

Il regarda T.J., qui avait l'air si heureux de jouer avec ses cousins. À cet instant, une vague d'amour le submergea. Il l'aimait comme Abby l'aimait, de tout son cœur.

Si je l'aime autant, c'est parce que c'est ton fils…

Alors quelque chose se débloqua dans sa poitrine. Depuis qu'il était revenu à Cedar River, Abby et lui s'étaient revus plusieurs fois et avaient souvent eu l'occasion de parler. Pourtant, pas une seule fois elle n'avait essayé de lui dire que T.J. était son fils.

Ou bien ?

Il se rappela alors qu'après le mariage de Mitch et Tess, elle avait dit qu'il fallait qu'ils parlent. Mais il avait été tellement obnubilé par l'idée de la reprendre dans ses bras qu'il ne l'avait pas écoutée.

— Hey ! Jake, lança Joss. Où est Abby ?

— Maman est rentrée à la maison, répondit T.J., à qui rien n'échappait.

Joss fronça les sourcils et regarda Jake.

— Elle est toute seule aujourd'hui ?

Jake ne sut pas quoi répondre.

— Mamie est partie en Floride, indiqua T.J. Mais maman est restée à la maison.

Jake sentit plusieurs paires d'yeux se braquer sur lui.

— Elle m'a dit qu'elle travaillait…, tenta-t-il.

Mitch et Joss le dévisagèrent, stupéfaits.

— Mais enfin, qu'est-ce que tu fabriques ? fit Mitch.

Jake rit sans humour.

— Vous savez quoi ? Je n'en ai pas la moindre idée.

— Au moins, tu es capable de le reconnaître, dit Hank.

Jake posa les mains sur ses hanches.

— D'accord… donc je suis en train d'admettre que je suis un idiot qui ne sait pas quoi faire…

— Du fait que tu es toujours amoureux d'Abby ? suggéra Joss en riant.

— Vous tous, là, vous pensez peut-être que tout ça est une simple question d'attirance et qu'il me suffit de suivre mon instinct... Mais...

— Mais ? fit Mitch.

Jake essaya de poursuivre, de trouver une façon de sortir de l'ornière dans laquelle il s'était embourbé. Mais rien ne lui vint. Hormis la phrase qu'Abby avait prononcée avant de partir.

Si je l'aime autant, c'est parce que c'est ton fils...

Il y avait une telle émotion dans sa voix... une telle... *sincérité.*

C'est alors que Jake comprit à quel point il avait été aveugle depuis son retour à Cedar River. Il avait cherché à se réconcilier avec Abby à cause de ce qui s'était passé entre eux après l'enterrement de Tom. Mais dans son empressement à vouloir régler les problèmes passés, il n'avait pas vu ce qui était juste devant ses yeux. Le désir qu'il éprouvait pour elle l'avait empêché de reconnaître ce qu'ils ressentaient vraiment l'un pour l'autre. Ainsi, lorsqu'il avait appris que T.J. était son fils, il avait été pris au dépourvu et avait très mal réagi. Au point qu'il en était devenu mesquin et méchant.

Un puissant sentiment de honte l'envahit à cet instant. Il avait commis tellement d'erreurs... Était-ce même réparable ?

— Je crois qu'elle est encore..., dit-il avant de s'interrompre en réalisant qu'il pensait à voix haute.

— Amoureuse de toi ? demanda Joss, ce qui déclencha l'hilarité des autres frères. Bien sûr qu'elle est encore amoureuse de toi... Pourquoi ne le serait-elle pas ?

— Oh ! je ne sais pas... Peut-être parce que je suis trop coincé et terrifié par tout ce qui concerne l'intimité.

— C'est vrai, dit Mitch. Mais on le sait tous, et on t'aime quand même...

Jake sentit sa gorge se serrer à ces mots.

— Moi aussi, je... ressens la même chose... pour vous.

Mitch se mit à rire.

— On le sait. Alors... que vas-tu faire, pour la mère de ton fils ?

Jake regarda ses frères, sa sœur et sa belle-sœur, et en voyant leurs sourires entendus, il comprit qu'il était temps de cesser de nier l'évidence. Il aimait Abby. Il l'avait toujours aimée et il voulait qu'elle soit beaucoup plus que la mère de son fils.

— Hé ! mon pote, lança-t-il, en faisant un signe à T.J. J'ai quelque chose d'urgent à faire. Tu peux rester ici avec ton oncle Mitch et ta tante Tess ?

— Tu vas où, papa ?

Il le prit dans ses bras et l'étreignit.

— Je dois aller dire à ta maman que je ne peux pas vivre sans elle. C'est d'accord ?

T.J. rit de bon cœur.

— C'est d'accord, papa. Tu n'oublieras pas de lui dire que je ne peux pas vivre sans elle non plus, hein ?

— D'accord, mon grand. Sois sage. Je reviens le plus vite possible.

Il embrassa son fils avant de se tourner vers son frère.

— D'accord ?

— Allons, file, répondit Mitch.

Abby regardait les cadeaux disposés sous le sapin. Des cadeaux qu'elle ouvrirait avec son fils le lendemain. Des cadeaux de sa grand-mère, de son amie Renée, de sa mère et de son beau-père. Le sapin scintillait, se moquant de sa tristesse, et elle lutta contre les larmes qui montaient irrésistiblement.

Ne sois pas stupide.

Elle savait qu'elle n'aurait pas dû se sentir si seule. Mais elle n'y pouvait rien. Sans T.J., la maison semblait si vide.

Tu savais que ça se passerait comme ça.

Peut-être. Mais ça lui manquait de ne plus être le centre de son univers. Et Jake lui manquait aussi. Énormément. Depuis qu'il était revenu, elle s'était habituée à le voir et le plus souvent tout s'était bien passé entre eux, comme s'ils renouaient avec leur histoire passée. Et Jake avait gentiment accepté d'apprendre à T.J. à faire du snowboard avant même de savoir qu'il était son fils. Il les avait même emmenés acheter un sapin de Noël. Tous ces gestes avaient donné l'impression qu'ils s'étaient vraiment réconciliés. Après le mariage, ils avaient fait l'amour, et cela avait été incroyable.

Mais ensuite, Jake avait découvert la vérité sur T.J., et tout avait changé. Il l'avait exclu de sa sphère intime.

Comme elle l'avait prévu.

Au cours de ces deux dernières semaines, elle avait failli lui dire tant de fois qu'elle l'aimait. Même aujourd'hui, au ranch, mais elle s'était interrompue. Parce qu'elle avait peur de sa réaction... de son rejet.

Elle refoula un sanglot et s'apprêtait à se rendre à la cuisine pour faire du thé lorsqu'on frappa à la porte. Elle n'attendait personne. La seule personne susceptible de passer à l'improviste était Annie, mais elle savait que son amie passait l'après-midi avec David McCall et sa famille avant de se rendre au Triple C pour fêter Noël avec les Culhane.

Abby remonta le couloir et ouvrit la porte d'entrée. Jake se tenait sur le seuil.

— Jake ! s'exclama-t-elle en regardant derrière lui. Que se passe-t-il ? Où est T.J. ?

— Il va bien. Il est au ranch.

— Qu'est-ce que tu fais là ?

— J'ai besoin de te parler. Je peux entrer ?

— Bien sûr, dit-elle en s'écartant.

Ils s'installèrent dans le salon. Jake l'observait avec une curieuse intensité.

— Je suis passé à l'hôtel. On m'a dit que tu étais en congé.

Elle haussa les épaules.

— J'ai dit que je travaillais pour, tu sais... faciliter les choses. Je ne voulais pas m'imposer dans ta famille.

— Ma famille ? Justement, c'est pour ça que je suis là, pour parler de ma famille. Il se trouve que j'ai un problème.

— Un problème ?

— Le problème, c'est que je suis vraiment en colère contre toi.

— Je sais, Jake. Mais tu as vraiment fait tout ce chemin pour me dire ça ?

— Tu vois, je sais que ma colère te fait du mal et ça me tue.

Elle se calma.

— Jake… je…

— C'est pourquoi je dois te pardonner. Je dois oublier cette colère, cette amertume…

— Pourquoi ? demanda-t-elle, n'osant pas croire ce qu'elle entendait.

— Parce que, quand on est amoureux de quelqu'un, il faut lui pardonner. Sinon, à quoi bon ? Tu es d'accord ?

Elle acquiesça, incertaine de la tournure que prenait la conversation.

— Je… oui.

— Et je t'aime, Abby. Je t'aime depuis l'âge de seize ans.

Le cœur d'Abby se serra et elle frissonna.

— Je t'aime aussi.

Il acquiesça. Ses yeux n'avaient jamais été aussi scintillants.

— Je sais. Après ce que tu m'as dit au ranch… j'ai compris.

— Je n'ai jamais cherché à le faire passer pour l'enfant de quelqu'un d'autre, admit-elle, les larmes aux yeux.

Il fut devant elle en trois enjambées.

— Abby, la colère, la tienne, la mienne, nous a fait perdre tellement de temps… Et si on arrêtait ? suggéra-t-il en lui serrant les mains. Je veux qu'on reparte à zéro… toi et moi. Ça te dirait ?

— C'est mon plus cher désir.

Il déposa sur ses lèvres un baiser si doux qu'elle soupira contre sa bouche et se pressa contre lui, laissant sa chaleur et sa force irradier en elle.

— Asseyons-nous, dit-il d'une voix rauque en l'entraînant vers le canapé.

Abby se blottit contre lui, tellement heureuse qu'elle pouvait à peine parler. Mais elle ne devait pas se laisser aller. Il y avait des choses à dire, des blessures à guérir.

— Je veux dire quelque chose, dit-elle en posant deux doigts contre sa bouche. Mais j'aimerais que tu ne m'interrompes pas. Je suis désolée, Jake, pour tout.

— Abby, je...

Elle le fit taire en posant à nouveau un doigt contre ses lèvres.

— S'il te plaît... j'ai besoin de le dire.

Il déglutit difficilement et resta silencieux. Abby lui prit la main et la serra très fort.

— À l'époque, je n'ai pas compris pourquoi tu devais t'engager dans l'armée. Je suis désolée de ne pas avoir réalisé à quel point c'était lié au départ de ton père et à la mort de ta mère. Je suis désolée d'avoir été si impitoyable.

— On était jeunes et tous les deux têtus.

— Peut-être, mais au moins, tu as défendu tes principes. Moi, en revanche, j'avais tellement envie de te punir que je n'ai pas réfléchi plus loin.

— Je devais partir. Je devais me débarrasser de l'ombre de Billie-Jack.

— Je le sais, *maintenant*, dit-elle, frémissante d'émotion.

— Je comprends, moi aussi, Abby. Je comprends pourquoi tu ne voulais pas être avec un soldat. Je sais que tu avais peur.

— J'étais terrifiée à l'idée de te perdre et de finir malheureuse comme ma mère.

— J'aurais dû le comprendre... Je savais pour ton père et ta mère, je savais ce que tu ressentais à l'époque. La vérité, c'est que j'aurais dû me battre davantage pour nous. Je ne l'ai pas fait parce que, comme toi, j'avais peur de finir comme mes parents. Je crois que nous ne sommes pas si différents, après tout.

Elle acquiesça, entendant l'émotion réelle dans sa voix.

— Jake, je regrette d'avoir épousé Tom. Il méritait mieux que ce que j'ai pu lui donner. Et toi aussi. Je tenais profondément à lui, mais je n'ai jamais été amoureuse de lui. Mon cœur t'appartenait, dit-elle au bord des larmes Et il t'appartient toujours.

— Moi aussi, ma douce, dit-il en lui embrassant tendrement

les mains. Et ne regrette rien, pour Tom… c'était un type bien. Bien sûr, ça ne m'a pas fait plaisir que tu l'épouses mais ce n'était pas une erreur. Avec le recul, je me réjouis qu'il ait pu connaître le bonheur à tes côtés avant de nous quitter.

Abby le regarda, impressionnée par cet aveu.

— Tom m'a dit un jour que tu étais l'homme le plus sincère et le plus honnête qu'il connaissait, et il avait complètement raison. Mais j'ai autre chose à te dire.

— Je t'écoute.

Abby posa une main sur sa joue.

— Je te demande pardon de t'avoir empêché d'être le père de T.J… Parce que tu es incroyable dans ce rôle et que tu l'aimes avec une évidence qui me laisse sans voix.

— C'est un enfant facile à aimer. Je suis si fier d'être son père. Je veux lui offrir le monde, Abby, dit-il en entrelaçant ses doigts avec les siens. Et à toi aussi. Je veux tout te donner. Je veux t'aimer et te chérir et… T'épouser… si tu veux de moi.

— Tu me demandes en mariage ?

— Oui, mais il faut que je trouve une bague. Je veux dire, j'y ai pensé…

Il s'interrompit, se levant pour aller chercher quelque chose dans la poche de sa veste.

— J'ai ceci, reprit-il en agitant un petit paquet-cadeau.

— Qu'est-ce que c'est ?

— Ouvre et tu verras.

Abby déballa le cadeau, révélant un écrin en velours. En l'ouvrant, elle découvrit un gracieux pendentif en or et diamants.

— C'est vraiment magnifique.

— C'est ton cadeau de Noël. Je ne savais pas comment te l'offrir. Regarde, je l'ai fait graver.

— *A, depuis toujours et à jamais. J.*, lut-elle.

Les larmes qu'elle s'était efforcée de refouler se mirent à ruisseler sur ses joues.

— Oh… c'est tellement…

— Alors, tu veux bien m'épouser, Abby ?

— Oui, Jake, il n'y a rien que je veuille plus au monde.

Il lui accrocha le pendentif autour du cou.

— En attendant la bague, dit-il.

— Il y a des diamants, dit-elle joyeusement, toujours en pleurant. C'est suffisant.

Il l'embrassa passionnément, et Abby ressentit tant d'amour qu'elle avait du mal à respirer. Lorsqu'il recula, il lui essuya les joues du bout du pouce.

— Plus de larmes, d'accord ?

— Sauf des larmes de bonheur, d'accord ?

— D'accord, concéda-t-il en l'embrassant à nouveau. Maintenant, dis-moi que tu ne veux pas de longues fiançailles ?

Abby sourit contre sa bouche.

— Le minimum légal.

— Et la maison près de la rivière, tu penses que tu y serais heureuse ?

— Absolument, soupira-t-elle d'un air rêveur.

— Même si ça t'oblige à t'éloigner de ta grand-mère ?

— Elle n'y verra pas d'inconvénient. De toute façon, elle a toujours su que tu étais l'amour de ma vie.

Il la prit dans ses bras.

— Toi aussi, tu es l'amour de ma vie. Et si on retournait au ranch annoncer à notre fils qu'on va se marier ?

— Je pense que c'est une excellente idée.

Il lui prit les mains et l'attira contre lui.

— Alors allons-y, Mme Culhane.

Abby n'avait jamais rien entendu d'aussi doux. Elle comprit que c'était ce qu'elle avait toujours voulu : former une famille avec le seul homme qu'elle ait jamais aimé.

Épilogue

Aucun des Culhane n'aurait jamais imaginé passer Noël à l'hôpital de Cedar River. C'est pourtant là qu'ils se rendirent tous pour accueillir le fils de Mitch et Tess, dernier-né de la famille.

Sa belle-sœur avait commencé à avoir des contractions au cours de la soirée de Noël, soit deux semaines avant la date prévue. C'était Abby qui avait compris ce qu'il se passait et Jake s'était félicité une fois de plus de l'avoir à ses côtés.

La famille avait accueilli avec enthousiasme la nouvelle de leurs fiançailles, et T.J. était manifestement ravi à l'idée que ses parents se marient. Ils avaient passé la soirée à faire la fête et à partager le dîner avec sa famille, tandis que Joss jouait des airs de Noël au piano. Il était près de 22 heures lorsque Mitch avait emmené Tess à l'hôpital. Quelques heures plus tard, le petit garçon était né.

— Il est si beau, déclara Abby en admirant le dernier-né des Culhane.

— Nous sommes bien d'accord, répondit Mitch, déjà complètement épris de son fils.

Jake saisit la main d'Abby. Elle était si belle qu'il en avait le souffle coupé.

— Félicitations, mon frère.

— À vous deux aussi, pour vos fiançailles, dit Mitch, l'air sentimental. Qui aurait cru il y a quelques mois que nous renouerions tous les deux avec la femme de notre vie et que nous aurions des enfants ?

Jake rit doucement.

— Il me semble au contraire que les choses se sont déroulées exactement comme elles le devaient.

— Alors, c'est pour quand le mariage ? s'enquit Tess.

— Bientôt, répliqua Jake en serrant la main d'Abby. Ou aujourd'hui, si on écoute T.J.

Abby se mit à rire, et ce son magnifique l'émut presque jusqu'aux larmes.

— Mais oui, ce sera pour bientôt, confirma-t-elle.

Ils restèrent un peu plus longtemps. Jake était complètement fasciné par le bébé, par le bonheur de Mitch et de Tess, par la façon dont Abby s'agrippait à sa main, lui instillant de la force et s'imprégnant de la sienne aussi.

Lorsqu'ils quittèrent la chambre de Tess, T.J. arriva en trombe dans le couloir. Il avait passé un moment avec Ellie dans la salle d'attente et était manifestement ravi de les voir.

— Maman, maman, fit-il en serrant sa mère dans ses bras. Tu as vu le bébé ?

— Oui, dit-elle en lui prenant la main. Il est vraiment joli.

Leur fils les regarda d'un air perplexe.

— Les garçons ne sont pas jolis, maman… ils sont beaux.

— Il a raison, dit Jake. Les petites filles sont jolies. D'ailleurs, on devrait en faire une.

Abby s'immobilisa à ses côtés.

— Faire une quoi ?

— Eh bien, une petite fille. Ou bien, un autre garçon. On fait de jolis enfants, tu ne trouves pas ? On devrait en faire un autre.

Elle haussa un sourcil.

— Tu veux un deuxième enfant ?

— Absolument, répondit-il, le cœur gonflé d'amour.

— Tu sais ce que ça veut dire pour les parents ? Peu, voire pas de sommeil… Des couches. Du vomi… Des lessives à n'en plus finir…

— Ça a l'air sympa.

— Comme tu as changé ! dit-elle en riant.

— C'est toi qui m'as changé. Avant, je fuyais toute forme d'engagement. Mais maintenant, c'est la seule chose qui m'intéresse.

Abby lui effleura amoureusement le visage.

— Joyeux Noël, Jake.

— Joyeux Noël, ma douce, dit-il en l'embrassant.

T.J. s'esclaffa.

— Hé ! papa, tu vas embrasser maman tout le temps ?

— Et comment, mon pote !

Leur fils se glissa entre eux et leur prit les mains. Ils firent la balançoire tout en se dirigeant vers la jeep, heureux d'entendre T.J. rire. Jake s'émerveilla de la chance qui était la sienne d'avoir la femme qu'il aimait et son fils à ses côtés. Il comprit alors qu'il avait là tout ce qu'il pouvait désirer.

C'était un moment parfait et il avait devant lui une vie entière de moments tout aussi parfaits.

Jake ignorait comment il avait eu cette chance, mais il savait qu'il serait à jamais reconnaissant pour tout ce qu'ils avaient et tout ce qui les attendait. Un foyer. Le mariage. D'autres enfants. Et un amour qui faisait de lui un homme meilleur.

— À quoi penses-tu ? demanda Abby tandis que leur fils, agrippé à leurs mains, s'élançait dans les airs en riant.

— À l'avenir, dit-il en souriant.

Vous avez aimé ce roman ?
Retrouvez en numérique le romantisme des Culhane :

1. *Un miracle tant espéré*
2. *Retrouvailles à Cedar River*

REESE RYAN

Leur seconde chance de bonheur

Traduction française de
HELENE ARNAUD

PASSIONS

HARLEQUIN

Titre original :
SNOWBOUND SECOND CHANCE

1

Sebastian Valentine se sentait malade. Il avait une migraine atroce, sa poitrine lui faisait mal et il avait la bouche sèche. Lorsqu'il leva une main pour se frotter le nez, il fut surpris de découvrir une perfusion attachée à son poignet.

Il s'assit d'un bond.

— Du calme, Sebastian. Tout va bien.

Nolan, son frère aîné, semblait inquiet mais serein. Il posa la main sur l'épaule de Sebastian.

— Tu es aux urgences et tu vas t'en sortir.

Sebastian se massa le front avec sa main libre et cligna des paupières. Comment était-il arrivé ici ? Soudain, la mémoire lui revint. Il était en train de travailler seul ce samedi après-midi – rien d'inhabituel. Soudain, son cœur s'était emballé. Il avait ressenti des douleurs intenses dans la poitrine, avait eu du mal à respirer et avait été pris de vertiges. Ses mains s'étaient mises à trembler si fort qu'il avait lâché son stylo. Lorsqu'il s'était levé, il avait chancelé et s'était écroulé par terre. Une agente de sécurité en train de faire sa ronde était venue voir ce qui provoquait tout ce bruit. Sebastian lui avait demandé d'appeler une ambulance, puis de prévenir son frère qu'il faisait probablement une crise cardiaque.

Il pressa sa main contre sa poitrine, pris de panique.

— Est-ce que j'ai eu… ?

— Non, ce n'était pas une crise cardiaque, le rassura Nolan en s'installant sur une chaise près du lit. Le médecin pense que tu as eu une grosse attaque de panique. Ça t'est déjà arrivé ?

— Je ne crois pas.

Sebastian se laissa retomber sur l'oreiller et réfléchit, ce qui ne fit qu'empirer sa migraine.

— Mais tu as subi beaucoup de stress depuis que tu es devenu le P-DG de Valentine Textiles, reprit Nolan gravement.

— Ça fait partie du travail.

Sebastian haussa les épaules, comme s'il lui arrivait tous les jours de se retrouver étendu sur le sol de son bureau, certain qu'il allait mourir.

— Les choses ont changé depuis qu'on a vendu la firme.

Valentine Textiles avait été dirigée par des générations de Valentine jusqu'à ce que le père de Sebastian – l'ancien P-DG – la cède à un conglomérat californien un an plus tôt. La nouvelle direction avait chargé Sebastian de reprendre la tête de l'entreprise, un poste qu'il convoitait depuis la fac. Hélas, gérer la firme sans sa famille, en se pliant aux exigences strictes et aux attentes irrationnelles du conglomérat, était bien plus oppressant qu'il l'avait cru.

— Je sais que tu rêvais de ce boulot depuis longtemps. Mais, frangin, ça va finir par te tuer, dit Nolan. Tu as vieilli de cinq ans, ces douze derniers mois.

— Ce n'est pas vraiment le moment de m'insulter.

— Je ne t'insulte pas, Bas. Je dis la vérité. Tu as des cernes, des rides sacrément marquées et tu grisonnes – à trente-six ans, c'est un peu tôt, non ?

Sebastian passa la main dans ses cheveux.

— Tu crois que je n'ai pas de miroir, chez moi.

— Je pense surtout que tu ignores les signes parce que tu es trop fier pour admettre que ce poste ne correspond pas à tes attentes, reprit Nolan, avec un air triste. Il n'y a pas de honte à le dire, Bas. Même si tu ne veux pas nous rejoindre au vignoble, il existe des tas d'autres opportunités qui ne te feront pas agoniser à petit feu.

Un an plus tôt, après avoir appris qu'il avait été adopté par les

Valentine, leur père avait acheté un vignoble, autrefois propriété de la famille de sa mère biologique. Il tenait à créer un empire pour honorer ses vrais parents et il voulait que ses enfants travaillent avec lui. Nolan et leurs deux sœurs, Chandra et Naya, avaient accepté. Mais Sebastian et ses deux plus jeunes frères n'avaient pas suivi. Cela n'empêchait pas leur père et les autres de leur demander régulièrement leur avis au sujet de la gestion du vignoble.

— Tu sais que j'ai toujours voulu ce boulot. Même si nous ne sommes pas des Valentine par le sang, nous portons ce nom. On ne peut pas abandonner la filature.

— Papa ne s'est pas senti obligé de le faire, dit Nolan.

— Et je ne suis pas d'accord avec lui sur ce point.

Sebastian haussa les épaules, puis toussa.

Nolan lui tendit un verre d'eau. Assoiffé, il le but presque en entier. Il se sentait vidé et un peu perdu.

— Si ce n'était qu'une attaque de panique, à quoi sert cette perfusion ? demanda-t-il en levant le bras.

— Vous étiez très déshydraté, monsieur Valentine.

Une femme noire en blouse blanche et coiffée d'un chignon haut entra dans la chambre.

— Apparemment, vous n'avez pas pris soin de vous, poursuivit-elle en étudiant sa tablette. Je suis le Dr Violet Benson, la médecin urgentiste de garde.

— Et vous écartez la crise cardiaque parce que...

Il la dévisagea avec méfiance.

— Parce que nous vous avons fait passer plusieurs tests.

Le Dr Benson posa sa tablette et vérifia son pouls du bout de ses doigts glacés.

— J'espère que vous êtes plus calme, à présent.

— Oui.

Il ne s'était pas senti aussi serein depuis des semaines.

— C'est grâce à la benzodiazépine que nous vous avons administrée, dit-elle en tapant quelques mots sur sa tablette. Depuis combien de temps souffrez-vous de ces symptômes ? L'essoufflement, les tremblements, les vertiges, la bouche sèche et le pouls irrégulier ?

Elle lut la liste qu'il leur avait sans doute donnée à son arrivée. Sebastian fronça les sourcils et jeta un coup d'œil à Nolan, qui parut encore plus affolé par tous ces symptômes.

Le Dr Benson suivit son regard, puis demanda plus bas :

— Préférez-vous qu'on en parle seuls ?

— Non, ça va, soupira Sebastian. J'imagine que ça dure depuis un bon moment. C'est devenu plus net il y a un mois, environ. Mais ça n'avait jamais été aussi… intense.

— La déshydratation peut servir de déclencheur et aggraver le mal jusqu'à vous donner l'impression de mourir, expliqua la médecin. Laissez-moi deviner… Vous passez vos journées à enchaîner les tasses de café sans boire assez d'eau ?

— On peut dire ça.

Aurait-il réellement pu éviter cette conversation gênante en buvant plus d'eau ?

— Donc, si je vous promets de rester hydraté et de ralentir sur la caféine, je peux partir ?

— Ces choses ont joué sur votre attaque de panique, admit le Dr Benson, mais le stress est un facteur décisif. Vous sentez-vous oppressé par votre travail ou votre vie de famille ?

— Je suis le P-DG d'une firme en pleine transition. J'avoue que j'ai été un peu pressurisé ces dernières semaines.

Il sentait déjà son cœur battre plus fort.

— Êtes-vous épanoui dans votre travail, monsieur Valentine ? demanda la docteure en tapant d'autres notes.

— Autant que la plupart des gens.

Il ignora la crispation involontaire de ses mâchoires.

— J'ai vu des patients plus jeunes et en meilleure santé avoir des crises cardiaques à cause du stress professionnel. Je préférerais que ça ne vous arrive pas.

Elle avança un tabouret à roulettes et s'assit près de lui. Elle poursuivit d'une voix chaleureuse mais ferme :

— Je sais que nos emplois font partie de notre identité. Mais aucun poste ne mérite que vous sacrifiiez votre santé, monsieur Valentine. Si vous ne changez rien, vous reviendrez ici et ce sera plus grave. Vous comprenez ?

Sebastian acquiesça et écouta la médecin lui suggérer une série de modifications de son rythme de vie – à commencer par une pause dans son travail extrêmement stressant.

— Le Dr Benson t'a conseillé de changer de rythme. Que vas-tu faire ? s'enquit Nolan en ramenant Sebastian chez lui.

Il baissa les yeux sur l'ordonnance qu'on lui avait donnée.

— Je vais arrêter les boissons énergétiques, boire moins de café et mieux m'hydrater pour commencer.

— Et ton boulot ?

— C'est mon rôle, Nolan. Je vais trouver une solution.

— Tu as entendu ce qu'elle a dit, Bas. Sais-tu à quel point j'ai eu peur quand on m'a appelé pour me prévenir ?

Nolan, d'habitude si posé, semblait furieux et blessé.

— Tu n'en as pas parlé à papa ou aux filles, au moins ? Inutile de les inquiéter. Je vais bien.

— Tu ne vas *pas* bien, Bas. Et si tu laisses ce boulot te tuer, je jure que je te secouerai pour te ressusciter, rien que pour avoir le plaisir de te botter les fesses.

Sebastian rit, Nolan aussi. D'un coup, la tension entre eux s'allégea.

— Tu marques un point. Que devrais-je faire, d'après toi ?

— Prends des vacances. Tu n'as pas eu de congés depuis qu'on est tous allés à Magnolia Lake, quand papa nous a dit qu'il achetait le vignoble.

— Tu appelles ça des vacances ? Je suis presque sûr que c'est là que mes problèmes d'anxiété ont commencé, répliqua Sebastian en se massant la poitrine.

— Ce n'était peut-être pas une semaine aux Caraïbes, mais c'était agréable d'être tous rassemblés pour la première fois depuis des années.

— Oui.

Sebastian sourit en songeant aux soirées passées à jouer aux cartes, à regarder des films et à discuter avec ses frères et sœurs. Ils n'avaient plus fait ça depuis bien longtemps.

— Mais que diraient les gens si je prenais des congés en plein milieu de changements structurels auxquels tout le monde sait que je suis opposé ?

Être le P-DG, seulement sur le papier, de l'entreprise que sa famille avait dirigée pendant des générations était la chose la plus difficile qu'il ait eue à accomplir. D'un autre côté, il n'avait jamais reculé devant un défi.

Nolan s'engagea dans l'allée de Sebastian et se gara. Sebastian sortit de la voiture en espérant que son frère n'avait pas remarqué son pas mal assuré.

— Ces médicaments anti-anxiété font somnoler, tu sais.

— Je sais, Nolan. Merci.

Il s'appuya sur la rampe et gravit lentement les marches du porche. Il n'avait jamais vraiment aimé cette maison. Il ne l'avait achetée que pour tenter une dernière fois de sauver son mariage, cinq ans plus tôt. Ça n'avait pas marché. Son ex-femme avait surtout voulu un mari qui ne soit pas obnubilé par sa carrière, comme Sebastian l'était. Mais à l'époque, il appréciait son travail.

Il ouvrit la porte et laissa son frère le précéder dans le hall, sombre, froid et vide depuis le départ de Tiffany, quatre ans auparavant.

— Il est trop tard pour que tu rentres à Magnolia Lake, dit-il en allumant le salon, puis la cuisine. Tu devrais passer la nuit dans la chambre d'amis. Commande ce que tu veux pour le dîner. C'est moi qui offre.

— On parlera du repas plus tard, Bas.

Nolan était un peu plus petit que lui, qui mesurait presque un mètre quatre-vingts. Il remonta ses lunettes sur son nez et fronça les sourcils.

— Pour l'instant, j'aimerais savoir pourquoi tu te sens obligé de continuer à faire un travail qui ne te plaît pas. Est-ce que tu insistes parce que tu en as envie ou parce que tu tiens à nous prouver quelque chose ?

— Comme papa, qui essaie de ressusciter un vignoble de sa famille maternelle ? Un vignoble qui se trouve comme par hasard dans la même ville que la distillerie de son demi-frère milliardaire ?

— Ce n'est pas de papa qu'il s'agit, mais de toi. D'ailleurs, papa adore ce qu'il fait et nous avons bien développé le vignoble. Il n'a jamais été aussi heureux et en meilleure forme.

— Contrairement à moi, qui patauge et qui ai apparemment besoin de médicaments pour faire mon boulot ?

Nolan retira ses lunettes et se massa les paupières avant de les rechausser.

— Personne ne te traite de raté, Bas.

— Je suis un raté, maintenant ?

— Je viens justement de dire le contraire.

— Alors, pourquoi prononcer ce mot ?

Sebastian attrapa sa carafe de brandy en cristal dans le bar du salon.

— Tu ne devrais pas boire avec ton traitement...

— Merde, marmonna Sebastian.

Il reposa la carafe brutalement, résistant à l'envie de la jeter par terre. Il sortit l'ordonnance de sa poche et l'abattit sur le plan de travail.

— Tu n'as pas l'intention d'aller chercher tes médicaments, n'est-ce pas ? demanda son frère avant de s'asseoir près de lui.

— Je ne peux pas faire mon travail si je suis assommé par des cachets, grommela Sebastian.

— C'est n'importe quoi. Beaucoup de cadres supérieurs ont des traitements contre l'anxiété. Ça s'appelle prendre soin de sa santé mentale.

Sebastian ne répondit pas.

— Et les autres suggestions de la docteure ?

Sebastian attrapa deux bouteilles d'eau dans le réfrigérateur et en tendit une à son frère.

— Tu vois ? Je m'hydrate.

— Super, répliqua Nolan, les sourcils froncés. Mais envisages-tu de prendre un congé sabbatique ?

Sebastian était sur le point de lui dire de se le mettre quelque part quand un message apparut sur son téléphone.

Réunion OBLIGATOIRE lundi à 10 heures pour discuter de l'application de nos nouvelles règles aussi vite que possible.

Il serra si fort la bouteille ouverte que l'eau jaillit, éclaboussant son pantalon et le sol. Nolan attrapa des serviettes en papier pour essuyer.

— Ce n'est pas une bonne nouvelle, je suppose ?

Sebastian serra les dents. Son cœur s'emballait et il sentait sa pression sanguine monter en flèche. Son crâne était comprimé par la tension.

Le Dr Benson avait raison. Il avait besoin de faire une pause pour remettre de l'ordre dans ses idées. De plus, les nouveaux propriétaires tenaient absolument à ce qu'il adhère à leur nouvelle politique. Une politique qui allait impacter ses employés et inquiéter ses fournisseurs. S'il prenait un congé, cela lui permettrait peut-être de retarder ces changements le temps de trouver un moyen de les enrayer pour de bon.

Il envoya un rapide e-mail depuis son téléphone dans lequel il informait les ressources humaines et les trois hommes représentant le conglomérat qu'il prenait un congé sabbatique de trois mois pour raisons médicales. Il annonça qu'il leur ferait parvenir les documents nécessaires dès le lundi.

Une fois le message parti, il le montra à Nolan.

— Satisfait ?

— Je le serais plus encore si tu passais ces trois mois à Magnolia Lake. Sais-tu à quel point j'ai paniqué quand j'ai reçu le coup de fil, sachant que tu étais seul et que j'avais quatre heures de route pour te rejoindre ?

— Je n'ai pas besoin de baby-sitter, Nole.

— Je ne te fais pas confiance pour prendre tes distances avec le boulot si tu restes ici. Au mieux, tu passeras trois mois à ruminer. Et si c'est le cas...

— Très bien. Je viendrai à Magnolia Lake.

— Super. Tu n'auras qu'à t'installer chez l'un d'entre nous.

— Non merci.

— Pourquoi pas ?

— Parce que papa et Naya vont me harceler pour que je vienne travailler au vignoble. Chandra et Julian sont encore de jeunes mariés avec un bébé. Quant à toi, tu as toujours ta petite amie et une gamine de huit ans dans les pattes.

— Très bien, Sebastian le Râleur, répondit Nolan en utilisant le surnom que Naya lui avait donné des années plus tôt – ses proches s'en servaient toujours quand il était en colère. Alors où as-tu l'intention de vivre pendant ton séjour à Magnolia Lake ?

— Kayleigh, la femme de Parker, n'a-t-elle pas dit qu'elle comptait ouvrir une auberge là-bas ?

Parker était l'un des cousins qu'ils avaient rencontrés l'année précédente. Avec ses frères et sœurs, il aidait son père et son grand-père à gérer la distillerie King's Finest.

— Oui. L'inauguration est pour bientôt.

— Tu penses qu'elle accepterait de me loger pendant trois mois ?

— Probablement, dit Nolan avec un sourire.

Sebastian soupira. Ce congé allait lui laisser le temps de trouver un moyen d'arrêter les transformations catastrophiques envisagées par le conglomérat.

Evelisse Jemison tapa le code de sécurité et franchit la porte du manoir de son patron, sur les hauteurs de Hollywood. Elle serra fort les costumes fraîchement blanchis qu'elle venait livrer et fronça les sourcils devant le chaos de la cuisine et du salon. Son patron, Fabian Gathers, était un réalisateur brillant. Il était aussi un homme insupportable qui vivait encore comme un étudiant à cinquante-cinq ans. Il traînait une collection d'ex-femmes et d'anciennes employées prêtes à en témoigner. Evy ne savait pas si les trois années qu'elle venait de passer en tant qu'assistante personnelle de Fabian l'avaient rendue courageuse, désespérée et folle, ou un mélange malsain des trois.

Occuper ce poste à quarante et un ans signifiait que sa carrière d'actrice, qui n'avait jamais vraiment décollé, était officiellement enterrée sans espoir de résurrection. Elle avait espéré trouver un nouveau souffle derrière la caméra, mais il n'existait pas beaucoup d'options de stages dans la production pour des femmes ayant passé les trente ans.

Evy avait accepté ce travail parce que Fabian avait été en difficulté – après la démission d'une énième assistante – et lui avait juré qu'il la ferait entrer dans un studio.

Ça n'avait pas été le cas.

Au contraire, il avait l'air troublé chaque fois qu'elle lui rappelait gentiment sa promesse, un peu comme si elle le trahissait, au lieu d'insister simplement pour qu'il tienne parole.

Il semblait même indigné dès qu'elle prenait un jour de congé. Par exemple, quand elle avait assisté au mariage de sa petite sœur à Magnolia Lake, où elles avaient grandi. Ou quand elle s'était rendue à la cérémonie de pose de la première pierre de l'auberge que la petite dernière de la fratrie construisait en hommage à leur mère, sur un terrain familial.

Le portable d'Evy vibra et elle le sortit pour découvrir un texto de Fabian.

> Chérie, puisque tu es là, tu pourrais ranger un peu la maison ? Marla ne peut pas venir et tu sais à quel point j'ai horreur de voir des inconnus fouiller dans mes affaires.

Maintenant, je remplace ta femme de ménage ?

Evy prit une profonde inspiration, les dents serrées, et lâcha un chapelet de jurons pour lesquels sa grand-mère lui aurait lavé la bouche avec du savon.

Elle rangea les costumes et enfila des gants en latex tout en se répétant que Fabian était peut-être un connard, mais qu'il payait bien. Elle empoigna un sac-poubelle et observa les lieux. C'était un désordre innommable : une porcherie avec une vue phénoménale. Et d'où venait cette puanteur ?

Elle avait déjà presque fini de remplir le sac quand son téléphone sonna. Elle arracha ses gants et répondit à l'appel vidéo de sa petite sœur.

— Salut ! Quoi de neuf ?

Kayleigh et elle avaient passé des années sans se parler. Pas parce qu'elles ne s'aimaient pas. Aller à la fac avait été pour Evy un moyen de fuir l'alcoolisme de son père, l'inaction de sa mère et la honte d'être vue dans toute la ville comme la fille d'un ivrogne.

Elle avait été pressée de s'échapper et avait coupé les ponts avec tout ce qui réveillait cette douleur – y compris sa famille. Maintenant que leurs parents étaient morts, Kayleigh et elle avaient lentement repris contact au fil des ans. Depuis le mariage de sa sœur, Evy faisait son possible pour être un soutien et pour se racheter après avoir abandonné Kayleigh pendant des années.

— D'abord… Ne panique pas, commença Kayleigh.

— Ça ne présage rien de bon.

Evy passa la main dans ses boucles rousses coupées court – un de leurs points communs. Elle se souvint immédiatement de l'appel de sa mère lui annonçant que son père était mourant, puis de celui de Kayleigh au sujet de leur mère, pour la même raison. Elle se raidit, l'estomac noué.

— Je t'en supplie, promets-moi que tu vas bien.

Kayleigh hésita.

— À peu près.

— Qu'est-ce que c'est censé vouloir dire ?

— Ça veut dire que je suis tombée à vélo pendant une rando en montagne avec Parker et Cricket.

— Tu t'es cassé quelque chose ?

— Le bras gauche, à deux endroits. Et la jambe droite.

Elle montra son bras en écharpe, puis baissa l'écran pour dévoiler sa jambe enfermée dans un plâtre, posée sur des oreillers. Sa golden retriever Cricket était allongée près d'elle.

— Tu vas en montagne tout le temps. Que s'est-il passé ? l'interrogea Evy en plaquant une main sur son front.

— Cricket était attachée à mon vélo et a été effrayée par un écureuil particulièrement agressif. Parker fait du télétravail pour s'occuper de moi, expliqua-t-elle avant d'ajouter à voix basse : Il est adorable, mais il me rend folle.

Le beau visage de Kayleigh s'illumina d'un sourire très amoureux, en dépit de ses récriminations.

— Laisse-le prendre soin de toi et garde ton énergie. Tu guériras plus vite. N'hésite pas à me dire si je peux faire quoi que ce soit.

Tout en parlant, elle posa son portable en équilibre sur une pile d'assiettes pour les rapporter à la cuisine.

— En fait, j'aurais besoin de ton aide pour quelque chose.

— Je t'écoute.

Elle plaça le téléphone sur le plan de travail et entreprit de rincer la première assiette.

— J'ai besoin que tu gères l'auberge en attendant que je sois sur pied.

— Attends… Tu veux que je quitte tout pour revenir à Magnolia Lake ? Pendant combien de temps ?

— Trois mois, dit Kayleigh avec un rire nerveux.

— Parker a une grande famille. Personne ne peut t'aider à l'auberge ? Tu pourrais aussi engager quelqu'un.

Le beau-frère d'Evy et sa famille étaient très riches. Ils possédaient la distillerie King's Finest – un producteur mondialement connu de bourbon et d'autres alcools. De plus, l'affaire de création de bijoux de Kayleigh avait aussi du succès. Ils pouvaient sans doute se permettre d'embaucher un remplaçant pendant sa convalescence.

— La famille de Parker est très occupée à la distillerie, et j'ai pris une employée à temps partiel avant l'accident. Mari est géniale, mais elle est nouvelle dans l'hôtellerie. Elle n'est pas prête à endosser seule autant de responsabilités. De plus, l'auberge est un hommage à maman et à sa famille. Une d'entre nous, au moins, devrait la représenter. Je ne te demande pas de me faire une fleur, Evy. Je te paierai. Peut-être pas autant que Fabian, mais je t'offrirai aussi tous tes repas et je te laisserai occuper l'appartement au-dessus de ma boutique, juste à côté de l'auberge. Tu auras la Cricketmobile...

— Ce vieux truc roule toujours ?

— Oui, et je ne lui dirai pas que tu as posé la question.

Elle parlait de sa jeep comme d'une personne – très susceptible, par-dessus le marché.

— Bien sûr, je prendrai aussi en charge le coût du voyage.

— Fabian n'acceptera jamais de me donner un congé de trois mois, Kayleigh. Si je fais ça, je n'aurai sans doute plus de boulot à mon retour.

— Tant mieux. Parce que Fabian ne te mérite pas.

— Je le sais. Mais trouver un poste dans le milieu du cinéma est difficile, ici, pour une femme de quarante et un ans.

— Alors, c'est toute la ville qui ne te mérite pas ! Et ça veut dire aussi que tu n'as aucune raison de rester à L.A.

Elle se pencha pour embrasser le museau de Cricket. Allongée avec la tête sur les genoux de sa maîtresse, elle avait clairement été surprise par son exclamation.

— Rentre à la maison, Evy. Tu nous manques.

L'estomac d'Evy se noua sous la culpabilité. Elle avait apprécié sa rencontre avec Parker et sa famille, la semaine du mariage. Les Abbott avaient fait leur possible pour l'inclure dans leur cercle. Elle avait même aimé leur famille étendue, les Valentine, qu'elle avait croisés lors de son dernier séjour, l'année précédente.

Ça avait été amusant. Mais elle ne pouvait pas s'empêcher d'être gênée chaque fois qu'elle croisait des habitants de la ville au courant de son histoire.

— Tu me manques aussi, petite sœur, et je veux t'aider. Mais tu m'en demandes beaucoup. Laisse-moi quelques jours pour réfléchir.

— Bien sûr.

— Je te promets d'y penser.

Elle mit le lave-vaisselle en route et retourna dans le salon.

— Quoi qu'il en soit, je te retrouve la semaine prochaine pour l'inauguration.

— OK, répondit Kayleigh avec un sourire triste. Je t'aime, grande sœur.

— Moi aussi.

Evy raccrocha et se laissa tomber sur le canapé. Elle soupira en songeant aux paroles de Kayleigh.

Ça veut dire que tu n'as aucune raison de rester à L.A.

Sa sœur avait toujours été brutalement honnête. Bien qu'elle essaie juste de l'aider, Evy avait l'impression qu'elle venait de la gifler.

— Arrête d'en faire tout un drame, Evelisse Jemison, murmura-t-elle. Les choses pourraient aller plus mal.

En regardant la pièce, elle sentit que sa carrière venait de toucher le fond.

Depuis quand ceci était-il devenu sa vie ?

— Non.

Elle secoua la tête. Kayleigh avait raison. Fabian ne la méritait pas. Pas plus que son ex, Calvin. C'était pour ça qu'elle l'avait quitté quelques mois plus tôt, après six ans de relation.

Elle avait besoin d'un nouveau départ. Certes, elle n'avait pas l'intention de rester à Magnolia Lake, mais elle pourrait se servir de ces trois mois pour réfléchir à ce qu'elle voudrait faire ensuite.

2

Sebastian gara sa BMW dans le parking de l'auberge de Magnolia Lake. Il s'était écoulé deux semaines depuis son passage aux urgences. Il s'inquiétait pour sa santé, bien sûr, mais s'il avait accepté de prendre un congé sabbatique, c'était avant tout pour retarder les décisions dangereuses du conglomérat. Passer du temps à Magnolia Lake lui permettrait de se reposer, comme l'avait suggéré la docteure, mais ça lui offrirait aussi un environnement calme pour établir une stratégie.

Il sortit de la voiture et inspira l'air frais des montagnes. Le jardin était rempli de magnolias plus ou moins jeunes, de lilas des Indes et de buissons – dont certains étaient encore fleuris, mi-octobre. Le chant des moineaux nichés dans les pins qui ceignaient la propriété annonça son arrivée.

Il retira ses bagages du coffre et s'approcha de la porte orange vif de l'auberge en suivant le sentier délimité par des ballots de paille, des courges décoratives et des pots en céramique débordants de pensées, de violettes et de chrysanthèmes. Leurs délicats parfums se mélangeaient, portés par une douce brise. Il entra et fut accueilli par un arôme de pain sucré fraîchement cuit, de cookies faits maison et de cidre chaud à la cannelle. Il ferma un instant les yeux ; sa tension se dénoua un peu. Nolan lui avait pratiquement fait du chantage pour l'obliger à passer trois mois ici, mais peut-être avait-il eu raison. Magnolia Lake était l'endroit idéal pour se reposer – et il en avait besoin.

— Sebastian ?

Il rouvrit les yeux et cligna des paupières. La femme qui se tenait devant lui était-elle bien réelle ? Ou n'était-elle qu'un souvenir lointain, gravé dans un coin de sa tête depuis leur rencontre un an plus tôt ?

— Evelisse ?

— Tu n'as pas oublié.

Elle sourit et ses yeux noisette se mirent à pétiller.

Il examina sa bouche pulpeuse soulignée par un rouge à lèvres rose intense. Il observa son col roulé noir et le legging beige qui épousait ses formes. Pendant un instant, il imagina ses jambes, chaussées de bottes d'équitation noires, passées sur ses épaules.

— Bien sûr que je me souviens de toi, dit-il, incrédule.

Comment aurait-il pu oublier Evelisse Jemison ?

Il l'avait rencontrée lors d'une fête organisée par ses cousins Duke et Iris Abbott, un peu plus d'un an auparavant. Il avait souvent pensé à cette soirée incroyable durant laquelle ils avaient appris à mieux se connaître.

Mais sa réponse ne fit clairement pas mouche : elle courba les épaules, soudain moins avenante.

Merde.

En deux minutes, il avait déjà réussi à la blesser.

Pourquoi tout ce que tu dis donne aux gens l'impression d'être des minables indignes de partager ton univers ?

Les paroles de son ex-femme claquèrent à son oreille.

Devait-il s'excuser ? Ou juste lui expliquer qu'il ne pourrait jamais oublier une femme aussi belle et fascinante ?

— C'est donc toi, le « SBV » du registre, dit-elle en examinant son portable avant de relever les yeux vers lui.

Sa voix polie ne trahissait plus le moindre plaisir. Au contraire, elle l'observait avec une curiosité sincère.

— Pourquoi tant de mystère ?

— Je ne voulais pas que mes sœurs sachent que je venais.

Elle croisa les bras, les narines dilatées.

— Nous n'avons pas l'habitude de publier la liste de nos clients dans le journal.

— Mais ta sœur s'entend bien avec les miennes.

— Donc, tu as pensé qu'elle allait violer notre politique de confidentialité en annonçant que tu as réservé une chambre ?

Ses yeux couleur sirop d'érable perdirent toute leur chaleur.

— Non, bien sûr. Je pensais que... Je...

Evelisse ne le croyait pas. *C'était juste.* Ses excuses étaient un mensonge. Il avait vraiment eu peur que Kayleigh annonce son arrivée à Chandra et Naya. Sebastian gémit à mi-voix. Il n'avait jamais prétendu être doué avec les gens mais son manque de tact était particulièrement évident aujourd'hui. Il pouvait presque entendre sa jeune sœur Naya se plaindre :

« Calme-toi un peu, Sebastian le Râleur. Et pour l'amour du ciel, ça te tuerait de sourire ? »

— Désolé de t'avoir offensée. Ce n'était pas mon intention.

Il s'obligea à sourire. C'était étrange, mais sincère.

— C'est juste que... J'aime mes sœurs, dit-il en fourrant les mains dans ses poches, mais elles sont parfois un peu envahissantes. Je ne voulais pas qu'elles soient au courant.

— Excuses acceptées.

Son regard froid semblait dire le contraire...

— Bienvenue à l'auberge Sweet Magnolia, monsieur Valentine. On va bien s'occuper de toi pendant ton séjour. Tu peux laisser tes bagages ici : je les ferai monter dans ta chambre dès que tu seras enregistré.

— Pourquoi ? Mon frère a-t-il dit que j'avais besoin d'attentions particulières ?

Evelisse le fixa comme s'il avait des cornes et une queue.

— Non. Il aurait dû ?

— Pas du tout, répliqua Sebastian en empoignant sa valise. Et je peux monter mes bagages tout seul, merci.

— Comme tu préfères.

Elle haussa les épaules, camouflant à peine son irritation.

Ils enregistrèrent son arrivée et Evy le guida dans un élégant escalier jusqu'à sa chambre, au fond d'un couloir.

— Puisque tu vas rester un moment, on voulait que tu sois à l'aise. C'est l'une de nos plus grandes suites de luxe.

Elle ouvrit la porte et il la suivit à l'intérieur. La chambre était neuve, meublée avec goût et dotée d'une salle de bains aux allures de spa. L'air sentait la pomme et la cannelle.

— Il y a un panier rempli de produits de toilette haut de gamme et des serviettes en coton égyptien dans la salle de bains. Tu as aussi un petit frigo et un micro-ondes ici, ainsi qu'un bureau avec plusieurs prises et une station de recharge électrique. La suite possède une cheminée à gaz. L'interrupteur est ici. Et ceci est l'un de mes coins préférés dans toute l'auberge, déclara-t-elle en montrant une méridienne près d'une table basse. C'est l'endroit idéal pour siroter ton café du matin en feuilletant la dernière biographie à succès.

Sebastian posa ses bagages dans un coin.

— Tu n'as pas oublié que j'aimais lire.

— Non, dit-elle, les joues rouges. Sans doute parce que j'adore ça aussi. Mais tu préfères la non-fiction, les biographies et les thrillers juridiques, tandis que moi…

— Tu aimes le suspense, les polars et les *cosy mysteries*… uniquement s'il y a une bonne dose de romance dedans.

Il la regarda un instant. Elle était encore plus belle que dans ses souvenirs. Elle sourit et l'éclat de ses yeux comprima quelque chose dans la poitrine de Sebastian.

— C'est ça. Je me rends à Gatlinburg une fois par semaine, donc si tu as besoin de quelque chose à la librairie, je… Je veux dire, *nous* serions ravis de te rendre service.

Elle examina la chambre, visiblement pressée de se concentrer sur autre chose que lui.

— J'ai apporté de la lecture. Je pense que ça ira, dit-il en tapotant la sacoche de cuir posée sur sa valise à roulettes. J'ai l'intention de passer beaucoup de temps à bouquiner, ici.

— Je dirai au personnel de ne pas interférer, monsieur Valentine.

— Pause, dit-il en formant un T avec ses mains. J'apprécie ton professionnalisme, mais si tu m'appelais de nouveau Sebastian, d'accord ?

Il fit son possible pour sourire et ajouta :

— Si je me rappelle bien, tu préfères Evy, c'est ça ?

— Evy ou Evelisse, peu importe.

Elle le regarda s'asseoir sur le lit. Ses yeux glissèrent sur les oreillers avant de se fixer au sol.

— Une fois de plus, bienvenue à l'auberge Sweet Magnolia... Sebastian. Nous sommes ravis que tu aies choisi de t'installer ici pendant ton séjour.

Puis elle tourna les talons. Il l'avait appréciée dès le premier instant. Ils avaient flirté, mais n'étaient pas allés plus loin. Ils étaient tous les deux de passage et avaient eu d'autres soucis. Lui, par exemple, essayait de dissuader son père de vendre la filature familiale pour reconvertir un ancien vignoble à l'abandon en empire commercial. Il avait échoué sur les deux fronts, mais au moins, son père avait l'air heureux.

Il n'avait plus revu Evy depuis, bien qu'il ait souvent pensé à elle. À présent qu'elle se tenait devant lui, il semblait incapable de former une phrase cohérente qui ne lui donnait pas l'air agacé.

— Je croyais que tu étais retournée en Californie.

Elle pivota pour être face à lui.

— En effet.

— Depuis quand vis-tu à Magnolia Lake ? demanda-t-il en se levant pour s'approcher d'elle.

— Ça fait une semaine. Ma sœur s'est cassé le bras et la jambe en faisant du vélo dans la montagne. Elle va s'en remettre, ajouta-t-elle devant son regard affolé. Elle a juste besoin que je la remplace pendant sa convalescence.

— Combien de temps comptes-tu rester ?

— Jusqu'à la fin de l'année. Comme toi.

Un silence embarrassé suivit, tandis qu'ils se regardaient.

— Je suis désolé d'apprendre que Kayleigh s'est blessée, mais je suis très content de te revoir, Evy.

— Moi aussi, répondit-elle avec un sourire prudent. Qu'est-ce qui t'amène ici aussi longtemps ?

La pression monta dans sa poitrine. Il songea à tout ce qui l'avait poussé à venir et se massa le menton.

— C'est une longue histoire.

— D'accord. Passe un bon séjour, dit-elle sèchement, avant de se détourner. Si tu as besoin de quoi que ce soit, dis-le-moi.

— Veux-tu dîner avec moi ?

Son cœur s'emballa quand elle le dévisagea d'un air surpris.

— Ce soir ?

Il rit nerveusement.

— Je pensais plutôt à ce week-end. Je vais rester un bon moment, rien ne presse.

— Je suis flattée que tu me proposes un rendez-vous… *un an plus tard*, ajouta-t-elle à voix basse. J'aurais accepté avec joie, à l'époque ; mais je travaille, maintenant. J'ai déjà refusé plusieurs offres de ce genre parce que je ne veux pas que le personnel me voie sortir avec un client. Donc, je suis obligée de te dire non. Désolée. J'espère que tu comprends.

— Inutile de t'excuser, dit-il en reculant avant de lui adresser un sourire poli. J'aurais dû saisir ma chance tant que c'était possible. Bonne soirée, Evy.

— À toi aussi, Sebastian, dit-elle d'un air presque triste. Néanmoins, si tu veux de bonnes adresses de restaurants, je te recommande celui de King's Finest. Et j'espère te voir au petit déjeuner. Il est servi de 6 heures à 11 heures. Le coin café du rez-de-chaussée, lui, est ouvert toute la journée.

Sebastian la remercia et admira l'ondulation légère de ses hanches tandis qu'elle s'éloignait. Il se laissa retomber sur le lit, inhalant les derniers effluves de son délicat parfum floral.

Il avait gâché sa chance avec Evy, mais c'était sans doute pour le mieux. Il avait bien assez de soucis comme ça. Sortir avec elle n'aurait fait que compliquer les choses. Il aurait dû être ravi qu'elle ait refusé.

Alors, pourquoi avait-il déjà hâte de la revoir au petit déjeuner ?

3

— Kayleigh, quand tu m'as demandé de te remplacer, tu savais que Sebastian allait passer trois mois à l'auberge ?

Evy faisait les cent pas dans le bureau, derrière l'accueil.

— Sebastian *Valentine* ? Il est ici ?

— Oui, c'est lui, la mystérieuse réservation pour « SBV ». Tu n'en avais aucune idée ?

— Non, Evy. Je te le jure, et je n'ai jamais pris de réservation de trois mois pour quelqu'un qui ne donne que ses initiales. Mari a dû s'en occuper.

— Hmm.

Evy s'affala dans le fauteuil de cuir, près du bureau.

— Tu crois quoi ? Que je me suis cassé le bras et la jambe juste pour t'offrir un rencard ? Je t'adore, frangine, mais je suis sûre que je pourrais te trouver un homme sans souffrir autant. De plus, être une entremetteuse demande une bonne dose de subtilité et nous savons toutes les deux que ce n'est pas mon fort.

En effet. Loin de là.

— Mets-toi à ma place. Tu m'as demandé de venir pendant ta convalescence. Il va rester ici trois mois. Tu connais sa famille et ta meilleure copine Savannah a réussi à caser sa sœur Laney avec Nolan Valentine. Tu comprends pourquoi toute cette histoire éveille mes soupçons ?

— Dit comme ça, oui. J'ai du mal à croire que Chandra et Naya ne m'aient rien dit. Chandra est passée hier avec son bébé. Attends un peu que j'en parle à Naya. Elles auraient au moins pu me prévenir.

— Non ! Ne dis rien ! Il veut leur faire la surprise. C'est pour *ça* qu'il n'a donné que ses initiales.

— Très bien.

Kayleigh devait sans doute bouder, comme lorsqu'elles étaient petites et qu'Evy refusait de lui donner ses bonbons de Halloween.

— Sebastian râle toujours autant ?

— Oui.

Evy songea à sa réponse cinglante quand elle s'était étonnée qu'il se souvienne de son nom. Comme si suggérer qu'il puisse oublier quoi que ce soit était une insulte.

— Et en même temps, non...

— OK. Là, je suis perdue.

— Il était bizarre et distant à son arrivée, puis il s'est excusé d'avoir suggéré que tu aurais pu dire à ses sœurs qu'il venait...

— Je l'aurais fait, s'il ne m'avait pas prévenu que c'était un secret.

— Bien noté, dit Evy, qui ne le répéterait pas à Sebastian. Et puis, quand j'étais sur le point de quitter sa chambre...

— Tu étais dans sa chambre ?

— Il n'a pas voulu qu'on monte ses bagages, alors je l'ai conduit dans la suite moi-même pour la lui faire visiter.

Evy sentit ses joues s'échauffer. Heureusement, elle n'avait pas opté pour un appel vidéo.

— Visiter ? J'imagine le tableau...

Evy soupira, une main plaquée sur son front.

— Ce n'est pas ce que je voulais dire et tu le sais. Je lui montrais juste les serviettes et le coin salon, bon sang.

— Tu escortes tous les clients dans leurs chambres pour leur offrir une *visite privée* ?

— Certainement pas.

Elle se leva et se remit à arpenter le bureau.

— Comme tu l'as dit : Sebastian peut être exigeant. Il va rester un bon moment chez nous et je voulais que tout se passe bien. On se lance à peine dans l'hôtellerie et tous les retours des clients sont importants, surtout quand ils font une réservation longue durée qui peut nous rapporter gros.

— Tu as raison. Désolée. Je te taquine, Evy. Donc, tu lui faisais visiter la suite et…

— On s'est mis à discuter. Il voulait savoir depuis quand j'étais revenue et combien de temps j'allais rester.

— Ça commence à me plaire.

— N'est-ce pas ? Mais quand je lui ai demandé pourquoi il voulait passer trois mois ici, il s'est refermé et il n'a pas répondu. J'ai pensé qu'il voulait que je le laisse et je m'apprêtais à partir. C'est là qu'il m'a invitée à dîner.

— Tu plaisantes ?

— Non. Franchement, j'étais aussi choquée que toi. Il a soufflé le chaud et le froid pendant vingt minutes, je ne m'attendais pas à ça.

— Je dois être une meilleure entremetteuse que je le pensais.

— Ce n'est pas drôle, Kayleigh Jemison Abbott, et c'est *exactement* pour ça que j'ai refusé.

— Tu as refusé ? Pourquoi ? Tu m'as dit, et je cite : « Il est peut-être un peu bougon, mais je le trouve fascinant. Et il a des fesses à tomber par terre. »

Kayleigh imita la diction de sa sœur, puis rit de plus belle.

— OK. Oui, j'ai dit ça. Mais à ma décharge, je venais de déguster les vins des Valentine et j'avais enchaîné quelques cidres épicés renversants de ta belle-sœur Zora. Ces trucs te montent à la tête très vite. J'ai la migraine rien qu'en pensant à la gueule de bois qui a suivi.

— Ne blâme pas l'alcool, Evy. J'étais là quand vous vous êtes rencontrés. Il y avait des étincelles, de la magie, tout le couplet. Vous étiez hypnotisés. Vous avez réussi à vous asseoir côte à côte pendant le repas et vous avez été inséparables toute la soirée.

Ça avait été une nuit vraiment amusante. Quand Evy avait aperçu Sebastian, il se tenait seul, adossé au mur, l'air contrarié. Mais dès qu'il lui avait serré la main…

Evy contempla sa paume, traversée par un frisson comme lorsqu'il l'avait touchée. Elle n'avait jamais admis ça devant sa sœur, mais il y *avait eu* quelque chose de magique, ce jour-là. Si Sebastian avait été un peu gêné et froid au début, la glace avait vite fondu. Une fois qu'il s'était détendu, elle l'avait trouvé chaleureux et gentil. Son humour l'avait fait rire. Ils avaient raconté des anecdotes au sujet de leurs frères et sœurs, se lamentant sur leurs enfances pas vraiment idéales.

Ils avaient tous les deux passé une semaine en ville avec leurs familles, et elle avait été certaine qu'un déclic s'était produit. Sebastian lui avait demandé son numéro, mais il n'avait jamais appelé. Dire qu'elle avait été déçue aurait été un euphémisme.

— En fait, plus je pense à Sebastian et toi, ce soir-là… moins je m'étonne qu'il t'ait proposé un rencard.

— C'était il y a plus d'un an, lui rappela Evy.

— Mieux vaut qu'il ne t'ait pas téléphoné à l'époque. Tu n'avais pas encore tourné la page sur Calvin. Vous vous êtes même remis ensemble à ton retour à L.A. Mais maintenant, c'est fini, non ?

— Oui, fini. Ça ne veut pas dire que je dois plonger tête baissée dans une autre relation. Je suis très bien toute seule, merci.

— Ce ne serait pas une décision précipitée. Calvin et toi avez rompu depuis des mois.

— Sebastian ne reste pas à Magnolia Lake, Kayleigh. Et moi non plus. Quel serait l'intérêt d'un flirt ?

Sa sœur lui avait clairement dit qu'elle voulait qu'Evy s'installe en ville pour de bon et qu'elle reprenne les rênes de l'auberge. Ce genre de piège était typique de Kayleigh. Mais cette fois, elle ne tomberait pas dedans.

— Pourquoi faudrait-il qu'il y ait un intérêt ? demanda sa sœur. Tu pourrais juste t'amuser.

— Je ne suis pas venue pour sortir avec Sebastian Valentine. Je suis ici pour prendre soin de toi et continuer l'activité de l'auberge avant de te la rendre. C'est clair ?

— Comme de l'eau de roche.

— Super. À ce propos, j'ai pensé qu'on pourrait imaginer des paniers de bienvenue pour les clients qui restent longtemps. Un peu comme on peut en recevoir après avoir emménagé dans une nouvelle ville. Ils seraient remplis de produits des meilleurs établissements de la région. Du bourbon de la distillerie King's Finest. Du vin du vignoble Valentine. Des cookies de la boulangerie de Magnolia Lake portant le logo de l'auberge. Un chèque-cadeau pour un repas au restaurant de King's Finest. Des fruits frais et des fleurs des fermes Lockwood…

— Ça a l'air fantastique, Evy, mais ça semble aussi *très* cher…

— On ne ferait ça que pour les réservations de plus de quatre semaines. Comme ça, on pourrait se le permettre facilement. Et qui sait, quelques commerces pourraient décider de nous sponsoriser. Après tout, ce serait aussi dans leur intérêt.

Comme sa sœur ne répondait pas, elle ajouta :

— J'envisageais de faire un test avec Sebastian, puisqu'il est notre premier client longue durée.

— Évidemment, dit sa sœur avec un sourire dans la voix.

Dans sa tête, elle pouvait presque entendre la Kayleigh de dix ans chantonner : *« Tu l'aimes bien, tu l'aimes bien, tu l'aimes vraiment beaucoup »* sur la mélodie de *I Like It*, de DeBarge.

— Alors ? Qu'est-ce que tu en penses ?

— Je pense que c'est une excellente idée, frangine. Vas-y. Fais-lui un panier…

— En fait, je pensais en faire trois.

— Mais on n'a qu'un client longue durée.

— J'aimerais exposer les deux autres sur le comptoir pour les vendre aux résidents. Ça pourrait nous permettre de rembourser le prix de celui qu'on va offrir.

— OK, très bien. Seulement, n'oublie pas, mademoiselle Hollywood : le but de cette entreprise est de *gagner* de l'argent, pas d'en dépenser.

— Je sais, mais je suis sûre que les clients longue durée vont adorer, et ça pourrait inciter les autres à revenir.

— Super. J'ai hâte de voir ça. Notre repas vient d'être livré. Je te laisse. Je t'aime, Evy.

— Moi aussi, petite sœur. Soigne-toi bien.

Evelisse sortit un bloc-notes et commença à lister ses idées pour le panier de bienvenue. Le marketing et les relations publiques faisaient partie de son travail en tant que gérante par intérim. Ce n'était pas comme si elle s'apprêtait à faire du shopping pour Sebastian personnellement.

Alors, pourquoi souriait-elle tant ?

Sebastian approchait du chalet près du lac que sa sœur Chandra partageait avec son nouvel époux – le médecin de la ville – et leur petite fille. Il rit en se souvenant de la dernière fois où il s'était tenu sous ce porche. Il avait été accompagné par ses trois frères : Nolan, Alonzo et Nyles. Ils avaient tenu à s'assurer que Julian n'avait pas de projets douteux concernant Chandra.

Julian n'avait pas été intimidé par leur démonstration de force. Il s'était montré patient et respectueux, mais il avait clairement expliqué qu'il était fou de leur sœur et qu'il avait l'intention de fonder une famille avec elle. Moins d'un an après le mariage, il tenait toujours parole : il rendait Chandra très heureuse.

Sebastian sonna.

— Salut, Bas ! s'écria Julian en lui tendant la main lorsqu'il vint ouvrir. Je suis content de te voir. Chandra ne m'a pas dit que tu étais en ville.

— Parce que je l'ignorais, ajouta Chandra en venant le serrer dans ses bras.

Sebastian lui donna le bouquet et la bouteille de vin qu'il avait apportés.

— Tu ne m'as pas dit non plus que tu venais, lança sa jeune sœur Naya.

— Je ne pensais pas que j'étais obligé d'attendre ta permission, Blondie.

Il ébouriffa ses cheveux et elle recula vivement pour rajuster sa perruque.

— Hé ! *Pas* touche, mon pote. Elle n'aime pas que les gens fourrent leurs mains là-dedans.

Sebastian rit, imité par les autres. Naya était folle de ses perruques. Elle leur donnait des noms et parlait d'elles comme de vraies personnes.

— Tu devrais dire à Veronica, Stacy, ou…

— C'est Phyllis, coupa Naya en tapotant ses cheveux.

— Bien. Dis à *Phyllis* que je m'excuse.

— Elle n'est pas sourde. Dis-le-lui toi-même.

Naya lui donna un coup de coude, et Sebastian secoua la tête. Il avait toujours protégé sa petite sœur. Il n'était pas facile pour une femme noire ouvertement bisexuelle de grandir dans une ville conservatrice. Mais Naya savait clairement se défendre.

C'était une femme pragmatique qui n'acceptait de critiques de personne – pas même de ses frères aînés. Naya avait été une influenceuse beauté et *lifestyle* sur Instagram avant de travailler au vignoble. Depuis, elle était devenue l'ambassadrice de marque des vins Valentine, ainsi que la directrice événementielle et des relations publiques.

Néanmoins, bien qu'il aimât sa petite sœur, Sebastian refusait de s'excuser auprès d'un objet inanimé.

— Non, sans façon, dit-il.

Naya fronça le nez et s'éloigna d'un pas dansant.

— Salut, Sebastian. Content de te voir, dit Nolan en prenant sa place, accompagné par sa petite amie Delaney Carlisle, l'œnologue du vignoble.

Sebastian l'avait rencontrée durant un barbecue de fin d'été organisé par Duke et Iris Abbott.

— Content de te voir aussi.

Il donna une tape sur l'épaule de son frère et tendit la main à Delaney, mais celle-ci préféra le serrer dans ses bras. Puis elle se tourna vers sa fille, Harper.

— Viens dire bonjour, ma chérie.

La petite – le portrait craché de sa mère – était assise par terre et regardait le père de Sebastian faire sauter Autumn, la fille de Chandra, sur ses genoux.

— Bonjour, tonton Bastian !

Elle bondit sur ses pieds et passa ses bras autour de sa taille avant de repartir en courant vers le bébé. Il était encore plus surpris d'entendre Harper l'appeler « tonton » que d'avoir été enlacé par Laney.

— Elle est obsédée par Autumn et rêve d'avoir une petite sœur, dit Laney en échangeant un sourire timide avec Nolan. Ne sois pas vexé.

— Promis, répondit Sebastian.

— Tant mieux, reprit Laney avec un nouveau sourire. Je devrais aller aider tes sœurs.

Elle embrassa Nolan avant de rejoindre Chandra et Naya dans le coin cuisine.

— Tonton, hein ? glissa Sebastian en donnant une bourrade à son frère. Les choses avancent vite entre vous.

— Je te l'ai dit : j'ai l'intention de l'épouser.

Un immense sourire illumina le visage de Nolan quand il croisa le regard de Laney. Il était clairement amoureux.

D'ailleurs, ils formaient un couple adorable. Sebastian était ravi pour son frère – et peut-être un peu jaloux.

— Je croyais que tu étais encore dans ta phase chien fou, admit Sebastian en riant. Mais sérieusement, retomber amoureux… Ça te réussit, Nole. Tu le mérites.

— Toi aussi. En parlant de ça, j'ai entendu dire qu'Evelisse, la sœur de Kayleigh, gère temporairement l'auberge.

— C'est elle qui m'a accueilli. Elle s'est aussi arrangée pour qu'on me livre le vin et les fleurs.

Son ego ne s'était pas encore remis du refus poli d'Evy quand il l'avait invitée à dîner.

— Mais je ne cherche pas une histoire sérieuse, et elle non plus.

— Donc, tu lui as déjà proposé un rencard ?

Ce n'était pas une question, et Sebastian ne répondit pas.

— Je suis désolé que ça n'ait pas marché. Le fait que vous soyez de retour tous les deux au même moment... J'étais sûr que...

— Nous ne sommes là que pour quelques mois. À quoi bon ?

— Si c'est vraiment ce que tu crois, pourquoi l'avoir invitée à sortir ?

Parfois, Sebastian haïssait le don de son frère pour pointer la vérité. Surtout quand la logique de Nolan se heurtait aux mensonges auxquels il s'agrippait. Comme se répéter qu'il ne voulait pas de relation pour l'instant, qu'il n'en avait pas besoin.

— Tu as l'intention de venir me saluer avant ma mort, fils ? lança soudain le père de Sebastian.

Il fut ravi d'avoir une bonne raison d'échapper à Nolan. Il se laissa tomber sur le canapé près de son père et l'enlaça d'un bras.

— Nous savons tous les deux que tu nous enterreras tous, papa. Comment vas-tu ?

— Très bien, fils.

Abbott Raymond Valentine regarda fièrement ses six enfants rassemblés autour de lui.

— Mieux maintenant que tu es là, ajouta-t-il. Dis-moi, à quoi devons-nous cette visite inattendue ?

Sebastian haussa les épaules, l'estomac noué.

— Ça faisait longtemps que je n'avais pas pris de vacances.

Il se sentait coupable de cacher à sa famille le souci médical qui l'avait convaincu de venir. D'un autre côté, ils avaient leurs vies et devaient se préoccuper du nouveau vignoble. Pourquoi les inquiéter ?

— Et tu as décidé de passer tes congés à Magnolia Lake ? s'enquit son père d'un air incrédule.

— Tu répètes toujours que la région est magnifique. Je voulais aussi voir toute ma famille.

— Volontairement ?

Naya venait d'apparaître devant lui, les bras croisés, avec son déhanché habituel.

— Dis-nous ce qui se passe vraiment ? Oh ! mon Dieu, tu n'es pas mourant, au moins ?

— Naya ! crièrent en même temps leur père, Nolan et Chandra.

— Non, bien sûr que non.

Sebastian jeta un regard insistant à sa sœur pour la pousser à baisser la voix.

— Je vais bien. J'avais juste besoin d'une pause pour me changer les idées. Puisqu'il me restait pas mal de congés, j'ai décidé de les passer avec vous tous. Alors, détends-toi, OK ?

Chandra servit un verre à leur père, sans doute un bourbon-soda au citron, son préféré.

— Combien de temps vas-tu rester, Sebastian ?

— Jusqu'à la fin de l'année, je pense.

— Super. Tu seras là pour Noël ! s'exclama Naya. Mais tu aurais dû nous prévenir. J'aurais pu préparer une des chambres de la villa pour toi.

— Je me suis installé à l'auberge Sweet Magnolia.

— Tu dors à l'hôtel, fils ? Pourquoi ? On a plein de place à la villa, dit son père.

— Sinon, tu pourrais occuper notre chambre d'amis, ajouta Julian, s'attirant un sourire chaleureux de sa femme.

— Merci à tous, dit Sebastian en levant une main, mais je vais rester un bon moment et j'avais besoin d'un endroit au calme pour lire et m'occuper de quelques affaires pour le travail. J'ai déjà ma clé et c'est juste au bout de la route.

— L'auberge Sweet Magnolia, hein ? murmura Naya d'un air entendu. C'est le nouvel établissement de Kayleigh Abbott, et sa sœur Evy la remplace le temps qu'elle se remette de son accident de vélo.

— Je ne savais pas qu'Evy était en ville avant mon arrivée, tout à l'heure, dit Sebastian.

— C'est ça, frérot. Si tu insistes.

Naya s'empara de sa nièce et s'éloigna en lui chatouillant le ventre. Sebastian voulut protester mais Chandra ne lui en laissa pas le temps :

— Je te crois, moi.

Elle se laissa aller dans les bras de Julian.

— Tout ce qui compte, c'est que tu sois ici, et on est tous ravis. Veux-tu un verre de vin ?

— Oui, merci.

— Donc, ce congé sabbatique, chuchota son père. Dis-moi un peu ce que ça cache.

— Tu dis toujours que je travaille trop. J'ai fini par t'écouter. On peut en rester là ?

— Si tu veux. Mais si jamais tu as besoin de parler...

— Je viendrai te voir, papa. Promis.

Son père hocha la tête d'un air satisfait et ils se mirent à discuter. Chandra servit à Sebastian un verre de muscadine pétillante – son favori du moment. Il la remercia et but une gorgée.

— Comment ça se passe, au vignoble ?

— Très bien, répondit Chandra, rayonnante. Les ventes grimpent. On gagne beaucoup d'argent avec la salle de dégustation et on a accueilli plusieurs mariages.

— Les choses ont beaucoup changé depuis ta dernière visite, ajouta son père. Tu devrais venir visiter les lieux, demain.

— Avec plaisir, répondit Sebastian en levant son verre.

Il passa le reste de sa soirée à profiter de la compagnie de sa famille, à apprendre à connaître sa petite nièce, et à essayer de ne pas se demander ce que faisait Evelisse Jemison.

4

— Qu'est-ce qui ne va pas ? demanda Evy en entrant dans la cuisine où Sofie Braaten, la cheffe à temps partiel de l'auberge, jurait en norvégien.

Si Evy ne comprenait pas ses mots, il était clair qu'elle était furieuse.

— C'est ce… cet *homme*. Tous les matins, le même petit déjeuner barbant : porridge et fruits. Depuis deux semaines. Aujourd'hui, je veux surprendre. *Je faire* des œufs à la norvégienne *parfaits*. Chef-d'œuvre. *Lui les renvoyer* parce que trop « poissonneux ».

Sofie était hors d'elle, ses yeux bleus trahissaient son dégoût.

— Ils sont faits avec du saumon fumé, lui rappela calmement Evy en faisant son possible pour ne pas sourire – leur cheffe était une passionnée. C'était peut-être un peu trop original pour M. Valentine.

Sofie leva les mains au ciel et lâcha d'autres jurons en norvégien.

— Faites une pause, d'accord ? Je vais m'occuper de son porridge.

— *Ja*. Super, dit Sofie en retirant son tablier avant d'enfiler son manteau. Je vais marcher maintenant. Vingt minutes.

Evy pensait plutôt à dix, mais tant pis. Tant que Sofie était contente et que Sebastian avait son petit déjeuner habituel, tout lui convenait. Elle pouvait bien gérer la cuisine un moment.

— Si quelqu'un – pas lui – veut manger, je reviens, lança Sofie avant de franchir la porte.

Evy consulta sa montre. Il était à peine 7 heures, et Sebastian le Râleur semait déjà la pagaille dans son équipe. Sofie était grincheuse comme un chat mouillé parce qu'il avait refusé le repas qu'elle lui avait préparé avec amour. Mariana, leur serveuse-réceptionniste à mi-temps, était offusquée qu'il ait insisté pour qu'elle lui apporte son verre de jus d'orange sur un plateau et pas à la main. L'homme de ménage et portier, Daniel, grommelait encore parce que Sebastian lui avait montré comment *bien* faire un lit.

Franchement, elle ne savait pas s'ils allaient encore tenir deux semaines – et encore moins deux mois – avant qu'un employé étrangle cet homme dans son sommeil.

Evelisse se lava les mains, enfila un tablier et sortit les flocons d'avoine du placard avant de récupérer une brique de lait d'amande dans le réfrigérateur industriel.

Pendant que le porridge épaississait, elle coupa une banane, quelques fraises et un kiwi. Elle plaça le tout dans un bol, arrangea les fruits sur le dessus et ajouta une poignée de myrtilles. Elle déposa le bol sur une assiette, retira son tablier et passa dans la salle à manger. Sebastian sirotait son café, plongé dans une biographie de John Lewis, le défenseur des droits humains.

— J'allais lancer les recherches pour mon porridge, marmonna-t-il sans lever le nez de son livre.

— Tu devrais, parce que ma cuisinière, ma réceptionniste et mon portier sont sur le point d'abandonner le navire, répliqua-t-elle en posant le bol avant de caler son poing sur sa hanche. J'espère que tu sais faire ton lit et préparer ton petit déjeuner. Bientôt, il n'y aura plus que nous dans cette auberge.

— Evelisse.

Il rata sa bouche et renversa du café sur la table. Il s'empressa de poser sa tasse et d'essuyer la tache avec une serviette.

— Désolée, reprit-elle. Je ne voulais pas te faire sursauter. Je t'ai juste apporté ton petit déjeuner.

— Où sont Sofie et Mariana ?

— Sans doute en train de chercher un autre travail. Je peux m'asseoir ?

— Oui, bien sûr.

Il essuya quelques gouttes de café sur les pages de son livre.

— Écoute, Sebastian, nous sommes ravis de t'avoir ici, mais pourrais-tu y aller mollo avec mon équipe ? Toutes les chambres sont occupées et on fait de notre mieux. Je ne peux pas me permettre de voir des employés démissionner.

— Mais Daniel ne pliait pas les coins du drap assez serré. Je bouge beaucoup dans mon sommeil. J'ai besoin d'un drap bien tendu.

— Je ne pense pas qu'il oubliera de le faire, à l'avenir.

— Quant au petit déjeuner de ce matin...

Il jeta un coup d'œil autour de lui et se rapprocha :

— Je te jure que je n'ai pas commandé des œufs et du poisson. Je mange la même chose tous les jours... du porridge avec du lait d'amande et des fruits tranchés. Comment peut-on se tromper ? Il suffit de lire les instructions du paquet et de passer le bol au micro-ondes.

— Tu as raison. Tu n'as pas commandé un plat exotique et je m'excuse. Mais tu passes tes matinées assis là à ruminer sans parler aux autres clients. Sofie voulait que tu te sentes plus chez toi. Donc, elle t'a préparé avec amour ce que sa grand-mère lui servait quand elle était petite, en Norvège. C'était la chose qui la consolait toujours quand elle se sentait seule.

— Mais il y avait du poisson dedans... *pour le petit déjeuner*. Et je n'aime pas vraiment les œufs. Attends... Tu veux dire qu'elle me croit seul et triste ?

Evy posa la main sur son poignet.

— Non... Seulement qu'elle voulait illuminer ta journée.

Et ta vie en général. Mais mieux valait ne pas le dire.

— La nourriture est sa manière de montrer son affection. Elle t'a surpris avec le repas que sa *mormor* faisait toujours pour lui remonter le moral.

— Je suis désolé. Je ne me suis pas rendu compte que c'était un acte si gentil. Je ne voulais pas insulter sa grand-mère ou sa culture. Encore moins la blesser. C'est juste que j'ai des papilles... *sensibles*.

Il plaqua la main sur son ventre. Evy remarqua qu'elle s'abattit avec un bruit sec contre ses abdominaux apparemment fermes, cachés par son pull bordeaux en cachemire. Elle vit aussi son pantalon gris ajusté qui épousait ses cuisses fermes et retint son souffle. Elle tenta d'ignorer les frissons qui la parcouraient toujours quand elle était avec lui.

— Ne t'en fais pas. Je pense que Sofie a bien compris que tu n'aimais pas les surprises, même quand elles partent d'une bonne intention. Je t'assure que ça n'arrivera plus.

Il la regarda un instant. Il était si beau.

— Je devrais m'excuser auprès de Sofie.

— C'est bon, Sebastian. Je sais que tu ne voulais pas vexer Sofie, ou Daniel, ou Mariana...

— Elle m'en veut aussi ? Qu'est-ce que je lui ai dit ? Laisse tomber, ajouta-t-il en massant son front tendu. Je vais leur parler, leur expliquer que je n'essaie pas de faire le difficile. C'est juste que je sais ce que j'aime et...

Il voulut se lever. Evy ne le lâcha pas et il se rassit. Elle écarta enfin sa main, la paume parcourue de frissons.

— C'est moi qui vais leur parler. Mange ton porridge tant qu'il est chaud. Je l'ai fait moi-même.

Elle sourit, mais Sebastian fronça les sourcils en examinant son bol. Elle l'étudia aussi avec attention.

— Qu'est-ce qui ne va pas, encore ? C'est de l'avoine avec du lait d'amande et des fruits frais... juste comme tu l'aimes.

— En général, je ne mets pas de kiwi.

— Si tu n'aimes pas ça, je peux t'en préparer un autre.

Elle voulut reprendre le bol, mais il s'y accrocha et le rapprocha de lui d'un geste possessif.

— Tu l'as fait pour moi, donc je vais au moins essayer.

— C'est la seule raison qui te pousse à le manger ? Parce que je te préviens : je ne vais pas faire ton lit ou t'apporter ton jus d'orange chaque matin.

Il rit avec une sincérité qui la surprit. Elle l'imita bien vite.

Des papillons dansaient de nouveau dans son estomac, comme

lorsqu'ils avaient passé une agréable soirée à discuter, plus d'un an auparavant.

Elle regretta presque d'avoir refusé son invitation à dîner. Et elle n'aimait pas constater qu'il ne la regardait plus avec intérêt depuis. Leurs échanges étaient brefs, polis et limités à l'essentiel.

C'était exactement ce qu'elle voulait. Non ?

Mais ce matin, tandis qu'il la regardait, ses yeux noirs semblaient un peu plus chaleureux et elle fut tentée de se pencher pour presser ses lèvres contre les siennes.

Finalement, il baissa la tête, plongea sa cuillère dans le bol et avala pensivement une bouchée avant de recommencer.

— C'est curieux : le kiwi n'est pas si mal, dit-il. Je crois que je vais le garder à l'avenir. Merci, Evelisse.

— Bien. Et si jamais tu te sens brave, demande à Sofie d'ajouter des noix torréfiées ou un peu de noix de coco râpée, la prochaine fois, murmura-t-elle sur un ton confidentiel.

Il écarquilla les yeux, posa sa cuillère et leva la main.

— Je crois que j'ai été assez brave pour aujourd'hui. Tu as déjà mangé ? Sinon, n'hésite pas à te joindre à moi.

— Merci, mais je dois m'occuper de la cuisine pendant que Sofie fait une pause. Un autre jour, peut-être.

— Bien sûr. Merci encore.

Son sourire poli ne suffit pas à masquer sa déception.

Evy acquiesça et s'en alla. Si seulement elle avait accepté son offre…

Sebastian remonta dans sa chambre, épuisé après avoir passé la journée avec sa famille. Il avait examiné les finances du vignoble avec Nolan, ainsi que certains projets de ses sœurs et de son père pour développer l'entreprise.

Ils avaient eu l'habitude d'avoir ce genre de discussions quand ils géraient encore l'usine textile ensemble. Maintenant qu'ils étaient partis, Sebastian n'avait personne avec qui parler de ses décisions ; c'était une autre source de tension. Il appréciait donc qu'on lui demande son avis de nouveau.

Ensuite, il était resté avec son père pendant deux heures tandis qu'il surveillait Autumn, que Chandra avait emmenée au bureau. Sebastian avait pu constater qu'il n'était pas prudent de la faire sauter sur ses genoux juste après son repas.

Il était retourné directement à l'auberge pour se doucher et se changer. Hélas, il sentait encore le lait caillé.

Soudain, on frappa à sa porte. Il jeta un coup d'œil à son sac de linge sale par terre. Il avait été si pressé de rincer le lait de ses cheveux qu'il avait oublié de le sortir dans le couloir, comme l'avait demandé Mariana. Il enfila une chemise, attrapa le sac et ouvrit la porte.

— Tenez. Inutile de vous presser pour me le rapporter.

— C'est bon à savoir, répondit Evy, qui tenait un grand panier en cuir débordant de produits et emballé dans de la cellophane. Je transmettrai. Puis-je entrer ?

— Bien sûr.

Il s'écarta pour la laisser passer.

— Je croyais que c'était Mariana. Elle doit passer prendre mon linge.

— Je devais monter, donc je lui ai dit que je m'occuperais de tout, dit-elle avant de poser le panier sur la table.

— C'est pour moi ? s'enquit Sebastian en observant l'élégant assortiment.

— Oui.

Le sourire d'Evelisse illumina la pièce et son cœur s'emballa. Il dénoua le ruban qui maintenait la cellophane.

— C'est un pot-de-vin pour que je m'en aille ?

— Ça t'aurait vraiment suffi ?

Elle éclata de rire devant son air surpris, puis posa la main sur son bras. Il sentit un courant électrique le parcourir.

— Je plaisante. C'est un cadeau pour te remercier d'avoir choisi de t'installer à l'auberge Sweet Magnolia.

— Je sais que mes demandes de ce matin t'ont peut-être fait

croire le contraire, mais j'apprécie mon séjour. Les coins de draps mis à part, c'est extra.

Elle sourit de plus belle. Ses yeux noisette pétillaient. Pendant un instant, il eut l'impression de flotter et ne put s'empêcher de se demander quel goût avaient ses lèvres appétissantes.

— Qu'avons-nous là ? demanda-t-il en écartant le plastique. Tu es allée au vignoble ?

Il prit une bouteille de muscadine pétillante estampillée Valentine. Ce n'était pas la plus chère, mais il l'adorait.

— Oui, répondit-elle, radieuse. Je choisirai peut-être le pinot ou le chardonnay, à l'avenir. Mais quand j'ai passé commande pour toi le jour de ton arrivée, tu as dit que c'était ton préféré.

Savoir qu'elle s'en souvenait et qu'elle avait choisi cette bouteille juste pour lui le fit sourire. D'un autre côté, ne se rappelait-elle pas ce que tous ses clients aimaient manger pour le petit déjeuner et comment ils buvaient leur café ? Ça faisait partie de son travail. Rien de plus.

Il ouvrit ensuite une petite boîte en fer contenant une demi-douzaine de cookies. La moitié avait la forme de l'auberge et le glaçage reproduisait la façade. Les autres représentaient des fleurs de magnolia avec des pétales blancs, des cœurs jaunes et des feuilles vertes. La boîte et les sachets portaient le logo de la boulangerie de Magnolia Lake. Il en goûta un et murmura, la bouche pleine :

— Ils sont délicieux. On dirait qu'ils sortent du four.

— Ils ont été cuits il y a environ une heure. J'ai eu l'idée de faire un panier le jour de ton arrivée, mais je voulais que les cookies aient la forme de l'auberge et de notre logo : la fleur de magnolia. Il a fallu un peu de temps pour y arriver, donc…

Elle s'interrompit un instant, l'air un peu gêné.

— Qu'y a-t-il ?

— Tu y as pensé *après* mon arrivée ? dit-il avec un sourire. Ça veut dire que c'est un cadeau personnalisé pour moi ?

Il mangea un autre morceau de cookie. Maintenant, il comprenait mieux pourquoi elle lui avait posé toutes ces questions sur ce qu'il aimait manger pendant leurs brefs échanges au petit déjeuner. Ça n'avait pas été un hasard. Elle avait adapté le panier à ses goûts.

— Oui, j'ai envisagé d'offrir un panier de bienvenue à nos clients longue durée après ton installation, bafouilla-t-elle, et comme tu es le premier, je voulais m'assurer que ça te plaise. Mais il s'agit d'un cadeau de la part de l'auberge, pas de moi.

— OK.

Il fit son possible pour réprimer un sourire en fouillant dans le panier pour en sortir une bouteille de bourbon King's Finest et un chèque-cadeau pour un dîner dans le restaurant de la distillerie.

— Puisque tu as l'intention d'offrir ces paniers à d'autres clients, je te remercie d'avoir inclus le vin de ma famille.

— Le vignoble Valentine a de très bons produits. Comme tu le sais, j'ai eu l'occasion d'en déguster plusieurs, répondit Evy, le regard pétillant. Bon, je ferais mieux de te laisser savourer ton assortiment de bienvenue.

Elle prit le sac de linge sale et ajouta :

— Je vais descendre ça à Mariana.

— Merci pour ce cadeau attentionné. Ça me fait plaisir. Mais ça fait beaucoup pour une personne. Tu aimerais m'aider à vider cette bouteille de vin ?

— C'est gentil à toi, mais j'ai beaucoup de choses à faire avant que Mariana rentre chez elle pour la nuit. Une autre fois, peut-être. Par contre, j'ai une faveur à te demander.

— Bien sûr. Ce que tu voudras.

— Je veux que ces paniers soient parfaits, donc j'aimerais ton opinion. Je tiens à avoir la version brutalement honnête estampillée Sebastian Valentine.

Pourquoi le sourire taquin d'Evy lui donnait-il le vertige et faisait-il battre son cœur plus vite ? Tout son être le suppliait de la prendre dans ses bras et de l'embrasser.

— Oui ? Non ? insista-t-elle.

Combien de secondes venait-il de passer en transe tandis qu'il s'imaginait en train d'embrasser cette femme ?

— Oui, pas de souci. Sans problème.

— Super. As-tu besoin d'autre chose ?

Oui. De toi. Ici et maintenant.

— Non, tout va bien. Merci.

Il la raccompagna jusqu'à la porte et l'ouvrit pour elle.

— Bonne nuit, Evy.

Elle sourit brièvement et s'éloigna.

Sebastian passa la main sur son visage et gémit.

Comment Evelisse Jemison parvenait-elle à l'hypnotiser à ce point ?

Bien sûr, sa beauté de femme accomplie ne le laissait pas de marbre. Et ces courbes... Il aurait pu donner une conférence entière sur toutes les raisons qui le poussaient à apprécier les hanches rondes d'Evy, ses cuisses puissantes et ses fesses stupéfiantes. Mais il ne s'agissait pas que d'une attirance physique. Il y avait *quelque chose* chez elle qui l'aimantait d'une manière qu'il n'aurait pas su expliquer.

Dès leur rencontre, il s'était senti détendu avec elle. Comme s'ils étaient de vieux amis qui se retrouvent. Il n'avait pas l'habitude de se sentir aussi bien avec des inconnus. Pas même les personnes aussi belles et captivantes qu'Evelisse Jemison.

Sebastian plaça le vin au réfrigérateur, puis il prit quelques cookies au fond du panier composé avec soin par elle. Il ne put s'empêcher de sourire en songeant qu'il était parfait. Même le contenant – un panier en cuir noir doublé de feutre – avait été sélectionné consciencieusement. Il avait la taille idéale pour ranger ses livres et les magazines professionnels entassés sur la table.

Même si Evy avait tout fait pour prétendre qu'elle n'avait pas passé beaucoup de temps à concevoir ce cadeau, il était clair qu'elle avait réfléchi à ce qui conviendrait le plus à Sebastian. Ce genre d'attention ne la rendait que plus séduisante. Et c'était bien dommage, étant donné qu'ils avaient raté leur moment – à cause de lui, justement.

Mais si jamais Evy lui accordait une seconde chance, il la saisirait sans hésiter.

5

Au volant de la vieille jeep prêtée par sa sœur, Evelisse se gara devant la maison de Kayleigh et Parker. Ce véhicule aurait dû être envoyé à la fourrière dix ans plus tôt. Néanmoins, il était propre et comme la voiture qu'Evy conduisait à L.A. appartenait à son patron, elle était reconnaissante qu'on lui en ait proposé une autre.

— Merci de tenir compagnie à Kayleigh, dit Parker en sortant rapidement du garage pour la rejoindre avant même qu'elle ait coupé le moteur.

Il avait l'air exténué. Il avait coincé sa sacoche sous son bras pour tenter de redresser sa cravate. La golden retriever de Kayleigh, Cricket, le suivait en jappant.

— Quelle est l'urgence, Park ? demanda Evy avant d'enlacer son beau-frère.

Elle l'aida à remettre sa cravate en place.

— Je dois discuter de certaines choses avec mon père avant le conseil d'administration de cet après-midi. Merci d'être venue me remplacer. Je sais que tu es très occupée à l'auberge, mais je ne veux pas laisser Kayleigh toute seule trop longtemps, pour l'instant.

Son amour et son inquiétude sincère pour sa femme firent sourire Evelisse.

Kayleigh et Parker avaient été meilleurs amis pendant leur enfance. Mais après une dispute, ils avaient coupé tout contact. Ils avaient fini par raviver leur amitié d'enfance en faisant semblant de se fiancer pour conclure un accord commercial compliqué quand la famille de Parker avait décidé d'acheter le vieil atelier de Kayleigh et sa bijouterie. L'immeuble délabré avait été rénové et accueillait à présent le restaurant familial King's Finest, un établissement apprécié et toujours bondé. Quant à Kayleigh et Parker, leur amour avait grandi et ils s'étaient mariés.

Evy était heureuse que sa sœur ne soit plus seule. Elle avait un époux attentionné, une meilleure amie qui serait morte pour elle – sa belle-sœur Savannah – et elle faisait partie de l'immense famille Abbott. Ces gens étaient mieux placés pour prendre soin d'elle qu'Evy ou que leurs parents, autrefois.

— Pas de souci, dit-elle. File et salue ta famille pour moi.

— Promis.

Parker ajouta :

— J'ai nourri Cricket mais elle ne s'est pas encore promenée. Je l'emmènerai en balade à mon retour.

— Ne t'en fais pas, je m'en occupe, dit Evy avant de caresser la tête de la chienne. Bonne chance pour ta réunion !

Elle lui fit signe tandis qu'il quittait l'allée en voiture, puis entra par la cuisine et se rendit dans la chambre principale. Kayleigh n'était pas allongée au milieu des oreillers disposés avec soin pour surélever sa jambe cassée et soutenir son poignet blessé.

— Kayleigh ? Où es-tu, ma chérie ? s'enquit Evy après avoir jeté un coup d'œil dans la salle de bains attenante et le vaste dressing.

— Ici ! répondit sa sœur.

Evy suivit sa voix jusqu'à la chambre d'amis.

— Kayleigh !

Elle courut pour aider sa sœur, qui essayait de pousser un carton sur la moquette avec le repose-genou à roulettes sur lequel sa jambe était appuyée.

— Est-ce que tu essaies de te casser autre chose ?

— Bon sang, tu es pire que Parker, soupira Kayleigh. Ce n'est pas si grave que ça. Et puis, entre le rembourrage de l'attelle et la moquette, je ne risque rien, non ?

— Je préfère ne pas chercher à m'en assurer. Qu'est-ce que tu fais ici, d'abord ?

— Puisque je ne pourrai pas aller dans mon atelier avant plusieurs semaines, je pensais installer mes outils ici, dit Kayleigh fièrement.

— Tu veux aménager cette pièce en atelier temporaire ?

Evy examina la chambre puis se tourna vers sa sœur.

— Premièrement, comment espères-tu traîner tout ton matériel ici ? Deuxièmement, le bazar de ton atelier ne rentrera jamais dans un si petit espace. Et troisièmement, tu es censée te *reposer* pour guérir, pas t'agiter encore plus.

— Détends-toi, *maman*.

Kayleigh avait toujours prononcé ce mot de la même voix chantante pendant leur enfance, quand Evy insistait pour qu'elle fasse ses devoirs ou se brosse les dents avant de se coucher. Généralement parce que leur vraie mère était trop occupée à dorloter un homme incapable de survivre sans accaparer toute son attention.

— Je n'ai besoin que de quelques outils pour enfiler des perles et travailler le métal.

— Tu n'as pas entendu la partie « repos » de mes arguments ?

— Je me suis reposée. Mais si je dois encore rester au lit et regarder des rediffusions pendant que Parker papillonne autour de moi, je te jure que je vais devenir folle.

— Te voir toute cassée et couverte de sang après ton accident... Je crois que ça a brisé quelque chose en lui aussi. Il veut juste te protéger.

— Et je l'adore pour ça. J'imagine que je n'ai toujours pas l'habitude de laisser quelqu'un s'occuper de moi...

Elle se cala un peu mieux sur sa jambe valide et s'assit sur son repose-genou avec une grimace.

— Je suis restée seule très longtemps avant de rencontrer Savannah, puis Parker. Du coup, j'ai toujours le réflexe d'essayer de me débrouiller sans aide.

Evy sentit la culpabilité lui ronger l'estomac. Elle passa le bras autour des épaules de sa sœur et appuya sa joue contre son front.

— Je m'en veux tellement de t'avoir abandonnée. J'essayais de fuir le passé et tous mes souvenirs douloureux.

— Je comprends, répondit Kayleigh en haussant les épaules. Papa était exigeant, et maman...

— Papa n'était pas « exigeant », Kayleigh. C'était un homme colérique, alcoolique, narcissique, avec un don pour la maltraitance émotionnelle, qui négligeait sa femme et ses enfants. Et maman l'a préféré à nous. Fin de l'histoire.

Kayleigh et elle n'avaient pas beaucoup d'années d'écart, Mais Evy avait dû agir en adulte très jeune. Ce n'était pas étonnant qu'elles aient gardé des impressions si différentes de leurs parents. Kayleigh avait des souvenirs flous, largement idéalisés au fil du temps. Mais les blessures d'Evy restaient profondes et douloureuses malgré les décennies. Elle avait été heureuse d'apprendre par sa sœur que leur ancienne maison allait être rasée pour construire de nouveaux logements. Elle avait été soulagée à l'idée que le foyer dans lequel elle avait tant souffert allait disparaître. Comme si la démolition pouvait effacer la douleur et le ressentiment qui la rongeaient toujours. Ça n'avait pas été le cas. Mais lorsque sa sœur l'avait appelée pour l'inviter à son mariage... Evy avait compris qu'elle devait trouver un moyen de tourner la page.

Elle avait immédiatement pris rendez-vous avec un thérapeute et le consultait régulièrement depuis un an. Hélas, dans des moments comme celui-ci, le passé revenait la hanter.

— Je sais que c'était plus dur pour toi, admit Kayleigh. Ils attendaient plus de choses de ta part parce que tu es l'aînée. Mais c'étaient nos parents, Evy. Les seuls qu'on aura. Papa était malade et maman faisait juste de son mieux pour sauver son mariage tout en prenant soin de nous.

— Aurais-tu pris les mêmes décisions qu'elle ? Laisser tes enfants de côté pour t'occuper d'un homme qui refuse ton aide malgré tes suppliques ?

— Non. Mais la situation de maman était différente. Elle pensait faire les bons choix, comme vendre des terres familiales à Duke pour nous permettre d'aller à la fac et s'arranger pour qu'il veille sur nous après sa mort.

Elle sourit tendrement en songeant au père de Parker, puis essuya une larme au coin de son œil.

— C'est grâce à ça que nous sommes devenues des femmes fortes et que nous ne nous sommes jamais retrouvées dans la même position qu'elle.

Evy se tourna vers la fenêtre qui ouvrait sur le beau jardin et la piscine. Elle renifla et épongea à son tour les larmes chaudes qui coulaient sur ses joues.

Ses parents étaient morts depuis longtemps. Si Kayleigh avait besoin de chercher du bon en eux pour faire son deuil, Evy n'avait pas le droit de l'en empêcher.

— Tu as peut-être raison, dit-elle en se retournant, un sourire forcé épinglé aux lèvres, avant d'observer la chambre. Donc... un mini-atelier temporaire, c'est ça ? Très bien. Je vais t'aider. Quelle est la prochaine étape ?

Evy était en train de fouiller la cave à la recherche de tables et de chaises. Son téléphone se mit à sonner alors qu'elle venait d'empiler deux sièges.

— Allô ? Evelisse Jemison à l'appareil.

— Salut, Evy. C'est Sebastian... Valentine.

Il avait son numéro depuis un an et c'était aujourd'hui qu'il décidait de l'utiliser ?

— Salut, Sebastian. Y a-t-il un problème à l'auberge ?

— Non, je voulais juste te dire que j'apprécie beaucoup le panier. Tout ce que j'ai goûté jusqu'à présent était délicieux.

— Super. Ça me... *nous* fait plaisir.

Elle fit le tour de la cave à la recherche d'un siège confortable pour l'atelier improvisé de Kayleigh. Elle aperçut une pile de cartons étiquetés Affaires de papa. C'était l'écriture de Kayleigh. Evy ne pensait pas qu'elle avait gardé certaines possessions de leurs parents. Elle ouvrit un des cartons et jeta un coup d'œil à l'intérieur.

— Est-ce que je peux faire autre chose pour toi ?

— J'espérais pouvoir te parler en personne, mais Mariana a dit que tu t'étais absentée.

La voix de Sebastian était profonde et sexy. Un courant électrique parcourut l'échine d'Evy.

— Je tenais à m'assurer que tu ne t'étais pas enfuie à L.A. de nouveau.

— Navrée de te décevoir, Valentine, mais je suis plus solide que ça. Je suis chez ma sœur. Mon beau-frère m'a demandé de rester avec elle pendant qu'il participe à une réunion. Et elle insiste pour que je l'aide à installer un atelier temporaire dans une des chambres d'amis.

— Ça doit représenter beaucoup de travail.

Il s'interrompit plusieurs secondes.

— Si jamais tu as besoin d'un coup de main, je suis libre cet après-midi.

Evy arrêta de fouiller dans le carton.

— C'est très gentil, Sebastian. Mais tu es un client. Je ne peux pas te demander de trimballer des meubles.

— Je ne suis pas qu'un client, Evy. Je suis aussi le cousin de Parker et j'aimerais t'aider.

Elle souleva un angle de la lourde table qu'elle avait choisie et comprit qu'il faudrait être deux pour la porter à l'étage.

— Dans ce cas, merci. Je veux bien un coup de main.

— Envoie-moi l'adresse par texto. Je serai là dans une demi-heure.

— Si j'envoie à Daniel une liste de matériel à récupérer à l'atelier de Kayleigh, tu crois que tu pourrais les prendre en passant ?

— Bien sûr. Préviens-moi quand ce sera prêt.

Evy remercia Sebastian et raccrocha, plus excitée qu'elle aurait dû l'être à l'idée de le revoir. Elle envoya ensuite un message à Daniel avec la liste du matériel dont Kayleigh allait avoir besoin. Elle referma le carton et le poussa avant de se plonger dans le contenu du suivant. Elle en sortit une besace marron portant les initiales de son père. Elle passa la main sur le cuir poussiéreux et usé, puis avala péniblement sa salive.

C'était le dernier cadeau d'anniversaire qu'elle lui avait offert. Il avait protesté, disant qu'il travaillait dans une usine et qu'il n'avait pas besoin de ce genre de sac. Evy avait eu le cœur brisé. Elle avait claqué la porte, était montée dans sa vieille voiture rouillée et était partie. Plus tard, à son retour, son père avait assez dessoûlé pour l'enlacer et la remercier pour le sac ainsi que la carte sur laquelle elle avait écrit :

Il n'est jamais trop tard pour suivre tes rêves, papa. Tu peux devenir tout ce que tu veux. Je crois en toi.

Elle avait glissé dans la besace quelques brochures et formulaires d'inscription pour des écoles de commerce ainsi que l'université locale de Gatlinburg.

C'était l'un des rares bons souvenirs qu'elle gardait de son père. Elle serra le sac contre elle un instant, surprise de voir qu'il semblait avoir été utilisé. Elle le posa ensuite sur une chaise et monta le tout au rez-de-chaussée où l'attendait Kayleigh.

— C'est le sac de papa, dit-elle. Où l'as-tu trouvé ?

— Dans un des cartons de la cave. J'y ai jeté un coup d'œil, j'espère que ça ne te gêne pas.

Evy prit un chiffon humide pour dépoussiérer la chaise avant d'asseoir sa sœur dessus.

— Je sais qu'il n'a pas eu l'air d'apprécier ce cadeau sur le moment, mais il l'a toujours chéri, murmura Kayleigh avec un sourire en caressant le cuir souple. Il s'en servait tout le temps après ton entrée à la fac. Je pense que c'était une manière pour lui de garder une partie de toi présente. Surtout quand tu as cessé de revenir pour les vacances.

Le fait que leur père ait été gentil et aimant durant ses rares moments de sobriété ne fit qu'aggraver la colère d'Evy en songeant à toute la méchanceté qui lui avait donné l'impression de ne rien valoir.

— Tu le haïssais vraiment, n'est-ce pas ? demanda sa sœur.

— Honnêtement ? J'ai passé presque toute mon adolescence à souhaiter qu'il ne soit jamais né.

— S'il n'avait pas été là, nous non plus n'aurions pas été là.

— À l'époque, il m'est arrivé de penser que ça n'aurait pas été si mal…

Dire ceci était douloureux. Jamais Evy n'avait admis ça devant sa sœur, avant.

Un silence tendu tomba sur elles.

— Tu as déjà envisagé de… Est-ce que tu as essayé… ? bafouilla Kayleigh.

— Qu'est-ce que ça change, maintenant ? C'était dans une autre vie.

— Alors, le jour où tu as été conduite aux urgences… Maman a dit que c'était une intoxication alimentaire…

Evy se tourna vers la fenêtre, les yeux fermés. Elle pensa à cette nuit. Elle avait été si triste, si déprimée qu'elle avait avalé des cachets dans l'espoir de ne pas se réveiller.

Elle essuya ses larmes, toujours dos à sa sœur pour ne pas voir sa réaction, et avoua :

— J'avais pris les somnifères de maman.

— Je suis désolée, Evy. Je savais que tu étais malheureuse, mais tu m'as tant protégée. Je n'imaginais pas que c'en était à ce point, dit Kayleigh, la voix brisée. Je comprends mieux pourquoi tu as eu besoin de t'échapper. C'était nécessaire pour protéger ta santé mentale. Ne te sens jamais coupable d'avoir placé ça en premier. J'aurais juste voulu que tu m'expliques.

— Tu avais tellement peur, après ça. Je me souviens que tu me serrais dans tes bras en pleurant. Tu t'es accrochée à moi pendant des jours et tu ne me laissais pas m'éloigner. Je pense que, instinctivement, tu as toujours su.

Evy renifla et épongea de nouvelles larmes.

— Je suis partie parce que je n'étais pas certaine de ne pas recommencer. Je n'arrêtais pas de penser que tu serais dévastée si tu me retrouvais. Je ne pouvais pas courir le risque de te faire subir ça, Kayleigh.

Elle se tourna enfin vers sa sœur.

Kayleigh avait les yeux et les joues rouges, le visage ruisselant de larmes. Elle tendit sa main indemne. Evy la serra et se laissa entraîner dans un câlin à un bras.

— Je me moquais que tu sois ici, à L.A. ou à Tombouctou. Ça m'aurait brisée de toute manière. J'aurai toujours besoin de ma grande sœur. *Toujours*. Alors promets-moi de me parler si tu te sens de nouveau seule et désespérée, Evy. *S'il te plaît*.

— Je te le promets. Mais mentalement et émotionnellement, je me sens mieux que jamais. Grâce à toi.

— Moi ? Comment ça ?

— Tu m'as demandé d'assister à ton mariage. Tu m'as donné une seconde chance d'avoir une famille et une sœur. Je ne pouvais pas te laisser tomber. Ça m'a poussée à voir un psy. Lorsque je suis revenue à la maison pour la première fois, j'avais besoin d'anxiolytiques. Depuis, j'ai appris à contrôler mon angoisse grâce à la thérapie et à d'autres méthodes. Je suis aussi capable de savoir quand ça ne suffit pas.

Kayleigh se redressa et lui sourit.

— Tant mieux. Je t'aime, grande sœur.

— Moi aussi… En fait, je t'aime tant que je viens de mobiliser une équipe pour nous aider à installer ton atelier. Avec un peu de chance, on aura fini avant le retour de Parker.

— Qui as-tu appelé ? s'enquit Kayleigh en ouvrant de grands yeux.

— Daniel est chargé de rassembler ton matériel. Sebastian va l'apporter et il me donnera un coup de main.

— Sebastian, hein ?

— Ne commence pas. Je t'ai dit qu'il n'y a rien entre nous. Il m'a appelée pour autre chose. Quand je lui ai dit ce que je faisais, il a voulu aider ses cousins. C'est aussi simple que ça.

L'après-midi promettait déjà d'être épuisant. Alors, pourquoi avait-elle déjà des papillons dans le ventre à l'idée de voir Sebastian ?

6

Sebastian déchargea les caisses en plastique que Daniel avait empilées dans le coffre de sa BMW. La plupart contenaient des fournitures de bijouterie : fils métalliques, perles, lacets en coton et en cuir, ainsi que de nombreux outils. Il gravit les marches du porche pour sonner à la porte.

À peine avait-il posé le pied sur la première marche que la chienne de Kayleigh, Cricket, annonça son arrivée. Il entendit des pas et la porte s'ouvrit. Evy portait une tenue décontractée : un simple T-shirt blanc ajusté sous une chemise à carreaux verts trop grande et un jean moulant usé qui épousait chacune de ses courbes délicieuses.

Il était presque certain d'être en train de saliver. Dès qu'il la voyait, il sentait des feux d'artifice éclater dans sa tête.

— Bonjour, Sebastian, dit-elle avec un sourire innocent et hypnotique. Merci d'avoir apporté les affaires de Kayleigh.

Sebastian sortit de sa transe lorsqu'elle voulut prendre une des caisses. Il s'y accrocha fermement.

— Dis-moi juste où les poser.

Elle le conduisit dans une chambre d'amis.

— Tu peux les laisser là.

Il obéit, puis caressa Cricket qui agitait la queue.

— Ça fait plaisir de te revoir, ma fille. Tu prends bien soin de ta maman ?

Il leva les yeux et vit qu'Evy l'observait avec un sourire qui fit battre son cœur plus vite.

Comment pouvait-il à la fois se sentir comme un adolescent amoureux et si à l'aise avec cette femme ? Il ne pouvait pas expliquer ce paradoxe, même après avoir passé les dernières nuits à tenter de résoudre l'énigme Evelisse Jemison.

— Où est Kayleigh ? l'interrogea-t-il en se levant, les mains dans les poches. Je pensais qu'elle superviserait le projet.

— Elle aimerait bien, mais les douleurs sont revenues après sa douche. Elle a pris un cachet et s'est endormie. Heureusement, on avait déjà établi un plan. Donc, je sais *exactement* où installer son matériel.

Evy lui montra un croquis grossier de la chambre.

— On aura peut-être fini avant que la Belle au bois dormant se réveille. Je peux regarder ce schéma ?

Evy le lui confia de mauvaise grâce.

— Je ne suis pas douée pour le dessin…

— Moi si, autrefois, dit-il en examinant le plan.

— Pourquoi as-tu arrêté ?

— Je voulais faire des études d'art, mais ma grand-mère insistait pour que je prenne les choses au sérieux si je voulais prouver ma valeur. J'ai fini par viser la place de P-DG de l'entreprise. Je suis devenu aussi sévère et austère qu'elle, parce qu'elle pensait que c'était la seule manière de se faire respecter dans le monde des affaires à majorité blanche.

Il se surprit lui-même. Il n'avait jamais formulé la chose ainsi – encore moins à haute voix.

— Je suis désolée, Sebastian. On devrait tous être libres d'explorer les domaines qu'on aime – que ce soient les affaires ou la création – sans porter un tel fardeau. Ça fait du mal et ça nous bride, individuellement et culturellement.

Evy soupira. Elle comprenait à quel point affronter le racisme ordinaire et les stéréotypes pouvait être épuisant.

— J'espère que tu auras le temps de dessiner pendant ton séjour, ajouta-t-elle.

— Quand j'étais plus jeune, j'étais passionné par l'art. La perte de gens que j'aimais dans mon enfance m'a poussé à vouloir immortaliser chaque instant. Mais j'ai fini par devenir blasé. Ça fait longtemps que je n'ai plus d'inspiration. Si j'ai eu du talent un jour… je pense qu'il s'est tari.

— Tu ne le sauras qu'en essayant, dit-elle en posant gentiment la main sur son bras, les yeux fixés sur lui. Et j'aimerais beaucoup voir un de tes dessins.

Sebastian se figea. Son cerveau était incapable de fonctionner, tout comme ses cordes vocales. Il rendit le plan à Evy et frappa dans ses mains.

— Donc… On doit chercher des meubles à la cave, non ?

— Oui. Suis-moi.

Elle plia la feuille pour la glisser dans sa poche.

Ils montèrent du sous-sol une lourde table, deux tabourets de bar capitonnés, deux lampes de travail et une méridienne. Enfin, ils installèrent une petite bibliothèque en bois dans un coin avant de disposer avec soin le matériel rapporté de l'atelier.

Lorsqu'ils eurent fini, Sebastian examina la pièce.

— C'est magnifique. Tu as un don pour tirer le meilleur parti de ce que tu as sous la main.

— On est obligé d'apprendre, quand on grandit dans une famille pauvre, dit-elle avec une pointe d'amertume.

— Je suis désolé. Je n'ai pas pensé à…

— Ce n'est rien, Sebastian.

Elle sourit, l'air tendu.

— Est-ce que tu veux de l'eau ou une bière ?

— Une bière, ce serait parfait.

— Viens.

Elle le conduisit dans la cuisine et ils se lavèrent les mains. Elle attrapa ensuite une bière dans le frigo et l'ouvrit. Leurs doigts s'effleurèrent quand elle la lui tendit et des frissons remontèrent le long du bras de Sebastian. Il faillit lâcher la bouteille.

— Parker va revenir avec un autre pack et de la pizza. Mais tu dois avoir prévu de retrouver ta famille, ce soir…

— Non, dit-il très vite.

Les yeux d'Evy se mirent à pétiller.

— Dans ce cas, veux-tu manger avec nous ?

Ses joues rosirent, prenant la teinte du gloss qui l'avait tourmenté tout l'après-midi.

— Avec plaisir, dit-il avant de boire une gorgée.

— Super. Je préviens Parker.

Elle sortit son téléphone, envoya un message et le rangea dans sa poche arrière avant de jeter un coup d'œil au contenu du frigo. Sebastian ne put s'empêcher de regarder ses fesses rebondies.

Il avala le reste de sa bière dans l'espoir de faire baisser sa température.

Cricket les rejoignit, tenant sa laisse dans sa gueule. Elle la lâcha aux pieds d'Evelisse et s'assit.

— Oh ! je suis désolée, ma chérie. J'ai promis à Parker de te faire sortir avant son retour, mais avec l'installation de l'atelier, j'ai oublié.

Elle consulta sa montre et ajouta :

— On peut peut-être faire une balade rapide maintenant ?

Cricket aboya et agita la queue. Evy lui passa sa laisse avant d'enfiler son manteau.

— Je n'en ai pas pour longtemps et Parker sera bientôt là. Je peux te mettre un film ou la chaîne sportive, si tu veux.

— La nuit tombe, remarqua Sebastian en regardant par la fenêtre. Tu ne devrais pas sortir seule.

— Je ne serai pas seule : Cricket me protégera.

Elle gratta les oreilles de la chienne.

— Elle est vieille, mais elle a encore du caractère, reprit-elle en riant. Comme moi.

— D'abord, tu n'es pas vieille. Et ensuite, je t'accompagne.

— Très bien. On ne va pas s'éloigner, mais je préfère laisser un mot à la Belle au bois dormant, au cas où elle se réveille.

Sebastian enfila sa veste et attendit. Cette journée n'était pas le rendez-vous dont il avait rêvé, mais il avait apprécié de mieux connaître Evy. La facilité avec laquelle il s'ouvrait à elle l'étonnait toujours. Ils n'étaient peut-être pas prêts pour une relation, et alors ? Ils pouvaient au moins construire une amitié solide.

Cependant, en marchant avec cette femme fascinante dans la lumière déclinante, il comprit qu'il se mentait.

Être l'ami d'Evy ne lui suffirait jamais. Hélas, pour l'instant, c'était tout ce qu'il pouvait espérer.

À la fin de la soirée, Evelisse avait l'impression de flotter sur un nuage quand elle sortit dans l'air frais d'automne et observa les étoiles dans le ciel noir.

À son réveil, sa sœur avait été ravie par son nouvel atelier à domicile. Ils avaient fêté ça avec de la pizza et des bières, puis avaient regardé ensemble la sixième ou septième suite d'un de ces films d'action où les héros ont plus de vies que les chats. En dépit des explosions et des poursuites en voiture, Kayleigh avait fini par se rendormir.

Après le film, Sebastian avait insisté pour aider Evy à ranger la cuisine pendant que Parker portait sa femme au lit.

Sebastian Valentine était décidément plein de surprises.

De prime abord, elle l'avait pris pour un homme hautain, grincheux et exigeant, habitué à régenter son monde. Mais plus elle en apprenait sur Bas, plus elle comprenait qui il était vraiment. Comme elle, il avait subi des blessures profondes et des traumatismes familiaux indélébiles. Il avait aussi lutté pour trouver sa place. Au fond, ils essayaient désespérément de prouver leur valeur.

Ça la rendait triste pour eux deux. Mais elle se consolait aussi en sachant que quelqu'un d'autre pouvait comprendre sa douleur, ce que même sa petite sœur n'arrivait pas à faire. Malheureusement, en dépit de ce lien, ils ne pouvaient pas espérer partager plus que de l'amitié.

Après la fin d'une relation de près de six ans, Evy refusait de revivre cette torture. Si elle se remettait en couple, ce serait avec quelqu'un qui serait sur la même longueur d'onde qu'elle. Quelqu'un qui voudrait bâtir un amour durable. Quelqu'un qui voudrait être avec elle, *et seulement elle*.

La façade sévère et agressive de Sebastian n'était pas qu'un rôle pour lui. À présent, Evy comprenait que c'était sa manière de se défendre contre la souffrance et les traumas.

Elle ne pouvait pas lui en vouloir. Mais il avait baissé ses défenses avec elle, juste assez pour lui montrer la profondeur de ses émotions et de sa gentillesse. Des traits qu'il semblait vouloir cacher à tout prix.

Repoussait-il les gens consciemment ? Ou bien était-ce un simple réflexe ?

Quoi qu'il en soit, ce n'était pas à elle de panser les plaies de tous les hommes brisés, du Tennessee à la Californie.

Après avoir dit au revoir à Parker, Sebastian la raccompagna jusqu'à sa voiture. Ils souriaient tous les deux comme ils l'avaient fait durant le plus gros de la soirée.

— Un vrai modèle classique, dit-il en indiquant la vieille jeep de Kayleigh.

— C'est une façon de la décrire, dit-elle en gloussant.

Elle tourna la clé. Le moteur refusa de démarrer. Elle réessaya une fois, deux fois. Sebastian finit par lever la main.

— Attends un peu. Tu risques de noyer le moteur. Tu as déjà eu des problèmes avec ?

— La Cricketmobile a engrangé pas mal de kilomètres, donc elle est parfois caractérielle. Mais elle n'a jamais refusé de démarrer comme ça.

Elle sortit de la voiture en claquant la portière, agacée.

— Rentre à l'auberge, dit-elle. Je vais demander à Parker d'appeler une dépanneuse.

— On va au même endroit. Je peux te raccompagner. De toute manière, aucun garagiste n'interviendra avant demain.

— Mariana ne travaille pas demain et je ne peux pas me permettre de prendre une autre journée de congé. J'espère qu'elle pourra rester le temps que la dépanneuse arrive. Tu n'as pas besoin d'attendre avec moi, Sebastian. Tout ira bien.

— Prends ma voiture et va libérer Mariana. J'attendrai ici à ta place.

— Tu veux que je conduise ta BMW ? demanda-t-elle, stupéfaite.

— Ce n'est qu'une voiture, Evelisse.

Il tira la clé de son jean sombre qui épousait ses muscles à la perfection et la lui fourra dans la main.

— Je suis sûr que Mariana est épuisée. Tu devrais y aller. Je vais demander à Parker dans quel garage il veut qu'on dépose la jeep.

Evy jeta un coup d'œil à sa montre. Si elle partait tout de suite, elle arriverait un quart d'heure avant la fin du service de Mari, à temps pour entendre son rapport de fin de journée.

— Comment vas-tu rentrer à l'auberge ?

— C'est mon affaire.

Il la conduisit jusqu'à sa voiture et lui montra rapidement les options.

— Vas-y, insista-t-il. Je te rejoins dans une heure.

Evy le remercia encore et se mit en route.

Oui, Sebastian était vraiment plein de surprises.

7

Sebastian n'en eut pas pour une heure, mais plutôt deux. Finalement, un chauffeur arriva pour remorquer la voiture au garage d'Elias, le cousin de Justin.

Sebastian avait patienté en interrogeant Parker, qui était le directeur financier de la distillerie King's Finest.

Ce n'était pas qu'il doutait des compétences de Nolan… Son frère avait été très doué comme directeur financier de la filature, mais maintenant que sa famille se lançait dans la production de vin, elle devait s'adapter à un autre milieu. Les Abbott, eux, étaient spécialistes de cette industrie depuis cinquante ans.

Pourquoi ne pas s'appuyer sur leur expertise ?

Après le départ de la dépanneuse, Parker proposa à Sebastian de le raccompagner à l'auberge. Ils n'étaient pas du genre à bavarder inutilement et le trajet se déroula dans un silence agréable.

Soudain, Parker lança :

— Alors… Evy.

Il ne dit rien de plus. Ce n'était pas nécessaire.

Sebastian réfléchit quelques instants, un peu gêné.

— C'est une personne formidable.

— En effet. Kayleigh et elle ne se sont pas parlé pendant des années. Je suis content qu'elles aient repris contact et qu'Evy ait accepté de revenir à Magnolia Lake, donc…

— Tu ne veux pas que quelque chose, ou *quelqu'un* gâche tout, acheva Sebastian à la place de son cousin.

Parker sourit, les yeux fixés sur la route.

— Exactement.

Evy avait clairement dit à Sebastian que rien ne pourrait se passer entre eux. Il était inutile de protester. Hélas, en dépit de cette logique, Sebastian se sentit obligé d'insister :

— Tu n'as pas envie que ta belle-sœur sorte avec moi ?

— Si je pensais que tu étais sérieux et que tu avais l'intention de rester, tu aurais ma bénédiction. Mais ce n'est pas le cas. Et qu'est-ce que tu laisserais à Evy, alors ?

Beaucoup de satisfaction.

Ces paroles lui vinrent immédiatement à l'esprit mais il eut la sagesse de ne pas les prononcer. S'il avait eu cette discussion avec un de ses frères, il lui aurait gentiment dit d'aller se faire voir.

Evy et lui étaient adultes. Ils avaient le droit de faire ce qu'ils voulaient. Mais même si Parker faisait partie de sa famille, ils ne se connaissaient pas encore très bien.

— Je m'en souviendrai.

Il jeta un coup d'œil à son cousin, toujours concentré sur la route sombre devant eux.

Parker fronça les sourcils et regarda un instant Sebastian avant de soupirer. Il secoua la tête.

— C'est une manière de dire : « Je n'ai pas l'intention de t'écouter », n'est-ce pas ?

— Pas tout à fait, dit Sebastian en riant. J'apprécie Evy. Je ne le nie pas. Mais j'ai déjà tenté ma chance et elle n'était pas intéressée. Fin de l'histoire.

— Pourtant, tu as passé l'après-midi à remonter des meubles de ma cave. Ça ne ressemble pas à un type qui a laissé tomber. De plus, vous n'avez pas arrêté de vous dévorer des yeux, ce soir.

Il a raison.

Sebastian n'avait pas pu se détacher d'Evy, en dépit de ses efforts.

— Attends… Tu veux dire qu'elle me regardait aussi ?

Il n'avait pas eu l'intention de trahir son espoir à ce point. Hélas, en ce qui concernait Evelisse, son cerveau cédait le contrôle au reste de son corps.

Parker lui jeta un coup d'œil en coin tandis qu'ils approchaient de l'auberge. Il se gara devant la porte.

— Écoute, il est clair que vous êtes majeurs et que je n'ai pas mon mot à dire. Tout ce que je sais à ton sujet me laisse penser que tu es un homme bien. Mais il s'agit en quelque sorte de ma sœur et je te demande de ne pas me donner tort.

— Compris.

Sebastian sortit de la voiture et souhaita une bonne nuit à Parker. Il observa l'auberge illuminée et soupira.

Son cousin avait raison. Evy était spéciale. Les liens entre sa famille et les Abbott auraient rendu la situation encore plus gênante si les choses tournaient mal entre eux. Il allait donc devoir se contenter de compter la remarquable Evelisse Jemison parmi ses amis, et rien de plus.

Devant la chambre de Sebastian, Evy se passa la main dans les cheveux. Elle aurait dû jeter un coup d'œil dans le miroir avant de monter.

Elle avait été tellement concentrée sur son inventaire qu'elle ne l'avait pas entendu rentrer. Lorsqu'il lui avait envoyé un message pour lui dire qu'il était là, elle était plongée dans une commande d'épicerie. À présent, prête à frapper à sa porte, elle regretta d'avoir déménagé des meubles poussiéreux toute la journée : elle aurait aimé se sentir propre.

Détends-toi. Tu lui rends sa clé de voiture. Ce n'est pas un rencard.

Elle frappa, des papillons dans le ventre.

— Salut, dit-il en ouvrant avant de la laisser entrer.

Il portait un T-shirt blanc et un pantalon de jogging gris.

— Salut.

Elle se mordit la lèvre et s'obligea à détourner les yeux de la bosse évidente qui se devinait sous sa ceinture. Elle faillit gémir et murmurer : « Oh ! mon Dieu. » Pourvu que ça ne soit arrivé que dans sa tête…

— Désolée de ne pas t'avoir rejoint plus tôt. Je ne voulais pas garder ta clé en otage.

— Pas de souci. Ça m'a permis de prendre une bonne douche chaude.

Arrête d'imaginer son corps musclé nu sous l'eau.

Sebastian n'eut pas l'air de remarquer son trouble.

— Mon corps me rappelle que je n'ai plus vingt ans, dit-il en faisant rouler son épaule gauche.

Le bas de son T-shirt se souleva et dévoila une bande de peau au niveau de son ventre, ainsi que le duvet qui disparaissait sous son pantalon.

Evy ferma les yeux et se retint de mordre son poing.

C'était elle qui avait refusé ses avances et elle le regrettait sincèrement, maintenant.

— Je te comprends, dit-elle en massant sa propre épaule. Bref, je…

— Viens ici.

Elle le dévisagea un moment sans comprendre. Ses tétons se tendirent et elle sentit un poids peser au creux de son ventre, attisé par les vibrations de cette voix grave.

— Mon ex-femme avait toujours mal au dos et aux épaules. J'étais doué pour chasser les nœuds, dit-il en agitant les doigts. Ça fait longtemps… Voyons si je sais encore faire.

Evy s'approcha et se tourna dos à lui.

— Où as-tu mal ?

— Au niveau des épaules, ici, et dans les lombaires.

Elle lui montra les points sensibles. Lorsque Sebastian posa ses grandes mains sur ses épaules et commença à masser ses muscles fatigués, elle dut se retenir pour ne pas gémir. C'était si bon…

— Juste là ?

— Oh ! mon Dieu, *oui*. C'est ça.

— Tu es super tendue.

Il se pencha à son oreille et murmura :

— Relax, Evy. Ce n'est que moi.

Un sourire involontaire lui monta aux lèvres et elle soupira.

— Bien mieux, remarqua Sebastian en poursuivant son massage.

Maintenant qu'elle était plus calme, elle savourait encore davantage les mouvements de Sebastian. Elle expira, laissant sa tête retomber en avant comme une poupée de chiffon.

— Tu ne mentais pas. Tu es *vraiment* doué pour ça.

— Attends que je m'occupe de tes lombaires.

Il descendit les mains en pressant ses pouces de part et d'autre de sa colonne. D'un coup, elle se crispa de nouveau.

— Inspire profondément et expire lentement, lui dit-il, son souffle chaud mentholé tout contre son oreille. Voilà.

Il effaça en douceur les tensions au bas de son dos.

Evelisse était à deux doigts de fondre de plaisir quand il écarta ses mains sans prévenir. Elle réprima un caprice de petite fille qu'on chasse du rayon jouets d'un grand magasin.

— Ça va ? demanda-t-il.

— C'était jouissif, répondit-elle d'une voix rêveuse.

Comprenant ce qu'elle venait de dire, elle rouvrit les yeux et sentit ses joues s'embraser. Elle se tourna face à lui.

— *Figurativement*, bien sûr. Pas…

Elle s'éclaircit la voix tandis que son cerveau lui criait de se taire.

— Je voulais dire, merci. Je me sens bien mieux.

Les yeux sombres de Sebastian se mirent à pétiller.

— Prends deux ibuprofènes et une douche chaude ou un bain. Tu seras en pleine forme, demain.

Cette fois, elle les imagina ensemble sous la douche.

Cette visite tournait mal. Il était temps de partir.

— Je le ferai, merci. Bonne nuit.

Elle se précipita vers la porte, mais il la rappela.

— Evelisse ?

— Oui ?

— Je crois que tu as oublié…

— Ta clé.

Elle se frappa le front, plus gênée que jamais, puis tira la clé de sa poche arrière et la déposa dans la main tendue de Sebastian. Leurs doigts s'effleurèrent un instant et une étincelle lui piqua la peau. Il dut la sentir aussi.

Ils avaient échangé un choc d'électricité statique, c'était tout. Alors pourquoi avait-elle l'impression qu'il remontait à présent le long de son bras ?

Sebastian se racla la gorge et glissa la clé dans sa poche. Evy ne put s'empêcher de regarder cette fichue bosse, qui la provoquait intentionnellement – elle l'aurait juré.

Elle redressa les épaules et essaya de se calmer. Ils avaient passé la journée ensemble. Elle n'avait aucune raison de perdre ses moyens devant lui, d'un coup.

— Merci encore pour ton aide, aujourd'hui. Je n'aurais jamais pu faire ça toute seule. Et j'adore mon beau-frère, mais si j'avais dû installer l'atelier avec lui, il aurait remis en question chacune de mes décisions. On se serait étranglés mutuellement avant d'avoir fini.

Ils éclatèrent de rire. La tension qu'elle ressentait s'allégea.

— C'était gentil de renoncer à ton après-midi pour nous donner un coup de main. Sans compter le prêt de ta voiture en attendant la dépanneuse... Tu m'as sauvé la vie, Sebastian. Je ne peux pas te remercier assez pour tout ça.

Elle l'enlaça et s'abandonna à la chaleur de ses bras solides.

— Tu es une sœur formidable, Evy. Ce n'est pas étonnant que Kayleigh t'adore.

— J'ai beaucoup à me faire pardonner. Je suis juste contente qu'elle ne m'en veuille pas d'avoir passé tant d'années loin d'elle et de cette ville.

Ses yeux se mirent à piquer et elle entendit sa voix se briser.

— Tu devrais faire comme elle et t'accorder un peu de répit.

Sebastian recula et posa les mains sur ses bras tout en la contemplant. Son regard était tendre et compréhensif.

— Nous réagissons tous différemment face aux épreuves. Tu

as fait de ton mieux, à l'époque, et tu es là pour elle maintenant. C'est tout ce qui compte.

— Merci, Sebastian. J'avais besoin de l'entendre.

Elle déposa un baiser sur sa joue, au coin de sa moustache.

Un parfum chaud et subtil d'agrumes et de bois émanait de sa peau fraîchement lavée. Elle aurait voulu presser son nez contre son cou et inhaler son odeur. S'en imprégner, la graver dans sa mémoire.

Elle recula à contrecœur, les yeux fixés sur ses lèvres. Sebastian ne la laissa pas s'éloigner totalement et inclina la tête. Sa bouche flotta un instant au-dessus de la sienne, comme s'il attendait sa permission.

Evy se plaqua contre lui et l'embrassa. Elle l'enlaça et enfonça les doigts dans la peau encore humide de son dos, sous son T-shirt.

Sebastian prit son visage dans le creux de sa paume et l'invita à redresser la tête. Ce fut un baiser doux, curieux, un peu intimidé. Elle le serra plus fort et poussa un petit gémissement quand elle sentit son sexe dressé contre son ventre.

Il effleura sa langue avec la sienne, chaude et mentholée. Elle soupira doucement. Elle adorait cette sensation.

Soudain, son téléphone sonna. Elle reconnut la tonalité des appels transférés depuis la ligne fixe de l'auberge.

Elle s'écarta, la peau en feu et le cœur battant, et sonda le regard de Sebastian.

— Je suis désolée, dit-elle. Je n'aurais pas dû… Je ne voulais pas…

Elle s'interrompit, avala sa salive, et reprit :

— Je dois prendre cet appel. Donc… Je vais te laisser.

— Bien sûr. Bonne nuit, Evelisse.

Elle lui dit au revoir et quitta précipitamment la chambre pour décrocher. Hélas, le répondeur s'était déjà enclenché.

Elle faillit percuter une des clientes en s'engouffrant dans l'escalier. Mme McConley jeta un coup d'œil en direction de la porte de Sebastian et lui sourit d'un air entendu.

— Vous voilà, ma chère. Je viens de vous appeler.

— Non, ce n'est pas… Je veux dire, je rapportais des affaires à M. Valentine.

Evy s'éclaircit la voix, espérant que son gloss n'était pas étalé sur tout son visage.

— Si vous le dites, ma chère, répliqua Mme McConley en haussant les sourcils. C'est un bel homme.

Evy aurait voulu se rouler en boule et disparaître dans le sol. C'était exactement pour ça qu'elle devait rester professionnelle avec Sebastian. Non seulement sa réputation était en jeu, mais celle de l'auberge aussi.

— Vous aviez besoin de quelque chose, madame McConley ?

— Avez-vous regardé les informations, ma chère ? Une grande tempête de neige approche. On dit que les aéroports vont être fermés quelques jours. Je n'ai pas envie de vous quitter, mais nous devons agir tant qu'il est temps. Harlan a réussi à nous trouver des places sur un vol demain après-midi, donc nous partirons dès le matin. Je comprendrais que vous facturiez un surplus en cas de départ anticipé, évidemment.

— Votre sécurité passe avant tout. Nous avons envie de vous revoir l'an prochain, vous savez.

Elle sourit à la vieille femme, mais sous son air placide, son cœur battait la chamade et son cerveau tournait à cent à l'heure. Elle réfléchissait déjà à tout ce qu'elle devrait faire pour préparer l'auberge à essuyer sa première tempête.

— Harlan et moi avons déjà décidé de revenir dans votre charmante auberge au printemps, la rassura Mme McConley. Voulez-vous faire le nécessaire pour notre départ ?

— Tout sera prêt demain matin.

— Parfait. Je vous laisse. Et au cas où nous ne le voyions pas demain, faites nos adieux au charmant M. Valentine.

La vieille femme lui adressa un clin d'œil, puis entra dans la suite nuptiale, à l'autre bout du couloir.

Evy passa une main sur son visage et grogna. Elle jeta un dernier coup d'œil à la chambre de Sebastian avant de descendre en courant. Elle avait eu raison de ne pas vouloir sortir avec un client. Pas même un homme aussi gentil, attentionné et délicieusement sexy que Sebastian Valentine.

Elle était là pour travailler. Elle allait mettre à jour la réservation des McConley, avaler deux antidouleurs et prendre un long bain en consultant la météo sur sa tablette pour mettre en place son plan d'action.

Les hivers étaient souvent doux dans la région de Magnolia Lake. Ce genre de tempête était rare. Pourvu que Mme McConley ait exagéré, paniquée par les annonces. Quoi qu'il en soit, elle allait établir sa stratégie et serait prête quand la neige arriverait.

8

Sebastian s'était réveillé épuisé. Son cerveau avait repassé en boucle son baiser avec Evy, dans les moindres détails. Il avait envisagé d'aller dans la salle de sport ou de se promener dans l'air frais pour se changer les idées. Mais il était resté au lit, les yeux fixés sur le plafond, imaginant ce qui aurait pu se passer si le portable d'Evy n'avait pas sonné au mauvais moment.

Il se leva plus tard que d'habitude, encore embrumé malgré sa grasse matinée. Son sommeil avait été trop agité.

Il se sentait coupable. En dépit de leurs sourires et de leur flirt, Evy avait été très claire : elle ne voulait pas de liaison. Donc, il n'aurait jamais dû l'embrasser.

Il n'avait pas aidé Evelisse et sa sœur dans l'espoir de la faire changer d'avis. Il l'avait fait parce qu'il appréciait Evy et parce qu'elle avait eu besoin de lui. Il avait tenu à être là pour elle.

Alors, pourquoi était-il si troublé par la soirée de la veille ?

Sebastian se doucha et s'habilla. Il lut ensuite pendant une heure – cette activité avait toujours le don de le rendre de meilleure humeur. Essayait-il juste de repousser l'inévitable rencontre avec Evy au petit déjeuner ?

C'était mesquin et puéril. Il valait mieux que cela.

Evelisse et lui étaient adultes, et ce n'était pas la première fois qu'ils devaient affronter une situation gênante.

Bien sûr, il était attiré par elle. Mais il y avait aussi un lien entre eux qui apaisait son âme agitée et qui le rendait plus heureux. Avec elle, il riait et était détendu. D'après ses réactions, elle appréciait aussi leur amitié naissante. Il ne voulait pas que la situation devienne embarrassante pendant les deux mois à venir, alors qu'ils pourraient tranquillement profiter de la compagnie l'un de l'autre.

Il coinça donc les Mémoires de Gil Scott-Heron, *La Dernière Fête*, sous son bras et descendit l'escalier. Quelque chose ne tournait pas rond dans l'auberge. Une atmosphère tendue et angoissée avait remplacé l'ambiance apaisante et calme qu'il avait hâte de retrouver chaque matin.

M. et Mme McConley étaient près du comptoir de l'accueil, vêtus de leurs manteaux et entourés de valises. Ils semblaient sur le départ. D'autres clients se trouvaient dans le hall, avalant rapidement leurs petits déjeuners au lieu de savourer les menus personnalisés proposés par l'auberge. Tout le monde avait l'air stressé, y compris le personnel.

Il était à peine plus de 8 heures, mais Mariana paraissait épuisée comme si elle venait de courir un marathon et le buffet chargé de snacks à emporter était étrangement désorganisé.

Sebastian salua une autre cliente, qui fourrait quelques en-cas dans son sac avant de tirer sa valise à roulettes jusqu'à la porte. Il s'assit ensuite à sa table préférée avec son livre, bien décidé à lire en attendant que Mariana vienne prendre sa commande.

— Désolée, monsieur Valentine, dit-elle en courant vers lui. C'est la folie, ce matin. La même chose que d'habitude ?

Elle avait déjà commencé à noter sa commande.

— En fait, je pensais essayer le steak et les œufs, cette fois.

Il leva les yeux de son livre et vit Mariana le dévisager, bouche bée.

— Vous ne voulez pas de porridge ?

— Non, j'aimerais le steak avec des œufs. J'aime ma viande à point et mes œufs tendres mais pas coulants.

— Oh ! très bien. Autre chose ?

— Peut-être un des roulés à la cannelle chauds de Sofie.

— Vous prenez des risques, ce matin, hein ? plaisanta la serveuse en écrivant dans son calepin. Ça me plaît. Le steak et les œufs de Sofie sont les meilleurs. Vous allez adorer. Je reviens très vite.

Elle s'en alla avant que Sebastian puisse lui demander pourquoi les gens couraient comme s'ils avaient la tête en feu.

Il avait déjà repris sa lecture quand il entendit la voix d'Evy. Elle parlait calmement mais il sentit une nervosité sous-jacente. Quand il leva les yeux, il vit qu'elle était tendue.

Elle jeta un coup d'œil dans sa direction tout en parlant à un client, lui sourit brièvement et le salua de la tête avant de se retourner face à l'homme âgé, près du comptoir. Elle partit ensuite vers son bureau, mais fut arrêtée par un couple qui avait l'air aussi affolé que les autres.

Le portable de Sebastian sonna. C'était sa sœur Chandra.

— Bonjour, Chan. Je suis surpris de t'entendre si tôt.

— Je sais. Autumn est capricieuse, ce matin, et on doit encore finir nos préparatifs avant la tempête, mais je voulais profiter de la sieste de ta nièce pour t'appeler.

Sa voix était inquiète. Il l'entendit ouvrir et fermer frénétiquement des tiroirs.

— Quelle tempête ?

— Les météorologues annoncent qu'une grosse tempête de neige va s'abattre sur la région pendant les prochaines quarante-huit heures. On court dans tous les sens pour s'assurer que le vignoble et les champs seront prêts à supporter plusieurs dizaines de centimètres de neige.

— Dans le Tennessee ? En cette saison ?

— Je sais. C'est inhabituel. Mais on parle de la « tempête du siècle » et on la compare déjà à celle qu'il y a eu à Gatlinburg quand on était petits. Tu te souviens comme on était jaloux des enfants qui profitaient de la poudreuse et qui campaient dans leur salon parce que l'électricité avait été coupée pendant une semaine ? Eh bien, ça ne me fait plus envie, maintenant.

— Je comprends mieux pourquoi tout le monde est si nerveux. Je peux vous aider, au vignoble ?

— Pour l'instant, on gère. Si on a besoin de toi, je t'appellerai. Je voulais te proposer de t'installer avec Julian et moi, ou à la villa avec papa et Naya. Si cette tempête est aussi grave que les prévisionnistes le craignent, on pourrait manquer de courant pendant des jours. Il y a un générateur à la villa et un plus petit chez nous.

— Que feront Nolan et Delaney ?

— Ils n'ont pas de générateurs dans leurs maisons de ville, donc ils viendront à la villa avec Harper. Préviens-moi si tu décides de t'installer chez nous pour que je puisse commander assez de provisions. Je voudrais éviter qu'on sombre dans le cannibalisme. Tu sais à quel point tu es grognon quand ton taux de sucre descend.

Elle avait dit ça pour plaisanter, mais c'était vrai.

— Donc, soit je passe une semaine noyé au milieu de toute la famille, soit je m'impose dans ton nid d'amour pour partager une chambre avec le bébé ? Hmm, laisse-moi réfléchir...

— Tu es un ingrat ! dit Chandra en riant jaune. Ce sont tes options, frangin. Et tu ne seras pas obligé de dormir avec Autumn. On a une troisième chambre qui sert de rangement. Il y a un lit et un bureau.

Charmant.

— Je vais voir s'il y a un générateur à l'auberge. Si c'est le cas, je pense que je vais rester.

Il remercia en silence Mariana pour la tasse de café fumant qu'elle venait de poser devant lui.

— Je peux te rappeler dans un moment ?

— Je commanderai mes provisions dans deux heures, donc préviens-moi avant. Et si tu décides de rester là-bas, assure-toi qu'ils aient assez de nourriture, des vêtements chauds, des couvertures, une radio, des piles...

— C'est bon, j'ai compris. Je viendrai chez toi. Merci pour l'invitation. Quand la tempête doit-elle atteindre la région ?

— Demain en fin d'après-midi ou en début de soirée.

— Dans ce cas, j'arriverai demain avant midi. Je prendrai mon petit déjeuner avant de partir de l'auberge, ça me laissera le temps de faire quelques courses en chemin.

— À ta place, je n'attendrais pas. Tu sais comment ça se passe quand on annonce de la neige dans le Sud. L'épicerie et le magasin général sont déjà pris d'assaut.

— Noté.

— Parfait. Je suis contente de t'avoir à la maison quelques jours. Et si jamais c'était une fausse alerte, on pourra au moins en rire après coup. Mais il vaut mieux nous préparer. Je dois y aller. Je t'appellerai si on a besoin d'aide. Je t'aime. À plus.

Lorsqu'il redressa la tête, il vit qu'Evy était en train de regarnir le buffet. Il la rejoignit.

— Bonjour, Evy.

Elle sursauta en l'entendant.

— Bonjour, Sebastian.

— Tout le monde a l'air à cran, aujourd'hui. À cause de la tempête, j'imagine.

— Oui. Il paraît que ce sera la tempête du siècle, donc on a beaucoup à faire. Il y a un générateur ici, dans l'auberge, et un autre plus petit dans la grange où se trouvent mon studio et l'atelier de Kayleigh. On devrait s'en sortir. De toute manière, ça n'a pas d'importance : la plupart des clients s'en vont pour ne pas être bloqués. Tu vas t'installer chez ton père ou ta sœur ? Désolée, j'ai entendu une partie de ta conversation avec Chandra.

— Je vais passer quelques jours chez elle, mais je n'annule pas ma réservation.

— Je vais soustraire les journées d'absence à ta facture, dit-elle, levant une main pour l'empêcher de protester. Tu peux laisser des affaires dans ta chambre, si tu veux. Je ne veux pas te faire payer les nuits que tu ne passeras pas ici, c'est tout.

— Merci. Que vas-tu faire ? Et le reste du personnel ?

— Puisque tu t'en vas, l'auberge sera officiellement vide. Je compte renvoyer les autres chez eux plus tôt, ce soir, pour qu'ils puissent se préparer à affronter la tempête.

— Et toi ?

— Je vais aller chez ma sœur et Parker. Mais avant ça, je dois m'assurer que l'auberge est protégée. Je pensais partir après le petit déjeuner, demain matin.

— Moi aussi.

— Dans ce cas, tu devras te contenter de ma cuisine.

— Je survivrai, dit-il en riant. Tu as des nouvelles de la Cricketmobile ? Elle est toujours au garage ?

Evy lâcha un grognement.

— J'étais tellement occupée que j'ai oublié. Je vais demander à Parker de...

— Il doit être occupé aussi. Puisqu'on part à la même heure, je te conduirai chez Kayleigh avant d'aller chez ma sœur.

— Tu es sûr que ça ne te dérange pas ?

— Ce sera un plaisir.

Il sourit et tourna les talons. Evy lui prit le bras très vite avant de jeter un coup d'œil autour d'elle.

— Sebastian, attends. À propos d'hier soir...

— Je n'aurais pas dû t'embrasser. Je me suis laissé emporter.

— *On* s'est laissés emporter, corrigea-t-elle avant de soupirer. Pour tout te dire, je voulais t'embrasser aussi. Mais j'avais raison : ce n'est pas correct tant que tu es un client. Je t'apprécie vraiment, Sebastian, donc je ne veux pas de malaise entre nous. J'espère qu'on pourra être amis car je n'ai rien d'autre à t'offrir.

— Je comprends.

Il recula, les mains levées, et s'obligea à sourire en dépit de la tension dans sa poitrine.

Il mangea ensuite son petit déjeuner en s'efforçant de ne pas regarder Evy, la femme la plus douce et la plus belle qu'il ait jamais connue.

9

Evy fut tirée du sommeil en sursaut par un vacarme assourdissant. Elle bondit dans son lit et examina la chambre obscure, désorientée.

Son réveil clignotait, donc le courant avait dû être coupé à un moment. Soit il était revenu, soit le générateur s'était mis en route. Elle attrapa son portable, branché à une prise. Il était 7 h 15. Elle avait dormi deux heures de trop. En temps normal, elle serait déjà plongée dans sa routine de méditation, suivie par vingt minutes de yoga. Elle avait pris cette habitude sur les conseils de son thérapeute, juste après sa rupture avec Calvin.

Depuis, elle avait remarqué que son anxiété baissait drastiquement. Elle découvrait une paix et un calme qui lui donnaient l'impression de pouvoir tout affronter. Commencer sa journée sans ce rituel la perturbait, mais elle allait devoir se débrouiller.

Elle glissa les pieds dans ses chaussons et frissonna. Elle regrettait déjà la pile de couvertures entassée sur son lit moelleux. Elle s'approcha de l'une des deux grandes fenêtres qui laissaient entrer la lumière à flot dans le petit studio, au-dessus de l'atelier de bijouterie de Kayleigh. Elle tira les rideaux et entrouvrit les volets. Un soleil clair remplit la moitié de la pièce. Evy jeta un coup d'œil dehors. Le parking de l'auberge était recouvert de neige.

Il n'était pourtant pas censé neiger avant la fin de l'après-midi, mais les précipitations semblaient déjà durer depuis des heures. Une épaisse couverture blanche masquait le parking presque vide.

Des amas collants pendaient des branches des arbres – et certaines avaient cassé sous leur poids.

Elle finit d'ouvrir les volets pour mieux voir.

— Oh ! mon Dieu !

Elle put à peine respirer. Son cœur se mit à tambouriner et la panique monta en elle comme une tornade. Ses jambes faiblirent. L'angoisse si familière s'insinua dans sa poitrine et lui tordit l'estomac.

Un immense pin s'était écroulé sur le parking, manquant de peu la dernière voiture encore garée – la BMW noire de Sebastian. Et s'il l'avait écrasée ? Si Sebastian avait été à l'intérieur ? Evy enfila rapidement un survêtement et une veste. Elle descendit ensuite dans la boutique de Kayleigh pour regarder dehors par la vitrine. La neige montait presque aux genoux et elle continuait à tomber. Evy tressaillit à l'idée de devoir s'aventurer dans ce froid.

— Kayleigh, tu es un génie, murmura-t-elle en obliquant vers le passage couvert construit à la demande de sa sœur pour relier l'atelier à l'auberge.

Il n'était pas chauffé. Elle aurait dû mettre un manteau plus chaud…

Elle déverrouilla la porte de l'auberge et entra, assaillie par la pénombre et l'air glacial. Elle essaya l'interrupteur : rien. Elle en actionna plusieurs. Clairement, le courant était coupé.

Pourquoi le générateur ne s'était-il pas mis en route ? Elle irait l'inspecter plus tard, mais d'abord, elle devait s'assurer que Sebastian allait bien.

Elle monta jusqu'à sa chambre en se frottant les bras. L'air s'était refroidi très vite. Pourvu que Sebastian ait allumé la cheminée à gaz avant la coupure d'électricité. Sans courant, la commande murale ne fonctionnerait pas.

Elle frappa à sa porte. Pas de réponse. Elle recommença.

— Sebastian, c'est Evy. Tu es là ?

Elle était sur le point d'utiliser sa propre carte pour entrer quand il ouvrit enfin.

— Evy, quoi de neuf ? Je croyais qu'on devait se retrouver à huit heures et demie pour le petit déjeuner, dit-il en bâillant.

Sa voix ensommeillée était encore plus sexy que d'habitude – et elle n'aurait pas cru cela possible. Il portait un T-shirt de l'émission *Martin* et un pantalon de pyjama noir qui mettait tous ses atouts en valeur. Il n'avait pas l'air ravi d'avoir été réveillé en sursaut.

— Sebastian, je suis désolée de te déranger comme ça, mais on a un problème.

— Quoi ? demanda-t-il en bâillant de plus belle. Et pourquoi fait-il si froid, ici ?

— Ça fait partie du problème. L'électricité a été coupée dans la nuit. Est-ce que je peux entrer un instant ?

Il s'écarta et se frotta les bras. Elle essaya d'allumer la cheminée à gaz mais, comme elle l'avait deviné, rien ne se passa.

— Bon sang, gémit-elle en se passant une main sur le front.

— La cheminée ne s'allume pas. Ce n'est rien. Laisse-moi juste prendre une douche chaude et on s'en ira.

— C'est le deuxième problème. On a installé des chauffe-eau sans réservoir pour que les clients aient de l'eau à volonté, mais comme ils ne stockent pas d'eau chaude…

— Je n'ai aucune intention de geler sous la douche. J'ai déjà fait mes bagages. Je peux être prêt dans une demi-heure. Je n'aurai qu'à me doucher chez ma sœur.

— On en arrive au troisième problème. Tu n'as clairement pas regardé dehors…

— Non. Pourquoi ?

Evy s'approcha de la fenêtre et ouvrit les rideaux avant de lui faire signe de la rejoindre. Il se frotta les yeux et se pencha derrière la vitre.

— Merde, lâcha-t-il avant de plaquer une main sur sa bouche. Cet arbre… Il a manqué ma voiture d'un cheveu. Et d'où vient toute cette neige ? On était censés avoir encore six heures devant nous.

— Je sais. Ce qui veut dire…

— Qu'on est coincés ici.

Sebastian se laissa tomber sur une chaise près de la fenêtre et Evy l'imita. Il réfléchit quelques instants.

— Je croyais qu'il y avait un générateur.

— Oui, mais il ne s'est pas mis en route alors que celui de la grange s'est lancé. Je vais voir si je peux régler le problème. Il faut peut-être le démarrer manuellement. Je tenais juste à m'assurer avant que tu allais bien.

— Je vais très bien, si on excepte le fait que je suis frigorifié et bloqué ici, marmonna-t-il avant de se lever pour faire les cent pas.

Evy quitta aussi sa chaise.

— Ne t'en fais pas. Je vais trouver une solution. En attendant, tu devrais attraper tes affaires et venir avec moi dans l'autre bâtiment. Mon générateur fonctionne pour l'instant et, même s'il lâche, j'ai une cheminée à bois et un chauffe-eau avec un réservoir dans mon studio. Tu peux te doucher là-bas. Pendant ce temps, je vais sortir pour voir ce qui se passe avec ce générateur-là.

— Tu comptes aller dehors toute seule ? s'enquit-il, l'air incrédule. Il gèle et regarde la neige qui tombe. Tu te rends compte que tu pourrais te perdre dans un blizzard pareil ?

— Au cas où tu ne l'aurais pas remarqué, je suis seule. À moins que tu préfères passer la nuit ici et mourir de froid, je n'ai pas d'autre solution.

— Donne-moi dix minutes pour m'habiller et on ira voir le générateur ensemble.

— Je ne peux pas te laisser faire, Sebastian. Je suis la gérante. Ce n'est pas comme quand tu m'as aidée chez Kayleigh en tant qu'ami. Ici, je suis responsable du confort et de la sécurité des clients. Je ne peux pas te demander de...

— Tu ne l'as pas demandé et je ne te laisse pas le choix. Donc, tu peux soit sortir pendant que je m'habille, soit rester pour profiter du spectacle. Quoi qu'il en soit, je t'accompagne. C'est clair ?

Il enleva son T-shirt, dévoilant son torse musclé.

— Je... Tu... Je ne...

Evy balbutia, le cœur battant.

— Si tu insistes pour patauger dans la neige et le froid, très bien. Je vais rassembler quelques affaires à rapporter chez moi pendant que tu t'habilles. Je préparerai le petit déjeuner ici si on arrive à lancer le générateur. Sinon...

Elle pointa un doigt autoritaire vers lui.

— ... tu t'installeras chez moi en attendant que le courant soit rétabli.

— Et où iras-tu ? l'interrogea-t-il en fouillant une des commodes pour en tirer un T-shirt.

Evy n'avait pas réfléchi jusque-là.

— Je vais me faire un bivouac dans l'atelier de Kayleigh. On doit avoir des sacs de couchage dans une des remises.

— J'ai vu son atelier. Le sol est en ciment. Même avec un bon sac de couchage, tu vas avoir froid et mal au dos. Pourquoi on ne pourrait pas partager ton studio ?

— Parce que tu es un...

— Si tu dis « client » une fois de plus...

Il enfila un pull et ouvrit un autre tiroir tout en parlant.

— On a clairement passé ce stade. Là, on est une équipe. Point. D'accord ?

Evy acquiesça. Elle aurait voulu refuser l'aide de Sebastian. Comment osait-il croire qu'elle ne pourrait pas s'en sortir seule ? En même temps, une part d'elle était soulagée. Elle était angoissée depuis qu'elle avait entendu l'arbre tomber.

— Je te retrouve en bas dans dix minutes avec mon sac.

Sebastian attrapa quelques vêtements supplémentaires et disparut dans la salle de bains.

Dommage. J'espérais voir le reste du spectacle.

Evy ferma les yeux et se frappa le front pour tenter d'effacer les pensées salaces qui envahissaient son cerveau.

Être coincée dans l'auberge seule avec Sebastian ne changeait rien. En dépit de leur baiser imprudent, ils n'allaient pas sortir ensemble.

Elle se répéta ces mots en boucle tout en descendant dans la cuisine pour rassembler des provisions. Hélas, elle ne pensait qu'à ses lèvres sur les siennes – elle en voulait tellement plus.

10

Sebastian zippa la parka noire qu'il avait eu le bon sens d'emporter. C'était la dernière des trois couches de vêtements qu'il avait sur lui. Il enfila ensuite un bonnet en laine, puis il passa la sangle de son sac en cuir sur son épaule et descendit au rez-de-chaussée. Evy était dans la cuisine avec un panier rempli de bacon, d'œufs, de lait d'amande, de fruits et de légumes.

— Avec ça, tu pourrais nourrir une armée, remarqua-t-il en prenant le panier qu'il glissa sous son bras libre.

Elle ouvrit la bouche, sans doute pour protester, mais se ravisa. Elle saisit deux sacs de provisions réutilisables dans lesquels elle avait empilé des snacks et des produits d'épicerie, puis ouvrit la voie.

Ils traversèrent le passage couvert qui conduisait à la boutique de Kayleigh, puis montèrent un escalier que Sebastian n'avait pas remarqué jusqu'à présent. Evy ouvrit la porte du studio.

Elle posa les provisions sur le plan de travail et entreprit de les ranger dans le réfrigérateur.

— Je changerai les draps quand on aura terminé dehors. Pose ton sac où tu veux. La salle de bains est là, dit-elle en indiquant la seule autre porte du logement. Si tu as besoin de suspendre des vêtements, il y a un dressing dedans.

— Merci.

Sebastian posa son sac près des bagages d'Evy, sous les fenêtres qui faisaient entrer la lumière à flot.

Il examina lentement le studio, qui avait l'air à la fois douillet et spacieux. Ce n'était pourtant pas grand, mais chaque centimètre carré était utilisé. Le plafond haut, les puits de lumière et les fenêtres rendaient la pièce claire et aérée. Les poutres en bois et les briques naturelles d'un des murs créaient une ambiance rustique aux accents industriels.

— Je sais que ce n'est pas comme ta chambre à l'auberge…

— J'adore.

Il sourit devant la décoration automnale. Des motifs de feuilles et de courges décoratives se répétaient dans la pièce, depuis les tableaux accrochés aux murs jusqu'aux citrouilles miniatures et aux bibelots qui rendaient l'espace plus accueillant.

— C'est chaleureux et… ça te ressemble.

Le sourire reconnaissant d'Evy fit gonfler son cœur.

— Merci. Un café ?

— Avec plaisir.

Elle prépara deux tasses et lui en tendit une. Ils sirotèrent la boisson chaude, plongés dans un silence gêné, debout dans la cuisine et à deux pas de la chambre.

— Donc…

Sebastian frappa dans ses mains gantées.

— Prête à aller inspecter le générateur ?

— Laisse-moi juste enfiler quelque chose de plus chaud, dit-elle avant de s'enfermer dans la salle de bains.

Sebastian fourra les mains dans les poches de sa parka et explora le salon. Il y faisait bon, même sans la cheminée. Toute la pièce sentait la cannelle.

La petite cuisine était bien équipée : une cuisinière à gaz, un frigo bas, un évier et un îlot qui servait de table de petit déjeuner. Deux fauteuils et une table basse étaient installés devant la cheminée. Une banquette se trouvait sous l'une des fenêtres, près d'une étagère intégrée au mur chargée de livres, de photos et d'objets variés.

Sebastian prit un cadre avec deux clichés. D'un côté, on voyait deux petites filles noires aux cheveux roux qui riaient. La plus jeune avait perdu une dent de lait et toutes les deux portaient des tresses épaisses. En face, les fillettes – devenues de belles femmes – souriaient au mariage de Kayleigh.

— Ce sont mes photos préférées de nous... avant et après, dit Evy en s'approchant, les yeux pétillants.

— Elles sont magnifiques.

Sebastian reposa le cadre.

— Merci.

Evy enfila un bonnet noir couronné d'un pompon en fausse fourrure. Elle le fit descendre sur ses oreilles, puis ferma son épais manteau long, remontant le zip sous son menton. Elle portait des grosses bottes doublées de fourrure. Elle baissa les yeux sur sa tenue avant de mettre ses moufles.

— Je ressemble à la petite amie de l'Abominable Homme des neiges, donc je suppose que je suis prête.

L'Abominable Homme des neiges aurait eu de la chance...

— Il faut que j'appelle ma sœur pour lui dire que je ne pourrai pas quitter le parking, dit Sebastian avant de composer le numéro de Chandra.

Elle ne répondit pas. Pas plus que Naya ou Nolan.

— Merde. Le réseau est en panne aussi.

Evelisse fronça les sourcils.

— Tu veux dire qu'on ne peut joindre personne ? Et s'il nous arrive quelque chose ? S'il y a une urgence ?

— Tout va bien se passer, la rassura Sebastian en prenant sa main dans la sienne. On va bien et on est ensemble. On va s'en sortir. Ne t'en fais pas. Tu te débrouilles déjà comme une cheffe. D'accord ?

Evy acquiesça, les sourcils toujours froncés, mais elle respirait plus calmement. Elle lâcha sa main et ils descendirent. Ils traversèrent l'atelier de Kayleigh, au fond de la boutique.

Il faisait déjà plus froid ici que dans le studio. Dès qu'Evy ouvrit la porte, une bourrasque glaciale les prit par surprise. La neige tombait très vite et il y en avait déjà soixante bons centimètres sur le sol.

— Ça fait beaucoup de neige, remarqua Evy.

— Et ça n'a pas l'air de vouloir ralentir.

Il observa le paysage hivernal féerique derrière l'atelier et posa une main sur l'épaule d'Evy.

— Est-ce qu'on est obligés de faire ça maintenant ? On pourrait attendre que la tempête se calme et revenir jeter un coup d'œil ensemble.

— Je dois remettre le courant, sinon tout le contenu du frigo et du congélateur sera perdu. Et puis, j'ai peur que la plomberie éclate sans chauffage.

— OK. Plus vite on aura réglé le problème, plus on aura de temps pour des choses importantes comme le petit déjeuner ou une journée de lecture ininterrompue.

— Tu parles comme un vrai introverti.

Elle éclata de rire. Sebastian sentit sa poitrine se réchauffer et il rit aussi.

— Je vais passer devant et tu pourras marcher dans mes traces. Tiens-toi au dos de mon manteau.

Elle s'écarta et la neige glacée fouetta le visage de Sebastian. Sans protester, elle s'accrocha à sa parka.

Il se fraya un chemin lentement, s'assurant qu'Evy ne se laissait pas distancer. Elle lui cria des instructions pour atteindre le générateur, par-dessus le vent. Lorsqu'ils contournèrent le bâtiment, ils comprirent pourquoi la machine ne fonctionnait pas. L'arbre abattu avait peut-être manqué sa voiture de peu, mais il n'avait pas raté le générateur de l'auberge.

— Voilà ton problème, dit-il en faisant un pas de côté pour lui montrer l'appareil écrasé.

— On ne pourra jamais le réparer.

— Non. Mais on sera bien dans la grange. Avec un peu de chance, le réseau électrique sera remis en route rapidement.

— Mais j'ai une montagne de provisions à transférer depuis le frigo et le congélateur.

— Dehors ?

— Non. Dans les stockages de secours de la grange. Je vais m'en occuper tout de suite. Monte dans le studio, prends ta douche et détends-toi. Il y a des barres énergétiques et des céréales dans le panier, sur le plan de travail. Je te préparerai ton petit déjeuner personnalisé à mon retour.

Elle avait presque l'air de s'excuser.

— On est une équipe, tu te souviens ? Qu'on vienne ici affronter la tempête ou qu'on charrie des provisions d'un frigo à un autre. Viens. Mettons-nous au travail.

Le regard d'Evy s'emplit de gratitude et de soulagement. Il résista à l'envie de la serrer dans ses bras et de lui promettre que tout se passerait bien.

Lorsqu'ils remontèrent enfin dans le studio, leurs vêtements étaient froids et mouillés. Ils firent tomber la neige de leurs pantalons et de leurs manteaux avant de frapper leurs bottes sur le paillasson, laissant des petites flaques partout.

Sebastian songea à la proposition d'Evy – dormir sur le sol dur de l'atelier glacial de sa sœur – et secoua la tête. Il préféra ne pas aborder le sujet. Il était heureux qu'elle ait accepté de partager l'appartement avec lui.

Son cœur s'emballa, mais ce n'était pas le moment de se demander comment ils allaient cohabiter ou dormir ensemble. Ils avaient du travail.

11

Debout devant la cuisinière, Evy remuait quelques poignées de fromage dans une casserole de gruau de maïs tout en regardant les informations.

Après avoir transporté toutes les provisions réfrigérées dans la grange à l'aide de dessertes à roulettes, ils étaient retournés dans l'auberge pour sécuriser le bâtiment et entrouvrir certains robinets. Avec un peu de chance, cela empêcherait les tuyaux de geler. Sebastian avait laissé Evy prendre une douche rapide avant de se plonger dans un bain.

On était à présent en début d'après-midi, donc Evy avait renoncé au petit déjeuner. À la place, elle avait préparé un lunch tardif composé de scones avec du beurre aromatisé à l'ail frit et à l'échalote, accompagnés par une casserole de crevettes et de gruau de maïs.

— Ça sent divinement bon, dit Sebastian en émergeant de la salle de bains en T-shirt et jean usé, une tenue qui mettait en valeur ses bras musclés et ses fesses splendides.

Evy était émerveillée par sa beauté, surtout depuis qu'elle commençait à mieux le connaître.

— Quand on déplaçait les provisions, tu as dit que tu n'avais pas mangé de crevettes au gruau depuis longtemps.

— Donc, tu en as préparé ?

Il fourra les mains dans ses poches et demanda :

— Qu'ai-je fait pour mériter ce traitement de faveur ?

— C'est juste la politique de l'auberge Sweet Magnolia. N'oublie pas d'en parler dans ta critique Yelp quand tu expliqueras que tu t'es retrouvé coincé dans mon studio pendant la tempête apocalyptique de Magnolia Lake, dit-elle en lui adressant un sourire complice.

Au fond, elle ne plaisantait qu'à moitié…

— À t'entendre, on dirait que j'ai hérité d'un hébergement moins luxueux, répondit-il en s'asseyant sur l'un des tabourets de l'îlot. Mais je ne vois pas les choses comme ça.

Elle leva les yeux de sa casserole, attendant l'inévitable moquerie qui allait suivre.

— Tu es passé d'une suite privée haut de gamme à un logement rustique dans une grange réaménagée, avec une colocataire et une salle de bains commune. Je dirais que tu as clairement été sous-classé.

— Si le studio n'était pas livré avec une coloc jolie et amusante, et un décor chaleureux, alors je serais peut-être d'accord. Oui, j'ai renoncé à mon intimité, mais je l'ai échangée contre une agréable compagnie. Et je préfère de loin attendre la fin de la tempête ici plutôt que seul dans ma grande suite.

Il sourit et ajouta :

— En plus, tu me prépares un repas incroyable, juste parce que j'ai laissé échapper que ça me tentait. Donc, je ne me plains pas.

Evy sentit le feu lui monter aux joues et quelque chose s'agita au creux de son estomac. Elle s'était attendue à ce que Sebastian soit grognon et difficile. Mais il n'avait fait que la soutenir et la réconforter, et avait accompli avec elle toutes les tâches urgentes – alors que ce n'était pas sa responsabilité.

— C'est gentil, Sebastian. J'ai presque l'impression que tu n'es pas venu juste parce que tu es coincé par une tempête arrivée en avance.

Elle montra les images de voitures couvertes de neige et de rues blanches qui se succédaient à la télé.

— Est-ce que tu as réussi à joindre ta famille ?

— Non, répondit-il.

— Moi non plus.

Elle soupira. Elle n'avait pas peur que Kayleigh et Parker soient en danger, mais elle savait que sa sœur devait se ronger les sangs à son sujet, la croyant toute seule dans l'auberge.

Elle n'aimait pas savoir que Sebastian était bloqué aussi. Mais il avait raison. Être là avec quelqu'un était bien plus agréable qu'affronter la neige seul. Donc, quitte à devoir rester, elle était heureuse que Sebastian soit là.

Elle sortit les scones du four, puis posa sur le comptoir deux de ses plus élégants bols en céramique pour les remplir d'une généreuse dose de gruau au fromage. Elle déposa dessus un mélange de bacon, de crevettes et d'échalotes. Elle plaça des tranches de citron dans les bols et les apporta sur l'îlot. Elle servit ensuite deux bières, une petite assiette de scones et une coupelle de beurre aromatisé.

Lorsque Sebastian avala sa première bouchée de gruau aux crevettes, il gémit doucement et ferma les yeux.

— Mon Dieu, c'est si bon.

Il goba rapidement une autre cuillerée et Evy aurait pu jurer qu'il chantonnait.

— Tu nous as caché des choses. Je ne savais pas que tu cuisinais si bien.

— Je peux aussi laisser brûler les plats, tu sais.

Elle s'installa près de lui. Sa cuisse effleura celle de Sebastian sous l'îlot et sa peau s'embrasa. Elle étala un peu de beurre sur un scone encore fumant.

— J'ai appris à cuisiner très jeune pour aider ma mère, mais surtout parce que la seule chose que mon père aimait plus qu'une bouteille de whisky était un bon repas maison. J'avais l'impression que c'était le seul moyen pour moi de le rendre fier.

Assis à côté d'elle, Sebastian posa sa grande main sur la sienne et la serra fort.

— Je suis désolé, Evy. Sincèrement.

Une vague de chaleur monta le long de son bras. Elle frissonna et un courant électrique lui parcourut le dos.

— C'était il y a longtemps.

Elle libéra doucement sa main et grignota son scone du bout des dents.

— Je sais que je devrais tourner la page, que je devrais prendre mes distances comme l'a fait Kayleigh maintenant qu'elle est avec Parker et sa famille…

Elle se tut, regrettant de s'être aventurée sur ce terrain.

Ils avaient déjà bien assez de soucis avec le blizzard. Elle n'avait aucune envie de rendre la situation plus déprimante.

— Les traumatismes d'enfance ne disparaissent pas juste avec le temps, dit Sebastian en ouvrant un scone en deux. Crois-moi, j'aimerais que ce soit si simple. Ça m'éviterait de lutter en permanence contre le besoin de prouver que je ne suis pas qu'un raté responsable du départ de notre mère.

— Tu n'es pas un raté, Sebastian. Tu es le P-DG de Valentine Textiles – une entreprise qui a appartenu à ta famille pendant des générations.

— *A appartenu*, oui. Au passé. J'ai travaillé comme un fou pour me préparer à ce boulot. J'ai collectionné les diplômes et les mentions, j'ai lu tous les livres de management… Mais maintenant que j'y suis…

Il fronça les sourcils et pinça les lèvres, l'air soudain triste.

— Je n'ai jamais cru que juste après avoir atteint mon but, je serais relégué au poste de façade publique, sans la moindre autorité dans la gestion de la firme.

— Donc, ces trois mois sabbatiques… ce ne sont pas que des vacances. Envisages-tu d'accepter l'offre de ton père et de venir travailler au vignoble ?

Pourquoi espérait-elle tant qu'il reste, alors qu'elle n'avait pas l'intention de s'attarder dans la région ? Peut-être parce qu'il vivrait dans la même ville que sa sœur et qu'elle serait donc sûre de le voir plusieurs fois par an.

— Ma famille serait ravie. Mais tu veux la vérité ? Avant de revenir, j'étais convaincu qu'ils commettaient tous une terrible erreur. Que cette entreprise finirait par mettre la clé sous la porte. Maintenant que j'ai mieux pris connaissance de leurs affaires, ces dernières semaines, je commence à apprécier l'histoire et le charme de cette vieille maison, le lien avec les générations précédentes que mon père, mon frère et mes sœurs ont trouvé sur ce domaine.

Il sourit et ses yeux s'illuminèrent. Evy fut frappée par sa beauté.

— Ça a l'air très agréable, Sebastian. Les choses ne se passaient pas comme ça quand vous travailliez tous ensemble dans la filature ?

— L'ambiance était plus sérieuse, plus professionnelle. Au vignoble, c'est différent. L'atmosphère est plus légère. *Joyeuse.* Valentine Textiles était une obligation familiale. Le vignoble Valentine est une passion partagée. Je suis le premier à admettre que travailler avec mon père et ma famille m'a parfois rendu fou. Mais travailler à la filature sans eux...

— C'est triste ?

— Sans âme. Ce n'est pas quelque chose qui te pousse à sortir du lit le matin pour aller au bureau. Et si je me sens aussi mal, imagine l'impact que ça a sur les employés.

Elle avait souvent travaillé pour des entreprises mal gérées qui avaient ruiné sa motivation. Elle comprenait et avait le cœur brisé en songeant que Sebastian s'était battu toute sa vie pour obtenir un poste qui semblait à présent le terrifier.

Ils mangèrent en silence. Evy réfléchit à la meilleure manière de formuler sa question suivante. Enfin, elle demanda :

— Si cet emploi ne correspond pas à tes attentes et s'il ne te rend pas heureux... pourquoi rester ?

Sebastian se retourna sur son tabouret pour l'examiner, les paupières plissées.

— Tu es allée à Hollywood dans l'espoir de devenir une star, j'imagine.

— Oui.

— Et tu y vis depuis combien de temps ?

Elle arrêta de mâcher, le visage en feu. Elle venait de lui poser une question très intime au sujet de sa carrière. Comment pouvait-elle lui en vouloir de faire la même chose ?

— Vingt ans.

— Ta carrière a-t-elle répondu à toutes tes attentes ?

— Tu sais bien que non, Sebastian.

Elle s'obligea à le regarder : elle ne lut pas de jugement dans ses yeux, mais elle se sentait attaquée.

— Alors, pourquoi es-tu restée ? Pourquoi continues-tu à passer des auditions ? Qu'espères-tu obten… ?

— Ça suffit ! cria-t-elle en lâchant sa cuillère.

Elle se leva et se mit à faire les cent pas dans la pièce.

La perspicacité de Sebastian lui donnait l'impression d'affronter un tribunal et elle n'avait pas besoin de ça.

— Tu ne crois pas que je sais que je ne suis plus assez jeune pour Hollywood ? Que je ne serai sans doute jamais autre chose qu'une figurante dans une pub pour les reflux gastriques ou une serveuse dans un film indépendant, dont la réplique principale sera : « Thé ou café ? Sucre ? »

Elle prononça ces mots avec l'accent exagéré du Sud qu'un réalisateur lui avait demandé de contrefaire, un jour.

— Je sais bien que ma carrière n'a mené à rien, Sebastian Valentine. Inutile d'être cruel. Et si tu ne voulais pas répondre à mes questions, il te suffisait de le dire.

Elle croisa les bras, les yeux perdus dans le vague. L'instant d'avant, elle voulait embrasser cet homme. Maintenant, elle était tentée de le pousser pour qu'il tombe de son tabouret. Il n'avait peut-être pas l'intention de se comporter comme un salaud, mais ça ne rendait pas ses paroles moins blessantes.

Sebastian ferma les yeux et appuya sa main contre son front. Il était stupide et, une fois encore, il ne s'était pas exprimé comme il l'aurait dû.

Il n'avait absolument pas envie de faire du mal à Evy ou de lui donner l'impression qu'il la jugeait. Ce n'était pas le cas. Il voulait juste qu'elle comprenne son point de vue.

— Evy, je suis désolé.

Il s'approcha d'elle et lui prit doucement les bras pour l'obliger à le regarder.

— Je n'essaie pas de te rendre triste. J'admire ta détermination et ton courage face à tous ces rejets.

— C'est comme ça que tu t'excuses ?

Il laissa ses mains retomber et recula d'un pas.

— Je dis juste qu'abandonner l'entreprise de mes grands-parents n'est pas aussi simple pour moi que ça l'a été pour papa et Nolan.

Après quelques instants de silence tendu, il tenta une autre approche :

— Comme toi, j'ai investi beaucoup de temps et d'efforts dans mon rêve. Ce boulot était censé être le couronnement de ma carrière et j'ai plutôt l'impression que c'est une sinistre farce. On ne me l'a donné que parce que j'étais le seul Valentine volontaire.

Evy posa sur lui un regard empreint de compassion, mais elle ne répondit pas.

— Ai-je envie de tout laisser tomber, parfois ? poursuivit-il. Oui. Mais ensuite, je repense à ce que j'ai sacrifié pour en arriver là.

Il secoua la tête et soupira.

— J'ai renoncé à mes études d'art, à des voyages, à des amitiés, à des histoires d'amour. Mon mariage s'est écroulé et j'ai décidé de ne pas fonder de famille. Ce sont les choix que j'ai faits pour arriver là où je suis maintenant. Donc, si je démissionnais…

— Ces choix seraient vains ?

— *Exactement*.

Ils se turent un moment, mais il était évident qu'elle n'avait pas terminé.

— Qu'y a-t-il, Evy ? demanda-t-il enfin.

— Je comprends que tu veuilles que tous tes sacrifices servent à quelque chose. Mais atteindre la première place du podium n'est pas censé te rendre heureux, normalement ? Parce qu'il est évident que tu ne l'es pas, Sebastian.

Il aurait pu être offusqué, si elle n'avait pas paru aussi sincère.

Peut-être avait-on raison de dire que le ton importait plus que les mots.

— Et puis, si tu tenais tant à rester pour que ça fonctionne, pourquoi as-tu pris un congé de trois mois ?

Il se sentit soudain un peu coupable en songeant au secret qu'il cachait à son père et à ses sœurs. Mais s'il voulait qu'Evy comprenne la situation, il devait lui avouer la vérité.

— Mon père et mes sœurs ne sont pas au courant, donc tu dois me promettre de garder le silence.

— Bien sûr, dit-elle en s'approchant un peu. Tout va bien ?

Il se massa la nuque pour en chasser la tension soudaine.

— On m'a mis beaucoup de pression pour appliquer une nouvelle politique dans l'entreprise. Des choix faits au détriment des employés. Des choses que ma famille n'aurait jamais imposées au personnel. Les nouveaux propriétaires veulent chasser nos équipes les plus anciennes parce qu'elles coûtent trop cher et embaucher à leur place des ouvriers plus jeunes, aux salaires moins élevés. Je résiste, mais maintenant que ma famille ne possède plus la majorité des parts...

— Tu n'as pas vraiment de moyen de pression.

Il acquiesça et soupira.

— Je me creuse la cervelle pour essayer de leur montrer les avantages financiers qu'on peut obtenir quand on offre des salaires décents à nos employés. Ce n'est pas juste la bonne chose à faire : des travailleurs bien payés s'impliquent dans l'entreprise et tiennent à faire du bon travail. C'est pour ça que nous sommes restés compétitifs. Mais les acheteurs étaient sur le point de faire un licenciement massif et j'étais sous pression. J'arrivais tôt, je partais tard, j'enchaînais les recherches. Je ne dormais pas assez, je mangeais mal. Et, un samedi, dans mon bureau, je me suis écroulé. J'ai cru que je faisais une crise cardiaque.

Evy serra son bras.

— C'était le cas ?

— Non, juste une attaque de panique. Mon anxiété était montée en flèche. La docteure m'a dit qu'elle avait vu des gens plus jeunes faire des crises cardiaques et que je finirais comme eux si je ne prenais pas cette alerte au sérieux. Elle m'a conseillé de changer drastiquement de vie.

— Donc, tu es venu ici en convalescence ?

— Oui, c'est Nolan qui l'a suggéré et j'ai accepté parce que l'entreprise veut donner l'impression que le changement de politique est approuvé par toute l'équipe. Donc, j'ai pensé qu'en prenant un congé sabbatique de trois mois…

— Tu pourrais repousser l'échéance. Et ça a marché ?

— Pour l'instant. Mais si je n'arrive pas à leur fournir des données convaincantes pour les obliger à changer d'avis, ce congé ne sera que l'équivalent d'un pansement sur une jambe de bois. Je te dis tout ça parce que j'ai besoin de te faire comprendre que je ne te critiquais pas, tout à l'heure. Je suis juste très direct. Désolé si je t'ai blessée.

Il plaqua la main sur son cœur et Evy serra son autre bras.

— Excuses acceptées. Maintenant, mange pendant que c'est chaud. Et si tu es sage, tu auras peut-être droit à de la tarte aux pommes maison dans un avenir proche.

— Bien, m'dame.

Elle le regarda et ses yeux bruns s'emplirent d'une chaleur nouvelle. Sebastian sentit un frisson lui parcourir l'échine. Son cerveau raviva immédiatement le souvenir de leur baiser. Il essaya de le chasser et poursuivit son repas.

— Une autre bière ?

— Avec plaisir, dit-il en terminant la première.

Evy sortit deux bouteilles du frigo, les ouvrit et les posa près de leurs assiettes avant de remonter sur son tabouret haut.

Ils parlèrent de tout et de rien en terminant leur déjeuner, tout en regardant les dernières nouvelles de la tempête à la télé. La neige tombait toujours, mais moins dru. Des milliers de foyers de la région étaient privés d'électricité. Il était donc peu probable que le courant soit vite rétabli à l'auberge.

Sebastian n'aimait pas se savoir coincé ici avec Evy, sans pouvoir contacter leurs familles, mais une part de lui avait tout de même hâte de passer du temps en sa compagnie. Seuls.

Après leur repas, elle voulut prendre leurs bols mais il ne lui donna pas le sien.

— Tu as préparé ce délicieux déjeuner. Laisse-moi au moins m'occuper de la vaisselle.

— Tu as l'intention de nettoyer le plan de travail et de programmer le lave-vaisselle ?

De toute évidence, elle doutait de ses talents ménagers.

— Je suis un adulte autonome, tu sais.

— Dans ce cas, j'accepte, monsieur Valentine, et je te promets de te faire cette tarte très bientôt.

Elle lui adressa un sourire sensuel qui le troubla et lui donna soudain envie de lui faire toutes sortes de choses – embrasser ses lèvres douces et charnues, par exemple, ou la prendre sur son épaule et la porter jusqu'au lit dont la seule présence était une provocation.

— Maintenant qu'on est installés, on devrait peut-être régler le problème le plus évident.

— Quel problème ? s'enquit Evy, l'air confus.

— Notre organisation pour la nuit, précisa-t-il en indiquant du menton le lit aux couleurs automnales garni de coussins.

— C'est vrai. Eh bien, puisque tu es le client, tu prendras le lit et je dormirai dans un fauteuil. Ou alors, on récupérera une banquette à l'auberge pour que je m'installe dessus.

— Je ne vais pas te laisser dormir dans un fauteuil, Evy. D'autant plus qu'on a une meilleure option.

De nouveau, il montra le lit. Evy se tourna sur son tabouret et l'observa un instant avant d'avaler sa salive.

— Tu veux dire… dormir ensemble ? Je n'arrive pas à croire que je me retrouve vraiment dans un dilemme-du-lit-unique.

— Ça existe ? demanda-t-il en riant.

— C'est un de mes *tropes* préférés en romance.

Elle descendit du tabouret et s'approcha du lit. Elle jeta un coup d'œil à Sebastian, puis au matelas, comme si elle jaugeait la situation.

— Tu resteras de ton côté et moi du mien. Je n'aurai pas les mains baladeuses… si tu arrives à te retenir aussi, dit-il en lui adressant un sourire mutin.

Elle repoussa une mèche de cheveux et soupira.

— OK. D'accord.

Sebastian déposa la vaisselle sale dans l'évier.

— Merci d'avoir eu assez confiance en moi pour me parler de ta crise de panique. J'imagine que ce n'était pas facile, dit-elle. Maintenant, je vais changer les draps et mettre une machine à laver en route. Dis-moi si tu as besoin de quelque chose.

Sebastian la regarda quitter le studio, ses hanches généreuses ondulant à chaque pas.

Il était très mal parti. Mais il était aussi un homme de parole. Donc, il éviterait de la toucher comme il l'avait promis. Mais si Evelisse Jemison l'embrassait encore, il ne répondrait plus de rien.

12

Evy sortit de la salle de bains vêtue d'un pyjama chaud qui n'avait rien de sexy. Elle s'était attendue à trouver Sebastian déjà endormi après leur longue journée agitée. Au lieu de ça, elle le découvrit dans la cuisine, en train de terminer une autre part de tarte aux pommes recouverte de crème fouettée.

— Je vois que tu l'apprécies, dit-elle en riant.

— Cuisine pour moi quand tu veux.

Elle ne cuisinait plus beaucoup, surtout depuis sa rupture avec Calvin, quelques mois plus tôt. Chaque soir, harassée par une journée passée à satisfaire les caprices de son patron exigeant, elle s'était traînée chez elle, pressée de trouver un peu de réconfort. Même si cela voulait dire attraper un burger ou une salade toute prête dans un drive. Elle n'avait simplement plus assez d'énergie pour passer trente à soixante minutes dans la cuisine et se préparer un dîner sain. Mais elle avait aimé cuisiner pour Sebastian.

Voir à quel point il appréciait ses efforts l'avait incitée à lui préparer autre chose… d'où la tarte aux pommes.

— Tu te lasses déjà des reportages sur l'apocalypse ? demanda-t-elle en indiquant la télévision qu'il avait éteinte pendant qu'elle se changeait dans l'autre pièce.

— J'en ai surtout assez de voir les mêmes images et d'entendre les mêmes reporters, dit-il avant d'avaler sa dernière bouchée de tarte et de pousser un soupir d'aise.

Evy sentit son cœur bondir. Qui n'aimait pas voir quelqu'un

savourer sa nourriture ? Surtout quand la personne en question était réputée pour ses goûts exigeants et venait presque de lécher son assiette. Et quand cette personne était en plus un homme au torse large, à la beauté dévastatrice, avec des yeux noirs mystérieux et un sourire en coin sexy dirigé vers elle… Evy n'aurait simplement pas pu rêver mieux.

Elle se tourna vers le lit encore intact.

— Tu n'as pas choisi de côté, remarqua-t-elle.

— De quel côté dors-tu, d'habitude ?

— Celui qui est le plus loin de la porte, dit-elle en montrant le côté droit.

— Très bien. Je me mettrai à gauche.

Il rinça son assiette puis la déposa dans le lave-vaisselle. Il attrapa ensuite le livre qu'il était en train de lire.

Ils se tinrent de part et d'autre du lit, échangèrent un sourire gêné, puis se couchèrent.

— Ça te dérange si je bouquine un moment ? demanda Sebastian.

— Pas du tout. Je comptais faire la même chose. Je suis épuisée, mais je ne suis pas encore assez calme pour dormir.

Elle prit le dernier opus de la série de *romantic suspense* de Sharon C. Cooper.

— Tu vois ? dit Sebastian sans lever les yeux. Ce n'est pas si mal. Et, comme ça, personne ne gèlera dans la nuit ou n'aura mal au dos demain matin.

— Tu as raison. Nous sommes des adultes raisonnables et nous pouvons respecter certaines limites. De toute manière, le lit est bien assez grand pour nous deux.

Une heure plus tard, Sebastian dormait à côté d'elle. Evy posa son livre et éteignit la lampe de chevet.

Elle s'apprêtait déjà à se pelotonner sous la couverture quand elle vit que la lampe de Sebastian était toujours allumée. Il était resté à moitié assis contre son oreiller, et la position avait l'air très inconfortable.

Elle aurait dû le laisser et attraper son masque de sommeil. Mais ça l'aurait obligée à quitter la chaleur du lit. Ne serait-ce pas plus simple de se pencher pour éteindre la lampe ?

Elle s'appuya d'une main au milieu du matelas, sur la ligne imaginaire qui les séparait, et tendit l'autre bras par-dessus Sebastian pour atteindre l'interrupteur. Mais celui-ci était plus loin qu'elle l'avait cru et elle perdit l'équilibre. Elle se rattrapa à l'épaule de Sebastian pour éviter de basculer sur lui.

Il se réveilla en sursaut et ouvrit des yeux ébahis. Son mouvement brusque la fit tomber et sa poitrine s'écrasa sur son torse. Il l'attrapa par les hanches pour l'empêcher de heurter le sol et la regarda, les sourcils froncés.

— La lumière, couina-t-elle avant qu'il lui demande pourquoi elle lui grimpait dessus dans son sommeil. Tu t'es endormi avec la lumière allumée. Je voulais l'éteindre, mais tu étais dans une position tellement bizarre...

— Donc, c'est ma faute si je me suis réveillé pour te trouver en train de me chevaucher comme une stripteaseuse ?

Une pointe d'humour pétilla dans ses yeux en dépit de sa voix sévère.

— Bien sûr que non ! Je t'expliquais juste pourquoi... Bon sang, pourquoi est-ce que je suis hypnotisée à ce point par tes lèvres ?

Elle plaqua précipitamment une main sur sa bouche.

Oh ! faites que je n'aie pas dit ça à voix haute !

Hélas, le sourire entendu de Sebastian lui fit comprendre qu'elle s'était trahie. Il posa une main sur sa joue et observa ses lèvres à son tour.

— Sans doute pour la même raison que moi : la tienne m'a fasciné toute la soirée.

Il se pencha vers elle et sa barbe lui effleura la peau.

— Je n'arrête pas de penser à notre baiser et j'en veux plus.

Evy sentit son visage s'embraser et un frisson la parcourut. Ses tétons durcirent et une pulsation soudaine naquit entre ses cuisses. Elle avait le souffle court. Elle était incapable de parler ou de trouver la force de s'écarter de Sebastian. En fait, elle n'avait aucune envie de reculer. Elle voulait s'abandonner entre ses bras, au contraire, et goûter une nouvelle fois ces lèvres qu'elle observait chaque fois qu'il parlait.

— Je... je...

Elle avala sa salive. Elle n'arrivait toujours pas à formuler une phrase cohérente.

— Je t'ai promis que je n'aurai pas les mains baladeuses, Evy, dit-il, effleurant son oreille au passage.

Il glissa une main le long de son dos sous son haut de pyjama.

— Mais tu ne m'aides pas à tenir parole.

Son souffle réchauffa le cou d'Evy.

Elle frissonna et soupira. Elle avait des fourmis dans tout le corps et sa chair s'embrasait. Elle compara toutes les raisons qui auraient dû l'empêcher de coucher avec Sebastian Valentine avec les raisons qui lui donnaient vraiment, *vraiment* envie de le faire.

Ils étaient coincés en pleine tempête de neige, partageant un lit dans son petit studio. L'univers lui avait servi ce bel homme incroyablement séduisant sur un plateau.

N'aurait-il pas été impoli de rejeter les cadeaux de l'univers ?

Elle ne pouvait tout de même pas se permettre d'offenser les forces généreuses qui la dépassaient.

Sebastian caressa l'oreille d'Evy avec le bout de son nez et résista à l'envie de déposer un baiser sur son lobe. Il savait qu'il en voudrait plus, s'il faisait ça. Un autre baiser dans le cou. Sur ses lèvres. Entendre le murmure grave et sensuel qu'elle avait émis quand leurs langues s'étaient rencontrées, deux soirs plus tôt. Découvrir si son corps entier était aussi doux et soyeux que la peau de son dos.

Il ferma les yeux et soupira avant de s'écarter.

Evelisse le dévisagea. Sa poitrine se soulevait et retombait comme si elle avait couru. Sa respiration mentholée était douce, sucrée ; ses lèvres charnues et luisantes l'appelaient.

Elle leva lentement une main, effleurant à peine son visage

du bout des doigts sans le quitter des yeux. Elle s'installa sur ses genoux et se pencha vers lui très lentement, comme si elle attendait qu'il l'arrête.

Il aurait peut-être dû, mais il n'en eut pas la force.

S'ils couchaient ensemble alors que leurs familles étaient aussi étroitement liées, les choses risquaient de déraper très vite. D'un autre côté, il avait manqué sa chance avec Evy un an plus tôt et son image l'avait hanté depuis. Son sourire ensorceleur. Ce rire contagieux qui l'avait aspiré comme une tornade et auquel il n'avait pas su résister – bien qu'il ait été de mauvaise humeur, ce soir-là. La chaleur et le parfum floral délicat de sa peau brune.

Il n'avait pas pu l'oublier. Peut-être ressentait-elle la même chose...

Peut-être avaient-ils tous les deux besoin de ça : se libérer enfin de cette fascination mutuelle. Ensuite, dans deux mois, quand le moment serait venu pour eux de rentrer dans leurs villes respectives, ils pourraient tourner la page. Ou bien...

Il glissa doucement une main sur la nuque d'Evy et l'attira plus près. Elle soupira quand leurs lèvres se rencontrèrent et son corps chaud se coula contre le sien.

Cette fois, ils n'hésitèrent pas. Sebastian passa les bras autour de la taille d'Evy et la serra contre lui. Il caressa ses lèvres du bout de la langue avant de goûter une fois de plus à la sienne.

Il glissa son autre main dans son cou pour l'inciter à redresser la tête et mieux pouvoir l'embrasser. Ses gestes devinrent plus fermes et pressants, à l'image de son sexe dressé entre leurs corps. Evy se frotta à lui, attisant son désir et lui donnant envie d'explorer un peu entre ses cuisses.

Elle enleva son haut de pyjama et sa brassière pour les jeter par terre avant d'embrasser Sebastian de plus belle.

Il la retourna sur le dos et s'étendit au-dessus d'elle. Les boucles détachées d'Evy s'étalaient sur l'oreiller comme un halo autour de sa tête. Sa poitrine généreuse se soulevait à chaque respiration saccadée et ses tétons tendus semblaient vouloir le toucher.

Il en mit un dans sa bouche et savoura le gémissement qu'elle poussa. Tandis qu'il léchait et pinçait sa chair brune entre ses lèvres, il ne put la quitter des yeux, hypnotisé par ses moues érotiques, qui transformaient son beau visage à chaque instant. Il admira particulièrement sa bouche qui s'ouvrait un peu chaque fois qu'elle prenait une inspiration.

Il caressa ses lèvres avec la pulpe du pouce tout en embrassant son sein. Evy suça son doigt et un frisson descendit tout droit entre ses jambes, aggravant une tension déjà presque douloureuse. Il avait tellement envie de savoir si son sexe était aussi savoureux qu'il l'imaginait.

Il écarta sa main du visage d'Evy et la posa tout doucement sur sa gorge avant de mordiller son téton.

Il se tourna ensuite vers le second sein et fit la même chose avant de descendre le long de son ventre en déposant une série de baisers juste au-dessus de l'élastique de son pantalon. Il mordilla sa hanche tout en la débarrassant de son pyjama et de sa culotte.

Evy souleva le bassin pour l'aider.

— Dire que tu me trouvais impatient, chuchota-t-il contre sa peau nue, sous son nombril.

Elle fut secouée d'un petit rire nerveux et elle enfouit une main dans les cheveux de Sebastian.

— Ça fait très longtemps que j'attends ce moment, dit-elle avec un sourire timide, à la fois touchant et sexy.

— Moi aussi, bébé.

Il embrassa la fine bande de duvet entre ses jambes, savourant les frissons qui la secouaient à chaque baiser. Enfin, il fit courir sa langue sur son sexe brûlant.

— Sebastian, gémit-elle doucement en rejetant la tête en arrière.

Elle se cambra comme pour le supplier d'en faire davantage.

Il obéit sans se faire prier. Il embrassa avec fièvre la peau soyeuse, chaude et sensible autour de son clitoris, puis le mordilla. Cela parut augmenter le plaisir d'Evy. Il poursuivi ses caresses, enivré par sa saveur, excité par ses gémissements de plus en plus forts et les mouvements accélérés de son bassin contre lui. Elle appuya une main sur sa tête, le guidant là où elle avait besoin de lui.

Il se laissa faire et explora son sexe tandis qu'elle se frottait contre lui.

De sa main libre, Evy agrippa son propre sein et pinça son téton brun tendu sans ralentir ses mouvements de reins.

— Tu es si sexy, murmura-t-il entre deux baisers.

Elle saisit le drap à pleines mains. Tout son corps se tendit et elle jouit.

Il déposa un autre baiser à l'intérieur de sa cuisse, puis remonta le long de son corps en l'embrassant, pour atteindre le paradis.

— C'était merveilleux, dit-elle.

Elle lui caressa la joue et sourit timidement, les joues et le front en feu. Elle l'embrassa et glissa sa langue brûlante contre la sienne.

— Toi aussi, murmura-t-il lorsqu'il se redressa enfin pour mordilier son cou et le lobe de son oreille. C'était si bon. Je ne veux plus que ça à chaque repas.

Elle se nicha contre lui, une main glissée sous son T-shirt, posée sur le duvet de son ventre.

— Ne me promets pas ce genre de plaisir si tu n'es pas prêt à tenir parole, dit-elle en le regardant à travers quelques boucles tombées devant ses yeux.

— Où tu veux, quand tu veux.

Elle suivait du bout des doigts l'élastique du pyjama de Sebastian et il sentit son érection devenir plus douloureuse.

Evy redressa la tête et lui adressa un sourire mutin qui fit battre son cœur plus fort. Elle lui enleva son T-shirt et déposa plusieurs baisers sur son torse avant de lécher. Elle laissa sa paume courir un instant sur son sexe dressé, de haut en bas, tout en mordillant son téton sensible. Enfin, elle attrapa son sexe fermement à travers son pantalon et il sentit le plaisir monter le long de son dos.

Elle saisit la ceinture élastique et tira vers le bas, mais il plaça ses mains, bien plus grandes, sur les siennes.

— Désolé, ma belle, mais j'ai laissé mes préservatifs à l'auberge.

Un éclair de déception passa sur son magnifique visage, bien vite remplacé par un sourire diabolique qui embrasa le corps de Sebastian.

— On n'en a pas besoin pour le moment.

Elle l'embrassa encore, coinçant son sexe tendu entre eux. Ce fut un baiser fiévreux, frénétique. Sebastian avait tellement envie d'elle qu'il était presque sur le point de traverser le passage glacial à moitié habillé pour récupérer ses préservatifs dans sa chambre. Il y pensait très sérieusement quand Evy se redressa et se leva. Elle l'obligea à quitter le lit et le débarrassa de son pantalon ainsi que de son boxer pour libérer son sexe. Puis elle l'assit au bord du matelas.

— Bon sang, souffla-t-il, émerveillé, quand elle s'agenouilla devant lui pour l'avaler à pleine bouche.

C'était si bon qu'il eut peur de jouir en quelques secondes. Il se mordit la lèvre, hypnotisé par le mouvement de va-et-vient de cette femme splendide et par le jeu de ses lèvres chaudes. Il enfouit ses doigts dans les belles boucles libérées d'Evy et les repoussa en arrière. Il ne voulait pas rater le spectacle. Il était heureux qu'elle n'ait pas réussi à éteindre la lampe de chevet, parce que la voir ainsi était l'une des choses les plus sensuelles qu'il ait jamais expérimentées. Il croisait les doigts pour que ce ne soit pas la dernière fois.

Elle releva la tête et fit glisser sa langue le long de son sexe. Elle en lécha l'extrémité tout en le caressant avec sa main. Il sentit son corps se tendre et lâcha un juron, ne serait-ce que pour la prévenir qu'il était sur le point de perdre le contrôle.

Il se laissa aller en arrière, appuyé sur les coudes, pris de vertige et le souffle court.

— C'était *vraiment* extraordinaire.

Evy lui adressa un sourire provocateur, à la fois très tendre et extrêmement érotique. Lorsqu'elle alla s'enfermer dans la salle de bains, chacun de ses pas fit rebondir ses fesses. Il était totalement épuisé et rêvait déjà de la coucher sur le lit pour lui faire l'amour.

Après une douche rapide, Sebastian enfila son boxer, tandis qu'Evy se contenta de se couvrir d'une robe de chambre rose qui descendait juste au-dessous de la courbe de ses fesses et dont chaque ondulation l'hypnotisait. Il adorait surprendre ces furtifs aperçus de chair tandis qu'elle se déplaçait dans le studio.

— Je meurs de faim, d'un coup, dit-elle en rassemblant ses boucles cuivrées en une queue-de-cheval qui rappela à Sebastian la manière dont il les avait tenus tandis qu'elle le regardait.

Un frisson le parcourut. Il se campa derrière elle et enfouit son visage dans son cou.

— Tu parles de nourriture ou de… ?

— Les deux, dit-elle en riant. On pourrait commencer par sortir les restes du repas, et on verra la suite après, non ?

Il lui mordilla doucement l'oreille.

— Ça me paraît bien.

Elle disposa sur la table quelques tranches de rosbif et une miche de pain au levain tandis qu'il enfilait un T-shirt et la regardait papillonner dans la cuisine en chantonnant.

Il avait déjà hâte de passer ces prochains jours en tête à tête, pour apprendre à mieux la connaître de toutes les manières imaginables. Ils avaient de la chance. Les choses auraient pu très mal tourner si l'arbre était tombé dans une autre direction. Mais Sebastian avait l'impression d'être encore plus chanceux car il pouvait rester enfermé avec cette femme belle et gentille, qui lui donnait l'impression d'être plus vivant que jamais.

13

Le lendemain matin, à son réveil, Evy fut momentanément troublée par le parfum boisé et acidulé qui l'enveloppait et le bras puissant passé autour de sa taille. Elle redressa la tête et regarda Sebastian, qui dormait encore.

Elle sourit malgré elle et sentit des papillons dans son ventre. Les événements de la veille défilèrent dans sa tête. Depuis la chute de l'arbre qui l'avait tirée de son sommeil jusqu'au plaisir incroyable que Sebastian et elle avaient partagé au lit. Tout ceci semblait improbable, comme un rêve.

Et pourtant, elle était là, tout près de cet homme – alors qu'elle aurait parié qu'il n'aimait pas les câlins.

Elle se rallongea, le dos pressé contre le torse musclé de Sebastian. Rien de tout ça ne serait arrivé s'ils n'avaient pas été piégés par la tempête. Mais elle aurait facilement pu s'habituer aux nuits de ce genre.

Était-elle égoïste de souhaiter que la neige les bloque encore pendant quelques jours ?

En tout cas, sa volonté avait moins résisté qu'elle l'avait espéré. Elle n'avait même pas tenu une soirée avant de céder à son désir pour lui.

Cette nuit avait été merveilleuse, et elle avait déjà hâte de voir le soleil se coucher. Une petite voix la mit en garde et lui murmura que ça n'avait été que le résultat de circonstances inhabituelles.

Que feraient-ils, après la fin de la tempête ?

Evy fut tirée de ces réflexions déconcertantes par un petit baiser sur sa joue, suivi par un autre sur son épaule.

— Tout va bien ? demanda-t-il en l'embrassant de nouveau, dans le cou cette fois. Tu as l'air tendue.

Il fit glisser sa main le long de la cuisse d'Evy.

— Je m'inquiète juste pour nos familles, qu'on n'a toujours pas réussi à contacter, et pour l'auberge. Ma sœur en rêve depuis si longtemps. On ne l'a inaugurée qu'il y a trois mois, et voilà ce qui arrive.

— L'auberge n'est pas abîmée, il y fait juste froid et on a fait tout ce qu'on pouvait pour éviter que les canalisations gèlent.

— Mais si elles éclataient quand même ? Ou si un autre arbre tombait sur le toit ? Ou...

— Avec un peu de chance, il n'arrivera rien de ce genre.

Il l'allongea sur le dos pour la regarder dans les yeux. Elle le dévisagea, presque surprise par sa beauté.

— Et si jamais il y avait un problème... les assurances sont faites pour ça. Ce ne sont que des biens matériels, au fond. Tout ce qui compte, c'est que ton personnel, tes clients et toi soyez en sécurité. Tout ça parce que tu as eu la prudence de renvoyer tout le monde à la maison en avance.

— Mais pas assez de bon sens pour partir à temps, soupira-t-elle. Je suis désolée de t'avoir entraîné dans ce bazar.

— C'est moi qui devrais m'excuser. Tu es restée parce que j'étais encore là, et je me suis attardé parce que je savais qu'on allait passer plusieurs jours sans se voir en attendant la fin de la tempête.

— Tu as dormi à l'auberge juste pour prendre le petit déjeuner avec moi ? s'enquit-elle en s'adossant à la tête de lit.

Il se redressa aussi.

— C'est si difficile à croire ?

Oui. Seulement, il n'avait pas besoin de savoir qu'elle avait passé sa vie à se méfier des autres et à lutter contre son complexe d'infériorité. Elle avait travaillé sur ça avec son psy, mais elle avait encore un long chemin à faire pour terrasser les démons de son enfance. Après sa séparation avec Calvin, elle s'était mise au yoga et à la méditation parce qu'elle avait compris qu'elle devait régler ses problèmes avant d'espérer connaître le bonheur avec une autre personne.

— Je suis contente qu'on s'en soit sortis et qu'on puisse se soutenir pendant cette terrible tempête, dit-elle en déposant un baiser sur sa joue avant de quitter le lit. Je vais me doucher.

— D'accord.

Il eut l'air surpris par sa manière d'esquiver une question aussi simple, mais il n'insista pas et elle lui en fut reconnaissante.

Peut-être était-il déçu qu'elle ait évité de lui répondre honnêtement. Elle se sentait un peu coupable pour ça. D'un autre côté, elle refusait de s'investir de nouveau dans une relation sans avenir. Elle allait donc savourer son flirt avec Sebastian sans espérer que cette histoire prenne plus d'importance. C'était une erreur qu'elle ne referait pas.

À la sortie de la salle de bains, elle fut accueillie par la délicieuse odeur du café et du bacon. Sebastian se tenait devant la cuisinière et versait de la pâte à pancakes dans un poêlon en fonte.

— Ça sent très bon. Je ne savais pas que tu cuisinais.

Elle s'approcha de lui et l'enlaça.

— Je suis impressionnée.

— Ne dis pas ça avant d'y avoir goûté.

Il sourit et se pencha sur la planche à découper où il avait commencé à préparer des fraises et des kiwis.

— Tu es fan de kiwi, maintenant, remarqua fièrement Evy. Reste encore un peu et je t'apprendrai d'autres choses.

Elle lui fit un clin d'œil et il lui tendit une tasse de café avant de retourner à ses fruits.

— Tu l'as déjà fait.

Elle sentit ses joues s'embraser au souvenir de la nuit précédente. Elle avait été plus audacieuse et… *enthousiaste* qu'à son habitude. Après ce qu'il avait fait pour elle, elle avait voulu lui donner le même genre de plaisir à son tour.

Elle ouvrit le frigo et versa du lait dans son café.

— Je peux finir de préparer le petit déjeuner, si tu veux.

— Non, ça va. Tu as été une hôtesse charmante, ces dernières semaines. Ce matin, c'est moi qui prends soin de toi.

Elle s'assit sur un tabouret de bar en face de lui.

— C'est vraiment gentil, Sebastian. Mais c'est mon travail de prendre soin des clients, tu sais.

— Et tu es très douée pour ça.

— Ça fait trois ans que je suis l'assistante personnelle d'un réalisateur connu pour être l'un des plus gros bébés de Hollywood. Gérer les caprices de gens exigeants est – *était* – mon métier.

Tout s'était passé si vite qu'elle n'avait pas pris le temps de réfléchir à ce qui l'avait poussée à démissionner. Ou à la fureur de Fabian quand elle lui avait annoncé qu'elle ne reviendrait pas.

— Tu ne retourneras pas travailler pour lui ?

— Non. Ces derniers mois, j'ai essayé de prendre un nouveau départ. J'ai quitté mon copain. Je me suis mise à la méditation et au yoga. Je mange mieux et je fais du sport.

— Ça explique ta silhouette encore plus sexy qu'avant.

Elle sourit. Des papillons s'agitèrent au creux de son ventre et elle sentit ses joues s'échauffer.

— Bref, la seule chose que je n'avais pas changée, c'était mon patron malsain. Donc, quand Kayleigh m'a demandé de venir l'aider, j'ai pensé que le moment était venu de couper les ponts. Je gagne moins d'argent ici, mais j'ai moins de frais, à commencer par le loyer. Ça me permet de mettre de l'argent de côté le temps de savoir ce que je veux faire ensuite.

— Bon plan, dit-il en retournant les pancakes. Pourquoi ai-je l'impression que ta sœur ignore tout de cette démission ?

— Parce que c'est le cas, avoua Evy, un peu coupable. Je n'ai peut-être pas prévu de reprendre mon travail, mais je compte retourner à L.A. Je tiens à essayer une dernière fois de devenir actrice. Kathy Bates, Jane Lynch, Steve Carrell… Ils avaient tous environ mon âge quand ils ont percé.

Elle sentait qu'elle se justifiait, mais elle ne pouvait pas s'en empêcher.

— Si Kayleigh savait que j'ai quitté mon boulot, elle ferait tout pour me convaincre de rester.

— Tu as sans doute raison. As-tu pensé que ça pourrait être ta nouvelle carrière ?

— Tenir une auberge ? demanda-t-elle en se penchant vers lui, le menton appuyé sur son poing.

Il posa sa spatule et répondit :

— Pourquoi pas ? Tu donnes à tout le monde l'impression d'être spécial, ici.

— En leur servant du café ou en leur recommandant les meilleurs chemins de randonnée ? C'est le minimum, non ?

— Tu t'investis auprès de chaque client. Ils le sentent. Et tu possèdes cette lumière. Tu brilles de l'intérieur. C'est contagieux : même un grincheux comme moi a du mal à y résister.

Il lui adressa un sourire affectueux et elle battit des paupières d'un air mutin.

— Tu veux dire que tu me trouves hypnotique ?

— Évidemment, dit-il avec un clin d'œil. Mais tu as aussi un don pour aider tes clients à se sentir non seulement choyés mais vraiment *vus*. Ne sous-estime pas l'importance de ces choses-là. Je t'ai regardée travailler. Ce que tu fais rend tout le monde heureux. Toi comprise.

Il sourit de plus belle.

— Réfléchis-y.

— Merci, Sebastian.

Elle contourna l'îlot pour l'embrasser sur la joue.

— Je ne dis pas que je vais rester, mais je crois que j'avais besoin d'entendre ça.

Elle sortit deux assiettes pendant que Sebastian tirait le bacon du four et le séchait sur une feuille de papier absorbant. Il posa deux pancakes épais et dorés sur chaque assiette, puis insista pour qu'Evy s'asseye tandis qu'il coupait une banane pour disposer avec soin les tranches de fruits sur les pancakes avant d'y ajouter quelques myrtilles.

Evy attrapa le sirop d'érable et ils entamèrent leur repas.

— C'est *délicieux*, Sebastian. Ne le dis pas à Sofie, mais tes pancakes sont encore meilleurs que les siens.

Elle piqua sa fourchette dans une tranche de chaque fruit avec sa bouchée suivante.

— Quand on était petits, on cuisinait avec ma grand-mère certains samedis matin. Les pancakes étaient mon petit déjeuner préféré, donc elle a insisté pour que j'apprenne à les faire. Sinon, j'aurais fini par épouser la première femme capable de m'en préparer.

Il rit, Evy aussi.

— Ta grand-mère était sage et, clairement, une super cuisinière.

Sebastian sourit avec une pointe de tristesse.

— C'était une femme compliquée, mais avec le recul, je pense qu'elle nous a aimés de son mieux. Et je l'aimais aussi.

— C'est pour ça que tu t'es senti obligé de rester à la filature ? Parce qu'elle aurait voulu que tu le fasses ?

— Mes grands-parents se retourneraient dans leur tombe s'ils savaient que mon père a vendu leur usine. Mais je comprends pourquoi il avait l'impression de traîner ça comme un boulet, pourquoi il a ressenti le besoin de s'en libérer et de faire un métier qui le passionne.

— Et que veux-tu vraiment faire, toi ? l'interrogea Evy prudemment, consciente de la dispute que ce sujet avait engendrée la veille.

Il mâcha, songeur.

— Honnêtement, mes choix d'études et de carrière ont toujours tourné autour de deux choses. Rendre ma grand-mère fière et m'assurer que ma mère allait regretter de nous avoir quittés. Maintenant que je le dis à voix haute, je reconnais que c'est assez pathétique…

Ce n'était pas une réponse, mais comme elle avait aussi esquivé une de ses questions, elle n'avait pas vraiment le droit d'insister.

— Vouloir que nos parents et nos grands-parents se soucient

de nous ou essayer de les rendre fiers n'est pas pathétique. Nous voulons tous faire ça.

Elle lui serra la main, ne sachant pas quoi ajouter. Elle sentait juste qu'il avait besoin d'être rassuré et elle espérait pouvoir lui transmettre cette chaleur et cette lumière qu'il avait tant vantées quelques minutes plus tôt. Peut-être pouvait-elle lui remonter le moral d'une autre manière...

— Hé ! j'ai une idée pour passer la matinée. Tu es partant ?

Les yeux de Sebastian pétillèrent de malice et il lui adressa ce petit sourire en coin diabolique qui la faisait frissonner.

— Oh ! plus que jamais.

14

— Je suis censé ressentir quelque chose ?

Sebastian entrouvrit un œil et regarda Evy, qui était aussi assise en tailleur par terre tandis que la cheminée crépitait et réchauffait toute la pièce.

— Tu es censé ressentir ce dont tu as besoin, dit-elle.

— Dis-moi encore une fois à quoi ça sert.

Il ouvrit l'autre œil et ajusta sa position pour alléger la tension de ses hanches.

Evy le regarda avec un sourire patient. Comme une mère qui répond au dixième « pourquoi ? » consécutif de son garçon de cinq ans.

— La vie est parfois bruyante, intense. Nos angoisses nous envahissent. Même le soir, quand on essaie de dormir, ces voix nous suivent encore. La méditation doit te permettre de prendre le temps de te calmer, de rester immobile et de t'abandonner à tes sensations sans jugement. C'est une manière de se recentrer et de se focaliser sur ce qui compte vraiment. De devenir la meilleure version de toi-même.

Il lui adressa un regard confus et elle sourit de nouveau avec douceur avant de lui prendre le bras un instant.

— C'est bon, Sebastian. Cette pratique n'est pas adaptée à tout le monde et on n'est pas forcément doué dès le départ. J'ai eu beaucoup de mal au début, et j'ai souvent abandonné au fil des ans. Mais je suis contente d'avoir tenu bon, cette fois. Ça m'a beaucoup aidée à gérer mon anxiété. Du coup, je ne suis pas surprise que ton docteur t'ait recommandé ça.

— OK. Très bien. Je vais travailler dessus.

Il ferma les yeux et essaya de faire taire toutes les pensées intrusives qui le hantaient. Étrangement, c'était un vrai défi.

Il perçut un mouvement et Evy glissa sa main dans sa paume ouverte. Il fut d'abord surpris. Il ouvrit les yeux : elle avait rapproché la couverture pliée sur laquelle elle était assise de la sienne.

Elle avait un parfum sucré et solaire – comme une prairie de fleurs printanières. Ses boucles d'un brun presque rouge étaient attachées en un chignon flou au sommet de sa tête. Et sa peau luisait dans le soleil qui se déversait par la fenêtre.

Sebastian entremêla ses doigts aux siens et les serra doucement avant d'abaisser une fois de plus les paupières. Ses épaules se détendirent lentement. Le nœud perpétuel au creux de son estomac parut se défaire. Il fut envahi par une sensation de confort et une légèreté qu'il ne pouvait pas vraiment expliquer.

Enfin, le minuteur de la montre d'Evy sonna.

— Ce n'était pas si mal, n'est-ce pas ?

Elle se leva et le tira vers le haut.

— Non, admit-il. Mais je ne suis pas sûr que mes genoux et mes hanches apprécient. En revanche, je me sens étrangement relaxé.

— Dans ce cas, nous avons raison d'enchaîner avec du yoga, dit-elle en calant ses mains sur les hanches de Sebastian. On va assouplir un peu ces articulations.

— C'est drôle que tu mentionnes ça, parce que j'y pensais aussi, dit-il en passant les bras autour de sa taille. Mais j'avais une autre méthode en tête.

Il l'embrassa longuement.

Au départ, elle se crispa comme si elle allait refuser d'interrompre leur séance de méditation et de yoga. Mais elle se détendit rapidement et se laissa couler contre lui, agrippant le dos de son T-shirt.

— On est censés faire une salutation au soleil, lui rappela-t-elle faiblement entre deux baisers. Ça t'aidera à relaxer tes épaules, tes hanches, et ça te remontera le moral.

— Vraiment ?

Il lui enleva son haut, puis le sien, et les jeta sur une chaise.

— Ce que j'avais à l'esprit aussi.

Il la fit basculer sur son épaule sans prévenir. Elle donna des coups de pied et rit.

— Sebastian Valentine, repose-moi tout de suite !

— Avec plaisir, ma chérie.

Il l'allongea doucement sur le lit et elle poussa un petit cri. Il grimpa ensuite sur le matelas, ravi d'être allé avec elle jusqu'à l'auberge pour récupérer ses dernières affaires.

En quelques secondes, ils finirent de se déshabiller et se glissèrent sous les couvertures. Sebastian s'étendit au-dessus d'elle et passa les mains dans ses cheveux, derrière sa nuque, pour l'embrasser de nouveau.

Il s'empara de ses lèvres avec gourmandise, glissa sa langue sur la sienne et savoura la chaleur de sa bouche. Ça faisait longtemps qu'il n'avait pas embrassé quelqu'un comme ça, non seulement guidé par un désir intense, mais aussi par une joie et un abandon absolus. Il redécouvrait l'euphorie de cette intimité croissante à chaque nouveau contact.

Leur baiser devint plus fiévreux, plus sensuel, comme s'ils n'en auraient jamais assez. Enfin, il descendit pour embrasser son cou et son épaule nue, si parfumée.

Il lécha ses tétons sombres et tendus. Elle se mit à respirer plus fort. Il déposa ensuite une série de baisers jusqu'à son ventre et son sexe.

Evy ouvrit les cuisses et posa la main sur sa tête. Elle se cambra. Chaque caresse de sa langue lui arrachait des gémissements de plaisir. Quand il atteignit enfin son clitoris, elle jura et se tortilla, le dos arqué, en maintenant la pression sur sa tête. Elle le suppliait presque de continuer.

Il obéit et lécha sa peau sensible. Elle jouit d'un coup. Son corps trembla et elle cria son nom.

Il se redressa pour déposer un autre baiser dans son cou avant d'attraper un préservatif dans le tiroir de la table de chevet.

Il déchira l'enveloppe et l'enfila rapidement, pressé d'être enfin en elle – il avait rêvé de ce moment plus souvent qu'il n'aurait voulu l'admettre. Il pressa son sexe dressé entre ses cuisses et la pénétra. Chaque gémissement d'Evy lui arrachait un grondement sourd. Ils se laissèrent emporter par toutes ces sensations érotiques nouvelles.

Evy passa les jambes autour de ses hanches, ses talons appuyés au bas de son dos, tandis qu'il donnait des coups de reins très lents. Il sentit ses ongles courts enfoncés dans ses épaules. Elle s'agrippait à lui pendant qu'il bougeait en elle. Chaque pression était plus intense que la précédente. Son cœur s'emballa et il ajusta son rythme en fonction des réactions d'Evy. Il adorait l'entendre soupirer et la voir se cambrer. Il se laissait hypnotiser par la profondeur de ses yeux noisette.

Il se redressa un peu pour décaler la jambe d'Evy et changer de position, accentuant les frictions sur son clitoris.

Soudain, elle empoigna les draps et se tendit. Ses muscles se crispèrent autour de lui et elle répéta son nom.

Un frisson le parcourut. Il alla plus vite, plus fort, emporté par l'orgasme qui montait comme un volcan sur le point d'entrer en éruption.

Enfin, la digue lâcha.

Un flot de pur plaisir explosa en lui. Il jura dans sa barbe et murmura le nom d'Evy.

Le souffle court, il resta étendu sur elle et la contempla. Elle le regardait aussi. Sa poitrine se soulevait et retombait rapidement. Elle pressa sa main contre la joue de Sebastian et sourit presque timidement. Puis elle glissa son pouce sur sa lèvre inférieure avant de l'embrasser.

La voir jouir comme ça grâce à lui était le plus sensuel des spectacles. Il avait déjà hâte de recommencer.

Il enfouit son visage dans le creux de son cou et goba le bord de son oreille.

— Si c'est ma récompense pour avoir médité, je suis prêt à le faire tous les jours sans me plaindre.

Quand il vit son sourire attendri, il comprit qu'il n'y avait pas que du désir entre eux. Une affection sincère irradiait d'Evy et il se surprit à rêver d'un avenir avec elle.

Et s'ils ne se contentaient pas de flirter loin du monde, pendant cette parenthèse furtive ? Si l'amitié qu'ils avaient construite après son arrivée à l'auberge et l'intimité qu'ils partageaient depuis deux jours pouvaient durer plus longtemps ?

Non, c'était impossible. Après les vacances, ils rentreraient chez eux et tout le bonheur qu'ils pouvaient connaître ensemble n'y changerait rien. Alors pourquoi avait-il l'impression que la réalité lui tombait d'un coup dessus comme une douche froide, comprimant son cœur ?

— Sebastian, ça va ? demanda-t-elle en caressant son épaule. Tu avais l'air ailleurs.

Elle semblait inquiète et sa poitrine se serra plus encore.

Evelisse Jemison était tout ce qu'il avait toujours désiré, mais il l'avait rencontrée au mauvais endroit, au mauvais moment. C'était un problème récurrent, dans sa vie. D'abord, sa carrière. Maintenant, Evy.

Il se crispa et fronça les sourcils – il n'avait pourtant presque jamais fait ça depuis son arrivée à Magnolia Lake.

Il l'embrassa sur la joue et s'obligea à sourire.

— Ça va, mais je dois me rafraîchir. Je reviens.

— OK.

Elle fit glisser un doigt sur son torse et sourit aussi. Mais ses yeux restaient anxieux : clairement, elle n'était pas rassurée. Ou alors elle aurait aussi aimé que les circonstances soient différentes.

Plus tard dans la soirée, Evy prépara de la sangria dans la cuisine, vêtue d'un T-shirt de Sebastian et d'une culotte. Elle ajouta quelques cubes de pomme dans le pichet et remplit deux verres déjà garnis de glaçons.

Elle les porta ensuite dans la salle d'eau. Sebastian était allongé dans la baignoire avec un livre – de fiction, cette fois. Elle n'avait encore jamais vu un homme lire dans son bain et cette image était incroyablement sexy. Le genre de choses qu'elle aurait pu ajouter à son profil sur une application de rencontres… si elle en avait un.

Doit aimer les câlins et lire dans la baignoire pendant les journées d'hiver.

— Qu'est-ce que c'est ? s'enquit-il, la tirant de sa rêverie.

Elle lui tendit l'un des verres.

— De la sangria. Le nom vient de *sangre*, « sang » en espagnol. Je me suis dit que ça irait bien avec ton polar.

— Thriller juridique.

Il sourit et but une gorgée, puis une autre. Il posa ensuite le verre déjà à moitié vide sur le rebord de la baignoire.

— Waouh ! c'est délicieux. Je vais t'en demander un deuxième très vite.

— Prends le mien. Je vais m'en préparer un autre.

Elle lui offrit son propre verre et il le plaça près du premier. Elle voulut sortir, mais il la retint par la main.

— Est-ce un nouveau service de l'auberge Sweet Magnolia ? Distribuer des boissons thématiques aux clients pendant qu'ils profitent d'un bain rempli de… Qu'est-ce que tu as mis dedans, déjà ?

— Des sels de bain à la lavande et à la rose que j'ai créés pour assouplir mes hanches et mes genoux de femme de quarante et un ans. Pourquoi ? Tu penses qu'on devrait ajouter ça à nos services ?

— Bien sûr. Mais juste pour moi.

Il la tira soudain vers lui et la fit basculer dans la baignoire.

— Sebastian ! cria-t-elle en frappant son torse humide. Je n'arrive pas à croire que tu aies fait ça.

Elle essuya l'eau qui avait éclaboussé ses joues et se mit à cheval sur lui. Elle passa les bras autour de son cou et le regarda.

— Je n'arrive pas à croire que tu sois aussi jolie avec un T-shirt mouillé.

Il indiqua ses tétons qui pointaient sous l'étoffe collée à sa peau et l'embrassa dans le cou.

— J'ai le droit de dire que tu es super sexy ?

Elle rit et un courant électrique la parcourut.

Elle devenait déjà accro à Sebastian Valentine. Qu'il la fasse grimper aux rideaux ou lise tranquillement avec elle près du feu, elle voulait juste le sentir à ses côtés.

Mais elle se souvint brusquement de la panique qui l'avait saisi la première fois qu'ils avaient fait l'amour. Il avait eu un regard qui semblait dire : « Oh non ! il faut qu'on parle. »

Elle savait déjà de quoi. Elle l'avait donc battu de vitesse et avait détourné la conversation pour éviter d'admettre l'évidence – qui aurait gâché l'ambiance.

— Écoute, Sebastian, ces deux derniers jours ont été formidables. Si je devais être coincée avec quelqu'un pendant une tempête, je suis contente que ça ait été toi.

Il lui tendit son verre de sangria et prit le sien pour trinquer.

— Buvons à ça. Les choses auraient été très différentes si j'avais été bloqué avec Daniel ou Sofie, dit-il en riant. On n'aurait retrouvé mon corps qu'à la fonte des neiges.

Evy éclata de rire et but une gorgée.

— Je te l'ai dit : ils ne sont plus fâchés. Que veux-tu ? Tu as quelque chose de contagieux.

— Comme une infection ?

— Oui, mais une infection délicieuse.

Elle but encore et reposa son verre pour l'embrasser.

— C'est bon à savoir.

Il redressa la tête pour mordiller son lobe. La sensation descendit tout droit à son sexe, pressé contre l'érection naissante de Sebastian.

— Tu as autre chose à me dire ?

C'est le moment. Vas-y.

— Oui, répondit-elle en se relevant pour le regarder dans les yeux. Je veux que tu saches que je comprends la nature de cette… liaison. J'ai conscience que les choses redeviendront comme avant quand on aura quitté ce cocon.

— Comme la nuit où tu m'as embrassé, tu veux dire ? demanda-t-il avec un sourire en coin.

— Oui, je t'ai embrassé, mais tu m'as tendu les lèvres en premier.

Il rit et elle lui donna une tape sur l'épaule.

— Tu m'as comprise, Sebastian. Je tiens juste à t'assurer que rien ne sera bizarre. Ce qui se passe est plus lié aux circonstances qu'à nous.

— Je ne suis pas d'accord, dit-il après une longue pause un peu gênante. Oui, j'ai profité de l'instant. Mais pour moi, tout ça est nettement lié à *toi*, Evy.

Il l'enlaça un peu plus fort.

— J'ai conscience qu'on rentrera chez nous après les vacances. Mais jusque-là…

— Pourquoi ne pas en profiter ? dit-elle, le cœur battant et l'estomac noué. Je ne suis pas contre l'idée, mais on aura du mal à se cacher des employés, de ma sœur et des autres clients. Mme McConley m'a vue sortir de ta chambre, l'autre jour, et elle a deviné tout de suite que…

Il l'embrassa sur l'épaule.

— Pourquoi devrions-nous nous cacher ? On est adultes et libres. Tu es la patronne, donc tu établis les règles.

— Je dois aussi donner l'exemple à mon équipe.

Elle gémit doucement quand il déposa un baiser au creux de son cou. Décidément, elle n'avait aucune volonté face à lui.

— Si je commence à sortir avec des clients…

— Pas des clients, murmura-t-il en mordillant son oreille. Juste moi. Le type avec qui tu as passé une soirée extraordinaire il y a un an. Vois ce blizzard comme une seconde chance, parce que j'ai tout gâché en ne t'appelant pas.

Une seconde chance de quoi ? De partager un flirt temporaire qui allait lui briser le cœur ?

Elle ne posa pas la question car elle connaissait déjà la réponse. Si c'était tout ce qu'ils pourraient vivre ensemble, peut-être devait-elle se contenter d'apprécier le moment présent. Elle méritait un peu de bonheur, tout comme Sebastian. D'un autre côté, il vaudrait mieux y réfléchir posément quand elle ne serait pas à moitié nue et plaquée contre le corps délicieusement ferme de Sebastian.

— Tu me laisses le temps d'y réfléchir ?

— Bien sûr. Mais en attendant, tu devrais vraiment enlever ça.

Il souleva le bas de son T-shirt détrempé et le lui ôta avant de le jeter dans le lavabo, suivi par sa culotte en dentelle.

15

Sebastian n'aurait sans doute pas pu être plus heureux qu'en cet instant. Evy et lui étaient allongés dans le lit, plongés dans leurs romans respectifs en grignotant du fromage accompagné de cidre chaud. Ils n'avaient pas parlé depuis une heure. Pourtant, il se sentait bien avec elle – une impression qu'il n'avait jamais eue durant tout son mariage.

Son téléphone branché sur le chargeur se mit soudain à sonner. Evy et lui échangèrent un regard surpris. Leurs portables n'avaient pas fonctionné depuis deux jours, tout comme Internet.

Sebastian prit son téléphone et vit le visage de sa sœur cadette s'afficher sur l'écran.

— Naya ?

— Sebastian ! Dieu merci, tu es vivant ! s'écria-t-elle d'une voix brisée et larmoyante. Où es-tu ? Tout va bien ?

— Oui. Je suis toujours à l'auberge. Dans la grange, en fait.

— Ce n'est pas le studio d'Evy ? demanda sa sœur, soudain plus malicieuse.

— Oui.

Evelisse pouvait-elle entendre Naya ?

— Tu veux dire que je me suis rongé les sangs pendant deux jours, persuadée que tu étais perdu dans une tempête, gelé jusqu'aux os, alors que tu jouais au papa et à la maman avec Evy pendant tout ce temps ?

— Naya ! cria leur père en fond. Il y a des enfants, ici.

— Je sais. C'est pour ça que je n'ai pas dit le mot S-E-X-E.

— Tonton Sebastian a touché le sexe de quelqu'un ? piailla Harper derrière elle.

Evy éclata de rire en tournant une page de son livre.

— On dirait que le secret est éventé, murmura-t-elle.

Au moins, il avait sa réponse : elle entendait tout.

Sebastian lui chuchota « désolé » et elle gloussa doucement. Elle l'embrassa sur la joue avant de se lever et d'attraper son propre téléphone. Elle lui fit signe qu'elle allait appeler sa sœur.

Elle enfila ses bottes fourrées et son manteau, et descendit dans la boutique.

— On s'est retrouvés coincés quand la tempête est arrivée plus tôt que prévu. Un arbre est tombé et a détruit le générateur de l'auberge. Il a presque écrasé ma voiture. On a été obligés de se réfugier dans son studio. Le second générateur fonctionne ici, il y a une cheminée traditionnelle et on a plein de bois. Donc, tout va bien.

Il préféra ne pas confirmer les soupçons de sa sœur concernant leurs activités.

— Comment allez-vous, de votre côté ?

— Bien aussi. Papa est en pleine forme. Nolan, Laney et Harper sont là et on a pu garder le contact avec Chandra et Julian grâce au talkie-walkie longue portée qu'elle a emporté.

— Tant mieux, soupira-t-il, soulagé. Le vignoble a survécu ?

— Les bâtiments et la villa tiennent bon. Les ouvriers ont tout fait pour protéger les vignes. Papa, Nolan et Laney ont gardé un œil dessus.

— Moi aussi ! claironna Harper.

— Oui, Harper les a surveillés, ajouta Naya. Elle est tellement mignonne dans sa petite combinaison.

— Dis à papa que je suis désolé de ne pas avoir été là. Vous auriez pu avoir besoin d'un coup de main supplémentaire.

Il replaça son marque-page et posa son livre.

— Mais je viendrai dès que les routes seront dégagées. Je vous aiderai autant que possible.

— Merci, Bas, dit Naya, avant d'ajouter après un long silence : Je m'inquiétais vraiment pour toi, grosse tête. Je suis contente que tu ailles bien et que tu ne sois pas seul.

— Moi aussi, Nye. On se rappelle vite ?

— Hé ! tu ne m'as pas répondu au sujet de...

Il secoua la tête et raccrocha. Il s'inquiéterait plus tard de ce qu'il pouvait dire à sa famille ou non. Il espérait juste que tout se passerait bien entre Evy et lui après ce coup de fil.

— Je n'arrive pas à croire que vous soyez tous les deux à l'auberge, qu'un arbre ait démoli notre générateur tout neuf et qu'il ait failli tomber sur la voiture de Sebastian. Nos primes d'assurance vont monter en flèche, dit Kayleigh.

— Je vais bien aussi. Merci, sœurette, répliqua sèchement Evy.

— Évidemment, je suis soulagée que tu sois saine et sauve. Et je suis vraiment contente que Sebastian ait été là pour toi.

— Il m'a aidée à porter les denrées périssables dans le frigo et le congélateur de secours à la grange. On a aussi sécurisé l'auberge pour éviter les dégâts et empêcher les canalisations de geler. Comme il n'a pas pu occuper sa chambre, je pensais qu'on pourrait déduire au moins une semaine de sa note, voire plus, dit Evy en fouillant dans les étagères de l'atelier de Kayleigh.

— Oui, bien sûr. Mais n'en fais pas trop. En revanche, on devrait sans doute lui offrir un massage. Il doit avoir le dos en miettes à force de dormir dans un fauteuil de ton studio. Ou avez-vous sorti un lit d'appoint de la réserve ?

— Aucun des deux.

— Attends... Vous avez tous les deux dormi dans ton lit ?

Un autre long silence suivit.

— Oui. C'était la solution la plus logique.

— Et vous avez juste dormi ensemble ou vous avez *couché* ensemble ?

— Non... et oui.

Evy ferma les yeux et écarta le combiné quand sa sœur cria, excitée :

— Je le savais !

Puis elle reprit soudain plus gravement :

— Qu'est-ce que vous allez faire, maintenant ? Il compte rester ? Et toi ? Tu envisages de... ?

— On a juste fait l'amour pendant une tempête, Kayleigh. Il ne m'a pas demandé ma main. Détends-toi.

— Ne fais pas comme si ce n'était que du sexe, Evy. Ce type a trimballé des meubles pour toi.

— Pour toi, en fait.

— Ouvre les yeux, frangine. On sait toutes les deux *pourquoi* il a accepté de nous aider. Sans compter le fait qu'il t'a déjà proposé un rencard. Tu essaies de dire que ce n'était que... quoi ? Un flirt sous la neige ?

— Il veut qu'on continue à se voir tant qu'on restera à Magnolia Lake.

— Et pas toi ?

— Si, mais... Et si j'avais vraiment des sentiments pour lui ? Si on continue cette aventure, ces sentiments risquent de s'ancrer, non ? Qu'arrivera-t-il ensuite, quand on se séparera ?

Elle ferma un placard, en ouvrit un autre. Kayleigh soupira.

— Ça fera très mal. Mais soyons honnêtes : tu es déjà folle de lui. Alors, profite du temps qui vous reste. Après tout, Chandra et Naya essaient déjà de le convaincre de rester travailler au vignoble. Et s'il... ?

— Il ne restera pas, Kayleigh, chuchota Evy. Il a l'impression de devoir prouver quelque chose dans leur ancienne entreprise. Et puis, je dois repartir moi aussi.

— Tu pourrais rester.

— Je sais que tu aimerais que je reprenne la direction de l'auberge, mais c'était ton rêve et tu avais envie de gérer ton propre établissement pendant tant d'années.

— C'est vrai. Seulement, même avant ma blessure, j'étais débordée par le travail à l'auberge.

Sans doute sa sœur avait-elle du mal à admettre ça.

— Quand j'ai pensé la diriger seule, je ne m'attendais pas à ce que les affaires de ma boutique de bijoux décollent aussi. J'ai décidé d'employer une créatrice de bijoux à plein temps en plus de mon assistante, et ça ne suffira pas. J'ai vraiment besoin de ton aide à l'auberge, Evy. En plus, tu es très douée pour ça. Est-ce que tu as lu certains des commentaires laissés par les clients ? Ils sont ravis et ils disent tous qu'ils ont hâte de revenir.

— Formidable.

Evy se souvint des remarques de Sebastian au sujet de son don pour l'hôtellerie et du fait qu'elle avait l'air plus heureuse.

— Mais tu as engagé une super équipe. Mariana pourrait prendre les rênes sans problème, si tu as besoin de soutien. Elle est travailleuse, intelligente et elle apprend vite.

— Mariana est super et très compétente. Mais elle n'est pas ma grande sœur, Evy. Honnêtement, depuis l'ouverture de l'auberge, j'espérais un peu que tu viendrais un jour la diriger avec moi.

— Tu veux que j'achète des parts dans ce projet ? Je suis désolée, Kayleigh, mais c'est au-dessus de mes moyens.

— Je ne te le demande pas. Si tu continuais à la gérer pendant deux ans, je te verserais un salaire. Finalement, tu deviendrais une associée – peu importe la valeur ajoutée que prendrait l'établissement entre-temps.

— Tu me ferais cadeau de la moitié de l'auberge ? Ce n'est pas sérieux, Kayleigh.

— Au contraire.

— Parker est d'accord avec ça ? Après tout le temps et l'argent que vous avez investi ?

— Parker siège au conseil d'administration de King's Finets. *Je* suis la propriétaire de l'auberge Sweet Magnolia. Mais, bien sûr, je prends son avis en compte et nous en avons déjà parlé. Il sait que c'est ce que je veux et il me soutient totalement.

Kayleigh fit une pause, puis reprit :

— Écoute, je sais que tu as beaucoup de soucis en ce moment : les coupures de courant, les chutes d'arbres, les clients grincheux et sexy dans ton lit...

Elles éclatèrent toutes les deux de rire.

— Donc je ne te demande pas de répondre tout de suite. Mais penses-y, d'accord ? Et appelle-moi au moins une fois par jour en attendant la fin de la tempête. J'ai besoin de savoir que tu vas bien.

— Promis.

Evy trouva enfin ce qu'elle cherchait.

— Mais avant tout... J'ai une autre faveur à te demander.

— Te voilà ! dit Sebastian en levant les yeux du chocolat chaud qu'il remuait sur le feu quand il entendit Evy entrer. J'étais sur le point d'enfiler mes moufles et de lancer des recherches.

— Et tu as préféré cuisiner d'abord ?

Elle cala un poing sur sa hanche, un sourcil dressé. Elle portait un sac en toile estampillé du logo de l'auberge dans son autre main. Sebastian rit.

— Tu aurais apprécié un Thermos rempli de chocolat chaud après ton sauvetage, non ?

Il l'embrassa.

— Je suis allé voir ce que tu faisais après mon coup de fil. J'ai entendu que tu parlais à ta sœur et j'ai pensé que tu avais besoin d'un peu d'intimité.

Il éteignit le feu et indiqua son sac.

— Tu as récupéré d'autres provisions ?

— Non.

Elle retira son manteau et troqua ses bottes pour des chaussons. Elle sortit ensuite plusieurs objets du sac pour les aligner sur le plan de travail. Un carnet à croquis. Des crayons, un fusain, des stylos Sakura Micron et des feutres d'aquarelle. Un taille-crayon et des gommes. Elle accrocha le sac vide au dossier d'un tabouret haut et lui sourit timidement.

— Puisqu'on est toujours coincés et que ton congé va encore durer un moment, je me suis dit que tu pourrais avoir envie de reprendre le dessin.

— Tu as rassemblé tout ce matériel pour moi ?

Il sentit son cœur gonfler sous une vague de gratitude et d'affection qui le laissa sans voix quelques instants.

— Honnêtement, je ne sais pas quoi dire, à part… merci, Evy. C'est vraiment gentil de ta part. Tu as dû dévaliser la réserve de ta sœur. Je tiens à te rembourser pour…

— Hors de question, dit-elle en agitant fermement la main. Vois ça comme un cadeau de Noël en avance de Kayleigh et moi. Un moyen de nous excuser pour le problème de générateur…

— Qui n'avait rien à voir avec toi.

— Et aussi un remerciement pour m'avoir aidée à transporter les provisions et sécuriser l…

Il la serra fort dans ses bras et l'embrassa sans la laisser finir. Enfin, il s'écarta et l'assit sur l'un des tabourets. Il remplit deux tasses de chocolat chaud et en posa une devant elle.

Elle but une gorgée.

— Tu as fait ça toi-même ?

— Je me suis dit que tu aurais besoin de te réchauffer.

— Encore une recette de ta grand-mère ?

Elle but encore. Il sourit.

— Oui.

— D'abord, ces pancakes super légers et délicieux. Maintenant, le meilleur chocolat que j'aie jamais goûté. À quoi dois-je m'attendre pour la suite ?

Il s'éclaircit la voix, le cœur battant.

— En fait, j'aimerais t'inviter pour un rencard.

— Je sais que je peux être hypnotique et c'est sans doute pour ça que tu n'as rien remarqué, mais on est littéralement enfouis dans la neige. On ne peut aller nulle part.

Il rit et sentit ses épaules se détendre un peu.

— Ma sœur m'a rappelé pour me parler du grand repas de famille qu'on a prévu plus tard, ce mois-ci. Elle m'a demandé de t'inviter.

— Donc, Naya veut que je vienne. Mais toi ? En as-tu envie aussi ? demanda-t-elle en posant sa tasse pour le regarder attentivement.

Il déposa un baiser dans le creux de sa paume, puis sur son poignet et à l'intérieur de son coude.

— Je serais ravi que tu viennes manger avec ma famille.

Elle sourit nerveusement. Néanmoins, elle acquiesça et passa les bras autour de son cou pour l'embrasser.

— Dans ce cas, j'accepte avec plaisir.

— Alors, ça veut dire qu'on sort officiellement ensemble pendant le reste de notre séjour à Magnolia Lake ? s'enquit-il en embrassant le bord de son oreille.

— Je suppose.

Cette fois, son sourire fut plus doux et plus sincère. La tension disparut de son corps.

— Bien.

Il la souleva soudain dans ses bras. Elle cria puis gloussa, solidement accrochée à lui tandis qu'il la portait jusqu'au lit qu'ils partageaient depuis deux jours.

— Je sais exactement comment fêter ça...

16

Il s'était passé presque deux semaines depuis que la tempête du siècle s'était abattue sur Magnolia Lake et à peine plus de sept jours depuis que le courant avait été rétabli. Evy et Sebastian étaient restés bloqués dans le studio deux jours sans réseau téléphonique – cinq sans électricité. Il avait fallu une semaine complète à partir du début de la tempête pour dégager les routes.

Evy avait officiellement pris son premier jour de congé à l'auberge – sous l'insistance de sa sœur. Elle avait fait la grasse matinée, rechignant à quitter la chaleur du lit qu'elle partageait désormais toutes les nuits avec Sebastian. Ils avaient fait l'amour, puis avaient médité ensemble. Ils avaient fait une séance de salutation au soleil et s'étaient douchés tous les deux avant de se séparer.

Sebastian était parti au vignoble pour la journée afin d'aider sa famille – il s'y rendait presque tous les jours depuis que les routes étaient praticables. Après plus d'une semaine de fermeture, l'auberge Sweet Magnolia accueillait enfin son personnel et ses clients. Six des dix chambres – incluant celle de Sebastian – étaient réservées.

Evy lui avait proposé d'annuler le reste de sa location, mais il avait insisté pour garder la suite et la payer. Ça ne l'empêchait pas de passer presque tout son temps chez elle.

Evy consacra sa matinée à des courses personnelles et apprécia de retrouver le monde extérieur, maintenant que le démarreur de la Cricketmobile avait été remplacé. Elle se rendit à l'épicerie et visita une partie des nouvelles boutiques dans la zone commerciale hybride construite par Cole Abbott. Le rez-de-chaussée de chaque bâtiment accueillait des enseignes haut de gamme tandis que les étages étaient occupés par des logements. Parfois, Evy avait du mal à croire que c'était encore la petite ville dans laquelle elle avait grandi.

Magnolia Lake semblait moins isolée, moins rurale. Ça restait une commune modeste, bien sûr, mais elle s'étendait au fil de l'accroissement de sa population. Dans la soirée, la municipalité allait donner le coup d'envoi de son nouvel événement : le marché de Noël de Magnolia Lake.

C'était l'idée de la belle-mère de Kayleigh, Iris Abbott. Mais le père de Sebastian, ses sœurs et quelques autres commerçants ou artisans de la région avaient aussi travaillé dur pour en faire une réalité.

La neige avait fondu juste à temps pour l'inauguration, à laquelle Evy avait prévu d'assister avec Sebastian et sa famille. L'auberge recevait plusieurs clients qui avaient appris son existence grâce au marché de Noël et Evy espérait qu'il connaîtrait un grand succès.

Après avoir fait un détour par la pharmacie et l'épicerie, elle se rendit à un cours de yoga. Elle acheta ensuite des paninis au bacon et à la dinde, des salades à emporter et de grosses brioches à la cannelle à la boulangerie de Magnolia Lake. Lorsqu'elle passa la porte de l'atelier temporaire de sa sœur avec sa boîte en carton rose si reconnaissable, Kayleigh faillit trébucher en se jetant à son cou.

— Tu as bien travaillé, remarqua Evy.

Elle observa la pièce après avoir posé leur déjeuner. Des croquis de nouveaux bijoux colorés étaient épinglés aux murs et l'une des tables était recouverte d'échantillons.

— On dirait que tu es entrée dans une période très créative. Je croyais que tu devais te reposer…

Elle mordit dans son sandwich et soupira d'aise. La boulangerie de Magnolia Lake tapait toujours dans le mille. Leurs déjeuners gourmands et leurs viennoiseries étaient délicieux.

— Je sais, et je ne me fatigue pas, crois-moi. J'ai dormi une bonne partie de la journée. Savoir que tu t'occupes de l'auberge, ça me permet de me tranquilliser et d'être plus productive pendant mes quelques heures de travail ici.

— Ça ne ressemble pas du tout à un appel du pied, dit Evy en levant les yeux au ciel.

— Dans ce cas, je devrais être plus claire, parce que c'était vraiment un appel du pied.

Elles éclatèrent de rire et Kayleigh reprit :

— Quoi ? Tu sais que je n'ai jamais été aussi subtile que toi. Tu es bien plus patiente avec les gens. C'est pour ça que je voudrais que tu gères... Non, que tu deviennes mon associée à l'auberge.

— Et tu m'as invitée juste pour ça ?

Evy prit une autre bouchée, un sourcil levé.

— Nooon, chantonna sa sœur, l'air coupable.

Oui, c'était bien ce qu'elle avait eu en tête.

— Je n'ai pas le droit de vouloir passer un peu de temps avec ma grande sœur ? Tu ne sais pas à quel point on s'est inquiétés, Parker et moi, quand on a vu qu'on n'arrivait pas à te joindre.

Evy serra fort sa main.

— Je vais bien, ma chérie. Heureusement, je n'étais pas seule. Arrête de penser à ce qui aurait pu arriver.

— Tu as raison. On ferait mieux de parler de ce qui s'est passé, dit Kayleigh avec un sourire malicieux, en agitant les sourcils. J'ai du mal à croire qu'il ait fallu un blizzard pour vous réunir. Vous êtes si bornés.

— Je sais...

Evy reposa son sandwich et attaqua ensuite sa salade mais son estomac se noua et elle se sentit soudain plus nerveuse. Quand elle leva les yeux vers sa sœur, qui était étrangement silencieuse, elle vit une ombre passer sur son visage.

— Je pensais que Sebastian et toi vous entendiez bien.

Pourquoi posait-elle cette question ?

— C'est le cas.

— Alors, pourquoi as-tu l'air si triste ? Ce soir sera votre premier rencard officiel, non ? Je pensais que tu serais ravie.

— Je le suis.

— Tu fronces les sourcils.

Evy se concentra sur sa salade. Elle joua un instant avec la laitue, les tomates et le fromage de chèvre.

— Evy…

Kayleigh posa sa main sur la sienne pour l'arrêter. Evelisse abandonna sa fourchette et croisa les bras sur la table.

— Depuis que Sebastian m'a invitée, je n'arrête pas de penser à Calvin et au fait qu'on a tourné en rond pendant six ans avant de laisser tomber.

— Tu ne penses pas te remettre avec lui, quand même ?

— Non. Mais j'ai beaucoup réfléchi. Je l'ai blâmé pour notre séparation. Seulement, les torts étaient partagés, soupira Evelisse. Ces hauts et ces bas… c'était autant ma faute que la sienne. Et le fait qu'on rompait toujours avant Noël… ça venait surtout de moi.

— C'est une période difficile quand on n'a pas de famille.

— On pourrait penser que j'étais pressée de compenser les Noëls décevants de notre enfance. Mais voir les autres avec leurs familles à cette époque de l'année me donne l'impression d'être une intruse. Je me persuade que personne ne veut vraiment de moi.

Elle tamponna ses yeux avec sa serviette et Kayleigh serra sa main plus fort.

— Je te comprends.

— Comment ? demanda Evy en libérant doucement ses doigts. Tu as Parker et tous les Abbott, maintenant.

— Toi aussi. Je sais que tu ne le crois pas, mais c'est vrai. Duke a toujours veillé sur nous, Evy. Même quand on l'ignorait. Et Iris demande de tes nouvelles. Elle s'inquiète de voir que tu ne te joins jamais à nous pour le dîner du dimanche. Tu ne le vois peut-être pas encore, mais tu es aimée, ici. Tu fais partie de cette famille. Nous voulons tous que tu restes. Et en parlant de famille…

Elle posa une main sur son ventre.

— Parker et moi allons avoir un bébé.

— Quoi ? Oh ! mon Dieu ! Kayleigh. C'est merveilleux !

Evy la serra dans ses bras.

— Tu en es à combien de mois ?

— Trois, à peu près. J'ai beaucoup de mal à mémoriser les dates de mes règles. On l'a découvert quand j'ai passé des examens après l'accident.

— Et tu ne m'as rien dit pendant tout ce temps ? l'interrogea Evy en pointant un doigt accusateur sur sa sœur.

— On voulait attendre le deuxième trimestre. Mais ne le répète à personne : la famille de Parker n'est pas encore au courant. On a l'intention de l'annoncer à ses parents à Noël.

— Je suis tellement contente pour vous. Tu vas être maman, Kayleigh, et je vais devenir tata.

Evy renifla et essuya de nouvelles larmes.

— Je ne t'ai pas invitée pour te faire pleurer, dit sa sœur en épongeant aussi ses yeux avant de rire. Mais je suis contente que tu sois là. Je ne veux pas te mettre la pression, tu sais. J'aimerais juste que tu restes à mes côtés pour ça.

— Je sais. Et je te promets d'y réfléchir.

— Tant mieux.

Kayleigh semblait satisfaite, pour l'instant.

— Au cas où tu refuses de devenir mon associée, quand as-tu prévu de reprendre ton emploi auprès de Fabian, à L.A. ?

Evy se figea et mâcha sa bouchée lentement. Comment répondre sans mentir, et sans lui avouer toute la vérité ?

— Il t'a virée, c'est ça ? Ce connard ne te méritait pas.

— Tu avais raison. C'est pour ça que j'ai quitté mon travail. Je ne te l'ai pas dit parce que…

— J'aurais encore plus insisté pour que tu restes, soupira Kayleigh. Écoute, j'espère vraiment que tu vas faire ce choix et je ne m'en excuserai pas. Mais tu es ma sœur et je t'aime. Je te soutiendrai quoi que tu fasses.

Evy hocha la tête. Elle était contente de pouvoir partager ce genre de discussions avec elle, mais elle ne lui avait pas encore parlé de sa révélation la plus surprenante. Sebastian avait touché juste. Elle aimait tenir l'auberge – plus que tout ce qu'elle avait fait avant.

Elle aimait habiter près de sa sœur et elle se découvrait une nouvelle affection pour Magnolia Lake. Elle se sentait aussi étrangement bien avec Sebastian, qui avait l'air plus épanoui de son côté. Il semblait détendu, comparé à l'ours mal léché qui avait franchi le seuil de l'auberge la première fois. Il s'était adouci. Il fronçait moins les sourcils et riait plus souvent. Elle savourait chaque moment passé avec lui, même si elle souffrait de savoir qu'ils se sépareraient bientôt.

— Si tu n'es pas prête à voir toute la famille de Sebastian d'un coup, ce soir, je peux être ton alibi. Tu n'as qu'à dire que tu as décidé de me tenir compagnie pour que Parker puisse rejoindre ses parents au marché.

— Non, je dois y aller. Je veux y aller. De toute manière, Mariana aura besoin de moi pour tenir le stand de l'auberge. Mais tu peux m'aider pour une chose.

— Ce que tu voudras.

Un message arriva sur le portable d'Evy et elle le parcourut avec un sourire. Pile au bon moment.

— Je reviens.

Elle alla ouvrir la porte d'entrée et réapparut accompagnée par deux femmes, sœurs aussi, qui tenaient un salon de manucure-pédicure mobile. Elles étaient spécialisées dans le service à domicile pour les personnes qui avaient du mal à se déplacer.

En général, Kayleigh n'était pas coquette. Elle se maquillait rarement et ne mettait presque jamais de vernis à ongles parce qu'elle l'abîmait en travaillant sur ses bijoux. Evy fut donc ravie de voir son regard pétiller.

Elles passèrent le reste de l'après-midi à se faire chouchouter, et Evy s'efforça de ne pas penser à tout ce qui la rendait nerveuse au sujet de son rendez-vous du soir.

Sebastian ferma son deuxième bouton de manchette, enfila ses bottines et mit son manteau en laine. Puis il quitta la chambre dans laquelle il n'allait presque plus. Depuis la tempête, il passait quasiment toutes ses journées et ses nuits chez Evy.

Il adorait chaque instant partagé avec elle. Depuis leurs nuits de passion jusqu'aux dîners paisibles qu'ils mangeaient en discutant de leurs passés, et les moments où ils lisaient tranquillement au lit. En deux petites semaines, l'appartement était devenu le sanctuaire dont Sebastian avait tant eu besoin sans le savoir.

Il se levait tôt avec Evy. Ils consacraient ensuite vingt minutes à méditer, puis faisaient un peu d'exercice. Certains jours, il partageait sa séance de yoga. Sinon, il se rendait à la salle de sport pour utiliser le tapis de course ou le vélo d'appartement. Quand il avait de la chance, ils se douchaient ensemble et faisaient parfois l'amour avant qu'Evy commence sa journée de travail.

Il avait fini par préférer la chaleur cosy de son studio à la suite luxueuse qu'il avait louée. Lorsqu'Evy partait pour s'occuper de l'auberge, il passait régulièrement un peu de temps au coin de la cheminée pour dessiner ce qu'il voyait par la fenêtre ou reproduire les photos qu'il avait prises du vignoble. Ensuite, il rejoignait sa famille pour la journée.

Sebastian s'était opposé à la vente de l'usine textile et avait critiqué le choix de son père de placer toutes ses économies dans un vignoble à l'abandon. Mais à présent, il comprenait qu'il cherchait juste à retrouver un lien avec sa mère biologique sur les terres de sa famille. Plus Sebastian passait de temps à la villa et dans les vignes, écoutant son père lui raconter des anecdotes fascinantes au sujet de sa mère et de son père – King Abbott –, plus il était sensible à l'attrait de cet endroit.

Nolan et leur père avaient été des vignerons amateurs avant d'acheter le domaine. Chandra et Naya devenaient rapidement des expertes aussi. Après chaque journée passée avec eux, Sebastian était plus fasciné par le processus de vinification. Les récoltes. Le traitement du raisin. Le pressage. La fermentation. La clarification.

Le vieillissement et la mise en bouteilles. Mais aussi la communication, le marketing et la distribution. Il y avait également les à-côtés : les séances de dégustation et l'organisation d'événements.

Même si le vignoble existait depuis des décennies, sa famille ne l'avait acheté qu'un an plus tôt. Tout le monde était occupé à l'améliorer et à créer une nouvelle marque, et ils n'avaient jamais eu l'air aussi heureux.

Peut-être qu'il y avait quelque chose dans l'air, ici.

Sebastian entra dans le studio et fut accueilli par les parfums d'automne familiers qui lui donnaient toujours envie de prendre de grandes inspirations pour se détendre.

Les symptômes de son anxiété disparaissaient peu à peu. Était-ce la fraîcheur de la montagne, la présence de sa famille, les rituels de relaxation, Evy, ou un peu de tout ça ? Il n'aurait su le dire, mais il se sentait beaucoup plus léger.

Il songea à ce que Nolan lui avait dit :

« Je sais que tu rêvais de ce boulot depuis longtemps. Mais, frangin, ça va finir par te tuer. Tu as vieilli de cinq ans, ces douze derniers mois. »

Des mots durs, mais vrais.

— Désolée pour le retard. J'ai passé l'après-midi à me faire pomponner avec ma sœur, lança Evy en lui montrant ses ongles rouge vif et en battant des cils pour exposer son maquillage.

Elle portait une robe moulante dorée à sequins qui soulignait ses courbes et réveilla tous les fantasmes de Sebastian. Il aurait voulu glisser les doigts dans ses boucles cuivrées et l'embrasser. Mais il n'avait pas envie d'abîmer son rouge à lèvres.

— Tu peux me laisser quelques minutes de plus ?

— Prends tout le temps que tu veux, chérie.

Il déposa un baiser sur sa joue et inhala son parfum. En l'attendant, il s'assit avec son carnet de croquis, prenant soin de ne pas se mettre de fusain sur les doigts.

— Tu progresses un peu plus chaque jour, remarqua-t-elle en jetant un coup d'œil par-dessus son épaule tandis qu'elle mettait une boucle d'oreille. Si tu as du temps, j'aimerais avoir un joli paysage à accrocher au mur...

Elle l'enlaça par-derrière, puis attrapa son manteau drapé sur le dossier d'une chaise. Sebastian l'aida à l'enfiler et lui prit la main pour l'escorter jusqu'à sa voiture. L'arbre tombé avait été déblayé et presque toute la neige avait fondu. Il ouvrit la portière pour Evy et l'aida à monter avant de démarrer.

— Je croyais qu'on allait directement au marché, dit-elle quand il prit la direction opposée.

— On va d'abord rejoindre ma famille pour une dégustation, tu te souviens ? Tu n'es pas attendue à une heure précise sur ton stand, n'est-ce pas ?

— Non.

Elle lui adressa un sourire nerveux et se tourna vers la vitre.

Il lui tendit la main et elle la prit fermement.

— Tu n'as pas peur de voir ma famille, au moins ? Parce qu'ils ont hâte de te retrouver et j'ai fait promettre à Naya de bien se tenir.

Evy rit malgré ses lèvres crispées et desserra un peu les doigts.

— Je ne veux pas qu'elle se retienne pour moi.

— Tu risques de regretter d'avoir dit ça, dit-il avec un rire.

En temps normal, Evy était un livre ouvert pour lui. Mais quelque chose la perturbait clairement et elle avait esquivé sa question au sujet de sa rencontre avec sa famille.

Il devait lui remonter le moral, comme elle l'avait fait avec lui. En mettant un peu de musique, peut-être ?

Il lâcha sa main pour lancer la playlist de Noël que Chandra lui avait envoyée pour « le mettre dans l'ambiance ». Les premières notes de *Let It Snow*, par Boyz II Men et Brian McKnight, envahirent l'habitacle.

Cette fois, Evy sourit franchement et détendit les épaules.

— J'adore cette chanson.

— C'est le top des chants de Noël.

Ils chantèrent ensemble. *This Christmas*, de Donnie Hathaway, et *All I Want for Christmas Is You*, de Mariah Carey, suivirent. Lorsqu'ils arrivèrent à la villa, Evy avait l'air aux anges. Elle posa la main sur le bras de Sebastian avant de quitter la voiture.

— Merci pour ça. Tu as bien vu que j'en avais besoin.

Seigneur, qu'elle était belle ! Le seul fait de voir son visage le faisait sourire.

— Donc, tu es nerveuse à propos de ce soir, dit-il en lui prenant la main. Pourquoi ? Tu connais déjà tout le monde.

— Ce n'est pas eux. Ils sont super. C'est moi. Je suis toujours nerveuse à l'approche des fêtes, surtout quand je dois passer du temps avec d'autres familles. Ça me rend triste quand je pense à ma propre enfance.

— Je suis désolé, Evy. Je ne savais pas.

Il déposa un baiser sur sa main.

— Tu ne pouvais pas le deviner. J'aurais dû t'en parler.

— Tu veux qu'on parte ? Si tu préfères passer la soirée chez toi, on peut faire demi-tour immédiatement. Ma famille sera déçue, mais ils comprendront.

Il voulait que ce moment soit spécial pour eux deux. Il voulait que sa famille apprenne à mieux connaître Evy, qu'elle voie à quel point c'était une femme merveilleuse, mais pas aux dépens de sa santé mentale.

— Merci, mais je peux gérer. *Vraiment*. Chanter avec toi sur la route m'a aidée. C'est juste que…

— Quoi ?

— Être présentée aux parents de son compagnon signifie généralement que les choses sont devenues sérieuses et qu'on envisage un avenir ensemble. Mais c'est impossible pour nous. Donc, ça réveille des sentiments étranges. Ça me donne envie d'aller plus loin tout en me rappelant que c'est impossible. J'avoue que ça me perturbe un peu. Cependant, je tiens à le faire et je sais que tout se passera bien. Je voulais juste te dire ce que j'ai sur le cœur.

Sebastian comprenait. Il était triste aussi de savoir qu'ils se sépareraient bientôt.

— Si on avait la moindre chance de construire un futur ensemble, je la saisirais, Evy. Mais on sera séparés par des milliers de kilomètres dans quelques semaines. Je ne pense pas qu'on veuille une relation à distance, toi et moi. Donc, nos options sont limitées. À moins que tu envisages de t'installer à Nashville.

Elle écarquilla un instant les yeux, puis secoua la tête dans un ballet de boucles.

— Dans ce cas, nous devons savourer chaque minute passée ensemble. Dès maintenant.

Il l'embrassa sur la joue dans l'espoir que ça suffise à étouffer la profonde tristesse qu'ils ressentaient tous les deux.

17

Sebastian se tenait devant la table de fête chargée de desserts et remplissait deux verres de cidre chaud pour Evelisse et Mariana, qui tenaient le stand de l'auberge Sweet Magnolia. Les paquets-cadeaux rouges, verts et argentés qu'il avait remplis avec Evy de papier de soie, de chocolats et d'un porte-clés ouvre-bouteille au logo de l'auberge avaient eu un grand succès. À en croire le nombre de touristes qui avaient accepté des brochures et s'étaient inscrits à la newsletter, l'argent dépensé à la dernière minute par Evy pour ce marketing en avait valu la peine.

Elle était plus douée pour ce travail qu'elle ne l'admettait et le sourire qu'elle affichait indiquait clairement qu'elle était dans son élément. Lorsqu'elle avait vu que Mariana était débordée par l'affluence à leur stand, elle s'était excusée et avait couru l'aider.

— Mon Dieu, qu'elle est belle, soupira-t-il.

— Oui, en effet.

Son père rit quand il sursauta. Ils regardèrent Evy, radieuse dans sa robe à sequins dorés.

— Elle a l'air très heureuse. Toi aussi, d'ailleurs. Vous allez bien ensemble.

Sebastian n'avait pas l'énergie de protester, conscient que son père avait raison de toute manière. Il haussa les épaules.

— Peut-être, mais je vis à Nashville et elle, à L.A.

— Il paraît que Kayleigh lui a proposé de devenir son associée à l'auberge si elle acceptait de rester pour s'en occuper pendant deux ans.

Il prit un des verres de cidre et Sebastian en remplit un autre pour le remplacer.

— Logique. Elle serait une très bonne gérante.

Il espéra que son père n'avait pas remarqué sa surprise. Pourquoi Evy ne lui avait-elle pas parlé de ça ?

— Mais même si elle restait, on serait toujours à plusieurs heures de route l'un de l'autre, et nous n'avons pas envie d'une liaison à distance. Evelisse est une femme formidable, papa. Crois-moi, si je pensais qu'on avait une chance, je décrocherais la lune pour que ça arrive.

— Dans ce cas, je peux peut-être t'aider, fils.

Son père sourit et ses yeux reflétèrent les guirlandes lumineuses tendues tout autour de la place.

— Parce que je pense qu'il est temps pour nous d'étendre notre production et d'agrandir le vignoble.

— J'apprécie vraiment ton offre, papa. Mais...

— Je sais que ton salaire actuel dépasse celui que nous pourrons verser à un chef des opérations. Mais je suis un homme de parole. J'ai promis que j'augmenterais vos revenus à tous si vous me laissiez trois ans pour vous montrer ce que cette entreprise peut devenir. Je sais que je serai obligé de trouver d'autres financements, et je suis prêt à le faire pour que tu nous rejoignes. Les conseils que tu nous as donnés ces dernières semaines ont été inestimables. Nous aurions vraiment besoin de ton aide pour réussir cette nouvelle phase d'expansion.

Les suppliques de son père et de ses frères et sœurs l'avaient toujours poussé à répondre immédiatement : « merci, mais non merci ». Seulement, cette fois, il ne put s'empêcher d'imaginer ce que la vie à Magnolia Lake pourrait lui apporter. Il verrait le beau visage d'Evy chaque matin au réveil. Ils pourraient lire au lit ensemble le soir, ou mieux encore, faire l'amour sous les draps.

Hélas, ce fantasme merveilleux fut vite interrompu par une

petite voix qui lui rappela le temps et les efforts qu'il avait investis dans son travail actuel. Tous ses employés comptaient sur lui pour mettre fin aux changements atroces envisagés par le conglomérat. Une angoisse trop familière lui retourna l'estomac.

— C'est très généreux, papa. Mais je dois encore accomplir beaucoup de choses à Valentine Textiles, dit-il avec un sourire navré. Néanmoins, je cerne mieux ta vision du vignoble et je te soutiens à cent pour cent. Je ferai tout pour t'aider.

— Je respecte ta décision, fils, répondit son père en fronçant les sourcils, avant de poser une main sur son épaule. Mais n'oublie pas que la vie est courte. Ne commets pas les mêmes erreurs que moi. Vivre pour satisfaire les attentes des gens… ce n'est pas bon. Si je pouvais repartir à zéro, je me concentrerais plus sur ce qui me rend heureux au lieu de m'entêter avec les choses que je pensais *devoir* accomplir pour obtenir l'approbation de quelqu'un d'autre.

— N'est-ce pas ce que tu fais maintenant ? Tu essaies de m'obliger à rejoindre la nouvelle entreprise familiale.

— Touché, dit son père en riant. Construire le Vignoble Valentine avec vous tous est mon rêve. Mais je fais tout pour que nous puissions remplir les fonctions qui nous conviennent le mieux, faire ce qui nous rend heureux. Si tu penses pouvoir y arriver ici, je serais ravi. En revanche, si gérer la filature t'épanouit vraiment, alors je te soutiendrai aussi.

Le nœud revenait au creux de son estomac et Sebastian eut l'impression d'avoir la tête prise dans un étau.

— Je m'en souviendrai, papa. C'est promis.

Il porta ensuite les verres de cidre à Evy et Mariana. Evy le remercia d'un baiser passionné sur la joue avant de lui glisser à l'oreille :

— Tu es le meilleur. Je te revaudrai ça à la maison.

Ses yeux noisette brillaient d'un éclat malicieux et il sentit son cœur s'emballer. Mais il n'était pas certain que ce soit seulement à cause des fantasmes qui défilaient dans son esprit. Elle venait d'appeler le studio *leur* maison.

Il se rendit compte tristement que, au fond de lui, il voulait que ce soit vrai.

Evy était allongée dans les bras de Sebastian, sa cuisse étendue en travers des siennes. Ils avaient à peine réussi à franchir la porte avant de se déshabiller et de courir jusqu'au lit. Le sol était couvert d'une traînée de vêtements, dont la robe de créateur et les chaussures qu'elle n'aurait jamais pu s'offrir si elle ne les avait pas achetées dans une boutique de déstockage.

Sebastian l'embrassa sur le front et lui caressa le dos, savourant avec elle la sérénité qui suivait la passion.

— Pourquoi ne m'as-tu pas dit que Kayleigh t'avait proposé d'être son associée ? s'enquit-il.

Evy sentit la culpabilité lui comprimer la poitrine.

— Elle m'en a parlé aujourd'hui, c'est tout, et nous étions tous les deux concentrés sur l'inauguration du marché de Noël.

Elle avait oublié à quel point les nouvelles circulaient vite dans cette ville.

— C'est vrai. Je suis juste un peu surpris que tu ne me l'aies pas annoncé toi-même.

— Je suis désolée que tu l'aies appris par quelqu'un d'autre.

Elle caressa son bras et le regarda.

— J'avais besoin d'un peu de temps pour y réfléchir. Seule.

— Et tu as pris ta décision ?

Un sourire involontaire lui monta aux lèvres. Elle acquiesça, le cœur battant.

— Oui. J'ai décidé d'accepter son offre.

— C'est super, Evy, dit-il avant de l'embrasser. Je suis content que ta relation avec ta sœur et avec Magnolia Lake soit enfin revenue à la normale. Étant donné le succès de l'auberge et l'intérêt suscité par le marché, je vous prédis un bel avenir.

— Merci.

Elle n'avait pas besoin de l'approbation de Sebastian, mais

c'était rassurant tout de même. Elle posa de nouveau la tête sur son épaule et inspira son odeur divine.

— Quand tu m'as dit que j'étais dans mon élément et que j'avais l'air heureuse ici, j'ai réfléchi. La curiosité des gens au marché, ce soir, a été le point décisif. Merci de m'avoir soutenue.

— Bien sûr, ma belle. Je suis très content pour vous deux, dit-il en dessinant des petits cercles sur son épaule du bout des doigts. En parlant de ça… mon père m'a encore proposé d'intégrer l'équipe du vignoble, ce soir.

— Et ça te tente ?

Elle fit son possible pour ne pas trahir son espoir.

Un lourd silence tomba dans la chambre et lui donna presque l'impression de suffoquer. Il déposa un baiser sur son front.

— J'aimerais pouvoir rester, Evy, dit-il enfin. Mais c'est impossible. Je ne suis pas prêt à laisser tomber la filature alors que je peux encore avoir un impact sur son avenir et sur la vie des employés. Je suis désolé.

Il la serra fort contre lui, comme s'il rechignait à la lâcher.

Pourtant, il allait le faire. Il venait de le dire. Il n'avait pas envie de s'installer à Magnolia Lake pour bâtir une vie avec elle.

Quand les gens te montrent leur vrai visage, crois-les.

Cet adage prononcé avec sagesse par Maya Angelou lui revint en tête. Calvin lui avait dit qui il était – un homme qui ne souhaitait pas vivre une relation sérieuse. Pourtant, elle avait passé six ans à se répéter que ça n'avait pas d'importance tout en espérant le faire changer d'avis.

Calvin n'avait pas été idiot. Elle, si. Et voilà qu'elle recommençait. Au fond d'elle, elle avait espéré que Sebastian déciderait de travailler avec sa famille quand il saurait qu'elle avait choisi de rester à l'auberge.

Hélas, en dépit de leurs sentiments, la situation n'avait pas changé pour lui. Rien ne le détournerait de son but.

Tout ce qu'elle pouvait faire, c'était profiter de chaque instant de ce flirt de vacances et ignorer la petite voix qui la réprimandait d'être tombée amoureuse d'un homme qui n'était pas émotionnellement libre, une fois de plus.

18

Sebastian rassembla ses affaires de toilette dans la salle de bains d'Evy, ferma sa trousse et la fourra dans son sac de voyage. Il le posa près de la porte d'entrée. Il l'emporterait dans sa voiture avec le reste de ses affaires, déjà emballées dans sa chambre, à l'auberge.

— Tu n'as rien oublié ? demanda-t-elle d'une voix brisée, les yeux rougis.

Il avala sa salive et fit de son mieux pour ignorer la douleur évidente d'Evy.

— Non, à part mon carnet de croquis.

Il indiqua l'étui de carnet en cuir cousu main qu'Evy lui avait acheté auprès d'un artisan pendant le marché de Noël. Elle avait fait graver ses initiales dessus et la couverture comprenait des poches intérieures pour son matériel.

— Prends-le, dit-elle en le lui tendant. Et n'arrête jamais de dessiner. Tu es *vraiment* doué, Sebastian. Plus important encore : tu aimes ça. J'adore le paysage que tu m'as fait pour Noël, il est vraiment magnifique.

Elle montra l'aquarelle représentant l'auberge qu'elle avait encadrée et suspendue au mur, près de la porte.

La façade de l'auberge Sweet Magnolia s'étalait dans une explosion de couleurs automnales – des rouges, des orange, de l'or et du brun – devant le vert sombre des conifères qui bordaient la propriété. C'était exactement le paysage qu'il avait vu lors de son arrivée, et probablement son plus beau tableau à ce jour. Dans le bureau d'Evy, à l'auberge, se trouvait aussi une de ses premières œuvres : un croquis au fusain du bâtiment et de la grange en plein blizzard.

— Merci de m'avoir poussé à reprendre le dessin, et de m'avoir incité à essayer le yoga et la méditation. Ça a changé beaucoup de choses. Tu as…

Il prit une profonde inspiration, les paupières brûlantes et la gorge nouée par le maelström d'émotions qui tourbillonnait dans sa poitrine. Il s'obligea à sourire.

— *Tu* as changé beaucoup de choses dans ma vie en très peu de temps. Je ne te remercierai jamais assez, Evy.

Il fourra sa main libre dans sa poche. Si jamais il serrait cette femme dans ses bras une fois de plus, il craignait de ne pas avoir la force de la lâcher.

Ils avaient su dès le début que ce moment viendrait. Sebastian avait passé ces dernières semaines à s'y préparer. Alors, pourquoi chaque pas en direction de la porte lui donnait-il l'impression qu'on lui arrachait le cœur pour le jeter par terre et le piétiner ?

Parce qu'il était bouleversé par ses sentiments pour Evelisse. Il ne s'était pas attendu à éprouver ces émotions. Ses ex l'avaient accusé de ne jamais s'ouvrir totalement. À l'époque, il avait pensé que c'était injuste. Mais à présent, il comprenait qu'elles avaient eu raison.

Sebastian n'avait pas été prêt à exposer ses blessures et à leur confier ses doutes. Il avait enfoui tout ça de peur de les perdre en leur montrant une version plus faible et vulnérable de lui. Ironiquement, c'étaient ses efforts pour masquer l'océan de souffrance et de peur dans lequel il se noyait lentement qui les avait chassées.

Mais Evelisse Jemison était si transparente et authentique. Elle admettait son passé sans crainte – même les parties plus laides, encore à vif. Leurs conversations honnêtes pendant qu'ils préparaient leurs dîners ou prenaient un bain ensemble l'avaient mis à l'aise et il s'était débarrassé de son armure pour se dévoiler pleinement. Ça lui avait aussi permis d'être plus franc que jamais avec lui-même.

Il était certain d'une chose. Après tout ce temps passé ensemble, sa vie ne serait plus la même et il en était ravi.

— Bien. Je suis content que tu gardes des souvenirs émus de notre aventure, dit-elle en essuyant le coin de ses yeux.

L'estomac de Sebastian se noua. Bon sang. Il allait regretter de ne plus se réveiller près d'elle, de ne plus partager leur routine matinale, de ne plus pouvoir lui parler à table et se coucher avec elle.

— Comment pourrais-je oublier une femme aussi spéciale que toi, Evy ?

Elle lui tourna le dos et ses épaules se mirent à trembler.

Il posa son carnet à croquis sur le plan de travail et la serra fort dans ses bras, même si elle essaya d'abord de le repousser.

— Je suis désolée, murmura-t-elle d'une voix étouffée en inondant le pull de Sebastian de larmes. Je m'étais promis de ne pas pleurer. Je me disais que les adieux faisaient partie de notre accord. Mais je…

Elle éclata en sanglots de plus belle, la joue pressée contre son torse.

Sebastian aurait voulu la réconforter, trouver les mots qui l'auraient apaisée. Mais il ne lui mentirait pas en lui promettant qu'ils allaient se revoir. Ils avaient discuté de tous les scénarios possibles. À l'heure actuelle, ils ne pouvaient simplement pas rester ensemble.

Pourquoi n'avait-il pas réussi à accepter ça ?

Puisqu'il ne savait pas quoi dire, il se contenta de l'enlacer et de la rassurer en silence tout en étouffant ses propres émotions. Il jeta un coup d'œil au studio, encore décoré pour les fêtes.

Des guirlandes lumineuses enveloppaient le manteau de la cheminée, ainsi que les cadres de portes, et longeaient le plafond. D'autres lampes blanches et deux douzaines de boules délicates ornaient le sapin qu'ils avaient choisi, monté dans l'escalier et décoré ensemble. Cela faisait des années qu'aucun d'eux n'avait fait ça.

Il regarda la cuisine où ils avaient partagé tant de repas et, parfois, cuisiné ensemble. La cheminée devant laquelle ils s'étaient assis pour lire. Le lit qui les avait accueillis.

Cet endroit était toujours rempli de parfums saisonniers et de l'arôme des bons petits plats. La chaleur et la lumière qui le baignaient venaient d'Evy plus que de la cheminée qu'ils avaient allumée chaque soir. Ici, Sebastian avait découvert la sérénité, la joie, et quelque chose qui ressemblait à de l'amour. Jamais il n'avait ressenti ça ailleurs.

Mais il ne s'agissait pas que du bâtiment ou du studio. C'était grâce à la femme nichée dans ses bras, et la quitter lui brisait le cœur.

Evelisse s'écarta de lui et épongea ses yeux gonflés avec sa manche. Ses boucles cuivrées rebondissaient à chaque mouvement, comme pour protester.

— Tu as de la route à faire. Tu dois y aller, dit-elle en lui tendant un sac isotherme. Je sais que tu n'en as que pour moins de quatre heures, mais je t'ai préparé de l'eau et un casse-croûte au cas où tu aurais faim.

Elle était si aimante, si attentionnée. Elle méritait un meilleur homme que lui. Un homme qui n'était ni brisé ni perdu. Il afficha un sourire forcé.

— Merci, Evy. Tu sais que tu es trop bien pour moi, n'est-ce pas ?

— C'est faux.

Des larmes coulèrent en silence sur ses joues. Elle ne prit pas la peine de les essuyer. Au lieu de ça, elle joua avec les clous d'oreille en diamant qu'il lui avait offerts à Noël pour ses seconds piercings, parce qu'elle n'avait jamais de boucles adaptées.

— Tu es l'homme parfait pour moi, Sebastian.

— Donc, tu aimes les types bougons et anxieux qui dessinent et ont des familles trop inquisitrices ? Je prends note.

— Tu sais, je suis contente que les changements de rythme et les méthodes de relaxation que tu as testés ici t'aient fait du bien. Mais maintenant que tu vas reprendre le travail, j'ai peur que ça ne suffise plus. Tu as le droit de t'aider de médicaments pour soulager la pression. Personne ne s'attend à trouver un compagnon ou un employé parfait. Nous voulons tous une personne consciente de ses points faibles et équilibrée – même si elle a besoin de thérapie ou de traitement pour ça.

Elle serra son bras. Il hocha la tête et passa son sac sur son épaule tandis qu'elle ouvrait la porte pour lui.

Elle se hissa sur la pointe des pieds et l'embrassa sur la joue avant de refermer derrière lui. Il descendit l'escalier, s'éloignant d'elle, et il se sentit plus seul que jamais.

Evy s'allongea dans son lit et étreignit l'oreiller qui portait encore le parfum boisé de Sebastian. Elle sanglota plus fort, le cœur comprimé.

Heureusement, elle avait eu la présence d'esprit de prendre une journée de congé. Elle n'aurait été bonne à rien, dans cet état. Elle ferait le deuil de leur relation, puis elle se lèverait le lendemain, se maquillerait pour masquer ses cernes, se ressaisirait et reprendrait le travail pour bâtir l'entreprise que Kayleigh et elle partageaient désormais officiellement.

Elle reçut deux messages. Le premier venait de sa sœur, qui voulait savoir si elle allait bien et qui l'invitait pour le dîner.

Kayleigh avait sans doute demandé à Mariana de la prévenir du départ de Sebastian pour vérifier qu'Evy tenait le choc. C'était gentil de sa part, mais elle préférait rester seule.

Le deuxième message avait été envoyé par Sebastian.

Je t'ai laissé un petit quelque chose dans le placard. Prends soin de toi, ma belle. Et merci encore de m'avoir offert les trois meilleurs mois de ma vie.

Il avait aussi envoyé une photo d'une grosse boîte rouge enrubannée d'argent, sur l'étagère supérieure de son dressing. Émue, Evy pressa son portable sur son cœur. Puis elle alla récupérer le cadeau. La boîte était plus lourde qu'elle s'y attendait. Elle la posa sur le lit et souleva le couvercle.

Elle écarquilla soudain les yeux et plaqua une main sur ses lèvres tremblantes. Sous la première couche de papier de soie se trouvait un dessin encadré. Elle le prit et l'examina avec soin. C'était une aquarelle la représentant allongée sur le côté, endormie. Par la fenêtre, on pouvait voir les arbres du jardin.

Elle n'avait jamais vu ce dessin et elle ignorait quand il l'avait peint. Il n'avait pas fait beaucoup de portraits, et celui-ci était magnifique. Sous une autre feuille de papier de soie, elle découvrit un croquis plus petit au fusain, encadré aussi. Il l'avait dessinée assise devant la cheminée, en pyjama et portant le sweat-shirt gris et bleu marine de Sebastian qu'elle s'était appropriée. Enfin, sous la dernière couche de papier, elle vit le même pull.

Elle le serra contre elle et pleura, les épaules secouées de spasmes.

Peut-être que sa relation avec Sebastian ne s'était pas terminée comme elle l'aurait souhaité, mais elle ne regretterait jamais d'être tombée amoureuse de lui.

19

C'était le premier jour de travail de la nouvelle année. Hélas, au lieu d'être rempli d'espoir, Sebastian était angoissé tandis qu'il entrait dans le parking de Valentine Textiles. Le gardien l'accueillit chaleureusement et il se gara sur l'emplacement réservé au P-DG. Il avait lorgné ce poste pendant si longtemps pendant la présidence de son père…

Mais lorsqu'il avait enfin pu occuper cette place, cela n'avait plus eu autant de sens, parce que sa famille n'avait pas été là pour fêter ce moment avec lui. Revenir, à présent, était encore pire. Il était malheureux, ici, en sachant qu'Evy était encore à Magnolia Lake – avec son père et le reste de sa fratrie.

À son réveil, Sebastian avait essayé de suivre la routine qu'il avait mise en place avec Evy. Vingt minutes de méditation. Une séance de salutation au soleil, pour laquelle il avait fait beaucoup de progrès. Il avait pris le temps de manger son petit déjeuner et avait remplacé son café habituel par un substitut adaptogène à base de champignons. Malgré cela, plus il s'approchait de l'usine, plus il sentait la pression monter dans sa poitrine et un nœud se former dans son estomac. Assis dans sa voiture, il fut assourdi par les battements de son cœur.

Il ferma les yeux et se concentra sur sa respiration, guidé par les conseils d'Evy. La tension lui comprimait toujours le crâne et il avait l'impression que son cœur allait exploser.

« Nous voulons tous une personne consciente de ses points faibles et équilibrée – même si elle a besoin de thérapie ou de traitement pour ça. »

Les paroles d'Evy lui revinrent. Il fouilla la poche intérieure de sa veste à la recherche de son flacon de pilules, mais il ne trouva que la carte d'Evy, qu'il avait glissée là avant de quitter sa maison.

Il la sortit et la lut pour la cinquantième fois depuis qu'il l'avait découverte dans le sac isotherme qu'elle lui avait donné le jour de son départ.

Merci d'être entré dans ma vie et de m'avoir montré à quoi ressemble vraiment la tendresse. Puisque je n'aurai sans doute pas d'autre occasion de te le dire : je t'aime, Sebastian. Je ne regrette pas le temps qu'on a passé ensemble. J'aurais juste voulu que ce soit plus long. Le cœur rempli d'amour et de beaux souvenirs, je te souhaite une vie pleine d'affection, de sens et de bonheur.

Evelisse

Il appuya sa tête contre le dossier du siège et ferma les yeux. Au lieu d'être réconforté par la déclaration d'amour d'Evy et ses encouragements, il éprouvait une douleur profonde et intense à l'idée d'avoir perdu la femme qui était devenue si importante pour lui en quelques mois à peine.

Bas prit son portable, ouvrit Instagram et surfa sur la page de l'auberge Sweet Magnolia. Des photos récentes montraient l'établissement décoré pour Noël et les petits déjeuners somptueux conçus par Sofie. Mais la dernière était un portrait d'Evelisse et de Kayleigh, avec leurs boucles rousses, en train de lever des flûtes de champagne pour célébrer leur association.

Cela lui rappela les photos qu'Evy gardait chez elle – les deux sœurs enfants, puis au mariage de Kayleigh. Avaient-elles fait exprès de prendre une pose similaire ? Ce cliché irait très bien avec les deux autres.

Il agrandit l'image et caressa les lèvres d'Evy avec son pouce.

Elle avait l'air heureuse et il était ravi pour elle. Il comprenait pourquoi elle avait refusé de le suivre à Nashville, mais elle lui manquait atrocement, tout comme la joie qu'elle lui avait fait découvrir.

Il jeta un coup d'œil au parking et avala sa salive. Il n'arrivait pas à sortir de sa voiture. Il se massa le front pour atténuer sa tension grandissante.

« Atteindre la première place du podium n'est pas censé te rendre heureux, normalement ? »

Elle avait eu raison, évidemment. Le travail qu'il faisait en ce moment ne le rendait pas heureux.

Il voulait faire quelque chose d'important et se montrer à la hauteur de l'entreprise de ses grands-parents. Mais chaque problème avait plusieurs solutions. Peut-être que reprendre son poste de P-DG n'était pas sa seule option. Il se souvint de sa promesse, le soir de son arrivée à Magnolia Lake : il avait dit à son père qu'il le préviendrait s'il avait besoin d'aide.

Il était temps de lui téléphoner.

Il redémarra, recula et quitta le parking. En franchissant le portail pour rejoindre la rue, il sentit la pression retomber.

Un sourire involontaire se dessina sur ses lèvres tandis qu'il songeait au temps passé avec sa famille et la femme qui avait transformé son univers, qui l'avait poussé à croire de nouveau à l'amour.

Evy accueillit deux couples venus pour la semaine. Elle alla ensuite discuter avec un groupe de veuves retraitées arrivées la veille. Deux semaines après le nouvel an, l'auberge était déjà pleine. Kayleigh et elle étaient excitées en voyant le succès se dessiner pour l'année, et sa sœur envisageait déjà d'agrandir l'établissement. Evy aurait dû être ravie. Elle l'était, son sourire le prouvait, mais son estomac restait noué, son cœur était serré – comme s'il avait été remplacé par un grand vide.

Elle retourna au comptoir pour réarranger les bibelots posés dessus. Elle renifla et essuya discrètement une larme.

— Reprends-toi, Evelisse Jemison, murmura-t-elle rageusement. Tu as toujours su que ça finirait comme ça.

— Tu te mets à parler toute seule, maintenant ? demanda Mariana Rivera, moqueuse mais compatissante.

Elle posa une main sur l'épaule d'Evy et lui sourit avant de baisser la voix :

— Tu devrais prendre ton après-midi. Nous n'avons que deux autres arrivées prévues. Je peux m'en charger.

— Merci, mais je préfère m'occuper. Et puis, mon studio a l'air si… vide, maintenant… Je crois que j'ai besoin de voir du monde.

— Très bien. Dans ce cas, va déjeuner avec Kayleigh. Elle a travaillé toute la matinée et il est temps qu'elle fasse une pause pour manger, tout comme toi. J'ai demandé à Sofie de vous préparer quelque chose. File !

— Tu n'es mon assistante que depuis une semaine et tu commences déjà à me donner des ordres ? dit Evy pour plaisanter. Je crois surtout que tu as peur que je gâche l'ambiance… C'est bon, je comprends.

— Ce n'est pas ça. Je n'aime pas te voir si triste, c'est tout. Passer un peu de temps avec ta sœur te fera du bien.

— J'en suis sûre, dit Evy en enlaçant la jeune femme. Merci, Mari. Tu es une bonne amie.

Mariana sourit, puis alla réceptionner la livraison hebdomadaire de fleurs envoyées par les Fermes Lockwood – la propriété de Renee, l'épouse de Cole Abbott.

Evy remercia Sofie pour le panier-repas et traversa le passage couvert qui conduisait à l'atelier de sa sœur.

Être avec Sebastian lui avait montré à quoi ressemblait une vraie relation. Quel dommage que les circonstances les aient séparés. Elle avait l'impression de penser à lui tout le temps. Elle devrait sans doute faire comme si tout allait bien, pour sa sœur et ses amis. Avec le temps, ça s'arrangerait.

Mais pas aujourd'hui. Aujourd'hui, elle cachait son cœur brisé sous un sourire factice. Elle ne pouvait pas faire mieux.

Sebastian se gara à sa place habituelle sur le parking de l'auberge et sortit pour inspirer l'air frais de la montagne qui lui avait tant manqué. Il attrapa le bouquet de fleurs qu'il avait pris chez Renee – son seul arrêt depuis son arrivée en ville –, puis il entra rapidement dans le hall.

— Monsieur Valentine ! s'écria Mariana. Que faites-vous ici ? Je veux dire... On ne vous attendait pas.

Elle jeta un coup d'œil à son ordinateur.

— Je suis désolée, mais on n'a pas de chambre libre.

— Ce n'est pas grave, Mariana.

Il n'avait pas pensé à chercher un logement. Il avait juste besoin de revoir Evy et sa famille.

— Je vais trouver une solution. Je dois parler à Evelisse.

— Je l'ai envoyée auprès de sa sœur il y a une demi-heure. Elles travaillent trop et ne mangent pas assez. Kayleigh essaie de rattraper le temps perdu, et Evy...

Elle s'interrompit soudain et fronça les sourcils avant de secouer la tête, les bras croisés.

— Est-ce qu'Evy sait que vous êtes là ?

— Non, je veux lui faire la surprise. Ne lui dites rien.

Mariana protégeait son amie parce qu'il lui avait brisé le cœur sans le vouloir. Il la comprenait.

— Très bien, mais si vous lui faites du mal...

— Jamais, dit-il en levant une main solennelle. Je le jure.

— OK, soupira Mariana. Allez-y. Je ne dirai rien. Mais n'oubliez pas votre promesse.

Sebastian jura encore et se dirigea vers la porte de l'atelier.

— *Te arrepentirás si lo haces*, marmonna la jeune femme dans son dos.

Son espagnol était un peu rouillé, mais il était certain qu'elle venait de dire qu'il le regretterait, s'il ne tenait pas parole, et il n'en doutait pas.

Il ouvrit la porte de la boutique, faisant tinter la clochette. Kayleigh apparut, le genou soutenu par un petit chariot.

— Bonjour, que puis-je... commença-t-elle avant d'ouvrir soudain de grands yeux. Que fais-tu... ?

Sebastian plaqua un doigt sur ses lèvres et s'approcha rapidement. Il jeta un coup d'œil alentour et murmura :

— Où est-elle ?

Kayleigh fit la moue, puis contourna le comptoir et lui donna un coup dans le bras avec son index.

— Tu as intérêt à ne pas faire de mal à ma sœur, Sebastian Valentine. Soit tu l'aimes vraiment et tu fonces, soit...

— Je l'aime. Notre rencontre a été la meilleure chose qui me soit arrivée. Je le sais et je ne gâcherai pas tout. Je te le promets. De toute manière, Mariana vient de me menacer en espagnol, donc...

— Sebastian ?

Kayleigh et lui se tournèrent d'un bond. Evy avait chuchoté son nom, comme si elle n'était pas certaine d'avoir bien vu. Elle avait les yeux rouges et mouillés. Elle pressa sa main tremblante contre ses lèvres.

Sebastian prit une profonde inspiration, le cœur serré. Ils ne s'étaient quittés que deux semaines plus tôt. Pourquoi avait-il autant de mal à respirer en la revoyant ?

— Tu veux bien nous laisser seuls un moment, Kayleigh ? demanda Evy.

— Tu es sûre ?

Sa sœur haussa un sourcil et adressa à Sebastian un regard sévère qui voulait dire « si-tu-fais-du-mal-à-Evy-je-te-tue ».

— Oui. S'il te plaît.

Kayleigh soupira et se dirigea vers son atelier en lançant :

— Très bien, mais si tu as besoin de moi, je suis à côté. Et j'ai des tas d'outils. Lourds.

Evy plaqua la main sur son front.

— Les sœurs, hein ?

— Je ne sais pas, dit Sebastian en souriant. Je pense qu'elles sont plus sages qu'on le croit. Bref... Salut, beauté.

— Salut, beau gosse.

Le sourire timide d'Evy le fit fondre et l'embrasa en même temps. Il avala sa salive, la gorge sèche.

— Félicitations pour ton nouveau poste. J'ai vu la nouvelle sur les réseaux sociaux.

— Merci. Et merci aussi de m'avoir aidée à comprendre que c'était fait pour moi. Mais tu n'es pas venu jusqu'ici pour me féliciter, si ?

— Tu me manques affreusement, Evy.

Il la regarda dans les yeux. Elle croisa les bras et les pressa autour de son corps, l'air méfiant.

— Pourquoi es-tu là ? Tu as dit que tu avais encore des choses à faire dans l'entreprise de tes grands-parents.

— Je sais, dit-il en prenant son visage pour caresser sa joue avec son pouce. Mais dès mon retour à Nashville, j'ai pensé à ce que tu m'as dit au sujet du bonheur. Mes buts ont changé. Je ne veux plus avoir la place d'honneur au conseil d'administration. Et je n'imagine plus ma vie sans toi...

Elle l'embrassa sans le laisser finir. Il glissa ses bras autour de sa taille et serra son corps chaud contre lui. Il en aimait chaque courbe. Il inhala son parfum de café, noix de coco et vanille dans ses boucles lisses. En quelques secondes, ils se laissèrent emporter par un baiser brûlant et passionné. Comme s'ils avaient trouvé de l'eau après une longue traversée du désert. Il fallut le raclement de gorge insistant de Kayleigh pour les séparer.

— Euh... Hé ! dit-elle, vêtue d'une grosse veste d'hiver, de gants et d'un bonnet coloré. Je suis encore là.

— Désolée, sœurette.

Evy essuya une trace de rouge à lèvres sur la bouche de Sebastian. Ils ne se quittaient pas des yeux, même si elle s'adressait à sa sœur.

— On avait un peu oublié, je crois.

— Ça fait mal, dit Kayleigh, une main plaquée contre son cœur. Bref... Je voulais vous annoncer que je vais fermer plus tôt que prévu, aujourd'hui.

— Mais tu étais en train de travailler sur un croquis.

— Et je le terminerai à la maison.

Kayleigh tapota le sac en cuir usé qu'elle portait en bandoulière. Celui qu'Evy avait offert à leur père, autrefois.

— Ça vous laissera un peu de temps pour discuter, ajouta-t-elle avec un sourire entendu. Je suis contente de te revoir, Sebastian. Mais n'oublie pas ce que j'ai dit.

— Promis.

— Je t'aime, frangine, reprit Kayleigh en enlaçant Evy.

— Moi aussi.

Elle serra fort Kayleigh avant de la lâcher. Puis elle prit la main de Sebastian et l'entraîna dans son studio.

20

Evy monta aussi vite que possible, sans lâcher Sebastian. Dès qu'ils furent dans le studio, elle l'embrassa encore et ils se déshabillèrent en quelques secondes pour s'allonger sur le lit. Ce n'était pas le moment de parler.

Après qu'ils eurent fait l'amour, elle alluma la bouilloire. Sebastian enfila son boxer et prépara le feu dans la cheminée. Ils se remirent au lit et Evy appuya sa joue contre son torse. La chaleur de Sebastian lui avait manqué, tout comme son parfum ou ses bras autour d'elle. Ce qu'elle ressentait en sa présence lui avait manqué aussi. Elle était aimée, même s'il ne l'avait encore jamais dit.

— Donc, quand tu as dit que tu étais revenu pour moi...

— Je le pensais.

Il s'assit, adossé à la tête de lit. Elle l'imita. Il lui redressa le menton et la regarda dans les yeux.

— Je suis totalement et irrévocablement amoureux de toi.

Le cœur d'Evy s'emballa et des larmes lui montèrent aux yeux. Il avait l'air si sincère. Hélas, la peur et le doute qui l'avaient hantée toute sa vie reprirent racine au fond d'elle. Son passé était rempli de promesses rompues. De mots prononcés alors qu'on ne les pensait pas. Les *« je t'aime »* de ses ex avaient été vides de sens. Ses parents ne l'avaient pas aimée non plus. Sa carrière d'actrice n'avait jamais décollé. *En quoi Sebastian est-il différent ?* murmura une petite voix en elle.

— Tu m'as entendu, Evy ?

Il toucha son bras et elle s'obligea à sourire en prenant sa main. Elle sonda son regard sombre.

— Oui. Tu comptes beaucoup pour moi, Sebastian. Je te veux dans ma vie. Mais je dois être sûre de pouvoir te croire. Donc, si tu dis juste ça à cause de mon message...

— Je le dis parce que c'est vrai, ma chérie. Et je ne l'aurais pas fait si je n'étais pas prêt à prendre des décisions difficiles pour le prouver.

Elle serra sa main tandis qu'il la regardait avec émotion.

— Vraiment ?

— *Vraiment*, assura-t-il en l'embrassant. Je pensais pouvoir reprendre mon ancienne vie, me contenter de quelques bons souvenirs. Mais je ne pense qu'à toi. J'aime être avec toi, Evy. Et j'adore le fait que tu me comprennes et que tu me tiennes tête. Tu me pousses à réfléchir et à mûrir. Nos discussions m'ont permis de tirer un trait sur les traumatismes de mon enfance et de mes relations passées. J'ai compris que je voulais et méritais cet amour, tant que je suis prêt à travailler pour ça. Je n'ai jamais été plus heureux qu'avec toi.

Les yeux d'Evy s'emplirent de larmes. Son cœur tambourina dans sa poitrine et ses mains se mirent à trembler.

— Tu veux dire... Est-ce que tu... ?

— Je vais rester ici, répondit-il en essuyant sa joue humide.

— Et ton travail dans l'usine de tes grands-parents ?

Abandonner son poste et sa vie à Nashville était un pas immense. Evy devait être sûre qu'il y avait bien réfléchi.

— J'avais vraiment envie de diriger cette entreprise, mais c'était pour les mauvaises raisons. Tu m'as aidé à le comprendre et je t'en serai toujours reconnaissant.

Il embrassa le dos de sa main.

— Quant aux choses que je voulais accomplir, c'est fait.

— Comment ça ?

— Ce matin, j'ai donné une conférence de presse pour expliquer les raisons de ma démission, y compris l'adoption de politiques néfastes pour les employés et opposées aux valeurs de ma famille. D'après les appels que j'ai reçus d'une partie du personnel, les propriétaires ont déjà accepté de revenir sur une partie de ces décisions. J'ai peut-être coupé les ponts avec le conglomérat, mais avec un peu de chance, ce sera bénéfique pour les employés que je laisse en arrière.

— C'était courageux, Sebastian. Je sais que ça n'a pas dû être facile et je suis fière de toi, dit-elle en lui prenant la joue. Je devine que ta famille l'est aussi.

— Merci. J'ai ravalé ma fierté et demandé à mon père comment régler le problème. C'est lui qui m'a soufflé la solution.

— Dans ce cas, pourquoi n'es-tu pas allé fêter ça avec lui ?

— Après la conférence de presse, j'ai sauté dans ma voiture déjà chargée et je suis venu ici. Je voulais t'annoncer la nouvelle en premier parce que tu es tout pour moi, Evy. J'ai passé des années à en vouloir à ma mère d'être partie. Ça me tuait à petit feu. Mais notre relation m'a fait comprendre que ce n'était pas une vie. Je mérite d'être heureux et c'est ce que je ressens avec toi. Je ne veux plus te perdre.

Evy n'arrivait plus à retenir ses larmes. Elle sourit.

— Je ne veux pas te perdre non plus, dit-elle. J'ai un travail qui me plaît et j'apprécie enfin ma ville natale. Ma sœur et moi nous entendons mieux que jamais et je vais devenir tata. Mais quand tu es parti, j'ai senti mon cœur se briser. Je t'aime, Sebastian, et je veux vivre à tes côtés… même si ça me terrifie.

— Pourquoi ?

— Personne n'a encore fait ce genre de sacrifice pour moi. Je suis heureuse que tu aies renoncé à Nashville, mais je pense aussi… *merde*. Cet homme a tout quitté pour être avec *moi*.

Il rit et la serra contre lui. Elle posa la tête sur son épaule.

— C'est une mauvaise chose ?

— Non, c'est un geste merveilleux, généreux et magnifique pour lequel je te suis très reconnaissante.

— Ça t'inquiète parce que…

Il parlait calmement, d'une voix chaude. Elle se redressa.

— Et si tu n'aimais pas la vie à Magnolia Lake ? Si les choses ne se passaient pas bien au vignoble ? Je ne veux pas que tu finisses par m'en vouloir après avoir renoncé à tout pour moi.

Elle sentait la panique monter. Ses parents s'étaient mariés parce que sa mère était tombée enceinte d'elle et son père s'était noyé dans une bouteille de whisky pour échapper à des responsabilités qu'il n'avait jamais voulu assumer. Evelisse avait peur de lire la même colère, la même rancœur dans les yeux de Sebastian, un jour.

— Ma chérie, je suis prêt à tout pour être avec toi, dit-il en l'embrassant avant de lui caresser la joue. Mais si tu veux savoir la vérité, je l'ai aussi fait pour moi. J'ai démissionné et mis ma maison en vente parce que ce que je *veux* vraiment… c'est être avec toi et travailler de nouveau avec ma famille. Je l'ai fait parce que ça me rend heureux. Pas parce que je me sentais pressurisé. D'accord ?

Elle acquiesça, la vue brouillée par les larmes.

— Dis-moi que tu pleures de joie, je t'en supplie.

Il déposa un baiser sur sa joue humide.

— Oui. Je t'aime, bébé.

Il lui sourit, ému aussi, et la lâcha pour se redresser.

— Je t'aime aussi.

Il l'embrassa, la serra contre lui, lui fit l'amour. Pendant les quelques heures qu'ils passèrent enfermés dans le studio, elle eut l'impression d'être seule au monde avec lui.

Elle n'aurait souhaité passer ces moments avec personne d'autre.

Épilogue

Sebastian se tenait devant la fenêtre de la grange, sirotant le mélange adaptogène-latte qui avait remplacé ses quatre tasses de café quotidiennes. Les arbres de l'auberge Sweet Magnolia étaient somptueux dans la lumière du matin, étalant leurs plus belles couleurs : des feuilles rouges, orange et or. Il était arrivé ici pour la première fois depuis un peu plus d'un an et la tempête qui avait changé sa vie avait eu lieu exactement douze mois plus tôt.

Il ferma les yeux et prit une profonde inspiration en pensant à tout ce qui s'était passé depuis. Il avait retrouvé Evelisse. Ils avaient été piégés ensemble par la neige et ça leur avait donné une seconde chance. Une occasion de bâtir une relation avec la femme dont il avait rêvé pendant un an, mais aussi de trouver l'amour et le bonheur.

Ça l'avait obligé à se débarrasser pour de bon des choses qui ne lui étaient plus utiles : le travail qu'il n'aimait pas, la maison qu'il avait achetée dans l'espoir de sauver son mariage, et la vie stressante qui ne lui apportait plus de joie. Il n'avait presque plus rien de l'homme qu'il était encore un an plus tôt et ça le soulageait.

Bien sûr, il n'était pas parfait et il luttait encore parfois contre l'anxiété. Mais il était en paix et bien plus patient qu'avant, même si sa petite sœur Naya avait encore un don pour l'agacer et tester les limites de sa nouvelle sérénité…

— Tu as allumé le feu, dit Evy en l'enlaçant par-derrière.

Elle pressa le bout de ses doigts contre ses abdominaux, plus fermes – renforcés par ses nouvelles habitudes de yoga.

— Je sais qu'il ne fait pas vraiment froid.

— Mais allumer un feu est une belle manière de fêter l'anniversaire du blizzard. Tu as eu raison de me proposer de sécher le travail aujourd'hui pour qu'on passe la journée au lit, dit-elle avant d'embrasser son épaule nue. Merci de m'avoir laissé faire la grasse matinée.

— Après avoir gardé les filles hier soir, j'ai pensé qu'on avait tous les deux besoin de repos.

Chandra et Julian, Nolan et sa fiancée Delaney, Parker et Kayleigh, ainsi que d'autres membres des familles Valentine et Abbott avaient assisté à un récital à la nouvelle école de Magnolia Lake – un établissement créé par Savannah, Zora et Renee pour que leurs enfants puissent étudier en ville au lieu de prendre le bus tous les matins. Evy et lui s'étaient proposés pour garder Autumn et le bébé de Kayleigh, Jemma. Ils avaient apprécié cette soirée avec leurs nièces. Mais l'agitation des enfants leur avait donné envie de se prélasser dans un bain chaud ensuite et ils avaient dormi à poings fermés.

— Passer une journée entière au lit avec la femme que j'adore ? C'est toujours une bonne idée, dit-il en posant sa tasse pour se tourner vers Evelisse et la prendre dans ses bras.

— Hmm… Je suis bien d'accord, roucoula-t-elle tandis qu'il l'embrassait dans le cou. Mais je pensais qu'on devrait au moins sortir pour aller chercher de quoi manger.

— C'est déjà réglé : on va se faire livrer les repas.

— Tu as pensé à tout.

Elle attrapa la ceinture du pyjama qu'il portait bas sur les hanches. Elle avait enfilé le haut assorti, et presque rien d'autre. Elle le regarda finalement avec un air plus sérieux.

— C'est pour ça que tu réfléchissais tant, ces derniers jours ? J'avais peur qu'il y ait un problème.

— Tout va très bien, Evy, dit-il en l'embrassant encore, plus lentement. J'ai juste un peu peur que ce soit trop parfait… Que je finisse un jour par tout gâcher.

— Et ?

Elle sourit, comme si elle connaissait déjà la réponse.

— Cette année a été formidable pour nos familles. L'auberge est un succès, et tu envisages de doubler le nombre de chambres. Le vignoble a augmenté sa production et ses canaux de distribution. Tu as une nièce. Nolan et Laney sont fiancés. J'ai recommencé à dessiner…

— Tu fais bien plus que dessiner, Sebastian.

Elle montra les œuvres accrochées aux murs : des croquis qui leur tenaient à cœur.

— Tu es un artiste et tu vends ton travail. D'ailleurs, ton idée de dégustations artistiques pour exposer le travail des peintres locaux est… Je ne suis pas sûre que tu comprennes à quel point c'est important pour les artistes de la région. Tu vas même tenir un stand pour les créateurs locaux au marché de Noël, cette année. C'est très généreux de ta part.

Elle rayonnait. Ils se soutenaient mutuellement et Sebastian adorait ça. Jamais il ne tiendrait sa relation avec Evelisse pour acquise : c'était une chance incroyable de l'avoir dans sa vie.

— Je n'ai jamais été aussi heureux, Evy, et tout ce qu'il y a de bon dans ma vie, c'est à toi que je le dois.

— Pas entièrement. Tu as choisi ta route et travaillé pour y arriver – physiquement et émotionnellement. Je suis juste heureuse de faire partie du voyage. Je suis si fière de toi, parce que je sais que ce n'est pas toujours facile.

— Être avec toi est facile, et le travail que j'ai dû faire sur moi… ça en valait la peine.

Certes, il avait dû fournir des efforts pour être plus honnête avec lui-même et plus ouvert avec elle. Cela avait demandé beaucoup d'attention et de séances de thérapie.

— Je ne dis pas que tu m'as changé. Mais tu m'as mis au défi d'affronter des vérités pénibles et mes vrais buts dans la vie. Je ne te remercierai jamais assez pour ça.

Il l'embrassa encore. Elle était stupéfiante. Chaque matin, il se réveillait pressé de passer du temps avec elle, en dépit de leurs journées chargées. Il avait hâte de vivre de nouvelles aventures et n'imaginait pas sa vie sans elle.

— Je t'aime, ma chérie. Plus que tout au monde.

Il lui caressa la joue. Elle sourit, les yeux humides.

— Moi aussi, mon amour.

— Veux-tu m'épouser ?

Ces mots lui avaient échappé, le prenant par surprise. Il n'était pas impulsif. Il planifiait avec soin chaque décision. Mais dès qu'il posa cette question, il sut qu'il était sincère. Il ne doutait pas de ses sentiments pour Evy et il voulait passer le reste de ses jours avec elle.

Elle ouvrit de grands yeux et pressa une main contre sa bouche.

— Est-ce que tu viens... de me demander en mariage ?

Merde. Il gâchait le moment.

— Oui, et je ne l'ai pas fait dans les règles. J'aurais dû attendre qu'on soit avec nos familles... Je devrais avoir une bague et j'aurais dû me mettre à gen...

— *Oui*, Sebastian, dit-elle doucement, les joues inondées de larmes malgré son sourire. J'ai hâte de t'épouser.

Il lui fallut quelques instants pour comprendre. Mais soudain, son cœur gonfla de bonheur, de gratitude, et sa vision se troubla. Il embrassa Evy, la souleva dans ses bras et la porta jusqu'au lit qu'ils partageaient depuis un an. Il fit l'amour à cette femme qui avait su lui donner une seconde chance de bonheur. Il était si reconnaissant et il l'aimerait jusqu'à la fin de sa vie.

Retrouvez les histoires des autres Valentine
sur harlequin.helloromance.fr !

1. *Impossible Attraction*
2. *Un amour d'été*
3. *Leur seconde chance de bonheur*

PAULA ROE

Un mensonge entre nous

Traduction française de
MARIE MOREAU

PASSIONS

HARLEQUIN

Titre original :
BED OF LIES

Ce roman a déjà été publié en 2019.

1

Quand allait-elle enfin avoir un peu de répit ?

Appuyée contre l'évier de sa cuisine, Beth Jones tentait de calmer son angoisse. Mais la silhouette élancée et autoritaire qu'elle apercevait à l'entrée de son jardin, entre les feuillages des arbres, ressemblait fort à un mauvais présage.

Garé dans l'allée depuis un moment déjà, un homme venait de descendre de sa voiture de sport rutilante, et sa démarche fière autant que ses mouvements décidés étaient emprunts d'une tension bien visible. La raideur de son cou et de ses épaules, la brutalité de ses mouvements, semblaient comme un affront à la douceur de cette soirée d'octobre.

Le front soucieux, les yeux cachés derrière des lunettes noires, il claqua sa portière et avança jusqu'à la boîte aux lettres, devant laquelle il fit une pause. Beth ne put réprimer un geste de nervosité en le voyant vérifier avec attention le papier qu'il avait à la main. Profitant de son hésitation, elle se dressa sur la pointe des pieds pour l'observer. Grand et mince, il portait un costume sombre parfaitement coupé, qui laissait deviner son buste large et ses longues jambes.

Il avait tout d'un homme puissant et sûr de lui, dont la prestance et la réussite évidente ne pouvaient qu'inspirer le respect.

Qui pouvait-il être ? Il ne ressemblait pas à un journaliste. Etait-ce un homme d'affaires, un avocat ? Un banquier ?

Oui, conclut-elle, anxieuse. Un banquier, certainement.

La Banque nationale de la côte Est avait dû lui envoyer un émissaire, plutôt que de continuer à la harceler par téléphone.

Un demi-million de dollars égaré valait certainement cet effort.

Beth avait appris avec le temps qu'un ennui n'arrivait jamais seul. Alors, après la fuite de son employé, puis son pneu crevé ce matin, elle ne pouvait qu'imaginer quel autre problème s'apprêtait maintenant à frapper à sa porte.

Luke De Rossi sentait qu'il allait devenir fou, s'il ne parvenait pas à se débarrasser de ce mal de tête.

La douleur avait commencé dès qu'il était sorti du bureau du notaire, à Brisbane. Il avait bien essayé de penser à autre chose durant le trajet qui l'avait mené jusqu'à la Côte d'Or, mais rien n'y avait fait. Sa colère était trop forte pour qu'il parvienne à se détendre. Même les chansons qu'il aimait n'avaient fait qu'accroître son agacement, si bien qu'il avait finalement préféré faire la route dans le silence.

Perdu dans ses pensées, il avait à peine remarqué le changement de paysage, au moment où il avait quitté la voie principale pour se diriger vers le bord de mer. Les petites maisons qu'il avait vues jusque-là avaient peu à peu fait place à de vastes propriétés, mais ce n'était pas à cela qu'il avait prêté attention. Préférant surveiller dans son rétroviseur la voiture qui l'avait suivi, il s'était finalement rendu compte qu'elle avait disparu.

Voilà qui aurait dû améliorer son humeur ; pourtant, une appréhension tenace s'était emparée de lui, et il ne parvenait pas à s'en débarrasser. Comment ne pas imaginer les gros titres que devait déjà préparer la presse ?

Lucky Luke récupère la maison de son oncle défunt,
le célèbre mafieux.

Les journaux, fidèles à leur habitude, n'allaient pas manquer de se donner le plus grand mal pour ruiner sa réputation. Sauf que cette fois, Luke risquait de perdre ce qu'il avait mis toute sa vie à construire.

Gino et lui n'avaient jamais été très proches, mais son oncle avait toujours su l'importance que sa carrière avait pour lui. Alors à quoi avait-il bien pu penser, en décidant de lui léguer cette maison ? C'était un véritable cadeau empoisonné !

Comme il arrivait au bout de l'impasse, il découvrit une grande et ancienne demeure de deux étages, sur laquelle le soleil bas projetait ses derniers rayons. A l'entrée de l'allée privée, la boîte aux lettres portait le numéro treize ; un mauvais signe, à n'en pas douter...

La maison, peinte en vert et ocre, se trouvait en complète harmonie avec les arbres qui l'entouraient. Son style plein de charme était à l'opposé de celui des nouvelles constructions grandioses qu'il avait vues en venant ici. L'espace d'un instant, il crut qu'il allait voir accourir un chien et une ribambelle d'enfants. Mais la balançoire qui trônait au milieu du jardin semblait attendre en vain que quelqu'un vienne y prendre place.

Il descendit de voiture et regarda avec curiosité autour de lui. En dépit de sa taille et de son emplacement de choix, la propriété n'avait rien de tape-à-l'œil. C'était comme si elle cherchait à se faire discrète... Tout le contraire de son oncle Gino ! Mais alors pourquoi celui-ci, qui avait préféré habiter dans une luxueuse villa, avait-il acquis cette maison ?

Luke l'ignorait. Trop furieux au moment de quitter le bureau du notaire, il n'avait pas pensé à lui poser la question. Il lui avait suffi d'écouter deux phrases de la lecture du testament pour comprendre qu'il allait être confronté à de nouveaux ennuis, et s'il était resté davantage, il aurait pu dire ou faire des choses qu'il aurait regrettées plus tard.

Mais la fuite n'avait pas suffi à lui faire oublier les mots qui résonnaient encore dans son esprit.

« Luke, c'est important, tu dois y aller. Il est temps que tu fasses la paix avec ta famille. »

En privé, son comité de direction lui avait bien fait remarquer que Gino Corelli était un cauchemar pour les relations publiques de l'entreprise. Mais devant les médias et les autres employés, ses supérieurs avaient justifié son absence momentanée en la qualifiant de « congé exceptionnel pour raisons familiales ». C'était à cause d'eux, en quelque sorte, s'il se trouvait ici maintenant.

Ils ne lui avaient pas laissé le choix : il devait régler cette affaire au plus vite.

Essayant de retrouver son calme, il respira profondément, mais il était trop tard ; ses souvenirs amers avaient bel et bien refait surface. Gino était mort par sa faute. Pendant des semaines, Luke s'était efforcé d'étouffer la culpabilité qui l'assaillait en se surchargeant de travail. Mais il avait dû faire face à la réalité quelques jours plus tôt, quand les notaires du cabinet Paluzanno et associés l'avaient convoqué dans leur rutilante salle de réunion.

Tu dois régler cette histoire.

Il laissa échapper un soupir résigné. Une semaine devrait lui suffire pour faire une visite détaillée de la maison et la mettre sur le marché. Dès qu'il l'aurait vendue, il reverserait l'argent à sa tante Rosa et reprendrait sa vie où il avait été contraint de la laisser. Et enfin, il pourrait accéder à la promotion qu'il attendait.

Une semaine. Dix jours, tout au plus. Après quoi, il rentrerait chez lui et retrouverait sa liberté.

Ignorant la sonnerie de son téléphone, il s'apprêtait à avancer vers l'entrée, quand la vue d'une petite camionnette rouge garée sous le porche attira son attention.

Ici, à Sunset Island, songea-t-il en détaillant la maison et le terrain qui l'entourait, les propriétés valaient des fortunes. Pourquoi Gino avait-il acheté ce bien, alors qu'il n'en avait eu aucune utilité ?

A moins que...

Oui, c'était peut-être son petit nid d'amour, conclut-il avec regret.

Cela n'avait pourtant aucun sens : Gino avait aimé Rosa. Avec elle, il avait vécu dans le bonheur pendant plus de cinquante ans. Jamais il n'aurait pu...

Dans ce cas, pourquoi ne lui avait-il pas légué cette maison, plutôt qu'à lui ? Sans doute ne voulait-il pas qu'elle soit au courant de son existence.

Luke contempla de nouveau la maison, avec suspicion, cette fois. Quelque chose lui paraissait étrange, mais il ne parvenait pas à savoir quoi.

La meilleure façon d'en savoir plus était d'y entrer, se dit-il en claquant la portière derrière lui. Il vérifia une dernière fois l'adresse que lui avait donnée le notaire, puis se dirigea vers le perron.

Il traversa le jardin d'un pas décidé. Mais au pied des marches, il s'arrêta net.

Une soudaine appréhension venait de s'emparer de lui. En dépit de la chaleur australienne, il sentit un frisson glacial le parcourir. Tout en massant légèrement sa nuque raidie par la tension, il regarda derrière lui. De là où il se trouvait, la route peu passante était masquée par la haie touffue qui bordait l'allée. La maison était non seulement située au calme, mais aussi à l'abri des regards. De chaque côté du porche se dressaient deux citronniers, pareils à des sentinelles. La pelouse avait bien besoin d'une tonte ; de toute évidence, le résident avait préféré passer du temps dans les parterres de fleurs, qui eux étaient resplendissants. Hormis le chant des cigales, rien ne venait troubler la tranquillité de ce jardin paradisiaque.

Mais l'apaisement qu'éprouvait Luke ne dura pas.

La nervosité qu'avait provoquée en lui sa rencontre avec la presse revint dès qu'il comprit qu'il avait certainement vu juste, en imaginant que Gino avait vécu ici une histoire d'amour clandestine. La maison n'était pas censée être occupée.

Ou alors, un journaliste très bien renseigné avait eu de l'avance sur lui.

Jusqu'à présent, Luke était toujours parvenu à utiliser la presse quand il en avait eu besoin, sans laisser les journaux à scandale s'immiscer dans sa vie privée. Oui, il était le plus jeune membre du conseil d'administration de Jackson et Blair, la principale banque d'affaires du Queensland. Oui, à son âge, il occupait déjà une place que beaucoup lui enviaient. Et pourtant, désormais, on ne voyait plus en lui que le neveu du soi-disant parrain de la mafia Gino Corelli.

Autrement dit, un criminel.

Le cœur serré, il contempla la clé qu'il avait à la main. Les mots terribles que son cousin lui avait adressés aux obsèques de Gino le hantaient encore.

« Si tu avais fait quelque chose, mon père serait peut-être encore en vie. »

S'il avait su à quel point il avait raison…

Luke referma les doigts autour de la clé, si fort que la pointe de métal lui fit mal à la paume. Mais la douleur le soulageait, au moins pour un instant, de la peine intérieure qu'il éprouvait.

Il respira profondément et regarda la robuste porte qui se dressait devant lui. Rassemblant ses forces, il monta les marches et se résolut à frapper, ignorant la clé qu'il serrait toujours au creux de sa main. Puis il attendit.

Comme personne ne venait, il s'apprêtait à recommencer, lorsque la porte s'ouvrit, dévoilant une image qui le laissa muet de stupeur.

Devant lui se tenait une jeune femme mince et élancée, dont le visage était éclairé par de grands yeux verts. Le débardeur bleu et le short blanc qu'elle portait ne faisaient rien pour dissimuler ses formes, ni sa peau lisse et dorée. Au bout de ses pieds nus, les ongles de ses orteils délicats étaient peints en rose.

Cette vision était bien la dernière chose à laquelle il s'était préparé. Que pouvait bien faire cette beauté dans la maison de son oncle ?

Il ôta ses lunettes de soleil et prit le temps d'admirer sa silhouette, jusqu'au moment où ses yeux rencontrèrent les siens. D'un regard sévère, comme si elle lisait dans ses pensées, elle fit disparaître toutes les idées qu'elle lui avait inspirées.

— J'imagine que vous êtes là au sujet de Ben Foster ? lui demanda-t-elle froidement, sans la moindre introduction.

— De qui ?

Profitant de son silence étonné, il regarda derrière elle pour examiner ce qu'il pouvait voir à l'intérieur de la maison. Puis il posa de nouveau les yeux sur elle.

— Que faites-vous ici ? l'interrogea-t-il.

— Pardon ? rétorqua-t-elle, l'air scandalisé. C'est moi qui devrais vous poser cette question !

Eh bien, cette jeune femme ne manquait pas d'aplomb, songea-t-il en franchissant le seuil, sans attendre qu'elle l'ait invité à entrer.

Il traversa l'entrée et pénétra dans le salon. Il entendit qu'elle le suivait d'un pas précipité, mais cela ne fit rien pour l'arrêter. Il se dirigea vers la fenêtre et ouvrit grand les rideaux, découvrant un jardin ombragé à l'arrière de la maison.

— Mais pour qui vous prenez...

— Décidément, l'interrompit-il en se retournant vers elle, vous n'abandonnez jamais, hein ? D'abord la filature, puis l'embuscade chez moi, et maintenant cette ruse ridicule. Quelle sera la prochaine étape ? Battre des cils, me faire du charme et me demander une interview exclusive ? La tenue est de choix, reconnut-il en la scrutant de la tête aux pieds. Détourner mon attention pour arriver à vos fins, c'est ça votre plan, n'est-ce pas ?

Ses yeux lançaient des éclairs. Une chose était sûre, elle jouait son rôle à merveille.

— Mais de quel droit...

— Mademoiselle, réagit-il sans lui laisser le temps de finir. J'ai passé une sale journée, et je n'ai vraiment pas besoin de ça. Ne vous fatiguez pas, j'ai deviné qui vous étiez. Alors voici ma proposition : si vous partez immédiatement, j'accepte de ne pas porter plainte contre vous pour être entrée par effraction.

Sans tenir compte de son regard effaré, il lui tourna le dos et regarda de nouveau par la fenêtre.

— Allez, dites-moi où est votre équipe. Derrière les buissons, c'est ça ? Les caméras et les micros sont bien cachés, apparemment.

— Non mais pour qui vous prenez-vous ? s'insurgea-t-elle d'une voix furieuse.

Mais il n'était pas dupe, et cette comédie ne faisait que l'exaspérer davantage.

— Ne faites pas semblant de ne pas comprendre, lâcha-t-il en faisant volte-face.

Mais elle ne semblait toujours pas résolue à s'avouer vaincue. Son regard était maintenant empli de colère et d'angoisse mêlées. Comment osait-elle lui tenir tête de cette façon ?

Hors de lui, il enfouit la main dans sa poche et en sortit son portefeuille en cuir.

— Luke De Rossi, annonça-t-il en brandissant son permis de conduire devant ses yeux immenses. Mademoiselle ?

— Jones. Beth Jones.

Mais le fait de savoir son nom ne lui en disait pas plus sur qui elle était réellement. Pourtant, en la regardant s'éloigner de lui pour se rapprocher de la porte, il comprit qu'il lui avait peut-être vraiment fait peur. D'un regard anxieux, elle scrutait tout autour d'elle, comme si elle cherchait à protéger son bien.

Cette femme n'était pas journaliste, elle était ici chez elle. Et à en juger par la décoration soignée de la maison, elle était installée en toute légalité. Son corps sublime paraissait lui servir de carapace, mais sous le masque de femme forte qu'elle affichait, il devinait qu'elle était aussi déconcertée que lui.

Son premier pressentiment avait été le bon : c'était la maîtresse de Gino.

D'ordinaire, Luke savait qu'il pouvait compter sur ses yeux noirs et sa stature pour imposer son autorité. Alors pourquoi, tout à coup, sentait-il une inhabituelle vulnérabilité s'emparer de lui ?

— Ecoutez, mademoiselle, reprit-il en abandonnant son agressivité. Nous devrions peut-être reprendre les choses au début. Je suis...

— Je sais parfaitement qui vous êtes.

Comme sa douleur se réveillait brusquement, il laissa échapper un soupir crispé.

— Je suppose que vous pouvez me prouver que cette maison est la vôtre ? la défia-t-il.

— Et pourquoi devrais-je vous prouver quoi que ce soit ?

— Franchement, je serais heureux de recevoir un minimum d'aide de votre part.

— Je vis ici depuis trois ans, et...

— En tant que propriétaire ou locataire ?

— Pardon ?

— Vous louez cette maison, ou vous la possédez ? répéta-t-il en articulant.

— Je la loue, mais...

— Qui vous la loue ?

— Une agence immobilière, répondit-elle brutalement, sans cacher l'exaspération que lui inspiraient ses questions.

— Laquelle ?

— Je ne vois pas où...

— Laquelle ?

Mais cette fois, elle refusa de lui répondre. Croisant les bras en signe de défense, elle le fusilla du regard.

Beth n'en revenait pas de tant d'arrogance. Comment Luke De Rossi osait-il s'introduire chez elle de force, et lui faire subir cet interrogatoire ? Elle se demanda, l'espace d'un instant, si elle devrait avoir peur de lui. Mais il n'était pas question qu'elle lui montre son anxiété.

Se dressant de toute sa hauteur, elle le scruta avec insistance. Elle ne prononcerait pas un mot de plus, décida-t-elle sans céder à son air contrarié.

Le nom de cet intrus ne lui était pas inconnu, du reste. Elle ne lui avait pas menti en lui disant qu'elle savait qui il était. Elle se rappelait un article du *Sun-Herald* qu'elle avait lu quelque temps plus tôt, au sujet des principales sociétés financières australiennes. Celui que le journaliste avait surnommé « Lucky Luke » De Rossi était l'un des cadres les plus brillants de chez Jackson et Blair. Diplômé de l'université de Harvard, il possédait toutes les qualités nécessaires pour inspirer confiance aux clients qui venaient confier leurs millions à cet établissement réputé. A dire vrai, elle avait éprouvé une certaine admiration pour lui, à la lecture de cet article. Et ce, même si elle ne partageait pas sa conception de la vie, qui consistait à vouer ses journées entières à son travail.

Il y avait maintenant plusieurs secondes qu'il soutenait son regard, mais il avait cessé de lui poser des questions. Tout à coup, elle le vit grimacer de douleur et se passer la main dans le bas du cou.

Une douleur aux trapèzes, ne put-elle s'empêcher de diagnostiquer. Cet homme souffrait d'une tension du muscle deltoïde, et probablement d'un violent mal de tête. Il faisait apparemment son possible pour le cacher, mais son corps parlait pour lui : il était écrasé par la fatigue.

Malgré elle, elle ressentit bientôt une pointe de compassion envers lui ; mais elle ne se laisserait pas attendrir.

— Donc, vous êtes locataire, reprit-il finalement, sans cesser de se masser la nuque.

— Oui.

Le dédain qu'elle lisait dans ses yeux ne l'intimidait pas le moins du monde. Au contraire, son attitude hautaine ne lui donnait que plus envie de lui résister.

— Alors, quelle est cette agence ? Vous avez une adresse, un numéro de téléphone ?

— Pourrais-je au moins savoir ce que vous faites ici, et de quel droit vous me posez toutes ces questions ?

— Ecoutez, j'essaie moi-même de comprendre la situation, et franchement, vous ne m'aidez pas du tout.

Stupéfiée par son sans-gêne démesuré, elle laissa échapper un rire cynique. Elle avait pris l'habitude de tenir tête à ce type d'individus, ceux qui étaient persuadés qu'ils pouvaient tout contrôler, y compris la vie des autres.

— Et si vous m'aidiez, vous ? suggéra-t-elle. C'est très simple : il vous suffit d'emprunter ce couloir et de sortir de chez moi.

— Pardon ?

— Vous m'avez très bien entendue.

— De *chez vous* ? demanda-t-il, l'air outré. D'après les papiers dont je dispose, c'est à mon oncle qu'appartient cette maison.

Son regard s'assombrit soudain.

— Il y avait quelque chose entre vous, c'est ça ? ajouta-t-il.

A ces mots, elle sentit le sang lui monter au visage.

— Et maintenant, vous m'accusez de coucher avec votre oncle ? s'écria-t-elle. Mais vous êtes fou !

La mâchoire serrée, il tendit la main vers elle, comme pour tenter de l'apaiser.

— Allons, nous n'arriverons à rien en nous disputant.

— Vous avez raison, approuva-t-elle en marchant vers la sortie, ne lui laissant d'autre choix que de la suivre. J'habite ici, monsieur. Si ce que vous dites est vrai, vous n'avez qu'à revenir avec une preuve.

En l'observant du coin de l'œil, elle remarqua sa démarche raide et l'expression de fatigue qui marquait son visage. Puis tout à coup, un sourire conciliateur apparut sur ses lèvres.

— Je suis sûr que nous pouvons parvenir à un arrangement, fit-il en se plaçant entre elle et le cadre de la porte restée ouverte. Vous savez qui je suis, vous savez donc que je suis capable de…

— De quoi ? l'interrompit-elle, interloquée. Pouvez-vous me dire à quelle sorte d'arrangement vous pensez ?

L'espace d'un instant, un silence troublant s'installa entre eux. Son comportement avait beau la mettre hors d'elle, elle ne put s'empêcher de remarquer la sensualité infinie de son sourire, de son regard à la fois ténébreux et brûlant…

Mais elle ne devait pas se laisser décontenancer. Il fallait qu'elle trouve un moyen de le faire partir.

La tête haute, elle le scruta avec toute la sévérité dont elle était capable.

— S'il vous plaît, mademoiselle, dit-il avec des yeux suppliants. J'ai fait la route depuis Brisbane, et j'ai dû échapper à une meute de paparazzis pour venir jusqu'ici.

— Alors j'espère que ce n'est pas votre voiture, qu'on est en train de voler, lâcha-t-elle froidement.

Exactement comme elle l'avait espéré, Luke se retourna brusquement, et elle le poussa de toutes ses forces à l'extérieur avant de claquer la porte vitrée entre eux deux. Lorsqu'il retrouva son équilibre, elle avait déjà fermé le loquet.

Au moins, songea-t-elle en apercevant son expression de stupeur, elle avait remporté la première bataille. Mais quelque chose lui disait qu'elle allait bientôt revoir Luke De Rossi.

2

Le lendemain, un soleil éclatant illuminait le ciel sans nuages. La matinée était si belle que pour la première fois depuis bien longtemps, Luke, assis au volant de sa voiture, ne regrettait pas de ne pas être au bureau.

Cependant, s'il ne travaillait pas aujourd'hui, c'est qu'il avait une tâche bien précise à accomplir.

Il s'était garé devant le jardin de la maison qui, d'après le notaire, était maintenant la sienne, et de là, il voyait parfaitement Beth Jones aller et venir dans la cuisine. La dernière chose dont il avait envie était bien de se disputer de nouveau avec elle, mais il devait régler cette affaire au plus vite.

Bien sûr, le plus simple eût été de laisser à la police locale le soin de lui faire quitter les lieux.

Le plus simple pour n'importe qui, excepté lui.

Voilà pourquoi il avait cherché à joindre l'avocat de Gino. En vain. Au téléphone, la standardiste l'avait mis en attente si longtemps qu'il avait fini par raccrocher, non sans se maudire de ne pas avoir refusé ce legs.

Il savait pourtant pourquoi il l'avait accepté. Dans le domaine des affaires, Gino n'avait jamais rien laissé au hasard, et il avait forcément eu une bonne raison de confier à Luke cet héritage. Restait à savoir laquelle.

Cela pouvait-il avoir un rapport avec la ravissante Beth Jones ?

Luke avait encore du mal à l'admettre, mais elle avait fort bien pu être la maîtresse de son oncle.

A présent, deux options s'offraient toujours à lui : appeler la police, ou affronter lui-même cette soi-disant locataire.

La seconde s'imposait d'elle-même, car il n'avait aucun besoin d'attirer davantage l'attention en s'adressant aux autorités locales. Mais s'il voulait prendre le dessus sur Beth Jones, il fallait avant tout qu'il sache qui elle était exactement, et ce qu'elle faisait dans cette maison.

Une chose était sûre : après sa performance de la veille, il allait devoir faire preuve de la plus grande adresse pour gagner sa confiance. Comment avait-il pu perdre ainsi le contrôle de la situation ? s'interrogea-t-il en s'étirant, sans parvenir à dissiper la douleur qui s'était installée dans son cou et ses épaules. Cette femme était plus forte qu'elle n'en avait l'air, et elle s'était montrée bien plus rusée que lui. Dorénavant, il n'avait plus droit à l'erreur.

Finalement, il ouvrit sa portière et descendit de voiture. Dès l'instant où il se trouva devant la grille, la senteur fraîche des citronniers lui rappela le parfum de la mystérieuse jeune femme qui habitait cette maison. Puis ce furent les souvenirs des dimanches après-midi d'été passés chez sa tante Rosa qui lui revinrent à la mémoire. La limonade qu'elle préparait avait été si désaltérante... Légèrement acide, et délicieusement douce et sucrée...

Exactement comme devait l'être la peau de la fascinante Beth Jones, ne put-il s'empêcher d'imaginer. Malheureusement, il n'était pas là pour flirter avec elle. Et à en juger par l'attitude défensive de la jeune femme, elle cherchait à lui cacher quelque chose. Quel que fût son secret, il était bien décidé à le découvrir.

« Crown Real Estate vous remercie de votre appel, vous pouvez joindre l'agence du lundi au... »

Exaspérée par le répondeur automatique de son agence

immobilière, Beth raccrocha sans attendre la fin du message. Mais à peine avait-elle posé le combiné, que son téléphone sonna.

— Oui ? répondit-elle aussitôt, espérant qu'on la rappelait enfin.

— Ne raccrochez pas, s'il vous plaît. C'est Luke De Rossi.

— Comment avez-vous eu mon numéro ?

— Il est inscrit sur le contrat de location. Regardez par la fenêtre.

Elle se retourna et aperçut la longue silhouette qui se dessinait devant la grille du jardin.

— Vous êtes là depuis combien de temps ?

— Quelques heures.

Pourquoi montait-il la garde devant chez elle ? Avait-il peur qu'elle mette le feu à la maison ?

— Il faut que nous parlions, ajouta-t-il.

Il cherchait à la piéger, à n'en pas douter. Ce regard décidé devait bien cacher quelque chose...

— Je vais vous rejoindre dehors, répondit-elle sans cesser de l'observer.

S'efforçant de retrouver son calme, elle baissa les stores pour s'offrir un moment d'intimité avant de l'affronter. Mais elle avait beau essayer de respirer profondément, sa nervosité ne faisait que croître en elle.

Machinalement, elle se mit à faire les cent pas dans la cuisine.

Elle ne voulait pas parler. Pas maintenant, alors qu'elle avait réussi à se taire pendant dix ans. Même si l'existence rêvée qu'elle menait désormais ne reposait que sur des mensonges, il n'était pas question qu'on la force à rouvrir les blessures du passé.

Si elle parlait, elle risquait d'être accusée d'usurpation d'identité !

Un frisson d'angoisse la traversa. La presse australienne avait une telle fascination pour les drames et les accidents les plus terribles... Certains journalistes n'allaient pas manquer de chercher de nouvelles histoires à raconter, surtout à l'occasion d'un dixième anniversaire. Beth ne suivait l'actualité que de loin, et ces derniers mois plus que jamais, elle était parvenue à éviter presque tous les bulletins d'informations. Lorsque ses patients abordaient le sujet, elle savait parfaitement détourner la conversation. Mais il y avait une chose dont elle ne pouvait pas se débarrasser aussi facilement : ses souvenirs, qui, eux, refusaient de la laisser en paix.

Elle s'approcha du bar et remplit une tasse de café, mais pas un seul de ses mouvements ne parvenait à l'apaiser. Dans son entourage, personne ne savait qui elle avait été, ni ce qu'elle avait fait. Mais à présent, l'arrivée de Luke, semblable à un fantôme surgi du passé, réveillait les peurs qu'elle avait réussi à étouffer pendant toutes ces années.

Pourtant, elle n'avait d'autre choix que de lui faire face, et de se battre pour défendre ce qu'elle avait.

A cette seule pensée, elle sentit les battements de son cœur s'accélérer. En temps normal, elle aurait volontiers porté secours à cet homme, qui paraissait souffrir d'une tension physique insupportable. C'était ce qu'elle faisait tous les jours avec ses patients.

Malheureusement, cette situation n'avait rien de normal.

Pour commencer, Luke De Rossi était beaucoup trop séduisant pour être honnête. Or la vie avait appris à Beth qu'un beau sourire cachait trop souvent de mauvaises intentions. Comme celui de ce charmant journaliste, à qui elle avait eu le tort de faire confiance, une dizaine d'années plus tôt. Et comme celui des quelques hommes qui, sous leur masque d'hommes d'affaires, n'avaient fait appel à ses talents de masseuse que pour essayer de lui soutirer des informations.

Et comme celui de Ben, son comptable, qui s'était soudain volatilisé.

Après avoir passé un rapide coup de téléphone à Laura pour lui demander d'ouvrir l'institut ce matin, elle marcha jusqu'à la porte d'entrée, sans poser la tasse de café qu'elle tenait. Inutile de paniquer, se persuada-t-elle mentalement. Au mieux, Luke De Rossi lui apporterait les réponses qu'elle n'avait pu recevoir de l'agence immobilière. Au pire, bien sûr, il avait aussi le pouvoir de lui compliquer considérablement l'existence. Voilà pourquoi elle n'avait pas droit à l'erreur.

Emplie de courage et de détermination, elle se décida à ouvrir la porte et sortit dans le jardin.

Assis sur la barrière de l'allée, le visage éclairé par les rayons obliques du matin, Luke lui apparut comme un danger qu'elle devait prendre très au sérieux. Sa chemise froissée et ses cheveux en bataille ne faisaient rien pour atténuer l'autorité et la confiance en soi qui émanaient de lui. Et si Beth voulait rester concentrée sur leur conversation, mieux valait qu'elle ne s'attarde pas trop longtemps sur ses bras puissants ou sur le regard ténébreux qu'il dardait sur elle.

De toute évidence, il ne s'était pas encore débarrassé de la tension qui lui paralysait le cou. Et dire qu'il ne lui aurait fallu que quelques séances de massage pour se sentir mieux...

En imaginant poser ses mains sur ce nœud d'énergie contenue, elle sentit un trouble inhabituel s'emparer d'elle. Que lui arrivait-il, au juste ? Ce n'était pas la première fois qu'elle voyait un homme bien fait ! Il lui arrivait souvent de manipuler des corps de sportifs dans la force de l'âge... Et pourtant, l'étranger qui avait fait irruption chez elle avait quelque chose de fascinant. Ce regard assuré, cette stature imposante prouvaient qu'il savait garder le contrôle de lui-même, qu'il avait l'habitude de prendre l'avantage en toute situation. Pour cette raison, elle devait se méfier de lui plus que de quiconque.

Non sans surprise, elle vit qu'il lui tendait un paquet d'enveloppes.

— Tenez, votre courrier. Et ça, c'est pour vous, ajouta-t-il en se tournant vers le portique.

Suivant son regard, elle découvrit, sur le siège de la balançoire, un bouquet d'œillets jaunes, blancs et roses. Elle prit le temps de humer leur délicieux parfum porté par la brise, avant de se tourner vers Luke, sans chercher à cacher son étonnement. Il arborait maintenant une expression douce, presque gênée.

— Je suis conscient d'avoir dépassé les limites hier soir, lâcha-t-il d'une traite. Je n'ai pas pour habitude de formuler des conclusions hâtives. Je vous présente mes excuses.

— Bien.

Sans un mot de plus, elle posa de nouveau les yeux sur les fleurs.

— Je les ai cueillies dans un jardin, au bout de la rue. J'ai laissé un mot et un billet de vingt dollars.

— Vous avez volé les fleurs chéries de Craig le Grincheux ?

— Ah, fit-il en haussant les épaules. Si je comprends bien, j'ai eu tort de croire qu'il s'en moquerait.

Elle ne put s'empêcher de rire.

— Il risque de vous retrouver et de vous demander des comptes. Il a des connaissances haut placées, je crois que c'est un professeur en médecine réputé.

— Alors je devrai lui dire que c'était une question de vie ou de mort.

Comme la bonne humeur lui allait bien ! songea-t-elle en voyant un sourire illuminer son visage. Débarrassé de son rictus de colère, Luke De Rossi dévoilait son profil méditerranéen infiniment élégant, et elle devait bien admettre que son charme ne la laissait pas indifférente.

S'efforçant de chasser le trouble qu'elle ressentait soudain, elle se concentra sur l'instant présent, juste à temps pour se rappeler qu'elle avait toujours une tasse à la main.

— Tenez, lui dit-elle aussi sèchement que possible. Avec du lait, sans sucre.

— Merci, vous avez vu juste, répondit-il en prenant la tasse qu'elle lui tendait. Pourquoi cette gentille attention, tout à coup ? Je croyais que vous vouliez que je vous laisse tranquille.

— Et moi, je croyais que vous reviendriez ce matin accompagné d'un agent de police.

— Nous avons d'autres moyens de régler cette affaire.

— Je dois reconnaître que vous avez plus de bon sens que je ne le pensais.

— J'en ai suffisamment pour nous deux, rassurez-vous.

Malgré son ton moqueur, elle se sentit de nouveau décontenancée par son sourire pour le moins dévastateur. Mais elle parvint à garder son sang-froid, et se résolut à lui faire part du peu d'informations qu'elle avait pu obtenir le matin même.

Il l'écouta en silence sans montrer la moindre réaction, hormis peut-être un clignement nerveux des paupières. Quand elle eut achevé son récit, il se passa lentement la main dans les cheveux, comme pour s'offrir un instant de réflexion.

— Et comment s'appelle l'agence immobilière ? lui demanda-t-il finalement, en descendant de la barrière.

— Crown Real Estate. J'ai signé un contrat de location... Ou plus exactement de gardiennage, corrigea-t-elle, ne sachant si elle courait plus de risques en maquillant la vérité ou en se montrant parfaitement honnête. Les propriétaires vivent à l'étranger, et je paie un loyer très bas en échange de l'entretien de la maison.

— Et vous vivez ici depuis trois ans.

— Oui.

— Et avant cela ?

La gorge serrée, elle improvisa une réponse aussi vague que possible.

— J'ai vécu dans des logements à bas prix. Rien de comparable à celui-ci.

Elle avait dépensé tellement d'énergie pour rénover cette maison, en faire un endroit élégant et accueillant ! Elle avait passé tant de temps dans le jardin, à replanter des fleurs et des arbustes... A l'intérieur, elle avait repeint les murs, posé un nouveau carrelage dans la salle de bains, fixé des étagères. Après trois ans d'efforts, elle avait même envisagé de faire une offre pour que cette propriété devienne vraiment la sienne.

C'était son refuge, son petit coin de paradis, et elle ne laisserait personne l'en chasser sans se battre de toutes ses forces.

— Quel est votre métier ? l'interrogea-t-il.

— Je suis masseuse. J'ai mon propre institut à Surfers. D'ailleurs, il ouvre à 10 heures, ajouta-t-elle en regardant sa montre.

Prenant une gorgée de café, il continuait à la fixer par-dessus le rebord de sa tasse.

— Avez-vous l'adresse de l'agence ?

— Elle se trouve dans le centre commercial de Surfers, au bout de l'allée principale. Que comptez-vous faire ? demanda-t-elle, inquiète.

— Qui est Ben ?

— Pardon ?

— Petit ami ? Ex-mari ?

— Non !

— Hier, vous avez cru que je venais vous voir à propos d'un certain Ben.

Il y avait maintenant une demi-heure qu'elle parlait avec lui, et à mesure que leur conversation avançait, elle comprenait qu'elle avait eu raison de s'inquiéter de sa visite. Mais elle devait trouver le moyen de se défendre. Le mal qu'elle s'était donné pendant dix ans pour se construire une vie normale ne pouvait pas être réduit tout à coup à néant, par manque de vigilance de sa part. Pouvait-elle faire confiance à Luke De Rossi ? Pour une raison qu'elle ne s'expliquait pas, elle avait le sentiment que c'était un homme honnête, et qu'il ne lui voulait aucun mal. Mais devait-elle se fier à son instinct ?

— Ben n'a rien à voir là-dedans, répondit-elle simplement.

— Qu'en savez-vous ? Il était peut-être de mèche avec l'agence pour organiser une escroquerie.

— Vous vous rendez compte à quel point cette hypothèse est ridicule ?

— Ah oui ? Et vous trouvez cette situation normale, vous ?

Ne sachant que répondre, elle s'appuya à son tour contre la barrière, non sans laisser échapper un long soupir. Ils demeurèrent ainsi silencieux, jusqu'au moment où Luke se tourna vers elle pour la scruter avec insistance. De toute évidence, il se demandait ce qu'elle lui cachait, et il ne partirait pas sans avoir obtenu des réponses.

— Ben était mon comptable, lui expliqua-t-elle. Il y a quelque temps, ma banque a déposé par erreur l'argent de quelqu'un d'autre sur mon compte. Il a volé cette somme et s'est enfui.

— Quel montant ?

— Cinq cent mille dollars, admit-elle honteusement.

En l'entendant émettre un sifflement lourd de sens, Beth sentit le rouge lui monter aux joues. Et dire qu'elle avait fait confiance à Ben, alors qu'il avait été capable de la trahir à la première occasion... Comment avait-elle pu se montrer aussi naïve ?

— J'imagine que vous avez porté plainte ?

— Pas encore. J'ai vingt-huit jours pour rendre l'argent à la banque, et nous n'en sommes qu'au deuxième.

— Et vous croyez que votre comptable va vous le rapporter ? Si je comprends bien, ajouta-t-il après un silence, non seulement nous sommes face à une arnaque, mais nous devons aussi retrouver un voleur en fuite.

— *Nous ?* Mes problèmes ne vous regardent absolument pas.

— D'ailleurs, je constate que vous les prenez en main de la meilleure manière qui soit, railla-t-il.

Il avait raison, elle le savait. Mais si elle faisait appel à la police, il y aurait une enquête, on lui poserait des questions personnelles... Non, il n'était pas question qu'elle porte plainte.

— Vous aviez une liaison avec Foster ? demanda-t-il brusquement.

— Mais c'est une obsession ! s'insurgea-t-elle, tout en sentant qu'elle rougissait malgré elle. Non, non et non. Il a dix-neuf ans, c'est presque un adolescent. Sa mère est l'une de mes clientes, et... Je...

Le regard intense avec lequel il la fixait la faisait bredouiller. C'était comme s'il lisait en elle.

— Nous nous sommes vus deux fois en dehors du travail, reprit-elle, mais c'était strictement professionnel.

— Etait-ce aussi clair pour lui que pour vous ?

— Evidemment ! Evidemment, répéta-t-elle, mais avec une soudaine pointe de doute. Pourquoi me volerait-il ? Et de l'argent qui ne m'appartient pas, qui plus est ?

— Rien n'est plus banal que la cupidité. Ce n'est pas une question de besoin, mais d'envie. Il suffit de désigner une victime, de bâtir une relation de confiance, et puis...

— Vous croyez que je ne sais pas ça ? rétorqua-t-elle nerveusement.

— Vous voulez peut-être vous asseoir, non ?

— Non.

Son anxiété était donc visible à ce point ? Bien décidée à lui montrer qu'elle n'avait nullement besoin de son aide, Beth se redressa et croisa les bras devant elle.

Seulement, sa réaction n'eut aucun effet sur lui. Du moins pas celui qu'elle avait espéré. Il prit son téléphone et le tapota avant de le mettre contre son oreille.

— Dylan, dit-il au bout d'un moment. C'est Luke. J'ai besoin que tu me rendes un service. Il me faudrait des informations sur un certain Ben Foster. Il habite à...

Il se tourna alors vers elle et l'interrogea du regard. Mais pour qui se prenait-il, pour s'immiscer ainsi dans sa vie ? Il n'était pas question qu'elle le laisse se mêler de son problème avec Ben.

Pourtant, après de longues secondes, elle céda à ses yeux insistants et s'entendit lui donner l'adresse de son comptable. Mais lorsqu'il se mit à expliquer à son interlocuteur tous les détails de son affaire, elle le fusilla du regard, s'apprêtant à l'interrompre. Il allait beaucoup trop loin !

Une fois de plus, sa tentative fut vaine. Il la fit taire d'un geste de la main, et elle s'efforça d'étouffer son indignation. Décidément, le sans-gêne de cet homme n'avait pas de limite.

— Il me faudrait cette information aussi vite que possible, reprit-il. A vrai dire, j'aimerais mieux que tu t'en occupes personnellement, si cela ne t'ennuie pas... Oui, dans ce cas, j'attendrai jusqu'à dimanche.

Puis il raccrocha.

— Dites donc, protesta Beth en se postant face à lui, je ne vous ai rien demandé ! Vous trouvez ça normal, de fouiner comme ça dans la vie des gens ?

— Dylan est un très bon détective privé, répondit-il le plus calmement du monde. Il retrouvera votre fugitif bien plus rapidement que la banque, ou même la police. Vos secrets ne m'intéressent en rien, Beth.

— Très bien, répliqua-t-elle, sans être certaine de pouvoir le croire. Pourvu que cela dure. Ma vie privée ne regarde personne d'autre que moi.

— Vous savez, commenta-t-il après un silence, la criminalité en col blanc est plus répandue qu'on ne le pense.

— Ah, merci, me voilà rassurée.

— Et nous devons trouver la preuve que ce que je dis est vrai, poursuivit-il, sans réagir à son ironie.

Il s'interrompit un moment, comme s'il attendait une réponse de sa part. Mais elle n'avait aucune intention de l'aider.

— Je voudrais voir votre bail.

Où allait donc s'arrêter son enquête sur elle ? Enfin, puisqu'elle était ici en toute légalité, elle n'avait pas de raison de lui cacher son contrat de location.

— Attendez-moi ici.

— Vous resterait-il éventuellement un peu de café ?

— Dans la cuisine. Bon..., dit-elle après une hésitation. D'accord, vous pouvez entrer.

Tandis qu'elle ramassait le bouquet d'œillets et marchait vers la maison, elle ne put s'empêcher d'être troublée par la présence de Luke derrière elle. C'était insensé ! songea-t-elle en entrant dans la cuisine. Il n'y avait pas de raison pour que cet homme la déstabilise.

D'un geste décidé et aussi froid que possible, elle ouvrit un placard et sortit un vase pour y mettre les fleurs.

— Puis-je prendre un toast ? lui demanda-t-il en montrant la corbeille de pain.

— Oui, servez-vous, marmonna-t-elle avant de sortir de la pièce.

Quand elle revint un instant plus tard, elle s'arrêta dans l'embrasure de la porte et l'observa à la dérobée. Assis sur un tabouret de bar, il mangeait une tartine de confiture.

Arrivait-il à Luke De Rossi de s'offrir un moment de détente ? C'était difficile à imaginer. Mais en dépit de la raideur qu'il affichait, Beth ne put que remarquer la largeur de ses épaules et de son dos puissant, ainsi que la beauté de sa peau bronzée, héritée de ses racines méditerranéennes. Ce corps était celui d'un homme sportif, qui ne négligeait pas l'exercice physique, même s'il passait de longues journées au bureau. C'était un corps… infiniment attirant. Beaucoup trop attirant, d'ailleurs.

Comment aurait-elle pu ignorer son charme ? En le regardant ainsi, sans être vue, elle se surprit à avoir l'envie folle de poser ses mains sur lui, de soulager la douleur qui semblait avoir envahi tout le haut de son corps. Si seulement elle avait pu masser ses bras, son cou, son torse, sentir sous ses doigts ses muscles se détendre enfin…

Un sursaut soudain interrompit sa rêverie. Après ses erreurs passées, elle s'était promis de ne plus se laisser piéger par un homme, aussi séduisant fût-il.

Déjà, Luke se comportait avec la plus grande aisance, alors qu'il se trouvait chez elle. Dans sa cuisine. Il ne se laissait même pas impressionner par les caprices du grille-pain, à en juger par la maîtrise avec laquelle il venait de rattraper le toast projeté dans les airs.

Elle avait beau se servir tous les jours de ce stupide appareil, elle n'arrivait toujours pas à prévoir la trajectoire dans laquelle il allait lancer ses tranches de pain.

Finalement, elle avança et posa ses papiers sur la table.

— Voici les documents. Vous noterez que j'ai signé un contrat de location on ne peut plus légal.

Non sans satisfaction, elle le regarda examiner le bail avec un air méfiant. Mais son sentiment de victoire ne tarda pas à fondre.

Trois mois. Si Luke disait la vérité, elle n'avait que trois mois devant elle. Avait-il vraiment le droit de vendre la propriété et de la chasser, malgré son bail et tout le travail qu'elle avait accompli ?

Cette maison représentait bien plus qu'un simple logement pour elle. Elle se sentait ici mieux que nulle part ailleurs. Enfin, après des années d'errance, elle avait trouvé un endroit où elle était réellement chez elle. Non, après tous les efforts qu'elle avait déployés, elle ne laisserait pas ce banquier au sourire charmeur la mettre dehors.

Les conseils d'un avocat, voilà ce dont elle avait besoin. Sauf qu'elle n'aurait pas les moyens de payer ses honoraires.

Que cherchait donc Luke en inspectant ainsi les documents ? Une faille dans le contrat ? Penché au-dessus de la table, il avait les bras avancés, si bien que le tissu de sa chemise était tendu sur les muscles de son dos. Il était si...

Non, songea-t-elle en se tournant vers la cafetière pour se servir. Se laisser troubler par cet homme était la dernière chose à faire.

Elle porta la tasse à ses lèvres, et souffla doucement sur la vapeur qui s'échappait du liquide brûlant. Lorsqu'elle leva les yeux, elle vit que Luke s'était tourné vers elle. Mais elle ne croisa pas son regard.

Il fixait ses lèvres avec trop d'intensité.

S'efforçant de paraître aussi naturelle que possible, elle prit une gorgée de café.

— Alors ? fit-elle en désignant le bail d'un signe de tête. Vous voyez bien que je ne mens pas.

— En effet, cela me semble tout à fait légal. Apparemment, ajouta-t-il en lui montrant une signature, le propriétaire a confié à l'agence un pouvoir décisionnel.

— Exactement.

— Donc si je comprends bien, vous ne connaissez même pas le nom des propriétaires ?

— Non. Que comptez-vous faire maintenant ? lui demanda-t-elle, consciente que cette nouvelle le contrariait.

— Je vais aller voir les avocats de Gino.

— Vous voulez dire que *nous* irons les voir, corrigea-t-elle en posant sa tasse vide dans l'évier.

Sans lui répondre, il tourna lentement la tête en grimaçant.

— Pour vous parler très franchement, monsieur, sachez que vous ne m'impressionnez pas le moins du monde. Ni vous, ni votre pouvoir, ni votre fortune. Je connais les hommes de votre genre.

— Les hommes de mon genre ? dit-il avec un regard amusé.

— Oui. Les hommes obnubilés par leur travail, qui ne pensent qu'à faire exécuter leurs propres décisions. Ceux qui croient pouvoir convaincre n'importe qui avec un simple sourire. Ceux qui s'interdisent de lâcher prise, ne serait-ce qu'une fraction de seconde.

— Et il vous suffit de me regarder pour deviner tout cela sur moi ?

— Je me fie seulement à mon expérience. Enfin, vous êtes prévenu : inutile de me faire du charme. Je suis totalement immunisée.

Stupéfié par la réaction de Beth, Luke l'observa un instant en silence. Pourquoi se montrait-elle aussi méfiante à son égard ? La mâchoire serrée, elle se dressait de toute sa hauteur et gardait les poings plantés sur les hanches.

— Pourtant, répondit-il avec un grand sourire, malgré mon métier, mon apparence et le fait que je sois venu vous déranger chez vous, vous m'aimez bien, n'est-ce pas ?

Tandis que sa question restait en suspens, une brise légère entra par la fenêtre entrebâillée et fit trembler les fleurs dans leur vase. Puis elle vint caresser la nuque de Beth, agitant ses boucles blondes, avant de parvenir jusqu'à Luke. Il n'aurait su dire si le délicieux parfum qu'elle transportait venait du bouquet d'œillets, ou de la ravissante jeune femme qui se tenait devant lui…

Mais ce n'était pas le type de question qu'il devait se poser pour l'instant. S'il se laissait perturber par les grands yeux brillants de Beth Jones, il risquait d'oublier la raison de sa présence ici : se débarrasser de ce qui le liait encore à son oncle Gino. Il devait continuer à se méfier de la jeune femme, ne pas oublier qu'elle avait le pouvoir de lui compliquer considérablement la tâche.

Et à en juger par le regard de défi qu'elle lui lançait, c'était bel et bien son intention.

— Allez, il y a bien quelque chose que vous aimez chez moi, non ? insista-t-il en prenant une voix à la fois douce et moqueuse. Sinon, je ne serais pas ici en ce moment.

— Pourquoi est-ce si important pour vous ? s'étonna-t-elle.

— Ce n'est qu'à cette condition que vous pourrez m'accorder votre confiance.

— Je ne fais confiance à personne.

Brusquement, elle attrapa un chiffon et se mit à essuyer la table avec des gestes nerveux.

Luke n'avait d'ordinaire aucun mal à cerner les gens qu'il rencontrait. Pourtant, Beth restait pour lui une véritable énigme. Après l'avoir découverte la veille dans une tenue aussi légère qu'informelle, il l'avait trouvée ce matin vêtue d'une chemise kaki et d'un jean. Ses cheveux, au lieu de flotter autour de son visage, étaient noués en bas de sa nuque. Toutefois, si son allure avait changé, son attitude était restée la même. Beth avait beau faire preuve d'assurance et de confiance en elle, ses réactions montraient à quel point elle était sur la défensive. Pourtant, Luke avait le plus grand mal à deviner le fond de ses pensées. Elle était à l'évidence préoccupée, et le fait d'ignorer pourquoi le rendait nerveux.

Il était clair qu'elle avait hâte qu'il s'en aille, et que ses démarches la rendaient furieuse ; néanmoins, elle ne parlait plus de policiers, ni d'avocats. En réalité, Luke devait reconnaître que son sang-froid le décontenançait. Loin de se mettre à hurler ou à pleurer, elle l'avait contraint à démontrer qu'il lui disait la vérité, preuve qu'elle se considérait dans son bon droit.

Ce qui n'empêchait pas Luke d'être convaincu qu'elle lui cachait quelque chose.

Le meilleur moyen d'en être certain était sans doute de lui tendre un petit piège.

— Si vous refusez de procéder ainsi que je l'ai décidé, lança-t-il, nous laisserons nos avocats respectifs nous sortir de cette impasse. Qu'en pensez-vous ?

— Parfait, répondit-elle avec un air malicieux. Nous allons enfin savoir lequel de nous deux dit la vérité.

3

Dans un silence chargé de tension, Beth prit place à côté de Luke à l'avant de sa voiture.

Dès l'instant où il posa la main sur la boîte de vitesse pour démarrer, elle ne put s'empêcher d'admirer ses doigts longs et fins. Et dire qu'il n'aurait eu qu'à les bouger de quelques centimètres pour qu'elle sente leur contact sur…

Mais que lui arrivait-il ? se demanda-t-elle aussitôt. Si elle voulait conserver son sang-froid, tout ce qu'elle devait garder à l'esprit était ce qu'elle n'aimait pas chez lui. Son attitude arrogante, son air suffisant, sa façon de la prendre de haut. Et cette tension qui paralysait ses épaules en permanence ! Ses épaules délicieusement viriles, sur lesquelles elle rêvait de poser les mains…

Décidément, elle ne parvenait pas le moins du monde à contrôler ses sens, se dit-elle en s'efforçant de détourner le regard. Luke, pour sa part, était parfaitement concentré sur la route, et ne semblait absolument pas troublé par le fait d'être seul en voiture avec elle.

Au bout de quelques minutes, il ralentit pour s'arrêter à un feu rouge.

— Bien, dit-il en relevant nonchalamment la manche de sa chemise. Nous allons d'abord passer à l'agence immobilière, puis nous nous rendrons à Brisbane.

Feignant d'ignorer son bras musclé et sa peau hâlée, elle lui répondit d'une voix neutre :

— Qu'est-ce qui vous fait croire que vous obtiendrez les informations que vous cherchez ?

— Je sais me montrer très convaincant.

Cela, elle n'en doutait pas une seule seconde.

— Comment avez-vous trouvé cette agence ? l'interrogea-t-il.

— Elle est assez connue dans la région. Plusieurs de mes clients m'en avaient déjà parlé, et elle proposait justement le type de bien que je recherchais. Vous savez, ajouta-t-elle en se tournant vers lui pour observer sa réaction, c'est une affaire tout à fait sérieuse. Avec des bureaux, du personnel compétent, et un catalogue d'offres très intéressantes.

— Mais je n'ai jamais dit le contraire.

— D'ailleurs, vous avez bien vu que j'avais tous les papiers nécessaires.

— Ce que j'ai vu aussi, c'est que votre bail expire dans trois mois.

Cette fois, elle s'interdit de lui répondre. De toute façon, d'ici ce soir, leur désaccord serait réglé et elle n'aurait plus à supporter sa présence.

Elle regarda droit devant elle et s'efforça de se concentrer sur la route. Après avoir longé un moment la côte Pacifique, ils empruntèrent le pont qui traversait la rivière Nerang, et bientôt un immeuble de verre apparut à leur gauche.

C'était celui qui abritait le célèbre casino L'Aphrodite. A son sommet s'élevait une statue, une réplique de la Vénus de Milo, qui brillait de mille feux dès la tombée de la nuit, se reflétant dans le lac qui s'étendait au pied du bâtiment.

Ils poursuivirent leur route sur Surfers Paradise Boulevard. Beth connaissait maintenant chacun des hôtels, des magasins et des restaurants alignés de chaque côté de la voie, et en baissant légèrement sa vitre, elle sentit les odeurs familières de la ville qui se mêlaient au parfum iodé de l'océan tout proche.

A côté d'elle, Luke semblait plongé dans ses pensées.

— Je ne comprends pas pourquoi vous vous occupez de cette

affaire vous-même, ne put-elle s'empêcher de souligner. Votre armée d'avocats ne pourrait-elle pas le faire à votre place ?

Allait-il admettre qu'il n'avait aucune confiance en elle, et qu'il préférait la surveiller de près ? Il le lui avait montré dès l'instant où ils s'étaient rencontrés.

Il garda le silence pendant un long moment, jusqu'à ce qu'il se fût arrêté sur une place de parking. Il coupa alors le moteur, et se tourna vers elle.

— Pour une raison mystérieuse, Gino Corelli m'a légué cette maison. Alors...

— Pardon ? Vous avez bien dit *Gino Corelli* ? l'interrompit-elle, stupéfaite. C'est lui, votre oncle ? Le propriétaire de L'Aphrodite ? L'homme qui faisait l'objet d'une enquête de la commission de réglementation des jeux d'argent ?

— Oui, et alors ?

Muette d'étonnement, elle se laissa aller contre le dossier de son siège.

— Gino Corelli..., s'entendit-elle murmurer d'une voix blanche. Ce n'est pas possible... Mais alors vous êtes... Non ! Et vous êtes entré chez moi, dans ma cuisine !

— Je croyais que vous saviez qui j'étais ? répliqua-t-il, apparemment aussi surpris qu'elle.

— Vous, oui, mais j'ignorais qui était votre oncle ! Un...

Mais elle s'interrompit en voyant son regard à la fois triste et sévère.

— Il ne faut pas croire tout ce que dit la presse, lâcha-t-il froidement. La commission n'a jamais pu rassembler les preuves justifiant une mise en accusation.

Quelle importance ? songea-t-elle en se hâtant de descendre de voiture. Tout le monde savait qui était Gino Corelli ! Même sans le vouloir, elle n'avait pu qu'entendre les bulletins d'informations qui n'avaient pas manqué de raconter ses frasques. Comment diable allait-elle se sortir de cette situation ?

— Ne m'approchez pas ! s'écria-t-elle en voyant Luke avancer vers elle. Corelli n'était qu'un criminel, coupable de blanchiment d'argent et de corruption.

— Oui, bien sûr, c'est ce qu'on a dit de lui, répondit-il avec amertume. Il a suffi qu'un employé mécontent lance cette rumeur pour se venger de je ne sais quoi, et les journalistes se sont chargés de la propager. Par ailleurs, pour votre information, sachez que mon nom n'a jamais été cité au cours de l'enquête, et que l'affaire a été classée sans suite. Mais bien entendu, ce n'est pas ce qui a fait la une, je me trompe ?

Sur ces mots, il tourna les talons et traversa la rue d'un pas pressé.

C'est alors qu'elle comprit, honteuse, qu'elle était allée beaucoup trop loin. Les accusations qu'elle avait lancées l'avaient blessé, et c'était bien normal. Comment avait-elle pu le traiter comme un criminel, alors qu'elle ne savait presque rien sur lui ?

Elle se rappelait avoir déjà vu Luke De Rossi à la télévision, et à dire vrai, il lui avait paru pour le moins sympathique. Plus tard, elle avait entendu parler de Gino Corelli, sans faire le lien entre les deux hommes. Puis elle avait cessé de suivre les informations, ce qui, du reste, lui avait fait le plus grand bien.

Autant dire qu'elle était loin de connaître les détails de leur histoire familiale. Alors pourquoi s'était-elle empressée de porter un jugement sur Luke ?

Soudain consciente de sa maladresse, elle courut à son tour pour rejoindre Luke. Immobile sur le trottoir, il l'attendait sans cacher son impatience, et elle devinait son regard noir derrière ses lunettes de soleil.

— Pardon, lui dit-elle en reprenant son calme. Je suis vraiment désolée, je vis un moment difficile et... Enfin, je n'aurais pas dû.

— C'est bon, répondit-il dans un soupir, manifestement pressé de mettre fin à leur dispute. Moi aussi, je suis un peu à cran. Oublions cela et concentrons-nous sur ce que nous avons à faire.

Sans un mot de plus, il reprit sa marche et Beth le suivit à l'intérieur du centre commercial.

Ils durent alors se frayer un chemin au milieu des touristes, des employés de bureaux et des groupes d'adolescents qui encombraient les allées de la galerie marchande. Luke, avec son allure autoritaire, parvenait à avancer à grandes enjambées, tandis que Beth avait toutes les peines du monde à tenir le rythme.

Elle était à bout de souffle lorsqu'ils parvinrent devant la vitrine de l'agence. Sur la porte d'entrée, une pancarte indiquait que les bureaux étaient fermés.

— Ils n'ouvrent qu'à 10 heures, grommela Luke.

Il essaya tout de même de pousser la porte, sans succès. Puis il s'approcha de la vitre pour regarder à l'intérieur ; juste à cet instant, un homme venu du fond de la pièce s'approcha pour leur ouvrir. Il portait un costume impeccable, mais sa cravate était nouée de travers.

— Je suis navré, leur dit-il avec un large sourire. L'agence n'ouvre que dans une demi-heure.

— Est-ce que Jay est là ? lui demanda Beth.

— Elle est absente jusqu'à midi, elle fait visiter des appartements. Attendez un instant.

Il s'éloigna, et revint quelques secondes plus tard avec une carte de visite qu'il tendit à Beth.

— Vous pouvez la joindre sur son portable. Eh, ajouta-t-il en levant soudain les yeux vers Luke, je vous connais ! Vous êtes...

— Personne. Merci beaucoup.

Sans lui laisser le temps de répondre, Luke prit Beth par le bras et la mena vers la sortie.

— Cette visite n'était qu'une perte de temps.

— Pas complètement.

Elle prit son téléphone et composa le numéro inscrit sur la carte.

— C'est son répondeur.

Elle laissa un message à Jay tout en suivant Luke jusqu'à sa voiture.

— Bien. Que faisons-nous maintenant ?

— Nous allons à Brisbane.

Deux heures plus tard, Beth sortait du bureau de l'avocat de Gino avec Luke. En montant dans l'ascenseur qui allait les ramener au parking souterrain, elle avait la gorge trop serrée pour prononcer la moindre parole.

— Voilà, articula-t-elle finalement. Vous avez gagné.

— Ce n'est pas comme ça que je vois les choses.

— Ah non ? fit-elle, ironique, tout en évitant de le regarder.

— Non. L'homologation du testament va prendre quelques mois, puis il nous faudra encore du temps pour trouver un acheteur. Cette affaire est loin d'être réglée.

— Et pendant tout ce temps, qu'en sera-t-il de mon contrat de location ?

— Votre bail expire au même moment que l'accord de gérance de votre agence, répondit-il froidement.

Comme s'il considérait que leur échange était terminé, il prit son téléphone dans sa poche et se mit à tapoter l'écran.

— J'étais avec vous dans le bureau, lui fit-elle observer. Ces deux contrats son parfaitement légaux et…

Il leva la main pour lui demander le silence, et porta son téléphone à son oreille.

— Bonjour, c'est Luke De Rossi à l'appareil.

Qu'il pouvait être exaspérant ! Voilà qu'elle était encore obligée de se taire. Lorsqu'il eut raccroché, elle avait pris sa décision.

— Je vais vous racheter la maison, lâcha-t-elle. Combien ?

— Je dois la faire estimer, dit-il, l'air interloqué.

— Mais vous avez bien une idée approximative du prix.

Il la dévisagea longuement.

— Ce sera très au-dessus de vos moyens.

— Et comment le savez-vous ? demanda-t-elle, outrée.

— Etes-vous consciente qu'une propriété située sur Sunset Island ne peut pas valoir moins d'un million de dollars ? Quelles réserves pouvez-vous bien posséder ?

— Mon salon de massage. Et dès que j'aurai réglé mon problème avec la banque…

— Et si vous n'y arrivez pas ?

— Je m'en sortirai. De toute façon, je reste chez moi jusqu'à l'expiration de mon bail, cela me laisse un peu de temps pour m'organiser.

— Non.

— Pourquoi ? Vous voulez garder la maison ?

— Ecoutez, ne le prenez pas pour vous. Seulement, la crise financière a porté un coup aux investissements de Gino, et l'enquête de la commission a fait peur à la clientèle du casino. J'ai besoin de vendre aussi vite que possible, et de la manière la plus simple qui soit, afin de pouvoir me concentrer de nouveau sur mon travail. Donc, à moins que vous ayez deux millions de dollars de côté, vous êtes hors course.

— En réalité, tout ce qui compte pour vous est de sauver votre réputation.

— Je vous défends de... Vous n'avez pas le droit de me juger, Beth, acheva-t-il avec un regard sévère. D'autant que la raison de votre présence dans cette maison n'est pas très claire.

— Pourtant, je n'ai rien à me reprocher.

Luke affichait une expression dubitative, à présent.

— Je peux vous offrir un bon prix pour racheter votre bail, lui proposa-t-il.

— Je ne veux pas partir. Je veux garder ma maison.

Les portes de l'ascenseur s'ouvrirent, et Luke sortit sans un mot. Figée, Beth le regarda traverser le parking à grandes enjambées, jusqu'à ce qu'il se retourne enfin vers elle.

— Vous venez ?

Que pouvait-elle dire ou faire pour se défendre ? Enveloppée par l'écho de sa voix profonde, elle se décida finalement à le suivre dans le souterrain.

Elle était arrivée près de lui, lorsque son téléphone sonna dans son sac à main. Elle voulut le prendre, mais Luke lui saisit le bras pour l'en empêcher.

— Mais enfin...

— Chut, l'interrompit-il. Il se passe quelque chose.

— Mais…

— Venez. Dépêchez-vous.

Elle suivit son regard pour essayer de voir ce qui l'inquiétait tout à coup.

— Seigneur ! s'exclama-t-elle en distinguant la sortie de secours.

Elle n'eut pas le temps de comprendre ce qui se passait. Déjà, un bourdonnement menaçant se faisait entendre.

4

Prise de panique, Beth resta paralysée sur place, sans savoir comment elle devait réagir.

Il était trop tard maintenant pour faire quoi que ce soit. Une meute de journalistes venait de surgir de la cage d'escalier, et les cernait, Luke et elle. Aveuglée par les flashs des appareils photo, elle recula machinalement quand les reporters se mirent à lui brandir des micros devant la bouche.

— Luke, votre réaction à la suspension des poursuites ? cria l'un d'eux.

— Avez-vous engagé l'avocat de Gino pour vous défendre ? questionna un autre.

— Que répondez-vous aux rumeurs qui vous accusent de délit d'initié ?

Sans répondre à aucune question, Luke se protégea le visage d'une main, tandis que, de l'autre, il prenait Beth par le poignet pour l'emmener avec lui en traversant la foule compacte. Dans le tumulte, elle vit qu'une caméra venait de lui heurter violemment l'épaule, mais il ne s'arrêta pas pour autant. Ils parvinrent finalement à se délivrer du piège tendu par les paparazzis, et tournèrent derrière un pilier avant de partir en courant.

Par chance, Beth portait des chaussures plates et elle put suivre Luke jusqu'à la voiture. Il jeta un regard vers elle et sortit son trousseau de clés de sa poche.

— Montez ! dit-il en déverrouillant les portières.

Le souffle court, elle sauta sur le siège passager pendant qu'il s'asseyait au volant.

Elle eut à peine le temps de refermer sa porte avant qu'il ne démarre en trombe. Dans un crissement de pneus, la voiture tourna à quatre-vingt-dix degrés, avec une telle violence que Beth se trouva projetée contre l'épaule de Luke.

— Ralentissez ! s'écria-t-elle en sentant une odeur de caoutchouc brûlé. Vous voulez nous tuer ?

— Je veux juste me débarrasser d'eux, si possible en évitant d'écraser quelqu'un.

Non sans peine, elle parvint à se redresser, mais ce fut pour retomber aussitôt contre lui, lorsqu'il fit un écart pour éviter un piéton qui traversait. Quelques secondes plus tard, ils avaient regagné la rue.

— Vous êtes en train de les semer, dit Beth en regardant par le pare-brise arrière.

Derrière eux, la voiture beige qui les avait suivis depuis le parking était bloquée au feu qui venait de passer au rouge.

Deux carrefours plus loin, elle se retourna de nouveau ; leurs poursuivants, pris dans la circulation, étaient maintenant hors d'état de nuire. Elle attendit que Luke ait repris une allure raisonnable pour lâcher la poignée à laquelle elle s'était cramponnée.

— Tout va bien ? lui demanda-t-il avec un regard anxieux.

Le cœur battant, elle acquiesça d'un léger signe de tête.

— Comment ont-ils bien pu savoir que nous étions là ?

— Des gens nous ont remarqués, au centre commercial. Vous savez, il suffit d'un coup de téléphone.

Il contrôla son rétroviseur et changea de file.

— Bon, dit-elle en retrouvant peu à peu son calme. Et maintenant ?

— Maintenant, nous allons à l'aéroport.

— Pardon ?

— Tenez le volant, s'il vous plaît.

Interloquée, elle s'exécuta tandis qu'il sortait son téléphone portable.

— C'est Luke De Rossi, annonça-t-il à son interlocuteur. Il faut préparer l'avion, je voudrais décoller dans une demi-heure. Merci.

Puis il raccrocha.

— Nous allons prendre l'avion ? demanda-t-elle d'une voix tremblante, tout en lui rendant le volant.

— Oui.

Beth sentit tout à coup sa gorge s'assécher. Les battements de son cœur, qui s'étaient apaisés, repartirent de plus belle, et elle eut beau essayer de respirer profondément, une peur panique ne tarda pas à s'emparer d'elle.

Dix ans. Il y avait dix ans qu'elle se battait pour vivre sa vie. Elle avait surmonté tant d'épreuves, remporté tellement de succès professionnels et personnels…

Luke avait raison, prendre l'avion était sans aucun doute le meilleur moyen d'échapper aux journalistes.

Mais en était-elle capable ?

Les souvenirs qui l'avaient hantée pendant des années resurgirent soudain, mais elle s'efforça de les chasser de son esprit.

Elle pouvait le faire. Elle le devait.

Si Beth était parvenue à se convaincre de son courage tant qu'elle était en voiture, ses doutes réapparurent dès l'instant où elle se trouva avec Luke sur le tarmac. A quelques mètres devant elle, un avion privé les attendait.

Les yeux fixés sur sa ligne élégante, ses larges ailes blanches et ses puissants réacteurs, elle sentit un frisson d'angoisse la traverser.

Il lui fallut rassembler toutes ses forces pour ne pas faire demi-tour et s'enfuir en courant. C'était comme si un nœud s'était formé dans son ventre et lui coupait le souffle.

Elle devait repenser au travail qu'elle avait fait sur elle-même. Grâce à sa thérapie, ses cauchemars avaient cessé, et elle avait appris à surmonter ses peurs et son sentiment de culpabilité. Allait-elle les laisser reprendre le dessus sur sa volonté d'avancer ?

— Vous n'aimez pas prendre l'avion ? lui demanda Luke, qui la regardait avec inquiétude.

Sans pouvoir détacher les yeux de l'appareil qui se dressait devant elle, elle hocha doucement la tête.

— Ah. En fait, vous n'êtes jamais montée à bord d'un avion, c'est ça ?

— Si, une fois. Et… Cela ne s'est pas bien passé.

Voilà ce qu'on pouvait appeler un euphémisme, songea-t-elle en prenant une profonde inspiration.

— Nous n'avons que vingt minutes de vol pour nous rendre à Surfers. Tout juste le temps de monter dans les airs et de redescendre. En tout, nous ne resterons qu'une petite heure à bord, en comptant la vérification avant décollage. J'ai fait ce trajet des centaines de fois.

Oui, mais il suffisait d'un seul trajet, ne put-elle s'empêcher de penser, de plus en plus angoissée.

Lorsque Luke lui prit la main, elle fut si surprise, qu'elle sursauta au contact de sa peau contre la sienne.

— Tout va bien ?

— Non.

— Vous pouvez le faire, je vous assure.

La main dans la sienne, elle se laissa guider sur le tarmac dominé par le bruit du trafic aérien de Brisbane.

— Bonjour, monsieur, dit le pilote, qui les attendait au pied des marches. Nous avons une piste libre, nous pouvons partir dès que vous êtes prêt.

— Dans ce cas, allons-y, John.

Sans lâcher la main de Beth, il monta lentement l'escalier qui les menait à bord. Elle se rendait bien compte qu'elle s'agrippait à lui de toutes ses forces, mais il eut la délicatesse de ne pas lui faire de remarque. Essayant d'ignorer les battements effrénés de son cœur, elle se concentra sur la paume à la fois douce et chaude qui enserrait la sienne, et sur l'autorité rassurante qui émanait de Luke.

Arrivée en haut de l'escalier de métal, elle se figea de stupeur sur le seuil de la cabine.

Le tableau qu'elle avait devant les yeux lui arracha un soupir d'admiration. La lumière du jour qui entrait par les hublots éclairait un intérieur plus luxueux qu'elle n'aurait pu l'imaginer. Six grands fauteuils en cuir clair étaient disposés sur une moquette immaculée, entourée de cloisons en acajou.

— Pas mal, hein ? fit Luke en lui lâchant doucement la main.

— On dirait une limousine.

Faisant un pas en avant, elle ne put s'empêcher de caresser un coussin du bout des doigts. Il était encore plus doux qu'il en avait l'air.

L'odeur qui régnait dans ce véritable salon s'accordait parfaitement avec son atmosphère feutrée. Chaque détail semblait avoir été étudié avec le plus grand soin.

Luke avança à son tour et s'arrêta à côté d'elle. Elle sentit alors un parfum à la fois frais et épicé, délicieusement masculin, qui ne fit rien pour apaiser le trouble qu'elle éprouvait déjà. Et lorsqu'il posa la main dans le bas de son dos, elle comprit que le fait de se trouver dans un avion n'était plus l'unique raison de sa nervosité.

— Installez-vous, et attachez votre ceinture, dit-il en lui montrant le premier fauteuil d'un geste rassurant.

Il prit place sur le siège voisin, et elle n'eut plus d'autre choix que de suivre son exemple.

Quand l'appareil se mit à rouler lentement sur l'asphalte, Luke se tourna vers Beth. Elle avait fermé les yeux, et semblait avoir du mal à respirer. Elle serrait si fort sa main dans la sienne, qu'il ne sentait presque plus le bout de ses doigts.

— Regardez-moi.

Beth mit plusieurs secondes à réagir.

— Pardon ? dit-elle en entrouvrant les paupières.

— Il vaut mieux que vous gardiez les yeux ouverts.

— Qu'en savez-vous ?

— Ma tante, elle aussi, a horreur de prendre l'avion. La première et dernière fois qu'elle l'a fait, c'était il y a quarante ans, le jour où elle a immigré en Australie avec Gino. Depuis, elle ne voyage plus qu'en voiture, en train ou en bateau.

— Ah.

Il y eut une légère secousse, et Beth sursauta à côté de lui. Instinctivement, il commença à lui caresser doucement la main, du bout des doigts, pour la rassurer.

— Que faites-vous ?

— J'essaie de vous calmer.

— Vous ne m'aidez pas.

— Ah non ? répliqua-t-il en regardant son visage pâle d'angoisse. Quand êtes-vous montée dans une limousine ? ajouta-t-il, sans cesser son geste.

— Quoi ?

L'avion prit de la vitesse, et Luke lut la panique dans le regard de Beth. Mais il garda les yeux rivés aux siens, pour la forcer à rester concentrée sur lui.

— Vous avez dit que l'avion ressemblait à une limousine.

— Oui.

Il tendit la main pour orienter l'air conditionné, et un souffle frais vint leur caresser le visage. Beth prit alors une profonde respiration, mais elle ne parut pas plus calme pour autant.

— Alors, la limousine ? Racontez-moi.

— Avec quelques amis, nous nous étions cotisés pour en louer une, pour fêter notre examen de fin d'année. C'est la seule fois où... Ah !

Elle laissa échapper un cri au moment où l'avion quittait la piste. Elle serra brusquement sa main, si fort qu'il dut prendre sur lui pour ne pas crier à son tour.

Toutefois, il ne put retenir une grimace de douleur.

Beth se rendait bien compte qu'elle était en train de compresser la main de Luke, mais il lui était impossible de se détendre. Elle avait l'impression que ce contact l'empêchait de tomber dans le vide. Par chance, loin de lui faire remarquer qu'elle lui faisait mal, Luke s'était penché vers elle et lui murmurait des paroles rassurantes de sa voix grave et chaleureuse. A force de se concentrer sur son timbre et sur la chaleur de ses doigts autour des siens, elle parvint peu à peu à maîtriser sa panique. Elle refusait de laisser sa peur l'emporter sur sa volonté.

Elle refusait de perdre le contrôle d'elle-même.

Pourtant, le regard plongé dans celui de Luke, elle se sentit emportée malgré elle dans une sorte de rêve. A mesure qu'il lui expliquait le niveau de performance de l'avion et tout l'équipement dont il disposait, elle avait le sentiment, malgré la neutralité de ses paroles, qu'ils partageaient une troublante intimité. Etait-ce à cause du contact de sa peau contre la sienne ? Ou de la douceur sensuelle de sa voix ? Sans doute l'un et l'autre. En tout cas, elle ne devait pas être bien lucide à cet instant, car elle crut voir briller dans les yeux de Luke une lueur chargée de promesses...

Lorsqu'il se pencha légèrement vers elle, elle ne put s'empêcher de s'approcher aussi de lui. Absorbée par le mouvement de ses lèvres, elle se sentit en même temps enveloppée par son parfum irrésistiblement masculin, qui lui fit soudain imaginer...

— Beth ?

Elle sursauta.

— Oui ?

— J'ai cru un moment que je vous avais perdue.

— Non, non, je suis là, balbutia-t-elle.

— Au fait, le décollage est passé, dit-il avec un sourire malicieux.

Stupéfaite, elle se tourna machinalement vers le hublot.

— Vous n'avez pas besoin de voir ce qu'il se passe dehors, ajouta-t-il en plaçant ses deux mains autour de la sienne. Regardez-moi, respirez. Et parlez-moi de votre travail.

— De mon travail ?

— Oui, dites-moi comment vous avez fait pour monter votre propre affaire. Vous êtes allée à l'université ?

— Non, répondit-elle nerveusement, en essayant de ne pas détacher son regard du sien. J'ai fait un cursus d'études supérieures dans mon lycée. Après une formation de quatre ans, j'ai décroché mon diplôme de massage thérapeutique. Je…

Elle se tut en sentant l'avion changer de position.

— Continuez.

— J'ai pris quelques cours de gestion, reprit-elle, hésitante, et j'ai travaillé dans plusieurs salons. Et voilà, maintenant, je suis à mon compte.

— Pourquoi avez-vous choisi ce métier ?

— Parce que je le fais bien.

C'était aussi, et surtout, parce qu'elle aimait soulager la douleur des gens. Mais elle avait la gorge trop sèche pour se lancer dans de longues explications.

— Et votre famille ?

— Je n'en ai pas, lâcha-t-elle d'une voix plus brutale qu'elle ne l'aurait voulu.

— Je suis désolé.

Il y avait de la douceur dans son regard.

— Et vous ?

— Mes parents sont morts quand j'avais quinze ans. Un braquage qui a mal tourné.

Elle resta sans voix, bouleversée par la tristesse soudaine de son regard.

— C'est…

Non, il n'y avait pas de mot pour décrire ce qu'il avait vécu.

— Gino et Rosa se sont occupés de moi jusqu'à mes dix-huit ans.

Beth regarda nerveusement par le hublot, avant de se forcer à fixer de nouveau Luke.

— Vous étiez un élève brillant, non ? Diplômé d'une prestigieuse université à seulement dix-neuf ans…

— Oui, confirma-t-il avec un air un peu gêné. Et depuis, je travaille chez Jackson et Blair.

Le silence qui suivit laissa à Beth le temps d'entendre le vrombissement du moteur. Aussitôt, elle sentit un frisson d'angoisse la parcourir.

— C'est comme être pris dans un tourbillon, reprit Luke après un court instant.

— De quoi parlez-vous ?

— Prendre l'avion. Les sensations que l'on a au décollage, puis pendant le vol. Seulement, avant même qu'on ait eu le temps de savourer ce moment, il faut déjà retourner sur terre.

— Je crois que je préfère la Tarentule.

— Pardon ?

— Vous savez, dans les fêtes foraines, cette araignée géante qui vous fait monter, descendre et tourner à une allure folle ?

— A vrai dire, je n'ai jamais essayé, dit-il en riant.

— C'est vrai ? Vous ne savez pas ce que vous manquez, je vous assure.

— Dites-moi.

Voulait-il vraiment entendre le récit de ses souvenirs d'enfance ? Elle eut un moment d'hésitation, mais comme il l'encourageait du regard, elle se lança.

— Ma mère m'emmenait chaque année à la fête foraine qui s'installait près de chez nous. Il y avait toujours un moment où la Tarentule ralentissait, et un homme nous criait : « Est-ce que vous voulez aller plus vite ? » Bien sûr, nous répondions tous « oui ! » en hurlant, alors il nous disait : « Mettez vos mains en l'air ! » Nous levions les mains et les agitions dans tous les sens, pendant que la machine repartait de plus belle. J'avais le souffle coupé, je ne maîtrisais plus rien, mais j'adorais ça.

— Ce devait être très drôle, en effet, dit-il, l'air amusé.

— Oui, ça l'était.

Ils restèrent un long moment à se regarder sans rien dire. Les yeux noirs de Luke, sa voix, son sourire lui faisaient tellement de bien... Quelque chose lui disait qu'elle devait se méfier de cette délicieuse sensation, et pourtant, elle ne cherchait pas le moins du monde à la chasser.

Lorsqu'elle vit avec quelle intensité ses yeux se posaient sur sa bouche, elle sentit une vague brûlante la submerger. Ce regard lui faisait l'effet d'une caresse sensuelle, elle ne parvenait plus à contrôler les frissons qui la parcouraient. Ses lèvres étaient si près des siennes, à présent...

Allait-il enfin la laisser retrouver la maîtrise de ses sens ?

Elle se redressa et ôta précipitamment sa main de la sienne.

— Nous sommes presque arrivés, annonça-t-il avant de sortir de nouveau son téléphone de sa poche. Vous vous en êtes très bien sortie.

— Merci.

Elle s'efforça de regarder droit devant elle, jusqu'à ce que l'avion amorce sa descente. Et même s'il lui sembla que le silence qui les enveloppait désormais en disait plus long encore que les regards qu'ils avaient échangés, elle s'interdit de mentionner ce qui avait failli se passer.

De toute façon, cette situation ne se reproduirait plus. Il n'était pas question qu'elle succombe aux charmes de Luke De Rossi, ni aujourd'hui, ni jamais.

5

Beth sentit de nouveau son estomac se nouer au moment de l'atterrissage. Les mâchoires serrées, elle s'agrippa aux accoudoirs de son siège, et il lui fallut toute la volonté du monde pour ne pas pousser un cri d'angoisse.

Mais elle parvint, heureusement, à garder son sang-froid.

Sur le tarmac, une limousine grise les attendait, ce qui la surprit à peine : c'était sans doute l'un des moyens de transport les plus répandus dans la ville fortunée de Surfers.

Au moins, dans un véhicule aussi spacieux, elle pourrait prendre ses distances avec Luke De Rossi, ce dont elle avait le plus grand besoin.

Elle s'installa sur la banquette en cuir et attacha sa ceinture, tout en espérant que les quarante minutes de trajet passeraient vite.

— Vous voulez boire quelque chose ?

Ebahie, elle regarda Luke ouvrir un petit placard, qui était apparemment un réfrigérateur.

— Une bouteille d'eau, un jus de fruits, un Coca...

— Vous n'avez pas de la tequila ?

— Si, bien sûr, répondit-il sans sourciller.

Elle sentit un sourire crispé se dessiner sur ses lèvres.

— De l'eau, ce sera très bien. Merci.

Il lui tendit un verre d'eau fraîche, puis se servit un scotch sur des glaçons.

Se tournant vers la fenêtre, Beth savoura le contact du verre froid sur sa joue avant de boire une gorgée. Avec un soupir, elle repensa à tout ce qui lui était arrivé depuis ce matin : elle avait dû affronter les avocats de Gino Corelli, puis les questions frénétiques des journalistes armés de leurs caméras… Et puis il y avait eu ce trajet en avion, qui avait réveillé ses pires traumatismes.

Mais elle avait réussi à surmonter sa peur.

Cette seule pensée la fit sourire de bonheur. Grâce à l'aide de Luke, à ses encouragements, elle avait accompli ce qu'elle ne croyait plus être capable de faire.

Bientôt, pourtant, son sentiment de victoire se dissipa, laissant place aux souvenirs qui la hantaient depuis toutes ces années. Avec une tristesse infinie, elle se revit à l'âge de dix-huit ans. Si jeune, si faible…

Chaque fois qu'elle repensait à l'accident, elle avait l'impression de recevoir un coup de poignard dans le cœur. Elle avait vécu le pire des cauchemars durant les mois qui avaient suivi. Comme si le fait d'affronter la douleur n'avait pas suffi, elle avait dû résister aux assauts des médias avides des détails les plus sordides. Jusqu'au jour où, lors du premier anniversaire du drame, elle s'était laissé piéger. Et dire qu'elle avait eu la naïveté de croire que ce soi-disant journaliste garderait pour lui ce qu'il connaissait de personnel sur elle !

A force de se cacher pour échapper au harcèlement de la presse et de ne postuler que pour des emplois minables, non déclarés, elle avait été contrainte de vivre dans le quartier le plus pauvre de Sydney. Ce n'était que le jour où elle avait touché le fond, qu'elle avait décidé de réagir en prenant un nouveau départ. Elle s'était inscrite aux cours du soir, et avait pu obtenir son diplôme de masseuse.

Bien sûr, elle aurait pu rejoindre les autres survivants et s'engager avec eux dans une longue et dure bataille judiciaire, mais elle n'avait pas eu la force de s'exposer ainsi. Pendant longtemps, elle avait été incapable de penser à autre chose qu'à l'accident. Des visions d'horreur avaient habité son esprit chaque jour et chaque nuit, ne lui laissant pas une minute, pas une seconde de répit. Il lui avait fallu tellement de temps pour parvenir à laisser son passé derrière elle et se concentrer sur son avenir…

Elle n'allait pas reculer maintenant.

Les paupières closes, elle respira aussi calmement que possible et chassa les souvenirs qui avaient refait irruption dans sa mémoire.

Elle rouvrit les yeux et essuya du revers de la main la buée que son souffle avait déposée sur la vitre. Ce n'était vraiment pas le moment de perdre pied, songea-t-elle en regardant le reflet de Luke dans la fenêtre. Elle avait besoin de toute sa lucidité et de toute son énergie pour franchir le nouvel obstacle qui se présentait devant elle.

Cet homme manipulait chaque jour des millions de dollars. Ses clients et ses amis comptaient parmi les personnages les plus puissants du pays. Comment allait-elle faire face à une telle machine de guerre ?

— Croyez-vous toujours que j'étais la maîtresse cachée de votre oncle ? lui demanda-t-elle sans détour.

Comme il ne répondait pas, elle se tourna vers lui et le regarda dans les yeux.

— Non, dit-il en secouant doucement la tête.

— Tant mieux.

Un nouveau silence s'installa entre eux. Si elle était décidée à ne rien lui céder, il était évident qu'il n'avait pas non plus l'intention de lui accorder ce qu'elle voulait.

— Ma proposition de vous racheter le bail tient toujours, vous savez, lui rappela-t-il. Vous y trouveriez votre intérêt. Vous pourriez vous installer dans un logement neuf, plus proche de Surfers…

— Vous n'y êtes pas du tout, l'interrompit-elle en changeant de position pour lui faire face. Imaginez par exemple que quelqu'un vous confie une vieille voiture. Elle est usée, rayée, et même cabossée et rouillée par endroits. Néanmoins, vous vous rendez bien compte du potentiel de cette voiture, parce que jusqu'à présent, vous n'avez roulé que dans des tacots bons pour la casse. Alors vous décidez de vous en occuper, et de passer le temps qu'il faut pour la réparer. Cela vous prend des années. C'est un travail dur, pénible parfois, mais qui vous fait du bien. Qui vous permet d'avancer vers votre objectif, et de constater que vos efforts et votre détermination vous mènent à un résultat. Peu à peu, cette entreprise devient bien plus qu'un projet pour vous ; elle contribue à construire votre personnalité. Puis arrive le jour où vous regardez votre œuvre, et vous vous sentez plus fier que jamais. Seulement, ce jour-là, un homme sonne à votre porte et vous réclame la voiture. Luke, poursuivit-elle en voyant qu'il allait prendre la parole, je sais que je ne suis que locataire. Mais j'ai mis tout mon cœur pour rénover cette maison, tout simplement parce que je n'avais rien d'autre. Vous pouvez le comprendre, non ?

Le silence qui suivit fut interrompu par la sonnerie du téléphone de Luke. Avec un soupir rageur, Beth se retourna vers la fenêtre. Ne prendrait-il jamais le temps de se mettre à sa place, de tenir compte de ce qu'elle pouvait ressentir ?

Non, Luke De Rossi défendait ses propres intérêts, tout simplement.

Luke saisit son téléphone et décrocha en voyant le nom de son ami et directeur s'afficher sur l'écran.

— Allô, Connor, comment vas-tu ?

— J'ai entendu parler de toi au journal de 10 heures. Tu t'es encore fait suivre, on dirait !

— Oui, grommela Luke. Mais nous les avons semés sur la route, en allant à l'aéroport de Brisbane.

— A l'aéroport ? Mais où es-tu maintenant ?

— Nous sommes à Surfers, sur Pacific Highway.

— Qui ça, « nous » ? Et qu'est-ce que tu fais là-bas ?

Tout en regardant Beth qui lui tournait maintenant le dos, il fit à Connor un résumé de la situation.

— Je vois, répondit-il sèchement.

Luke imaginait parfaitement le regard sévère de son directeur assombrir son visage impassible. Celui-ci avait de quoi être contrarié, d'ailleurs. Tout ce que Gino avait pu faire de contestable au cours de sa vie avait rejailli sur Luke, en raison de leur lien de parenté, et donc sur Jackson et Blair. Cette situation mettait en difficulté une foule de gens qui, tout comme Luke, n'avaient rien à se reprocher. A commencer par Connor Blair. Le juge avait abandonné les poursuites, mais la commission financière était bien décidée à mener une enquête interne au cabinet.

— Et quels rapports Gino entretenait-il avec cette Beth Jones ?

— Aucune idée. J'ai appelé Dylan.

— Dylan ? L'ancien taulard ?

— Il est devenu détective privé. Et il me doit un service.

— Tu es censé être en congé, je te rappelle. Et au cas où tu m'aurais mal compris, ce n'était pas une simple suggestion.

— Je sais, répondit Luke avec un soupir de frustration. Mais je sais aussi que je peux dire adieu à ma promotion, si je ne me lave pas des soupçons qui pèsent sur moi.

— Ne t'inquiète pas, tu as la majorité du conseil d'administration derrière toi. Et j'aurai bientôt convaincu les membres qui ont encore des doutes. Il ne nous reste plus qu'à attendre la décision de la commission, le mois prochain.

— Mais…

— Luke, je ne t'ai jamais connu aussi inquiet, que se passe-t-il ? C'est ton cousin, c'est ça ? ajouta-t-il après une pause. Il est toujours remonté contre toi ?

— Entre autres.

— Et cette Beth Jones, ce n'est pas une criminelle au moins ?

— Pas à ma connaissance.

— Ni une meurtrière en série, une tueuse à gages ? Ou une journaliste ?

— Mais qu'est-ce que…

— Tu n'es pas en danger de mort ? Tu n'es pas sur le point de te faire tuer, de te noyer ? Parce que si ce n'est pas le cas, je ne veux plus entendre parler de toi à la radio, c'est compris ?

— Connor…

— Non, je ne veux rien savoir. Ta rencontre de ce matin avec les journalistes était la dernière. Le cabinet fait l'objet d'une enquête interne, et mon futur vice-président est soupçonné de blanchiment d'argent, simplement parce qu'il est de la famille de Gino Corelli. Tu me rendrais vraiment service en te faisant un peu oublier.

Après une courte hésitation, Luke renonça à insister.

— Combien de temps ?

— Jusqu'à la fin du mois. Je t'appellerai quand tu devras rentrer pour répondre aux questions des enquêteurs.

— D'accord, fit-il en comprenant la pression à laquelle Connor, lui aussi, devait faire face.

— Et, Luke, une dernière chose.

— Oui ?

— Fais-toi faire un massage, si tu ne veux pas finir avec une terrible migraine.

Après avoir raccroché, il se tourna vers Beth, qui tapotait l'écran de son téléphone.

— J'ai un message de Jay, de l'agence immobilière, dit-elle. Elle me propose de la rappeler dans une heure. Je ne sais pas si cela nous sera très utile, maintenant.

Elle rangea son téléphone dans son sac, puis ajouta :

— Alors comme ça, vous attendez une promotion ?

— Oui.

— Quel serait votre nouveau poste ?

— Vice-président du département des investissements internationaux.

— Vous pensez que vous l'aurez ?

— Pour l'instant, je n'en ai aucune idée, admit-il.

— Toute cette histoire..., reprit-elle après un silence. Ce n'est pas bon du tout, n'est-ce pas ?

Etonné par l'infinie douceur de sa voix, il leva les yeux vers elle.

C'est alors qu'il rencontra son regard, un regard déterminé, mais dans lequel il lisait toujours la même vulnérabilité, si émouvante. Pourquoi ressentait-il un tel choc chaque fois qu'il voyait cette lueur briller dans les grands yeux verts de Beth ? Il y avait des années qu'il n'avait pas éprouvé ce désir de protection envers qui que ce soit.

Mais c'était ridicule ! se rappela-t-il aussitôt. Il la connaissait à peine, et elle n'avait aucun besoin qu'il s'occupe d'elle. Il devait se concentrer sur une seule chose : trouver le moyen de faire partir la jeune femme afin de vendre la maison, et de donner l'argent de la vente à Rosa. Ce n'était qu'à cette condition que sa vie pourrait reprendre son cours normal.

— Oh..., dit-il sans conviction. On ne s'en est pas si mal tirés.

— Qu'entendez-vous par « pas si mal » ?

— Personne n'a été blessé, et nous avons obtenu quelques réponses, répondit-il en se massant machinalement le cou.

— Vous oubliez l'embuscade de ce matin...

— Vous comprenez maintenant pourquoi je voulais agir seul ? Ces sauvages n'auraient fait qu'une bouchée de vous.

Beth retint un rire amer. Luke ne savait à quel point il disait vrai... Mais pourquoi fallait-il qu'il la regarde avec une telle intensité ? C'était tellement plus facile de le considérer comme un ennemi quand il se montrait arrogant et hautain !

Irrésistiblement, elle se laissa aller à contempler ses yeux emplis de charme, et sa bouche infiniment sensuelle, sur laquelle se dessinait à cet instant un sourire qui eût fait rêver toutes les femmes du monde. Il était tellement séduisant... Que se serait-il passé, dans l'avion, si elle n'avait pas repris ses esprits à temps ?

Mais elle n'avait aucune raison de continuer à penser à ce baiser. Luke consacrait tout son temps à sa carrière, il n'y avait pas de place dans sa vie pour une relation stable. A quoi bon rêver d'un homme qui ne devait rechercher que des liaisons éphémères ? Elle avait déjà connu suffisamment de souffrances dans son existence ; si elle voulait conserver l'équilibre qu'elle avait acquis, elle devait à tout prix garder ses distances avec Luke De Rossi.

Elle se tourna précipitamment, pour ne plus avoir à le regarder.

— Alors, quelle est notre prochaine étape ?

— Vous êtes décidée à rester avec moi, si je comprends bien ?

— Au cas où vous l'auriez oublié, je suis toujours liée à cette maison par un bail on ne peut plus légal, et...

— Attendez une minute. Si vous aviez la possibilité d'appeler un avocat, vous l'auriez fait depuis longtemps. Le fait est que vous ne voulez pas partir, et que vous refusez également d'étudier l'offre que je vous ai faite. Il ne me reste donc qu'une seule solution : emménager avec vous.

Ses paroles la laissèrent bouche bée pendant plusieurs secondes.

— Ce n'est pas drôle, dit-elle finalement en soupirant.

— Mais je ne plaisante pas. Avec ces journalistes en planque devant chez moi, il n'est pas question que je rentre. Je ne veux pas qu'ils découvrent l'existence de la propriété dont j'ai hérité. Et de toute façon...

Il s'interrompit brusquement, mais elle savait parfaitement ce qu'il avait voulu dire.

De toute façon, il ne lui faisait pas confiance.

Quelle importance ? Elle ne lui accordait pas non plus le moindre crédit.

— C'est à prendre ou à laisser, Beth. Alors ?

Elle s'était attendue à de nombreuses attaques de sa part, mais elle avait été bien loin d'imaginer qu'il irait jusque-là... Cet homme se croyait donc si supérieur, qu'il estimait disposer d'un pouvoir illimité sur elle !

— Pourquoi faites-vous cela ? demanda-t-elle, indignée. Vous avez obtenu les réponses que vous attendiez, et la maison sera à vous dans trois mois.

— Oui, mais ce n'est pas ma seule préoccupation.

— Je sais, vous voulez éviter que les journalistes parlent encore de vous.

— En effet. Et je tiens aussi à faire tout mon possible pour aider ma famille.

Mais pourquoi refusait-il d'avoir un minimum confiance en

elle ? Son comportement la mettait dans une telle rage, qu'elle sentit tout à coup le sang lui monter au visage.

— Je vous propose de faire équipe avec moi, Beth. Je peux essayer de résoudre votre problème avec la banque...

Refusant de l'écouter plus longtemps, elle se tourna de nouveau vers la fenêtre et savoura le silence qui suivit. Mais Luke ne tarda pas à reprendre la parole.

— Donc si je comprends bien, une amie des propriétaires est venue vous voir et vous a dit qu'ils cherchaient une locataire, de préférence une femme célibataire, ne fumant pas et percevant des revenus réguliers.

Cette fois, elle le regarda et acquiesça d'un léger signe de tête. Qu'allait-il faire à présent ?

— Il est temps que nous allions rendre visite à ma tante.

Curieusement, elle eut le sentiment qu'il avait prononcé ces mots à contrecœur. Et lorsqu'elle observa l'expression de contrariété qui venait de s'afficher sur son visage, son sentiment se changea en certitude.

— Vous n'avez pas envie d'aller la voir.

— Qu'est-ce qui vous fait dire ça ? fit-il sèchement.

— Vos sourcils froncés, votre mâchoire crispée. Et les paroles de l'avocat, qui vous a vivement conseillé de le faire.

Il marqua une longue pause avant de lui accorder un semblant d'explication.

— Je ne l'ai pas vue depuis le jour de la lecture du testament de Gino. C'était il y a deux semaines.

— Alors pourquoi...

— C'est compliqué.

— Je vois.

Elle ne voulait pas le forcer à parler, mais en observant ses yeux tristes, elle ne pouvait s'empêcher de penser qu'il cachait quelque chose. Et que ce secret le rongeait.

— D'abord il y a eu cette enquête sur Gino, commença-t-il,

comme pour se justifier. Puis mon oncle a fait une crise cardiaque... Ma tante a traversé de nombreuses épreuves, ces derniers temps.

— Vous aussi. La colère que vous gardez en vous ne peut rien apporter de bon, vous devriez voir quelqu'un.

— Je n'ai pas besoin d'un psy.

— Je pensais plutôt à un physiothérapeute ou à une masseuse.

— Il faut que je dorme, c'est tout. Vous savez, ajouta-t-il en la regardant avec insistance, nous nous ressemblons plus que vous ne le pensez.

— Ah, vous croyez ?

— Nous sommes tous les deux passionnés par notre travail, nous devons faire face à beaucoup de pression, et surtout, nous sommes tous les deux mêlés à une affaire qui est venue perturber le cours de notre vie. Ce qui me ramène à ma première interrogation : quel lien peut-il bien y avoir entre nous ?

— Je n'en sais pas plus que vous à ce sujet.

Jetant un regard par la vitre, elle remarqua le panneau qui indiquait l'entrée dans le quartier de Sunset Island.

— Certes, ponctua-t-il, l'air dubitatif.

— Vous croyez vraiment que je vous cache quelque chose ?

— Je serais prêt à parier mes quinze ans chez Jackson et Blair que oui.

— En quinze ans, on peut dire que vous êtes passé maître dans l'art d'éviter les questions.

— De quoi parlez-vous ?

— De la relaxation. Qu'en pensez-vous ? Vous n'avez rien à perdre. A moins que vous aimiez avoir mal au cou.

— J'ai l'impression que vous tenez plus que moi à ce que je me soigne, fit-il observer avec un demi-sourire.

— Oh ! mais vous faites comme vous voulez. Si vous préférez ignorer les conseils d'une experte...

Elle feignit l'indifférence autant qu'elle le put, mais il n'avait pas tort ; elle ne pouvait pas s'empêcher de souffrir pour lui en le regardant.

— D'accord pour un massage, dit-il soudain. En échange de quelques renseignements sur vous.

Décidément, il n'abandonnait jamais. Mais s'il pensait pouvoir obtenir des révélations, il se trompait sur elle.

— Je n'ai pas l'habitude de révéler des éléments de ma vie privée à un inconnu.

— Et avez-vous l'habitude de passer des heures en tête à tête avec un inconnu ?

Elle se sentit rougir. Pourquoi s'amusait-il autant à jouer avec ses nerfs ? Il allait finir par la rendre folle ! Si seulement elle avait pu sortir de la voiture et fuir à toutes jambes, au moins pour se retrouver seule quelques instants. Elle avait besoin d'espace, de temps pour réfléchir.

— Ecoutez, j'en ai assez de ces disputes, dit-elle après un long silence.

— Il ne tient qu'à vous qu'elles cessent.

En réalité, elle n'avait pas le choix. Si elle ne se battait pas, elle risquait de perdre tout ce qu'elle avait.

— Beth, je ne partirai pas tant que je n'aurai pas percé ce mystère. Mais je n'ai pas l'intention de vous gâcher la vie pendant que je serai là, je peux même me rendre utile. Je crois que la porte du placard de la cuisine aurait besoin d'une petite réparation. Et je fais très bien les lasagnes, ajouta-t-il avec un sourire espiègle.

Ses paroles la laissèrent sans voix. Le simple fait de l'imaginer en train de faire la cuisine chez elle la troublait presque autant que le regard brûlant qu'il posait sur elle à cet instant.

— Vous êtes tentée, n'est-ce pas ? Vous aimeriez bien goûter mes lasagnes, je le vois bien.

Oui, elle mourait d'envie de les goûter, tout comme elle rêvait de découvrir le goût de ses lèvres sublimes, qui continuaient à lui sourire irrésistiblement… Mais allait-elle céder à son petit jeu de séduction ? Certainement pas.

— Vous croyez que je ne vois pas ce que vous essayez de faire, avec votre sourire enjôleur ?

— Mais vous vous trompez, je…

— Allons, inutile de nier. Franchement, vous croyez que ça marche avec moi ?

— Vous voulez savoir ce que je crois ? répliqua-t-il avec un air amusé. Ce qui vous embête, c'est que vous voudriez me détester, mais que vous n'y arrivez pas.

Comme elle allait protester, il fit un geste pour l'empêcher de l'interrompre.

— Je crois que, malgré cette situation pour le moins particulière, *cara*, je vous plais.

— N'importe quoi ! s'exclama Beth, rouge de colère.

— Ah, vous en êtes sûre ?

Cet homme était le danger incarné. Malgré le trouble qu'il venait semer dans sa vie, elle ne pouvait réprimer les frissons qui la traversaient dès qu'elle repensait à la chaleur de sa main contre la sienne, à la douceur de sa voix… Et dire qu'il allait dormir sous son toit et partager sa salle de bains !

— Oui, j'en suis sûre.

Elle se retourna brusquement vers la fenêtre, mais elle sentait toujours sa présence tout près d'elle. Comment allait-elle faire pour garder son sang-froid pendant qu'ils partageraient la même maison ?

S'efforçant de calmer sa colère, elle se laissa aller contre le dossier du luxueux siège en cuir et respira profondément. Il fallait qu'elle parvienne à remettre ses idées en ordre.

Hélas, lorsqu'elle eut pris le temps de réfléchir, elle fut obligée de se rendre à l'évidence : elle n'aimait pas les méthodes de Luke, et sa présence mettait ses nerfs, mais aussi ses sens, à rude épreuve ; et pourtant, elle avait besoin d'aide pour retrouver Ben et régler son problème avec la banque.

Sans compter que, si Luke venait passer quelques jours avec elle, elle aurait l'occasion de le convaincre de lui vendre la maison.

Résignée, elle se retourna vers lui.

— Il nous faudra établir certaines règles.

— Telles que… ?

— Premièrement, nous partagerons toutes les informations que nous trouverons.

Il hocha lentement la tête, comme s'il se méfiait de la suite.

— Deuxièmement, il n'y aura aucune ambiguïté entre nous. Je suis sérieuse, Luke, ajouta-t-elle en réponse à son sourire moqueur. Pas de sourire, pas de contact physique. Rien.

— Même maintenant, je dois arrêter de vous sourire ?

— Vous m'avez comprise. Je ne veux pas que vous jouiez les séducteurs avec moi. Arrêtez !

— Ça, *cara*, je ne peux pas vous le promettre, dit-il en essayant vainement de retrouver son sérieux. Mais je garderai mes distances, si c'est ce que vous voulez. Néanmoins, si jamais vous changez d'avis...

— Ne rêvez pas, lâcha-t-elle avec autant de conviction que possible.

Mais dans sa poitrine, son cœur battait de plus en plus fort.

— Si vous le dites.

— Vous doutez de ma volonté ?

— Non. Je me demande juste pourquoi vous paraissez si nerveuse.

Mais quelle arrogance ! Heureusement, elle apercevait maintenant la maison, et d'ici quelques secondes, elle pourrait enfin retrouver sa liberté.

Lorsque la voiture fut arrêtée, Beth sortit précipitamment. Elle marcha jusqu'au perron en ignorant Luke ostensiblement. Après ce qu'il avait osé lui dire, elle n'allait certainement pas l'inviter poliment à entrer.

— Il ne sert à rien de fuir, *cara*.

Elle frémit en entendant sa voix suave juste derrière elle.

— Vous me dites que j'ai besoin de me détendre, ajouta-t-il, mais je pourrais vous retourner ce bon conseil.

— Mais comment voulez-vous que je me détende ? explosa-t-elle tout à coup. Il ne vous est pas venu à l'esprit que c'était peut-être vous, la cause de mon énervement ?

Dans un geste de rage, elle sortit sa clé et l'inséra dans la serrure, sans manquer au passage de se casser un ongle. Laissant échapper un juron, elle fusilla Luke du regard.

— J'ai passé les dix dernières années à construire ma vie comme je le pouvais, et il a suffi que vous débarquiez chez moi pour que tout s'écroule. Pouvez-vous seulement imaginer ce que je ressens ?

Abandonnant son trousseau de clés sur la serrure, elle inspira profondément pour se donner de l'assurance.

— Croyez-moi, ça ne me fait pas plaisir de demander de l'aide, mais c'est vrai, j'en ai besoin. En revanche, retenez bien ceci : je n'ai pas besoin de vous sur un plan personnel, et encore moins physique. Alors oubliez toutes les idées que vous avez pu vous faire sur moi.

— Vous avez fini ? l'interrogea-t-il calmement après un court silence.

— Oui.

— Bien. Vous aussi, vous vous êtes fait des idées sur moi. Je ne suis pas du tout le genre d'homme à jouer les sauveurs. Tout ce que je veux, c'est laver mon nom de tout soupçon et retourner au travail le plus vite possible. Et comme vous, je veux éviter que cette histoire s'ébruite.

Le bruit des clés tombant au sol l'interrompit soudain. D'un même mouvement, ils se penchèrent pour les ramasser, et Beth n'eut pas le temps d'ôter sa main qu'elle touchait déjà celle de Luke. Troublée, elle leva les yeux vers lui, et lorsqu'elle rencontra son regard, il lui sembla que le temps avait suspendu son cours. Elle ne savait plus si elle avait hâte qu'il s'en aille ou si elle voulait à tout prix qu'il reste avec elle. Comment pouvait-elle éprouver envers lui des sentiments aussi contradictoires ?

Elle se releva lentement, non sans remarquer une ombre dans ses yeux noirs. Comme s'il regrettait aussi que cet instant doive prendre fin.

D'une main tremblante, elle parvint à ouvrir la porte et avança dans l'entrée. Elle devait se rendre à l'évidence : le moindre contact avec Luke De Rossi lui faisait perdre tous ses moyens, voilà pourquoi elle devait éviter à tout prix que cette situation se reproduise.

Quand elle trouva finalement le courage de se retourner, ce fut pour découvrir la silhouette imposante de Luke, debout dans l'encadrement de la porte. Malgré la confusion qui s'était emparée d'elle, elle eut tout à coup le sentiment de pouvoir se reposer sur lui. Il émanait de lui une telle assurance…

— Faites-moi confiance, Beth, fit-il de sa voix grave. Je trouverai bientôt toutes les réponses nécessaires.

Elle n'en doutait pas. Et c'était justement ce qu'elle redoutait.

6

Beth songea un moment à faire sa valise pour fuir aussi loin que possible. Mais elle avait appris à affronter les épreuves, et elle s'interdisait de renoncer maintenant.

Assise dans la cuisine, elle regarda par la fenêtre et vit Luke, occupé à passer quelques appels téléphoniques. Si seulement il décidait de confier cette affaire à un avocat ! Si seulement elle pouvait cesser de le voir jusqu'au jour où ils se retrouveraient devant un juge ! Mais il avait été très clair : il voulait régler cela lui-même.

Et elle allait devoir vivre pendant quelque temps sous le même toit que lui.

Quelle erreur elle avait commise, le jour où elle l'avait laissé entrer chez elle ! Il était assez intelligent et déterminé pour percer à jour ses secrets, et lui faire perdre tout ce qu'elle avait.

Mais était-ce vraiment son seul souci ? se demanda-t-elle soudain en le contemplant debout dans son jardin, éclairé par les rayons chauds du soleil.

Repoussant les émotions qui l'assaillaient, elle se leva d'un bond et sortit un verre du placard.

Luke n'était peut-être pas un sauveur, mais il avait tout d'un justicier. Il avait la certitude que les méchants seraient punis et les bons récompensés.

Hélas, elle ne partageait pas son optimisme.

Etait-elle naïve, de voir en lui un homme de bien ? Il eût été infiniment plus facile de se fier à son apparence, et de le considérer comme un privilégié avide d'argent et de pouvoir. Mais en réalité, il ne cherchait qu'à protéger sa famille, et il continuait à défendre la mémoire de Gino Corelli en dépit des accusations qui fusaient de toute part.

Et c'était lui qui lui avait tenu la main en avion, pour l'aider à calmer son angoisse. C'était lui qui avait proposé de faire la cuisine pour elle.

Après tout, il était naturel qu'elle soit troublée en sa présence. Il y avait si longtemps qu'un homme n'avait pas posé les mains sur elle… Chaque fois qu'elle sentait son parfum, un désir irrépressible naissait en elle, et elle ne pouvait rien contre cela.

Pourquoi fallait-il, après toutes ces années de célibat, qu'elle éprouve de nouveau le besoin d'être dans les bras d'un homme ?

D'un geste mal assuré, elle se servit un verre de jus de fruits frais.

Dehors, Luke était en train de ramasser un petit sac de voyage, celui que le chauffeur avait sorti du coffre de la limousine. Il avait un corps si parfaitement dessiné…

Non, songea-t-elle aussitôt. Elle ne devait penser ni à sa prestance, ni à son sourire séducteur, ni à son regard intense. Elle devait se concentrer sur ses problèmes. Ce n'était qu'une question de volonté, après tout.

Mais lorsqu'il la rejoignit à l'intérieur, elle sentit toutes ses forces l'abandonner.

— Je vais préparer la chambre d'amis, dit-elle avant de quitter précipitamment la pièce.

C'était une pièce qui lui servait de bureau, et en entrant, elle se rendit compte à quel point elle était en désordre. Elle prit une caisse et rassembla à la hâte les flacons d'huile aromatique et les sachets de feuilles parfumées, qu'elle rangea dans l'armoire. Puis elle replaça sur les étagères les dossiers éparpillés sur la table, ramassa une paire de chaussures qui traînait et ouvrit le canapé-lit.

Mais tandis qu'elle sortait des draps propres et achevait de préparer la chambre, elle ne pouvait chasser de son esprit le souvenir du trajet en avion. Mais surtout, elle repensait à l'instant où elle s'était trouvée si près de Luke, où elle avait lu le désir brillant dans ses yeux, où elle avait senti la chaleur de sa main contre la sienne.

Le souffle coupé, elle le vit justement apparaître sur le pas de la porte.

— Je peux vous aider ?

— Non, merci.

Elle plaça le dernier oreiller à la tête du lit et se redressa, pour découvrir que Luke l'observait avec attention. Mais ce n'était pas tout. Son regard brillait de cette flamme ardente qu'elle avait décelée plusieurs fois déjà ; mais elle disparut aussitôt.

— Ecoutez, commença-t-elle. Je suis consciente d'avoir été quelque peu...

— Excessive ?

— J'essayais de me défendre, mais je suis allée trop loin. Je reconnais que... Enfin, je crois en effet que vous êtes en mesure de prendre les choses en main.

— Pour ce qui est de notre affaire, oui, certainement, précisa-t-il avec un sourire chargé de sous-entendus.

S'il cherchait à la mettre mal à l'aise, il s'y prenait extrêmement bien.

Après avoir ramassé la tasse vide qui traînait encore sur le bureau de la chambre, elle se dirigea vers la porte d'un pas décidé. Seulement, Luke se tenait encore dans le passage, et elle eut le plus grand mal à contrôler son émotion lorsqu'elle le frôla en passant près de lui.

— Je vais courir, annonça-t-elle, espérant cacher sa nervosité. Je vous laisse vous installer, faites comme chez vous.

Sans lever les yeux vers lui, elle sortit aussi vite que possible.

Il y avait dix minutes que Beth était partie se changer, lorsque Luke la vit descendre l'escalier. Elle portait un short et un débardeur, et ses boucles blondes s'échappaient d'une casquette bleue. Arrivée en bas, elle traversa l'entrée et sortit en claquant la porte.

Il était grand temps qu'il se ressaisisse, songea-t-il avec un soupir. S'il continuait ce jeu de séduction, il savait parfaitement où cela le mènerait, et...

Non. Beth lui avait dit clairement qu'il n'était pas question qu'il se passe quoi que ce soit entre eux. Et pourtant... Pourtant, il était sûr d'avoir vu une lueur de désir dans ses yeux. Cette étincelle ne pouvait pas être le fruit de son imagination.

Le seul souvenir de ses lèvres sublimes, de la douceur de sa peau, de son regard à la fois si expressif et si mystérieux, éveillait en lui des émotions qu'il ne reconnaissait pas.

Il n'avait jamais été passionné par autre chose que son travail et sa carrière, se répéta-t-il en descendant l'escalier à son tour. Jamais, pas même avant d'avoir cette promotion en perspective.

Et avant Gabrielle ?

Il sentit son cœur se serrer. Non, pas même avant Gabrielle. Son mariage, aussi bref que désastreux, n'avait fait que lui prouver ce qu'il avait toujours pensé : il était impossible de mener de front une grande carrière professionnelle et une vie personnelle épanouie. Il fallait choisir.

Et c'était ce qu'il avait fait, en n'ayant plus que des relations sans lendemain, avec des femmes qui avaient adopté le même mode de vie que lui.

Il avait renoncé à tout engagement sentimental, et c'était très bien ainsi.

En entrant dans le salon, il promena son regard autour de lui. Une porte donnait sur la petite entrée, l'autre sur la cuisine, d'où provenait une légère odeur de café. La lumière du jour entrait par la grande baie vitrée, illuminant les murs jaune pâle et les deux canapés disposés autour de la table basse. Un petit poste de télévision, une cheminée et une grande bibliothèque complétaient ce charmant décor, le tout étant dominé par un plafond aux poutres apparentes. Au sol, le parquet était recouvert par endroits de tapis colorés.

Il était évident que cette pièce avait été entièrement aménagée et décorée au goût de Beth, et non de Gino. En un mot, la théorie d'une relation entre eux deux paraissait de moins en moins plausible.

En s'approchant d'une étagère, Luke remarqua trois photos encadrées. Sur l'une d'elles, Beth, tout sourire, posait en compagnie d'une autre femme. La deuxième montrait un paysage de bord de mer, et la dernière était le portrait en noir et blanc d'une blonde au sourire séducteur.

Il remarqua une bougie à la forme particulière et la prit machinalement dans sa main, pour en humer le parfum. Tout à coup, c'était comme si Beth était entrée dans la pièce. La jeune femme sentait si bon… Rêveur, il reposa délicatement le bougeoir.

Cet endroit avait tellement de charme, infiniment plus que son grand appartement de Brisbane. Bien sûr, il disposait chez lui des équipements les plus modernes, aussi bien dans la cuisine que dans les trois grandes pièces à vivre. Mais en dépit de son écran géant et de ses appareils dernier cri, il avait souvent l'impression de vivre dans un logement vide. Privé d'âme, de nature, et même d'intimité depuis que des journalistes s'étaient installés au pied de l'immeuble.

Curieusement, pour la deuxième fois de sa vie, il trouvait refuge dans une maison appartenant à son oncle Gino.

Mais plus rien n'était comme à l'époque de ses quinze ans. Il n'était plus l'adolescent malheureux et révolté qu'il avait été, enfermé dans sa colère et révolté contre tant d'injustice.

Il leva les yeux et lut les titres des livres qui emplissaient la bibliothèque : *Manuel d'aromathérapie*, *Guide des plantes médicinales*, *Conseils aux dirigeants de PME*, *L'histoire complète de la bande dessinée*. Il y avait aussi des romans de science-fiction, dont l'usure prouvait qu'ils avaient été lus et relus.

Soudain, un étrange sentiment de bien-être l'envahit. Ce lieu avait quelque chose d'unique. De personnel.

Il resta ainsi quelques instants, à profiter de cette atmosphère si particulière. Mais bientôt, il s'efforça de réfléchir à ce qu'il avait à faire. Ce n'était pas le moment de se laisser distraire. Cette maison ne serait pour lui qu'un refuge, en attendant sa rencontre avec les enquêteurs, qui devait avoir lieu le mois suivant. Après cela, l'affaire serait résolue, et il retrouverait sa place au cabinet. Tout simplement.

Décidé à repousser ses émotions, il sortit dans le jardin pour prendre l'air. Il ne perdait jamais son sang-froid quand il avait une décision à prendre, et il n'avait aucune intention que ça change aujourd'hui.

Dehors, il fit quelques pas avant d'aller s'asseoir sur la balançoire. Quel calme, quel silence…, ne put-il s'empêcher de remarquer. Rien ne venait troubler cette belle journée de printemps.

Prenant une profonde inspiration, il ferma les yeux. Il sentait le parfum de l'herbe, de l'iode marin, du citronnier.

Le parfum de Beth.

Il demeura ainsi un long moment, puis rouvrit lentement les paupières. En regardant son téléphone, il réalisa que trente minutes s'étaient écoulées. Une demi-heure entière, pendant laquelle il n'avait pensé ni aux négociations avec ses clients, ni aux mauvaises surprises que pouvait encore lui réserver Gino.

Le commentaire que Marco lui avait fait le jour de l'enterrement était-il juste, en fin de compte ?

«Luke, tu attaches trop d'importance au passé et à ce que tu ne peux plus changer. Tu gardes cette rancœur en toi depuis bien trop longtemps. Crois-en quelqu'un qui est passé par là : si tu ne lâches pas prise, tu risques de craquer un jour l'autre. »

Les paroles de son cousin résonnaient encore dans sa mémoire. Mais chaque fois qu'il essayait d'y réfléchir, Luke était pris d'un tel vertige, qu'il aimait mieux penser à autre chose.

Sans attendre davantage, il chercha un numéro dans son répertoire et passa le premier appel d'une longue série.

Beth ne courait pas seulement parce qu'elle aimait cela. Cette activité, plus qu'aucune autre, l'aidait à faire le vide dans son esprit. Et c'était exactement ce dont elle avait besoin aujourd'hui.

Prenant son rythme habituel malgré la chaleur de l'après-midi, elle courut jusqu'au bout de la rue avant de tourner dans une allée bordée d'arbres. Après quelques foulées, elle atteignit le petit parc et monta sur le pont qui traversait l'étang. Le soleil faisait briller la surface de l'eau et les oiseaux chantaient autour d'elle, mais elle ne se concentrait que sur sa respiration. C'était le meilleur moyen de ne pas avoir à réfléchir.

Au bout d'une heure de course, épuisée, elle prit le chemin du retour. Elle avait mal aux jambes et son débardeur lui collait à la peau, mais elle ne regrettait pas son effort. Au moins, pendant ce temps, elle n'avait pas pensé à Luke.

Elle s'arrêta à quelques mètres de chez elle et s'étira longuement, puis finit le chemin en marchant. Elle fit une pause en arrivant, et prit le temps de regarder son jardin.

Il fallait qu'elle mette des parterres de fleurs autour de la pelouse. Quant aux orangers, ils avaient besoin d'être taillés. Elle devait aussi penser à balayer le perron.

Son inventaire fini, elle huma l'air doux et parfumé dont elle ne se lassait pas. Cet endroit représentait un véritable paradis pour elle, après les moments qu'elle avait passés dans les quartiers urbains les plus sordides.

Oui, elle se sentait bien ici, et elle aurait le sentiment de perdre une partie d'elle-même, si elle se voyait obligée de partir. Elle devrait tirer un trait sur les bons souvenirs qu'elle avait réussi à créer ces dix dernières années.

Si Luke voulait la chasser, il allait devoir déployer encore plus d'énergie qu'elle.

Prête à entamer un bras de fer avec lui, elle marcha d'un pas décidé jusqu'à la maison. Si elle arrivait à tenir une semaine ou deux, elle pouvait espérer qu'il s'impatienterait et finirait par accepter son offre d'achat. Ils se mettraient d'accord sur un prix, signeraient un contrat, et puisque son affaire avait un certain succès, elle obtiendrait sans doute un prêt de la banque.

— Ah, vous êtes rentrée.

Sa voix la fit sursauter.

— Vous m'avez fait peur !

Comme il avançait vers elle, elle remarqua son regard sérieux.

— Qu'y a-t-il ? l'interrogea-t-elle, inquiète.

— Il faut que nous parlions, annonça-t-il en s'appuyant contre le mur de l'entrée.

Quel piège préparait-il encore ?

— Donnez-moi un quart d'heure, je vais d'abord prendre une douche.

— Si vous ne revenez pas, je monterai vous chercher.

Se sentant rougir, Beth fila en direction de l'escalier. Oserait-il faire intrusion dans sa salle de bains si elle s'y attardait ? Il valait mieux qu'elle n'imagine pas cette possibilité.

7

Une dizaine de minutes plus tard, Beth entrait dans la cuisine. Elle portait un T-shirt et un pantalon kaki, et ses cheveux humides étaient noués en une queue-de-cheval.

Luke la regarda marcher jusqu'à l'évier, où elle se servit un grand verre d'eau. A en juger par son regard fuyant, elle était mal à l'aise.

— Vous êtes bien installé ? lui demanda-t-elle d'une voix nerveuse.

— Oui, merci. C'est une belle maison, et très spacieuse.

— Oui, approuva-t-elle en souriant. Je me sens vraiment chez moi ici, cela ne m'était jamais arrivé auparavant.

A ces mots, il ne put s'empêcher d'éprouver une pointe de culpabilité. Surtout après ce qu'il avait fait pendant l'absence de Beth... Décidé à découvrir son secret, il avait fouillé dans ses dossiers, puis dans les tiroirs de son bureau. Comme il ne trouvait rien, il était allé dans sa chambre et avait ouvert son armoire. C'était à contrecœur qu'il avait continué à chercher dans ses affaires, jusqu'au moment où il avait trouvé quelque chose dans le fond de sa penderie.

Qui pouvait bien être Taylor Stanton ? Et surtout, pourquoi Beth gardait-elle son certificat de naissance dans une vieille boîte à chaussures ?

Chassant les réticences qu'il avait eues à enquêter sur elle, il avait téléphoné à Dylan, le détective privé qu'il employait, pour lui parler de ses découvertes.

Mais à présent, Beth était assise à table en face de lui, et il avait vraiment mauvaise conscience. Avec un peu de chance, cette piste ne mènerait nulle part, et elle ne saurait jamais qu'il avait fouillé dans ses affaires.

Il se raidit tout à coup en sentant la douleur se réveiller dans ses épaules. Quand cela allait-il enfin s'arrêter ?

Sans doute une fois qu'il aurait réglé ses problèmes. D'abord, il avait dû quitter son travail, puis son appartement. Non seulement il se sentait terriblement inutile, mais voilà en plus qu'il en était rendu à jouer les espions.

Mais avait-il eu le choix ?

Cherchant à oublier son malaise, il prit la tasse de café qu'il s'était préparée et but une gorgée.

— J'ai passé plusieurs coups de téléphone. D'un point de vue légal, l'agence immobilière n'a aucune obligation de renouveler votre bail. Il suffit que je me procure une copie de l'acte notarié pour récupérer la maison, ce qui ne devrait prendre que quelques jours. Pendant ce temps, je vais aller parler à ma tante.

En lisant dans ses yeux l'angoisse qu'elle cherchait vainement à cacher, il ressentit un élan de compassion et de sympathie envers elle.

Malheureusement, il ne pouvait pas se permettre de laisser traîner les choses. Beth allait devoir trouver un autre logement. Quant à lui, il allait devoir faire face à Rosa.

— Quelque chose me dit que vous aimeriez mieux vous passer de cette visite.

Etait-il si facile de lire dans ses pensées ?

— Il n'y a plus d'enquête en cours, mais ma famille souffre encore des retombées de ce tapage médiatique. Je suis soupçonné de tous les maux, et cela ne facilite pas vraiment les rapports familiaux.

— Mais vous êtes innocent.

Surpris par sa réaction, il marqua un temps d'arrêt.

— Alors, vous ne croyez pas que j'aie utilisé Jackson et Blair pour blanchir l'argent sale du casino ?

— Non, répondit-elle avec un rire moqueur.

— Pourquoi ?

— Parce que je vous ai bien observé aujourd'hui. Vous pouvez être arrogant et prétentieux, mais je crois que vous suivez une certaine éthique. Je ne pense pas que vous feriez quoi que ce soit qui puisse nuire à votre réputation.

Il n'était pas certain de devoir prendre sa remarque pour un compliment, mais au moins, elle croyait en son honnêteté. A tort ou à raison...

— Je vois, se contenta-t-il de répondre.

Il fut pris d'une soudaine émotion en voyant la douceur de son regard. Il la connaissait à peine, et pourtant, en dépit du conflit qui les opposait, elle était capable de lui réchauffer le cœur en un instant.

Si seulement elle n'avait pas été la seule à croire en son innocence... Hélas, il se sentait piégé, et n'osait imaginer ce qui lui arriverait, s'il ne s'en sortait pas.

Sa tête lui fit brusquement l'impression d'être prise dans un étau, et il grimaça de douleur.

— Je peux vous soulager, vous savez.

— Ah oui ? marmonna-t-il.

Elle avait réellement l'air de souffrir pour lui. C'est alors qu'elle se leva et s'approcha de lui. Délicatement, elle lui prit la main pour qu'il cesse de se frotter le cou.

— Laissez-moi vous aider.

Aussitôt, il sentit de nouveau cet élan de désir l'envahir, comme lorsqu'il lui avait pris la main dans l'avion. Mais il savait qu'il ne devait pas s'engager sur ce terrain-là avec elle.

— C'est mon métier, lui rappela-t-elle. Vous ne serez utile à personne, si vous êtes diminué, et je sais comment vous remettre d'aplomb.

— Vous n'avez pas besoin de...

— Si. Luke, s'il vous plaît, laissez-moi faire.

L'espace d'un instant, il resta sans rien dire, les yeux rivés aux siens. Sa proposition était si tentante...

— D'accord, merci.

Elle sourit, l'air satisfait.

— Allez dans le salon. Je vais chercher mes affaires.

Disparaissant à l'étage, elle revint quelques minutes plus tard avec plusieurs flacons dans les mains. Elle ferma les rideaux pour plonger la pièce dans une semi-obscurité, prit sous l'escalier une sorte de lit pliant, et l'ouvrit.

— J'imagine que vous n'avez jamais reçu de massage thérapeutique, dit-elle, tandis qu'il la regardait faire avec curiosité.

— Une fois, je crois. Il y a très longtemps. Maintenant, je n'ai plus le temps.

— Vous devriez le prendre.

— Oui, il y a tellement de choses que je devrais prendre le temps de faire... Sauver le monde, par exemple.

— Enlevez votre chemise et allongez-vous sur le ventre, dit-elle d'une voix étrange.

Lorsqu'il se fut exécuté, il sentit le regard de Beth posé sur lui, et un frisson le traversa. Bientôt, elle appliquerait ses doigts experts sur ses muscles endoloris...

Il l'entendit se frotter les mains, et la délicieuse odeur d'une huile parfumée flotta soudain autour d'eux. La perspective d'un contact doux et voluptueux avec la jeune femme l'enchantait d'avance.

Mais quelle ne fut pas sa surprise, lorsqu'il sentit tout à coup ses pouces s'enfoncer avec force dans le bas de son dos ! Il manqua de tomber de la table.

— Enfin, qu'est-ce que... ?

— Ne bougez pas.

— Mais ça fait mal !

— Ne faites pas l'enfant.

— Vous le faites exprès, l'accusa-t-il lorsqu'elle recommença le même geste.

Par chance, elle appuyait maintenant un peu moins fort.

— Oui, je le fais exprès, puisque mon but est de vous débarrasser de toute cette tension.

A mesure qu'elle le massait, il sentit son dos se réchauffer, mais il avait le plus grand mal à ne pas crier quand elle touchait un point douloureux.

— Vous êtes sujet aux migraines ? lui demanda-t-elle.

— Non.

— Aux crises d'angoisse ?

— Vous croyez que...

— A des problèmes d'impuissance ?

— Certainement pas.

A quoi rimait donc cet interrogatoire ?

— Vous avez de la chance, conclut-elle. Ce sont pourtant les révélateurs d'un environnement trop stressant.

Il laissa échapper un long soupir en sentant ses mains remonter le long de son dos. A présent, ses gestes lui faisaient de plus en plus de bien. Elle s'y prenait à merveille pour le soulager.

— Alors, comment se fait-il qu'une femme chanceuse ne se soit pas encore fait une place dans votre vie ? demanda-t-elle, taquine.

— Je me consacre à ma carrière, dit-il en chassant ses souvenirs les plus amers. Je ne suis pas disponible pour une relation durable.

— Ou bien vous n'avez pas encore rencontré la bonne personne.

— Non, je sais ce que je dis, croyez-moi. Je rencontre beaucoup de femmes...

Il s'entendit soupirer de plaisir sous l'effet de ses doigts.

— Ah, je vois.

Elle continua son massage en silence, et il eut beau essayer de prendre sur lui, il entendait les respirations sonores de Beth chaque fois qu'elle appuyait plus fort.

Cette situation avait quelque chose d'incroyablement érotique. Le fait de l'imaginer penchée au-dessus de son dos nu, de sentir ses mains expertes le délivrer enfin, ne pouvait que lui inspirer des pensées voluptueuses.

Finalement, elle remonta jusqu'à ses épaules et les prit entre ses mains.

— Vous êtes noué à cet endroit, remarqua-t-elle d'une voix soucieuse.

Tandis qu'il essayait de chasser de son esprit une vision de Beth nue en train de le masser, elle vint se placer devant lui. Se penchant

au-dessus de sa tête, elle commença à lui frotter le bras gauche, tout en continuant à lui malaxer les épaules.

Cependant, étant donné la position dans laquelle il se trouvait, Luke ne pouvait voir que les pieds de la jeune femme. Au bout de ses sandales, il admira ses ongles vernis, et ses orteils délicats qu'il rêva soudain de caresser et de masser à son tour...

Il oublia brusquement ses fantasmes en sentant qu'elle poussait de toutes ses forces sur son bras. Pendant des secondes interminables, il eut l'impression que son sang cessait de circuler. Quand ce moment de torture cessa enfin, il s'entendit pousser un profond soupir de soulagement.

— Si vous le faisiez plus souvent, cela vous ferait moins mal, souligna-t-elle.

Elle pinça doucement son muscle trapèze, lui arrachant un râle plaintif.

— Vous voyez ce que je veux dire ?

Pour toute réponse, il formula un murmure renfrogné.

— N'essayez pas de parler, railla-t-elle en lui tapotant le bras. Je suis consciente de l'effort que vous faites pour ne pas gémir.

— J'essaie de garder une certaine dignité.

— Ce n'est pas la peine, lui murmura-t-elle à l'oreille. Laissez-vous aller.

Il n'en fallait pas davantage pour le ramener à ses rêveries brûlantes. Il ne voyait plus à présent que le corps de Beth tout près du sien, il ne sentait plus que son souffle chaud dans son cou...

Si elle avait cherché à le rendre fou, elle avait atteint son objectif, songea-t-il en observant à la dérobée sa merveilleuse silhouette.

Avait-il eu tort de se charger lui-même de cette affaire ? Peut-être eût-il mieux fait de la confier à un professionnel, ainsi que Beth elle-même le lui avait suggéré.

Elle contourna la table et recommença à lui masser le bas du dos, réveillant en un instant le désir qu'il essayait de réprimer.

— Non, non, ne faites pas cela.

— Quoi donc ? demanda-t-il, étonné.

— Vous vous raidissez de nouveau. Voilà, murmura-t-elle en faisant aller et venir ses pouces sur sa peau.

Cette fois, il ressentit une douleur nouvelle, dont la seule cause était l'excitation qui prenait possession de lui. Si seulement il avait pu se retourner et l'attirer dans ses bras pour qu'elle s'allonge contre lui…

Mais il ne pouvait rien faire de tel, et la tension devenait insupportable.

— Vous avez fini ? fit-il brusquement.

— Attendez, je dois encore…

— C'est bon, merci.

Il se leva et enfila sa chemise à la hâte, non sans lutter pour la reboutonner jusqu'en bas. Il prit ensuite une profonde inspiration, puis une autre, avant de se tourner enfin vers Beth. De toute évidence, elle était surprise par sa réaction.

— Je crois que je vais monter prendre une douche, dit-il simplement.

Mais il ne parvint pas à bouger d'un pouce.

Beth était interloquée. Pourquoi Luke s'était-il levé si précipitamment ?

Renonçant à lui poser la question, elle attrapa une serviette pour s'essuyer les mains.

— D'accord, allez-y, dit-elle en s'efforçant de masquer sa déception.

De toute évidence, il était de nouveau tendu, et elle avait fait tout ce travail pour rien.

Lorsqu'elle posa les yeux sur lui, elle ne put s'empêcher de deviner à travers le tissu de sa chemise le torse musclé qu'elle venait de masser. Lentement, elle promena son regard sur lui, détaillant les longues jambes qui se dessinaient sous son pantalon ajusté. Puis elle releva la tête.

Et son cœur manqua un battement.

Luke la fixait lui aussi, et dans ses pupilles brillait une flamme plus ardente qu'elle n'aurait pu l'imaginer.

— Beth ?

— Oui ? s'entendit-elle dire d'une voix rauque.

— Si vous avez l'intention de m'arrêter, faites-le maintenant, car je suis sur le point d'enfreindre la règle numéro deux.

Mais elle ne fit rien pour le repousser quand il s'approcha d'elle. Lentement, il l'attira vers lui. Assez lentement pour qu'elle ait le temps de réagir. Mais elle resta figée, incapable de parler ou de bouger. Elle était comme hypnotisée. Elle vit sa main avancer vers son visage, et sentit la caresse de ses doigts dans ses cheveux, puis sur sa joue.

Sans détacher son regard du sien, il suivit avec le pouce le contour de ses lèvres.

Sa bouche était si proche de la sienne à présent, qu'elle sentait son souffle brûlant, qui éveillait en elle la vague de désir qu'elle avait vainement essayé de repousser depuis leur rencontre.

Il pencha alors légèrement la tête, et, du bout de la langue, vint goûter ses lèvres avant de déposer des baisers tout autour de sa bouche, puis sur ses joues et son front. Ivre de plaisir, elle ferma les yeux et savoura le contact de ses mains et de sa bouche sur sa peau.

— Alors, est-ce si mauvais ? lui demanda-t-il dans un murmure.

— Non...

Au contraire, c'était tellement bon...

— Donc j'ai le droit de continuer ?

Sans attendre sa réponse, il se pencha et l'embrassa dans le cou, avec plus d'ardeur cette fois. Sans doute encouragé par ses soupirs de plaisir, il posa la main sur sa hanche et remonta lentement, jusqu'à ses seins.

Elle eut soudain l'impression de n'avoir jamais éprouvé de telles sensations, tant l'intensité de son désir était forte. Etait-ce parce qu'elle était restée célibataire pendant toutes ces années ? Il y avait si longtemps qu'un homme ne l'avait pas touchée, qu'elle ne pouvait rester insensible aux caresses de Luke.

Au fond, peut-être espérait-elle qu'il irait aussi loin que possible. Qu'il allait lui faire l'amour.

Elle cessa de réfléchir dès l'instant où il plaqua son corps contre le sien, lui murmurant à l'oreille des mots qui ne firent qu'accroître son excitation.

En la prenant ainsi contre lui, il ne lui laissait plus de doute sur le désir qu'il ressentait, lui aussi. Le contact de sa virilité allumait en elle un feu qu'elle ne cherchait même plus à éteindre.

Sans plus contrôler le moindre de ses gestes, elle noua les bras autour de son cou et l'invita à continuer à la caresser, à aller plus loin encore.

Jamais un homme ne l'avait touchée avec autant de passion, en lui montrant un désir aussi ardent. Même la façon dont il passait maintenant la main dans le bas de son dos lui faisait perdre toute maîtrise de ses sens. Elle n'avait plus qu'une envie : que sa main descende encore, et qu'il lui offre des caresses plus sensuelles. Déjà, elle entendait que son souffle se faisait plus court, plus sonore.

Comme elle aurait voulu retrouver son sang-froid ! Mais c'était tout simplement impossible.

— Beth, tu as envie que je t'embrasse ?

Incapable de parler, elle lui répondit par un gémissement de plaisir. Il n'eut apparemment aucun mal à la comprendre, car elle sentit bientôt ses lèvres envelopper les siennes, lui faisant perdre en un instant tout contact avec la réalité.

C'était la première fois qu'un homme l'embrassait avec autant d'habileté et de passion. Tout en prenant possession de ses lèvres et de sa langue, il promenait ses mains sur elle, faisant naître des frissons qui parcouraient tout son corps.

— Tu veux que je m'arrête ? chuchota-t-il tout contre ses lèvres. Il te suffit de me le dire, tu sais.

Mais tout ce qu'elle voulait, c'était s'abandonner à lui. Elle le ressentait si fort, qu'elle avait l'impression que son cœur était devenu trop étroit pour recevoir le flot d'émotions qui l'assaillait.

— Je...

Comme elle avait envie de lui ! D'accueillir tout ce qu'il avait à lui offrir, ses baisers, ses caresses...

Mais cela signifiait qu'elle aurait quelque chose à lui donner en retour. Quelque chose qu'elle protégeait depuis dix ans.

Elle ouvrit les yeux, consciente qu'elle devait mettre fin à cette étreinte. Seulement, les mouvements experts de Luke ne faisaient rien pour l'y aider.

— Arrête, dit-elle en s'écartant brusquement de lui.

— Beth...

— Il ne faut pas. Ce n'est pas sérieux, ajouta-t-elle après s'être éclairci la voix. Ma vie est très bien comme elle est. Je ne veux pas... Les relations superficielles ne m'intéressent pas.

— Je ne vois pas pourquoi ce devrait être superficiel, fit-il d'une voix rauque.

Et dans sa bouche, ces mots ressemblaient à la plus belle des promesses.

— Non, s'entendit-elle prononcer sur un ton qui voulait dire tout le contraire. Non, répéta-t-elle avec plus d'assurance. Nous sommes coincés tous les deux dans une situation impossible, et je préfère éviter toute distraction. Ce n'est pas le moment.

— Une distraction ? C'est tout ce que ce serait ?

— Oui.

Elle détourna aussitôt le regard et croisa les bras devant elle, comme pour combler le manque qu'elle ressentait déjà. Malgré toute la volonté du monde, elle ne pensait qu'à se jeter de nouveau dans ses bras et goûter encore à ses lèvres divines.

Attirée par l'effluve de son parfum, elle se tourna de nouveau vers lui.

— Ecoutez, dit-elle, refusant de le tutoyer, ce n'était qu'une simple réaction physique entre nous, causée par une situation éprouvante. Nos émotions et nos sens ont été mis à rude épreuve, c'est tout. Lorsque les êtres humains se sentent en danger, leur corps répond par un désir de s'accoupler.

— Ah bon.

— Oui, c'est physiologique.

Malgré la froideur qu'elle essayait d'afficher, elle fut surprise de constater que la flamme de désir qu'elle avait vue briller dans les yeux noirs de Luke n'avait pas disparu. Se pouvait-il qu'il ait envie d'elle autant qu'elle avait envie de lui ? Peu importait, car elle ne pouvait pas se laisser aller, c'était tout simplement impossible.

— Bien, donc je ne vous toucherai plus, dit-il en se passant nerveusement la main dans les cheveux.

— Ce sera mieux comme ça.

— Oui.

— D'accord.

Dans une atmosphère chargée de tension, elle rassembla ses flacons et rangea sous l'escalier la table de massage.

A quoi bon nier qu'ils étaient attirés l'un par l'autre ? Mieux valait lui faire comprendre que céder à cette attirance eût été une stupide erreur. Son explication rationnelle n'avait peut-être pas convaincu Luke, mais au moins, elle lui avait permis, à elle, de se donner de l'aplomb.

— Je vais aller prendre une douche, annonça-t-il pour la deuxième fois.

— Vous trouverez des serviettes propres dans la salle de bains, sous le lavabo.

Elle continua à ranger ses affaires, tandis qu'il quittait la pièce. Mais dès l'instant où elle entendit ses pas à l'étage, elle se laissa tomber sur le canapé avec un soupir de frustration.

Elle avait pris tant de plaisir à le masser, à sentir sous ses doigts sa peau brûlante et ses muscles virils... En regardant son dos nu, elle avait remarqué une petite cicatrice circulaire, qui semblait avoir été dessinée pour mettre en valeur la perfection de ce qu'il y avait tout autour. C'était précisément sur cette petite marque, qu'elle avait dû se retenir de poser les lèvres.

Jamais une telle chose ne lui était arrivée auparavant ; avait-elle tout à coup perdu son professionnalisme ?

Elle entendit le bruit de la douche, et aussitôt, une foule d'images troublantes lui vinrent à l'esprit. Elle voyait des gouttes ruisseler sur les épaules nues de Luke, sur son ventre...

Non, elle ne devait pas penser à cela.

Cherchant à tout prix à retrouver le contrôle d'elle-même, elle se leva d'un bond et marcha jusqu'à la cuisine. Elle devait trouver une occupation, n'importe laquelle. Tout ce qu'elle voulait, c'était cesser de penser à Luke.

Plus tard dans la soirée, après avoir avalé un sandwich en vitesse, Beth monta à l'étage et se fit couler un bain. Avec un soupir de soulagement, elle se glissa dans l'eau chaude et laissa la mousse l'envelopper jusqu'au cou.

Au-dessus d'elle, sur une étagère, les bougies parfumées qui brûlaient embaumaient l'air de la pièce. Les flammes dansantes se reflétaient dans le grand miroir qui leur faisait face, et formaient comme un jeu de lumière sur la surface de l'eau.

La salle de bains était l'endroit qu'elle aimait le plus dans cette maison. C'était ici, sous le haut plafond immaculé et dans la fraîcheur des carreaux bleus et blancs, qu'elle se détendait et prenait le temps de réfléchir calmement. Les plantes vertes et la lumière douce qu'elle avait installées lui procuraient réconfort et apaisement.

Ce soir, elle aurait dû s'y sentir comme dans un havre de paix. Pourtant, elle avait plutôt l'impression d'être prisonnière dans sa propre maison. Bien sûr, le lieu était aussi calme et silencieux que d'habitude, mais il y régnait désormais une tension évidente. Et elle ne pouvait pas s'enfuir. Elle ne pouvait qu'attendre de découvrir quelles surprises Luke lui réservait encore.

Depuis l'instant où il était apparu à la grille de la maison, il avait envahi son existence, la mettant entièrement à sa merci. Tout en se comportant comme s'ils pouvaient faire équipe ; comme si, finalement, une collaboration pouvait servir leurs intérêts à tous les deux.

Il ne comprenait pas la situation, songea-t-elle en respirant profondément. Se rendait-il compte à quel point sa présence troublait le cours de sa vie ?

Une chose était sûre : puisqu'il était là, elle allait en profiter pour le convaincre d'accepter sa proposition. Elle allait lui montrer que cette maison portait son empreinte. Qu'elle était ici chez elle, et que rien ne pourrait changer cela. Une fois que Luke aurait retrouvé son travail et son appartement et qu'il aurait oublié les charmes de la propriété, il lui apparaîtrait comme une évidence que c'était à elle, et à personne d'autre, qu'il devait la vendre.

Alors, elle pourrait retrouver sa paix intérieure. Et peu lui importait si elle devait doubler son temps de travail pendant les vingt prochaines années pour rembourser son prêt.

Elle croyait fermement que tout cela était possible. Et pourtant, elle éprouvait un curieux sentiment d'insatisfaction.

Elle bougea dans son bain, et se rendit compte que l'eau avait nettement refroidi. En frémissant, elle se leva et sortit pour se couvrir de son peignoir.

Elle n'avait pas le choix, se répéta-t-elle mentalement. Faire une crise de nerfs ou regretter que les choses soient ainsi ne lui servirait à rien. Le jour des obsèques de sa mère, du haut de ses dix-huit ans, elle avait pris la ferme résolution de ne jamais céder au manque de confiance et à l'état dépressif dont celle-ci avait été victime. Etat que les manipulations et les infidélités de son père avaient amplement contribué à provoquer, du reste.

Elle refusait de se laisser abattre. Elle ferait tout ce qu'il faudrait pour obtenir ce qu'elle voulait, elle devait juste faire preuve d'un peu de patience.

Une fois dans sa chambre, elle se coucha et fixa le plafond pendant un moment qui lui parut infini. Quelle stratégie allait-elle bien pouvoir adopter ?

Elle tourna et retourna le problème dans sa tête, jusqu'au moment où le sommeil eut finalement raison d'elle.

8

Beth était en train de petit-déjeuner lorsque son téléphone sonna.

— Salut, Beth, je peux faire le trajet avec toi ce matin ?

La voix de Laura, son assistante, trahissait son agitation.

— Tu as encore des problèmes avec ta voiture ? lui demanda Beth, tout en étalant du beurre de cacahuète sur son toast. Tu as appelé le garagiste ?

— Oui, il doit m'envoyer quelqu'un.

Alors qu'elle écoutait son amie, Luke entra dans la cuisine, vêtu d'un jean et d'un T-shirt noir. Aussitôt, les souvenirs de leur baiser de la veille refirent irruption dans son esprit ; c'était comme si elle sentait encore le goût de ses lèvres, la douceur de sa peau...

— D'accord, tu peux compter sur moi. A tout à l'heure.

Elle raccrocha puis se servit un verre de jus de fruits.

— Bonjour, Luke.

— Bonjour, Beth. Vous avez bien dormi ?

A sa manière de la regarder, elle avait l'impression qu'il était en train de lire dans ses pensées.

— Oui, très bien. Et vous ?

Elle n'allait tout de même pas lui avouer qu'elle n'avait presque pas fermé l'œil de la nuit.

— Comme un loir, pour une fois. Et je n'ai plus cette abominable douleur dans le cou.

— Je vous avais dit que cela marcherait. Maintenant, vous n'avez besoin que de quelques jours de repos et vous serez un homme neuf.

Comme il approchait du bar pour se servir une tasse de café, elle fut décontenancée par son aisance. Il semblait chez lui tout autant qu'elle.

— Vous partez travailler ? demanda-t-il en détaillant sa chemise, sa jupe courte et ses sandales.

— Oui.

— Est-ce bien raisonnable ?

C'était certainement beaucoup plus raisonnable que de rester ici, seule avec lui.

— Mes clients m'attendent. Et puis, vous vous détendrez beaucoup mieux sans moi.

Elle reçut pour toute réponse une moue désapprobatrice.

— Vous pensez à quelque chose que je pourrais faire dans la maison ?

— Non.

— Et ça ? insista-t-il en montrant la porte qui, sortie de ses gonds, reposait contre la cuisinière.

— Il faut redresser les charnières avant de la remettre. Je m'en occuperai.

— Je peux le faire.

— Je n'aimerais mieux pas que…

— Beth, je vous rappelle que je suis le propriétaire de cette maison.

Il lui parlait sans agressivité, mais avec une fermeté qui ne lui laissait pas vraiment de choix.

— Bien, dit-elle plus sèchement qu'elle ne l'aurait voulu. Faites comme vous voulez.

Le fait de savoir qu'il avait le droit de peindre des pois roses sur tous les murs s'il le voulait la révoltait.

— Dylan m'a appelé hier soir, reprit-il. Il a pu accéder au relevé téléphonique de votre fugitif, et il est en train de vérifier les listes des compagnies aériennes.

— Ben aurait pu s'enfuir à l'étranger ? l'interrogea-t-elle, prise de panique.

— Que feriez-vous si vous aviez volé un demi-million de dollars ?

Elle laissa échapper un long soupir.

— Donc l'argent est peut-être perdu pour toujours.

— Pas forcément. Attendons de connaître l'avancée des recherches.

Elle hocha lentement la tête. Tout à coup, elle avait l'impression de se trouver au bord d'un précipice.

— Je vais commencer par cette porte, annonça-t-il sans détour. Puis j'irai couper du bois pour la cheminée. J'ai besoin de m'occuper, ajouta-t-il en se massant distraitement l'épaule.

— Vous n'avez pas l'habitude de rester inactif, c'est ça ?

— J'ai horreur de ça.

Le ton de sa voix la fit sourire, et elle vit au même instant les traits de son visage s'adoucir.

— Rester couché sur la plage avec un livre est en quelque sorte ma vision de l'enfer. Ou du moins ça l'était, jusqu'à ce massage ! ajouta-t-il en riant.

Mais aussitôt, son rire laissa place à un sourire songeur. De toute évidence, il pensait à la même chose qu'elle : au baiser qui avait suivi.

— Je dois y aller, dit-elle.

Puis elle s'éclipsa aussi vite que possible.

Préférant ne pas gâcher sa journée en pensant à son ancien comptable, Beth se concentra sur ce qu'elle pouvait encore contrôler. Notamment son attirance pour Luke De Rossi. Si bien que, à partir du moment où Laura monta dans sa voiture, elle la laissa parler jusqu'à leur arrivée dans le salon. Mais elle ne l'écoutait que d'une oreille...

Elle ne pouvait pas se mentir, elle avait terriblement envie de Luke. Et il ne faisait pas de doute qu'il éprouvait aussi du désir pour elle. Alors pourquoi ne pas céder à la tentation ? Pour une fois... Qu'avait-elle à perdre ?

Elle avait beaucoup à perdre, en réalité. N'était-elle pas au cœur d'un conflit d'intérêts avec lui ? La moindre erreur pouvait lui coûter cher. Très cher. Elle l'avait appris à ses dépens.

De toute façon, elle cesserait de penser à Luke dès qu'il serait parti. Elle en était certaine. La tentation était grande pour l'instant parce qu'il s'était installé chez elle, mais cela n'allait pas durer.

— Beth, tu es là ?

La voix de Laura la fit presque sursauter.

— Hein ? Oui, oui.

— Le feu est vert. Et je t'ai demandé s'il fallait doubler notre commande d'huile de massage à la canneberge pour Noël.

— Non. Excuse-moi, j'ai beaucoup de choses en tête.

— Comme ce petit sournois de Ben ?

— Entre autres, oui.

— Pour le reste, tu peux me remercier d'avoir reporté tes rendez-vous de ce matin. Nous allons pouvoir nous occuper de la livraison d'hier. Et Jack Benson te souhaite un prompt rétablissement.

— Ah, je suis malade ?

— Non, mais c'est un patient régulier, il te connaît. Il ne voit pas ce qui pourrait t'empêcher de travailler.

Lorsqu'elle fut de nouveau arrêtée par la circulation, Beth se tourna vers sa jeune employée, qui était devenue son amie. Son sourire lui faisait du bien ; elle était si pétillante, si chaleureuse.

— Tu trouves que je suis obsédée par mon travail ?

— Disons que... Oui, un petit peu.

Laura était aussi sincère qu'attachante.

— Ah.

— La dernière fois que tu as pris une journée de congé, c'était... Non, en fait, tu n'en as jamais pris une seule. Depuis quand n'es-tu pas allée t'allonger sur la plage, seulement pour profiter du soleil ? Depuis quand n'as-tu pas passé une soirée avec un homme ?

Laura avait raison. Elle ne prenait jamais de temps pour elle. Quant aux hommes...

— Je m'étonne que tu ne me l'aies jamais fait remarquer.

— Tu ne me l'as jamais demandé. Et puis, tu es passionnée par ton travail. Ce qui est drôle, c'est que tu es la dernière à mettre en pratique les conseils que tu donnes dans le salon.

— Et tu crois que j'ai besoin d'avoir un homme dans ma vie.

— Non, je crois que tu as besoin de t'amuser un peu. Avec un homme, par exemple, ajouta-t-elle avec un sourire espiègle.

Leur conversation s'arrêta au moment où Beth baissa sa vitre pour prendre un ticket de parking.

Décidément, sa vie avait pris un tour bien inattendu. Une semaine plus tôt, jamais elle n'aurait pu imaginer qu'elle se retrouverait à vivre sous le même toit que Luke De Rossi, à fuir les journalistes et à courir après un employé malhonnête.

Luke…

Il avait le mérite d'essayer de l'aider à retrouver Ben. Mais le soutien qu'il lui apportait n'était pas tout ce qui lui plaisait chez lui, loin de là ! Comme elle aurait voulu se rapprocher de lui… Seulement, elle ne pouvait pas le laisser s'immiscer dans sa vie, au risque de lui dévoiler ses secrets.

Pourquoi fallait-il qu'il représente à la fois une telle tentation, et un tel danger ?

A 9 h 30 précises, Beth pénétrait avec Laura dans le centre commercial pour rejoindre sa boutique.

— Quelle délicieuse odeur…, commenta son amie au moment où Beth ouvrait la porte.

Inspirant profondément, elle entra et tapa sur le cadran le code qui désactivait l'alarme.

— Fleur de frangipanier, lavande, citron.

— Moi, je sens déjà l'odeur du café, fit Laura d'une voix chantante, tout en faisant danser le sachet de moka qu'elle avait apporté.

— Je te laisse le préparer pendant que je range un peu la boutique.

Beth compta et installa la caisse derrière le comptoir, rangea dans un pot à crayons les quelques stylos éparpillés et redressa les piles de prospectus.

Elle aimait tant cet endroit… Ce n'était pas grand, mais elle avait réussi à optimiser l'espace sans le surcharger. Des étagères de verre, fixées à un mur, portaient les différentes lotions, crèmes et poudres qui servaient aux soins. Les sels de bain et autres gels douche mis en vente étaient exposés sur un autre meuble, non loin du comptoir. Et dans une petite alcôve, elle avait fait installer un lavabo blanc.

Chaque chose était à sa place. Enfin, elle allait pouvoir commencer une journée normale.

Alléchée par l'arôme de café, elle se tourna vers le coin cuisine qui était aménagé derrière elle.

— Tu veux un biscuit ? lui proposa Laura.

— Si tôt ?

— Il n'est jamais trop tôt pour un cookie, voyons.

Finalement, elle se laissa tenter.

— Si on jetait un œil aux nouveaux produits, tout en buvant notre café ?

— Avec plaisir ! J'attendais ces bains moussants avec impatience...

Laura servit deux tasses de son délicieux moka, et elles commencèrent à ouvrir les cartons.

A l'heure du déjeuner, Beth profita de sa pause pour faire quelques recherches sur internet. Elle voulait apprendre tout ce qu'elle pouvait sur Luke De Rossi et Gino Corelli. Puis elle téléphona à une association qui proposait une aide juridique pour demander conseil.

Forte de ce qu'elle avait appris, elle se sentit plus légère pour affronter le reste de la journée. En fin d'après-midi, elle reprit sa voiture avec Laura et la déposa chez elle avant de rentrer.

Les articles scandaleux qu'elle avait lus ne l'avaient pas surprise, elle savait que tout n'était pas à prendre pour argent comptant. En revanche, elle avait été plus étonnée de ne pas voir apparaître le nom de Luke dans les rubriques mondaines.

Au moment de s'engager dans l'allée de sa propriété, elle ne savait toujours pas si elle pouvait se fier à l'admiration qu'il lui inspirait, ou si elle devait le tenir à distance pour se protéger. En dépit de tout ce qui lui plaisait chez lui, elle se rendait compte à quel point l'ambition de Luke était exacerbée. Il était sans doute prêt à tout pour mener sa carrière comme il l'entendait, même à écraser ceux qui se dressaient en travers de son chemin. Ainsi que beaucoup d'hommes qu'elle avait rencontrés. Seulement, il avait quelque chose en plus : un charme absolument irrésistible.

Chaque fois qu'elle croyait s'être fait une opinion sur lui, il la faisait changer d'avis dans l'instant qui suivait. Elle avait au moins compris une chose : il avait beau se montrer parfois arrogant, et très agaçant, c'était un homme bien. Il aurait pu faire appel à une armée d'avocats pour lutter contre elle, mais il ne l'avait pas fait. Il aurait pu la laisser sur le tarmac et monter seul en avion. Il aurait pu l'abandonner à l'assaut brutal des journalistes, mais il avait d'abord pensé à la protéger, elle. Et il lui avait offert son aide pour retrouver l'argent volé par Ben. Son comportement était la preuve que presque tout ce qu'elle avait lu de négatif à son sujet était faux.

En fin de compte, elle s'était peut-être montrée un peu trop agressive avec lui.

A l'instant où elle ouvrit la porte de la maison, elle fut attirée par une odeur appétissante d'ail et d'oignon.

Respirant profondément pour se donner du courage, elle avança jusque dans la cuisine et regarda ce qu'il y avait dans le four.

Un plat de lasagnes.

Il n'y avait pas de vaisselle sale, l'évier et le plan de travail étaient impeccables, et... la porte du placard avait été réparée.

Un sourire aux lèvres, elle remarqua le bouquet de gerberas resplendissants qui trônait sur la table.

Aucun doute, Luke s'était bel et bien installé ici comme chez lui.

— Luke ? appela-t-elle.

Elle passa dans le salon, mais ne trouva personne.

— Il y a quelqu'un ?

Comme elle n'obtenait pas de réponse, elle alla voir à l'arrière de la maison et sortit dans le jardin. Elle marcha jusqu'à la rivière qui bordait la propriété, là où le terrain suivait une pente légère.

C'est alors qu'elle le vit, assis dans l'herbe, le visage offert au soleil. Il lui tournait le dos, mais elle remarqua que, appuyé sur les coudes, il semblait simplement profiter de la douceur du soir.

Elle s'arrêta un instant pour calmer les battements effrénés de son cœur. Toutefois, Luke dut sentir sa présence, car il se retourna.

— Tiens, bonsoir, dit-il avec un grand sourire.

— Bonsoir.

Il lui avait suffi d'entendre sa voix, de voir ses yeux brillants pour que son cœur se remette à battre la chamade.

Il se leva et avança vers elle.

— Vous avez fait la cuisine, fit-elle, troublée.

— Je vous avais promis des lasagnes.

Elle lui retourna son sourire, non sans résister de toutes ses forces à l'envie de se jeter à son cou. Debout face à elle, il venait de mettre les mains dans ses poches, si bien que le tissu tendu de son T-shirt laissait apparaître chacun de ses muscles.

— Comment s'est passée votre journée ? demanda-t-il.

— Bien.

— Pas d'appel trop contrariant ?

— Tout dépend si vous comptez ceux de la banque.

— Je peux arranger ça.

— Oh ! j'ai connu pire.

— Ils n'ont pas le droit de vous harceler. Si vous me le permettez, je peux faire en sorte qu'ils arrêtent.

Après tout, puisqu'il insistait autant...

— D'accord.

Loin de cacher sa surprise, il ouvrit grand les yeux.

— Pourquoi avez-vous tant de mal à faire confiance aux gens, *cara* ?

Elle laissa échapper un soupir. Comment éviter de répondre à sa question ? Après tout, il serait peut-être plus simple de lui dire la vérité. Au moins en partie.

— Quand j'étais petite, mon père ne cessait de tromper ma mère. Il nous a abandonnées lorsque j'avais cinq ans, pour revenir un an plus tard. Ma mère a accepté qu'il reprenne sa place à la maison, et pendant un certain temps, tout s'est bien passé. Mais alors que j'avais dix ans, il est reparti. Cette fois, ma mère a décidé de tirer un trait sur lui, et nous avons déménagé pour commencer une nouvelle vie ailleurs.

Si Luke sentait qu'elle ne lui disait pas tout, il ne le montra pas.

— Et tout ce qui vous arrive en ce moment, à cause de moi, et de votre employé... Cela ne vous aide pas beaucoup, je me trompe ?

— Vous ne vous trompez pas.

Durant plusieurs secondes, il la contempla avec une douceur qui l'émut profondément. Il aurait pu l'interroger davantage, mais au lieu de cela, il lui parla spontanément de lui.

— J'avais six ans lorsque mes parents ont quitté l'Italie pour venir s'installer en Australie. Toute leur vie, ils ont dû se battre pour subsister. Nous habitions dans une petite ville de campagne, et ils faisaient leur possible pour gagner leur vie grâce à leur magasin de fruits et légumes. Seulement, entre les cyclones, les sécheresses et les inondations, nous étions souvent privés d'eau et d'électricité. Et leur commerce subissait la concurrence redoutable des hypermarchés qui se développaient dans la région. C'était... Ce n'était pas facile, reprit-il après une hésitation. Et après leur mort, je me suis mis à leur en vouloir pour tout cela.

— Pourquoi ?

— Parce qu'ils ne m'avaient jamais parlé du frère de ma mère, Gino. Apparemment, lorsqu'ils sont arrivés, il leur a proposé de l'argent, une maison et un travail pour les aider à démarrer. Mais ils ont refusé. Ils étaient très fiers, mais aussi très croyants ; pour eux, jouer de l'argent était un péché. Ce n'est qu'à leur mort, que Gino et Rosa sont entrés dans ma vie.

En voyant la peine qui troublait son regard, Beth voulut s'approcher de lui, le prendre dans ses bras pour le réconforter. Elle sentit même qu'elle faisait malgré elle un pas vers Luke, mais il se tourna brusquement vers la maison.

— Je vais aller vérifier où en est la cuisson, dit-il d'un trait, comme pour masquer son émotion. Vous venez ?

— Oui.

Il avait certainement compris ce qu'elle avait été sur le point de faire, et il l'en avait empêchée. C'était lui, à présent, qui évitait tout contact avec elle.

Dans un silence gêné, elle le suivit à l'intérieur.

Assise à table avec Luke, Beth se sentait plus mal à l'aise que jamais. Il se montrait si renfermé, qu'elle avait le sentiment qu'il regrettait de s'être confié à elle un peu plus tôt.

C'était depuis ce baiser, que l'ambiance s'était tendue entre eux. Après avoir partagé une étreinte brûlante et passionnée, ils en étaient maintenant arrivés à faire preuve d'une froideur extrême l'un envers l'autre. Et Beth avait beau essayer de se persuader que c'était mieux ainsi, elle ne pouvait s'empêcher d'être infiniment déçue, et frustrée.

Il lui semblait en tout cas plus simple de ne pas le regarder, compte tenu de l'atmosphère de gêne qui régnait. Avec soulagement, elle avala sa dernière bouchée de lasagnes et se leva, suivie aussitôt par Luke.

— Je vais ranger, proposa-t-il.

— Non, ce n'est pas la peine.

— Si, j'insiste.

— D'accord, vous pouvez mettre les assiettes dans le lave-vaisselle.

Ils débarrassèrent la table en silence, jusqu'au moment où, en voulant saisir une assiette en même temps, ils se touchèrent la main.

Beth leva brusquement les yeux vers lui. Ses pupilles brillaient d'une lueur enflammée.

Prise de court, elle resta figée, ne sachant si elle devait détourner le regard, reculer, ôter sa main… Elle ne voulait pas lui révéler à quel point elle était nerveuse, mais si elle ne réagissait pas, il risquait de croire que ce contact ne la dérangeait pas. Ce qui, du reste, correspondait en tout point à la vérité.

— Pardon, marmonna-t-elle en lâchant le rebord de l'assiette.

Pendant qu'il finissait de ranger, elle s'occupa en préparant du café. A quoi bon nier l'effet que Luke avait sur elle ? Elle ne pouvait pas oublier ce baiser, et elle ne rêvait que de l'embrasser de nouveau.

Et d'aller bien plus loin encore.

— J'ai appelé Rosa, dit-il soudain. J'irai la voir dimanche.

— Tout seul ?

Comme il acquiesçait d'un signe de tête, elle s'empressa de protester.

— Non, non. Vous n'allez pas me laisser à l'écart.

— Beth…

— Non, Luke.

— C'est une affaire privée, insista-t-il, presque avec colère. Cela ne concerne que moi. D'accord ?

— Et que faites-vous de notre décision de partager nos informations ?

Elle se sentit rougir sous les feux de son regard, mais tint bon. Elle n'allait certainement pas le laisser gagner.

— Vous vous trompez, ajouta-t-elle. Cela nous concerne tous les deux.

— Je ne veux pas que vous soyez mêlée à nos conflits familiaux.

— Il est un peu tard pour l'éviter. De toute façon, je ne vois pas comment vous pourriez m'empêcher de venir.

Il la fusilla du regard, mais elle refusa de flancher. Les yeux rivés aux siens, elle se rendit bientôt compte qu'il n'était pas seulement furieux. Il y avait aussi une pointe de tristesse dans son expression… Ou plutôt, de la culpabilité.

Un sentiment qu'elle ne connaissait que trop bien.

— Je suis plus fort que vous, gronda-t-il.

— Mais je sais donner des coups de pied.

— Vous ne feriez pas ça.

— Oh ! si.

Ils restèrent un moment face à face, à se dévisager comme deux boxeurs avant un combat. Mais tout à coup, le rire éclatant de Luke rompit le silence. Toute trace de tension disparut alors de son visage, et ce fut comme si quelqu'un avait ôté la chape de plomb qui les recouvrait depuis qu'ils étaient rentrés.

Beth ne put que rire à son tour. Et lorsqu'elle se rendit compte à quel point ils étaient près l'un de l'autre, il était trop tard pour qu'elle ignore le regard brûlant de Luke et sa bouche infiniment sensuelle.

Incapable de résister plus longtemps, elle posa doucement la main sur sa joue.

— Beth, murmura-t-il.

Loin de se dérober, il la dévorait maintenant des yeux, l'invitant à aller aussi loin qu'elle le voulait.

Comme elle avait envie de sentir sous ses doigts les contours de son visage, de sa bouche… De l'embrasser…

Faisant disparaître l'espace qui les séparait encore, elle se plaqua contre lui et sentit son corps se tendre aussitôt. Il respira plus fort.

— Que fais-tu ? murmura-t-il d'une voix rauque.

— Je vais t'embrasser.

— Tu es consciente des conséquences que cela peut avoir, au moins ?

— Non.

Déjà, leurs lèvres se frôlaient, mais Luke n'attendit pas plus longtemps. Avec douceur et ardeur mêlées, il prit possession de sa bouche.

A l'instant où Luke sentit les lèvres de Beth contre les siennes, il fut assailli par la même vague brûlante que la première fois qu'il l'avait embrassée. D'autant qu'elle lui rendait son baiser avec passion, tout en nouant ses bras autour de lui.

Elle le serrait avec tant de force qu'il recula jusqu'à ce que son dos heurte le bar. Il sentait ses mains chaudes et délicates dans ses cheveux, dans son cou, et sa poitrine pressée contre son torse. Leurs jambes s'entremêlèrent, et la pression de sa cuisse contre la sienne ne fit qu'accroître son excitation.

Tout en laissant glisser ses mains le long de son dos, il se mit à la dévorer de mille baisers. Le goût de sa bouche et de sa peau lui faisait l'effet d'une drogue, tout comme les gémissements de plaisir qui s'échappaient de ses lèvres sublimes.

— Tu sens tellement bon..., lui murmura-t-il à l'oreille.

Encouragé par ses frissons de plaisir, il l'embrassa encore et encore, avant d'explorer chaque recoin de son cou du bout de la langue. Puis il posa les doigts sur le tissu fin de sa jupe et la fit lentement remonter.

Enfin, il put toucher sa peau nue... Fou de désir, il effleura l'intérieur de sa cuisse, plus doux et plus chaud qu'il ne l'avait imaginé. Alors elle se cambra, comme pour mieux s'abandonner à la caresse de ses doigts.

Et il ne demandait qu'à la satisfaire.

Il remonta doucement la main et sentit bientôt le satin de sa petite culotte. Avec un soupir, elle bougea encore et écarta légèrement les jambes, lui offrant tout le loisir de continuer ce qu'il avait commencé. Il glissa alors les doigts sous le petit élastique, et trouva l'endroit le plus intime et le plus brûlant de son corps.

En la voyant tout à coup suffoquer, il cessa son geste et plongea les yeux dans les siens. Il voyait des flammes dans ses prunelles, et sentait son cœur battre contre le sien. De toute évidence, le désir les consumait tout autant l'un que l'autre.

— Tu veux que je continue ? lui demanda-t-il quand même.

— Oh ! oui...

Sans attendre plus longtemps, il la débarrassa de sa petite culotte, releva plus haut sa jupe et plaça les mains sous ses fesses pour la hisser sur le bar. Puis il remit la main contre son sexe humide et chaud, et fit entrer son doigt à l'intérieur.

Que c'était bon... Il se sentait plus excité que jamais, mais ce qu'il voulait avant tout, c'était lui donner du plaisir. Elle tremblait de tous ses membres, et la voir si proche de l'extase lui donnait toute la satisfaction dont il avait besoin. Il se retira lentement, puis revint en elle, savourant chacun des gémissements qu'elle laissait échapper.

Elle renversa la tête en arrière en soupirant, mais il la retint à l'aide de sa main libre et l'attira vers lui pour l'embrasser avec une ardeur qui ne lui cachait rien du désir qu'elle faisait brûler en lui. Elle lui répondit en glissant les mains sous son T-shirt pour caresser son dos nu. Il sentait ses doigts s'enfoncer dans sa peau, dans ses muscles. Son corps se tendait de plus en plus.

Finalement, elle s'agrippa à lui de toutes ses forces, et ses gémissements se firent plus forts, plus rapprochés... Jusqu'au moment où il la sentit s'abandonner au plaisir extrême.

Lorsque l'extase prit possession de son corps, Beth perdit tout contrôle de ses mouvements, mais aussi de son esprit. Elle ne pensait plus à rien, si ce n'est au plaisir que lui donnait Luke. C'était comme s'il n'y avait plus que lui et elle, seuls au monde. Jamais elle n'avait éprouvé une telle émotion.

Tandis que les battements de son cœur se calmaient peu à peu, elle se laissa flotter un moment, hors du temps. Mais une fois que l'effet de la jouissance se fut dissipé, elle eut soudain l'impression de retomber sur terre, non sans brutalité.

Que venait-elle de faire ? songea-t-elle, terrifiée.

— Beth.

En entendant la voix grave et rauque de Luke, elle oublia un instant ses doutes et frissonna de plaisir. Avec douceur, il posa son front contre le sien.

— Beth, regarde-moi.

Elle ouvrit les yeux à contrecœur.

— Je...

Mais elle était trop bouleversée pour parler, c'était comme si le souffle lui manquait.

Cherchant à recouvrer ses esprits, elle descendit du bar sur lequel il l'avait assise et remit ses vêtements en place.

— Je crois que c'était une mauvaise idée. Nous avons tous les deux subi beaucoup de pression, et...

Elle s'interrompit en sentant ses mains douces et puissantes sur ses épaules, mais ne parvint pas à lever les yeux vers lui. Il plaça alors la main sous son menton et lui releva doucement la tête, avant de lui déposer un baiser sur la joue.

Elle s'écarta brusquement.

— Luke, se força-t-elle à articuler. Ce qu'il vient de se passer n'était qu'un...

Mais elle avait les joues en feu, son corps ne faisait que trahir le trouble qui l'envahissait.

— Ce n'était que...

— Une simple réaction physique au stress, acheva-t-il.

— Exactement, approuva-t-elle, surprise qu'il ait deviné ses pensées.

Seulement, elle ne pourrait plus revenir en arrière. Il l'avait connue dans l'intimité, et elle aurait beau se montrer aussi distante que possible, elle ne pourrait plus rien changer à cela.

— Donc, nous allons nous concentrer sur ce qui nous préoccupe, reprit-il.

Puis il se retourna et se mit à ranger les sets de table. En le regardant, elle ne put retenir un soupir, mais elle n'aurait su dire s'il traduisait son soulagement ou sa déception.

— D'accord ? insista-t-il en la dévisageant.

— D'accord.

Rien n'avait changé. Il voulait toujours vendre la maison, et elle n'avait toujours pas les moyens de l'acheter.

Se concentrer...

Comment allait-elle au juste pouvoir se concentrer, après les sensations délicieuses que Luke venait de lui procurer ?

9

Le lendemain matin, Beth avait pris une décision. Elle devait éviter Luke autant que possible. Elle savait maintenant que le risque de succomber était trop important, et que sa faiblesse pouvait bien la mener au désastre.

Forte de cette nouvelle résolution, elle se plongea dans le travail durant toute la journée, presque sans penser à sa soirée de la veille. Mais lorsqu'elle rentra chez elle le soir, elle fut tout de même surprise en voyant qu'un plat l'attendait dans le four, et que Luke avait déjà pris sa part.

Manifestement, il en était arrivé à la même conclusion qu'elle.

Elle n'était pas déçue, certainement pas. C'eût été ridicule. Et lorsqu'elle le croisa un peu plus tard dans la soirée, elle n'eut aucun mal à le remercier pour le repas, et ce avec le plus grand naturel. Il lui répondit d'un simple signe de tête, et regagna sa chambre sans un mot.

Du reste, c'était très bien ainsi. Les choses se passaient exactement comme elle l'avait voulu.

Et pourtant...

Ils avaient beau se trouver chacun dans une pièce, elle sentait sa présence tout près d'elle. Son parfum l'enveloppait, son regard de feu la dévorait.

Jusqu'à la fin de la semaine, les jours se succédèrent sans que l'atmosphère ne change le moins du monde. Mais chaque fois qu'elle rentrait et trouvait le dîner prêt et la cuisine rangée, son cœur se serrait dans sa poitrine. La distance qui s'était installée entre eux la mettait mal à l'aise, elle aurait voulu qu'il se passe quelque chose. N'importe quoi, pourvu qu'ils puissent de nouveau se parler.

Finalement, le dimanche soir arriva, et ils montèrent tous les deux dans la voiture de Beth pour se rendre chez les Corelli.

— J'ai eu Dylan au téléphone, dit Luke, rompant enfin le silence. Apparemment, Foster a pris l'avion pour se rendre à Melbourne.

— Il y est toujours ?

— C'est ce qu'il reste à vérifier.

Pouvait-elle avoir le moindre espoir de récupérer l'argent pour le rendre à la banque ? Elle n'osait plus y croire.

S'efforçant de se concentrer sur la route, elle changea de vitesse et effleura au passage la cuisse de Luke. Une chose était sûre : sa petite voiture ne l'aidait pas à garder ses distances avec lui. Et à mesure que les minutes passaient, elle retrouvait le trouble qu'elle était parvenue à nier ces derniers jours.

Ils venaient de prendre un virage, lorsque Luke lui montra la fourgonnette d'une chaîne de télévision garée à quelques mètres devant eux.

— Des journalistes. Tourne à gauche au carrefour.

Elle fit ce qu'il lui demandait, et s'engagea sur une route bordée de grandes et belles maisons.

— C'est ici, indiqua-t-il au bout de quelques minutes.

Elle se gara sur le côté et éteignit les phares. En ce début de soirée, le quartier, résidentiel et calme, était éclairé par des réverbères qui faisaient apparaître un long mur de briques rouges. Des arbres feuillus le longeaient, et le sifflement du vent dans leurs branches avait quelque chose de menaçant. Beth leva les yeux vers le ciel et distingua de gros nuages noirs qui voyageaient à vive allure.

Un orage se préparait.

— Ce mur délimite le bout de la propriété, lui expliqua Luke. Nous pouvons entrer par là, ajouta-t-il en lui montrant l'un des arbres, mais il faudra grimper. Ça ira ?

Par chance, elle portait un pantalon et une chemise, ce qui ne la gênerait pas pour faire des acrobaties.

Elle acquiesça, et ils avancèrent dans l'herbe qui couvrait le bas-côté. Le sol était irrégulier, et dans l'obscurité, elle se prit les pieds dans un petit trou. Comme par réflexe, Luke lui saisit la main pour l'empêcher de tomber, mais dès qu'elle se fut redressée, il la lâcha et commença à escalader l'arbre.

— Tu es sûr que c'est assez solide ? l'interrogea-t-elle, sceptique.

— A ton avis, qui a aménagé ces marches sur le tronc ? Je m'étonne d'ailleurs que Marco n'ait pas encore fait abattre cet arbre. Ou au moins, qu'il n'ait pas fait en sorte qu'on ne puisse plus y monter aussi facilement.

Il lui tendit la main pour l'encourager à le suivre.

Et il lui parut si naturel de lui faire confiance...

Ils grimpèrent pour atteindre une épaisse branche qui surplombait le mur. Luke posa un pied sur les briques, puis se tourna vers elle.

— Viens, tu peux me suivre.

Le cœur battant, elle tendit la jambe au-dessus du vide pour le rejoindre sur le mur. Dès qu'elle posa le pied près de Luke, il lui saisit la main et l'attira contre lui pour l'aider à trouver son équilibre.

— Tout va bien ? lui demanda-t-il.

Mais ce n'était plus à cause de la peur, qu'elle avait du mal à respirer. Lovée dans ses bras, elle ne pouvait ignorer la chaleur de son corps, ni l'odeur envoûtante qui émanait de lui.

— Je vais descendre en premier, ensuite tu sauteras, et je te rattraperai.

En regardant en bas, elle découvrit un vaste terrain éclairé çà et là par des projecteurs. Et le sol lui paraissait extrêmement loin de l'endroit où elle se trouvait !

— Je suis curieuse de voir comment tu vas t'y prendre, commenta-t-elle avec un rire nerveux.

— Regarde bien, tu devras le faire aussi.

Mais comme il disait ces mots, un homme apparut dans un faisceau de lumière. Il était accompagné de deux vigiles.

Luke ne montra pas le moindre étonnement.

— Marco, si tu étais sympa, tu nous donnerais un coup de main.

— Je ne crois pas, railla l'homme en enfonçant les mains dans ses poches. Montre-moi plutôt comment tu t'en sors.

Avec un air renfrogné, Luke se tourna vers Beth.

— Attends une minute, je vais descendre.

Elle le vit se baisser, et laisser glisser ses jambes le long du mur. Il tâtonna un moment du bout des pieds avant de trouver un trou qui lui servit de marche. Puis, utilisant les prises qui se présentaient à lui, il descendit le long du mur avant de sauter pour atteindre le sol.

Il leva alors les yeux vers elle et lui adressa un grand sourire.

— Tu peux sauter, je t'attends, dit-il en tendant les bras dans sa direction.

— Tu ne vas pas y arriver.

— Mais si, voyons, insista-t-il avec impatience.

— Allez, venez, gronda Marco. Nous n'avons pas toute la nuit.

— Bien, dit-elle en soupirant. Je vous aurai prévenus.

Elle prit une profonde inspiration, ferma les yeux, et sauta.

Par miracle, elle atterrit bel et bien dans les bras de Luke, qui chancela lorsqu'elle se suspendit à son cou. Dans un cri poussé à l'unisson, ils s'écroulèrent dans l'herbe, l'un sur l'autre.

— Bravo, Luke ! s'exclama Marco en applaudissant. Quelle prise !

Cramponnée à ses épaules, Beth gardait les paupières résolument baissées.

— Tu peux ouvrir les yeux, chuchota Luke à son oreille.

— Merci, dit-elle en regardant enfin où elle se trouvait.

— Tu as un problème avec la porte d'entrée ? s'amusa Marco pendant qu'ils se relevaient.

— Non. Mais avec les journalistes, oui.

Sans se tourner vers son cousin, il marcha en direction de la maison.

Marco demanda aux deux vigiles de retourner à leur poste de surveillance avant de lui emboîter le pas.

— Ah, toi aussi, maintenant, tu es poursuivi par la presse,

commenta-t-il sur un ton amer. Comme ça, au moins, tu vois ce que ça fait.

Comme Luke ne répondait pas, Marco se tourna vers Beth et se mit à la scruter avec attention. Il avait la même stature et les mêmes yeux que Luke. Mais la ressemblance entre eux n'allait pas plus loin. Marco Corelli était aussi un très bel homme, mais il avait les cheveux longs, et des traits plus marqués que ceux de Luke.

— Votre visage ne m'est pas inconnu, dit-elle. Nous sommes-nous déjà rencontrés ?

— Je suis certain que je m'en souviendrais, *bella*, répondit-il avec un sourire charmeur.

Comme Luke se retournait pour le fusiller du regard, Marco se mit à rire.

— Eh, calme-toi, cousin. Je plaisantais.

Il tendit la main à Beth.

— Je m'appelle Marco Corelli. Et vous êtes ?

— Beth Jones.

— Marco est footballeur, il joue à Manchester United, précisa Luke.

— *Jouait*, corrigea-t-il. J'ai arrêté.

— Depuis quand ? demanda Luke, l'air étonné.

— Un mois. Trop de mauvaises blessures.

Avec un haussement d'épaules, il se tourna et reprit sa marche.

— Mais ce n'est pas là que je vous ai vu, insista-t-elle, tout en fouillant ses souvenirs. Etes-vous passé à la télévision, ou...

— Les slips ! s'exclama Luke dans un éclat de rire.

— Pardon ?

— Marco est l'effigie de la marque Skins. Tu sais, les sous-vêtements de luxe pour homme.

Mais oui, c'était bien dans une publicité qu'elle l'avait vu ! Et pour cause, se dit-elle en observant avec amusement le regard noir qu'il lançait à Luke. Il avait un véritable physique de mannequin.

— Alors, dit Marco avec un air inquisiteur. Comment vous êtes-vous rencontrés, tous les deux ?

— Ça ne te regarde pas.

— Ah, toujours aussi secret... Surtout lorsqu'il s'agit des femmes. Depuis Gabrielle...

— Non, l'interrompit Luke d'une voix sévère. Tais-toi.

Dans un silence lourd de tension, ils échangèrent un regard accusateur avant de se remettre à marcher.

— Comment va Rosa ? demanda Luke après un moment.

— Mieux. C'est sûr, tu ne risques pas de le savoir. Cela fait des jours que tu l'évites.

Ils marchaient légèrement devant elle, si bien qu'elle n'entendit pas la réponse que Luke marmonna.

En approchant de la maison, Beth découvrit une demeure de trois étages, dont la terrasse était entourée de hauts piliers blancs et éclairée par de puissants projecteurs.

Dans le jardin qui entourait la maison, elle distingua des parterres de fleurs resplendissants et des arbustes parfaitement taillés. Au croisement entre deux allées trônait une fontaine, au-dessus de laquelle s'élevait le majestueux perron qui menait à la porte d'entrée. Même si ce lieu respirait la richesse, il n'y avait rien ici d'excessif ou de démonstratif. Tout avait été conçu avec goût et élégance.

La voix de Luke la tira tout à coup de ses pensées.

— Ce n'est pas moi qui ai commencé, disait-il pour se défendre.

— Mais tu pourrais y mettre un terme, lui répondit Marco.

— Non, je ne peux pas. Je te rappelle que j'ai dû quitter mon poste pour quelque temps.

— Voyons, Luke, tu as encore été nommé employé du mois chez Jackson et Blair. Tu veux me faire croire qu'il a suffi de quelques jours pour que tu perdes toute ton influence ?

— Si j'intervenais, je ne ferais qu'aggraver les choses.

— Je ne vois pas comment cela pourrait être pire. Gino est mort, bon sang ! Il ne peut plus se défendre lui-même, et toi, tu refuses d'agir.

— J'ai dû quitter mon poste ! répéta-t-il en articulant.

— Ça ne t'a pas empêché de te débrouiller pour voir Gino, le soir de sa mort. Eh oui, ajouta-t-il en réponse au regard interloqué de Luke. Oui, je suis au courant.

— Comment le sais-tu ? l'interrogea Luke après un silence.

— Les employés parlent. Et tu ne peux pas le nier, tu étais là quand les secours sont arrivés.

— Et alors ?

— Alors j'en suis arrivé à croire que...

— Marco...

— Je me suis demandé pourquoi, cette nuit-là justement, tu avais finalement pris le risque de salir ta réputation.

— Je ne comprends pas de quoi tu me parles.

— Ah non ? le défia-t-il. C'est ce jour-là que les journaux ont commencé à parler de ses problèmes avec la justice. Tu es allé le voir pour lui faire des reproches, c'est bien ça ? Je sais que tu étais furieux. Tu n'as jamais su dissimuler ta colère. Ce que je crois, c'est que vous vous êtes disputés, Gino et toi, et que c'est là qu'il a fait une crise cardiaque. Mais tu as pu te cacher derrière ta bonne réputation.

— Marco ! Lucio ! Ça suffit !

Ils se tournèrent tous les trois d'un même mouvement, et Beth aperçut sur le perron la silhouette d'une femme au visage rond. Lorsqu'elle avança dans la lumière, Beth ne put retenir un cri de stupeur.

— Connie ?

— Beth ? s'étonna-t-elle en retour.

— Vous vous connaissez ? demanda Luke, l'air sidéré.

— Oui, confirma Beth, non moins étonnée. Je connais Connie Lisone, c'est l'une de mes patientes.

10

— Comment ?

Ebahi, Luke regardait à tour de rôle Beth et sa tante.

— Beth, mais que faites-vous ici ? questionna Rosa, sans cacher son ahurissement.

— Mais que se passe-t-il ? demanda Marco.

— Je ne comprends pas..., commença Beth. Connie ? Ou plutôt... Rosa, c'est bien cela ?

Rosa ouvrit de grands yeux, puis se figea.

— La maison, articula-t-elle d'une voix blanche. *Caro Dio*, la maison !

— Est-ce que quelqu'un peut me dire ce qu'il se passe ? répéta Marco avec agacement.

— Allez-y, renchérit Luke. Expliquez-nous.

Rosa leur fit signe de la rejoindre et les invita à entrer.

— Venez, nous allons parler à l'intérieur.

En passant au milieu des meubles luxueux et des toiles de maître, Luke sentit la colère redoubler en lui. Que lui avait-on encore caché, à la fin ?

— Asseyez-vous, je vous en prie, leur enjoignit Rosa quand ils furent dans le salon.

Préférant rester debout, il regarda Beth s'installer dans un fauteuil ancien.

— Lucio, arrête de me regarder comme cela et assieds-toi.

Finalement, il s'exécuta. Sa tante paraissait légèrement nerveuse.

— Vous savez tous que le nom de Corelli ne manque jamais d'attirer l'attention. C'est la raison pour laquelle, depuis quelques années, j'utilise souvent un nom d'emprunt pour mes rendez-vous et mes réservations. Cela me permet de garder une certaine liberté, dont je serais privée sinon.

— Et comment connais-tu Beth ? Tu fréquentes son salon de massage ?

— Ah, *bella*, fit Rosa avec un soupir. Vous vous souvenez du jour où vous avez ouvert votre institut ? Vous m'aviez parlé de l'appartement sordide dans lequel vous habitiez.

D'un signe de tête, Beth confirma son récit.

— Vous ne vous confiiez pas beaucoup, mais je voyais bien que vous aviez traversé des choses difficiles. Je le lisais dans vos yeux, ajouta-t-elle en la regardant avec affection.

— Alors tu as installé Beth dans un nouveau logement ? intervint Luke.

— Non. Je lui ai suggéré de s'adresser à l'agence Crown Real Estate. Il y avait des années que cette maison était vide, et elle avait grand besoin de soin et d'attention.

Elle se tourna vers Beth.

— Il me suffisait de vous mettre sur la bonne piste pour que vous puissiez déménager, ajouta-t-elle.

— Donc votre histoire de propriétaires vivant à l'étranger était un mensonge ? demanda Beth, l'air surpris.

— Un petit mensonge, oui.

Luke hocha lentement la tête.

— Si je comprends bien, Rosa, tu t'es fait passer pour une amie des propriétaires. Et le propriétaire, la société Costas Holding, appartient à Gino, c'est ça ?

— Oui, reconnut-elle, avant de se tourner de nouveau vers Beth. Vous aviez besoin d'aide, mais vous étiez si fière, si déterminée... Vous n'auriez jamais accepté un geste de charité de ma part.

Comme Beth s'apprêtait à protester, Rosa l'arrêta d'un geste :

— Si, insista-t-elle, c'est comme cela que vous auriez considéré ma proposition. Et je savais aussi que, si vous connaissiez ma véritable identité, vous ne voudriez pas de cette maison. Vous me rappeliez tant la mère de Lucio, poursuivit-elle avec un sourire ému. Seule et sans défense dans ce monde brutal… Vous aviez besoin d'un petit coup de pouce.

Luke fronça les sourcils.

— Attends un peu, comment sais-tu ce dont ma mère avait besoin ?

— Chaque mois, je faisais deux heures de route pour aller voir Melina et lui donner de quoi finir de payer ses factures. Ton père ne l'a jamais su.

Voilà, songea-t-il avec dépit. Encore des mensonges, encore des secrets. Quand cela allait-il s'arrêter ?

— Mais tu n'as pas jugé bon de me parler de la maison, dit-il avec froideur. Au lieu de cela, tu nous as laissés croire, Beth et moi, que nous étions au cœur d'une sorte de conspiration.

— Luke, tu es vraiment gonflé.

Il se retourna brusquement vers Marco pour répondre à son attaque. De quoi son cousin allait-il encore l'accuser ?

— C'est toi qui as ignoré nos appels, poursuivit celui-ci avec colère. Puis un conseiller de Gino nous a recommandé de nous faire discrets pendant quelques semaines. Mais ça, bien sûr, tu n'y as pas pensé une seule minute. Tu ne pensais qu'à te…

— S'il vous plaît, les garçons, l'interrompit Rosa avec lassitude. Cessez de vous disputer.

Incapable de rester calme, Luke se leva et commença à faire les cent pas dans le salon.

— Lucio, reprit Rosa en le regardant tristement. Je sais que tu es furieux contre moi.

Si seulement cela avait été aussi simple… Mais Marco avait raison. En réalité, il était rongé par la culpabilité.

Quand il trouva le courage de faire face à sa tante, il fut bouleversé par la peine qui se mêlait à l'affection dans son regard.

Rosa avait tout fait pour se comporter comme une mère pour lui, mais il n'avait cessé de la repousser. Il avait trop rarement accueilli ses gestes de tendresse. Quelle ingratitude il lui avait montrée, à elle qui s'était efforcée d'apaiser ses conflits avec Marco, et qui l'avait toujours encouragé dans ses études.

Elle dont la loyauté n'avait pas failli, lorsque la presse était venue lui réclamer une déclaration.

Il savait parfaitement qu'elle ne ferait jamais rien pour le blesser. Pas volontairement, du moins.

— Rosa, tu sais le mal que je me suis donné pour en arriver là, dit-il en se laissant retomber sur le canapé. Pour être toujours à la hauteur, pour ne pas être atteint par les rumeurs qui touchaient Gino. Alors pourquoi m'a-t-il entraîné là-dedans ?

— Lucio, Gino n'a jamais voulu te mettre dans l'embarras, lui assura-t-elle avec douceur. Il s'est passé tant de choses, ces derniers temps, que j'avais complètement oublié cette histoire de location et d'héritage. Mais il avait prévu depuis toujours de te léguer cette maison. C'est celle qu'il avait voulu offrir à tes parents quand ils sont arrivés en Australie, et que ton père a refusée.

Visiblement, ce souvenir la faisait encore souffrir. Elle n'avait pas dû comprendre que sa propre famille refuse son aide. Et maintenant, voilà que lui, son neveu, lui demandait des comptes, alors qu'elle venait tout juste de perdre son mari.

Il se sentit honteux tout à coup, mais aucun mot ne pouvait exprimer son émotion.

— Je suis sincèrement désolée de ne pas vous en avoir parlé plus tôt, confia Rosa à Beth. Vous avez dû avoir si peur d'être chassée de chez vous. Je ne voulais pas vous blesser. Vous le savez, n'est-ce pas ?

A la manière dont Beth regardait Rosa à présent, Luke comprit qu'elles avaient partagé bien plus que des rapports professionnels. Le regard qu'elles échangeaient était celui de deux amies.

— Vous m'avez souvent apporté un très grand réconfort, *bella*, reprit sa tante. Vous avez de l'esprit, vous avez du cœur, vous méritez que quelqu'un s'occupe de vous.

— Mais vous m'avez menti, Rosa.

— Et que vouliez-vous que je fasse, au juste ? Que je vous regarde vous battre toute seule sans rien faire pour vous soutenir ? Certainement pas ! Vous n'auriez jamais accepté d'argent de ma part, alors j'ai fait la seule chose que je pouvais faire.

— Mais pendant tout ce temps, vous ne m'avez rien dit. Pourquoi ?

— Je voulais le faire, mais je sais que vous n'aimez pas le mensonge ; j'ai eu peur de votre réaction.

Rosa avait l'air de s'en vouloir, et Beth dut le sentir elle aussi, car elle n'insista pas plus longtemps. Tout comme Luke, elle devait se demander quelle issue cette histoire pourrait bien trouver.

D'un même mouvement, elles se tournèrent toutes les deux vers lui.

— Lucio, lui dit Rosa, je sais que Gino avait ses défauts, et que vous avez toujours eu du mal à vous entendre. Mais il était très fier de toi. Tout autant que moi.

— Rosa..., murmura-t-il en voyant une larme apparaître au coin de son œil.

— Non, l'interrompit-elle. Ton oncle était un homme fier, et ces accusations lui ont fait beaucoup de mal, mais il comprenait les responsabilités que tu avais. Il t'aimait tant.

Elle se pencha vers lui et lui prit la main en lui adressant le plus doux des sourires. Puis elle sortit de sa poche une petite clé qu'elle lui tendit.

— Il a laissé quelque chose pour toi dans le tiroir de son bureau. Tu devrais aller voir.

Luke referma la porte du bureau derrière lui et scruta la pièce avec attention. Rien n'avait changé de place, ni la table en chêne massif, ni les livres rangés sur les étagères. Une légère odeur de cigare cubain et de brandy flottait encore dans l'air. Il n'eût pas été surpris de voir Gino en train de fumer, assis dans son fauteuil en cuir. Mais le silence cruel lui rappela que son oncle ne reviendrait jamais.

Le cœur serré, il inséra la clé dans la serrure du tiroir et l'ouvrit.

A l'intérieur, il trouva une grande enveloppe blanche sur laquelle était inscrit son nom. Elle contenait un DVD.

Il alla jusqu'au lecteur placé en face du bureau et mit le disque à l'intérieur avant d'aller s'asseoir sur le siège de Gino. Devant lui, sur la table, étaient disposés un buvard en cuir et un stylo à plume en argent. Machinalement, Luke prit le stylo entre ses doigts et le regarda longuement, jusqu'au moment où il sentit un sourire se dessiner sur ses lèvres. Cet endroit lui rappelait tant de souvenirs...

Il se rendit soudain compte que le bureau que Gino avait aménagé à L'Aphrodite était en tout point semblable à celui-ci. Il possédait le même mobilier, les mêmes accessoires, la même odeur. Tout ici l'obligeait à se souvenir de ce fameux soir, celui qu'il essayait désespérément de chasser de sa mémoire. Résigné, il renonça à lutter.

Plus tôt dans la journée, son comité de direction lui avait fait part de son mécontentement. Luke, fou de rage envers son oncle, avait ignoré les recommandations de ses supérieurs qui lui avaient conseillé de garder ses distances avec lui. Comme un ouragan, il avait fait intrusion dans le casino et avait foncé tout droit dans le bureau de Gino pour lui dire tout ce qu'il avait sur le cœur. Même les agents de sécurité s'étaient écartés sur son passage, considérant sans doute qu'ils n'avaient pas à se mêler des histoires de famille de leur patron.

Au moment d'entrer dans le bureau, Luke avait senti la colère bouillir en lui. Il n'avait rien fait pour retenir le flot d'accusations qui s'étaient échappées de sa bouche, plus cruelles les unes que les autres. Mais Gino, loin de se laisser insulter, s'était levé d'un bond.

— Bon sang, Gino, est-ce que c'est vrai ? avait crié Luke. Tu utilises le casino pour blanchir de l'argent ?

— Non ! avait-il répondu, rouge de colère. Si quelqu'un doit savoir que c'est faux, c'est bien toi !

— Ah, tu crois ? J'ai pourtant entendu dire que le procureur général avait la preuve formelle sur son bureau, et qu'il était sur le point d'entamer des poursuites contre toi.

— Je connais la loi, Lucio.

— Apparemment, pas assez bien !

— Je ne vais pas rester planté là, à t'écouter m'accuser d'avoir enfreint la loi ! s'était-il écrié, le souffle court. Il n'en est pas question !

— Si tu veux tout savoir, je me moque bien que tes machines soient truquées ou que tu maquilles tes comptes. Ce qui me met hors de moi, c'est que tout ça me retombe dessus !

S'appuyant des deux mains sur le bureau de son oncle, il l'avait menacé du regard.

— Je ne laisserai personne nuire à ma carrière.

Chaque fois qu'il revivait mentalement la scène, Luke s'apercevait qu'il ne pouvait oublier un seul mot, ni un seul geste.

Ils s'étaient affrontés avec une violence verbale qui avait dépassé celle de toutes leurs disputes passées. Jusqu'au moment où, le visage écarlate, Gino avait porté les mains à sa poitrine, avant de s'effondrer.

D'après ce que les médecins avaient dit à Luke, rien n'aurait pu sauver son oncle. Même s'il avait fait cette crise cardiaque au cœur du service des urgences de l'hôpital. Mais comment Luke aurait-il pu ne pas se sentir responsable ?

En vain, les médecins avaient essayé de ranimer Gino. Mais Luke avait dû se rendre à l'évidence : son oncle était déjà mort à l'instant où il était tombé au sol.

Son sentiment de culpabilité l'avait contraint à se tenir à l'écart de Rosa durant les jours qui avaient précédé l'enterrement. Il s'était tout de même rendu à la cérémonie, qui avait été une véritable torture pour lui. Il avait fallu renvoyer les quelques journalistes qui avaient réussi à se glisser au milieu des proches de Gino, et Marco était entré dans une colère folle. Rosa, les yeux rouges de chagrin, l'avait fixé avec un tel chagrin, une telle incompréhension face à son absence, qu'il avait eu envie de disparaître sous terre.

Marco n'avait pas hésité à lui dire tout ce qu'il avait eu sur le cœur, et Luke ne l'en avait pas empêché. Il avait su, au fond de lui, qu'il méritait ces paroles assassines.

Excédé, il prit la télécommande et mit le DVD en marche.

— Lucio et vous, vous êtes amis ?

Rosa venait d'envoyer Marco chercher des boissons, et Beth se trouvait maintenant seule avec elle sur le canapé du salon.

— Pas exactement, corrigea-t-elle. Je lui ai proposé d'acheter la maison, mais il a refusé mon offre et a emménagé avec moi. Non. Nous ne sommes pas vraiment amis.

— Je vois. Mais il vous a parlé de Melina et Salvatore, ses parents, n'est-ce pas ?

— Oui.

— Mon frère et ma belle-sœur étaient très fiers, mais aussi très pratiquants, raconta-t-elle avec un regard triste. Quand Lucio a appris notre existence, il nous en a voulu, à Gino et moi, de ne pas avoir fait l'effort de venir en aide à ses parents, alors qu'ils avaient vécu dans la pauvreté. Il a un caractère tellement entier… Comme Marco. Lucio a vécu avec nous pendant près de trois ans sans jamais mettre sa rancœur de côté. C'était un petit garçon meurtri, mais il voulait devenir un homme. Tout ce que nous essayions de faire pour nous rapprocher de lui ne produisait que l'effet inverse. Par chance, il était brillant, et il a pu se jeter à corps perdu dans ses études, puis dans son travail. Cela lui a donné la force et le sentiment de sécurité qu'il n'avait cessé de rechercher depuis la mort de ses parents. Depuis qu'il a quitté la maison, je ne l'ai vu qu'une dizaine de fois à peine.

Sa voix se brisa, et elle dut faire une pause avant de continuer à parler.

— Et aujourd'hui, conclut-elle, voilà qu'il vit avec vous.

— Je ne dirais pas cela. Il s'est installé dans la chambre d'amis.

— Il a confiance en vous.

Incrédule, Beth secoua doucement la tête.

— Si, *bella*. Sinon, il vous aurait renvoyée de la maison au premier jour.

— C'est justement parce qu'il se méfie de moi, qu'il préfère rester dans la maison. Il a cru que j'étais la maîtresse de Gino.

Rosa laissa échapper un petit rire.

— Vous êtes sérieuse ?

— Oui. Le fait est que, finalement, nous avons décidé de nous débrouiller tout seuls pour régler cette affaire, sans faire appel à la police.

— Ah…, ponctua Rosa avec un sourire entendu.

— Attendez, il n'y a rien…

Beth se tut en voyant Marco revenir avec une bouteille de vin rouge et trois verres à pied.

Tout en prenant le verre qu'il lui offrait, elle se détourna pour éviter le regard curieux de Rosa.

— Alors comme ça, vous habitez avec Luke, dit Marco, l'air amusé.

— Tout dépend de ce que vous entendez par là, répéta-t-elle en s'efforçant de garder son calme.

— Vous vivez sous le même toit, non ?

— En ce moment, oui.

— Eh bien voilà ! s'exclama-t-il en prenant une gorgée de vin. C'est le début de quelque chose, je le sens.

— Vous avez l'air de bien vous entendre, renchérit Rosa. Je vois bien que vous êtes plus que des amis.

— Non ! Non, vous vous trompez, je vous assure.

Rosa lui adressa un sourire complice.

— Vous avez besoin d'un homme dans votre vie. Je suis peut-être vieille, mais je connais l'amour. Il a le pouvoir de vous faire oublier vos ennuis, de vous faire retrouver la confiance. Je sais que vous gardez tout pour vous, *bella*, poursuivit-elle en lui prenant affectueusement la main. Et Lucio est aussi un homme très secret.

Troublée, Beth la regarda, puis leva les yeux vers Marco. Comment en était-elle arrivée à avoir une conversation aussi intime avec eux ?

Des souvenirs de moments passés dans l'institut avec Rosa lui revinrent à la mémoire. Allongés sur la table de massage, les gens avaient tendance à se confier à elle, et Rosa lui avait souvent parlé de sa famille. Du talent prodigieux de son fils, de la sensibilité de son neveu, qui avait tellement besoin de trouver une femme bien pour apprendre à apprécier la vie.

Luke apparut soudain sur le pas de la porte.

— Alors, Lucio, tu as trouvé ? lui demanda sa tante.

— Oui, répondit-il avec une froideur extrême. Nous allons partir, maintenant.

— Comment ? Vous ne restez pas dîner ?

— Je suis désolé. Beth ?

Elle se tourna vers Rosa et lui adressa un regard contrit.

— Une autre fois, peut-être ?

— Oui, dit-elle en l'embrassant sur les deux joues. *Ciao, bella.* Bon retour.

11

Luke et Beth repartirent par là où ils étaient arrivés, sauf que, cette fois, l'un des vigiles vint leur tenir une échelle. Sans la moindre objection, elle le laissa prendre le volant afin qu'il puisse échapper à d'éventuels poursuivants.

— Je suis navré que tu aies été mêlée à nos histoires de famille, dit-il soudain.

— Rosa voulait seulement m'aider, Luke. Tu n'as vraiment pas à être navré.

— J'ai encore du mal à croire qu'elle ait fait tout cela pour te porter secours.

— Pas moi. Elle est tellement généreuse.

Il lui jeta un regard étonné, mais elle ne chercha pas à lui expliquer tout ce qu'elle connaissait de Rosa… et qu'il ignorait peut-être.

— J'espère en tout cas que la situation ne va pas se retourner contre nous, observa-t-il.

— Nous allons devoir faire très attention.

Durant le silence qui suivit, Beth dut prendre sur elle pour ne pas demander à Luke ce qu'il avait trouvé dans le bureau. Mais cela ne la regardait pas ; s'il avait eu envie de lui en parler, il l'aurait fait de lui-même.

Toutefois, il y avait bien une autre question qu'elle mourait d'envie de lui poser…

— Qui est Gabrielle ?

Il garda les yeux fixés droit devant lui.

— Mon ex-femme.

Eh bien ! Si elle s'était attendue à cette réponse !

— Comment l'as-tu rencontrée ?

— A l'université.

— Et vous étiez…

— Beth, je préfère ne pas en parler, d'accord ?

— D'accord.

En l'observant à la dérobée, elle vit à quel point il avait l'air tendu, tout à coup.

— Il va bientôt pleuvoir, dit-elle en regardant par la fenêtre.

— Oui, certainement.

Et voilà qu'elle se mettait à lui parler du temps… Mieux valait qu'elle se taise.

De grosses gouttes commençaient à tomber lorsqu'ils arrivèrent. Ils se hâtèrent d'entrer dans la maison, et Beth alluma la petite lampe posée sur la commode de l'entrée. Au passage, elle fit tomber une enveloppe, mais Luke s'empressa de se baisser pour la ramasser.

Pourquoi fallait-il qu'il soit aussi sexy ? songea-t-elle, sans pouvoir s'empêcher de regarder ses vêtements se tendre sur ses muscles.

— Pardon, marmonna-t-elle en le frôlant par inadvertance.

Il se redressa, et la regarda avec attention.

— Tu tiens le coup ?

A cet instant, son regard, tout comme sa voix, lui fit l'effet d'une caresse. Il lui sembla qu'il parvenait à lire en elle comme dans un livre ouvert, malgré tous les efforts qu'elle faisait pour ne pas montrer ses émotions.

— Oui, ça va, balbutia-t-elle, troublée de se trouver de nouveau si près de lui. Je ne suis pas fatiguée, je ne vais pas me coucher tout de suite.

— Tu veux boire quelque chose ?

— Oui, pourquoi pas. Je redescends dans deux minutes, ajouta-t-elle, le cœur battant.

Puis elle fila vers l'escalier sans le regarder.

Vêtue d'un pantalon en lin et d'un débardeur bleu, Beth s'arrêta sur le palier, en haut des marches. Elle sentait l'odeur des bougies monter vers elle, et visiblement, Luke n'avait pas allumé la lumière dans le salon.

Elle prit une profonde respiration et descendit lentement. Arrivée dans le salon, elle trouva Luke assis par terre, à côté de la table basse, le dos appuyé contre le canapé. Les jambes étendues devant lui, il avait un verre de vin à la main.

Elle marcha nerveusement vers la baie vitrée et ouvrit grand les rideaux.

— Tu devrais regarder le ciel, il est magnifique ce soir. Tu ne trouves pas ?

Dans la nuit, elle voyait les étoiles disparaître et réapparaître au-dessus des nuages portés par le vent. Au loin, le tonnerre se mit à gronder.

— Cette fois, l'orage arrive vraiment.

— Sans aucun doute.

Lorsqu'elle osa finalement se retourner, il lui fit signe de le rejoindre. Elle alla s'asseoir à côté de lui, puis elle but quelques gorgées du vin qu'il lui avait versé. Peu à peu, l'alcool et la faible lumière des bougies aidant, elle sentit que l'atmosphère se détendait.

— Qu'y a-t-il ? l'interrogea Luke quand elle secoua lentement la tête.

— Je pensais à ta tante. Elle aimait sincèrement Gino, n'est-ce pas ?

— Oui.

— Mes parents sont passés à côté de tant de choses...

Les souvenirs qu'elle gardait de ses parents remontaient à son enfance, mais ils étaient limpides.

— Raconte-moi, dit-il avec une douceur infinie.

— Oh ! non, c'est juste... Ce n'est rien.

— Si, c'est quelque chose.

Il y avait si longtemps qu'elle n'avait pas ouvert son cœur... Allait-elle réussir à parler d'elle ? De sa mère ?

Oui, comprit-elle en voyant le regard de Luke posé sur elle.

Un regard qui, pour une raison inexplicable, lui inspirait plus de confiance qu'aucun autre.

— A l'époque de mes dix-sept ans, alors que je venais de quitter le lycée, ma mère cumulait deux emplois pour subvenir à nos besoins. Curieusement, un jour, elle a réservé deux places à bord d'un vol à destination de Perth. Bien sûr, nous n'avions pas les moyens de nous offrir ce voyage. Je ne gagnais pas d'argent, ma mère s'en sortait à peine, et ma vie me paraissait ennuyeuse et vide de sens. J'aurais dû refuser ce cadeau, mais j'avais tellement envie de voyager ! De faire enfin de nouvelles expériences ! Et ma mère ne cachait pas non plus son excitation à l'idée de partir avec moi. C'était la première fois, depuis qu'elle s'était séparée de mon père, que je la voyais aussi enthousiaste.

Beth ne put réprimer un sourire en revoyant le visage rayonnant de sa mère, le jour où elle lui avait annoncé la nouvelle. Elle s'était interdit d'y repenser pendant tant d'années...

Mais à présent, cette image ne la faisait plus souffrir. Peut-être parce que quelqu'un était là pour l'écouter. Enfin.

— L'avion s'est écrasé, lâcha-t-elle.

Et elle eut la sensation de se débarrasser du fardeau qu'elle portait depuis ce jour.

— Il y a eu de nombreux morts, dont ma mère faisait partie. Environ un an plus tard, continua-t-elle sans s'arrêter, j'ai rencontré un garçon. Il avait l'air gentil, et il me plaisait. Je n'avais que dix-huit ans, je suis facilement tombée amoureuse. Et puis un soir, après... Enfin, nous étions au lit, résuma-t-elle, un peu gênée, et il m'a avoué qu'il était journaliste. Qu'il essayait de m'approcher depuis des semaines. Puis il m'a demandé une interview exclusive.

A peine eut-elle prononcé ces mots, qu'elle vit un éclair de colère apparaître dans les yeux noirs de Luke.

Elle n'avait aucune envie de se replonger dans ces souvenirs sordides, de repenser à l'humiliation qu'elle avait ressentie, ce jour-là. Elle voulait laisser son passé loin derrière elle, et continuer à aller de l'avant. Au moins, elle avait eu la satisfaction de voir le visage décomposé de Jack quand elle l'avait jeté dehors, mais cela n'avait en rien apaisé la blessure qu'il lui avait infligée. Eviter de se remémorer cet épisode avait été pour elle le seul moyen de ne pas sombrer.

— Voilà, tu sais tout, conclut-elle, pressée de changer de sujet. Depuis, c'est vrai, j'ai du mal à faire confiance aux gens.

Comme pour combler le silence qui s'était soudain abattu dans la pièce, Luke se pencha vers elle.

— Non, fit-elle, troublée.

Mais il passa un bras autour de ses épaules.

— Comment ça, non ? murmura-t-il à son oreille. Tu ne veux pas que je te touche ? Ou tu ne veux pas que je me soucie de toi ?

— Ni l'un ni l'autre, répondit-elle en enfouissant son visage contre son torse puissant.

— Trop tard.

Blottie contre lui, elle eut l'impression que, peu à peu, ses blessures intérieures lui faisaient moins mal.

— Tu aimes le contact physique, n'est-ce pas ? chuchota-t-elle contre le tissu de sa chemise.

— Oui, confirma-t-il en glissant les doigts dans ses cheveux. Il faudra t'y faire.

Pour l'instant, en tout cas, elle n'avait aucune envie de s'éloigner de lui. Elle était si bien dans ses bras… Elle ne regrettait même pas de lui avoir parlé d'elle, tant il la rassurait et l'apaisait.

Mais elle savait que ce n'était qu'une illusion. Elle ne pouvait être proche de lui.

A contrecœur, elle se redressa et ressentit soudain un vide immense.

— Pourquoi te reproches-tu la mort de Gino ? demanda-t-elle.

— Tu es sûre de vouloir t'engager dans cette voie ?

— Oui. J'aimerais pouvoir t'aider.

— Je venais d'être suspendu. Je suis allé voir Gino, nous nous sommes disputés, et il a fait une crise cardiaque, lâcha-t-il d'une voix neutre.

Puis il se tut, comme s'il s'attendait à ce qu'elle quitte la pièce en courant. Mais elle ne bougea pas.

— Ne me regarde pas comme ça ! s'exclama-t-il après un silence.

— Comme quoi ?

— Comme ça. Je ne mérite pas ce regard. Je n'en ai pas besoin.

Elle laissa échapper un soupir.

— Tu ne crois pas que tu mérites ma compassion ? Ni mon soutien ?

— Non. Tu n'as pas entendu ? J'ai tué mon oncle.

— C'est toi qui le dis.

— Et je te dis aussi que je n'ai pas besoin de...

— Luke, ne me dis pas ce que je dois ressentir. Tu aimais Gino. Il te manque. La façon dont il est mort ne doit pas effacer une vie de souvenirs. Tu sais ce que j'aurais donné pour avoir une famille comme la tienne ?

— C'est loin d'être une famille parfaite.

— Parce que tu crois que cela existe ? C'est une famille qui t'aime, au moins.

— Tu ne comprends pas, insista-t-il en secouant la tête.

— Tu dois payer pour ses erreurs, c'est ça ? Et tu crois que refouler ta culpabilité arrangera quoi que ce soit ? Si Gino était toujours vivant, tu devrais quand même faire face à cette enquête. Et tu serais tout autant suspendu de ton poste. Crois-tu que Gino aurait voulu te voir te ronger les sangs ? Tu as suffisamment de choses à gérer en ce moment, tu ne dois pas en plus t'en vouloir pour la mort de ton oncle. Les regrets ne servent à rien.

Il plissa les yeux, l'air inquisiteur.

— Comment fais-tu ?

— Quoi ?

— Pour savoir exactement...

Mais il se tut et détourna le regard.

— Ce que tu penses ? Tu n'as pas besoin de te punir, c'est tout. Tu devrais dire à Rosa ce que tu ressens.

— Pour qu'elle me déteste ?

— Elle ne peut pas te détester. Elle t'aime.

En contemplant le visage de Luke, elle y vit tout à coup une telle fragilité, qu'elle voulut à son tour le prendre dans ses bras pour le réconforter. Le serrer contre elle, et ne jamais le laisser partir.

— Toi aussi, tu sais, tu peux avoir confiance en moi, murmura-t-elle.

Sans rien dire, il porta son verre à ses lèvres et but une gorgée.

— C'est bon, maintenant, dit-il finalement. Je suis passé à autre chose.

Mais son expression anxieuse prouvait le contraire.

— Bon.

— Tu sais, reprit-il, j'y repense parfois.

— A Gino ?

— A Gabrielle. Je me demande si j'aurais pu dire ou faire quoi que ce soit qui aurait changé les choses. Qui l'aurait empêchée de...

Il dut s'éclaircir la voix pour continuer.

— Nous avions dix-huit ans, et elle s'est trouvée enceinte, expliqua-t-il. Lorsque le bébé avait six mois, elle lui a ôté la vie avant de se tuer. Je les ai trouvés tous les deux et... Maintenant, dit-il en fixant le sol avec dureté, c'est comme un film qui tourne dans ma tête vingt-quatre heures sur vingt-quatre.

Cette fois, elle mit ses bras autour de lui pour le serrer contre elle.

— Quand on arrive à passer une journée entière sans y penser, murmura-t-elle, c'est une véritable victoire. Une semaine s'écoule, puis un mois. Au bout d'une année, on n'arrive plus à se souvenir de leur sourire, ni de leur voix. Et on se demande si, finalement, oublier n'est pas la meilleure façon de se souvenir.

— Oui, dit-il avec un regard qui semblait refléter son propre désespoir.

— Luke, est-ce que tu aimes ce que tu fais ? Je veux dire, en temps normal ?

— Tu sais, mes parents sont morts dans la pauvreté, couverts de dettes. Mon objectif, c'était d'éviter ça. D'être plus fort qu'eux.

Sa voix profonde venait de résonner si près d'elle, que Beth eut la sensation qu'elle faisait vibrer son corps. Tout à coup, son émotion fit place à un violent désir, celui qu'elle avait éprouvé si souvent ces derniers jours.

Luke perçut le moment précis où la mélancolie de Beth se dissipa, chassant aussitôt la sienne. Et à partir de cet instant, il n'eut plus en tête que les pensées délicieusement sensuelles qu'elle lui inspirait.

— Et ça ne te manque pas ? s'entendit-il demander.

— Quoi donc ?

— Les rapports intimes. Enfin, le sexe.

— Franchement, non. Ce n'était pas si bien.

— Tu n'as peut-être pas eu l'expérience qu'il fallait.

— Je ne crois pas que cela fasse une telle différence.

Mais en disant ces mots, elle rougit adorablement.

— Oh ! si, crois-moi, lui assura-t-il en souriant.

— Ah, tu as l'air de savoir de quoi tu parles.

Le silence qui suivit leur échange lui fit l'effet d'une caresse, aussi douce qu'intime.

Il savait que Beth était méfiante ; elle portait toujours en elle la cicatrice de ce qui lui était arrivé. Mais elle était différente des autres. Non seulement elle était d'une beauté irrésistible, mais son attitude l'intriguait aussi. Il y avait en elle un mystère qui ne faisait qu'attiser son excitation. C'était sans doute dû à ses réticences, mêlées à l'étincelle de passion qui brillait dans ses yeux.

Fasciné, Luke la contempla un moment tout en lui prenant la main, et il la sentit frissonner en même temps que lui. Il lui prit alors son verre, et le posa avant de se pencher pour retrouver enfin la douceur de ses lèvres.

Elle ferma les yeux et lui offrit sa bouche, se blottissant contre lui dans un murmure de plaisir. Ce fut comme une vague de plaisir et de tendresse mêlés, un moment de volupté si intense, qu'il ne pouvait plus penser qu'au goût de sa bouche et au bonheur de poser les mains sur elle.

Lorsqu'il interrompit leur baiser, il s'écarta légèrement et vit qu'elle gardait les paupières closes.

— Tu es nerveuse, *cara* ?

Elle ouvrit les yeux, en secouant la tête.

— Tu sais, dit-il en lui caressant la joue, tu n'es pas obligée de vivre ta vie en fonction des autres. Sinon, cela voudra dire que tu les as laissés gagner.

— Je ne sais plus quoi penser, murmura-t-elle.

— Alors arrête de penser. Juste ce soir.

Essayant de lui faire oublier ses douleurs et ses peurs, il déposa mille baisers sur son front, sur ses joues, sur ses lèvres, tout en caressant son corps qui ondulait contre lui.

Enfin, encouragé par ses soupirs d'excitation, il l'allongea sur le tapis et vint se placer au-dessus d'elle.

— Je ne suis pas sûre...

— Moi, je suis sûr, dit-il avec douceur. Laisse-moi te montrer.

Alors il l'embrassa, encore et encore, l'entraînant dans un jeu sensuel qu'elle ne chercha pas à fuir. Au contraire, il sentait sa langue venir à la rencontre de la sienne et ses mains délicates lui caresser le dos.

Il plaça sa main entre ses cuisses, puis remonta jusqu'à sa taille, savourant le plaisir de sentir ses formes se dessiner sous ses doigts. Comme elle plaquait ses hanches contre les siennes, il glissa les mains sous elle et les referma sur ses fesses, n'hésitant plus à lui faire sentir son sexe durci à travers le tissu de leurs vêtements.

Mais il voulait sentir sa peau à présent, et il se redressa pour enlever sa chemise avant de lui ôter son petit haut moulant. Le regard émeraude de Beth se fit plus brûlant encore, et elle se mit à lui caresser le cou, les épaules et le torse, avant de faire glisser ses doigts jusqu'à sa ceinture. Elle s'interrompit quand il laissa échapper un râle de plaisir, mais ce fut pour redoubler d'ardeur en se cambrant pour qu'ils soient encore plus proches l'un de l'autre.

Que c'était bon... Il ne voulait jamais oublier la flamme qu'il voyait briller dans ses yeux, ni son parfum envoûtant, ni le merveilleux contact de ses mains sur lui. Il voulait trouver les parties les plus sensibles de son corps et lui donner du plaisir comme elle n'en avait jamais connu.

Non sans mal, il s'écarta d'elle pour se relever, résistant à ses gémissements de regret.

— Viens, dit-il en lui tendant la main.

Sans la moindre hésitation, elle le suivit dans l'escalier. Après un passage dans la chambre d'amis où il prit une petite boîte dans son sac, il la mena jusqu'à sa chambre, où il s'arrêta pour prendre le temps de la regarder.

Elle paraissait un peu nerveuse, mais son sourire lui disait qu'elle avait confiance en lui. Qu'elle avait envie de lui.

Il ne lui en fallait pas davantage. Il la prit de nouveau dans ses bras, et l'embrassa tout en dénouant le cordon qui retenait son pantalon. Elle avait la peau brûlante. Dès qu'il l'eut débarrassée de ses vêtements, il fit glisser sa petite culotte le long de ses jambes et s'empressa de toucher son sexe, non sans lui arracher un gémissement d'excitation. Il crut qu'elle allait s'abandonner à lui, mais elle se figea soudain.

— Luke, je...

— Qu'y a-t-il, *cara mia* ? murmura-t-il tout contre ses lèvres.

— Je...

Elle fit un pas en arrière.

— Je ne sais pas très bien...

— Beth, tu es superbe. Tu n'as pas besoin de me cacher quoi que ce soit.

Manifestement convaincue, elle prit son visage entre ses mains et l'embrassa passionnément.

Il sentit l'excitation monter en lui à mesure qu'elle achevait de le déshabiller. Fou de désir, il promena ses mains sur son corps nu, caressant ses seins et prenant entre ses lèvres leur pointe rose tendue par le plaisir.

Lorsqu'il plaça de nouveau ses doigts contre son sexe, elle noua les bras autour de son cou et se mit à soupirer plus fort, en bougeant au rythme de son plaisir.

— Luke, je...

— Je t'en prie, mon ange, ne me dis pas d'arrêter.

Elle laissa échapper un rire légèrement rauque, terriblement excitant, et le regarda dans les yeux.

— Luke, je veux te sentir en moi.

Il la souleva alors et la coucha sur son lit avant de saisir la boîte qu'il avait posée sur la table de chevet. Pendant qu'elle le caressait et l'embrassait avec une passion non dissimulée, il se hâta de mettre un préservatif. Puis il revint se mettre au-dessus d'elle. Elle était si belle, nue contre lui, prête à le recevoir... Cherchant à faire durer leur plaisir aussi longtemps que possible, il enfouit son visage au creux de son cou et se mit à la dévorer de baisers, avant de promener ses mains sur tout son corps. Il voulait en connaître chaque détail, la sentir frissonner sous ses doigts.

— Maintenant, supplia-t-elle. J'ai envie de toi.

Il se plaça alors entre ses cuisses, et plongea dans son regard. Il sentit ses longues jambes s'enrouler autour de lui, et elle cessa un instant de bouger. Tremblant d'excitation, il mit une main sous ses fesses, et, dans un mouvement de délivrance, il la pénétra.

Après être resté un moment immobile, à s'efforcer de contrôler son plaisir, il commença à aller et venir lentement en elle. Accompagné par le mouvement de ses hanches, il accéléra peu à peu la cadence et l'entendit gémir de plus en plus fort.

— Tu aimes ça ? susurra-t-il en abandonnant son regard de feu pour respirer le parfum de ses cheveux.

— Oh ! oui.

— Tu veux que j'aille plus vite ?

Ce fut son corps qui lui répondit, lorsqu'elle augmenta elle-même le rythme de ses va-et-vient. Les mots qu'ils échangeaient ne faisaient que les exciter davantage.

— Luke... Je crois que... Je sens...

— Je sais.

Il avait un mal fou à se contrôler, mais il voulait l'attendre. Il voulait la voir jouir avant de se laisser aller. Enfin, il devina à son visage qu'il la menait vers le plaisir extrême. Emportée par des sensations qu'elle semblait connaître pour la première fois, elle était plus belle que jamais.

— Reste avec moi, *cara*, dit-il comme elle fermait les yeux. Je veux pouvoir te regarder.

Et il la regarda, tandis qu'elle se laissait aller à l'extase. Quand elle poussa un cri ultime, il s'abandonna à son tour et plongea dans des abîmes de plaisir.

Alors qu'ils tentaient tous deux de retrouver leur souffle, il s'allongea contre elle et l'embrassa, émerveillé. Il ne savait qu'une chose à cet instant : ce qu'ils venaient de partager, il ne pourrait jamais l'oublier.

12

Quand Beth fut réveillée le lendemain matin par le chant des oiseaux, elle garda un moment les yeux fermés. Il lui fallut quelques secondes pour se souvenir que la sensation merveilleuse qu'elle éprouvait n'était pas due à ses rêves, et qu'elle n'était pas seule dans son lit.

Finalement, elle se leva et alla prendre une douche puis s'enveloppa dans une grande serviette.

Elle aurait voulu pouvoir regretter la nuit qu'elle venait de passer, mais c'était impossible. Au contraire, elle mourait d'envie de revivre chaque instant, chaque baiser, chaque caresse.

Seulement, elle savait qu'elle ne vivrait rien de plus avec Luke. Ils avaient une vision de la vie si différente… Et si elle ne mettait pas tout de suite un terme à cette liaison, elle risquait de souffrir, encore une fois.

Il ne lui restait qu'une chose à faire, si elle voulait encore espérer se protéger : quitter la maison. Abandonner cette part d'elle-même.

C'était terrible à admettre, mais elle ne gagnerait jamais contre lui. Mieux valait fuir maintenant, avant d'avoir laissé trop de forces dans la bataille.

Une fois de plus, elle allait devoir affronter la dure réalité.

Quand les premiers rayons du soleil commencèrent à filtrer à l'intérieur de la chambre, Luke renonça à faire semblant de dormir.

Machinalement, il porta la main à sa nuque, mais la douleur avait disparu.

Il s'assit dans le lit et entendit le bruit de l'eau dans la douche. Instantanément, une foule d'images érotiques lui envahirent l'esprit, en même temps qu'une sensation de regret.

Il ne devait pas repenser à l'intensité de leur corps à corps, se répéta-t-il en marchant jusqu'à la fenêtre. Et pourtant, il ne parvenait à oublier les émotions et le plaisir qu'il avait ressentis au contact de Beth. Jamais il n'avait éprouvé cela... Si bien qu'il avait perdu toute lucidité, oubliant même de mettre un préservatif lors de leur dernière étreinte.

Mais il préférait ne pas repenser à cela non plus.

Cette maison l'avait pris au piège. Son charme lui avait fait oublier son appartement, sa vie... et même son travail.

Etait-ce seulement possible ? Sa carrière était toute sa vie, il aimait négocier des contrats et conquérir de nouveaux clients. Ce cadre enchanteur l'avait envoûté, rien de plus, songea-t-il en admirant le ciel bleu.

Cette parenthèse serait bientôt refermée.

Pourtant, il ne pouvait nier la satisfaction qu'il trouvait dans ce mode de vie. Pour la première fois depuis des années, il profitait du soleil, prenait le temps de faire la cuisine... En un mot, il vivait.

Et Beth était la première responsable de ce nouveau souffle. Elle avait réveillé en lui les émotions qu'il avait enfouies depuis bien longtemps, et qu'il avait cru ne jamais retrouver.

Son corps, sa voix, son esprit... Tout en elle avait attisé son désir.

Frappé par une soudaine révélation, il comprit qu'il avait profité de la situation, des émotions de Beth.

Bien des années plus tôt, Gino avait bien vu qu'il étouffait ses sentiments, et que cela risquait de se retourner un jour contre lui. Mais Luke s'était révolté avec cruauté.

« Tu n'es pas mon père ! s'était-il écrié. Je n'ai pas besoin qu'un inconnu s'occupe de moi ! »

Mais son oncle avait eu raison, à l'époque. Tout comme dans le message qu'il avait enregistré sur le DVD que Luke avait regardé la veille, dans son bureau. Tous les mots que Gino lui avait laissés en guise de testament avaient été justes. Et à cause de cela, Luke se sentait plus coupable encore.

La frustration qu'il avait oubliée pendant la nuit l'assaillit de nouveau. D'autant que Beth lui cachait toujours quelque chose, il le savait ; et il devait découvrir quel était ce secret.

Il ramassa ses affaires éparpillées sur le sol et se rendit dans sa chambre. Là, il prit son téléphone et appela Dylan.

— C'est Luke. Tu as quelque chose pour moi ?

— Une seule nouvelle information. Mais elle va beaucoup t'intéresser.

— Je t'écoute.

Beth acheva de se préparer pour sa journée de travail et sortit de sa chambre. Elle se sentait plus forte et plus résolue à présent, mais aussi infiniment seule.

Comme elle traversait le couloir, elle ralentit en entendant la voix de Luke dans l'autre chambre.

— C'était bien la dernière chose à laquelle je m'attendais..., disait-il. Non, elle ne me l'avait pas dit, elle a juste parlé de l'accident... Enfin, je ne crois pas que cela m'aidera beaucoup... Je te demande de garder ça pour toi. J'en ferai autant... Oui, bien sûr. Au revoir.

Sa conversation téléphonique s'arrêta là. Mais elle en avait entendu suffisamment pour comprendre.

Il savait.

Prise d'un vertige, elle saisit la rampe de l'escalier. C'était comme si on venait de lui planter un couteau dans le cœur. Elle voulut s'enfuir, courir aussi loin que possible, mais elle ne pouvait faire un seul pas. Elle se sentait paralysée.

Elle avait dû faire du bruit, car Luke apparut près d'elle. Mais elle ne devait pas s'effondrer. Elle devait garder son sang-froid, faire comme si de rien n'était.

— Bonjour, dit-il en souriant.

Elle n'aurait pas dû regarder sa bouche. Déjà, elle repensait à ses baisers de la nuit dernière, et son désir se réveillait.

— Bonjour, Luke.

Hélas, sa voix trahissait son émotion. Cherchant à tout prix à se donner une contenance, elle entra dans son bureau pour prendre un dossier. Mais elle sentait le regard de Luke posé sur elle.

— Ecoute, commença-t-elle. A propos d'hier soir...

— Oui ?

Elle se retourna vers lui. Il la contemplait avec les mêmes yeux brûlants que la veille. Comment pouvait-elle paraître indifférente, alors qu'une flamme la consumait toujours intérieurement ?

— Oui... Euh... Hier soir, c'était...

— Magnifique ? Epuisant ? Incroyable ?

Sa voix sensuelle la fit frissonner. Ce matin, il lui paraissait plus séduisant que jamais.

— C'était une erreur de jugement, se força-t-elle à articuler.

Un silence éloquent suivit sa déclaration.

— Une erreur de jugement, répéta-t-il finalement.

Comme elle hochait la tête, il s'approcha d'elle, la forçant à reculer jusqu'au mur. Il leva les bras et elle crut qu'il allait la toucher, mais au lieu de cela, il mit les mains contre le mur, de chaque côté de sa tête.

— Une bêtise ? insista-t-il en la dévisageant.

— Si tu veux appeler ça comme ça.

— Si je...

Mais il se tut et la fixa de ses yeux sombres, lui rappelant le bonheur inouï qu'elle avait ressenti dans ses bras.

— Tu mens, fit-il.

— Non.

— Alors pourquoi...

— Luke, tu sais bien pourquoi.

— Ah oui, vraiment ?

— Ecoute, nous avons passé un bon moment. Fin de l'histoire.

— C'est tout, alors ? l'interrogea-t-il, sans qu'elle parvienne à deviner ses sentiments. Ce n'était rien de plus qu'un bon moment ?

— Non, tu m'as mal comprise, dit-elle avec un rire gêné. Je veux dire que... C'était très bien, mais nous devons nous concentrer sur notre problème. Il est clair que je ne peux pas te verser la somme que tu demandes pour la maison, ajouta-t-elle, sans tenir compte de la tension qu'elle percevait en lui. Je vais donc chercher un nouveau logement cette semaine. Je n'ai plus de raison de rester ici.

— Attends un peu. C'est tout ?

— Pourquoi tu es fâché ? Tu as gagné !

— Ce n'était pas un combat, Beth !

— Non, c'est vrai. Mais c'est ta maison, je n'y peux rien.

Il recula et se passa nerveusement la main dans les cheveux.

— Alors après tous ces discours, tu abandonnes, c'est ça ?

— Tu l'as dit toi-même, je n'ai pas les moyens.

— Tu sais que ce n'est pas le vrai problème, dit-il d'une voix sévère. Qu'est-ce que tu ne me dis pas ?

— Rien. Après ce que nous avons vécu, je pense que tu connais tout sur moi !

— Tu crois ? Alors qui est Taylor Stanton ?

En voyant l'expression bouleversée de Beth, Luke comprit que son attaque avait été trop brutale. Mais elle ne lui avait pas laissé le choix.

— Tu as fouillé dans mes affaires.

— Qui est cette femme ?

— Tu as fouillé dans mes affaires ! répéta-t-elle, l'air scandalisé. Qu'est-ce que tu as bien pu mijoter encore ? Tu as rassemblé des informations pour faire annuler mon bail ? Tu vas lancer des poursuites contre moi et...

— C'est ridicule, enfin !

— Non ! Au contraire, dit-elle en pointant vers lui un doigt accusateur, c'est tout à fait logique. Tu ne m'as jamais fait confiance, de toute façon !

— Toi non plus, tu ne me fais pas confiance. Allez, Beth, dis-moi qui c'est.

— Non. Non !

— Mais pourquoi ? explosa-t-il, fou de rage.

Il vit des larmes de colère naître au coin de ses yeux.

— C'est moi, d'accord ? C'est moi ! s'écria-t-elle.

D'un seul coup, Luke assembla toutes les pièces du puzzle, et la vérité s'imposa comme une évidence.

— Tu étais sur le vol 212 ?

— Oui !

— La commémoration du dixième anniversaire a eu lieu l'année dernière. Les survivants ont mené une longue action en justice, la compagnie a cessé toute activité...

— Je sais.

Tout était plus clair, à présent. Après avoir survécu au plus grave accident d'avion de l'histoire de l'Australie, elle avait dû puiser dans ses ressources pour se reconstruire. Il comprenait à présent l'origine de sa force et de sa fragilité, aussi extrêmes l'une que l'autre. Et dire qu'il l'avait presque forcée à monter en avion avec lui...

— Beth, je ne peux pas imaginer ce que tu as traversé...

— Non, en effet.

— Mais je ne comprends pas pourquoi...

— J'utilise une fausse identité ? Dans l'avion, j'étais assise à côté de Beth Jones, une jeune fille de vingt ans qui allait s'installer à Perth pour commencer un nouveau travail. L'accident l'a tuée, et dans l'ambulance, je me suis retrouvée avec son sac à main dans les bras. Je suis tombée dans le coma, et je ne me suis réveillée qu'au bout d'une semaine. Le personnel de l'hôpital a cru que j'étais... Que j'étais Beth Jones.

— Alors tu as pris son nom.

— Ce n'était pas prévu. Cent fois, j'ai voulu me débarrasser de son sac, mais ce petit souvenir d'elle avait sur moi un effet quelque peu… rassurant. J'ai été la dernière personne à la voir en vie. Elle m'avait confié qu'elle n'avait personne au monde, ni famille, ni amis. Tout comme moi. J'ai bien essayé de reprendre ma vie où je l'avais laissée, mais quand ce journaliste m'a trouvée, tout s'est écroulé. Je me suis rendu compte que je ne serais jamais à l'abri en tant que Taylor Stanton.

Les yeux dans le vague, elle prit une profonde respiration avant de reprendre son récit.

— Si tu savais à quel point c'est facile, de devenir quelqu'un d'autre. Il m'a suffi d'une facture de gaz, d'un certificat de naissance et d'un permis de conduire. Et voilà. Cela fait dix ans que je suis Beth Jones. Ces années ont été dures, mais au moins, grâce à ce changement, j'ai eu la paix. Tu sais, poursuivit-elle après une pause, tout le monde voulait que je fasse partie de ce groupe de survivants courageux, de héros prêts à entamer une grande bataille. Que je témoigne de la chance que j'avais eue. Mais j'arrivais à peine à me lever le matin, alors où aurais-je trouvé cette énergie ?

Comme il ne pouvait rien répondre à cela, Luke se contenta de la regarder, sans lui cacher la compassion qu'il ressentait. Et, par miracle, elle parut s'attacher à son regard comme à une bouée de sauvetage.

— Ce qui est ironique, dans cette histoire, c'est que je ne me suis jamais faite à l'idée de changer de date d'anniversaire. Alors je ne le fête jamais.

Elle baissa la tête, et un sourire triste se dessina sur son visage.

— C'est quand ? lui demanda-t-il avec autant de douceur que possible.

— Quoi donc ?

— Ton anniversaire, le vrai ?

— Le 15 août. Et j'ai vingt-huit ans, et non trente, ajouta-t-elle, comme si elle tenait à ce qu'il connaisse ce détail.

Elle releva les yeux vers lui et laissa échapper un long soupir.

— Il faut que j'aille travailler.

Mais il avait envie qu'elle reste avec lui. Il avait encore tant de choses à lui dire !

Lentement, il lui caressa le visage pour apaiser le flot d'émotions qui venaient de resurgir en elle.

— Beth, je...

— Non, Luke. Rien n'a changé. Nous devons tous les deux faire en sorte de retrouver le cours normal de notre vie.

Si, quelque chose avait bel et bien changé. Cette nuit, elle s'était donnée à lui sans réserve, avec une passion aussi bouleversante qu'excitante. Et voilà qu'elle venait de lui confier son secret le plus intime. Comment faisait-elle pour retrouver tout à coup son masque de froideur ?

Certes, il ignorait jusqu'où il pouvait aller avec elle, mais ce dont il était certain, c'était qu'elle avait changé sa vision de l'existence. Et pas seulement parce qu'il avait fait l'amour avec elle comme avec aucune autre.

Mais oubliait-il qu'il ne voulait être contraint par aucun lien sentimental ? Le mieux était sans doute de faire ce qu'elle voulait : partir et lui laisser la maison. Elle rencontrerait bientôt un homme digne d'elle, qui lui offrirait tout l'amour qu'elle méritait.

Etait-il prêt à renoncer à elle ?

— Beth, cria-t-il tandis qu'elle descendait l'escalier. Ne pars pas.

Elle s'arrêta sur la dernière marche, puis se retourna lentement.

— Qu'as-tu à me dire que je ne sache déjà ? Tu veux donner la priorité à ta carrière, et le fait que je sois là te perturbe. Sans compter que les journalistes peuvent nous retrouver à tout moment, et qu'ils se délecteraient de tes secrets autant que des miens. Notre histoire leur plairait beaucoup, tu peux en être sûr.

— Attends, insista-t-il.

Mais il savait qu'elle avait raison. Elle venait de formuler ce qu'il pensait avec une clarté déroutante.

Il prit le temps de la contempler, de graver dans sa mémoire le souvenir de son visage, de ses grands yeux verts et de ses adorables boucles blondes. Il se remémora l'odeur de sa peau, la douceur de ses lèvres. Et la force qui l'habitait, cette force qui la rendait capable de le repousser maintenant.

Il devait la laisser partir, à présent. Mais il en était incapable. Tout ce qu'il voulait, c'était la rejoindre et la prendre contre lui pour l'embrasser, encore et encore.

Cela lui apparut soudain comme une évidence : il voulait être avec elle.

Seulement, avant de tenter de lui faire changer d'avis, il était obligé de lui dire la vérité.

Il pourrait sans doute vivre en gardant pour lui ce que Dylan lui avait appris, mais à quel prix ? Il risquait d'être rongé par la mauvaise conscience.

L'honnêteté était la seule solution possible. Il verrait bien comment elle réagirait.

Le cœur battant, il descendit les marches, non sans remarquer qu'elle se raidissait soudain, comme si elle avait peur de ce qu'il allait lui dire. Pourtant, la faire souffrir était bien la dernière chose qu'il souhaitait au monde.

— Ce n'est pas tout, annonça-t-il. Dylan a découvert autre chose.

— Au sujet de Ben ?

— Non. Ecoute, je ne vais pas y aller par quatre chemins...

— D'accord, dit-elle d'une voix faible.

— Quand ta mère avait quinze ans, elle a eu un bébé. Une petite fille. Et elle l'a fait adopter.

13

Comme il dévisageait Beth, Luke la vit chanceler et se rattraper à la rampe.

— Pardon ?

— Lorsque cette jeune fille a atteint l'âge de dix-huit ans, elle s'est inscrite sur plusieurs sites internet pour rechercher ses parents biologiques. Elle a pu entrer en contact avec sa mère...

— Attends, attends...

— Beth, écoute-moi s'il te plaît, dit-il en lui prenant les mains. Aujourd'hui, elle a trente-huit ans et vit à Perth. Ta mère avait organisé ce voyage pour que vous alliez la rencontrer.

— Oh ! non.

— Si.

Elle se tut, et il sentit ses mains trembler dans les siennes. Plusieurs secondes s'écoulèrent ainsi. Puis, brusquement, elle s'écarta de lui.

— Il faut que j'aille travailler.

— Beth.

— Luke, pour l'instant, je ne suis pas en état de réfléchir. Tu peux le comprendre ? J'ai besoin de temps. Oui, accorde-moi un peu de temps.

— D'accord.

Sans insister, il se contenta de lui sourire pour lui montrer qu'il était là pour elle.

— Prends le temps que tu veux.

— Et je crois qu'il vaut mieux que j'aille m'installer ailleurs pendant quelques jours.

Pour la énième fois, Luke regretta de ne pas pouvoir revenir une semaine en arrière. Mais aurait-il agi différemment ? Il n'aurait certainement pas pu résister à l'attirance qu'il éprouvait pour Beth. Et il ne pouvait s'en vouloir pour ce qui s'était passé la veille ; il avait tout simplement passé avec elle l'un des plus beaux moments de sa vie.

— Je peux t'aider, insista-t-il. Je demanderai à quelqu'un de trouver...

— Non. Non, répéta-t-elle avec un rire amer, tu en as fait bien assez. Je dois gérer moi-même cette situation.

Elle fit volte-face et franchit la dernière marche avant de traverser l'entrée. Elle prit son sac à main, son trousseau de clés, puis se dirigea d'un pas décidé vers la porte.

Luke ne la quittait pas des yeux, mourant d'envie de la retenir. De toute évidence, la nouvelle l'avait bouleversée, et pour cause ! Pourquoi lui avait-il parlé ? Il aurait dû savoir qu'il ne pouvait lui faire que plus de mal, en lui disant la vérité. Et maintenant, elle était beaucoup trop choquée pour entendre ce qu'il avait à lui dire à propos d'eux.

Pitié, retourne-toi.

Mais elle mit la main sur la poignée de la porte et disparut dehors, le laissant seul avec sa frustration.

Beth eut beau refermer la porte derrière elle avec autant de calme que possible, il lui sembla que son geste avait été d'une violence extrême. Il aurait suffi d'un mot de la part de Luke pour qu'elle se retourne et se précipite dans ses bras.

Mais il l'avait laissée partir.

Arrivée près de sa voiture, elle dut prendre appui sur le capot pour ne pas chanceler. Cette fois, c'était bel et bien fini. Elle avait choisi de ne pas aller plus loin avec lui, et il ne lui restait plus qu'à assumer sa décision.

A assumer sa solitude.

Elle voulut se redresser, mais sentit que son corps ne la portait plus. Tous ses membres tremblaient, tout recommençait comme à l'époque où elle avait dû faire face à des crises d'angoisse. Un grondement se mit à résonner dans sa tête, lui arrachant un râle de désespoir. Puis des images d'horreur vinrent s'ajouter au bruit entêtant.

Elle revit le hublot brisé, sentit l'odeur de fumée et de kérosène. On la couchait sur une civière, on la recouvrait, on lui demandait si elle allait bien.

Plaquant les mains sur ses oreilles pour avoir enfin la paix, elle se précipita dans sa voiture. Mais elle ne cessait de trembler, et elle avait le plus grand mal à respirer.

Au bout de plusieurs secondes, elle se rendit compte qu'elle était en train de sangloter. Alors elle relâcha toute la pression qu'elle avait accumulée. Laissant couler les larmes sur ses joues, elle n'essaya plus de faire bonne figure. Elle pleura la mère qu'elle avait tant aimée et qu'elle avait perdue, elle pleura l'enfance qu'elle n'avait pas eue. Elle pleura en découvrant l'océan de vide immense qui l'entourait.

Ce ne fut qu'après un long moment qu'elle sentit les spasmes de son corps se calmer peu à peu. Elle prit un mouchoir dans la boîte à gants, et regarda son reflet dans le miroir du rétroviseur. Elle avait le nez et les yeux rougis, et le mascara avait dessiné des lignes noires sur ses joues.

Mais tout à coup, une lueur d'espoir s'éveilla en elle.

Elle avait une sœur.

Et ce n'était peut-être pas l'unique famille qu'il lui restait. Elle n'était peut-être pas si seule au monde, en fin de compte.

Elle avait renoncé à rechercher sa famille depuis bien longtemps, mais la révélation de Luke la rendait curieuse, à présent.

Elle n'avait plus peur. Si elle le voulait, elle pouvait changer sa vie dès maintenant.

Seulement, allait-elle avoir le courage de faire tomber les barrières qu'elle avait mis dix ans à bâtir autour d'elle ?

Tandis que cette question envahissait son esprit, elle s'essuya le visage, puis se décida enfin à démarrer.

Luke demeura un moment immobile dans l'escalier, les yeux fixés sur la porte qui s'était refermée sur Beth. Et il eut beau espérer, il ne la vit pas rentrer dans la maison et courir à sa rencontre.

Il avait tout gâché.

Découragé, il se laissa glisser le long de la rampe et s'assit sur une marche. Puis il enfouit son visage dans ses mains. Sa peau portait encore l'odeur de Beth, il lui semblait entendre son rire, sentir ses lèvres sur les siennes.

C'est alors qu'il entendit frapper à la porte. Il se précipita dans l'entrée et ouvrit d'un geste impatient.

Il ne put retenir un soupir de déception.

— Tu attendais quelqu'un d'autre ? lui demanda Marco avec un grand sourire.

— Oui.

Il regarda derrière son cousin et se hâta de le faire entrer.

— Personne ne t'a suivi ?

— Pitié, arrête un peu avec ton obsession des journalistes. Je te reconnais bien là. Moi, ça fait des mois que je dois me battre pour défendre ma réputation dans toute l'Europe, mais toi, tu ne penses qu'à ta promotion.

— Allons, dit Luke, moqueur, tout le monde a oublié ton histoire avec cette fille.

— Ah oui, tu crois ? Tu sais, il y a toujours des gens ravis de te voir tomber du piédestal de ta notoriété. Elle m'a trompé, et maintenant, on me prend pour un imbécile.

— C'est tout ce qui t'importe ?

— Tu ne serais pas dans le même état, à ma place ?

Attendri par le sourire vexé de son cousin, Luke eut un geste qui les surprit autant l'un que l'autre : il ouvrit les bras et lui donna une accolade. Il fallut à Marco un moment pour se remettre de son étonnement, et lui rendre son geste.

— Dis donc, dit-il ensuite en riant. Cette femme t'a vraiment changé ! Voilà que tu te lances dans des démonstrations de tendresse !

— J'aimerais mieux qu'on évite le sujet. Ecoute, ajouta-t-il, je ne voudrais pas être désagréable, mais j'ai beaucoup de choses à faire.

— C'est pour ça que je suis là.

Tout en reprenant son sérieux, Marco eut un sourire gêné.

— A propos de ce que je t'ai dit l'autre jour... Tu sais, pour la crise cardiaque de Gino ? J'espère que tu sais que je ne le pensais pas. J'étais en colère, mais pas contre toi. Je sais qu'il était allé voir un spécialiste, qui lui avait dit de lever un peu le pied. Et d'arrêter de fumer, ce que tout le monde, bien sûr, lui avait recommandé. Mais il n'en faisait qu'à sa tête. Seules ses idées valaient quelque chose, hein ?

Ils échangèrent un sourire complice.

— En tout cas, poursuivit-il, je suis allé trop loin avec toi. Tu n'y es pour rien, je le sais bien.

Luke fronça les sourcils.

— Non, s'insurgea Marco. Ne me dis pas que tu as pris ce que j'ai dit au sérieux !

— Tu n'étais pas là, Marco.

— Et alors ? Tu as parlé à Rosa, au fait ?

Une fois de plus, Luke ne trouva rien à répondre.

— Dis-moi, Luke, pour un surdoué, tu es vraiment stupide parfois. Va voir ma mère, tu te sentiras mieux après. A moins que tu veuilles subir les conséquences de ta bêtise.

— Quelles conséquences ?

— Un coup de pied aux fesses de ma part, par exemple. Allez, en voiture. Va lui parler.

Rosa.

Marco.

Sa famille, pour le meilleur comme pour le pire.

Gino et Rosa s'étaient comportés comme des parents pour lui, même s'il avait eu du mal à l'accepter. Il devait dire la vérité à sa tante, au risque d'en souffrir.

Tout comme il l'avait fait avec Beth.

14

Le jeudi suivant, assise dans son bureau, Beth regardait le journal de la veille, ouvert devant elle. Elle avait envoyé Laura faire des courses, et se retrouvait enfin seule pour lire l'article dont le titre l'avait interpellée.

De Rossi réintégré, l'enquête suit son cours.

Le conseil d'administration de Jackson et Blair avait donc décidé de soutenir Luke publiquement, en dépit des soupçons qui pesaient encore sur lui. Connor Blair, l'un des associés, déclarait que « l'entreprise tenait à défendre Luke De Rossi contre les rumeurs calomnieuses qui circulaient sur lui », et qu'elle « espérait que l'enquête prendrait fin dans deux semaines, après son entretien avec les représentants de la commission du Queensland ».

Pensive, Beth posa les yeux sur sa tasse de café encore pleine. Que de changements en trois jours ! Elle avait perdu sa maison, son cœur était brisé, et elle avait peut-être une sœur quelque part dans le pays.

En réalité, elle avait bel et bien une sœur ; seulement, il fallait encore qu'elle trouve le courage de décrocher son téléphone pour l'appeler.

Elle regarda de nouveau le journal. Luke avançait, lui. Grâce à l'aide de sa direction, il allait bientôt retrouver toute sa dignité.

Tandis qu'elle n'avait encore rien fait. Elle avait bien noté les coordonnées d'une société de déménagement, mais le simple fait d'imaginer enlever toutes ses affaires de sa maison la faisait trop souffrir pour qu'elle prenne les choses en main.

Comme on frappait à sa porte, elle leva les yeux et vit apparaître Laura, une expression étrange sur le visage.

— Que se passe-t-il ?

Mais Laura n'eut pas le temps de répondre. La porte s'ouvrit plus grand et Beth sentit sa gorge se nouer.

Il avait l'air moins fier que d'habitude, mais elle ne put que le reconnaître, avec son pantalon large et ses cheveux en bataille. Ben Foster.

— Bonjour, Beth, dit-il sans oser la regarder.

— Bonjour, Ben.

Faisant signe à Laura de fermer la porte derrière elle en sortant, Beth resta seule avec lui.

— Alors, tu es revenu.

— Oui.

Il avait l'air de porter le poids du monde sur ses épaules.

— Oh ! Ben. Qu'est-ce que tu as bien pu t'imaginer ?

— C'était beaucoup d'argent, marmonna-t-il en haussant les épaules.

— Mais ce n'était pas le tien.

— Je sais.

Elle se leva et croisa les bras en soupirant.

— Tu as tout dépensé ?

— Non.

— Donc tu as l'intention de le rendre ?

— Oui.

Il enfouit les mains au fond de ses immenses poches et leva finalement les yeux vers elle. Avec son air abattu, il avait l'air de s'attendre à la pire réprimande de sa vie. Si bien qu'elle n'eut même pas le courage d'élever la voix.

Le voir ici, comme un enfant, venait de chasser toute sa colère.

— Qu'est-ce qui t'a fait changer d'avis ? lui demanda-t-elle.

— Votre copain.

— Quel copain ?

— Le type en costume que j'ai vu au Casino Royal. Votre copain.

— Je n'ai envoyé personne.

— Ah. J'ai cru qu'il venait de votre part.

— Comment s'appelle-t-il ?

— Il ne me l'a pas dit. Il était grand, brun. On aurait dit un Italien.

Elle sentit soudain son cœur bondir dans sa poitrine.

— Que t'a-t-il dit ?

— Des trucs. Il m'a convaincu que le mieux à faire était de revenir. J'ai transféré l'argent sur votre compte professionnel il y a une heure.

— Et ce que tu as dépensé ?

— Tout est là, Beth. Il ne manque pas un centime.

Comment était-ce possible ?

— Tu sais que la banque a probablement signalé le vol à la police. Il risque d'y avoir une enquête.

— Oui.

Une enquête de police… Luke était au courant, et pourtant, il s'était chargé personnellement de retrouver Ben. Sans se soucier des retombées qu'il pourrait subir.

Simplement pour l'aider.

Que devait-elle comprendre ?

— Je dois y aller, dit-elle brusquement.

— Ah ?

— Pardon.

Elle prit son sac et ferma son tiroir avant de s'arrêter en face de Ben.

— Merci d'être revenu, dit-elle en lui posant une main sur l'épaule. Tu as fait ce qu'il fallait.

Sans prêter attention à ses joues écarlates, elle sortit de la boutique en courant.

Il ne lui restait plus qu'à espérer qu'il n'était pas trop tard.

Beth avait su qu'il y aurait peu de chances pour qu'on la laisse monter jusqu'aux bureaux de la direction de Jackson et Blair. Mais au bout de vingt minutes d'attente et après avoir laissé trois messages, elle dut se rendre à l'évidence : Luke avait mieux à faire que de répondre à ses appels.

Elle repartit comme elle était venue, dans l'indifférence générale, y compris celle de la meute de journalistes amassée devant l'immeuble.

Après avoir roulé pendant une heure et demie, elle arriva chez elle et entra dans toutes les pièces, simplement pour s'assurer qu'il n'était pas là. Même si elle avait peu de doutes à ce sujet. Finalement, elle s'arrêta et regarda autour d'elle, s'efforçant de faire comme si tout allait bien. Comme si cette maison était encore la sienne.

Mais tout avait changé. Que ce soit maintenant ou dans un peu plus de deux mois, elle allait être obligée de partir.

Comme elle allait tristement jusqu'à la porte d'entrée pour la refermer, elle entendit son téléphone sonner.

— Beth, c'est Luke.

Le son de sa voix la fit frissonner.

— Je suis à ta boutique, où es-tu ?

— A la maison. Qu'est-ce que tu fais là-bas ?

— Ne bouge pas. J'arrive.

Il n'en fallait pas davantage pour que son cœur se remette à cogner contre sa poitrine.

L'attente qui s'ensuivit lui parut durer des années. Elle eut le temps d'imaginer tous les scénarios possibles.

Quand, enfin, la voiture rutilante de Luke vint se garer dans l'allée, elle avait l'estomac plus noué que jamais. Mais à l'instant où elle le vit marcher vers le perron, elle sentit toutes ses inquiétudes s'envoler. Dans son costume parfaitement taillé, il lui rappela le jour de son arrivée, la première fois qu'elle l'avait vu.

Elle avait la gorge nouée, mais elle n'allait pas pleurer, il n'en était pas question.

— Tu n'avais pas besoin de te déplacer jusqu'ici pour me voir, dit-elle en avançant à sa rencontre.

— Je voulais te parler de vive voix.

Qu'avait-il donc en tête ?

— Tu es allé chercher Ben à Melbourne, dit-elle.

— Oui.

— Pourquoi ?

— Je t'avais fait une promesse.

Son cœur se serra, et elle eut du mal à trouver sa respiration.

— C'est pour me parler de cela que tu m'as appelé, Beth ? lui demanda-t-il calmement.

— Je voulais te demander pardon.

— Pourquoi ? fit-il, étonné.

— Quand tu m'as parlé de ma mère… Je t'ai rejeté. Je suis désolée.

— Tu n'as pas d'excuses à me faire. Le chagrin nous fait souvent repousser ceux qui tiennent le plus à nous.

— Tu veux dire que… tu tiens à moi ? demanda-t-elle d'une voix tremblante.

— Tu sais bien que oui.

Comme elle baissait les yeux pour essayer de contenir son émotion, elle se rendit compte qu'il était blessé, au niveau des articulations de ses doigts.

— Tu ne t'es pas battu, au moins ? s'exclama-t-elle.

— Je me suis fait mal en réparant la marche, expliqua-t-il en lui montrant le perron.

— Ah, j'ai cru que tu avais réglé son compte à un journaliste.

— Ça, je ne le fais que dans mes rêves, dit-il avec un sourire.

Il était si beau, si élégant. Elle mourait d'envie de le toucher, de sentir ses mains sur elle. Elle fit même un pas vers lui, mais se retint juste à temps de faire quelque chose de stupide.

— J'ai eu une longue conversation avec Rosa, reprit-il. J'ai suivi ton conseil, je lui ai ouvert mon cœur. Elle ne m'en veut pas, pour Gino.

— Non, c'est évident.

Il y eut un silence, pendant lequel ils fuirent le regard l'un de l'autre.

— J'ai lu dans le journal que tu avais gagné le soutien de ton comité de direction.

— Ne crois pas tout ce que tu lis.

— Mais c'est bien vrai, non ?

Il acquiesça d'un signe de tête.

— Bon, c'est bien. Tu vas pouvoir aller de l'avant maintenant.

Cette fois, il la dévisagea longuement.

— Et toi ? lui demanda-t-il. Comment vas-tu ?

— Bien.

— Bien ? C'est tout ?

Pourquoi était-ce si difficile de lui parler ? Elle n'arrivait pas à prononcer un seul des mots qu'elle avait envie de lui dire. Si elle continuait comme cela, il allait repartir sans que rien ne se soit passé.

— Je voulais te remercier pour tout. Je sais que je ne m'y suis pas très bien prise pour gérer mes ennuis, mais je voulais...

— Je t'en prie.

— Enfin, tu n'étais pas obligé de m'aider, de t'investir comme tu l'as fait. Mais tu as fait bien plus que...

— Beth, tu n'as pas encore compris, alors ?

L'espace d'un instant, il la regarda avec curiosité.

— Je n'ai jamais eu l'intention de te chasser de chez toi. Tu devrais te réinstaller ici.

Comment pourrait-elle vivre dans cette maison maintenant sans penser à lui ? Comment pourrait-elle encore dormir dans son lit sans souffrir de son absence ?

Elle réprima un frisson de désir. Non, elle ne pourrait jamais l'oublier.

— Tu veux que je m'en aille ? demanda-t-il d'une voix grave.

— Non. Je...

— Ecoute. Je sais que je ne peux pas te promettre une vie anonyme, comme celle à laquelle tu es habituée. Je fais partie de la famille Corelli, qui n'a jamais su faire autrement qu'attirer l'attention. Mais je sais aussi que ce qu'il y a entre nous est précieux. Incroyablement précieux. Beth, je n'ai pas envie que cela s'arrête.

Stupéfaite, elle mit un moment à comprendre les paroles qu'il venait de prononcer.

— Tu… me demandes de revenir vivre ici… avec toi ? balbutia-t-elle.

— Eh bien… Techniquement, tu n'es pas encore partie.

Elle n'arrivait pas à y croire. Elle avait imaginé bien des choses, mais elle était certaine à présent d'être dans un rêve.

— Beth, c'est si difficile de croire que tu comptes pour moi ? Que je veux être auprès de toi pour te soutenir, pour t'aider chaque fois que tu auras besoin de moi ?

Il se figea et la regarda soudain avec inquiétude.

— Tu ne vas pas pleurer, si ?

— Non, dit-elle en souriant.

— Si, tu pleures déjà.

— C'est… à cause de l'émotion. J'ai tellement essayé d'oublier, et voilà que tu…

— Beth. *Cara mia*. Ne pleure pas.

— Non, laisse-moi finir. J'étais… Je suis toujours fâchée que tu aies fouillé dans mes affaires.

— Je suis sincèrement désolé, je te l'ai dit.

— Je le sais. Et à ta place, j'aurais certainement fait la même chose.

Elle respira profondément et s'efforça de sourire au milieu de ses larmes.

— C'est difficile…, murmura-t-elle.

— Alors je vais t'aider. Beth, reviens.

Mais les idées se bousculaient à présent dans son esprit, et elle restait là, debout, incapable de dire quoi que ce soit. Luke, lui, attendait patiemment, comme si le temps ne comptait plus.

Finalement, elle s'accrocha à la douceur de son regard, et sut qu'elle voulait être avec lui. Mais pas pour quelques nuits seulement.

— Luke, si je reviens, ce ne sera pas pour une liaison passagère.

— J'espère bien que non.

Alors il la serra contre lui, lui permettant de sentir les battements de son cœur et la virilité de son corps puissant.

— Beth, je sais que cela peut paraître fou, mais je crois que je t'aime.

— Tu crois ?

Il s'éclaircit la voix et la regarda dans les yeux.

— Tu me manques. Je ne pense qu'à toi. Et je veux m'endormir et me réveiller avec toi tous les jours. Reviens. Tu es d'accord ?

— Luke... Cela ne peut pas marcher. Mon passé, ta carrière...

— Arrête de penser à tout cela. Ce ne sont que des faux prétextes, et tu le sais. Si nous avons envie que ça marche, ça marchera. Je veux être avec toi. Je veux passer des soirées à regarder les étoiles, je veux boire du vin et faire l'amour avec toi, je veux trouver tes sous-vêtements au milieu de mes caleçons. Je veux manger des lasagnes sur ta vieille table de cuisine. Et si tu ne me crois pas, ajouta-t-il plus bas, c'est que tu n'es pas aussi forte que je le croyais.

Elle voulait le croire, mais elle n'osait pas. Ces paroles correspondaient si peu à ce qu'il lui avait dit attendre de la vie !

— Tu veux dire que tu désires tout ce que tu rejetais avant ?

Il lui prit la main et, pour la première fois, elle sentit qu'il tremblait.

— Je t'aime.

Folle de bonheur, elle noua les bras autour de son cou et enfouit son visage contre lui, pour sentir son parfum, pour être sûre qu'elle n'était pas en train de rêver. Les yeux de Luke parlaient pour lui, elle pouvait enfin le croire.

— Dis-le encore.

— Je t'aime, Beth. A moins que je doive t'appeler Taylor ?

— Il y a bien longtemps que je ne suis plus Taylor Stanton. Elle appartient à mon passé. Beth est mon avenir.

Tout était bien réel. La douceur sensuelle de sa voix, la lueur de tendresse dans son regard... Et le baiser qu'il posait maintenant sur ses lèvres.

— Et ? murmura-t-il.

— Et quoi ?

— Dis-le.

— J'y venais justement, dit-elle en rougissant. Moi aussi, je t'aime.

— J'espérais bien que tu allais finir par retrouver tes esprits.

— Depuis quand ?

— Depuis ton départ. Si je n'avais pas retrouvé Ben entre-temps, de toute façon, je serais venu te chercher dans ton salon de massage.

— Ah oui ? Sans me demander mon avis ?

— Je le connaissais déjà.

Ils se mirent à rire, puis s'embrassèrent longuement, langoureusement.

— Je t'aime, Beth. Même quand tu fais exprès de me contrarier, je t'aime. Et je veux encore l'entendre de ta bouche.

— Je t'aime, Luke. Et je te demande pardon...

— Chut. Tu l'as déjà dit.

— J'ai eu tort de ne pas te faire confiance, insista-t-elle. Je me suis laissé influencer par mon passé.

— Beth, moi aussi, j'ai commis des erreurs.

Il se pencha de nouveau vers elle et la dévora de mille baisers.

— Je t'aime, je t'aime, je t'aime. Et je voudrais être avec toi, le jour où tu rencontreras ta sœur, ajouta-t-il plus sérieusement. Si tu as envie de la connaître, bien sûr. Je ne crois pas que tu devrais y aller seule.

— Mais je ne suis plus seule. Et moi aussi, je voudrais que tu sois avec moi, ce jour-là.

Il lui caressa doucement le visage, le cou, et les épaules, et se mit à rire doucement.

— Qu'y a-t-il de drôle ?

— Pour une fois, la presse a eu raison sur un point.

— Lequel ?

— Je me sens tellement chanceux à présent, que je mérite bien mon surnom de Lucky Luke.

— Ah, dit-elle en riant à son tour. Eh bien, je ferai en sorte que cela dure toujours.

Épilogue

Le jour où Luke épousa Beth, il y avait peu de monde à la cérémonie, mais l'émotion n'en était pas moins forte. Elle portait une longue robe blanche, qui épousait parfaitement sa silhouette divine, tandis qu'il avait choisi un costume gris.

Dans le jardin de la propriété des Corelli, les invités étaient rassemblés sous un dais de toile blanche qui les protégeait du soleil. Tout le long du mur d'enceinte, les agents de sécurité s'assuraient qu'aucun intrus ne venait se joindre à sa famille et aux amis de Beth.

Lorsque le moment fut venu pour eux de prononcer leurs vœux, Luke ne put s'empêcher de remarquer l'émoi de ceux qui étaient présents. Mais ce fut leur joie à tous qui éclata, lorsque le célébrant lui enjoignit d'embrasser la mariée.

Pourtant, il savait que le plus heureux, aujourd'hui, c'était bien lui. La commission avait publié le résultat de son enquête un peu plus tôt dans la semaine, et son oncle était lavé de toutes les accusations portées à son encontre. Ce qui n'avait pas manqué de provoquer le soulagement de Connor, qui n'avait pas attendu tout ce temps pour le nommer vice-président.

Luke regarda Beth, rayonnante de beauté, et oublia aussitôt son travail. Car le véritable bonheur de sa vie, à présent, c'était elle. Elle, et le bébé qui naîtrait de leur amour d'ici à sept mois.

Enfin, il se sentait vivant.